À PROPOS DE L'AUTRICE

Barbara Dunlop est une autrice de romance. Depuis la publication de son premier livre en 2000, elle a écrit plus de trente romans pour Harlequin, disponibles en 10 langues différentes. Barbara vit à Yukon, dans le nord du Canada, avec sa famille.

Une dangereuse conquête

*

Scandaleuse séduction

*

Défi pour un patron

*

Un mystérieux inconnu

BARBARA DUNLOP

Une dangereuse conquête

INTÉGRALE

LES MILLIARDAIRES DE CHICAGO

Traduction française de
TATIANA ANDONOVSKI

SAGAS

HARLEQUIN

Collection : SAGAS

Titre original :
SEX, LIES AND THE CEO

Ce roman a déjà été publié en 2016

HARPERCOLLINS FRANCE
83-85, boulevard Vincent-Auriol, 75646 PARIS CEDEX 13
Service Lectrices — Tél. : 01 45 82 47 47 - www.harlequin.fr
ISBN 978-2-2804-7085-8 — ISSN 2426-993X

Composé et édité par HarperCollins France.
Imprimé en février 2022 par CPI Black Print (Barcelone)
en utilisant 100% d'électricité renouvelable.
Dépôt légal : mars 2022.

MIXTE
Papier issu de sources responsables
FSC www.fsc.org FSC® C159065

Pour limiter l'empreinte environnementale de ses livres, HarperCollins France s'engage à n'utiliser que du papier fabriqué à partir de bois provenant de forêts gérées durablement et de manière responsable.

1

— Ne réponds pas ! lança Darci Rivers, traversant tant bien que mal le loft jonché de cartons de déménagement.

— Ne t'inquiète pas, ça ne va pas être lui, répondit Jennifer Shelton en fouillant dans son sac.

Darci glissa entre des piles de livres, alors que le téléphone continuait de sonner.

— C'est lui, j'en suis sûre !

— Mais non.

Jennifer regarda le numéro appelant.

— C'est lui.

Darci lui arracha le téléphone des mains.

— Tu ne dois pas céder.

— Je n'allais pas céder, répliqua Jennifer en lançant un regard d'envie vers le portable.

— Oublie-le, lui intima Darci, cachant l'appareil derrière elle.

— Peut-être qu'il…

— Non.

— Tu ne sais pas ce que j'allais dire.

Darci appuya sur une touche du téléphone pour annuler l'appel puis le fourra dans la poche avant de son jean.

— Tu allais dire : « Peut-être qu'il voulait s'excuser. »

Jennifer serra les lèvres, yeux baissés.

— C'est possible.

Darci se dirigea vers l'espace cuisine qui donnait sur le salon. Derrière elle, un mur en verre offrait une superbe vue sur Chicago. Des spots ornaient le plafond fait de deux toits mansardés.

Le téléphone sonna de nouveau.

— Rends-le-moi, supplia Jennifer, qui l'avait suivie.

Darci se posta à l'autre bout de l'îlot central.

— Tu peux me répéter ce que tu m'as dit hier soir ?

— C'est peut-être un client.

— Si c'est un client, il rappellera.

— Je croyais que le client était roi.

Darci prit le portable dans sa poche pour vérifier l'écran.

— C'est lui.

Elle refusa l'appel et fit disparaître l'appareil.

— Il a peut-être un problème, dit Jennifer.

— Oui, il a un problème. Il sait que tu as compris.

Sur le plan de travail, elle repéra un carton dont l'étiquette annonçait « Vin ». Elle avait glissé le tire-bouchon avec les bouteilles de vin, pour que ce soit plus pratique. Restait à savoir où se trouvait le carton avec les verres.

— Tu peux regarder si les verres à vin sont par là ?

— Tu n'as pas le droit de me confisquer mon téléphone.

— Si, car hier soir tu m'as fait promettre de le faire.

— J'ai changé d'avis.

— Trop tard.

— Arrête, c'est ridicule. C'est mon téléphone.

— Alors je cite : « Ne me laisse plus jamais parler à ce salaud. » Je crois que les verres à vin sont dans ce carton.

Jennifer resta immobile.

Voyant que sa colocataire et amie n'était pas prête à coopérer, elle se déplaça pour ouvrir le carton en question.

— Il t'a trompée.

— Il avait trop bu.

— Ce n'est pas une excuse, car ce n'est pas la première fois.

— Je suis quasiment sûre que…

— Quasiment sûre ? Tu dois être sûre à cent pour cent qu'il ne l'a jamais fait et ne le refera jamais.

— Tu es trop idéaliste.

— Alléluia, les voilà.

Elle rinça les verres sous le robinet.

— Mais il est tellement…

— Egocentrique ?

— Non, j'allais dire « beau ».

— Les pectoraux et les tablettes de chocolat, c'est bien, mais il n'y a pas que ça qui compte.

Jennifer resta silencieuse, le regard dans le vide.

— Dis-moi que j'ai raison, lui suggéra Darci.

— Tu as raison.

— Tu ne le penses pas vraiment.

Jennifer ouvrit un carton et en sortit des albums photo.

— Si, je le pense. Tu peux me rendre mon téléphone ?

— Non, mais je peux te servir un verre de merlot.

Depuis l'université, elles avaient l'habitude de partager des bouteilles de vin bon marché, même si elles avaient toujours aspiré à goûter de grands crus.

Elles étaient inséparables depuis le lycée et avaient toutes les deux obtenu une bourse pour aller à l'université de Columbia où elles avaient étudié le graphisme. Elles avaient vécu quatre ans ensemble, dans la complicité la plus totale, et, à présent, elles venaient d'emménager dans un appartement.

Jennifer était une personne sensée, les pieds sur terre, sauf quand il s'agissait d'histoires de cœur. Plus précisément d'Ashton Watson. Elle était complètement sous le charme de ce beau parleur. A trois reprises, au cours des quatre derniers mois, elle avait tenté de rompre, car il n'était pas quelqu'un de confiance, mais chaque fois il avait réussi à l'embobiner à force de paroles doucereuses, lui promettant monts et merveilles. Et chaque fois elle avait cédé.

Cette fois, Darci avait décidé d'intervenir.

Jennifer sortit trois enveloppes kraft du carton contenant les albums photo.

— Je ne veux pas de vin, merci.

— Mais si, répliqua-t-elle en poussant un verre dans sa direction.

Continuant à vider le carton, Jennifer sortit un vieux portefeuille en cuir.

— Ce sont les affaires de ton père ?

— Oui, c'est tout ce qu'il me reste de lui. J'ai tout jeté en vrac dans un carton, le jour où j'ai vidé son appartement, mais j'étais trop retournée pour regarder ce qu'il y avait.

— Tu te sens prête ?

Darci se percha sur un tabouret à côté de Jennifer.

— Oui. Cela fait trois mois, il est temps d'affronter la réalité, affirma-t-elle après avoir pris une gorgée de vin.

Jennifer fouilla de nouveau dans le carton avant d'en sortir une vieille boîte en bois.

— Tu penses que ce sont des cigares ?

— J'ai toujours connu mon père fumant des cigarettes.

— En tout cas, elle date. Tu veux que je l'ouvre ?

— Oui, s'il te plaît.

Son père lui manquait terriblement. Il était décédé trois mois plus tôt, au terme d'une maladie qui l'avait fait souffrir pendant des mois. De plus, il avait aussi connu plusieurs périodes mouvementées dans sa vie, notamment quand la mère de Darci les avait abandonnés, et il lui avait toujours paru émotionnellement vulnérable, voire instable.

Jennifer souleva le couvercle.

— Alors ?

— On dirait une collection de pièces.

— J'espère qu'elles n'ont aucune valeur.

— Pourquoi tu dis ça ?

— Mon père a toujours eu du mal à joindre les deux bouts. Je n'aime pas l'idée qu'il ait pu se priver pour économiser et me faire profiter du fruit de ses privations.

— N'oublie pas qu'il avait encore les moyens de s'acheter le meilleur whisky écossais.

Darci sourit. Ian Rivers était né à Aberdeen et il ne jurait que par le whisky écossais.

Jennifer sortit une petite pochette plastifiée contenant une photo et une enveloppe.

— Tiens, une photo de ton père.

Ian Rivers était debout à côté d'un bureau en bois. Il n'y avait rien d'inscrit au dos.

— Et une lettre.

— Adressée à mon père ?

— Non, c'est une lettre de ton père, adressée à un certain Dalton Colborn.

Darci se figea. Elle n'avait pas entendu ce nom depuis longtemps.

— C'était l'associé de mon père. A l'époque, leur compagnie s'appelait D&I Holdings. Mais ça s'est mal terminé. Je me souviens que mon père se mettait dans une rage folle quand il entendait le nom de Colborn.

— L'enveloppe est affranchie.

— Tu peux me la lire ? demanda Darci.

— Tu es sûre ?

— Oui, affirma-t-elle en reprenant une gorgée de vin.

Shane Colborn jeta le livre à la couverture rose fuchsia sur son bureau. Justin Massey, son avocat et ami, sursauta.

— Il ne manquait plus que ça ! s'écria Shane.

— On ne peut pas empêcher la publication du livre. Mais on a eu de la chance d'en avoir une copie. Pour se préparer. Tu peux me dire ce qu'il y a de vrai là-dedans ?

— Tu veux que je te donne un chiffre entre un et dix ? lâcha Shane, hors de lui.

— Disons un pourcentage.

— Vingt à trente pour cent. Mais je ne récite pas des poèmes du XVIIIe siècle en faisant l'amour.

Justin gloussa.

— La ferme, Justin.

— Je n'ai rien dit.

Shane s'adossa à son fauteuil en cuir, animé d'une fureur sans bornes.

— Je n'ai pas dragué d'autres femmes quand j'étais avec

elle et, pour ce qui est de ma prétendue avarice, je lui ai toujours offert ce qu'elle voulait et elle n'a jamais eu à sortir son portefeuille quand elle était avec moi.

— C'est le chapitre six qui m'inquiète le plus, dit Justin.

— Celui où elle m'accuse d'espionnage industriel ?

— Les clients se fichent de connaître tes performances au lit, mais ils ne seraient pas contents d'apprendre que tu es un voleur de propriété intellectuelle.

— Ce n'est pas le cas.

— Je sais.

— Comment puis-je me défendre ?

— Honnêtement, ça va être difficile. A moins de se lancer dans une bataille médiatique. Bianca va faire le tour des émissions de radio et de télévision locales. Tout élément de réponse de ta part ne fera qu'attiser le débat et prolonger le scandale.

— Donc je ne dis rien ?

— C'est ça.

— Je vais passer pour une poule mouillée.

— Mais non. Je contacterai moi-même les clients pour les rassurer concernant ces accusations d'espionnage industriel. J'éviterai de leur parler de tes prouesses sexuelles.

— Très drôle.

— Je sais. Pour en revenir au travail, tu as eu des nouvelles de Gobrecht cette semaine ?

— Non.

La compagnie aérienne Gobrecht, installée à Berlin, était sur le point de leur passer commande d'une vingtaine d'avions. Le modèle Colborn Aware 200 était en tête de la course. Si Gobrecht confirmait la commande, Beaumont Air à Paris suivrait l'exemple avec un contrat encore plus gros.

— Je sais que tes apparitions publiques ont toujours profité à tes affaires, mais je pense qu'il vaudrait mieux que tu te fasses discret pendant un petit moment.

— Je me suis toujours cru prudent, mais Bianca prouve une fois de plus qu'on ne l'est jamais trop.

— Tu sais très bien qu'il faut se méfier de tout le monde et ne faire confiance à personne.

— J'ai entièrement confiance en toi.

— Parce que mon contrat m'oblige à être digne de confiance.

— C'est ce que je devrais faire la prochaine fois que je rencontre une femme. Lui faire signer un accord de non-divulgation avant de passer aux choses sérieuses.

— Pour le moment, le mieux serait de rester célibataire.

— Super, merci du conseil.

— Tu n'as qu'à lire des livres ou t'adonner à un hobby.

— Comme le golf ou la pêche ?

— Pêcher à Chicago, ça va être dur. En revanche, le golf, c'est envisageable.

— J'ai essayé le golf, mais ce n'est pas mon truc.

— On ne pratique pas le golf pour le sport, mais pour rencontrer des gens.

— La seule fois où j'ai essayé, j'ai trouvé mes partenaires ennuyeux.

— Ennuyeux, peut-être, mais ce sont des gens influents.

— Je préfère encore faire de la plongée ou du tir.

— Si tu es célibataire, tu auras plein de temps pour t'adonner à l'activité de ton choix.

— J'organise une soirée de charité samedi. Pas question de m'y montrer en célibataire.

— Tu peux faire un effort pour une soirée.

— Non.

— Dans ce cas, opte pour une compagne sans histoire. Ta cousine, par exemple.

— Je ne veux pas de ma cousine comme compagne.

— Elle pourrait t'aider à accueillir les gens.

— Ce serait un mauvais signal que je n'ai pas envie de donner, d'autant que c'est moi qui organise la soirée.

— Au contraire, tu passeras pour un homme habile et judicieux, le but étant que la presse n'ait rien à se mettre sous la dent.

— Tu ne penses pas que certains journalistes en profiteraient pour dire que je suis amoureux de ma cousine ?

— N'importe quoi.

Shane s'efforça de se rallier à l'idée de Justin. Sa cousine Madeline était adorable et elle lui viendrait en aide, sans problème. C'était un ange, serviable, aimable, joli, drôle, qui avait tout pour plaire. Sa présence l'aiderait-elle à détourner l'attention du public et les critiques éventuelles ?

Justin le tira de sa réflexion.

— Il y a une différence entre faire parler de soi en préservant la réputation de sa société auprès du grand public et des clients et devenir la risée des médias et le jouet de la presse à scandale.

— Tu penses que je ne connais pas la différence ?

— Disons que Bianca a semé la zizanie.

Shane poussa un profond soupir de capitulation.

— Soit, je vais appeler Maddie.

— Excellente et sage décision.

— Cela ne m'empêchera pas de flirter.

— Tu es infernal.

— Il faut bien que cette maison de famille serve à quelque chose, ironisa-t-il.

La maison de Barrington Hills, qui se trouvait à une heure du centre, était dans sa famille depuis des décennies, mais il ne s'y rendait que le week-end. En tant que célibataire, il n'avait pas besoin de neuf hectares de propriété et de sept chambres. La semaine, il vivait dans un *penthouse* dans le centre : trois chambres, une vue panoramique à couper le souffle et les meilleurs restaurants de la ville en bas de chez lui.

— Je suis sûr que ton père serait ravi de voir à quel point tu optimises ton héritage.

Shane sourit.

Son père et sa mère étaient décédés dans un accident de bateau tragique quand il avait vingt-quatre ans et ils lui manquaient encore terriblement.

Il entendit son assistante, Ginger, à l'interphone.

— Monsieur Colborn ? Un certain Hans Strutz, de Gobrecht Airlines, est en ligne.

Il échangea un regard inquiet avec Justin avant d'appuyer sur le bouton de l'interphone pour répondre.

— Merci, Ginger, je prends l'appel.

Puis il se tourna vers Justin.

— Souhaite-moi bonne chance.

— Bonne chance et appelle-moi quand tu as fini.

— Entendu !

Darci était assise à un arrêt de bus en face du siège de Colborn Aerospace.

Le soleil de juin brillait sur l'immense enseigne, bleu vif, qui recouvrait toute la façade du bâtiment de vingt et un étages.

La lettre que son père n'avait jamais envoyée, mais qu'elle avait lue et relue, avait été une véritable révélation. Elle expliquait l'amertume de Ian Rivers, ses crises de rage à l'encontre de Dalton Colborn, et son penchant pour le scotch, qui s'était accentué au fil des ans.

Il accusait Dalton Colborn de l'avoir trahi en lui volant les dessins de la turbine nouvelle génération qu'il avait conçue. Ian et Dalton avaient été les meilleurs amis pendant de longues années, jusqu'à ce que Dalton se montre trop gourmand et trahisse son ami en lui volant sa création, gardant pour lui seul le fruit du travail de son père.

Dans sa lettre, Ian menaçait Dalton de prendre un avocat et de le poursuivre en justice. Son père exigeait de l'argent, bien sûr, mais ce qui lui tenait le plus à cœur, c'était d'être reconnu dans la profession comme l'inventeur de la turbine.

L'ironie du sort avait voulu que Dalton gagne une récompense prestigieuse pour cette invention, et acquière une renommée sans précédent, bientôt suivie par un enrichissement considérable et une croissance en flèche pour Colborn Aerospace.

Pendant ce temps, Ian Rivers était devenu un homme aigri,

sa femme l'avait quitté et il avait sombré dans la dépression, l'alcoolisme et l'anonymat.

Dans la lettre, Ian affirmait qu'il existait une preuve irréfutable de ses dires. D'après lui, ses dessins originaux, signés par lui, étaient cachés dans un lieu où lui seul pourrait les trouver. Il parlait de demander un mandat pour récupérer les dessins et forcer Dalton à avouer la vérité.

Mais la lettre, cachetée et estampillée, n'avait jamais été postée. Darci se demandait pourquoi. Avait-il eu peur d'éveiller les soupçons de Dalton ? Si celui-ci s'était senti piégé, il aurait pu, avant même que Ian n'ait eu le temps d'intervenir avec un mandat, retourner ciel et terre pour dénicher les dessins et les détruire. Son père avait-il consulté un avocat ? Avait-il cherché le conseil d'un ami ?

Elle n'en aurait jamais le cœur net.

A présent, assise à l'arrêt de bus, elle se demandait si la preuve qu'elle cherchait se trouvait au siège ou ailleurs, et comment elle pourrait envisager de mettre la main dessus.

Tout en réfléchissant à la meilleure façon de démêler l'énigme, elle regarda les gens entrer et sortir du bâtiment, seuls, à deux, par petits groupes.

Elle pourrait très bien entrer dans le hall de la réception où personne ne l'arrêterait. Mais il y avait sûrement un service de sécurité qui l'empêcherait d'aller plus loin.

Elle pourrait demander à voir Shane Colborn et exiger d'avoir accès aux archives de la société.

Ce serait probablement une erreur. Le fils était sans doute aussi égoïste et rapace que son père. S'il apprenait qu'il existait une preuve de la malhonnêteté de sa famille, il ne la laisserait sûrement pas fouiller les locaux de sa société.

Un bus s'arrêta, lui bloquant la vue. Quelques personnes en descendirent alors que des passagers y prenaient place, puis le véhicule repartit, le grondement de son moteur se mêlant au vacarme de la circulation.

Fixant de nouveau l'imposante structure en pierre, elle

pensa que la solution la plus simple serait de quitter l'arrêt de bus, d'oublier la lettre et de reprendre le cours de sa vie.

On était vendredi, or, le vendredi soir, elle sortait rencontrer des amis dans un bar, en compagnie de Jennifer. Qui sait, c'était peut-être le soir où elle rencontrerait l'homme de sa vie ?

Non qu'elle cherche quelqu'un de toute urgence, mais elle espérait se marier un jour, fonder un foyer, avoir des enfants.

Pour le moment, il n'y avait pas le feu. La société de conception de sites web qu'elle avait créée avec Jennifer fonctionnait bien et était en plein essor.

Reportant de nouveau son attention sur le bâtiment, elle se demanda qui pouvait entrer sans se faire repérer, hormis les employés. Les réparateurs ? Les livreurs de pizzas ?

Une jeune femme monta les quelques marches menant à la porte d'entrée. Elle s'arrêta, lissa sa jupe, et prit une grande inspiration. Peut-être allait-elle passer un entretien.

Un entretien !

Darci se leva d'un bond. Bon sang mais oui, elle avait trouvé son ticket d'entrée chez Colborn Aerospace. Elle allait passer un entretien d'embauche.

Si elle était recrutée, elle pourrait se promener à sa guise dans le bâtiment, sans avoir à raconter des mensonges ni passer pour une usurpatrice. Personne ne lui demanderait pourquoi elle était là. Elle pourrait parler à d'autres employés, découvrir au détour d'une conversation où se trouvaient les archives de la société, les consulter, et lever le voile sur la lettre mystérieuse de son père.

Une idée de génie !

2

En temps normal, Darci se serait sentie coupable d'aller à une soirée où elle n'était pas invitée, surtout à une soirée de charité où tout le gratin de Chicago serait présent. Mais, une semaine après avoir débuté chez Colborn Aerospace, elle avait appris que les plus anciennes archives de la société étaient entreposées dans la demeure familiale des Colborn, là où aurait lieu le gala de charité.

Autant dire que cette soirée constituait l'occasion rêvée. Qui sait ? Peut-être que la chance lui sourirait et qu'elle trouverait son bonheur du premier coup ?

Pour se fondre dans la jet set, elle avait loué une robe magnifique, en soie dorée, ornée de perles. Elle avait ajouté à sa tenue une paire de chaussures pailletées à hauts talons et dépensé une fortune dans l'un des salons de coiffure les plus huppés de la ville. Elle était très satisfaite du résultat.

Il ne lui restait plus qu'à passer la porte d'entrée.

En haut d'un escalier semi-circulaire en marbre, à l'entrée de l'imposant manoir, un majordome vérifiait les invitations de chacun des arrivants.

Darci virevolta quelques instants en bas des marches, consciente qu'elle ne devait pas attirer l'attention du majordome si elle ne voulait pas éveiller ses soupçons.

Un couple âgé se présenta. L'homme était en queue-de-pie, la femme portait une superbe robe bleue ornée d'une impressionnante broche en diamant à l'épaule.

Darci leur emboîta aussitôt le pas.

— Quelle belle broche ! lança-t-elle, en arrivant à leur hauteur.

La femme se retourna pour lui adresser un sourire amical.

— Merci. Elle vient de chez Cartier.

— Je m'en doutais, répliqua aussitôt Darci.

— Vous avez l'œil.

— Attendez, il me semble qu'elle est légèrement de travers.

— Auriez-vous l'obligeance de me l'ajuster, s'il vous plaît ?

— Puis-je voir votre invitation ? demanda le majordome.

Le cœur de Darci battait à mille à l'heure tandis que l'homme tendait son carton d'invitation.

— Ravi de vous recevoir, monsieur Saunders.

— Voilà, c'est beaucoup mieux comme ça, ajouta Darci après avoir fait semblant de déplacer légèrement la broche, tout en gardant les yeux fixés sur la robe pour faire croire que les Saunders formaient un trio, et non un duo.

— Merci, c'est très gentil à vous, déclara Mme Saunders.

Un autre couple arriva derrière eux, attirant l'attention du majordome. Darci suivit le mouvement.

Son cœur battait encore à tout rompre quand ils passèrent les portes imposantes donnant sur le grand hall de réception.

— Bonne soirée, réussit-elle à lancer à Mme Saunders, rougissante de honte à l'idée d'avoir trompé le couple.

— Bonne soirée à vous aussi, répondit cordialement la dame.

Sans tarder, Darci se mêla à la foule, désireuse de se mettre au travail.

— Champagne, madame ? s'enquit l'un des serviteurs.

— Merci, répondit-elle en prenant une flûte en cristal.

Elle n'avait pas l'intention de boire d'alcool, afin de garder l'esprit clair, mais tenir un verre lui donnerait une contenance et l'impression de se fondre parmi les invités.

En début de semaine, elle avait pris ses fonctions dans le département des archives de Colborn Aerospace. C'était un poste assez mal rémunéré, en bas de l'échelle hiérarchique, qui ne nécessitait pas d'expérience et exigeait un niveau d'études inférieur au sien. Mais peu importait puisque cela lui donnait accès au sous-sol de la société.

Avec Jennifer, elles avaient fouillé minutieusement les quelques affaires de son père dans l'espoir de trouver un indice susceptible de lui simplifier la tâche dans sa quête des dessins originaux de la turbine. En vain.

Alors que les invités emplissaient le grand hall, elle prit machinalement une gorgée de champagne.

— Bonsoir, lui dit un homme d'une trentaine d'années, visiblement issu de la haute société.

— Bonsoir, répondit-elle, s'efforçant de rester naturelle.

Il lui tendit la main.

— Lawrence Tucker. De Tucker Transportation.

— Darci.

Elle hésita un court instant, sentant qu'elle ne pouvait donner son véritable nom de famille.

— Darci ?

— Darci Lake, enchaîna-t-elle.

— Enchanté, Darci Lake.

Sa poignée de main était ferme, son attitude franche et pleine d'allant. C'était un bel homme, aux larges épaules qui lui donnaient une stature puissante.

— Tucker Transportation a fait don de vingt conteneurs pour la soirée de charité.

Il lui montra une longue rangée de tables exposant les panneaux de la mise aux enchères.

— Donc, si je comprends bien, votre société est de grande envergure.

— Vous n'avez jamais entendu parler de Tucker Transportation ?

— J'ai déjà entendu parler de vous, mais je ne connais pas grand-chose de votre société, prétendit-elle pour se rattraper.

— Nous sommes le troisième transporteur du pays.

— Impressionnant, murmura-t-elle en prenant une autre gorgée de champagne.

— Ah, Tuck, te voilà ! s'exclama une superbe jeune femme blonde.

— Bonsoir, Petra.

Il l'accueillit en déposant un léger baiser sur sa joue. Elle fit la moue de ses lèvres pulpeuses et rouges.

— N'oublie pas que tu as promis de m'accompagner pour la visite guidée de la cave.

— Je n'ai pas oublié, répondit-il.

La jeune femme posa les yeux sur Darci, l'air intriguée.

— Je te présente Darci Lake, dit Tuck.

— Enchantée, fit alors Petra.

— Ravie d'avoir fait votre connaissance, lança Darci à Tuck, peu désireuse de s'immiscer entre Petra et lui. A plus tard !

Darci quitta la pièce de réception pour partir à la découverte de la maison. Elle se retrouva dans un grand hall ouvert. Les plafonds devaient faire environ six mètres de hauteur, il y avait des piliers de marbre et des voûtes d'un blanc éclatant. Un imposant lustre en fer forgé ornait le centre de la pièce, surplombant la grande statue en bronze d'un étalon et une table en bois. Des huiles peignant des scènes d'écuries et de la vie rurale étaient accrochées aux murs tandis que plusieurs fauteuils en noyer recouverts d'un velours cramoisi étaient disposés ici et là dans la pièce.

Après avoir balayé les environs, Darci trouva une porte dissimulée derrière un pilier, qui donnait sur un escalier. Probablement un accès au sous-sol.

Elle regarda alentour si quelqu'un guettait ses mouvements. Heureusement, il y avait moins de monde ici que dans la pièce principale.

Une fois derrière le pilier, elle jeta un dernier regard pour s'assurer que personne ne lui prêtait attention, et elle se faufila sans se retourner dans l'escalier.

La cage était mal éclairée. Elle s'accrocha à la rambarde pour ne pas tomber et arriva dans un couloir étroit, aux murs blancs, avec un carrelage bleu et argent au sol et des lumières fluorescentes au plafond.

Son cœur se mit à battre frénétiquement quand elle dut

choisir entre la droite et la gauche. Pile ou face, comme dans un labyrinthe.

Instinctivement, elle tourna à droite.

Après avoir tenté d'ouvrir quelques portes, elle se figea. Quelqu'un approchait.

— Vous cherchez quelque chose ?

Quand elle se tourna pour voir à qui elle avait affaire, son cœur manqua de s'arrêter. Le visage de l'homme était dans la pénombre, mais elle le reconnut instantanément.

Elle prit son courage à deux mains.

— Bonsoir, monsieur Colborn.

Il s'avança vers elle, la transperçant de son regard bleu.

— Vous vous êtes perdue ?

Comment expliquer sa présence ici ?

— Oui. J'ai entendu parler d'une visite guidée de la cave. J'ai cru que je l'avais ratée, alors je suis descendue.

— Mais qui vous a parlé de cette fameuse visite guidée ?

— Petra. Petra et Tuck. Je suis tombée sur eux en arrivant.

— Vous connaissez Tuck ?

Elle acquiesça en silence.

Elle venait à peine de rencontrer Tuck et ils avaient échangé une vingtaine de mots tout au plus. Mais pas question de rentrer dans les détails.

Shane Colborn sembla se détendre.

— Vous avez de la chance, je n'ai pas encore vu Tuck ce soir.

— Dès que Petra l'a trouvé, elle s'est pendue à son bras. Elle n'a pas l'air de vouloir le partager.

Shane Colborn sourit.

Elle se félicita pour cette prouesse improvisée.

— En effet. Elle a des vues sur lui depuis que nous sommes adolescents.

Il lui tendit la main.

— Enchanté. J'organise cette soirée avec l'aide de ma cousine Madeline, soyez la bienvenue.

Darci lui serra la main.

— Merci. Darci Lake. Ce manoir est vraiment remarquable.

— Remarquablement attrayant ou remarquablement ostentatoire ?

— Un peu des deux, répondit-elle sans réfléchir.

Son air renfrogné lui indiqua que Shane n'avait guère apprécié.

— Pardonnez-moi, j'ai l'impression que je ne me suis pas bien exprimée. Vous me donnez une deuxième chance ?

— Allez-y, je vous écoute.

— Cette bâtisse est époustouflante et intimidante. Je suis sûre que vous y êtes très attaché. Mais, n'étant pas habituée à un décor aussi opulent, j'ai du mal à m'imaginer vivre dans ses murs.

— Bien rattrapé, je dois le reconnaître.

— Merci.

— Si vous voulez mon avis, je la trouve aussi très intimidante. Et pourtant j'y ai grandi.

— Donc vous m'avez soumis à un test, en quelque sorte ?

— En effet.

— Vous procédez ainsi avec tous vos invités ?

— Je vous ai trouvée en train de déambuler dans mon sous-sol, je vous rappelle, ce n'est donc pas mon comportement qui doit être critiqué.

Que dire ? Devait-elle se défendre ? Trouver une excuse ?

A sa grande surprise, il lui offrit son bras.

— Voulez-vous que je vous montre la cave à vin ?

— Avec plaisir, s'empressa-t-elle de répondre.

— La visite officielle aura lieu plus tard, et j'ai prévu de grands vins pour la dégustation. Mais rien ne nous empêche de prendre un peu d'avance.

Elle accepta son bras, glissant la main dans le creux de son coude. Elle lui effleura les biceps de son pouce. Ils étaient fermes et puissants.

— Vous préférez les vins du Vieux Monde ou du Nouveau Monde ?

— Du Nouveau Monde, répondit-elle au hasard.

— J'en conclus que vous n'êtes pas une snob ?

— En effet, répondit-elle, adoptant son style.

— Les gens s'enthousiasment toujours pour les malbecs, mais je préfère de loin un cabernet sauvignon. Et vous ? Vous êtes plutôt cabernet sauvignon ou pinot noir ?

— Cabernet sauvignon, répondit-elle pour se montrer polie.

— Je ne vous crois pas. Vous mentez.

Comment le savait-il ?

— Pas du tout.

— Alors vous êtes polie.

Décidément, quelle perspicacité !

— C'est la moindre des choses.

Il gloussa, visiblement amusé.

C'était un très bel homme. Elle avait déjà eu l'occasion de s'en faire la réflexion en regardant des photos sur Internet, mais il était encore plus séduisant en chair et en os. Certains journaux de la presse à scandale le classaient parmi les célibataires les plus prisés de Chicago. Elle comprenait bien pourquoi.

Quelle femme refuserait de se blottir entre ses bras musclés, contre son torse olympien, et de goûter à ses lèvres viriles et fermes ? Sans compter qu'il était richissime et que la société dont il avait hérité ne cessait de se développer.

Cette pensée lui rappela la raison de sa présence ici. Elle devait rester concentrée sur sa mission. Sans éveiller les soupçons, elle devait néanmoins tenter de glaner des informations.

— En plus d'une cave, qu'y a-t-il en général dans le sous-sol d'une grande maison de maître ?

Il regarda alentour.

— Bonne question. En fait, je me sers uniquement de la cave à vin, puisque je ne suis qu'un play-boy.

— Maintenant, c'est moi qui ne vous crois pas.

— Vous avez raison… Alors, si vous voulez tout savoir, il y a des meubles d'antiquaire, des affaires ayant appartenu à mes parents, des œuvres d'art, de l'argenterie, et les archives de la société.

Les archives de la société… L'information était donc confirmée, mais elle ne pouvait décemment pas lui demander de l'y emmener sans lui mettre la puce à l'oreille.

Ils firent encore quelques pas, puis il s'arrêta.

— Nous y voilà.

Ils étaient devant une large porte en chêne arborant d'épaisses poignées torsadées en fer forgé. Une voûte en pierre surplombait la porte d'entrée, lui donnant des allures de donjon.

Il sortit une clé de sa poche, qu'il inséra dans le verrou.

— Eh bien, on dirait qu'on pénètre dans un coffre-fort.

— Une propriété de cette taille emploie beaucoup de personnel. Certains sont là depuis longtemps, d'autres sont de passage. Et mon père collectionnait des vins qui valent une fortune. Il faut donc se montrer prudent.

La porte s'ouvrit en un long grincement. Darci regarda à l'intérieur de la pièce sombre.

— C'est ici que vous enfermez les jeunes femmes innocentes que vous surprenez dans des endroits interdits ?

— Non, cette pièce-là se trouve plus loin dans le couloir.

— C'est bon à savoir.

Il appuya sur l'interrupteur et elle découvrit une salle immense aux murs de pierre. Dans la première pièce se trouvait une grande table en bois rectangulaire entourée d'une vingtaine de chaises. Le plafond était orné de poutres en bois épais, soutenues par d'énormes piliers. Dans les pièces adjacentes, des porte-bouteilles en cèdre et des étagères recouvraient toute la surface des murs.

La salle était fraîche, imprégnée d'une agréable odeur de cèdre. La plupart des bouteilles étaient rangées à l'horizontale. Mais certaines étaient debout, prêtes à être ouvertes. Une pyramide de verres à pied retournés, disposés avec ingéniosité, se dressait au centre de la table.

— C'est incroyable, murmura-t-elle en avançant, tournant la tête pour jouir d'une vision d'ensemble.

— Incroyablement charmant ou incroyablement intimidant ? s'enquit-il.

— Les deux.

Les gens qui entraient pour la première fois devaient tous avoir la même réaction. Elle examina la pièce, subjuguée.

— Cela me donne envie d'en savoir plus sur le vin.

— Que désirez-vous apprendre ?

Elle lui fit face.

— Quels sont les bons vins ?

Il la regarda, interloqué.

— Vous plaisantez ?

— Non. Pourquoi ?

— J'avoue, je m'attendais à une question plus spécifique.

— Je ne m'y connais absolument pas en vin. Tout à l'heure, j'ai juste répondu au hasard.

Elle n'était pas venue à cette soirée pour prendre un cours d'œnologie et plus elle restait dans cette cave, moins son enquête avançait. Mais, pour l'heure, il était important de marquer des points auprès de Shane Colborn et de s'en faire un allié plutôt qu'un ennemi.

En avouant son ignorance, elle espérait établir une relation de confiance.

Les yeux bleus de son interlocuteur s'animèrent d'une lueur étincelante, comme s'il appréciait ce moment impromptu.

— Dans ce cas, asseyez-vous, lui intima-t-il en tirant une chaise.

Elle obtempéra et il se pencha vers elle, lui donnant accès à son parfum musqué enivrant.

— On s'en tiendra au Nouveau Monde, alors, susurra-t-il.

L'atmosphère changea du tout au tout.

— On va commencer par un pinot noir, suivi d'un merlot, puis d'un cabernet sauvignon, et on terminera par une syrah.

— Quatre bouteilles !

Il se releva.

— On ne va pas boire toutes les bouteilles.

Quelle idiote !

— Oui, bien sûr. Et puis d'autres gens vont prendre part à cette dégustation.

— Pas pour le moment. Sauf si vous voulez que j'aille chercher de la compagnie.

Non, elle avait envie d'être seule avec lui. Ce qui était

inquiétant, d'ailleurs. Elle garda le silence, paralysée par ses émotions.

De sa main, il effleura son épaule et le ton de sa voix se fit plus intime.

— Moi non plus, lâcha-t-il, devinant le sens de son silence.

Avant qu'elle ait eu le temps de formuler une réponse, il avait disparu parmi les étagères remplies de vin, contemplant des bouteilles ici et là.

Elle se pencha pour l'observer de sa chaise et remarqua sa concentration lorsqu'il s'inclinait pour lire des étiquettes. Elle avait lu qu'il mesurait un mètre quatre-vingt-dix et qu'il aimait pratiquer le sport. A en juger par sa carrure athlétique, il avait l'air en pleine forme. Son costume fait sur mesure mettait en valeur ses épaules et son torse. Son estomac était sûrement ferme à croquer et elle avait déjà eu l'occasion d'effleurer les muscles de ses biceps.

Pourtant, elle ne pouvait pas se permettre de rentrer dans de telles considérations. Pas question de se laisser distraire par les multiples charmes de ce don Juan.

Même s'il était difficile d'y résister. Ou de se voiler la face. Shane Colborn était un demi-dieu vivant. Et elle semblait être la prochaine victime sur sa liste de conquêtes.

Shane avait complètement négligé ses autres invités. Il allait bientôt être 22 heures et la mise aux enchères touchait à sa fin. La bienséance lui imposait de remonter voir ses invités et d'aider sa cousine Maddie pour annoncer les gagnants, mais il voulait savoir ce que Darci pensait de la syrah, le dernier des quatre vins qu'il lui avait fait goûter.

Il avait l'habitude de rencontrer des femmes, mais c'était la première fois qu'une jeune femme le fascinait autant. Elle était terre à terre, sans chichis, et elle avait le sens de l'autodérision.

Elle fit tournoyer le vin dans un grand verre, analysant la couleur et la viscosité, comme il lui avait appris. Puis elle se pencha pour inhaler les parfums.

— C’est plus fort, constata-t-elle, plissant légèrement le nez.

Il la trouvait terriblement belle, au point qu’il en perdait la tête et le sens de ses obligations. Elle avait une admirable chevelure rousse qui lui tombait au niveau des épaules. Elle devait mesurer environ un mètre soixante-dix. Une silhouette menue, une poitrine ronde à souhait, de jolies jambes et des mains délicates. Elle avait les lèvres pulpeuses, les cils longs, et ses grands yeux étaient d’un vert cristallin.

Difficile de s’arracher à ce visage angélique.

Elle prit une gorgée de vin, puis elle secoua la tête.

— Je préfère le cabernet sauvignon.

— Tu as de très bons goûts en vin.

— Tu dis ça pour me faire plaisir ?

— Non, je dis ça parce que tu as les mêmes goûts que moi, la taquina-t-il.

Il remplaça son verre de syrah par un verre de cabernet sauvignon.

Elle inspecta la table.

— Nous avons instauré un sacré désordre.

— On a déjà vu pire.

— Je pensais que des gens allaient venir pour une dégustation.

— Quelqu’un viendra nettoyer la table.

Il regarda sa montre. Décidément, le temps passait trop vite avec Darci Lake et, s’il ne remontait pas rapidement, il pourrait se retrouver dans l’embarras.

L’espace d’un instant, il pensa même à annuler la dégustation pour empêcher quiconque de descendre. Comme cela, il pourrait garder Darci pour lui tout seul un peu plus longtemps.

En silence, il remercia Justin de l’avoir dissuadé de prendre une cavalière pour la soirée. Cette Darci Lake était un cadeau tombé du ciel, à condition qu’il négocie correctement le prochain virage.

L’événement était prévu pour durer encore plusieurs heures et le DJ allait bientôt encourager les gens à rejoindre la piste de danse. Sa décision était prise.

Il se leva.

— Emportons nos verres avec nous.

— D'accord. Où allons-nous ? s'enquit-elle en se levant à son tour.

— Tu veux danser ?

La question la prit par surprise.

— Avec toi ?

— Oui. Pourquoi pas ?

Les mots lui manquaient. Elle paraissait sincèrement étonnée de la tournure des événements.

— Eh bien… Non… Je … Oui… C'est que tu as beaucoup d'invités et tu as promis une dégustation de vin.

Il se pencha pour lui prendre la main.

— Ma cousine Maddie se chargera de la dégustation.

Il garda sa main dans la sienne le temps de quitter la cave.

— Tu ne fermes pas à clé ?

— Non. Le sommelier va venir juste après nous.

— Tu as un sommelier ?

— Oui, comme tout le monde.

C'était une plaisanterie, mais il ne voulait pas passer pour un goujat prétentieux.

— Pardon, reprit-il. Je ne suis pas un fils à papa pourri gâté. Cette demeure est idéale pour ce genre de soirées, j'aime prendre du bon temps, mais je ne mène pas la grande vie tous les jours.

Le regard de Darci s'était fait plus distant, comme si elle lui échappait, de manière indicible.

— Tu viens d'une famille fortunée. C'est comme ça.

— Je ne suis pas du genre à prendre les gens de haut.

— Je n'ai rien dit et tu n'as pas à te justifier.

— Tu es fâchée ?

Elle tourna la tête.

— Non, pas du tout.

Pourtant, quelque chose avait changé. Il le sentait.

— Tu veux bien danser avec moi ?

Elle serra les lèvres.

— S'il te plaît, danse avec moi.

Des voix se firent entendre dans le couloir. Il reconnut l'accent. Le sommelier et son équipe étaient en route.

Darci cligna des yeux. L'instant d'après, tout était redevenu comme avant.

— D'accord. Je t'accorde une danse.

Impulsivement, il passa un bras autour d'elle, effleurant ses épaules alors qu'ils repartaient.

Julien Duval, son sommelier, apparut.

— Monsieur Colborn ?

— La cave doit être nettoyée avant les prochains arrivants.

— Pas de problème. Vous serez de la partie ?

— Non, pas cette fois. Vous pouvez demander à Madeline de me remplacer ?

— Bien sûr.

— Merci, Julien.

Shane suivit Darci dans l'escalier. Le tissu doré de sa robe formait un col en V dans son dos, ce qui lui donnait une vue imprenable et exquise. La robe mettait en valeur sa silhouette menue et tout spécialement son joli derrière. Quel dommage de devoir remonter à la surface et partager Darci.

Il posa une main dans le creux de son dos pour la guider vers la grande salle, où la fête battait son plein.

Des gens l'assaillirent de toutes parts pour lui dire bonjour, mais il ne s'attarda pas, continuant son chemin. La musique les enveloppa alors qu'il passait la voûte.

Il se débarrassa de leurs verres de vin, guida Darci vers la piste de danse où il la prit dans ses bras.

La soie de sa robe était souple et chaude. Sa main lui parut extrêmement petite dans la sienne. Leurs cuisses se frôlaient de manière érotique, au rythme de la musique.

Ils avaient à peine commencé que la musique s'arrêta.

— Celle-là ne comptait pas, murmura-t-il dans son oreille.

— Tu changes les règles quand ça t'arrange ?

Elle avait dit cela en souriant, c'était de bon augure.

Il enchaîna, tout en gardant les yeux plongés dans les siens.

— Chez moi, c'est moi qui commande.

— Tu es un autocrate ?

— N'exagérons pas.

Elle recommença à bouger, se laissant guider par le rythme.

— Chez Colborn Aerospace, tu es responsable de tout ?

— On peut dire que oui.

— Tu es un chef tyrannique ?

Il sourit en entendant la question.

— Il me semble que non. Mais tout chef tyrannique nierait, donc, le mieux, c'est d'interroger mon personnel.

— Il y a des membres du personnel, ce soir ? demanda-t-elle après avoir regardé autour d'elle pour évaluer la situation.

— Il y a mon cercle proche. Tu veux que je te les présente ?

— Non, ça ira. Je préfère me faire ma propre idée.

C'était ce qu'il souhaitait au fond de lui. Il voulait que cette femme se fasse sa propre idée de qui il était vraiment.

Il resserra son étreinte. Au début, elle résista, se raidissant. Mais il insista et elle finit par se relaxer.

Son corps se fit plus souple contre le sien, ses courbes féminines venant s'imbriquer dans ses formes.

Il rapprocha leurs mains jointes vers leurs épaules, déplaçant son autre main vers le haut, sur la peau nue du dos de Darci. Leurs mouvements étaient synchronisés à merveille et il avait follement envie d'elle.

Il pencha la tête pour mieux humer le parfum citronné de sa chevelure. La poitrine de Darci était pressée contre son torse. Leurs cuisses se touchaient, se déplaçant à l'unisson à chaque pas.

Il céda à la tentation, déposant un baiser dans ses cheveux.

— Reste avec moi ce soir, souffla-t-il sans réfléchir.

Elle se recula d'un bond, ses yeux verts papillonnant, l'air paniqué.

Quel idiot ! Avait-il tout gâché ?

3

La proposition de Shane ramena abruptement Darci à la réalité. Elle avait perdu la tête. Sa raison l'avait quittée alors qu'elle oscillait contre Shane en rythme avec la musique. Pas étonnant qu'il l'ait crue ouverte à toutes sortes de propositions.

Malgré tout, Shane semblait dépité. Et elle était responsable de cette situation maladroite. Elle aurait dû garder ses distances.

— Je suis désolé. Je ne veux pas qu'il y ait de malentendu. Je voulais dire : « Reste avec moi jusqu'à la fin de la soirée. »

Elle recula d'un pas, se rappelant qu'elle était venue pour espionner Shane Colborn et non finir dans ses bras. Même si finir dans ses bras était une idée tout à fait agréable.

Elle divaguait. Le vin lui était monté à la tête.

Il referma l'espace entre eux.

— S'il te plaît, continue à danser avec moi.

— Je suis désolée, je ne voulais pas t'induire en erreur. On vient à peine de se rencontrer. Je ne suis pas…

Il resserra son étreinte. Elle ne trouva pas le courage ni la force de lui résister. C'était tellement bon.

— C'est moi qui suis désolé, j'ai manqué de tact, marmonna-t-il, les guidant de nouveau en rythme sur la piste de danse.

Le mieux serait de remercier Shane et de prendre congé sans tarder. Mais elle n'arrivait pas à s'y résoudre.

L'espace de quelques instants, elle se laissa porter par la musique et ses bras. Puis elle se força à reprendre la conversation.

— Merci pour la dégustation. C'est gentil d'avoir pris tout ce temps alors que tu es l'organisateur de cette soirée.

— C'était gentil, mais tu préfères en rester là ? s'enquit-il sur un ton taquin.

Elle trouva sa remarque désarmante.

— Je te rappelle qu'on s'est rencontrés il y a deux heures.

Il se tut, la guidant sur la piste de danse.

— J'ai l'impression que ça fait plus longtemps que ça.

— Tu veux dire que tu me trouves ennuyeuse ?

— Au contraire. Mais je me sens assez possessif en ta présence, avoua-t-il, le regard plongé dans le sien.

Sa curiosité prit le dessus.

— Comment ça ?

Il jeta un regard alentour.

— Je voudrais que tu ne danses qu'avec moi.

— De ce côté-là, il n'y a pas de risques, s'esclaffa-t-elle.

Après tout, elle ne connaissait personne.

— Si tu étais libre, je suis sûr que tu aurais des prétendants. C'est pour ça que je te garde dans mes bras, ajouta-t-il en resserrant de nouveau son étreinte.

La situation devenait quasi incontrôlable. Il était temps de repartir sur un ton plus léger.

— Avoue que ça ne va pas être pratique pour la suite.

— Quoi donc ?

— En tant qu'hôte, tu as des obligations, donc ça va être difficile de me garder dans tes bras, plaisanta-t-elle.

Il haussa les épaules.

— Ma cousine est là pour m'aider.

— Elle doit déjà faire la dégustation à la cave, non ?

— On a du personnel formidable, je ne m'inquiète pas.

— Tu penses pouvoir ignorer tes invités et danser avec moi toute la nuit ?

Dès qu'elle prononça le mot, elle le regretta. Elle aurait dû dire « soirée » au lieu de « nuit ».

Son regard bleu s'illumina, son expression virile se fit plus séduisante et ténébreuse.

— Tu peux m'avoir toute la nuit, si tu veux.

Elle lui frappa légèrement le torse.

— Arrête. Tu sais très bien ce que je voulais dire.

— Oui, mais j'ai quand même le droit de te taquiner.

— Tu es toujours comme ça ?

— Comment ?

La chanson s'arrêta, une autre reprit. Elle fit semblant de ne pas le remarquer.

— Tu es toujours aussi amical avec les gens que tu viens de rencontrer ?

— Et toi ?

La question la surprit. Il avait raison. Elle était aussi responsable que lui.

— Non. Jamais. C'est pour ça que je me suis dit que ça venait de toi, répondit-elle.

— En général, je garde mes distances.

— Je ne te crois pas un seul instant.

— Demande à n'importe qui, tu verras.

— D'accord.

— Demande à Tuck, tiens.

— Je n'y manquerai pas.

C'était un mensonge. Elle ne reverrait sûrement jamais Tuck de sa vie.

Shane se tut pendant un long moment, ce qui l'inquiéta.

— Tu es déjà sortie avec Tuck ? demanda-t-il enfin.

— Non, je ne suis jamais sortie avec Tuck, répondit-elle en éclatant de rire. Mais je te rappelle qu'on vient à peine de se rencontrer et qu'on ne sort pas ensemble.

— Justement, on devrait.

— Tu as perdu la tête !

Ou, plutôt, c'était elle qui perdait la tête.

Il avait visiblement beaucoup d'expérience avec les femmes, mais il n'était pas question de prendre son numéro de charme au sérieux.

— Tu es libre vendredi ?

— Non, je travaille.

— Je parlais de la soirée, pas de la journée.

— Je travaille aussi le soir. J'ai lancé ma propre société et j'ai beaucoup de commandes.

Elle avait aussi un emploi secret chez Colborn, un mystère à résoudre, et une vendetta contre sa famille.

Il était certes beau et séduisant, mais il était hors de question d'envisager d'aller plus loin avec Shane Colborn.

— Tu sais, c'est mauvais de trop travailler. Il faut aussi prendre du bon temps.

— Certes, mais j'ai des clients et des délais à respecter.

— On pourrait aller dîner, voir une pièce de théâtre, insista-t-il. Ou les deux.

Elle pencha la tête en arrière pour mieux saisir son expression.

— Tu n'as pas encore compris que c'était non ?

— Tu n'as pas encore compris que je n'abandonnerai pas ?

— Pas question de sortir avec toi, Shane.

L'étau se resserrait. Ce n'était pas prévu.

— Pourquoi ? Tu as un petit ami ?

— Non !

Aussitôt, elle regretta sa réponse sortie du cœur. Un petit ami, voilà qui aurait été l'excuse parfaite pour se débarrasser de Shane. Elle aurait dû sauter sur cette occasion en or. Trop tard.

— On peut faire autre chose, alors. Un concert de jazz ? Une croisière sur le lac ? Qu'est-ce que tu aimerais ?

— Shane, arrête.

— On pourrait se retrouver ici, si tu veux. Les jardins sont magnifiques l'été, à la nuit tombée. On pourrait dîner sur la terrasse, se choisir une bonne bouteille, maintenant que tu sais ce que tu aimes comme vin.

En l'écoutant parler, elle eut une idée. Si elle revenait ici, et qu'ils retournaient à la cave, elle pourrait se créer une occasion pour faire avancer son enquête et peut-être atteindre la salle des archives.

Il était dangereux de se rapprocher de Shane mais, sans cela, elle n'aurait pas l'occasion de revenir ici.

Une voix d'homme les interrompit.

— Tu as peur que Darci s'envole ?

Shane se raidit.

— Bonsoir, Tuck.

Elle se tourna vers l'intrus, choquée qu'il ait retenu son prénom.

— Changement de partenaire, lança-t-il.

— Pas question, intervint Shane.

— Pourquoi pas ? s'enquit Tuck, taquin.

Shane la regarda d'un œil accusateur.

— Je pensais qu'il n'y avait jamais rien eu entre vous.

— C'est la vérité, répliqua-t-elle d'une voix étranglée.

La catastrophe était imminente.

— Shane, arrête tes bêtises. Petra me poursuit, j'ai besoin d'une partenaire.

— Trouve-t'en une autre.

— Shane !

— Si tu avais des vues sur Darci, il fallait le dire avant.

N'y tenant plus, elle intervint.

— Ecoutez, je…

Tuck l'interrompit, les yeux rivés sur Shane.

— Avant ? Quand ça ?

— Je ne sais pas, depuis que tu la connais.

Le sol ne cédait toujours pas, refusant de l'engloutir pour lui éviter une humiliation imminente.

— Shane ?

C'était une voix féminine, cette fois.

— On dirait que Maddie a besoin de toi, constata Tuck, l'air satisfait et surtout amusé.

Aussitôt, il prit Darci dans ses bras et l'entraîna sur la piste de danse sans demander la permission à Shane.

Elle suivit le mouvement, déçue de quitter les bras chaleureux de Shane et surtout d'avoir raté une occasion de revenir dans la propriété des Colborn. Avec une invitation officielle, de surcroît ! Elle aurait dû accepter tout de suite. A force de tergiverser, elle s'était fait prendre à son propre jeu.

— Désolé pour ce kidnapping, mais Petra ne m'a pas lâché de la soirée. Je voulais faire une pause.

— Aucun problème, ravie de pouvoir te venir en aide, plaisanta-t-elle.

Il éclata de dire.

— D'ailleurs, on dirait que Shane ne voulait pas te lâcher non plus. Et pourquoi pense-t-il que je serais déjà sorti avec toi ?

Darci rougit de honte.

— C'est ma faute. J'ai dit que je t'avais rencontré en début de soirée et il s'est fait des idées. Comme il se montrait jaloux, je n'ai pas cherché à rectifier son erreur.

— Tu as raison. Laissons-le gamberger, c'est plus amusant. Il a passé toute notre adolescence à me jouer des tours, alors à moi de prendre ma revanche.

— Ah bon ? Il te jouait des tours ? s'enquit-elle, curieuse.

— Nous étions deux jeunes gens riches, aimant les voitures de course, les boîtes de nuit et les jolies filles. Dans ce domaine, autant dire qu'il a toujours eu l'ascendant sur moi.

— Pourtant on ne peut pas dire que tu manques d'atouts.

— C'est gentil de ta part, même si je n'allais pas à la pêche au compliment. Toujours est-il que, dès que je repérais une fille, Shane s'empressait de me couper l'herbe sous le pied.

— Ce n'était pas gentil.

— Il a fini par arrêter. Et, parfois, je me dis qu'il faisait peut-être ça pour voir si elles s'intéressaient vraiment à moi ou si, tout ce qu'elles voulaient, c'était juste sortir avec un jeune homme riche.

— Dis donc, tu es vraiment loyal envers ton ami. Et les filles choisissaient toujours Shane ?

— Toutes sauf une. Roberta Wilson, au lycée. Elle n'a toujours regardé que moi.

— Et qu'est-elle devenue ?

— On est sortis ensemble pendant six mois, puis on s'est perdus de vue. Et puis notre style de vie a brusquement pris fin à la mort des parents de Shane.

Elle le relança sur un autre sujet.

— On dirait que Shane a un tempérament très protecteur. Que serait-il prêt à faire pour défendre l'honneur de son père ?

— Il est aussi très loyal.

Cette conversation avec Tuck lui donnait des indices supplémentaires sur la personnalité de Shane.

— Parlons de Darci Lake, à présent. S'il me pose des questions, je veux être en mesure d'attiser sa jalousie.

Elle n'aimait pas l'idée de compromettre Tuck, mais elle n'était plus à quelques mensonges près, finalement.

Si elle voulait arriver au résultat escompté, elle devrait assumer son jeu de tromperie.

— Que veux-tu savoir ?

— D'où viens-tu ? Que fais-tu dans la vie ?

— J'ai grandi à Chicago. Je suis allée à l'université de Columbia.

— Joli.

— J'ai créé une société de graphisme avec ma meilleure amie. On s'occupe essentiellement de sites Internet.

— C'est un marché en plein essor.

— Jusqu'à présent, ça se présente bien. La croissance est bonne.

Un peu trop, même. Entre son emploi chez Colborn et son travail le soir, cette semaine avait été épuisante.

— On aura peut-être l'occasion de collaborer.

— Pour l'instant, j'ai une liste d'attente.

Elle aurait très bien pu caser un client supplémentaire, mais mieux valait se tenir à l'écart des amis de Shane.

— Je vois…

— Parle-moi de toi, maintenant, reprit-elle, désireuse de ne pas donner d'autres indices ou mensonges sur sa vie.

— Bonne idée. Shane te posera sûrement des questions pour savoir si tu me connais.

Elle en doutait, mais s'abstint de tout commentaire. Elle s'en voulait encore d'avoir raté une occasion de revenir dans cette demeure pour continuer son enquête.

— Je suis le second fils de Jamison Tucker, qui était le fils unique de Randal Tucker, fondateur de Tucker Transportation. J'en suis le vice-président. Mon frère aîné prendra la place de président quand mon père partira en retraite. Mais c'est déjà lui qui dirige l'entreprise…

— C'est terminé, l'interrompit Shane, surgissant de nulle part.

— Je ne sais pas ce que tu en penses, Darci, mais je trouve que ce ne sont pas des manières.

Darci rit de bon cœur.

— Arrête ton char et laisse-nous, insista Shane, visiblement peu enclin à plaisanter.

— Darci, merci pour cette danse, c'était parfait.

— Merci à toi, Tuck, répliqua-t-elle, étonnée que Shane soit revenu vers elle.

Dès que Tuck fut parti, il la prit dans ses bras pour se coller contre elle.

Elle remarqua aussitôt la différence. Sa posture était plus raide, ses mouvements plus tendus.

— Alors, tu t'es bien amusée ? s'enquit-il d'un ton méfiant.

— C'était agréable.

— Tuck te plaît ?

— Il est sympathique.

— Sympathique ?

— Oui, très sympathique.

La situation était ridicule. Elle eut envie d'éclater de rire, mais se retint, sentant que Shane n'était pas d'humeur.

— Arrête.

— Quoi donc ?

— Arrête de te comporter comme si je t'avais trahi en dansant avec Tuck. Tu ne peux pas te montrer possessif avec toutes les femmes que tu connais depuis deux heures

— Trois heures.

— Trois heures, pardon.

Il se tut. Puis il se détendit. Au fur et à mesure que les minutes passaient, il resserra son étreinte et finit par poser sa joue sur ses cheveux.

— Vendredi soir ? demanda-t-il enfin.

— Sur la terrasse ? Avec une bonne bouteille de vin ?

— Ce serait formidable.

— Alors c'est d'accord.

— Merci, lâcha-t-il dans un souffle rauque et sensuel.

Elle frémit des pieds à la tête, le cœur battant la chamade, l'estomac papillonnant d'excitation.

Pourtant, elle savait que, ce qu'elle était venue chercher ce soir, ce n'étaient pas des sensations fortes. Surtout pas provoquées par Shane Colborn.

— Franchement, je ne te comprends pas, marmonna Jennifer.

— C'est le meilleur moyen pour retourner au manoir, répliqua Darci du haut de la troisième marche de l'escabeau, alors qu'elle enfonçait un crochet dans le mur.

Elle se garda bien de raconter en détail tout ce qui s'était passé sur la piste de danse.

— Donc tu sors avec Shane Colborn ?

— Je fais semblant de sortir avec lui.

— Mais, lui, il ne sait pas que tu fais semblant.

Le crochet ayant l'air de bien tenir, Darci descendit de l'escabeau.

— Qu'en penses-tu ? On met les orchidées sur ce mur-là ?

— Oui. Tu éprouves de l'attirance pour lui ?

Darci alla prendre le mètre sur le bar américain.

— Difficile de ne pas être attirée par lui.

Jennifer entreprit d'enlever le papier entourant le tableau.

— Tu ne crois pas que c'est dangereux ?

— Je crois que je peux réussir à continuer ce petit jeu sans engager mes sentiments pour autant.

— Et si ça ne se passe pas comme prévu ? Et si tu n'arrives pas à laisser tes sentiments à l'écart ?

Darci prit des mesures, puis plaça le té sur le mur.

— Si tu as une meilleure idée, dis-la-moi. J'écoute.

— Tu as fait le tour des archives chez Colborn ?

— J'y travaille d'arrache-pied, mais je n'ai encore rien trouvé. Le système informatique ne contient que les données les plus récentes. Les données les plus anciennes sont classées dans des dossiers.

— Tu devrais peut-être d'abord voir si tu ne trouves rien dans les registres de la société. Ce serait plus sûr, non ?

Darci fit un trait au crayon à papier sur le mur.

— Je fais les deux en même temps. Je ne peux pas passer le restant de ma vie dans cette situation.

Elle voulait retrouver les originaux des dessins, rétablir la réputation de son père, lui rendre justice et quitter son emploi chez Colborn. Le plus vite serait le mieux.

— A toi de voir, maugréa Jennifer, perplexe.

— Qu'est-ce qui t'inquiète, au juste ?

— Que tu te fasses prendre, bien sûr.

Darci remonta sur l'escabeau, marteau et crochet en main. Se faire prendre faisait partie des risques. Elle n'avait aucune expérience dans le domaine de l'espionnage, du cambriolage ou de l'escroquerie. Elle n'était pas à l'aise dans son rôle de détective clandestine, mais elle n'avait pas le choix pour arriver à ses fins.

— Ce n'est pas un crime horrible, reprit-elle. Je ne vais tuer personne, et je rendrai ce que je vais emprunter, après avoir résolu le mystère.

— Si tu trouves les originaux, et si tu as raison, tu pourrais empocher des millions de dollars.

Darci arrêta de jouer du marteau.

— Ce n'est pas une question d'argent.

— Pas pour toi mais, pour Shane Colborn, la question va forcément se poser. Il pourrait perdre une bonne partie de sa fortune. Tu ne sais pas ce qu'il serait prêt à faire pour sauver son héritage.

Darci éclata de rire.

— Tu penses qu'il va m'enfermer dans sa cave ou engager un tueur à gages ?

— Tu rigoles, mais ça fait partie des possibilités.

— Tu regardes trop de séries policières.

— S'il te plaît, fais attention.

— Promis. Et toi, tu as tenu ta promesse ? Tu n'as pas appelé Ashton ?

— Je ne lui ai pas parlé.

— Mais tu as essayé de l'appeler.

Jennifer baissa les yeux.

— Je suis tombée sur sa boîte vocale.

Darci poussa un soupir de frustration.

— Dis-moi que tu n'as pas laissé de message.

— Je n'ai pas laissé de message.

— Mais ?

— J'ai hésité quelques secondes, puis j'ai raccroché.

— Il verra ton numéro.

— Je l'ai bloqué.

— Pour pouvoir appeler Ashton ?

Jennifer tapota le cadre de la peinture qu'elle tenait en équilibre sur sa cuisse.

— Peut-être.

— Je dois te coacher pour t'éviter de replonger.

— Je te rappelle que tu t'es lancée dans une activité criminelle. Autrement dit, ton comportement n'a rien d'irréprochable.

— Mon activité criminelle peut potentiellement rapporter gros. Alors que revoir Ashton ne pourra que t'apporter des ennuis.

— J'espère que tu as tort.

Jennifer lui tendit le tableau.

— Crois-moi, j'ai raison.

— Peut-être, mais Ashton est comme un gâteau irrésistible. Je sais que je regretterai d'avoir cédé, mais la tentation est parfois trop forte pour que j'y résiste.

— Arrête, tu me donnes faim.

Darci positionna le tableau.

— Comme ça, ça va ?

— C'est parfait, dit Jennifer après avoir pris un peu de recul.

Elle sortit l'autre tableau de son emballage et le tendit à Darci. Une fois l'autre peinture installée, elle descendit pour juger du résultat.

— Je trouve que c'est bien espacé, dit Jennifer.

— Tu m'as donné faim, en parlant de gâteau.

— On n'a pas de gâteau, mais j'ai une boîte d'amandes caramélisées.

Pendant que Jennifer allait chercher les confiseries, Darci déplaça l'escabeau pour préparer l'installation des autres cadres.

— Alors, comment va se passer ton prochain rendez-vous galant avec Shane Colborn ?

— On va dîner sur la terrasse du manoir. Il veut aussi me faire découvrir du vin. Mon but est d'aller dans la cave avec lui, de m'excuser pour aller aux toilettes et d'en profiter pour explorer le sous-sol.

— Et s'il te surprend au mauvais endroit ?

— Je dirai que je me suis perdue.

— OK, ça peut marcher.

En revenant de la cuisine, elle prit la télécommande et alluma la télé.

— Tu ne crois pas qu'il pourrait finir par se méfier ?

Darci accrocha le troisième tableau.

— Peut-être, mais il ne pourra jamais se douter de la vérité.

— Il pensera peut-être que tu es une journaliste qui enquête sur sa vie privée.

— Tu penses ?

Elle n'avait pas prévu ce scénario.

— Tu ne serais pas la première.

— Comment ça ?

— Regarde. J'ai allumé la télé pour te montrer ça. Bianca Covington vient de publier un livre sur Shane Colborn.

— Qui est Bianca Covington ?

— Une jeune femme belle et célèbre.

Darci se déplaça pour mieux voir. Une femme blonde était assise à la table de Berkley Nash, un journaliste réputé pour mener des interviews redoutables.

La caméra offrit un gros plan d'un livre à la couverture rose fuchsia :

Shane Colborn — Bas les masques.

Une photo de Shane apparut à l'écran. L'estomac de Darci se noua. Il était tellement beau.

Soudain, elle ne put combattre son impatience de le revoir. Mais, dans la foulée, elle se posa une question importante : pourquoi avait-il insisté à ce point pour la revoir alors qu'il pouvait avoir toutes les femmes qu'il voulait ?

Peut-être que Shane avait deviné qui elle était et qu'il la menait par le bout du nez pour lui donner une bonne leçon.

— Vous lancez des accusations scandaleuses dans ces pages, disait le journaliste.

— Je pense en effet que les lecteurs seront choqués de découvrir la face cachée de Shane Colborn.

Jennifer leva les yeux vers Darci.

— La face cachée ?

— Je pense qu'elle exagère.

— Tu vas quand même aller seule chez lui.

— Tout se passera bien. Et on ne sera pas seuls. La maison est pleine de domestiques.

— Tu es sûre ?

— Ce n'est quand même pas le comte Dracula.

Tant qu'il ne connaîtrait pas sa véritable identité, il n'y aurait aucune inquiétude à avoir.

— Tu me promets de faire attention ?

— Oui. Et moi aussi j'ai une face cachée. Je te rappelle que je vais chez lui pour l'espionner.

Elles se tournèrent vers l'écran pour écouter Bianca.

— Cet homme est impitoyable et complètement narcissique. Il est né avec une cuillère en argent dans la bouche et il n'entend pas se laisser déposséder, affirmait-elle, le regard vindicatif.

— On dirait vraiment qu'elle lui en veut.

Etait-il vraiment impitoyable et narcissique ? Pour savoir où elle mettait les pieds, elle lirait le livre avant d'aller rendre visite à Shane le vendredi suivant.

Assis à une table du grill Daelan, Shane sentait les regards désapprobateurs des clients, qui oscillaient entre lui et l'écran de télévision du bar.

— On s'attendait plus ou moins à ça, déplora Justin, une fois que Bianca eut quitté le plateau du magazine télévisé.

— Elle est plutôt sexy, lança Tuck.

— Et, pour l'instant, on tient encore le contrat avec Gobrecht Airlines, ajouta Justin.

En entrant dans le grill, Shane mourait de faim et avait commandé un hamburger géant avec des frites. Maintenant que son assiette était servie, il avait l'appétit coupé.

— J'imagine que ça va durer un moment, soupira-t-il.

— On dirait qu'elle aime les feux de la rampe, fit Justin.

— Est-ce que ça valait le coup, au moins ? demanda Tuck, toujours aussi pragmatique.

— Même pas, ironisa Shane.

Il avait pris Bianca pour une jeune femme dynamique et enthousiaste toujours prête à le suivre, mais en réalité elle s'était moquée de lui sur toute la ligne.

— Il doit bien y avoir un moyen de mener une contre-offensive, reprit Shane.

Au cours des derniers jours, il s'était rallié à l'opinion de Justin, jugeant qu'il était préférable d'adopter un profil bas et de se faire oublier des médias pendant quelque temps. Il se fichait pas mal de ce qu'elle pouvait dire sur sa vie sexuelle. Mais ses accusations d'espionnage industriel et de comportement contraire à l'éthique le gênaient car elles pourraient nuire gravement à Colborn Aerospace.

— Une contre-offensive ne ferait qu'attiser les passions et envenimer notre situation.

— Diffamation ? Calomnie ?

— Oui, mais il faut être capable de le prouver.

Tuck intervint :

— Je veux bien jouer aux agents doubles. Je pourrais sortir avec elle, l'attirer dans un lit, et ensuite raconter des mensonges à son sujet.

— Elle sait que nous sommes amis.

— Je trouve cependant que ça vaudrait le coup d'essayer, insista Tuck.

— Ethiquement, tu n'as pas le droit, car c'est une ex de Shane. Or tu ne peux pas sortir avec les ex de ton meilleur ami, ajouta Justin, en aparté.

— Si elle trahit mon meilleur ami, cette règle n'est plus valable. Shane se fiche de savoir si je couche avec elle ou pas. N'est-ce pas, Shane ?

— Je me fiche éperdument de la vie sexuelle de Bianca.

— Tu vois ? fit Tuck à l'intention de Justin.

— Tu es vraiment sans moralité.

— C'est Bianca qui n'a aucune moralité, répliqua Shane.

Tuck leva son verre.

— Bien dit. Et je crois qu'on est tous d'accord là-dessus.

Ils trinquèrent et burent une gorgée.

— Pour finir, que s'est-il passé avec Darci ? s'enquit Tuck.

— Je te préviens, tu n'as pas intérêt à y toucher, répondit Shane, décidant de manger quelques frites.

Il n'allait pas se laisser mourir de faim à cause d'une ex qui voulait se venger de lui.

— Qui est Darci ? demanda Justin.

— L'opposé de Bianca.

— Elle sauve les orphelins et nourrit les affamés ?

— Non, mais j'ai eu un mal fou à la convaincre de me revoir.

— Comment ça, « te revoir » ? Mais de quoi on parle ? s'inquiéta Justin.

— C'est peut-être un jeu. Elle cherche peut-être simplement à se faire désirer, ajouta Tuck.

— Franchement, je ne crois pas, dit Shane.

— Vous pouvez m'expliquer ? insista Justin.

— D'ailleurs, Tuck, tu la connais mieux que moi, on dirait. Qu'est-ce que tu sais d'elle ? demanda Shane, ignorant Justin.

— Elle a grandi à Chicago. Elle a fait Columbia. C'est une fille sympa, sans chichis. Et elle a monté sa société de graphisme.

— Shane, on avait dit que tu devais rester célibataire jusqu'à ce que l'affaire Bianca soit résolue, dit Justin.

— Ne t'inquiète pas. Elle va simplement venir dîner au manoir. Pas de caméra. Rien que nous deux.

Penser à la soirée de vendredi provoqua une vague de chaleur et d'excitation en Shane. Darci était tellement différente et naturelle. Le fait qu'elle ait choisi de dîner chez lui plutôt que dans un restaurant huppé montrait qu'elle préférait la simplicité aux mondanités. Grâce à elle, il reprenait espoir. Toutes les jeunes femmes n'étaient pas obsédées par l'argent et la célébrité. Visiblement, Darci avait envie d'apprendre à le connaître, loin des strass et des paillettes.

4

— Tu as lu le livre ? s'enquit Shane alors qu'il reversait du vin dans le verre de Darci et dans le sien.

— Bien sûr.

Enfin, ils venaient de terminer la bouteille de vin qui était ouverte quand ils avaient commencé à dîner. Peut-être qu'elle allait avoir l'occasion de descendre à la cave.

— J'en suis navré.

— Parce que ce n'est pas un portrait flatteur ?

— Parce que c'est aux antipodes de la vérité.

Elle comprenait tout à fait qu'il soit contrarié. Vrais ou faux, elle n'aurait pas aimé que le grand public ait accès à des détails sur sa vie privée.

— Quels sont les passages où elle a menti ?

— Ce serait plus facile de t'énumérer les passages où elle dit la vérité.

Les flammes des bougies vacillaient au rythme de la brise nocturne. Un parfum de rose montait des jardins tandis que les feuilles bruissaient dans les chênes sous un ciel étoilé.

— Alors quels sont les passages qui racontent la vérité ? s'enquit-elle en portant son verre à ses lèvres.

Elle sentait que le vin lui montait à la tête, mais elle ne pouvait pas suggérer de descendre à la cave si elle n'avait pas fini son verre.

— Je m'appelle Shane Colborn.

Elle sourit, attendant la suite.

— J'ai du mal à le croire.

— Que je m'appelle Shane Colborn ? J'ai des papiers d'identité pour le prouver.

— Non, j'ai du mal à croire qu'il n'y ait que ça de vrai dans le livre.

Il fit tourner son verre de vin en le tenant par le pied.

— Elle se souvenait de la marque de ma voiture et du modèle, mais pas de l'année. On a passé un week-end à Aspen. Mais sa visite guidée du siège de la société Colborn s'est résumée à la salle de réunion et ma…

Il marqua une pause pour boire une gorgée de vin.

Constatant son embarras, elle laissa échapper un petit rire amusé.

— Nous n'avons jamais fait l'amour dans ma salle de bains privée, ajouta-t-il, froissé.

— Je n'ai rien dit.

Il poussa un profond soupir.

— Je ne lui ai jamais parlé de mes affaires ni de mes clients. Elle n'aurait pas compris.

— Alors comment elle a pu en parler dans le livre ?

— Il y a des faits qui sont connus du grand public et d'autres qu'elle a inventés de toutes pièces. Elle a dû avoir un conseiller pour donner à ses mensonges un air d'authenticité.

— C'est tiré par les cheveux, non ? objecta-t-elle en se demandant si Shane avait hérité de la personnalité trompeuse de son père.

Celui-ci fronça les sourcils.

Aussitôt, elle se ressaisit. Elle devait mieux jouer son rôle et ne pas commencer dès maintenant à l'accuser de malhonnêteté.

— C'est simplement qu'elle ne me semble pas être du genre à se lancer dans des analyses compliquées pour atteindre son but.

— Tu as raison. C'est quelqu'un d'autre qui tire les ficelles. De l'extérieur, on se dit que Bianca est une ex-petite amie qui cherche à se faire de l'argent, mais ça pourrait être un proche d'elle qui cherche à nuire à Colborn Aerospace. On est en pleines négociations pour de nouveaux contrats. Je pense que ça pourrait même être le fait d'un concurrent.

— Vraiment ?

Shane devait être habitué à ce genre de manigances.

— C'est soit l'un soit l'autre, dit-il. Et toi ? ajouta-t-il. Quelle serait ta théorie ?

— Je n'en ai pas.

— Trouves-en une.

Elle réfléchit quelques instants.

— Peut-être que tu mens et que tout ce qu'elle dit est vrai.

Il répondit du tac au tac.

— Viens dans mon lit, tu verras.

— Je ne pensais pas à… Très drôle, grommela-t-elle pour se ressaisir.

Il la regarda d'un air amusé, les yeux pétillants.

— Tu aimerais que je te récite de la poésie au lit ?

Elle leva son verre, pour trinquer à sa plaisanterie et se souvenir de boire.

— Bien essayé, mais je ne suis pas dupe.

— Je n'ai jamais récité du Byron, mais je veux bien essayer.

Elle finit son verre de vin, puis lui adressa un sourire qui se voulait énigmatique.

— Et si nous allions choisir une bouteille ?

— Je vais en faire monter une.

— Je préférerais y aller avec toi.

Il la regarda, perplexe.

— Ce n'est pas…

— J'ai bien aimé la dernière fois, c'était chouette. J'espérais apprendre d'autres choses sur le vin.

Son expression se radoucit.

— Entendu, comme tu voudras.

Il se leva, fit le tour de la table et vint lui tirer la chaise.

— C'est vraiment trop aimable. Un vrai gentleman, plaisanta-t-elle.

— Malgré ce que prétend Bianca, je suis un homme merveilleux, ajouta-t-il, pince-sans-rire.

Darci se leva.

— Je le reconnais, la cave est fantastique. Tes manières sont irréprochables et ce lieu est idyllique. C'est très distingué.

— C'est l'argent qui veut ça, approuva-t-il de manière nonchalante, en la guidant à l'intérieur.

— C'est vrai que, question argent, tu n'es pas à plaindre.

— Parfois, c'est pénible.

— J'ai du mal à te croire. Tu peux m'expliquer ça ?

— En me voyant, les gens ne pensent qu'à ma fortune.

— Tu préférerais être jugé pour qui tu es ?

— Bien sûr ! C'est ce que tout le monde veut, non ?

— Alors pourquoi m'inviter à dîner dans un manoir avec une demi-douzaine de domestiques ?

— Parce que tu as accepté mon invitation.

— Touché.

— Et pour t'impressionner.

— Rappelle-toi qu'on ne peut pas avoir le beurre, l'argent du beurre…

— Et le sourire de la crémière ? Jusqu'à présent, j'y arrivais.

— Tu veux dire jusqu'à l'arrivée de Bianca dans ta vie ?

— J'en ai assez de parler d'elle, répliqua-t-il sèchement.

Elle s'en voulait d'avoir été aussi maladroite.

— Elle ne s'intéressait qu'à mon argent. Comme la plupart de mes conquêtes précédentes d'ailleurs. Maintenant, je veux rencontrer quelqu'un qui s'intéresse à autre chose.

— Tu es conscient que ça ne va pas être facile de trouver une femme qui ne sait pas que tu es riche ? Tu étais déjà connu avant mais, avec la parution du livre, ta notoriété va augmenter.

Ils étaient arrivés en haut de l'escalier qui menait à la cave.

— Tu penses que beaucoup de gens liront le livre ?

Elle en était convaincue.

— Je l'ai acheté dans une librairie qui avait un présentoir réservé à cet ouvrage.

Shane grommela. L'espace d'un instant, elle eut pitié de lui.

— C'est sûrement un phénomène limité à Chicago, essaya-t-elle de le rassurer.

— Tu penses que c'est comme ça dans tout Chicago ? s'enquit-il, incrédule.

Le livre serait sans doute lu dans tout le Midwest, mais elle préféra taire son opinion.

Il ouvrit la marche en direction de la cave.

— C'est injuste que quelqu'un puisse nuire à une autre personne sans que cette personne ait la possibilité de se défendre.

— Je suis d'accord, approuva-t-elle sur un ton neutre.

Shane était-il au courant de la trahison de son père ? Savait-il que Dalton Colborn avait gâché la vie de son père à elle ?

Arrivés en bas, ils se dirigèrent vers la grande porte en bois de la cave à vin. Il se baissa, ouvrit un petit panneau discret en bas à droite et en retira la clé.

— Maintenant, tu connais le secret, chuchota-t-il en ouvrant le verrou.

— Je pensais que tu gardais toujours la clé sur toi.

— Je l'avais sur moi à la fête, car je ne voulais pas que tous mes invités sachent où trouvait la clé.

— Je suis flattée que tu me…

Elle ne pouvait pas finir sa phrase. Coupable, elle la laissa en suspens. Non, il ne devait surtout pas lui faire confiance.

— Et voilà.

Il ouvrit la porte, puis alluma la lumière.

Une fois de plus, elle fut époustouflée par la taille du lieu et le nombre de bouteilles stockées sur les étagères.

— Comment fais-tu pour t'y retrouver ?

— Les bouteilles sont rangées par continents et par pays. Puis par régions et par cépages. Et la valeur de chaque bouteille intervient aussi dans le classement.

— Les plus chères sont en haut ?

— Plus on est grand, mieux on profite de la cave.

— Alors il me faudra une échelle, dit-elle en souriant.

— Il y a un escabeau à disposition, qui est d'ailleurs accompagné d'une théorie. Si on est trop ivre pour monter dessus, c'est qu'on est trop ivre pour apprécier les grands vins.

Il avança de quelques pas.

— Là, on est dans la région de Bordeaux, en France.

— Vieux Monde ?

— Oui. Essentiellement du cabernet sauvignon. Si on va vers la gauche, on trouve du merlot dans le mélange. Tu as aimé le vin qu'on a bu ?

— Il était merveilleux.

— Dans ce cas…

— Tu essaies encore de m'impressionner ?

— Oui. Mais je veux surtout savoir si ça marche.

Il se tourna vers elle.

Son sourire ardent lui coupa le souffle. Ses lèvres étaient viriles et majestueuses, son expression douce et chaleureuse. Une lueur sensuelle brillait dans ses yeux. Il était grand, fort, beau et séduisant. Elle appréciait tant de choses chez lui.

Si elle n'avait pas été en mission d'espionnage, si elle avait ignoré que la famille de Shane s'était enrichie au détriment de son père, elle se serait sûrement jetée dans ses bras.

Au lieu de quoi, elle se rappela à l'ordre. Sa mission devait prendre le dessus sur ses émotions.

— Il y a des toilettes au sous-sol ? s'efforça-t-elle de demander le plus naturellement du monde.

— C'est une échappatoire bidon. Mais, bon, il faut reprendre le couloir jusqu'au bout à gauche. Tu veux que je te montre ?

— Non, ça ira.

— C'est la porte juste après l'escalier. En attendant, je vais nous choisir une bonne bouteille.

Elle s'éclipsa.

Dès qu'elle fut sortie, elle accéléra le pas, tout en prenant le temps d'ouvrir les portes pour voir ce que contenaient les pièces. Impossible d'explorer le sous-sol en cinq minutes : il lui faudrait revenir plusieurs fois avant d'en avoir fait le tour.

Il lui faudrait donc revoir Shane et tout orchestrer pour être réinvitée ici. Devait-elle envisager une « relation » avec Shane ? L'embrasser, voire aller plus loin ? Cette idée la fit frissonner. Et ce n'était pas de la répugnance.

Tentant de chasser ces pensées saugrenues, elle ouvrit une autre porte.

En entendant les aboiements frénétiques de ses chiens, Shane manqua de faire tomber la bouteille millésimée qu'il avait dans la main.

Il se précipita hors de la cave.

— Gus, Boomer !

Les aboiements s'arrêtèrent aussitôt.

— Assis ! cria-t-il en se rapprochant de la scène.

Darci était collée au mur, les deux terre-neuve assis devant elle. Elle semblait terrifiée.

— Ne t'inquiète pas, ils ne sont pas méchants. Gus, Boomer, venez là.

Ils obéirent aussitôt.

Il s'avança vers Darci.

— Comment ont-ils pu… ?

Il s'arrêta, remarquant que la porte de la cour était ouverte.

— Pourquoi as-tu fait entrer les chiens ?

— Je…

Elle était pâle comme un linge. Il la prit dans ses bras.

— C'est bon. Tout va bien. Je suis désolé qu'ils t'aient fait peur.

— J'ai ouvert une porte au hasard et ils sont entrés aussitôt.

— Tu m'étonnes ! Ils ont pris ça pour une aubaine.

Son corps était chaud contre le sien. Il sentait la forme de ses cuisses, la rondeur de ses seins. Même si la situation ne s'y prêtait pas, il éprouvait un profond sentiment d'excitation. Humant son parfum fleuri et éprouvant une profonde envie de la protéger, il resserra son étreinte.

— Ils sont grands. Et bruyants.

— Tant que tu ne voles rien, ils sont très amicaux.

Comme elle se figeait, il s'écarta pour la regarder.

— Qu'y a-t-il ?

— Ils ne me connaissent pas. Ils auraient pu croire que j'étais un voleur.

— Alors je vais faire les présentations.

— Non !

— Tu as peur des chiens ?

— Oui. Surtout les gros chiens comme ça.

— Les terre-neuve sont très sympathiques.

Elle n'avait pas l'air d'être convaincue.

— Darci ?

— Oui.

— Je veux te guérir de ta peur.

— Tu n'y arriveras pas.

— Pourquoi ?

— J'ai toujours eu peur des chiens.

— Que s'est-il passé ?

— Rien.

— Il y a forcément une raison.

Elle garda le silence.

— Allez, parle-moi.

— C'est gênant.

— Tu as déjà été mordue ?

— Non.

— Pourchassée ?

— Non.

— Si je te fais boire du bon vin, tu passeras aux aveux ?

Nouveau silence. Il attendit.

— C'est à cause d'un gros chien qui vivait dans le jardin attenant à la cour de l'immeuble où j'habitais. Il faisait au moins quatre fois ma taille. Tous les enfants jouant dans la cour, j'étais obligée de faire semblant de ne pas avoir peur, mais j'avais toujours l'impression qu'à force de se jeter férocement sur la grille il finirait par réussir à sauter.

— Et ça te faisait cauchemarder ?

— Terriblement. Mais je ne suis toujours pas allée aux toilettes, enchaîna-t-elle.

Il sourit.

— Tu dois passer devant les chiens.

Elle se raidit aussitôt.

— Ne t'inquiète pas, je suis là pour te protéger. Mais tu devrais faire connaissance avec eux. Tu verras, ils sont vraiment gentils. On t'attend. Vas-y.

— Tu es diabolique.

— C'est pour ton bien.

— Je ne suis pas venue ici pour mon bien.

Il n'était pas sûr de comprendre la teneur de sa réponse, mais elle lui plaisait trop pour qu'il veuille y supposer un contenu négatif. Elle lui plaisait, c'était plus fort que lui.

— Je suis très content que tu sois venue. Je ne veux pas te mettre sous pression. Tu n'es pas obligée.

— Je veux bien faire leur connaissance. Si tu me protèges.

— Promis, répondit-il, le cœur gonflé d'émotion.

Soudain, elle lui parut délicate et vulnérable dans sa robe moulante vert et doré. Elle avait une silhouette de rêve. Le miroitement du tissu se reflétait dans ses yeux et le décolleté en V donnait un aperçu alléchant de la vallée entre ses seins. Son pouls battait à la base de son cou fragile.

Difficile de résister à l'envie de la caresser et plus encore de l'embrasser.

Après un long instant, n'y tenant plus, il lui prit le visage entre les mains. Ses iris devinrent vert foncé, ses pupilles se dilatèrent alors que ses cils papillonnaient frénétiquement.

Un désir fulgurant s'empara de lui, le poussant en avant. Délicatement, il posa les lèvres contre sa bouche et referma l'espace entre eux, glissant un bras dans son dos pour la rapprocher de lui. La bouteille de vin qu'il tenait dans l'autre main compliquait malheureusement son étreinte.

Il s'arracha quelques secondes à ses lèvres, le temps de se repositionner, et elle pencha la tête, offrant davantage sa bouche. Il lui reprit alors les lèvres, continuant le baiser tout en l'approfondissant.

Quand elle passa les bras autour de son cou, il bougea

légèrement pour la serrer contre le mur et sentir leurs deux corps imbriqués, collant ses cuisses contre les siennes.

Il immisça la langue dans sa bouche, elle fit de même, tandis qu'il enfonçait les doigts dans sa chevelure. Il perdait le contrôle, désireux d'aller plus loin.

Mais, alors qu'il était sur le point de basculer, il s'écarta. Pas question de commettre l'erreur de la semaine dernière et de la faire fuir en l'effrayant.

A regret, il lâcha ses cheveux, s'arracha à ses lèvres et desserra son étreinte afin de reprendre son souffle et de freiner ses ardeurs.

Les yeux verts de Darci étaient lumineux, ses joues rougies, ses lèvres éclatantes et gonflées à souhait. Avec sa douce respiration lui caressant le visage, il ne s'imaginait pas s'éloigner davantage.

— Pardon, je ne veux pas t'empêcher d'aller aux toilettes, fit-il, mi ironique, mi-chamboulé.

— Ah, oui, répondit-elle, au bout de plusieurs secondes.

Visiblement, il n'était pas le seul à être déboussolé par cette étreinte.

— J'arrive, murmura-t-elle avant de disparaître aux toilettes.

Il s'adossa au mur, subjugué.

C'était de loin le plus beau baiser de sa vie. Et son désir pour cette femme l'étonnait. Elle était belle, séduisante, intelligente, décidée et drôle. A présent, il savait aussi qu'elle était vulnérable et émotive.

Il avait très envie de lui faire l'amour, mais il voulait aussi apprendre à la connaître. Autrement dit, il ne pouvait pas chercher à la séduire et l'attirer dans son lit. Il secoua la tête, pour recouvrer ses esprits.

A cet instant, elle sortit dans le couloir.

— Je suis prête.

— Bien. Lui, c'est Gus. L'autre, c'est Boomer.

— Comment tu les reconnais ?

— Gus a la gueule plus carrée, et ses oreilles sont plus courtes.

— Tu plaisantes ?

— Non.

— Pour moi, ils sont identiques.

— Quand tu les connaîtras, tu verras que ce n'est pas le cas. Boomer est plus petit et plus léger.

— Ils pèsent combien ?

— Environ soixante-cinq kilos.

— C'est plus que moi !

Il résista à l'envie de la reprendre dans ses bras. Il la trouvait parfaite à son goût. Elle avait de longues jambes, une taille de guêpe, de jolies hanches bien dessinées, et une poitrine magnifiquement ronde qu'il mourait d'envie de caresser.

Mais ce n'était pas l'heure de penser au corps de Darci.

— Ils ont trois ans. Ils sont plus calmes maintenant qu'ils ont passé le cap de l'adolescence.

Darci n'avait pas du tout l'air d'être rassurée.

— Pour commencer, fais-leur respirer le dos de ta main.

— Ils vont me mordre ?

— Mais non. Ils vont respirer ta main. Ensuite, tu pourras les caresser sur la tête. Et après on montera boire une bouteille de vin de la plus haute étagère, promit-il en brandissant la bouteille qu'il avait toujours à la main.

— Ce sera ma récompense ?

— C'est ça, rétorqua-t-il, amusé. Si tu caresses les chiens, tu auras le droit à un grand cru. Allez, courage !

Ils s'approchèrent.

Les chiens se levèrent.

— Pas bouger.

— Tu parles à qui ? Aux chiens ?

— J'admire ton humour en pareilles circonstances.

— Je suis pétrifiée.

— Raison de plus pour admirer ton humour. Maintenant, tends la main.

Elle obtempéra, tremblante. Emu, il la prit par les épaules, pour la rassurer. Gus pencha la tête, renifla, puis la regarda tout en clignant des yeux.

— Il est énorme.

Puis ce fut au tour de Boomer, qui poussa Gus.

— Caresse-lui la tête.

Prenant une profonde inspiration, elle caressa Boomer sur le haut de la tête. Il parut aussitôt en extase. Puis Gus le poussa et elle le caressa également.

— Bravo, Darci. Mission accomplie.

Il sentit son corps frêle se détendre.

— J'ai survécu.

— Alors tu as mérité un grand cru.

Après qu'ils eurent traversé une énorme cuisine moderne, et tout un dédale de pièces, il fit entrer Darci dans le petit salon au second étage, dont le plafond était plus bas qu'ailleurs dans la demeure, et les couleurs plus douces, les meubles semblaient avoir vécu davantage, et les fenêtres donnaient sur un petit bois de chênes.

— C'est agréable, constata-t-elle en s'asseyant dans un fauteuil.

— C'est ma pièce préférée, lui avoua-t-il en ôtant sa veste.

Il prit place dans le fauteuil voisin après avoir posé le vin sur la table basse entre les deux sièges.

Darci eut envie d'enlever ses chaussures à talons et de se recroqueviller dans le fauteuil, mais elle ne voulait pas montrer qu'elle prenait ses aises.

Il leur versa du vin.

— A ton acte de bravoure ! lança-t-il, portant un toast.

Il sourit puis prit une gorgée. Elle fit de même, étonnée par la douceur parfumée du breuvage.

— Qu'en penses-tu ?

— C'est extraordinaire. Merci pour le vin, et tes encouragements. Jamais je n'aurais cru que j'arriverais à caresser des molosses pareils, plaisanta-t-elle.

— Tu sais, on a tous des peurs qui remontent à l'enfance.

— Même toi ?

— Quelle drôle de question ! Bien sûr !

— Vas-y, à ton tour de passer aux aveux.

— Tu me plais.

Sa réponse la prit au dépourvu. Ce n'était pas ce à quoi elle s'attendait. Malgré tout, son corps fut parcouru d'une vague de chaleur intense.

Shane lui plaisait également, mais elle ne pouvait pas se laisser aller à de tels sentiments. Elle s'était promis de ne pas mêler ses émotions à son enquête.

Elle rit d'un air forcé.

— Tu cherches à gagner du temps ?

— Non. Enfin, si.

— Alors ?

— J'ai peur de l'argent.

— Je ne te crois pas.

— J'ai peur des conséquences de la richesse. Quand j'avais huit ans, j'ai entendu les bribes d'une conversation de mon père au téléphone. Il était question d'un risque de kidnapping et de rançon. Je me suis imaginé coupé de ma famille, attaché, bâillonné, transporté dans le coffre d'une voiture. J'étais terrifié.

— Je comprends, murmura-t-elle, tout en comprenant aussi que les faits corroboraient ses soupçons.

— J'en avais des angoisses la nuit.

— Tu en as parlé à quelqu'un ?

— Jamais. Jusqu'à aujourd'hui.

— Mais ça ne peut pas compter comme une phobie puisque c'était un risque limité à ton enfance.

— Cela a quand même eu un impact sur ma vie.

— Tu veux dire que tu as encore peur de te faire enlever ?

— Non, mais je fais appel à toutes les techniques de sécurité dernier cri. Et je suis conscient des périls de la richesse.

— Quels sont les périls de la richesse ? demanda-t-elle, dubitative.

La richesse de Colborn avait tout de même empêché son père de mener une vie aisée.

— Je te sens sceptique, mais ces dangers sont nombreux. L'affaire Bianca, par exemple.

Elle laissa échapper un petit rire sardonique.

— Tu as peur que les jeunes femmes célibataires de Chicago pensent que tu récites Byron en faisant l'amour ?

— J'ai peur que des clients annulent des contrats de plusieurs millions.

— Donc tu t'inquiètes pour ta fortune personnelle ? rétorqua-t-elle.

— Je m'inquiète de ne pas savoir qui sont mes amis et qui me trahira à la première occasion, répliqua-t-il d'un ton dur.

L'espace d'un instant, pensant être démasquée, elle se prépara au pire. Mais il garda le silence et la culpabilité l'envahit. Elle déglutit, la gorge sèche.

Il partageait un vin merveilleux avec elle. Il l'avait invitée chez lui, se montrait compréhensif, attentionné, généreux, alors qu'elle ne faisait que se servir de lui.

Et, pour couronner le tout, elle se montrait désagréable envers lui.

— Je suis désolée, murmura-t-elle.

— Tu as le droit d'avoir ton avis.

— Non, pardon, j'ai manqué de tact. Je ne voulais pas insinuer que tu n'avais pas de problèmes ou que tu ne pensais qu'à l'argent.

Il la fixa un long moment.

— Darci, je ne veux pas me disputer avec toi.

— Moi non plus.

Elle voulait se blottir contre lui, l'embrasser et sentir sa force l'entourer. Décidément, son plan ne marchait pas comme prévu. Pourtant, elle devait quand même continuer sur sa lancée et orienter la conversation pour lui soutirer d'autres informations.

— Revenons à ta peur du kidnapping.

— Tu veux savoir comment mes angoisses d'enfance se sont transformées en phobie d'adulte ?

— Oui.

Ce qu'elle voulait, c'était aborder un sujet neutre. Enfin,

neutre en apparence, puisque les renseignements pourraient lui être utiles si elle était amenée à revenir sans être invitée.

— J'ai fait installer un système de sécurité ultra-perfectionné avec des caméras de surveillance ici et dans mon *penthouse*. Il y a des dispositifs intérieurs, extérieurs, des détecteurs de mouvement, de gaz et de feu, des alarmes périmétriques, le tout accessible par quatre panneaux de contrôle masqués.

— En effet, ça ne rigole pas.

— Je peux facilement activer ou désactiver le système à partir du hall d'entrée, du cellier, du sous-sol et de ma chambre. Je peux te montrer ce dernier quand tu veux.

Elle s'esclaffa.

— Pourquoi ris-tu ?

— Parce que tu sais que je ne vais pas venir dans ta chambre.

— Et pourquoi pas ?

— Eh bien…

Qu'allait-elle dire ? La vérité ? Il la sauva des eaux, tel un gentleman.

— Il y a aussi une équipe de sécurité qui patrouille. Et les chiens, même s'ils sont surtout là pour décorer.

— Moi, ça suffirait à me dissuader, avoua-t-elle, rougissant à moitié.

— Et toi, tu n'as pas de système d'alarme ?

— Non, nous n'en avons pas dans notre appartement.

— « Nous » ?

— Je vis en colocation.

— Avec un homme ?

— Avec ma meilleure amie, Jennifer. Je t'ai déjà dit, le week-end dernier, que j'étais célibataire. Mon statut n'a pas changé.

— Pardon, je suis méfiant.

— Je vois ça. Tu as raison.

Qu'ajouter ? Elle lui mentait depuis le début sur la véritable raison de sa présence ici. Autrement dit, difficile de lui assener : « Tu peux me faire confiance. »

Il la dévisagea, en silence, pendant de longues secondes.

— Tu viens ? murmura-t-il.

Son cœur fit un bond dans sa poitrine.

— Tu… ?

— Je ne te force pas.

Une vague de désir monta en elle, la submergeant tel un raz-de-marée. Comment refuser cet appel ?

— On reste habillés et on ne fait que s'embrasser, je te le promets.

— Tu peux t'en tenir à ces règles ? s'enquit-elle.

— Oui, viens, souffla-t-il dans un râle rauque.

Sourde à la raison, le cœur battant à tout rompre, elle se leva. La tension charnelle s'épaissit au point de devenir palpable.

Il la prit par la main et la fit s'asseoir sur ses genoux. Ses cuisses étaient fermes, son torse musclé, ses épaules larges. Son parfum musqué et frais l'enivrant aussitôt, elle se blottit contre lui.

Elle n'aurait pas dû être là mais, à présent, comment résister à la chaleur de ce corps qui avait envie d'elle, de ses bras qui la retenaient prisonnière, de cette épaule où sa tête reposait comme si c'était tout à fait naturel ?

Quelques instants seulement, se dit-elle, enveloppée de la force et de l'intimité du corps de Shane. Il était chaud, elle avait envie de lui et, d'après son postulat de base, c'était complètement interdit.

— C'est une erreur, déclara-t-elle à voix haute.

— Non, c'était la meilleure chose à faire, répliqua-t-il en déposant un baiser sur ses cheveux.

Elle fondit, levant la tête pour mieux lui donner accès à ses lèvres. N'hésitant pas un seul instant, il vint à la rencontre de sa bouche et son corps s'embrasa de mille sensations.

Le baiser se fit plus profond, plus langoureux et plus fort. Elle se cambra pour qu'il puisse l'entourer pleinement de ses bras.

Faisant glisser les mains le long de son corps, elle sentit sa chaleur virile à travers sa chemise, la fermeté de son estomac, le contour de ses pectoraux, la largeur de ses épaules. Arrivée à sa cravate, elle défit le nœud.

Il murmura son prénom, déposant une pluie de baisers dans son cou, sur ses épaules… Son estomac papillonna, son corps s'amollissant de plaisir, seconde après seconde, attisant son désir.

Elle lui embrassa le cou, les oreilles, les joues, puis il vint à sa rencontre avec sa bouche, l'étourdissant au point de lui faire vibrer l'esprit… jusqu'à ce qu'elle se rende compte que la vibration était extérieure : le téléphone de Shane, sur la table à côté d'eux.

Jurant dans sa barbe, il regarda l'écran.

— C'est mon avocat.

— Je t'en prie, décroche.

Son esprit était sens dessus dessous, son corps frémissait d'un désir inattendu, elle était à sa merci, incapable de réagir ou de se lever, mais elle prit cette interruption pour un acte de bienveillance de la part de l'avocat. Elle devait s'éclipser.

— Justin ? Oh non… A Paris ?

Elle voulut se lever, mais il la retint fermement.

— Justin, attends un instant.

Le téléphone collé au torse, il s'adressa à elle :

— Ne pars pas.

— Il le faut.

— Non…

— On était sur le point d'aller trop loin.

Il la regarda, mâchoire serrée, puis remit le téléphone à l'oreille.

— Justin, je te rappelle.

Il raccrocha, jetant l'appareil sur la table basse.

— Je dois y aller, protesta-t-elle en s'arrachant à son étreinte.

Cette fois, il la lâcha, ce qui lui permit de se lever et de défroisser sa robe.

— Je suis désolée.

— Il n'y a pas de quoi.

— On a à peine eu le temps de boire le bon vin que tu avais sélectionné.

— Le vin, on s'en fiche.

Elle aurait aimé lui dire pourquoi elle ne pouvait pas venir dans son lit, même si elle en brûlait d'envie.

— Je dois aller en France.

— Maintenant ? s'enquit-elle, étonnée, tout en se rappelant son statut et son train de vie.

— Demain matin. A cause du livre de Bianca. Une compagnie allemande a annulé une commande et, maintenant, un client français est en train d'hésiter. Je suis désolé...

— Il n'y a pas de quoi, c'est ton travail. Je comprends.

— Je voudrais que tu reviennes.

— Je ne sais pas.

Elle devait récupérer les dessins de son père, mais elle ne pouvait pas risquer de répéter l'expérience de ce soir.

— Tu es libre dimanche prochain ? On pourrait sortir faire une promenade avec les chiens.

— Je ne sais pas..., répéta-t-elle, perdue.

Il se leva.

— Dis oui, s'il te plaît.

Elle ne pouvait pas accepter. Mais elle était incapable de refuser.

— D'accord, lâcha-t-elle enfin.

Elle reviendrait, mais uniquement pour faire avancer son enquête.

5

Il était près de minuit quand Darci entra dans l'appartement silencieux. Jennifer avait laissé une lampe allumée dans la cuisine, et les lumières de la ville apportaient une lueur supplémentaire à travers les grandes fenêtres.

Darci posa son sac sur la table et enleva ses chaussures. L'effet du vin commençait à s'estomper et elle se sentait vidée, vulnérable et idiote d'avoir agi ainsi ce soir.

Un grand verre d'eau, une douche rapide et un bon lit douillet devraient lui suffire à remonter la pente. Mais, au lieu d'aller dans sa chambre, elle monta l'escalier étroit qui menait au loft de Jennifer.

— Tu dors ? murmura-t-elle.

Jennifer remua sous la couette.

— Quoi ?

— Tu es réveillée ?

Jennifer mit un peu de temps avant de comprendre la situation, puis elle s'assit dans son lit.

— Oui, je suis réveillée. Alors, comment ça s'est passé ?

Darci s'assit au pied du lit.

— Pas très bien. C'était terrible. Je n'ai rien trouvé et…

— Quoi ?

— Maintenant, je comprends.

— Tu comprends quoi ?

— Je comprends ton comportement avec Ashton. Ton envie de continuer envers et contre tout, en sachant que ce n'est pas raisonnable et que cela pourrait te faire du mal…

Jennifer l'interrompit :

— Darci, que s'est-il passé, au juste ?

— Non, je ne l'ai pas fait, mais j'étais sur le point de le faire. J'en avais très envie. Sans l'intervention de son avocat, je suis sûre que je l'aurais fait.

— Darci, il est tard, tu m'as réveillée, donc tu as besoin d'être un peu plus précise. De quoi parles-tu ?

— J'ai failli faire l'amour avec Shane Colborn.

— Tu as trop bu ?

— Non. On a bu une bouteille à deux. Enfin, il en a ouvert une deuxième, mais il m'a invitée sur ses genoux, on s'est embrassés, et… Oh ! Jen, c'était…

— Darci, tu es consciente que tu ne peux pas tomber amoureuse de Shane Colborn ?

— Tu crois que je ne le sais pas ?

— Ashton n'est peut-être pas l'homme le plus fiable du monde, mais Shane est ton ennemi.

— Tu exagères… Non, tu as raison.

— Tu es censée l'espionner.

— Je sais.

— As-tu trouvé quelque chose ?

— Deux chiens.

— Des chiens ?

— Des molosses. J'ai réussi à m'éclipser quelques instants, mais je n'ai pas eu le temps de faire tout le tour du sous-sol.

— Tu dois peut-être revoir ton plan d'attaque.

— J'y retourne dimanche prochain.

— Cela ne va pas t'aider à faire avancer ton enquête. Il ne va pas te laisser seule pendant des heures dans le sous-sol.

Jennifer avait raison. Et, même si elle trouvait une salle pleine de dossiers, elle n'aurait jamais le temps de les passer en revue.

Devait-elle abandonner ? Ce serait tellement frustrant.

— Tu ne pourrais pas essayer d'y aller quand il n'est pas là ?

— Je ne vois pas comment. Il a un système d'alarme

hyper-élaboré, des gardes de sécurité qui patrouillent, et des chiens. Pas question de cambrioler la demeure des Colborn.

— Ce scénario est un peu exagéré. Mais finir dans son lit pour qu'il te fasse confiance est un scénario également tiré par les cheveux.

— Ce n'est pas pour faire avancer mon enquête que j'étais sur le point de finir dans son lit.

— Tu es tombée sous son charme ?

C'était une très bonne question.

— Darci ?

— Je réfléchis. Je ne sais pas. Il est… beau. Gentil. Drôle. Intelligent. Attentionné. J'adore son odeur. Il relève tout ce que je dis. Mon avis l'intéresse. Il a une lueur hypnotique dans les yeux, comme s'il pouvait me mettre à nu par la pensée.

— Cependant, il ne sait pas que tu l'espionnes.

— Non, et pourtant il devine que je cache quelque chose, j'en suis persuadé. Mais il n'ose pas trop me questionner.

— Peut-être parce qu'il essaye de t'attirer dans son lit.

— En effet, il aimerait bien, mais il respecte ma position et il ne veut surtout pas me brusquer ou me mettre sous pression.

— Enfin, d'après ce que tu me dis, c'est grâce à l'avocat si tu n'as pas fini dans son lit, cette fois. Donc son respect est relatif.

— Il doit se rendre en France.

— L'avocat ?

— Non, Shane, demain matin. Il part quelques jours.

— Donc tu peux aller le cambrioler.

Elles se turent, absorbées dans leurs pensées.

— Ou alors…

— Quoi ?

— Tu ne le cambrioles pas, mais tu trouves une excuse pour y retourner de jour quand il n'est pas là.

— Quelle excuse ?

— Je ne sais pas. Tu dis avoir perdu quelque chose qui a une valeur sentimentale. Comme tes boucles d'oreilles.

— Mes boucles d'oreilles ?

— Tu dis que tu les as héritées de ta grand-mère qui les portait le jour de son mariage.

— Je n'ai jamais connu mes grands-mères.

— Peu importe. Tu dis que tu penses en avoir perdu une dans la cave.

— Ce scénario ne tient pas la route.

— Pour ma part, je le trouve génial.

— C'est un énorme mensonge. Et si Shane se souvient que je portais les deux à la fin de la soirée ?

— C'est un type normal, il sera incapable de s'en souvenir.

— Mais s'il s'en souvient quand même ?

— Il ne s'en souviendra pas. Et, s'il s'en souvient, tu pourras toujours dire que tu l'avais en fait perdue ici, mais que tu pensais l'avoir égarée dans la cave.

— C'est compliqué comme mensonge.

— Jusqu'à présent, tout ce que tu as fait était compliqué. Là, c'est un super alibi pour avoir un peu de temps seule au sous-sol. Tu peux y arriver.

Le plan de Jennifer était logique et elle se devait de tenter sa chance. Après tout, l'honneur de son père était en jeu.

Shane lança un regard renfrogné à Tuck, assis en face de lui à la table de l'hôtel Platinum à Paris.

— J'aurais dû te laisser à Chicago et prendre un vol commercial, lança Shane à son ami.

— Tu étais pressé et je t'ai permis d'arriver ici en un temps record.

— Mais je n'ai pas besoin d'entremetteur. Je suis ici pour affaires.

— Je pensais qu'elle te plairait.

Tuck avait insisté pour lui présenter une jeune femme brune et pulpeuse, mais seule Darci l'intéressait.

De plus, son rendez-vous chez Beaumont Air cet après-midi était crucial pour la survie financière de Colborn Aerospace et il avait besoin d'y apporter toute sa concentration.

— Tu as la tête ailleurs.

— Je suis préoccupé par le rendez-vous avec Beaumont.

— Je ne te parle pas de tes affaires. Je te parle des femmes. Donc il s'agit de Darci Lake ?

— Pourquoi tu dis ça ? s'enquit-il, sur la défensive.

— Tu couches avec elle ?

— Qu'est-ce qui te fait penser ça ?

— Le fait que tu aies été prêt à me défier en duel quand j'ai osé danser avec elle. Tu l'as revue, après la soirée ?

— Tu veux dire après la soirée de charité ?

— Pourquoi tu réponds à mes questions par des questions ?

— Et toi ?

— OK, donc tu l'as revue.

— Oui, je l'ai revue.

— Mais il ne s'est rien passé.

— Je ne dirais pas qu'il ne s'est rien passé.

— Ah ! s'exclama Tuck, comme s'il avait enfin eu la réponse qu'il voulait.

— Tu te trompes. Justin nous a interrompus. Mais je vais la revoir ce week-end.

— Elle a l'air vraiment super.

Shane lui lança un regard noir.

— Tu as eu ta chance.

— Je ne dirais pas ça comme ça, mais j'ai compris qu'elle était à toi.

— Si tu comprends ça, c'est déjà bien. Dis-moi, comment l'as-tu rencontrée ?

— Je ne me souviens plus trop. A un dîner, ou une soirée. Je ne la connais pas tant que ça.

Shane fut soulagé de l'apprendre.

— C'est une fille très simple. Mais elle a peur des chiens.

— De tes chiens ?

— De tous les chiens. Gus et Boomer lui ont fait peur.

— Tu sais quoi ? Quand tu parles d'elle, ta voix s'adoucit et ton regard s'attendrit.

Shane le dévisagea froidement.

— Fiche-moi la paix.
— Eh, calme-toi.
— Elle me plaît car elle est différente. J'en ai assez des femmes manipulatrices.
— Ne m'en parle pas.
Le téléphone de Tuck vibra.
— Dixon et Kassandra se séparent.
— Quoi ?
— C'est Dixon.
Shane n'en croyait pas ses oreilles. Dixon, le frère aîné de Tuck, était marié depuis dix ans, et sa femme et lui semblaient filer un bonheur parfait.
Il continua à manger sa crêpe tandis que Tuck parlait à son frère.
— Alors ? demanda-t-il une fois que son ami eut raccroché.
— Un jour, il est rentré plus tôt d'un voyage d'affaires et il l'a surprise au lit avec un type. Le cliché.
— Kassandra avait un amant ?
Il n'en revenait pas. Elle semblait si dévouée à son mari.
— Dixon était prêt à les tuer tous les deux.
— J'imagine. Et, là, il t'appelait pour te dire quoi ?
— Il est à Londres et a décidé de faire un saut pour venir nous saluer. Il va bientôt arriver.
— Tu veux dire qu'il a son propre jet ?
— Oui, c'est ça. Il a un emploi du temps très serré : c'est lui, le boss, c'est normal.
Shane était fils unique mais il se demandait parfois ce que Tuck ressentait par rapport à son frère aîné.
— Toi, tu fabriques des avions et tu prends encore des vols commerciaux, c'est fou.
— Je te rappelle qu'on les fabrique, on ne les pilote pas. Et je suis fier de soutenir l'industrie des vols commerciaux.
— Dixon a fait une croix dessus. Et sur sa femme aussi.
— Ils vont divorcer ?
— Oui. Ah, les femmes !
— Je suis étonné. Je ne m'attendais pas à ça de Kassandra.

— Comme quoi, il faut se méfier.

— Des femmes ?

— Non, des choix de mon frère, lança Tuck.

— C'est du lard ou du cochon ?

Tuck finit son café puis se leva, sans répondre.

— On y va ?

— Tuck ?

— J'ai dit à mon frère qu'on le retrouverait à l'aéroport.

Shane laissa tomber le sujet.

— On va le chercher ?

— Oui. A moins que tu ne veuilles faire une balade romantique avec moi sur la Seine ?

— Tu n'es pas aussi séduisant que tu ne le crois, rétorqua Shane.

Tuck sourit, amusé.

Tandis que leur chauffeur les conduisait de manière experte à travers Paris, Shane ne put s'empêcher de songer à Darci. Elle occupait la moindre de ses pensées, ce qui lui procurait un mélange de bien-être et d'inquiétude.

Le temps qu'ils arrivent à l'aéroport, l'avion de Dixon était déjà sur la piste.

Le chauffeur arrêta le véhicule, permettant à Shane et à Tuck de sortir pour aller accueillir Dixon qui descendait les marches menant au tarmac.

— Dixon est fait pour être milliardaire. Il a ça dans la peau, constata Shane.

Le pouvoir et le prestige sortaient par tous les pores de Dixon.

— Salut, frérot, dit Tuck.

— Salut, Dixon, dit Shane.

— Merci d'être venus me chercher, lança Dixon, avant de serrer son frère dans ses bras. Shane, comment ça va ?

— Bien. Désolé, Tuck m'a dit pour Kassandra.

— C'est la vie. Et toi, j'ai appris que Bianca t'avait donné du fil à retordre ?

— Oui. Le contrat Gobrecht a été annulé. Et je suis venu sauver le contrat Beaumont.

Le chauffeur ouvrit les portes du véhicule. Dixon prit place à l'avant, Shane et Tuck à l'arrière.

— Après avoir parlé à Beaumont, tu vas relancer Gobrecht ?

— Je crois que ce n'est pas la peine. Justin a passé un temps fou avec eux au téléphone. A priori, c'est irrécupérable.

— Rien n'est irrécupérable. Je ne comprends pas ton approche défaitiste.

— Je dirais que c'est réaliste.

— Tu devrais aller les voir en personne.

— Je ne vois pas pourquoi ils me donneraient un rendez-vous.

La dernière fois qu'il avait parlé au président de Gobrecht, celui-ci lui avait raccroché au nez.

Tuck gardait le silence, observant son frère qui faisait la morale à Shane.

— Va le voir chez lui.

— Enfin, ça ne marchera jamais.

Dixon haussa les épaules.

— Ça vaut pourtant le coup d'essayer. Au pire, ça ne donnera rien. Allons-y, ça nous occupera. Je n'ai aucune envie de rentrer à Chicago.

— Je connais de très bonnes boîtes de nuit à Berlin, suggéra Tuck.

— Pour l'instant, je préfère rester célibataire, annonça Dixon.

— Je te comprends. Comment ça se passe avec Kassandra ? s'enquit Shane.

— Kassandra va se casser le nez, car la société appartient encore à papa et maman. On héritera des parts de nos parents à leur mort, pas avant. Papa a toujours eu peur que nos biens ne soient convoités par des femmes, et il a voulu nous protéger.

— Donc tu n'as pas de fortune personnelle ?

— Non.

— Kassandra est au courant ?

— Elle le saura bien assez tôt.

— Moi, je me suis toujours méfié des femmes, ajouta Tuck, sur un ton pince-sans-rire.

Shane pensa à Darci, ses grands yeux verts innocents, son

sourire éclatant, ses lèvres sensuelles, sa poitrine gonflée contre son torse, sa chevelure auburn ébouriffée après leur étreinte et un baiser auquel il n'arrêtait pas de songer.

Comment se méfier de cette femme ?

Darci n'en revenait toujours pas. Le plan de Jennifer était un succès. La gouvernante se souvenait d'elle, gobant son histoire de boucle d'oreille perdue et la laissant entrer. La femme avait proposé d'aider Darci, mais celle-ci avait répliqué qu'elle pouvait se débrouiller seule. De plus, elle avait ajouté que Shane lui avait montré où il cachait la clé, et cela avait renforcé sa crédibilité.

Elle commençait même à se dire qu'elle avait de l'avenir dans l'espionnage.

Ayant ouvert la porte de la cave à vin pour que son histoire reste cohérente, elle repartit dans le dédale du sous-sol, ouvrant toutes les portes sur son passage, le cœur battant à tout rompre, les paumes moites de sueur, la leçon du samedi précédent l'incitant à faire bien attention à ne pas ouvrir les portes donnant sur l'extérieur, afin de ne pas se retrouver nez à nez avec Gus et Boomer.

Au bout de trente-cinq minutes, elle parvint à ses fins : une grande salle remplie d'étagères couvertes de cartons contenant des dossiers, classés par mois et par années.

Rapidement, elle examina les boîtes pour remonter aux débuts de la société. Enfin, elle trouva l'étagère portant des cartons à l'étiquette « D&I Holdings ». Après quelques secondes d'euphorie, ses espoirs retombèrent quand elle s'aperçut du nombre de dossiers dans les cartons. Il lui faudrait des jours pour les inspecter.

Soudain, des voix au loin la pétrifièrent. Après un instant de panique, elle éteignit la lumière, referma la porte et se précipita dans le couloir.

Tout en marchant à vive allure, elle pensa à un scénario plausible. Elle dirait qu'elle avait voulu refaire le chemin emprunté avec Shane, elle parlerait de sa rencontre avec les chiens et prétendrait qu'elle n'avait pas trouvé la boucle.

C'étaient des voix masculines qui approchaient.

Elle retint son souffle, mais les voix s'estompèrent ensuite. Les hommes remontaient au rez-de-chaussée.

Elle aurait pu s'effondrer de soulagement.

A présent, le plus raisonnable aurait été de retourner auprès de la gouvernante, d'affirmer qu'elle avait retrouvé sa boucle d'oreille et de repartir chez elle. Mais c'était une occasion en or. Elle pouvait explorer la demeure des Colborn sans la présence de Shane. Et peut-être qu'elle était proche du but.

Elle se força à retourner dans la salle qu'elle avait quittée précipitamment, s'empara du plus vieux carton sur l'étagère et ouvrit le couvercle, soulevant un nuage de poussière.

Devant elle se dressait une rangée de dossiers bien ordonnés. Elle trouva des factures d'électricité, des talons de chéquiers, des devis d'équipement, des notes de frais pour le matériel informatique et l'ameublement de leur entrepôt.

Absorbée par ses recherches, elle avait perdu toute notion de temps, si bien qu'elle tressaillit en entendant une voix l'appeler. Cette fois, pas le temps de tout remettre en place. Elle sortit de la pièce et referma la porte précipitamment.

— Mademoiselle Lake ? entendit-elle de nouveau.

C'était la gouvernante.

— Mademoiselle Lake ?

— Je suis là, répondit-elle, sur un ton qui se voulait posé.

— Ah, vous voilà, je m'inquiétais.

— Désolée, ça a pris plus de temps que prévu. J'ai d'abord fouillé la cave, puis j'ai retracé le chemin que j'avais emprunté avec M. Colborn.

— Vous avez trouvé votre boucle d'oreille ?

— Oui ! s'exclama Darci, sortant de sa poche la boucle qu'elle avait mise dans son jean avant de partir de chez elle.

— Oh ! tant mieux.

— Oui, je suis vraiment soulagée. Je vous ai dit qu'elle appartenait à ma grand-mère ?

— Oui. Mais comment avez-vous fait pour vous salir autant ?

Darci crut défaillir.

— Je me suis allongée par terre. Cette boucle est toute petite. J'ai même du mal à croire que j'aie pu la retrouver.

Bon sang, elle n'avait pas éteint la lumière dans la salle des archives et elle avait tout laissé en plan. Pouvait-elle trouver une excuse pour y retourner seule ?

De manière inattendue, elle en trouva une.

— Je vais aller fermer la cave à vin.

— Je viens avec vous.

— Non, ça ira, inutile de vous déranger.

— Cela ne me dérange pas, répondit la gouvernante.

Sans doute pensait-elle que Darci avait l'intention de voler du vin puisque son comportement était des plus étranges.

— Estelle ? appela une voix d'homme.

— Je suis là, monsieur Massey.

— Ah, vous voilà.

Justin Massey, l'avocat de Shane, était un bel homme d'une trentaine d'années. Il s'avança vers elles.

— Bonjour, lança-t-il à l'intention de Darci.

— Je vous présente Darci Lake. Elle est venue rendre visite à M. Colborn ce week-end et elle avait perdu sa boucle d'oreille.

— Shane m'a fait visiter la cave.

— Enchanté, dit l'homme en lui tendant la main.

Si elle était prise la main dans le sac en train d'espionner Shane Colborn, c'était l'homme qui la cuisinerait au tribunal.

— Ravie de vous rencontrer, réussit-elle à dire.

— Shane m'a parlé de vous.

— Vraiment ? s'étonna-t-elle, tentant de déceler des traces de méfiance.

— En bien, rassurez-vous.

— Merci, murmura-t-elle, légèrement tranquillisée.

— Vous avez trouvé votre boucle d'oreille ?

— Oui, répondit-elle en la montrant pour le prouver.

— Vous devez être soulagée.

— En effet. Je vais fermer la cave, puis je me sauve, dit-elle, espérant que Justin aurait quelque chose à demander à Estelle.

— Estelle, j'ai besoin de votre aide.

Dieu merci, Darci était libre !

— Il me faut des dossiers dans la salle des archives.

Catastrophe !

— Le chariot est là-bas ?

— Je ne crois pas. Ben saura où il est. Je vais lui demander.

— Merci, Estelle.

La gouvernante sortit son téléphone et s'éloigna.

— Vous travaillez pour Colborn Aerospace ? s'enquit Darci pour gagner du temps.

Elle hésita. Devait-elle tenter de l'empêcher d'aller dans la salle des archives et prendre ses jambes à son cou ?

— Oui, depuis huit ans.

— C'est comme ça que vous avez rencontré Shane ?

— Non, je le connaissais avant. Mais je sais que vous venez de le rencontrer. Et que vous lui avez tapé dans l'œil.

— Ah bon ?

— Disons qu'il vous aime bien.

— Le sentiment est mutuel.

C'était une réponse honnête. Elle en voulait au père, mais le fils n'y était pour rien.

— Il m'a dit que vous aviez lu le livre de son ex.

— J'étais curieuse.

— C'est un tissu de mensonges.

— Vous êtes son protecteur ?

— Il n'a pas besoin de moi pour le protéger.

— J'imagine qu'il n'a besoin de personne, c'est un grand garçon, ironisa-t-elle.

Shane était un milliardaire aux multiples charmes. Il pouvait réciter ce qu'il voulait au lit, ou ne rien réciter du tout, il aurait toujours une ribambelle de femmes prêtes à tout pour gagner ses faveurs.

— Ben arrive. Je vais aider Mlle Lake à fermer la cave.

— Ne vous en faites pas, je vais l'accompagner.

L'espace d'un instant, Estelle parut décontenancée, mais elle n'était pas en mesure de contredire l'avocat de son patron. Visiblement, elle ne faisait plus confiance à Darci et cela constituait un problème potentiel pour l'avenir.

— Merci, dit-elle à Justin.

Une fois Estelle partie, Justin se tourna vers Darci.

— Je crois qu'elle ne voulait pas nous laisser seuls.

— Vous croyez ?

— Oui. Elle doit avoir peur que je vous fasse des avances.

— Ah bon ?

Justin rit de bon cœur.

— Ne vous inquiétez pas, je suis très loyal envers Shane.

— Tant mieux, dit-elle tout en pensant à son propre comportement qui était loin d'être loyal.

— On va à la cave ?

— J'ai la clé.

— Super, parce que c'est l'heure de l'apéro, constata Justin après avoir consulté sa montre.

— Vous êtes loyal envers lui, mais vous seriez prêt à voler le vin de Shane ?

— Sans aucun scrupule.

— Et vous êtes son avocat ?

— Justement, en tant que tel, je déclare que nous avons le droit d'avoir accès à sa cave.

— Je pense que ce serait déplacé.

— Parce que vous n'avez pas le sens de l'aventure.

Elle se contenta d'éclater de rire.

Pouvait-elle envisager de soûler Justin ? Devait-elle l'accompagner dans la salle des archives et en profiter pour continuer ses recherches ?

Devant la cave, elle sortit la clé pour verrouiller la porte.

— Sans regret ? s'enquit Justin.

— Sans regret.

— Vous savez que cet endroit recèle des breuvages délicieux ?

— Oui, Shane m'en a fait l'apologie.

— Il aime le bon vin, comme son père.

— Vous l'avez connu ?

— Oui. C'était un bourreau de travail.

— Il a construit Colborn Aerospace tout seul ?

— En effet.

Elle serra les lèvres de peur de dire des choses qu'elle regretterait et qui annuleraient tous ses efforts.

— Il a commencé seul, puis ils étaient dix, puis cent, puis mille. Il n'était pas d'un abord facile et n'avait pas que des amis.

— C'est souvent le cas quand on est très influent, déclara Darci sur un ton neutre.

Tout en parlant, elle cherchait un moyen de rester avec Justin.

— Vous remontez au rez-de-chaussée ?

— Je me disais que vous pourriez me montrer la salle des archives.

— Ah bon ? Pourquoi ?

Avec un peu de chance, elle aurait le temps de ranger la boîte qu'elle avait sortie.

— Je suis fascinée par ce sous-sol.

— Après la cave, vous allez être déçue.

— Je suis prête à prendre ce risque.

— Entendu. Suivez-moi.

6

Shane avait passé trois jours en Europe avec Tuck et Dixon. Avec ses deux amis, il s'était rendu chez cinq clients potentiels, y compris Gobrecht. Le président de Gobrecht avait accepté de le rencontrer mais, au cours de leur entretien, il lui avait annoncé qu'il était en pourparlers avec Ellis Air. Shane connaissait Riley Ellis. Ils étaient tous deux de Chicago, et ils avaient le même âge. Mais Ellis Air n'avait jamais joué un rôle important dans l'industrie, jusqu'à ce jour.

Shane avait essayé de faire comprendre que c'était risqué de miser sur une petite entreprise plutôt que sur Colborn Aerospace, une société à la renommée internationale. Mais le P-DG de Gobrecht n'avait pas voulu l'écouter.

Le contrat avec Beaumont avait failli être rompu, mais il était toujours d'actualité.

De retour à Chicago, en présence de Darci, il décida de laisser de côté ses frustrations professionnelles pour se concentrer sur le moment présent.

Après avoir donné un biscuit à Gus et Boomer, il se tourna vers elle, qui se tenait légèrement à l'écart.

— Ce sont des amis, maintenant, n'aie pas peur.

— On dirait qu'ils ont faim.

— Ils ont toujours faim. Viens, lui intima-t-il en la prenant par la main.

Les chiens les suivirent, heureux de partir en promenade.

— Ils aiment se balader ?

— Ils adorent ça. Mais, ce qu'ils adorent plus que tout, c'est patrouiller avec les gardes.

Il faisait beau, en ce dimanche matin. Le soleil brillait, l'air était chaud, des rouges-gorges avaient pris d'assaut les chênes alentour, les roses embaumaient l'atmosphère, se mêlant à l'odeur de l'herbe fraîchement coupée.

Darci était vêtue d'un jean, d'un haut vert menthe et d'une paire de ballerines. Sa chevelure auburn était rassemblée en une queue-de-cheval avec des mèches libres tombant autour de ses tempes. Impossible de dire si elle était maquillée. Son seul bijou était une paire de boucles d'oreilles en or très discrètes.

— Estelle m'a dit que tu avais perdu une boucle d'oreille ?

— Une boucle d'opale qui appartenait à ma grand-mère. Cette paire de boucles a une grande valeur sentimentale pour moi. J'ai mis du temps, j'ai cherché partout, mais j'ai fini par la retrouver, donc j'étais vraiment contente.

Son flot de paroles le fit sourire.

— Je suis ravi que tu l'aies retrouvée. Et Justin m'a dit qu'il avait fait ta connaissance.

— En effet, fit-t-elle, légèrement sur ses gardes.

— Il a dit que tu lui avais posé des questions sur les origines de Colborn Aerospace.

— Oui, ça m'intéresse.

Ils marchèrent quelques instants en silence.

— Je sais ce que tu fais.

Sa main tressaillit dans la sienne.

— Ce n'est pas un problème.

— Mais…

— Je sais que tu ne t'intéresses pas à l'argent.

— Ah bon ? Et comment peux-tu en être sûr ?

— Parce que tu me résistes et tu te fais désirer.

— Je me fais désirer !? s'exclama-t-elle.

— Je ne dis pas que tu te conduis de manière sournoise mais, dès que je tente de m'approcher de toi, tu t'éloignes.

— En effet.

— D'habitude, quand une fille essaie de me mettre le

grappin dessus, elle est prête à tout. L'ascension du mont Logan, le ramassage des ordures, un combat dans la boue.

— Un combat dans la boue ? C'est diabolique !

— Elles peuvent toujours refuser. Comme toi. Au moins, c'est honnête, dit-il, souriant.

— Un combat dans la boue, ça ne me dit rien. Je trouve que c'est un spectacle assez dégradant auquel des rustres viennent assister pour se rincer l'œil.

Il se planta devant elle.

— Est-ce que je t'ai proposé un combat dans la boue ?

— Non.

— Je t'ai déjà forcée à faire quelque chose que tu ne voulais pas ?

— Non.

— Quand tu ne veux pas faire quelque chose, tu refuses.

— En effet.

Le soleil illuminait son doux visage, une petite brise faisait onduler sa chevelure, ses lèvres rouges brillaient d'une sensualité éclatante, l'odeur fleurie de son parfum était enivrante, et l'ensemble lui donnait tout simplement envie de cette femme.

— Je veux t'embrasser.

— Ce n'est pas une bonne idée.

— Pourquoi ? Tu n'en as pas envie ?

— Parfois je dis « non » à quelque chose, même si j'en ai envie, parce que je sais que ce n'est pas bien et que ça ne pourra jamais fonctionner, même si j'aimerais bien.

Il s'efforça de garder son sérieux tout en posant les mains sur ses épaules.

— Darci, est-ce que tu as compris ce que tu avais dit ?

— Tu te moques de moi ?

— Un peu. Tu réfléchis trop.

— Pas du tout.

— Je veux encore t'embrasser.

— Pas moi.

— Tu mens.

Elle hésita.

— Peu importe. On peut marcher ?

Il lui reprit la main.

Ils avancèrent en silence tandis qu'il analysait leur dernier échange. Quelque chose clochait, mais il n'arrivait pas à mettre le doigt dessus.

Curieux, il relança la conversation.

— Tu es mariée ?

— Shane, arrête.

— Tu es mariée, c'est ça ?

— Non.

— Tu es divorcée ?

— Non. Et toi ?

— Tu ne crois pas que tu le saurais ?

Gus vint tourner autour d'eux avant de repartir en flèche.

— Tu as raison.

— Moi j'ai fait des recherches sur toi, pourtant je n'ai rien trouvé.

— Je suis discrète.

— Tu es un témoin protégé ?

— Quelque chose dans le genre.

— Tu es en danger ? Si c'est le cas…

— Je ne suis pas en danger.

— C'est à cause d'un ex-petit ami ? Il est jaloux ? Il te suit ? C'est pour ça que tu t'es renseignée sur mon système de sécurité ?

— C'est toi qui m'en as parlé, ce n'est pas moi qui t'ai interrogé là-dessus.

— Tu as posé des questions pour avoir des précisions.

— Bon sang, Shane, je n'ai pas d'ex-petit ami jaloux qui menace de me tuer. J'aime autant t'embrasser plutôt que de continuer cette conversation sans queue ni tête.

Sans hésiter, il interpréta les propos de Darci comme une invitation. Il la prit dans ses bras et vint poser sa bouche sur la sienne.

D'abord raidi par le choc, son corps se relaxa, ses lèvres s'ouvrirent et elle lui rendit la pareille.

Il avait la réponse. Il devait opter pour l'approche directe.

Resserrant son étreinte, il approfondit le baiser en immisçant sa langue entre les lèvres de Darci. La réaction de celle-ci fut à la hauteur de ses attentes.

Ses courbes étaient délectables, sa poitrine pressée contre son torse augmentait l'envie qu'il avait d'elle et c'était exquis de pouvoir sentir sa peau contre ses lèvres.

Curieux, les deux chiens vinrent se poster à côté d'eux et se mirent à aboyer.

— On ne peut pas faire ça ! protesta Darci.

— Faire quoi ?

Ils n'avaient qu'échangé un baiser ! Alors qu'il brûlait de bien plus. Il était même prêt à la porter dans la cabane de la piscine et à lui faire l'amour toute la journée.

— On joue avec le feu.

De nouveau, il ne comprenait pas sa réaction. Que craignait-elle ? Ils pouvaient jouer avec le feu, s'ils le voulaient. Ils étaient libres. Adultes. Consentants. Pourquoi ne pas en profiter ? Que pouvait-il arriver, au pire ?

Elle avait envie de lui, il en était certain. Mais pourquoi lui résistait-elle à ce point ?

— Tu veux rester vierge jusqu'à ton mariage, c'est ça ?

— Non.

— Alors pourquoi tu me résistes ? s'impatienta-t-il.

Elle s'éloigna de lui.

Quel idiot ! Pourquoi avait-il perdu son sang-froid ?

— Je ne peux pas t'expliquer.

— S'il te plaît, j'ai besoin de savoir.

— Désolée, je ne peux pas. Je dois y aller.

— Si ton but était de m'intriguer, c'est réussi.

— Je pensais que je pourrais y arriver.

— Arriver à quoi ? s'enquit-il, abasourdi.

— Je suis désolée, balbutia-t-elle avant de tourner les talons.

— Qu'est-ce que j'ai fait ? Qu'est-ce que j'ai dit ?

Elle partait à grandes enjambées.

Son premier réflexe fut de lui courir après. Mais il savait

que c'était inutile. Il ne pouvait rien ajouter et il aurait tort de la brusquer.

Il devait accepter cette défaite, y réfléchir, éclaircir ce qui empêchait Darci d'aller plus loin avec lui et trouver une solution.

Quand Darci rentra, Jennifer était dans la cuisine.

— Je ne peux pas continuer. Je vais craquer, je le sens.

— Craquer ? De quoi tu parles ? Que s'est-il passé ?

— J'ai découvert que j'étais faible.

Jennifer, qui était en train de se servir de la glace, éclata de rire.

— Bienvenue au club !

— J'aimerais une coupe de glace, déclara Darci en montant sur l'un des tabourets.

— Avec de la crème chantilly ?

— Oui. Mais... Et toi, comment vas-tu ?

— Toi d'abord. Pourquoi tu vas craquer ?

— Pour Shane.

Jennifer versa une dose généreuse de crème chantilly sur la glace, plaça une cuillère dans chaque bol et en poussa un en direction de Darci.

— Merci. Et toi ?

— Ashton a appelé.

— Et alors ?

— Il m'a proposé de sortir avec lui ce soir. Il a des tickets pour le Rainbow Quarter, cinquième rang, au centre. C'est quasiment impossible de se procurer ces billets.

— Tu ne peux pas céder pour des tickets au cinquième rang.

— Je sais, mais...

— Jennifer, tu ne peux pas...

Darci s'arrêta, se souvenant des sensations qu'elle avait éprouvées quand Shane l'avait embrassée dans la matinée.

— Oh ! et puis fais ce que tu veux. Tu as tort, mais je te donne entièrement raison, marmonna-t-elle avant de se délecter du bol de glace.

— Tu peux m'expliquer ?

— J'ai failli me retrouver dans le lit de Shane Colborn ce matin, donc je comprends ton envie de retrouver Ashton.

Jennifer lui lança un regard interloqué.

— Il m'a embrassée alors que j'avais commencé par dire « non ».

— Il t'avait demandé ta permission ?

— Oui.

— Quel gentleman ! Et ce baiser ?

— C'était fou. C'était comme…

— Comme un raz-de-marée d'hormones enrobées de chocolat au goût charnel irrésistible ?

— C'est à peu près ça.

— C'est terrible, n'est-ce pas ?

— Un désastre.

— Dis-moi que tu as refusé.

— J'ai refusé.

— Bravo.

Elles se turent, le temps de finir leur glace.

— Qu'est-ce que tu vas faire ? demanda Jennifer.

— Je ne sais pas. Est-ce que tu ressens pour Ashton cette attirance magnétique irrésistible ?

Jennifer acquiesça, la bouche pleine.

— J'ai trop peur. Je ne peux pas retourner là-bas.

Elles se turent de nouveau, et ce fut Jennifer qui brisa le silence.

— Sauf si tu t'en sers, répliqua-t-elle.

— Si je me sers de quoi ?

— Tu pourrais te servir de ton attirance pour Shane pour l'espionner.

— Je ne comprends pas.

— Va jusqu'au bout. Cède à ses avances. Il finira bien par s'endormir. Et, là, tu pourras intervenir.

Darci n'en revenait pas de la suggestion de son amie. Mais l'idée de faire l'amour avec Shane la projeta dans un tourbillon d'émotions sans précédent.

Jennifer continua sur sa lancée.

— Si tu veux des conseils pour l'épuiser au lit, n'hésite pas, lâcha-t-elle, le sourire malicieux.

— Non, merci. Je ne veux pas de tes conseils et je ne vais pas épuiser Shane en faisant l'amour avec lui. Les dessins sont peut-être au siège. Je vais me reconcentrer là-dessus pour le moment.

— Parfois, j'aimerais que tu sois moins droite et moins sérieuse.

— Tu veux me faire croire que tu n'aurais aucun scrupule à coucher avec Shane en ces circonstances ?

— Je ne le connais pas, mais si je pense à Ashton, oui, je le ferais sans scrupule.

— Parce que tu es irrésistiblement attirée par Ashton.

— Oui, tu as raison. Mais tu m'as l'air irrésistiblement attirée par Shane, toi aussi.

— Je sais…

— Ou alors tu laisses tomber.

— Quoi ?

— Tu abandonnes la quête des dessins de ton père.

— Je ne peux pas…

— Tu pourrais faire appel à un détective privé. Ou demander conseil auprès d'un avocat. Si les Colborn ont volé l'invention de ton père, il doit forcément y avoir un recours juridique pour le prouver.

— Je ne veux pas qu'ils se doutent de quelque chose.

— Comment ça ?

— S'ils savent que je suis à la recherche de ces fameux dessins, ils seront en meilleure position que moi pour mettre la main dessus et les détruire.

— Certes, mais tu n'arriveras peut-être jamais à les trouver sans aide extérieure. Et tu pourrais finir en prison si jamais tu étais prise la main dans le sac.

— Jusqu'à présent, je n'ai pas enfreint la loi. Enfin, pas de façon flagrante. On ne met pas les gens en prison parce qu'ils se sont invités à une soirée sans invitation ou qu'ils ont fait semblant de chercher une boucle d'oreille dans le sous-sol d'une maison.

— Mais tu pourrais aller en prison pour vol.

— Si Shane en venait à m'accuser du vol des dessins, à mon tour, je l'accuserais d'avoir volé la propriété intellectuelle de mon père. Rira bien qui rira le dernier.

— Ce scénario n'est valable que si tu réussis à trouver les dessins.

— Ils sont forcément quelque part. Je vais reprendre mes recherches au siège, de façon plus méticuleuse.

— Si je peux t'aider, dis-le-moi.

— Merci, c'est gentil. Et toi, si je peux t'aider au sujet d'Ashton, dis-le-moi.

A peine avait-elle achevé sa phrase que le téléphone de Jennifer sonna.

— Je vais lui parler.

— Ce n'est pas… C'est lui.

— Passe-le-moi.

Jennifer lui tendit le téléphone.

— Ashton, Jennifer ne peut pas te parler… Oui, c'est Darci. Arrête de l'appeler… Parce que c'est mon amie et que je ne veux pas que tu lui fasses du mal… Tu ne penses qu'à toi… Elle t'a donné une deuxième chance et tu n'as pas assuré. Maintenant, c'est fini… Tu as raison, c'est à Jennifer de décider et elle a pris sa décision. Au revoir, Ashton.

— Waouh, dit Jennifer, interloquée.

— Tu as déjà dû lui dire ça des milliers de fois.

— Non. Enfin pas de manière aussi brutale.

— J'ai voulu que ça paraisse définitif.

— Oui, en effet, tu y as mis le paquet.

— Il va peut-être comprendre cette fois.

— Peut-être.

Darci sentit que les émotions de Jennifer étaient aux antipodes de la logique de la situation. Et, depuis qu'elle connaissait Shane, elle comprenait mieux son amie.

Ashton n'était peut-être pas l'homme le plus fiable de la

terre, mais Jennifer était profondément éprise de lui et elle ne pouvait se résoudre à le chasser de sa vie, et encore moins de son cœur.

— Je crois qu'on devrait se resservir de la glace, conclut Darci à voix haute.

Shane aurait été incapable de savoir quand il avait perdu le contrôle de sa vie, mais c'était bel et bien le cas.

— Il y a au moins trois journalistes qui attendent dehors, annonça Justin alors qu'ils longeaient le couloir des bureaux de la direction de Colborn Aerospace, ce lundi après-midi.

Shane ignora les paroles de son ami, l'esprit préoccupé par quelque chose de bien plus important que de vulgaires paparazzis.

— Tu te rends compte que je n'ai aucune de ses coordonnées ?

Il s'était aperçu tardivement qu'il n'avait jamais demandé le numéro de téléphone de Darci. La veille, après son départ, il avait effectué d'innombrables recherches sur Internet pour retrouver sa trace. En vain.

— Riley Ellis a annoncé l'accord qu'il a signé avec Gobrecht devant une douzaine de journalistes. Bianca en a donc profité pour en rajouter une couche et crier haut et fort que cela prouvait la véracité de ses dires.

— Elle est introuvable sur Internet. C'est fou, non ?

— Bianca ?

— Non, Darci.

— Tu as entendu un mot de tout ce que je t'ai dit ?

— Non. Et toi ? Tu as entendu ce que je te racontais ? Je ne sais pas comment entrer en contact avec Darci Lake. J'ai perdu sa trace. Et je n'ai pas ses coordonnées.

Il ne supportait pas l'idée que celle-ci ait pu disparaître de sa vie. C'était inimaginable.

— Si tu parles aux journalistes, on pourrait perdre Beaumont. Là, tu m'as entendu ? demanda Justin sur un ton agacé.

Shane s'efforça de se reconcentrer sur le travail.

— Et si je ne parle pas aux journalistes ?

— On pourrait aussi perdre Beaumont.

— Donc peu importe, finalement ?

Justin s'arrêta.

— Mais qu'est-ce que tu as ? demanda-t-il en se rapprochant de lui. C'est sérieux, ajouta-t-il, un ton plus bas.

— D'accord. Que veux-tu que je fasse ?

— Retourne en France. Et restes-y jusqu'à ce qu'ils signent en bas de la page.

Shane ne voulait surtout pas quitter le pays maintenant. Il devait d'abord retrouver la trace de Darci.

— Ce n'est pas le bon moment pour moi.

— Quel serait le bon moment pour toi ? Après la faillite ?

— S'il te plaît, épargne-moi tes scénarios catastrophe.

— Et toi, arrête de faire l'imbécile.

Justin avait raison, car il gardait les pieds sur terre, alors que lui, Shane, avait la tête ailleurs.

Si c'était la seule solution pour sauver la compagnie, il irait, bien sûr. Mais ce serait un aller et retour express.

— Je veux bien m'y rendre, mais je veux un jet privé.

Justin secoua la tête, incrédule.

— C'est normal. Si je dois aller régulièrement en France, ce sera en jet privé.

— Rien que ça, monsieur Colborn ? ironisa Justin.

Shane ne broncha pas. Au bout de quelques secondes d'un bras de fer silencieux, Justin prit son téléphone.

— Ginger ? Ici, Justin. M. Colborn aurait besoin d'un jet privé… Pour demain… Un séjour de trois jours en Europe… Merci.

— C'était une suggestion de Tuck. Et Dixon m'a conforté dans cette idée. C'est plus rapide, plus efficace et plus flexible.

— Si tu veux un jet privé, tu en auras un. Pour l'instant, on va recourir aux services d'une compagnie privée.

Justin appela l'ascenseur.

— Tu ne peux pas sortir par-devant.

— Je sais.

Justin se tourna vers Shane pour lui rajuster sa cravate.

— Il doit bien y avoir un moyen de mettre la main sur Darci Lake, le réconforta-t-il. Tu vas la retrouver.

— C'est ce que je me disais, mais il n'y a pas une seule Darci Lake dans tout Chicago.

Ils montèrent dans l'ascenseur.

— Les réseaux sociaux ?

— Rien.

— La reconnaissance faciale ? Tu as une photo ?

— Tuck !

— Quoi, Tuck ?

— Il la connaît.

L'ascenseur les conduisait au sous-sol. Justin ressortit son téléphone de sa poche de costume.

— Les journalistes sont en train de filer ton chauffeur, mais je vais appeler un taxi qui nous attendra à l'arrière.

— C'est ridicule. Me voilà devenu une rock star du jour au lendemain.

— Je sais.

— Je n'ai rien à cacher.

— Tu es de mauvaise humeur. Ils ne feraient qu'une bouchée de toi. Je préfère éviter le pire.

— Je ne suis pas de mauvaise humeur.

Les portes de l'ascenseur s'ouvrirent.

— Ce n'est pas à cause de Bianca, ni à cause de Gobrecht.

— Je sais.

— C'est…

Shane s'arrêta net, stupéfait.

Il n'en croyait pas ses yeux. C'était impossible.

Pourtant elle était là, debout devant la porte des archives du siège.

Il sortit de l'ascenseur, abasourdi.

— Darci !

Elle se tourna et, quand elle le vit, elle resta bouche bée, interloquée, en proie à une pâleur soudaine.

Il s'avança d'un pas rapide, lui prenant la main pour s'assurer qu'elle était bien réelle.

— Que fais-tu là ? Enfin, c'est… bon de te voir.

— Darci ! lança une voix désagréable et sévère.

Elle leva les yeux vers la personne, le regard coupable, la mine paniquée.

Rachel Roslin, la responsable des archives, se dirigeait vers eux. Dès qu'elle le reconnut, son attitude changea du tout au tout.

— Monsieur Colborn, en quoi puis-je vous aider ?

A cet instant, il remarqua le dossier sous le bras de Darci. Elle portait une jupe droite bleu marine, une veste assortie. Elle…

Elle travaillait pour Colborn Aerospace !

A présent, tout s'éclaircissait. Il lui lâcha la main.

Justin, qui en était arrivé à la même conclusion, se chargea de faire diversion en parlant à Rachel.

— Comme la presse est postée devant l'entrée principale, nous avons demandé à un taxi de venir nous chercher au niveau de l'entrée de derrière.

— Je comprends, dit Rachel tout en jetant des regards suspicieux en direction de Darci.

— Je dois vous emprunter Darci, annonça Shane.

La femme parut médusée par la nature d'une requête à tout le moins inhabituelle.

— Nous avons besoin de son aide pour une réunion qui a lieu à l'extérieur, improvisa-t-il.

— Bien sûr. Mais, si vous préférez, je peux vous accompagner…

Justin le sauva des eaux.

— On ne veut pas vous déranger, c'est une mission sans importance. On a simplement besoin de quelqu'un qui fasse acte de présence. Vous voyez ?

— Tout à fait. Darci, suivez M. Colborn et M. Massey, ordonna-t-elle, avant de lui adresser un petit signe de tête pour la congédier.

Darci n'avait pas encore ouvert la bouche.

— Tu dois prendre ton sac ? lui demanda Shane.

Elle le regarda, horrifiée. Il avait envie de la rassurer : il ne lui arriverait rien, elle ne perdrait pas son emploi. Elle fit un signe de tête avant de disparaître.

Il résista à l'envie de la suivre. Pourvu qu'il ne la perde pas de nouveau. Mais, comme il se tenait entre la porte de sortie et l'ascenseur, elle ne pouvait pas lui échapper.

— Qu'est-ce que c'est que cette histoire ? murmura Justin.

— Cela explique pourquoi elle ne voulait pas aller plus loin avec moi.

— Tu penses à ton ego dans une situation pareille ?

— Il ne s'agit pas de mon ego, mais ça n'avait pas de sens.

Il avait senti qu'elle avait envie de lui.

— Tu penses que toutes les filles veulent finir dans ton lit ?

— Darci en a très envie. Mais motus, la revoilà.

Shane fixa Darci du regard alors qu'elle revenait vers lui. Il l'avait retrouvée. Plus rien n'avait d'importance.

7

Ils étaient à trois pâtés de maisons du siège quand leur taxi s'arrêta derrière un SUV noir.

— On a évité la presse en prenant un taxi, lui expliqua Shane en la guidant vers l'autre véhicule.

Darci était tendue, mais elle ne disait rien, suivant le mouvement comme une marionnette.

Il ne lui avait pas encore posé de questions et elle avait tout fait pour chasser la panique de son esprit. Elle avait été démasquée. Tout était terminé.

Shane était furieux contre elle. On le serait à moins.

— J'étais en route pour une réunion, mais Justin va annuler.

A cet instant, elle s'aperçut que Justin était resté dans le taxi et que le SUV était déjà reparti.

Shane remonta l'écran entre la cabine du chauffeur et l'arrière du véhicule pour garantir leur intimité. Elle avait la gorge sèche, les mains moites, repensant aux avertissements de Jennifer.

Shane était-il capable de lui faire du mal ? Devait-elle avouer toute la vérité ou tenter de noyer le poisson ? Il semblait difficile de s'enfuir, comme dans les films, en sautant du véhicule et en prenant ses jambes à son cou ?

Elle pourrait quand même essayer ce scénario au prochain feu rouge. Après un rapide coup d'œil, elle repéra la poignée de la portière.

— Bon, passons aux choses sérieuses. Dis-moi tout.

L'instant de vérité avait sonné. Sa panique augmenta encore.

— Alors c'était ça, la raison ?

La voix de Shane semblait décuplée dans l'habitacle confiné. Elle tourna la tête vers lui. Il la dévisageait, la mine contrariée, les traits tirés.

— Alors ? J'attends.

Elle ouvrit la bouche, mais aucun son n'en sortit.

— Je comprends, ne t'inquiète pas, lui assura-t-il d'une voix plus douce.

Le cœur battant à tout rompre, elle tenta de déchiffrer la teneur de ses paroles.

— Mais je ne supporte pas l'idée que tu aies menti. Tu aurais dû me dire la vérité dès les premiers instants.

— Je…

Par où commencer ?

— Le premier soir, je comprends. Mais après ?

— J'avais peur, réussit-elle à formuler.

— Je comprends que tu n'aies pas voulu aller dans le lit du patron. Mais pourquoi ne me l'as-tu pas expliqué ? J'aurais pu t'aider à résoudre ce dilemme.

Connaissait-il réellement l'ampleur de son problème ? Non, sinon il ne suggérerait pas de le résoudre.

— J'étais toujours sur le qui-vive, à tenter d'anticiper.

— Je suis désolée, ce n'est pas ce que je voulais.

Ignorant à quelle sauce elle allait être mangée, elle croisait les doigts, espérant que cette conversation ne concernerait que son statut chez Colborn.

— Je ne sais pas pourquoi Tuck ne m'a pas dit que tu travaillais pour nous.

— Tuck n'en savait rien, lâcha-t-elle, s'attendant à tout moment à ce que Shane l'accuse d'espionnage.

— Comment ça ?

— Je ne lui ai pas dit. Je le connais à peine.

— Il m'a raconté que tu possédais ta propre société de graphisme.

— C'est le cas. Je travaille ici à mi-temps.

Son pouls commençant à se calmer, elle put reprendre une respiration plus régulière.

Shane pensait que son emploi chez Colborn expliquait son comportement étrange envers lui. Et c'était bel et bien le cas. Du moins, cela tenait la route.

Il changea de position de manière à lui faire face.

— Je propose de recommencer à zéro.

— La conversation ?

— Non, notre relation.

Il n'y avait pas de relation entre eux et il ne pouvait y en avoir. Mais elle lui lança un regard hésitant, sachant que c'était sa seule roue de secours pour le moment.

— Qu'est-ce qui t'inquiète le plus ? Les commérages ? Le regard des autres ?

Elle tenta de trouver une réponse adéquate. Si elle était une vraie employée, ces considérations l'inquiéteraient, mais en réalité elle s'en fichait éperdument.

Puis le visage de Shane s'illumina.

— J'ai trouvé la solution.

— Ah bon ?

— Tu pourrais travailler pour Tuck !

— Pardon ?

— Bien sûr ! Si tu ne travailles plus pour moi, notre relation n'aura plus d'impact sur ton emploi. Il n'y aura pas de commérages, mais nous pourrons quand même rester discrets si tu le souhaites.

Il fallait faire cesser cela au plus vite.

— Je ne veux pas travailler pour Tuck.

— Pourquoi ? Tu n'arrêtes pas de dire que tu n'as jamais eu de relation intime avec lui.

— C'est le cas.

— Alors pourquoi refuses-tu de travailler pour lui ? Je pourrais t'obtenir une augmentation et faire en sorte que tu ne perdes pas de vacances.

C'était une solution raisonnable et elle n'avait pas de motif plausible de refuser. Heureusement, la voiture s'arrêta, lui donnant un peu de temps avant de répondre.

— Où sommes-nous ? s'enquit-elle pour changer de sujet.

— On arrive à mon *penthouse*. On pourra parler là-haut, déclara-t-il avant d'ouvrir la portière.

— On va chez toi ?

— Bien sûr ! Nous serons à l'abri des regards indiscrets, ne t'inquiète pas. Maintenant, je comprends pourquoi tu préférais qu'on se rencontre au manoir et non en public.

Elle avait choisi le manoir pour une tout autre raison, mais Shane semblait décidé à faire fonctionner ce nouveau scénario, n'y trouvant aucune faille et corroborant lui-même l'ancienne et la nouvelle situation.

Il lui prit la main, tout en cherchant son regard. Ses yeux étaient profonds, sombres et sincères, sa voix de baryton rassurante.

— Je ne veux pas te brusquer, Darci. Et je ne veux pas t'attirer dans mon lit à tout prix. Mais nous devons trouver une solution, sinon nous devrons nous séparer. Et, pour le moment, je ne peux pas imaginer de ne plus te revoir.

Une fois de plus, un profond sentiment de culpabilité s'empara d'elle.

— Tu ne devrais pas dire des choses comme ça.

— Comme quoi ?

— Je ne sais pas. Tu es si prévenant, compréhensif, attentionné…

Il sourit.

— Je ne suis pas attentionné, tu as lu le livre.

— Tu ne corresponds pas au personnage du livre.

— Tu voudras bien témoigner pour moi ?

— Oui. « Une simple employée de bureau chez Colborn défend la réputation de son patron. » Je crois que ça ferait toute la différence, en effet, plaisanta-t-elle.

— Viens. Là-haut, on pourra parler en toute tranquillité.

Elle n'avait pas le choix, elle devait le suivre.

Il était difficile de mettre de l'ordre dans ses idées tout en s'adaptant à la nouvelle donne. Bon, elle pourrait peut-être glaner de plus amples informations sur l'histoire de la société. Peut-être même que les dessins se trouvaient dans le *penthouse*.

Un portier leur tint les portes de l'opulent bâtiment. L'ascenseur les emmena au trente-deuxième étage, où il s'ouvrit sur un hall d'entrée privatif au parterre de marbre.

En pénétrant dans le salon cossu et spacieux, elle fut tout de suite attirée par les deux immenses baies vitrées qui donnaient sur le lac. Deux grands canapés en cuir beige contrastaient avec une paire de fauteuils en cuir noir, deux tables basses en verre étaient décorées de lampes coûteuses en céramique. Très certainement des pièces uniques.

— Quelle vue incroyable !

— C'est formidable quand il fait beau mais, par mauvais temps, on est dans le brouillard.

— J'imagine que ça doit être dur d'habiter ici quand il fait mauvais, le taquina-t-elle.

— Tu te moques de moi ? s'insurgea-t-il, tout en venant se placer derrière elle.

— Oui.

— Tu as raison. C'est un lieu magnifique, et la vue est imprenable, qu'il pleuve, qu'il neige ou qu'il vente, de jour comme de nuit. Et j'aimerais beaucoup que tu voies le lever du soleil, murmura-t-il.

Elle aurait dû répondre quelque chose, mais son esprit ne réagissait plus.

— Pardon, je n'aurais pas dû dire ça.

Elle ne lui en voulait pas. Au contraire, ces attentions étaient agréables. Elle avait envie de se tourner vers lui, de l'embrasser et de se laisser emporter par la passion.

Il avait les mains sur ses épaules. C'était un contact léger, mais impossible de se soustraire à l'emprise du désir qui l'habitait.

Il lui caressa les cheveux avant de déposer un baiser sur sa nuque. Puis un deuxième.

— Tu es tellement belle.

Elle ferma les yeux et se laissa aller contre lui, sentant sa chaleur l'envahir et sa force la soutenir. Il n'était plus question de résister. C'était trop bon.

Ses baisers se firent plus mouillés, plus ardents, plus hardis. Elle inclina la tête d'un côté pour lui donner un meilleur accès. Aussitôt, il lui enleva sa veste d'uniforme.

Après s'être déplacé pour se retrouver en face d'elle, il lui prit le visage dans ses mains.

— Tu m'as tellement manqué.

— Nous allons le regretter, répliqua-t-elle.

— Un jour, peut-être. Mais, d'ici là, on a le temps de voir venir.

Ses lèvres capturèrent les siennes et elle fondit sur place. Elle souhaitait que cela dure éternellement, chassant toutes les questions.

Avide, sa langue chercha celle de Shane en une danse qui lui semblait déjà familière. D'une main virile, il fouilla sa chevelure et posa son autre main sur sa taille, pour mieux l'attirer à lui, les soudant en un corps-à-corps ardent et intime.

Mais son téléphone vibra.

— Ce n'est rien, murmura-t-il en un gémissement rauque avant de reprendre possession de ses lèvres.

— Tu ne… ?

— Non, répondit-il.

Pour le lui prouver, il enleva sa veste et la jeta sur l'un des fauteuils.

— Tu es la seule personne qui compte à mes yeux.

Ses derniers soupçons de résistance s'envolèrent. Elle glissa les mains sur son torse.

— Darci.

— Shane.

— Tu en as envie ?

— J'en ai assez de dire « non ».

Elle le désirait plus que tout au monde, elle en était persuadée.

— Dieu merci.

Elle s'attendait à ce qu'il l'embrasse, mais il la dévisagea tendrement, la fouillant du regard.

— Qu'y a-t-il ?

— Je savoure ce moment.

Elle lui sourit.

— Et si j'en profitais pour avoir des remords ?

— Non, j'ai confiance. Tu as pris ta décision et je sais que tu as envie de moi.

Elle frissonna.

— Je te sens réellement là, avec moi. Quand je te touche, ton corps s'embrase. Tes yeux s'illuminent comme des émeraudes. Tes joues prennent des teintes rosées, et ta peau réagit en frémissant. Je n'ai jamais été témoin d'une telle réaction chez une femme…

Il l'embrassa.

Elle ouvrit les lèvres, accueillant sa langue et toutes les sensations qu'il faisait naître en elle, soumise à des vagues de désir jusqu'aux tréfonds de son être.

Il ôta sa chemise, puis il lui enleva son chemisier et son soutien-gorge. Ils étaient désormais peau à peau, leurs mains s'explorant avec enthousiasme.

Le corps de Shane était dur comme un roc sous ses paumes. Ses bras musclés se révélaient un régal, ses épaules olympiennes un délice, son torse ferme une merveille… Son parfum musqué enivrant lui faisait perdre la tête tandis que son toucher embrasait la moindre parcelle de son corps.

Quand les mains de Shane s'emparèrent de ses seins nus, elle gémit de satisfaction, alors sa bouche avide remplaça ses paumes. Elle vacilla dans une sphère charnelle inconnue.

Il embrassa son nombril tout en déboutonnant sa jupe qui tomba au sol. Impatiente, elle se déchaussa alors qu'il lui enlevait sa culotte pour venir déposer une pluie de baisers dans le creux de ses cuisses.

La réalité lui échappait, elle était prisonnière de ses sens, ensorcelée par le contact de cet homme. Elle s'accrocha à ses épaules, aux abois.

Quand il se releva, elle était déjà en extase.

Aussi s'empressa-t-il d'enlever le reste de ses vêtements,

puis il trouva un préservatif dans le tiroir d'une commode, et s'assit sur l'un des canapés, l'invitant à venir prendre place sur ses genoux.

— J'ai envie de toi, murmura-t-il dans un souffle rauque et suave.

— Ah oui ? le taquina-t-elle.

— Très, très envie.

Le regard rivé au sien, il remua sous elle pour lui faire sentir à quel point c'était vrai. Son corps tout entier ne demandait qu'à se soumettre à lui, sa respiration se faisait de plus en plus haletante, son cœur battait avec frénésie dans sa poitrine.

Il fit glisser les mains le long de ses cuisses, déclenchant les spasmes intenses d'un désir inconnu à ce jour. Elle était à lui, il pouvait faire d'elle ce qu'il voulait.

Penchant son visage vers elle, il lui captura avidement les lèvres, l'embrassant avec une gourmandise renouvelée.

Elle voulait aller plus loin. Elle voulait plus. Bien plus. Pour lui montrer à quel point elle le désirait, elle le prit par le cou afin de se rapprocher de lui.

— J'aurai toujours envie de toi, souffla-t-il contre sa bouche.

A cheval sur lui, elle se mit à osciller.

Il poussa un profond gémissement tout en s'allongeant sur le canapé, l'entraînant avec lui.

Tout se brouilla. Le monde alentour disparut, et elle perdit la notion du temps. Plus rien ne comptait. Plus rien n'existait hormis leurs ébats amoureux.

Il l'embrassa sur les lèvres, sur les joues, sur le menton, dans le cou. Plus rien ne la retenait à la réalité. Enivrée par son parfum musqué, l'odeur ambrée de ses cheveux, l'onctuosité de sa peau…

Tout en continuant à faire chanter ses sens, il la retourna sur le canapé et vint se placer sur elle. Le tourbillon de ses sensations passa à un autre niveau.

— Shane ! Shane !

Elle ne contrôlait plus rien, son corps soumis à l'assaut

charnel de cet homme l'avait fait chavirer dans une dimension étonnante.

— Darci, murmura-t-il.

Il la pénétra, la possédant comme aucun autre homme avant lui. C'était tellement bon de sentir le poids de son corps, tellement bon de s'offrir à lui.

Elle haletait, prisonnière de cette chevauchée fantastique, sentant son cœur battre sous sa paume, entendant sa respiration rythmée par leur va-et-vient passionné, son souffle haché et rauque dans le creux de son oreille.

La réalité existait, quelque part dans une autre sphère, mais elle n'était nullement pressée de la rejoindre.

Elle ne voulait qu'une chose : galoper jusqu'au firmament et atteindre le septième ciel, à l'unisson avec son héros.

Le corps de Darci était moelleux et fragile sous le sien, ses courbes douces et arrondies accueillant les siennes à merveille. Sa respiration reprenait peu à peu un rythme normal, mais il n'avait pas envie de bouger.

En revanche, il aurait aimé s'excuser. Ça n'était pas dans son intention première de monter ici pour lui faire l'amour, même s'il ne l'avait pas contrainte ni brusquée. Ils n'avaient pas eu le temps de parler. Ils avaient sauté dans les bras l'un de l'autre, sans se consulter au préalable.

Il se leva légèrement pour la regarder. Ses lèvres étaient écarlates, un tantinet gonflées, et ses yeux étincelaient derrière ses longs cils foncés.

Il lui caressa la joue de son pouce.

— Salut, toi, murmura-t-il.

— Salut, répondit-elle, un sourire aux lèvres.

— Ce n'est pas ce que j'avais prévu.

— Ah bon ? Et qu'avais-tu prévu, au juste ?

— Un dîner aux chandelles, une bonne bouteille de vin, des fleurs.

— Tu veux dire que tu ne voulais pas me déshabiller dès qu'on est sortis de l'ascenseur ?

— C'est ça.

Il posa tendrement son front contre le sien.

— Darci, tu sais l'effet que tu as sur moi ?

— Pourtant, j'ai essayé de me faire discrète.

— Je sais, mais te voir respirer suffit à me donner envie de toi.

— Je pourrais arrêter.

— Je te le déconseille.

Il devait peser lourd sur elle. La raison aurait voulu qu'il se lève, mais ce n'était pas ce qu'il voulait. Il voulait couvrir son corps de baisers et refaire l'amour avec elle, laissant la passion les guider. Or il désirait aussi passer encore pour un gentleman aux yeux de Darci. Aussi s'arracha-t-il à regret à la chaleur de son corps.

— J'ai une douche à l'italienne assez spacieuse pour deux dans ma salle de bains ainsi qu'un jacuzzi sur la terrasse, des peignoirs, et du bon vin.

Elle ne lui répondit pas tout de suite.

— Darci ?

— Tu sais que j'aime le bon vin.

Il lui offrit un beau sourire alors que son téléphone se mettait à sonner.

— J'aurais dû le jeter par la fenêtre.

— C'est peut-être important.

— Je m'en fiche.

Le téléphone sonna de nouveau.

— Je suis trop lourd pour toi ? Tu veux que je bouge ?

— Impossible de le savoir, j'ai le corps trop endolori.

Il se leva aussitôt.

Elle sourit, lui montrant qu'elle plaisantait.

Il la prit dans ses bras pour la positionner de nouveau sur ses genoux.

— Je suggère qu'on aille dans le jacuzzi avec une bonne bouteille de vin.

Elle hésita, puis acquiesça.

Il lui prit la main pour l'aider à se lever, puis il la guida jusqu'à la terrasse et au bain d'eau chaude. Après quoi il alluma les jets.

— Attends-moi, je reviens.

— Ne t'inquiète pas, prends ton temps, je ne vais nulle part, répliqua-t-elle en se plongeant avec délectation dans le bain bouillonnant.

Elle avait l'air d'être détendue et cela le rassura. Pendant qu'il ouvrait la bouteille, son téléphone sonna de nouveau. Cette fois, il vérifia l'écran. C'était Justin. Allumant le haut-parleur, il continua à dévisser le bouchon.

— Quoi de neuf ?

— C'est à toi que je dois demander ça.

— Tout va bien. On parle.

Il tira le bouchon.

— Depuis tout à l'heure ? s'enquit Justin, surpris.

Shane regarda l'heure. Il était presque 18 heures.

— On a beaucoup de choses à se dire.

— Comme quoi ?

— Qu'est-ce que tu veux ? demanda Shane en prenant deux verres à pied sur l'étagère au-dessus de l'îlot central de la cuisine.

— Le jet privé est réservé pour demain.

Bon sang, il avait oublié son voyage en France.

— Merde.

— Pourquoi ? Qu'est-ce qui se passe ?

— Rien. Je n'ai pas envie de partir en France.

— Le jet a une chambre. Tu pourras dormir pendant le voyage.

Shane se tourna vers Darci, toujours dans le jacuzzi. Voudrait-elle l'accompagner en France ?

— Je peux faire autre chose pour toi, Justin ?

— Ta mission est de sauver le contrat Beaumont.

— Tu n'auras pas besoin de me contacter dans les prochaines heures ?

— Pourquoi ? Tu as quelque chose de prévu ?

— Arrête d'aller à la pêche aux infos.

— Tu pourrais quand même satisfaire un peu ma curiosité. Après tout, je me débats avec des comptables et des avocats.

— C'est ton boulot. Amuse-toi bien, répliqua Shane avant de raccrocher.

Il posa le téléphone pour s'emparer de la bouteille de vin, puis alla rejoindre Darci.

— Château-montagne 1999.

— Je suis censée être impressionnée ?

— Oui.

— C'est très cher ?

— Oui, mais ce n'est pas l'élément essentiel.

— Quel est l'élément essentiel ?

— C'est un vin exquis.

Elle lui adressa un sourire amusé.

— Alors là, ça m'impressionne.

Il la rejoignit dans le jacuzzi.

— Voilà, j'ai accompli ma mission.

Elle tressaillit.

— Je parle de ma mission de t'impressionner avec de grands vins. Non pas…

— De faire l'amour avec moi ?

— Non, ça, ce n'était pas une mission.

Elle attendit.

— C'était… une inspiration.

— Ne jouons pas sur les mots.

Comment mentir ? Il avait eu envie d'elle dès l'instant où il l'avait vue. Ses sentiments n'avaient pas changé, mais la situation était plus compliquée que prévu.

— Que veux-tu dire, au juste ?

Il percevait un malaise et voulait savoir d'où il venait. Elle garda le silence.

— Tu as peur qu'on t'accuse d'avoir une liaison avec moi pour assurer ta promotion chez Colborn ? Ou tu penses que les gens s'imagineront que je t'ai forcé la main ?

— C'est ce que tu crois ?

— Darci, réponds-moi.

— Tu penses que je cherche à être promue ?

— Arrête. Je ne m'inquiète pas de ton comportement. J'ai peur de m'être mal comporté moi-même.

Il ne supportait pas l'idée d'avoir dit ou fait quelque chose qui ait pu la pousser à accepter ses avances. Or, comme elle ne répondait pas à ses questions, son impression ne voulait pas s'effacer.

Pour en avoir le cœur net, il devait lui poser la question.

— Si je n'étais pas le P-DG de Colborn, tu serais là ?

— Si tu n'étais pas le P-DG de Colborn, je ne me serais jamais invitée à la soirée et je ne t'aurais jamais rencontré.

— Tu t'es invitée à la soirée de charité ?

Elle tressaillit de nouveau.

— La soirée n'était pas ouverte aux petits employés de bureau.

Pour ralentir la conversation, il prit une gorgée de vin. Il ne voulait pas passer directement aux accusations, mais il devait avancer avec précaution, surtout maintenant qu'il savait que leur première rencontre n'avait pas été fortuite.

— Darci, tu as le don de ne pas répondre à mes questions.

L'avait-elle manipulé depuis le début ? Cette conversation était désagréable, mais il était décidé à aller jusqu'au bout.

— Serais-tu ici si je n'étais pas milliardaire ?

Elle ne répondit pas immédiatement. Ses soupçons se renforcèrent.

— Shane, ta fortune est ton plus gros défaut à mes yeux.

— Tu ne cherches pas simplement à épouser un milliardaire ?

— Tu veux que je m'en aille ?

— Je veux que tu répondes à mes questions.

— Non, je ne cherche pas à épouser un milliardaire. Et, même si c'était le cas, je mentirais probablement, donc cet interrogatoire ne sert à rien.

— Je sais que tu mentirais. Ce ne sont pas les mots qui m'intéressent, c'est ton expression et ton intonation.

Son expression se figea.

— Tu sais, si je n'étais pas nue, j'opterais sur-le-champ pour un départ théâtral.

— Alors heureusement que tu es nue.

C'était quitte ou double. A son grand soulagement, elle prit une gorgée de vin.

— Tu as raison de te méfier. Tous les gens ont leurs motivations.

Son affirmation attisa sa curiosité.

— Et quelle est la tienne ?

— Pour le moment, elle est étroitement liée au château-montagne.

— Donc tu n'es pas fâchée ?

— Que tu sois méfiant ? Non.

Elle était à la fois surprenante et rafraîchissante. Dès qu'il pensait l'avoir cernée, elle trouvait un moyen de lui faire perdre l'équilibre. Et, chaque fois, cela lui donnait envie de mieux la connaître.

— Tu es déjà allée en France ?

— Non, répondit-elle, visiblement surprise par le revirement.

— Je vais à Paris en voyage d'affaires. Tu veux m'accompagner ?

— Je dois travailler.

— Tu sais que ça peut s'arranger.

— Pas question. Je ne vais pas partir en congé pour traverser l'Atlantique avec le patron.

— Alors va travailler pour Tuck.

— Shane, tu ne sais rien de moi et maintenant que tu m'as… ajoutée à la liste de tes conquêtes…

— Quoi ? s'offusqua-t-il.

— Je ne suis pas naïve.

— Darci, je ne t'ai pas ajoutée à la liste de mes conquêtes !

— Ecoute, va à Paris, et à ton retour, si tu veux encore me voir, tu sauras où me trouver.

— Viens là.

— Pourquoi ?

— Parce que j'ai l'impression que tu as perdu la tête et je veux te rappeler ce qui nous unit.

— Le désir sexuel ?

— Quel cynisme !

— Non, je suis réaliste.

Il tenta de la faire venir à lui, mais elle ne bougea pas.

— Je ne veux plus que tu me parles de promotion ou d'aller travailler pour Tuck. Compris ?

— Comme tu voudras, lâcha-t-il, amusé.

— Qu'est-ce qui t'amuse ?

— Tu es tellement rafraîchissante ! La plupart des femmes veulent mon aide.

— Je ne suis pas la plupart des femmes.

— Oui, j'avais remarqué. Viens ici. Et prends ton verre. Je veux te garder dans mes bras un moment.

8

— Tu crois que j'ai commis la plus grosse erreur de ma vie ?

Darci venait de raconter ses aventures de la veille à Jennifer qui était assise devant son écran d'ordinateur. Elles se faisaient face, chacune à un bureau identique.

— Je ne dirais pas la plus grosse erreur, mais disons que c'est une assez grosse erreur.

— J'ai fait l'amour avec Shane Colborn !

Pourtant, elle n'arrivait pas à regretter d'avoir fait l'amour avec lui.

— Tu n'as qu'à voir le bon côté des choses.

— C'est-à-dire ?

— Tu vas pouvoir l'espionner davantage.

— Ce n'est pas pour ça que j'ai cédé.

— Je sais. Mais avoue que ça va t'ouvrir des portes. Tu pourrais par exemple passer une nuit au manoir.

— Non, je me suis interdit de le faire.

— Tu sais où sont les archives, maintenant, donc, si ça se trouve, tu es près du but.

— Et s'il découvre la vérité ?

Jennifer leva le nez de son écran.

— Il va sûrement la découvrir. Et, s'il ne la découvre pas tout seul, c'est toi qui la lui apprendras, quand tu auras découvert les dessins.

— Bref, je n'aurais pas dû faire l'amour avec lui.

— Peut-être pas, mais maintenant c'est trop tard.

On frappa à la porte. Elles se regardèrent, surprises.

— Tu penses que c'est Shane ? murmura Jennifer.

— Il est en France. A moins que…

Peut-être avait-il découvert la vérité. Peut-être avait-il retardé son voyage pour régler ses comptes.

— Je vais lui parler, promit Jennifer, se levant de son siège.

— Et moi, je fais quoi ? Je ne vais pas me cacher sous mon lit. Je dois assumer mes problèmes.

— Cache-toi pour le moment. Je vais lui dire que tu n'es pas là.

On frappa de nouveau. Jennifer alla ouvrir. Darci s'attendait à entendre la voix de Shane.

— Ashton ? s'écria Jennifer, stupéfaite.

Darci sortit de sa cachette.

— Je suis venu pour parler.

— Va-t'en ! lança Darci.

Mais c'était trop tard, Jennifer l'avait fait entrer.

— Darci, ne te mêle pas de ça, riposta Ashton.

— Laisse-la tranquille !

— C'est bon, Darci, je vais lui parler, mais reste avec nous, s'il te plaît, la supplia Jennifer.

Ashton referma la porte derrière lui. Aucun des membres du trio ne bougeait ni ne parlait. Ce fut Ashton qui brisa le silence.

— On peut s'asseoir ?

— Je croyais que tu voulais parler, ironisa Darci.

— Ashton a raison, asseyons-nous. Darci, tu veux bien nous servir quelque chose à boire, s'il te plaît ?

Elle alla dans l'espace cuisine, laissant le couple s'installer. Ashton sur le canapé, Jennifer dans un fauteuil.

— S'il te plaît, oublie ce que tu as vu. Ce n'est pas ce que tu crois, déclara-t-il pour entamer la conversation.

— Tu plaisantes ? Elle était nue dans tes bras.

— Elle était nue quand je suis entré dans la pièce et elle s'est jetée sur moi.

— C'est toujours ce qu'on dit.

— Je te jure qu'il ne s'est rien passé.

— Parce que je suis entrée.

— Non. Il ne se serait rien passé, je t'assure.

— Personne ne peut le savoir.

— Moi, je le sais. Tu me crois vraiment capable de m'éclipser dans une chambre avec une fille au milieu d'une fête où je suis venu avec toi ?

— Tu pensais que j'étais partie.

Jennifer avait quitté la fête, énervée par le comportement d'Ashton qui se faisait draguer par une fille. Ayant oublié sa veste, elle était revenue et avait découvert son fiancé collé à cette fille.

— Je n'ai rien fait.

— Tu parles.

— Elle me draguait, je n'y peux rien.

— Parce que tu es irrésistible ?

— Je voulais te rattraper.

— En passant par la chambre ?

— Ma veste était dans la chambre. Comme la tienne d'ailleurs. Et tous les autres manteaux. Tu ne crois pas que j'aurais choisi un endroit plus discret, si j'avais vraiment voulu coucher avec cette fille ?

— Je ne sais pas.

— Elle m'a suivi dans la chambre, elle a enlevé son haut et elle est venue se coller à moi en m'embrassant. Si tu étais restée cinq secondes de plus, tu aurais vu que je l'avais repoussée.

D'après Darci, Ashton mentait et elle espérait que Jennifer n'était pas dupe.

Elle retourna dans l'espace salon avec des punchs au rhum, sachant qu'Ashton détestait cette boisson.

— Merci, marmonna-t-il après avoir grimacé en sentant la boisson.

Darci repartit chercher son verre.

— Tu m'as harcelée au téléphone pendant trois semaines pour me dire ça ?

— C'est la vérité !

— Je ne te crois pas.

— Je sais, mais je voulais quand même essayer.

Darci revint et prit place sur le canapé. C'était gênant, mais, comme Jennifer lui avait demandé de rester, elle n'osait pas partir.

— Je suis désolée, marmonna Jennifer.

Darci eut envie de lui demander de quoi.

— Je comprends ta position, moi aussi j'aurais sûrement tiré les mêmes conclusions, si je t'avais surprise avec un homme nu.

— Sauf que Jennifer ne ferait jamais ça.

Trop tard, Darci n'avait pas pu s'empêcher de défendre son amie.

Ashton la fusilla du regard.

— Attention, Jennifer, il chante chaque fois la même chanson, ajouta-t-elle.

— Là, c'est différent, plaida Ashton.

— Il vaudrait mieux que tu y ailles, rétorqua-t-elle.

Ashton sembla contrarié.

— Jennifer, je t'en prie.

— Ce n'est pas possible.

— S'il te plaît. Je t'assure que je n'y suis pour rien. Je ne voulais pas te blesser. Je ne veux pas te faire de mal.

— Je ne peux pas, bredouilla Jennifer, au bord des larmes.

Ashton la regarda, désemparé.

— Je comprends. C'est ma faute.

Il tourna les talons avant de quitter l'appartement.

— Jennifer, ça va ?

— Je me rends compte que je n'ai pas dit ce qu'il fallait.

— A quel sujet ?

— Au sujet de Shane. Je t'ai donné des conseils simplistes, en ignorant tes émotions et les dangers que tu encourais.

— Les dangers ?

— Un jour, il découvrira que tu l'as trahi, il t'en voudra et ça pourrait te briser le cœur.

— Mon cœur n'est pas mêlé à cette histoire.

— Mais s'il venait à l'être ?

— Jamais. Et Shane n'est pas amoureux de moi.

— Tu en es sûre ?

Non, mais pas question de l'avouer à son amie.

— J'ai appris que tu étais de retour, dit Tuck à Shane, tout juste rentré de France.

Shane en était à sa deuxième bière et sa première part de pizza.

La serveuse apporta la bière de Tuck.

— Alors, et ce voyage en France ?

— Tu savais que Darci travaillait pour moi ? s'enquit Shane, sans répondre à la question.

Son voyage en France n'était pas une réussite car il avait sous-estimé Riley Ellis, qui était à présent son concurrent officiel. Mais, pour l'heure, il voulait que Tuck lui parle de Darci.

— Non, je ne savais pas.

— C'est ton amie.

— On se connaît vaguement. Je pensais qu'elle avait sa propre société.

— En effet, mais elle travaille aussi pour Colborn.

— Le monde est petit. C'est pour ça qu'elle était à ta fête ?

— Elle n'était pas invitée à la fête.

— Tu ne devrais plus être aussi sourcilleux sur la sécurité, surtout si des filles comme ça tentent de s'inviter à tes soirées, plaisanta Tuck.

— C'est pour ça qu'elle ne voulait pas passer à l'acte avec moi.

— Ce détail l'obsède, intervint Justin qui n'avait pas encore pris part à la conversation.

— Tu penses qu'aucune femme ne peut te résister ?

— Ce n'est pas le refus qui me tuait, mais le signal n'était pas clair.

— A présent, le signal est clair ? demanda Tuck.

Shane hésita.

— Elle a peur d'avoir une relation avec le patron.

— Preuve qu'il s'agit d'une femme intelligente, ajouta Justin.

— Donc elle est libre ? renchérit Tuck.

— Ne t'approche pas d'elle, lâcha Shane d'un ton menaçant.

— Du calme. J'avais compris dès la première fois.

— J'ai besoin que tu me rendes un service.

— Je t'écoute.

— Ne lui en parle pas, mais je veux savoir si on peut s'arranger.

— Que veux-tu que je fasse ?

— Offre-lui un emploi dans ta boîte.

— Bonne idée, approuva Justin, levant son verre.

— Pas de problème. Tu as son CV ?

— Je peux me le procurer.

— Alors tu comptes sur moi.

— Je dois encore la convaincre d'accepter.

— Ou peut-être qu'elle cherche une excuse pour rompre avec toi, ajouta Justin.

— Je sais que ce n'est pas ça. J'ai confiance en elle.

Shane regretta de s'être défendu et d'en avoir trop dit.

— Dans tous les cas, reste discret et évite la presse, lui conseilla Justin.

— Reste, murmura Shane à l'oreille de Darci.

Ils avaient dîné sur la terrasse du *penthouse* et fini le repas au lit. Avant de céder, elle avait pesé le pour et le contre. Pour finir, une fois ou deux fois, ça ne faisait pas une grande différence. Et, tant qu'elle arrivait à ne pas y mêler de sentiments et qu'elle gardait le contrôle de son cœur, tout allait bien.

— Ce n'est pas une bonne idée.

— Pourquoi ?

— Parce que…

Je te mens. Depuis le début.

— Parce que ?

— Nous nous connaissons à peine.

— Je suis beau, riche et bon au lit. Que veux-tu savoir de plus ?

Elle rit de bon cœur.

— Parle-moi de ta famille. Je ne connais rien de toi.

Elle était tombée dans son propre piège.

— C'est mon père qui m'a élevée. Notre appartement était petit, mais on était près d'un parc avec une patinoire extérieure. J'adorais patiner.

— Tu étais bonne aux patins ?

— Assez. Et toi ? C'était quoi ton sport de prédilection ?

— Le base-ball.

— Tu te débrouillais ?

— Au lycée, oui. Mais après, avec Tuck, on aimait surtout faire la fête.

— Il m'en a parlé.

— Ah bon ?

— Il m'a dit que vous aimiez les voitures de sport et les boîtes de nuit.

— C'était plus tard. Au lycée, on faisait des fêtes sur la plage.

— Avec des filles en bikini ?

— Aussi souvent que possible.

— Tu as eu une jeunesse dorée ?

— Oui. Je n'ai manqué de rien. Mais tout a changé quand mes parents sont morts.

— Tuck m'a aussi parlé de ça. Tes parents sont morts comment ?

— Ils étaient en hors-bord, la passion de mon père. Ils se sont retournés. A la vitesse où ils allaient, ils sont morts sur le coup. Je les ai vus mourir.

— Je suis désolée.

Peu importaient ses sentiments pour Dalton Colborn. C'était une tragédie humaine à laquelle Shane avait dû faire face.

— La société a vacillé pendant quelques années avant de remonter la pente.

— Tu t'es fait aider ?

— Justin m'a sauvé la mise. Mais pourquoi parle-t-on de ça ? C'était il y a longtemps. Parlons plutôt de toi, objecta-t-il en la prenant par l'épaule.

— Ma vie n'a aucun intérêt.

— Je ne te crois pas.

— Je t'assure.

— Reste. Passe la nuit avec moi, s'il te plaît. Je veux me réveiller à tes côtés, manger des gaufres, me détendre avec toi. Et peut-être apprendre tes secrets.

— C'est compliqué.

Il s'assit, le torse brillant au clair de lune.

— Alors je vais simplifier l'affaire.

— Et comment ça ?

— J'ai parlé à Tuck. Il peut t'offrir un emploi.

Elle s'assit à son tour, abasourdie.

— Tu as parlé à Tuck ?

— Oui. Je lui ai dit que tu travaillais pour moi, que tu me plaisais et que je voulais te faciliter la tâche.

— Tu lui as aussi dit qu'on était passés à l'acte ?

— Non. Entre nous, ce n'est pas comme ça. Tu le sais.

Soudain, elle se rendit compte qu'elle ne pouvait plus continuer à lui mentir. Elle s'en voulait d'être allée aussi loin. Plus elle le trahissait et moins il lui pardonnerait. Elle devait lui avouer la vérité.

Elle était prête à tout lui dire quand le téléphone de Shane vibra sur la table de chevet.

— Je ne réponds pas.

— Tu devrais répondre.

Sa volonté s'était envolée. Elle se leva.

— Darci, attends.

— Je reviens, dit-elle en se dirigeant vers la salle de bains.

Elle l'entendit décrocher. Il était temps de prendre une décision. Si elle lui disait la vérité, elle devrait partir et ne plus jamais sentir ses mains sur son corps.

Ce serait dur, mais elle n'avait pas le choix.

— Comment ça ? demanda Shane, toujours au téléphone.

Etait-ce le contrat Beaumont ? Ou de nouveaux ennuis avec Bianca ?

Décidément, la conversation avait l'air de prendre une tournure sordide. Elle aurait dû se réjouir des revers subis par la société Colborn, mais elle n'arrivait pas à souhaiter du mal à Shane. C'était même impossible.

Au moment où elle sortait de la salle de bains, prête à passer aux aveux, elle trouva Shane face à elle, l'air furieux.

— Tu as dix secondes pour m'expliquer pourquoi Darci Rivers s'est retrouvée dans le lit de Shane Colborn, lança-t-il dans l'embrasure de la porte, le regard glacial, la voix dure.

Quel choc !

Ses jambes la soutenaient à peine.

Il attendait. Elle n'arrivait pas à parler. Impossible de formuler une seule idée cohérente. Elle referma les pans de la chemise.

— C'est un peu tard pour jouer la carte de la modestie.

— Comment as-tu… ?

— Peu importe.

— Je ne voulais pas…

— Tu ne voulais pas me mentir ?

— Si. Non. Je t'ai menti, oui. Mais, à l'origine, je ne pensais pas te rencontrer en personne.

— Tu es venue chez moi. Tu travailles pour moi.

— Mon emploi chez Colborn était temporaire. Je cherche… quelque chose.

— Les dessins de ton père, c'est ça ? lâcha-t-il froidement.

Elle le dévisagea, incrédule.

— Tu as les dessins de mon père ?

— Ces dessins n'existent pas !

Elle était arrivée trop tard. Les Colborn avaient déjà trouvé les dessins et les avaient détruits.

— Vous les avez brûlés ?

— Non. Ils n'ont jamais existé.

— Mais oui, c'est ça.

Comment s'attendre à ce qu'il soit honnête alors qu'elle l'avait dupé depuis le début ? Elle sortit de la salle de bains sans qu'il cherche à la retenir.

— Ton père a inventé cette histoire.

— J'aurais dû m'en douter, maugréa-t-elle en cherchant sa culotte.

— Qu'il avait inventé cette histoire ?

— Non.

— Alors tu aurais dû te douter de quoi ?

— Que ta famille aurait déjà fait disparaître les preuves. Je ne fais pas le poids, à côté de gens fortunés comme vous.

— Nous n'avons rien détruit. Il n'y avait rien à détruire.

Impossible de trouver sa culotte. Elle ôta rapidement la chemise de Shane pour enfiler sa robe. Puis elle lui fit face.

— Inutile de me renvoyer, je démissionne.

— Quand as-tu commencé à travailler chez Colborn ?

— Il y a moins d'un mois.

— Juste avant la soirée de charité ?

Elle ferma les yeux, puis les rouvrit.

— Oui. C'est bon. Tu as gagné. J'ai perdu.

— Donc la cave, la boucle d'oreille, nos soirées… Tu as fait semblant ? C'était uniquement pour avoir accès à la salle des archives ?

— J'ai trouvé les cartons de l'époque, mais je n'ai pas eu le temps de les éplucher.

— Et les chiens ?

Elle frémit.

— Tu as fait semblant d'avoir peur ?

— J'ai vraiment peur des chiens. Il y a beaucoup de choses sur lesquelles je n'ai pas menti.

Leurs regards se croisèrent.

— C'est pour ça que tu t'es renseignée sur le système de sécurité ?

— C'est toi qui m'en as parlé. Je n'avais pas l'intention de te cambrioler. Je…

Elle se tut, coupable.

— Tu t'es fait embaucher pour pouvoir fouiller les archives du siège.

— Oui.

— Et tu as cherché à me séduire pour venir chez moi.

Comment répondre ?

— Bravo, joli numéro, lança-t-il sur un ton sarcastique.

— Je n'ai pas fait l'amour avec toi pour obtenir des informations. J'ai tout fait pour ne pas finir dans ton lit.

— On ne peut pas tout avoir, Darci, lâcha-t-il à voix basse.

— Je sais. J'ai commis une grosse erreur.

Son cœur commençait à se déchirer.

— Tu en es persuadée ?

— Que c'était une grosse erreur ? Oui.

— Non. Tu es persuadée que les dessins originaux de ton père existent ?

— Oui. Mais je pense que les Colborn les ont détruits.

— Pourquoi aurait-on fait ça ?

Elle laissa échapper un rire sarcastique.

— Pour l'argent, Shane.

— L'argent n'est pas un problème. On pourrait le partager, si tu y avais droit.

— Tu parles !

— Ton père a menti. Il délirait. Et c'était un alcoolique, non ?

— Tu n'as pas le droit de dire ça ! En plus de tout le reste, s'il te plaît, ne fais pas passer mon père pour un ivrogne délirant. Ou est-ce ta stratégie de défense ?

— Je n'ai pas besoin d'une stratégie de défense.

— Non, bien sûr. Parce que tu sais que les dessins ont été détruits ?

— Il était jaloux. S'il n'avait pas quitté la compagnie…

— Tu veux dire si ton père n'était pas parti avec les dessins de mon père ?

Un silence retentissant se fit.

— Il a vraiment réussi à t'en convaincre, en tout cas.

— Il ne m'en a jamais soufflé un mot. J'ai découvert ça par hasard, après sa mort il y a trois mois.

Le silence se fit de nouveau. Elle devait partir, mais elle n'y arrivait pas. Au bout de quelques minutes, ce fut Shane qui relança l'échange.

— Entendu. Si tu es sûre qu'ils existent, alors vas-y.

— Qu'entends-tu par « vas-y » ?

— Tu peux fouiller où tu voudras. Mon sous-sol, mon

bureau, le siège, les archives, mon *penthouse*. Je te donne carte blanche.

Elle le scrutait pour trouver la faille. S'il lui proposait un tel marché, il était sûr que les dessins n'existaient plus. Pourtant, dans sa lettre, son père semblait convaincu qu'ils subsistaient encore quelque part.

— On va aller de ce pas au manoir.

Elle le regarda, interloquée.

— Pourquoi fais-tu ça ?

— Parce que je ne suis pas un menteur, répliqua-t-il en voulant la toucher.

Elle recula.

— Pourquoi ne pouvais-tu pas être la femme que je voyais en toi ?

Son cœur se serra. Elle se sentait tellement coupable.

— Pourquoi aucune femme ne peut-elle jamais être ce qu'elle semble être ?

Les larmes aux yeux, elle chercha le reste de ses affaires.

9

La cave à vin se révéla le lieu le plus pratique pour passer les dossiers d'archives en revue. Shane n'aurait pas choisi cet endroit, car cela lui rappelait trop de souvenirs de cette première soirée partagée avec Darci, mais il se trouvait près de la salle des archives, possédait une grande table et des chaises confortables.

Darci ne s'était pas fait prier pour se mettre au travail.

Au téléphone avec Justin, Shane s'arrêta juste à l'entrée de la cave alors que Ben était en train de vider un chariot plein de nouveaux dossiers à passer en revue.

— D'un point de vue légal, en cas de chômage technique, tu as le droit de licencier. Tu as deux semaines de préavis.

— Je ne veux pas licencier. Mais j'ai eu une idée. On va construire quarante jets pour le marché privé.

— Quel modèle ?

— Une version simplifiée du Aware 200. Avec la montée des économies asiatiques, c'est un marché porteur. On peut faire des offres défiant toute concurrence et attirer de nouveaux clients.

— Tu as déjà des acheteurs ?

— Non, on y va au bluff.

— Pardon ? J'ai dû mal entendre.

— Non, tu as bien entendu. Au bluff.

— Tu veux construire quarante jets en pensant les vendre au bluff ? Tu veux ruiner ta société ?

— Mais non, arrête avec tes scénarios catastrophe.

Darci leva les yeux vers lui.

Il lui sourit avant de se rappeler qu'il était censé être fâché contre elle. Il détourna aussitôt la tête, sans pouvoir ignorer sa présence.

— Shane, tu ne peux pas faire ça.

— Justin…

— Non. Si tu veux te montrer raisonnable, licencie. Avec un peu de chance, tu signeras de nouveaux contrats et tu pourras réembaucher ensuite. Mais, si tu mises tout sur un pari risqué et que tu échoues, tout le monde perdra son emploi et tu n'auras plus qu'à mettre la clé sous la porte.

— Moi, je crois en mon projet. Il faudra deux ans pour les construire. Pendant la construction, on réussira à en vendre.

Il sentait le regard de Darci sur lui.

— Et si ce n'est pas le cas ?

— On y arrivera. J'ai confiance.

— Ce n'est pas comme ça que ça fonctionne.

— C'est pourtant comme ça que je veux procéder. On peut renforcer l'équipe commerciale, faire que l'équipe de R&D donne un coup de collier. La turbine Colborn permettra aux clients de gagner du temps et d'économiser du carburant. Mais on peut aussi améliorer la technologie des cabines, la connectivité, le confort des sièges et des couchettes.

— Mais tu ne connais pas ce marché !

— Tuck et Dixon m'ont aidé à y voir clair. D'ailleurs, Dixon pourrait renforcer notre équipe commerciale. Il a des contacts partout dans le monde. D'après lui, il y a d'autres gens comme moi, qui n'ont jamais envisagé d'avoir un jet privé, mais dont ça pourrait changer la vie.

Darci hoqueta. Une toux ou un rire étouffé ? Il se tourna dans sa direction. Comme elle levait les yeux au ciel, incrédule, il couvrit le micro de son téléphone.

— Il y a un tas de sociétés qui peuvent se permettre d'acheter un jet privé.

— Un tas de sociétés ? répéta Darci.

Il se reconcentra sur sa conversation avec Justin.

— Pas question de licencier huit cents employés.

— Tu veux garder le manoir ?

— Si je licencie mes employés, je ne vais pas garder le manoir.

— Je ne plaisante pas, Shane.

— Moi non plus.

— Bon, il faut qu'on parle. J'arrive.

— Pas ce soir. Enfin, si, tu peux venir.

Il avait besoin d'avoir l'esprit occupé pour ne pas penser au fait que Darci était dans son sous-sol, toujours aussi belle, pulpeuse et attirante.

Elle n'en restait pas moins la femme qui l'avait trahi et qui voulait faire tomber Colborn. Mieux valait passer la soirée avec Justin plutôt que de risquer de faire des avances à Darci.

— Je serai là dans une heure.

Il remisa son téléphone dans sa poche. Pendant quelques instants, Darci continua à éplucher les documents en silence.

— Tu as soif ? demanda-t-il enfin.

— Non, merci. Ta nouvelle stratégie est liée au contrat avec Beaumont ?

— Pas seulement.

Il décida de partir dans les vignobles français.

— Beaumont est encore de la partie. Mais, sans Gobrecht, on va devoir fermer un site de production. Je voudrais me servir de ce site pour construire des jets privés.

— Tu ne peux pas trouver un contrat de remplacement ?

— Pas assez vite pour nous sauver la mise. Et j'aime l'idée des jets privés.

— Parce que tu en veux un pour toi ?

— C'est sûr que le premier sera pour moi.

Un beaujolais ? Non, il passa son chemin.

— Tu pourrais t'en faire construire un et arrêter là.

— Ce ne serait pas rentable.

— Alors tu pourrais en acheter un ailleurs.

— Je pourrais, mais je devrais licencier huit cents employés. Un bordeaux ?

— C'est vraiment un projet risqué ?

— Tu as peur pour tes intérêts ?

Elle marqua un temps d'arrêt.

— C'est ça, rétorqua-t-elle sèchement.

— C'est très risqué. Mais tu sais quoi ? Mon père a fondé la société et, moi, je n'ai fait qu'entretenir les contrats et la réputation. Je n'ai jamais eu l'occasion de laisser mon empreinte, et j'ai envie que ça change.

— Tu t'entendais bien avec ton père ?

— Oui, assez bien mais, comme c'est le méchant de ton scénario, tu auras sûrement du mal à le croire.

— Mon scénario ? Tu veux dire la vérité ?

— Comme tu voudras. Pour en revenir à ta question, non, nous n'étions pas proches. Il travaillait beaucoup, il était très sérieux. C'est lui qui m'a appris la plupart de mes connaissances dans l'aérospatiale.

— Tu penses qu'il aurait tout fait pour sauver huit cents emplois ?

— Impossible de le savoir.

— Je pense au contraire que tu le sais.

— Tout ce que je sais, c'est que je vais essayer.

— Tant mieux, se contenta-t-elle de dire.

— Alors, ça avance ?

— J'en suis au premier carton sur cinquante.

Il regarda l'étiquette de la bouteille qu'il tenait. L'un des vins préférés de son père. Pendant que Darci se concentrait sur de vieux dossiers, il ouvrit la bouteille et versa deux verres de bordeaux.

— Parle-moi de ton père, dit-il en s'asseyant à côté d'elle et en poussant un verre dans sa direction.

— Il était super, répondit-elle sans lever les yeux.

— Super ?

— Oui.

Il fit tourner le vin dans le verre pour l'aérer, puis il en avala une gorgée.

— Qu'est-ce qui le rendait « super » à tes yeux ?

— Quel fouillis dans ces dossiers !

— Ils remontent à longtemps.

— Et alors ? Personne ne connaissait l'alphabet à l'époque ?

Quelque chose attira son attention. Elle lui tendit une photo.

— Qui est-ce ?

— Mon père. Et le tien, j'imagine.

Les deux hommes étaient debout devant un entrepôt avec une porte bleue. Shane reconnut le siège de D&I Holdings. Ils étaient bras dessus, bras dessous, tout sourire, très jeunes.

— Ils avaient l'air heureux, constata Darci en sirotant son vin.

— Ils l'étaient.

— Tu sais ce qui s'est passé entre eux ?

— Non. Et toi ?

— Je n'ai pas de version officielle. J'ai simplement trouvé une lettre écrite par mon père, qu'il n'a jamais envoyée. Mais quand j'étais petite, dès que mon père voyait le nom Colborn, il s'emportait, parfois de manière véhémente. Pour lui, Dalton était le diable incarné.

— Il lui en voulait.

— Il avait le sentiment d'avoir été trahi.

Shane souleva un carton pour le poser sur la table.

— Que fais-tu ?

— Je vais t'aider.

Elle le regarda, interloquée.

— Après tout, ce que tu cherches pourrait aller dans ton sens comme dans le mien.

— Non, ça ne peut aller que dans mon sens.

— J'admire ta confiance.

— Je connais mon père. Ce n'est pas le départ de ma mère qui l'a plongé dans la dépression, c'est la trahison de ton père.

— Tu ne m'as toujours pas dit pourquoi il était super.

— Tu t'en fiches, ça ne t'intéresse pas vraiment.

— Au contraire, ça m'intéresse plus que tu ne le crois.

— Pourquoi ?

— Sans lui, tu n'aurais pas un tempérament aussi loyal.

— C'était mon père.

— Non, ça va plus loin. Tu étais prête à enfreindre la loi. Tu as menti, volé, fait l'amour avec moi.

— Je n'ai rien volé.

— Tu essayais de voler.

Pour toute réponse, elle reprit une gorgée de vin.

— Quel genre de père pousse sa fille à prendre autant de risques ?

En lui posant la question, il s'aperçut à quel point Darci était un mystère pour lui. Et ce qu'il savait d'elle était factice.

— Il m'a élevée seul. Ma mère nous a quittés. Mon père est resté pour moi. Il n'avait pas beaucoup d'argent, mais il a fait en sorte que je ne manque de rien. Il me lisait des livres le soir, et m'attendait dans le froid pendant que je patinais. En dépit de sa dépression, il était là pour moi.

— Tu as grandi où ?

— Dans la banlieue sud.

Il se débattait contre un profond sentiment de culpabilité, même si ce n'était pas sa faute s'il avait reçu une éducation aux antipodes de celle de Darci.

— Mais tu as réussi à aller à Columbia. Ou, ça aussi, c'était un mensonge ?

— Non, ça, c'est vrai.

— Ah, donc tu ne m'as pas raconté que des mensonges.

— Je n'ai menti que quand j'y étais obligée et, si j'ai menti, c'était pour la bonne cause.

— La bonne cause étant l'argent ?

— Non. La justice et la réhabilitation de mon père.

— Et l'argent. Tu sais que, si tu as raison, tu seras très riche.

— Je me fiche de l'argent, répliqua-t-elle en se remettant à trier.

— Excuse-moi, mais j'ai du mal à te croire.

— Tu sais quoi, Shane ? Si je prouve que mon père a raison, je n'aurai aucun mal à hériter de l'argent qui me reviendra de droit. Mais au fond je m'en moque.

— Si étrange que cela paraisse, j'ai du mal à te croire.

Après tout, cette jeune femme lui avait menti dès l'instant

où elle l'avait rencontré, rien d'étonnant donc à ce qu'il se méfie d'elle. Il ne pouvait pas laisser ses grands yeux verts, sa moue adorable et sa poitrine pulpeuse lui tourner la tête.

Darci savait que Shane ne lui faisait pas confiance.

Tout ce qu'elle voulait, c'était qu'il la laisse fouiller les archives. Elle aurait aimé être seule à vaquer à ses recherches. Le sentir à ses côtés la faisait penser à ce qui ne pourrait jamais avoir lieu entre eux, à savoir une véritable relation amoureuse.

Elle avait su dès le début que prolonger sa relation avec Shane ne ferait que lui compliquer la tâche, mais elle ne s'était pas attendue à sentir son cœur se briser quand cette histoire prendrait fin. Cela ne faisait que quelques heures et, pourtant, il lui manquait déjà terriblement.

Un peu plus tard, Justin apparut dans l'embrasure de la porte de la cave à vin. Son regard se posa aussitôt sur les dossiers jonchant la grande table.

— Mais qu'est-ce que… ?

Il jeta un regard inquiet à Shane puis à Darci.

— Bonsoir, Justin, lança Shane.

Justin semblait sous le choc.

— Tu ne m'avais pas dit que Darci était là !

— Pourquoi je te l'aurais dit ?

— Tu peux m'expliquer ?

— On épluche les archives.

— Tu as perdu la tête ? Tu n'as pas compris que tu es en présence de Darci Rivers et que son père était un malade mental paranoïaque ?

— Je ne te permets pas de…

Justin l'interrompit.

— Elle te ment depuis des semaines et tu lui donnes accès aux documents originaux ? Elle est peut-être en train d'essayer de nous nuire en introduisant un faux dans nos données.

Shane se tourna vers elle.

— Darci, vas-tu introduire des faux dans nos données ?

— Vous voulez me fouiller ? rétorqua-t-elle, d'un air de défi.

— Elle n'a pas nié.

— Je cherche la vérité. C'est tout.

— La vérité, c'est que ton père était un menteur délirant.

— Justin ! lâcha sévèrement Shane.

— Tu as tort de lui faire confiance, Shane. Je ne la laisserais pas seule avec ces dossiers.

— Je ne tiens pas non plus à vous laisser tous les deux seuls avec ces dossiers, contra Darci sans se laisser impressionner.

Justin éclata de rire, comme si elle ne pouvait rien faire contre eux. Mais elle savait déjà comment elle leur montrerait qu'elle n'était pas prête à se laisser intimider.

— Après le livre de Bianca, je pourrais aussi écrire le mien pour parler de la façon dont mon père s'est fait plumer par Colborn Aerospace.

— C'est absurde ! On pourrait te poursuivre en justice pour diffamation et je ne ferais qu'une bouchée de toi au tribunal.

— Justin ! s'écria Shane.

— On pourrait facilement prouver qu'elle ment.

— Comme on a prouvé que Bianca mentait ? ironisa Shane.

— C'est différent…

— C'est pareil, Justin. Darci, que proposes-tu ?

— Je propose que nous cherchions ensemble. Vous ne me faites pas confiance, je ne vous fais pas confiance.

— Vingt-quatre heures sur vingt-quatre ?

Bonne question. Elle se laissa quelques secondes de réflexion.

— Oui, c'est la seule solution.

— Tu vas donc dormir ici ?

— Mais pas dans ta chambre, ironisa-t-elle.

— Je crois que je peux te trouver une chambre d'amis. Alors marché conclu ?

— Oui.

— Combien de temps cela prendra-t-il ? demanda Justin.

— Je ne sais pas, mais je resterai aussi longtemps qu'il le faudra. En plus, je n'ai plus de travail.

— Je l'ai renvoyée, expliqua Shane.

— J'ai démissionné, nuance, rétorqua-t-elle.

— Pourquoi tu la laisses faire ? demanda Justin.

— Parce qu'elle pense avoir raison.

— J'ai raison.

— Si tu penses avoir raison, pourquoi ne pas avoir contacté directement Colborn plutôt que de te lancer dans de l'espionnage à la petite semaine ?

— Parce que je ne suis pas bête et que je ne fais pas confiance aux Colborn.

— Justin, avant de juger, inverse les rôles et mets-toi à la place de Darci. Que ferais-tu ?

— Ta vision est aussi biaisée que ton jugement est partial.

— Peut-être, mais avoue qu'un autre livre dans le genre de celui de Bianca pourrait nous faire beaucoup de mal.

— Tu n'aurais jamais dû…

Justin ne finit pas sa phrase, mais elle sentit la honte l'envahir. Aux yeux de l'avocat, elle ne valait pas mieux que Bianca. Et probablement aux yeux de Shane aussi. Si elle ne trouvait pas les dessins de son père, ils ne croiraient jamais en sa sincérité.

Shane rompit le silence qui s'était abattu sur leur trio.

— Je crois que nous devrions faire une pause. Montons au rez-de-chaussée et organisons-nous.

Elle vérifia l'heure. Il était plus de 22 heures.

— Je dois appeler Jennifer, sinon elle va s'inquiéter.

En passant, Shane se pencha vers elle.

— Tu pourrais lui demander de t'apporter une culotte, murmura-t-il.

Sa remarque la cloua sur place. Quand leurs yeux se croisèrent, un spasme d'excitation lui traversa le corps. Elle était nue sous sa robe et ils le savaient tous les deux.

— Arrête.

— Je ne peux pas m'empêcher d'y penser.

— Si tu continues, ça ne va pas marcher.

— Ça ne marchera pas, quoi qu'il arrive.

Shane avait raison. Tant qu'ils seraient en compagnie l'un de l'autre, ils ne pourraient pas tirer un trait sur cette histoire.

Darci posa le vingt-sixième carton de dossiers à terre. Jusqu'à présent, elle n'avait rien trouvé. Shane ne l'aidait plus, mais il lui tenait compagnie, ayant installé un bureau temporaire dans la cave à vin.

On était mercredi et il était toujours aussi absorbé par son travail. Ses deux grandes missions étant la signature du contrat avec Beaumont et la reconversion d'un de ses sites pour construire des jets privés.

Justin était souvent là, lui aussi. Les deux hommes se lançaient parfois dans des échanges houleux, mais Shane campait sur ses positions, et elle était fière de lui. Il faisait tout pour éviter de licencier ses employés.

— Riley Ellis a encore frappé, annonça Justin en entrant.

— Comment ça ?

— Il essaie de recruter tes employés.

— Lesquels ?

— Surtout des techniciens, mais aussi des ingénieurs. Il leur offre une augmentation, davantage de congés et de meilleures primes.

— Comment peut-il se le permettre ?

— Il s'est mis en partenariat avec Zavier Tac.

— Pourquoi ?

— Pour rafler des contrats internationaux. Je vais enquêter.

— Je veux aussi qu'on fasse le possible pour garder nos employés.

— Tu ne peux pas les garder.

— Si, car on ne peut pas les remplacer.

— En leur offrant une augmentation, tu dois augmenter tout le monde. On ne peut pas se le permettre.

Les deux hommes se turent.

— Vous pourriez offrir le déjeuner aux employés, lança-t-elle, brisant le silence.

Ils la dévisagèrent, comme s'ils avaient oublié sa présence.

— Au siège, ce n'est pas un problème mais, sur les sites de production, les employés n'ont nulle part où déjeuner.

— Il y a des cafétérias, répliqua Justin.

— Et elles sont subventionnées, ajouta Shane.

— Justement, il ne faudrait pas grand-chose pour les rendre entièrement gratuites. Vous pourriez aussi les équiper avec des tables de ping-pong et peut-être même des jeux vidéo.

— Qu'est-ce que c'est que… ?

— Laisse-la parler, Justin.

— Faites sentir à vos employés qu'ils sont valorisés, au-delà de leur salaire. Autour de la fontaine à eau, le déjeuner est leur sujet de discussion favori. Vous pourriez varier davantage les menus, et rénover un peu les salles à manger pour leur offrir un cadre plus moderne.

— Ce n'est pas une mauvaise idée, dit Shane en regardant Justin.

— Comment peux-tu lui faire confiance ? C'est forcément un piège.

— Piège ou pas, on va mettre ça en place dès demain.

— Je peux entrer ?

C'était David, l'un des assistants de Shane. Il avait lui aussi un bureau temporaire au manoir, mais au premier étage.

Il leur tendit son écran de téléphone.

— Regardez. C'est Bianca, elle est passée chez Berkley Nash.

— Je n'en peux plus de cette femme ! s'insurgea Shane.

— Qu'a-t-elle raconté ? demanda Justin.

— Je ne veux pas le savoir ! Enfin, fais-moi un résumé et montre-moi l'essentiel.

— Ce sera fait, promit David.

— Je vais rentrer en ville avec toi, annonça Justin.

— N'oublie pas de mettre sur pied l'opération « déjeuner gratuit », lui lança Shane.

Darci était de tout cœur avec lui, malgré leur différend. Elle le voyait se débattre envers et contre tout et elle ne pouvait qu'admirer son courage.

— Shane, ça va ? demanda-t-elle une fois qu'ils furent seuls.

— Pas vraiment. Cette Bianca Covington m'ennuie, et je n'aime pas être à couteaux tirés avec toi.

— Nous ne sommes pas dans le même camp, Shane.

— J'aimerais que tu sois dans mon camp.

— Et moi, j'aimerais que tu sois dans le mien.

Ils se dévisagèrent. Si seulement elle pouvait aller le rejoindre et se blottir contre lui. Si seulement ils pouvaient trouver un moyen d'avancer à deux.

Le téléphone de Shane sonna.

— Allô ?... Tu es sûr ?... Elle ment !

Il fit les cent pas, écoutant son interlocuteur.

— Entendu. A demain.

Il appuya rageusement sur son téléphone pour mettre fin à la communication. Elle crut qu'il allait lancer l'appareil contre le mur.

— Shane ? chuchota-t-elle en se levant.

Il ne répondit pas.

— Beaumont ?

— Ils ont vu l'entretien de Bianca.

— Ils ont annulé ?

— On le saura demain matin.

— Décidément, elle fait tout pour ruiner ta réputation.

— Et tu trouves que c'est le juste retour des choses ?

— Pardon ?

— Comme tu es persuadée que mon père a détruit la vie du tien, tu te dis que le destin me donne une bonne leçon ?

— Pas du tout, ce n'est pas ce que je pense !

Shane étant trop préoccupé par sa situation, elle choisit de ne pas monter sur ses grands chevaux. Cela n'aurait avancé à rien.

Mais Shane ne méritait pas d'être ainsi malmené par Bianca. En le voyant ainsi désemparé, elle eut une irrésistible envie de lui venir en aide. Mais comment ?

Soudain, elle eut une idée. Elle seule était en mesure de contrer les dires de Bianca. Elle n'avait rien à perdre.

10

En milieu de matinée le jeudi, Darci disparut de la cave à vin. Shane fut surpris puisqu'elle avait tellement insisté pour ne pas le laisser seul de peur qu'il ne détruise des preuves cruciales.

Il aurait sûrement porté une plus grande attention à sa disparition s'il n'avait pas été aux abois concernant le contrat Beaumont.

Depuis 5 heures du matin, dès que son téléphone sonnait, il s'attendait à entendre la mauvaise nouvelle qui anéantirait Colborn Aerospace.

Il était à présent 16 heures, et deux pensées le taraudaient. D'une part, les bureaux étaient fermés à Paris et, d'autre part, peut-être que Darci ne se sentait pas bien.

Il était sur le point d'aller la voir dans la chambre d'amis où elle s'était installée quand Justin arriva en trombe au manoir.

— Une télévision !

Quoi ?

Avait-il perdu la tête ?

— Où est l'écran de télé le plus proche ?

— Par là.

— Chaîne trente-sept. Berkley Nash.

— Ne me dis pas que c'est encore Bianca.

— Non, cette fois, c'est Darci.

Shane s'arrêta, abasourdi.

— Darci est chez Berkley Nash ?

Pourquoi ? Pourquoi lui faire ça ? A lui ? Justin s'occupa d'allumer la chaîne.

L'image apparut. En bas de l'écran, le bandeau proclamait :

« Shane Colborn — Un nouveau scandale ? »

— Je n'arrive pas à y croire ! lâcha-t-il, s'affaissant dans un fauteuil.

Darci était à l'écran, devant lui, l'air posé, vêtue d'une robe noir et blanc élégante qui lui seyait à merveille.

Tout en lui se brouilla.

— Vous dites donc que Dalton Colborn a volé l'invention de votre père ? demandait Berkley Nash.

— Je dis qu'il y a un désaccord entre nos deux familles sur la propriété intellectuelle liée à Colborn Aerospace.

— Mais vous pensez que les dessins originaux de votre père ont été volés ?

— Mon père m'a laissé entendre que son invention avait été exploitée par son ancien associé, Dalton Colborn.

— Et Shane Colborn vous met des bâtons dans les roues ?

Darci lui offrit d'abord un large sourire.

— Accroche-toi, Shane, le prévint Justin.

— Je suis contente que vous me posiez la question. Justement, même si Shane Colborn n'est pas d'accord avec moi sur ce sujet, il se montre très droit et très professionnel à ce sujet. En effet, il m'a donné un accès illimité à toutes les archives de son entreprise. Cela prouve que c'est un homme honnête qui a des principes. A ses côtés, j'ai appris beaucoup de choses.

— Que fait-elle ? demanda-t-il, incrédule.

— Je crois qu'elle essaie de t'aider, répondit Justin, tout aussi éberlué par la scène.

— Donc vous le connaissez bien ? reprit Berkley.

— Très bien.

— Vous avez une relation intime avec Shane Colborn ? Cela pourrait expliquer pourquoi il vous a donné un accès illimité à ses archives, ajouta Berkley d'un ton plein de sous-entendus.

— Attention, danger, lança Justin.

Shane était pétrifié.

— Je connais bien Shane Colborn, mais nous ne sommes pas intimement liés.

— Allons, mademoiselle Rivers. Nous savons tous que Shane Colborn ne fait qu'une bouchée de jolies femmes comme vous.

— C'est en direct ? s'enquit Shane.

De toute façon, même si c'était le cas, il ne pourrait pas traverser tout Chicago pour intervenir à temps.

— Si vous voulez tout savoir, je me suis infiltrée chez Colborn Aerospace sous un faux nom pour accéder aux archives. Quand M. Colborn a appris que je l'espionnais, il n'a pas cherché à m'intimider ou à me livrer à la police. Au contraire, il a proposé de m'aider.

— Je n'en reviens pas ! s'exclama-t-il.

— Donc vous n'êtes pas intimement liée à Shane Colborn ?

— Non.

— A proprement parler, non, murmura Shane.

En ce moment, ce n'était pas le cas en effet, mais Berkley ne lui avait pas demandé si elle avait « déjà » été intimement liée à Shane Colborn.

Visiblement frustré par la tournure de l'interview, Berkley chercha à aller plus loin.

— Excusez-moi d'insister, mademoiselle Rivers, mais, après tout ce qu'a raconté Bianca Covington, on a du mal à croire à l'image de chevalier servant que vous nous décrivez.

— Je ne décrirais pas Shane Colborn comme un chevalier servant.

— Comment le décririez-vous ?

— Je le décrirais comme un homme d'affaires soucieux d'éthique et engagé dans sa profession. Bianca Covington et d'autres conquêtes abandonnées en chemin peuvent tout mettre en œuvre pour traîner Shane Colborn dans la boue, mais en tant qu'ex-employée de Colborn Aerospace, et en tant qu'adversaire de M. Colborn, j'affirme sans mentir que je le respecte en tant qu'homme et en tant que P-DG.

— Vous pensez que Bianca Covington a voulu traîner Shane Colborn dans la boue sans raison ?

— Je dis que Bianca Covington, en désespoir de cause, s'est laissée aller à un acte méprisable.

— J'imagine qu'elle aurait des choses à vous répondre.

— Sûrement, mais je doute qu'elle s'en prenne à moi.

— Et pourquoi ?

— Parce que mon nom en couverture d'un livre à scandale ne ferait pas aussi bien vendre que celui de Shane Colborn.

— Aha ! s'exclama Berkley, tout en se frottant les mains.

— On devrait la payer, dit Justin.

— Vous accusez Bianca Covington de diffamation ?

— Si Shane Colborn n'était pas un gentleman, il n'aurait pas hésité un seul instant à l'accuser de mensonges.

— Vous affirmez que ce livre est un tissu de mensonges ?

— Je dis que le Shane Colborn que je connais ne se comporterait jamais comme le personnage abject décrit dans le livre.

— Et la poésie ?

Darci tressaillit légèrement. Shane se tendit.

— Le fait qu'il récite de la poésie au lit ?

— A chacun son fantasme. Personnellement, je préfère le champagne, les dîners aux chandelles et les longues promenades romantiques sur la plage.

Berkley se tourna vers la caméra.

— J'espère que les célibataires de Chicago en ont pris bonne note !

La musique du générique se déclencha et la caméra offrit un grand angle du studio.

Shane s'adossa au fauteuil.

— Je vais envoyer ça à Beaumont, déclara Justin.

— Pourquoi elle a fait ça ?

— Parce que ce n'était pas juste, répondit Darci dans son dos.

Shane tourna la tête, puis se leva aussitôt.

Elle portait encore la robe de la télé, avec des chaussures noires ultra-sexy. Sa coiffure était raffinée, son maquillage discret et impeccable, et de longues boucles d'oreilles en cristal encadraient son joli visage.

— Pourquoi as-tu fait ça ?

— Parce qu'elle a été injuste envers toi.

— Beaucoup de choses sont injustes dans la vie.

Il n'arrivait pas à comprendre sa motivation. Pensait-elle qu'il l'aiderait davantage en agissant ainsi ?

— Je ne supportais pas l'idée que huit cents employés puissent perdre leur emploi.

— Ce n'est pas ton problème.

— Je sais, mais…

Justin vint prendre la défense de Darci.

— Pourquoi as-tu besoin de savoir tout ça maintenant qu'elle vient de nous sauver la mise ?

— Il y a quelque chose qui cloche, maugréa-t-il, s'avançant vers Darci.

— Shane…, intervint Justin.

— Que veux-tu, Darci ?

— Le fait que je sois soucieuse d'équité ne te suffit pas ?

— Non, répondit-il, en lui souriant malgré lui.

— Pourtant c'est la vérité.

Il avait tellement envie de la croire.

— Je vais organiser un appel avec Beaumont. Tu peux te lever à l'heure de Paris cette nuit ?

— Pas de problème.

— Je t'appelle plus tard, lança Justin avant de prendre congé.

Shane ne lâchait pas Darci du regard.

— Je te dois une fière chandelle.

— Je n'attends qu'une chose de toi.

— J'aimerais que tu en attendes deux.

Les mots étaient lâchés. Elle ferma les yeux. Il en profita pour se rapprocher dangereusement d'elle.

— Tu ne veux vraiment rien d'autre de moi ? murmura-t-il.

— Shane, tu es impossible.

— Dis-moi « non ».

Terrifié, il attendit. Elle avait encore les yeux fermés.

— Ou dis-moi, sur une échelle de un à dix, à quel point ce serait terrible si on cédait à notre attirance physique mutuelle.

Elle ouvrit les yeux, ses beaux yeux émeraude, limpides comme le cristal.

En cet instant, il comprit à quel point elle lui manquait.

— Huit, murmura-t-elle.

Il refusait d'abandonner.

— Sur une échelle de un à dix, à quel point en as-tu envie ?

Elle hésita.

— Onze.

Il lui prit la main pour entrelacer ses doigts aux siens.

— Darci, si tu savais comme j'ai envie de toi. Si je ne m'étais pas raisonné, on serait déjà dans mon lit.

Elle marqua une pause.

— Je n'ai jamais vu ton lit.

— C'est le lit le plus cher et le plus confortable de la terre.

— Moi, j'ai acheté le mien pour une bouchée de pain, dans un magasin de seconde main.

— Je te conseille d'essayer mon lit.

— Je ne voudrais peut-être plus en changer.

— J'espère…

Il s'avança encore d'un pas, leurs cuisses se frôlèrent.

— C'est une mauvaise idée, murmura-t-elle.

— C'est une idée ridicule, mais je m'en fiche.

Lentement, il s'inclina vers elle, lui laissant tout le loisir de le repousser.

Elle n'en fit rien, au contraire, sa bouche avide vint recouvrir ses lèvres. Alors il ne tarda pas à approfondir le baiser, et à enfouir une main dans sa douce chevelure, se délectant de son parfum fleuri. Resserrant son étreinte, il la sentit venir contre lui, leurs deux corps s'imbriquant comme s'ils étaient faits l'un pour l'autre, leurs langues tanguant harmonieusement.

Une voix au loin lui rappela qu'ils n'étaient pas seuls.

— Viens, souffla-t-il contre ses lèvres, posant une main dans le creux de son dos pour la guider vers l'escalier.

Sans dire un mot, elle le suivit, mais elle s'arrêta avant d'arriver à l'étage.

— On va vraiment le faire ?

— Oui, et on en a très envie tous les deux.

— Mais qu'arrivera-t-il si je trouve les dessins de mon père ?

— Ne pensons pas à ça maintenant. Viens.

Arrivé dans sa chambre, il la prit par la taille et plongea son regard dans le sien.

— Si tu savais comme j'ai envie de toi.

— Mais…

— Tout le reste peut attendre. On trouvera des solutions.

— Ça n'a pas de sens !

— La vie n'a pas de sens, en général, répliqua-t-il avant de la soulever dans ses bras.

Elle haleta de surprise, puis se détendit contre lui, et il l'embrassa tout en la transportant vers le lit.

C'était un sentiment incroyable de voir Darci dans sa chambre. Il lui prit le visage dans ses mains, elle lui sourit. Ses joues étaient rougies, ses lèvres légèrement entrouvertes.

— Comme tu es belle.

Elle couvrit ses mains des siennes.

— Tu es formidable. Comment fais-tu ?

Un ventilateur tournait au-dessus du lit à baldaquin.

Il l'embrassa passionnément, de tout son cœur, tout en la serrant contre lui. Il aurait voulu ne jamais s'arracher à sa bouche.

Combien de fois avait-il souhaité lui faire l'amour dans un vrai lit, son lit ? Et voilà qu'elle était là, prête à s'offrir à lui. Pour lui.

Ses petites mains agiles se mirent à déboutonner sa chemise. Impatient, il défit la fermeture dans le dos de sa robe, savourant le satin de sa peau nue. Il ôta sa chemise et la jeta à terre. Elle lui palpa le torse, le caressant avec une légèreté exquise.

Dès qu'il l'eut débarrassée de sa robe, il recula d'un pas pour admirer le spectacle. Elle avait encore son soutien-gorge, sa culotte et ses hauts talons.

— Je n'en reviens pas que tu sois enfin là.

— Pourquoi ? Je suis en retard ?

— Oui. Je t'ai attendue toute ma vie.

— Shane, le réprimanda-t-elle, l'air sérieux.

Il baissa les bretelles de son soutien-gorge, qui alla rejoindre la robe.

D'une main, il s'empara d'un de ses seins, sentant aussitôt le téton réagir et se raidir. Elle gémit de plaisir, s'inclinant vers lui pour le fouiller de sa langue tandis qu'elle tentait de déboutonner son pantalon.

L'instant d'après, ils étaient nus dans son lit, accomplissant son plus grand rêve.

En fait, c'était encore mieux que dans ses rêves.

Il se plaça sur elle, buvant la beauté de son visage alors qu'il s'installait entre ses jambes. Leurs lèvres se scellèrent et il sut qu'il était au bon endroit. Jamais il n'avait ressenti de telles sensations dans son corps et dans son cœur.

Bientôt, les baisers ne suffirent plus, et ses mains se mirent à la parcourir pour l'apprivoiser. Elle gémit, tandis qu'elle se mettait à l'explorer elle aussi.

En l'espace de quelques minutes, un désir intense pulsa en lui, brouillant son esprit. Il marqua une pause, le temps d'enfiler un préservatif, puis il revint se positionner sur elle.

— Oh oui, murmura-t-elle.

Elle s'agrippa à ses épaules, enroulant les jambes autour de sa taille. L'instant d'après, il la pénétra, et ils furent enfin unis en parfaite harmonie.

— Tu m'as tellement manqué, gémit-il.

— Et toi donc, souffla-t-elle.

A présent, il la chevauchait en un va-et-vient langoureux. Il avait à la fois très envie d'elle et très envie de faire durer le plaisir. Il roula sur le dos, pour qu'elle vienne sur lui, mais ayant peur de jouir trop tôt il s'assit, Darci à cheval sur lui. Son regard limpide était brillant de désir.

Soudain, il comprit à quel point il tenait à elle. Le monde s'arrêta, il s'immobilisa, et son cœur faillit cesser de battre.

— Shane ?

Il ne pouvait pas la laisser partir. Quoi qu'il arrive, il ne la laisserait pas repartir. Elle était la femme de sa vie et elle devait rester avec lui.

— Tout va bien ?

— Parfaitement.

Il se remit à aller et venir en elle.

— C'est tellement…

Elle ne put achever sa phrase, car déjà il lui palpait les seins.

— J'adore quand tu me touches les seins.

Il augmenta la cadence de ses coups de reins.

— Tu aimes ça ?

— Oui. S'il te plaît, ne t'arrête pas.

— Je ne suis pas près de m'arrêter.

Elle s'accrocha à lui, comme s'il en allait de sa vie. C'était tellement bon. Tout semblait s'accorder.

Ayant atteint le point de non-retour, incapable de se contrôler davantage, il hurla son plaisir tandis qu'elle laissait éclater le sien, tous deux mus par les soubresauts d'un orgasme hallucinant.

Le cœur battant à tout rompre, la respiration haletante, le corps repu, il sentait le corps de Darci ramollir entre ses bras.

— Tout va bien ? s'enquit-il.

Elle acquiesça contre son épaule.

— Tu es incroyable, ajouta-t-il en l'étreignant.

— C'était vraiment un huit.

— Seulement ?

— Le huit, c'était pour le niveau de stupidité de notre acte.

— Ce n'est pas pour notre performance au lit ?

— Non, pour la performance au lit, je donne onze.

— Moi, douze.

— Tu veux toujours être le plus fort.

— Non, c'est toi qui as prouvé que tu étais la plus forte. Tu me transportes à un point tel que je ne sais pas comment gérer les sentiments qui m'assaillent quand je suis avec toi.

Darci se réveilla dans le lit de Shane, blottie contre son torse, son bras la retenant par la taille. D'après la lumière du jour, il devait être environ 6 heures du matin.

La veille, elle n'avait pas prêté attention aux détails, mais la chambre était immense. Le lit était situé en face d'une grande cheminée en pierre blanche. D'un côté de la pièce, il y avait de hautes portes-fenêtres qui donnaient sur un balcon et le jardin de la propriété.

Shane resserra son étreinte avant de l'embrasser dans le cou.

— Salut, toi, marmonna-t-il, la voix encore endormie.

Elle se retourna vers lui.

— Je confirme, ton lit était très agréable.

— Alors, tu ne veux plus le quitter ?

— En effet.

— Tant mieux, car moi je veux te garder.

— Mais je ne peux pas rester.

— Pourquoi pas ?

— La liste des raisons est longue.

— Je vais t'aider.

— A écrire la liste ?

— A trouver les dessins.

— Je croyais que tu m'aidais déjà ! En fait…

— Calme-toi. Je veux dire que je vais redoubler d'efforts pour t'aider, tout en étant convaincu que tu as tort.

Elle fit la grimace.

— Je ferai ce que tu voudras, je t'emmènerai où tu voudras. Et, à la fin, j'espère que tu me croiras.

— Tu t'attends à ce que je te remercie ?

— Non. Je veux trouver la vérité.

— Je connais déjà la vérité.

Il la prit dans ses bras pour l'attirer à lui.

— Tu es la femme la plus têtue que je connaisse.

— Et tu es l'homme le plus têtu de ma connaissance.

Mais elle aimait être dans ses bras. C'était un sentiment agréable et naturel. Quand il l'embrassa, elle lui rendit volontiers la pareille.

Leur baiser s'enflamma, mais il l'arrêta aussitôt.

— On a du travail.

— Vraiment ?

— Oui. Je dois parler aux Français et tu as des dossiers à éplucher.

— Je sais, mais…

Il la regarda, un sourire satisfait aux lèvres.

— Ce n'est que partie remise. Et je vais peut-être devoir faire un aller-retour en France.

— Ah bon ? s'enquit-elle, sans chercher à cacher sa déception.

— Attends, nous pouvons rapidement en avoir le cœur net.

Il prit son téléphone.

— Tu pourrais m'accompagner, suggéra-t-il, attendant la connexion.

— Je n'irai pas en France avec toi.

— Pourquoi ?

— J'ai du travail.

— Je t'ai renvoyée.

— J'ai démissionné.

— Tu as menti au patron.

— Le patron est un imposteur.

— Bourrique ! Oh ! Justin… Oui, ça va très bien.

Elle rougit. Justin ne tarderait pas à assembler les pièces du puzzle.

— Vraiment ?

Shane avait repris sa voix sérieuse.

Elle retint sa respiration, croisant les doigts pour que Colborn n'ait pas à mettre en œuvre un plan de restructuration.

— C'est une bonne surprise ! s'exclama Shane, en serrant la main de Darci dans la sienne. Entendu, à plus tard, dit-il avant de raccrocher.

— Ils ont annulé ?

— Ils vont signer.

— Mais tu continues à développer ton idée de jets privés ?

— Qu'en penses-tu ?

— Je trouve que se diversifier est une bonne idée.

— Eh dire que je me fais conseiller par une déesse nue dans mon lit. Quelqu'un pourrait-il me pincer ?

Il reposa son téléphone puis la prit dans ses bras.

— Darci Rivers, tu es superbe, souffla-t-il avant de l'embrasser.

— Je croyais qu'on devait se mettre au travail.

— On verra ça plus tard. Bien plus tard.

11

Le samedi, tard dans l'après-midi, Darci referma le dernier carton de dossiers.

— Il n'y a rien, annonça-t-elle.

— Je suis désolée, dit Jennifer qui était venue l'aider.

— Je suis navré, renchérit Shane, qui mourait d'envie de la prendre dans ses bras.

— C'est faux, tu n'es pas navré, répliqua-t-elle, agacée.

— Je le suis.

Mais il savait aussi que c'était la meilleure solution pour Colborn Aerospace et lui.

— A présent, tu peux te vanter d'avoir eu raison, lâcha-t-elle, déçue.

— Je ne veux pas me vanter.

— Tu savais que c'était un pari risqué, ajouta Jennifer.

Justin apparut dans l'embrasure de la porte.

— Ça y est, ils ont signé !

Sans réponse, il observa le trio face à lui.

— Qu'y a-t-il ?

— Darci a fini d'éplucher le dernier carton.

— Pas de surprise ?

— Pas de surprise, dit Darci.

— Tant mieux, ça me simplifie la tâche.

— Justin, arrête, dit Shane.

— Quoi ? Je suis honnête.

— Inutile d'en rajouter pour autant.

— Donc on revient au bureau ?

— Non, pas encore.

Shane se sentait perdu. Il ne voulait surtout pas laisser Darci se débattre seule avec son échec.

— Darci, que veux-tu faire ?

— Ce n'est pas parce que je n'ai rien trouvé qu'il n'y a rien, déclara-t-elle en se levant avec le carton.

Shane s'empressa de le lui prendre des mains pour le déposer sur le chariot.

— Tu as raison, on ne peut pas prouver ce qui n'existe pas, assena Justin, toujours aussi pragmatique.

— Moi je crois surtout qu'on a faim, lança Shane.

— Bien dit, approuva Justin.

— Je vais préparer un barbecue. Jennifer, prends-nous du vin, s'il te plaît, suggéra Shane.

Elle le regarda, interloquée.

— Tu veux que je choisisse du vin ?

— Oui.

— Je ne m'y connais pas du tout.

— Normalement, tu ne peux pas te tromper.

— Tu penses me faire oublier en m'abreuvant de bon vin ? s'enquit Darci.

— Je peux te soûler avec du bon vin.

— Prends une bouteille en hauteur, Jen, lui conseilla Darci.

— Je vais voir s'il y a de la bonne viande dans les frigos.

— Je peux très bien accepter de manger un hamburger avec un grand cru, ajouta Darci.

— Tu apprends vite, constata-t-il en la rejoignant pour la prendre dans ses bras. Tu sais, je comprends que tu sois déçue.

Dans l'allée centrale, il vit Justin échanger un regard avec Jennifer. Peu importait qu'ils aient ou non deviné que Darci venait de passer deux nuits dans son lit, car il n'avait pas envie de faire semblant.

— Je ne baisse pas les bras pour autant, murmura-t-elle.

— Comme tu voudras.

— Tu ne m'empêcheras pas d'aller plus loin ? demanda-t-elle en levant le menton vers lui.

— Bien sûr que non.

Il l'aiderait jusqu'à ce qu'elle accepte la réalité. Elle était tellement belle qu'il avait tellement envie de l'embrasser.

— Vous voulez qu'on vous laisse ? demanda Jennifer.

— Oui, dit Shane.

— Non, répliqua Darci avant de s'écarter de lui.

— Bon, je vais parler au cuisinier, annonça-il.

Il quitta la cave en compagnie de Justin.

— Tu peux m'expliquer ? demanda celui-ci dès qu'ils furent seuls.

— Quoi donc ?

— Toi et Darci. Qu'y a-t-il entre vous ?

— Ce ne sont pas tes affaires.

— Je suis ton avocat. Donc ta vie me regarde.

— Pas ma vie privée.

— Ta vie privée est justement ce qui me cause le plus d'ennuis.

— Darci ne te causera pas d'ennuis.

— Tu entends ce que tu dis ?

— Crois-moi.

— Elle a menacé d'écrire un livre.

— C'était une menace en l'air.

— Tu n'en sais rien.

En haut de l'escalier, Shane tourna à droite en direction des cuisines.

— Elle y croit dur comme fer.

— C'est pour ça qu'elle est dangereuse.

La remarque de Justin le fit réagir.

Finalement, jusqu'à présent, il avait aidé Darci de manière passive. Mais aujourd'hui il voulait changer d'approche. La question n'était pas de savoir ce qu'il ferait s'il était à sa place. Non, la question était de savoir ce qu'il était prêt à faire pour découvrir la réponse à la question de Darci.

— Peut-on trouver quelque chose qui prouverait qu'elle a tort ? demanda Shane à Justin.

— Tu veux dire prouver que Dalton a fait lui-même les dessins ?

— Oui. En fait, tant qu'elle n'aura pas prouvé qu'elle a raison, elle n'aura pas l'esprit tranquille.

— Je ne vois pas où tu veux en venir.

— Si elle ne peut pas prouver qu'elle a raison, je voudrais lui prouver qu'elle a tort.

— Pour que tu puisses continuer à la garder dans ton lit ?

Shane s'arrêta net.

— Attention, Justin.

— J'ai besoin de tout savoir, sinon je ne peux pas t'aider.

— Je ne veux pas uniquement la garder dans mon lit.

— Si ton jugement est influencé par cette femme, alors tu n'agis pas dans l'intérêt de Colborn et j'ai besoin de le savoir.

— Colborn Aerospace m'appartient.

— Soit, et moi j'ai des responsabilités envers Colborn.

— Mon esprit n'est pas influencé par Darci.

— Je ne te crois pas.

Sur le point de se défendre, il se ravisa.

— Tu as raison.

— Comme toujours.

— Darci m'empêche de voir clair.

— C'est pour ça que tu as besoin de moi.

— OK, alors je veux bien tes conseils. D'après toi, penses-tu qu'on puisse trouver une preuve de l'innocence de mon père ? Ou c'est trop ambitieux ?

— Disons qu'il va falloir du temps.

— Mets quelqu'un sur l'affaire, s'il le faut.

— Entendu.

— Merci.

Pour Shane, c'était très simple. S'il parvenait à prouver à Darci que son père n'avait pas été escroqué par le sien, ils pourraient envisager une vraie relation à deux.

Quand il pensait à elle, il n'avait pas les idées très claires, mais il savait à quel point elle comptait à ses yeux et il ne pouvait pas se résoudre à la perdre.

— C'est vraiment un lieu incroyable, s'extasia Jennifer, contemplant la propriété.

Après avoir posé la bouteille de vin sur l'une des tables en bordure de piscine, elles avaient fait le tour du propriétaire pour admirer la roseraie.

— Tout ce qui touche à Shane Colborn est incroyable.

Elle aurait aimé ne pas avoir des sentiments aussi puissants pour lui. Mais c'était plus fort qu'elle. Plus elle le voyait, plus il lui plaisait.

— Qu'est-ce que tu vas faire ?

— Je continue à chercher.

Son père avait été trop longtemps en dépression pour qu'elle mette fin à sa quête de vérité. Celle-ci ne serait peut-être pas ce à quoi elle s'attendait, mais cette obsession n'était pas uniquement le fruit d'une affabulation délirante.

— Où veux-tu chercher, à présent ?

— Je ne sais pas.

— Et Shane ? Que vas-tu faire de lui ?

— Je ne sais pas non plus.

— Tu lui plais beaucoup.

— Il aime surtout m'avoir dans son lit.

— Avoue que ça ne te déplaît pas non plus.

Darci aperçut Shane et Justin qui les rejoignaient. Shane était tout simplement majestueux.

— C'est difficile de ne pas tomber sous son charme.

— Tu penses qu'il t'a dit la vérité au sujet des dessins ?

Les deux hommes approchaient.

— Tu me demandes si je pense qu'il a détruit les originaux ?

— Ou s'il sait que son père les a détruits.

Elle y avait pensé, bien évidemment.

— Je ne pourrai jamais le savoir.

A présent, Shane était au bord de la piscine, examinant le vin sélectionné.

— C'est décevant, ça ne vient pas de l'étagère du haut. Justin, s'il te plaît, accompagne Jennifer et accorde-lui une nouvelle chance à la cave.

— J'aimais bien l'étiquette, argua Jennifer.

Shane leva les yeux au ciel.

— On y va. Cette fois, je vais te guider, lui glissa Justin, l'œil taquin.

— Dépêchez-vous, les cocktails vont bientôt être servis.

Justin et Jennifer disparurent. Shane prit aussitôt la main de Darci pour l'attirer à lui.

— Quoi ?

— On a dix minutes.

— Dix minutes pour quoi ?

Il l'attira derrière le cabanon de la piscine, lui collant le dos au mur chauffé par le soleil.

— Pour ça, répondit-il avant de la dévorer de baisers.

— Mais…

— J'en meurs d'envie depuis trop longtemps.

— Tu es fou.

— Oui, fou de toi.

C'était tellement bon… Elle se laissa complètement aller, accueillant les sensations avec délectation.

— S'il te plaît, reste dormir ici ce soir. Je sais que tu as terminé tes recherches, mais je ne veux pas que tu partes.

C'était tentant. C'était très tentant de mettre la réalité de côté et de rester dans ses bras.

— Que fait-on, Shane ?

— On profite l'un de l'autre.

— Ce n'est pas ce que j'avais prévu.

— Moi non plus, si tu veux savoir.

— Je sens que ça va mal finir.

— Mais non, on va s'en sortir.

— Tu le penses vraiment ?

— Oui.

— Et si j'ai raison ?

— Pour l'instant, rien n'est prouvé.

— Mais si je prouve que j'ai raison ?

— Je devrai te donner un demi-milliard de dollars.

Elle lui lança un regard interloqué.

— Tu penses que c'est ça qui m'intéresse ?

Il sourit, tout en continuant à la caresser.

— Je ne vois pas ce qui pourrait t'intéresser d'autre.

Quel choc !

— Tu plaisantes ?

— Darci, tu viens de passer des semaines à…

— Je veux être dédommagée pour la propriété intellectuelle de mon père, oui, et je veux des intérêts, oui, mais surtout je veux que le monde entier reconnaisse sa contribution dans l'industrie.

— Tu ne veux pas prendre le contrôle de Colborn ?

— C'est franchement ce que tu pensais ?

Il la dévisagea, perplexe.

— Oui.

— Parce que c'est ce que tu aurais fait ?

— C'est ce que tout le monde ferait.

— Je ne suis pas comme tout le monde.

— Non, admit-il avant de l'embrasser doucement.

— Arrête ! lâcha-t-elle.

— Non.

— On est en train de se disputer.

— Non, on s'embrasse.

— Shane…

Ses lèvres viriles et avides l'empêchèrent de continuer. A son contact, elle fondit, puis ferma les yeux.

— Tu triches.

— Tu m'as espionné.

— J'ai arrêté.

— Parce que je t'ai démasquée.

Il approfondit son baiser au point de la faire gémir de plaisir.

— Reste avec moi ce soir.

Elle en avait très envie. Comment le nier ?

Elle céda.

— Juste ce soir.

— Juste ce soir, répéta-t-il, s'emparant de ses seins, le regard possessif.

Shane observait Darci qui marchait pieds nus dans sa chambre, étudiant les photos sur les étagères. Elle avait enfilé sa chemise sur son corps nu, comme elle aimait le faire. Le vêtement lui descendait jusqu'à mi-cuisse.

Encore au lit sous la couette en désordre, il repensait à ses jolies cuisses qui, peu de temps auparavant, s'enroulaient autour de sa taille. Il n'y avait pas de meilleur spectacle que Darci nue, portant une chemise d'homme, les cheveux ébouriffés, pendant qu'elle déambulait dans sa chambre.

— C'était la chambre de tes parents ?

— Non. La leur est à l'avant de la maison.

— Tu ne t'es pas installé dans leur chambre ?

— J'aime celle-ci.

— Tu ne voulais pas être le seigneur du manoir ?

— Ce n'est pas vraiment un manoir.

— Il y a combien de chambres ?

— Sept.

— Des chambres pour les domestiques ?

— Au-dessus du garage et du cabanon de la piscine.

— Je peux ouvrir ce placard ?

— Je t'en prie. La lumière est à droite.

— Qu'est-ce que tu caches là-dedans ?

— Costards, chaussures, cravates. Et, si tu tires le tiroir secret derrière la troisième étagère, tu trouveras les dessins de ton père.

— Très drôle, marmonna-t-elle avant de disparaître.

Le silence se fit.

— Tiens, tiens, tu n'avais pas parlé de ça.

— De quoi ? s'enquit-il, intrigué.

Elle gloussait derrière la porte.

— Mais qu'est-ce que tu… ?

En entrant, il la trouva tout sourire, tenant un caleçon tigré trop grand devant elle.

— C'était un cadeau.

— Je ne te crois pas. Vas-y, mets-le.

— Non, toi, mets-le.

— Tu me mets au défi ?

— Oui.

Quand elle se baissa pour l'enfiler, il eut une vue imprenable sur sa poitrine à travers la chemise dont elle n'avait fermé qu'un bouton.

— Alors ?

— Tu es superbe. Enfin, ridicule mais superbe.

Ils éclatèrent de rire.

— Bien moins ridicule que toi avec.

— Tu as raison et je te remercie de t'être ridiculisée à ma place.

— Je suis comme ça, toujours prête à me sacrifier, plaisanta-t-elle.

Soudain plus sérieux, il la prit dans ses bras.

— J'aime comment tu es, Darci.

— Arrête, Shane.

Elle ne souriait plus.

— Arrêter quoi ?

— Je ne veux pas que tu sois sérieux.

— Pourtant, j'ai sérieusement envie de toi, chuchota-t-il, lui déboutonnant sa chemise pour la caresser.

— Je suis ridicule, ne l'oublie pas.

— Tu es la plus belle femme que j'aie jamais vue.

Il déposa une pluie de baisers sur ses épaules, se délectant de sa peau douce, chaude et parfumée.

— Tu sais que je suis encore dans le camp adverse ?

— Je m'en fiche.

— Je suis ici pour chercher des preuves.

— Je m'en fiche.

N'y tenant plus, il s'empara de ses seins.

Alors qu'il la caressait, ses tétons se dressèrent sous sa paume. Elle laissa tomber le caleçon trop grand pour elle, et leurs corps entrèrent en contact, peau à peau, soudés par une chaleur charnelle renouvelée.

Elle suivit le mouvement alors qu'il s'asseyait sur la moquette, prenant position sur lui tout en s'accrochant à sa chevelure.

— Viens.

— J'attendais que tu sois endormi pour aller fouiller le bureau de ton père.

— Je peux t'aider.

— Tu ne devrais pas.

Il la cala sur ses hanches, leurs corps imbriqués à la perfection.

— J'ai envie de toi. Viens.

Tête en arrière, arquée, elle gémit de plaisir en sentant Shane la pénétrer.

Il déposa une pluie de baisers dans son cou, sur ses joues, sur sa bouche alors qu'ils se lançaient dans un va-et-vient rythmé, chaud et impatient.

Ils avaient fait l'amour peu de temps avant, mais c'était comme une première fois. Une passion dévorante l'habitait. Il aurait voulu ralentir la cadence, profiter du moment mais, naturellement, il la voulait sans condition, rien que pour lui, sur-le-champ.

— Shane, gémit-elle, répétant son prénom de sa voix douce comme le miel.

Ses gémissements se transformèrent en un râle bruyant puis elle cria son plaisir sans retenue. Il la suivit, goûtant pleinement le fruit de cet assaut corporel, se régalant du plaisir que lui procurait cette femme sublime.

Leurs deux corps étaient à présent scellés par la transpiration, leurs cœurs battant à l'unisson.

— C'était…

Non, aucun adjectif ne pouvait décrire la puissance des émotions qu'il venait d'éprouver.

— Différent ?

— Ce n'est pas le mot que je cherchais.

— On a fait l'amour dans ton dressing.

— Je sais.

— Je n'avais jamais fait l'amour dans un dressing.

— Je n'avais jamais fait l'amour à une femme en caleçon tigré.

Elle gloussa, les soubresauts de son corps faisant vibrer le sien.

— Dire que je détestais ce caleçon.

— Et maintenant ?

— C'est mon caleçon fétiche.

Ils se dévisagèrent dans un silence langoureux. Darci rompit l'intermède.

— Tu sais que je vais vraiment le faire ?

— Fouiller le bureau de mon père ?

— Oui, dès que tu dormiras.

— Que cherches-tu ?

— Un signe, une confession, un indice.

— Je vais t'aider.

— Tu vas me porter malheur avec de mauvaises vibrations.

— Ce n'est pas une question de vibrations. Soit c'est là, soit ce n'est pas là. Mais je pense que tu te fais du mal pour rien.

— Je m'en fiche.

Il lui prit le visage entre ses mains pour la regarder droit dans les yeux.

— Tu n'arrêteras donc jamais ?

— Je ne suis pas encore prête à arrêter.

— Arriveras-tu à gérer la réalité si tu as tort ?

— Arriveras-tu à me regarder en face si j'ai raison ?

— Oui, répondit Shane, sans réfléchir.

— Alors allons-y.

Elle reboutonna la chemise et, une fois levée, elle lui jeta le caleçon tigré.

— C'est officiel, j'adore ce caleçon, déclara-t-il avant de se lever à son tour et de l'enfiler.

— Il est fait pour toi, lança-t-elle en gloussant de plus belle.

— Viens, fit-il en la prenant par la main.

Cela faisait des années qu'il n'était pas entré dans la pièce.

Après avoir allumé la lumière, Darci s'immobilisa, bouche bée.

— Pourquoi tu ne m'as rien dit ?

— Quoi donc ?

Il ne voyait pas ce qui la choquait à ce point.

— Ce bureau !

— Ce n'est pas un secret. C'était le bureau de mon père.

Elle ouvrit le tiroir du haut.

— Il n'y a rien, Darci. Je t'assure.

Elle ouvrit tous les tiroirs.

— Je suis désolé, marmonna-t-il, posant une main sur son épaule.

La mine déçue, elle fondit contre lui.

12

Le bureau était vide, mais cette trouvaille redonna courage à Darci, la poussant à continuer ses recherches. Elle s'était bêtement concentrée sur les archives mais, finalement, ce qu'elle cherchait pouvait être n'importe où ailleurs, dans des endroits insoupçonnés.

Après le petit déjeuner, elle annonça à Shane qu'elle allait continuer à fouiller le manoir. Il lui souhaita bonne chance, l'air sceptique, mais cela ne la découragea pas pour autant.

Au premier étage, elle ne trouva rien de concluant. Au deuxième étage, ce fut la même chose. Alors qu'elle finissait de fouiller le troisième étage, sa motivation commença à flancher.

Il ne lui restait plus que le sous-sol, qu'elle avait déjà bien passé en revue. En désespoir de cause, elle y retourna. Peut-être que quelque chose lui avait échappé dans la salle des archives ? Peut-être qu'un dossier n'avait pas été remis au bon endroit ?

En descendant, elle entendit Justin et Shane converser. Ils étaient en train de plier bagage pour regagner leurs bureaux du siège. Elle se sentait un peu idiote et honteuse. En définitive, c'était elle et son obsession qui avaient provoqué tout ce chambardement.

Elle commença ses recherches là où les cartons avaient été replacés, dans l'ordre. Les étagères avaient même été nettoyées avant d'accueillir les vieux dossiers de la société D&I Holdings.

Les cartons sur l'étagère d'à côté étaient ceux qui contenaient le début des archives de Colborn Aerospace. Ils semblaient tout aussi vieux que ceux de D&I Holdings et n'avaient pas dû être consultés depuis de très nombreuses années.

Elle en redressa un qui était de travers. Puis elle aligna le carton qui se trouvait en dessous. Une étiquette attira son attention.

« Colborn Aerospace, demandes de brevet ».

Elle s'agenouilla pour tirer le carton.

Prenant une grande inspiration, elle s'empêcha de reprendre espoir. Elle avait été trop souvent déçue. Avec précaution, elle ouvrit le couvercle.

Elle trouva d'abord des lettres, des formulaires de demande, des instructions, mais rien concernant la turbine.

Après avoir passé en revue la moitié du carton, elle tomba sur du papier épais plié en quatre et assorti d'une note écrite de la main de Dalton Colborn.

« Fais la demande. S'il ne l'a pas encore faite, c'est qu'il ne les a pas. »

Darci s'écroula sur le sol en béton.

Lentement, elle déplia la feuille. Elle n'en croyait pas ses yeux !

C'était une photocopie des dessins. Il n'y avait pas de signature au bas de la feuille, mais une zone blanche suspecte dans le coin inférieur droit. Et la note de Dalton suffisait à prouver qu'elle avait raison. « La demande » devait faire référence à une demande de brevet, « il » devait être son père et « les » renvoyer aux originaux. Clairement, Dalton pensait que Ian n'avait pas les originaux.

Elle frissonna d'effroi, puis de soulagement. Ses soupçons se vérifiaient grâce à cette preuve flagrante.

Sans plus tarder, elle se leva puis se précipita vers la cave à vin où elle aperçut Shane, Justin, Tuck et un quatrième homme qu'elle ne connaissait pas.

— J'ai trouvé ! s'exclama-t-elle.

Mais ses mots ne furent qu'un murmure tant elle était sous le choc de l'émotion.

Les quatre hommes la dévisagèrent, abasourdis.

— Tu as trouvé les dessins ? demanda Shane.

— Juste une copie, mais avec une note écrite par ton père.

— C'est signé ? s'enquit Justin.

— Non, mais je reconnais son écriture. Je la lis depuis des jours.

— Cela ne prouve rien, rétorqua Justin.

— La note était attachée à une copie des dessins, je l'ai trouvée dans le carton « Demandes de brevet ».

Justin montra la note à Shane.

— Il s'agit de mon père, des originaux et de la demande de brevet, ça ne fait aucun doute.

— Il y a mille façons d'interpréter cette note. Vous ne pensez pas ? demanda-t-il en se tournant vers Tuck et l'inconnu.

— Darci, je te présente Dixon, mon frère.

— Enchantée, Darci.

Elle ne répondit pas.

— Cette note ne prouve pas le lien entre ton père et les dessins, reprit Justin.

Darci n'en revenait pas de la tournure que prenait cet échange.

— Au contraire, cette note prouve tout ! La signature a même été effacée. Colborn a fait la demande de brevet en espérant que les originaux ne referaient jamais surface, s'insurgea-t-elle, agacée de sentir qu'elle perdait pied.

— Ce message ne contient aucun nom propre. Il pourrait même s'agir d'un lavabo.

Elle ne supportait pas le ton méprisant de Justin. Levant les yeux vers Shane, elle le découvrit stupéfait, mais n'ayant pas l'air prêt à intervenir.

— En effet, il n'y a pas de noms propres, mais la note était attachée au dessin de la turbine, pas à celui d'un lavabo.

— C'est toi qui le dis, rétorqua Justin.

— Quoi ? Tu m'accuses de mentir ?

Elle attendait que Shane vienne la soutenir. S'il la regardait, il saurait qu'elle ne mentait pas.

— Ce n'est pas une preuve suffisante pour qu'on te donne un demi-milliard de dollars.

— Mais arrêtez avec cette somme, ce n'est pas ce que je veux ! Combien de fois dois-je le répéter ? s'emporta-t-elle, exaspérée d'être incomprise.

— Ce n'est pas ce que tu veux ? A d'autres.

— Demande à Shane. Je lui ai demandé la valeur du brevet en 1989.

— C'est tout ? intervint Tuck.

— Plus les intérêts et la reconnaissance officielle de mon père comme l'inventeur de la turbine.

— Plus, plus, plus…, ajouta Justin, énervé.

— C'est normal !

— Et après ?

Justin ne lâchait pas l'affaire.

— La moitié de Colborn, dit Dixon.

— C'est ce qu'elle veut, dit Justin.

— Je ne crois pas, dit Tuck.

— Ohé ! Je suis là ! Vous me voyez ?

— Toutes les mêmes ! lâcha Dixon.

Perdant son sang-froid, elle haussa la voix.

— Vous êtes tous de mauvaise foi ! Cette note prouve que Dalton a volé les dessins de mon père !

Tuck intervint :

— Darci, je suis désolé mais, sans les originaux signés, tu ne peux rien prouver.

Elle scruta Shane, attendant qu'il parle.

— Ils ont raison, légalement, cette note ne prouve rien.

Le monde alentour s'écroula. Elle était seule face à des hommes prêts à tout pour défendre leurs intérêts.

Elle le regarda froidement, déçue par sa réaction.

— En fait, c'est toi qui as menti le plus de nous deux, Shane. Tu n'as jamais été prêt à accepter la vérité. Ou à me croire.

— Il y a trop en jeu pour que…

— Non, pour toi, il n'y avait rien en jeu. Tu as fait semblant de me croire. Depuis le départ.

— Si tu avais trouvé les originaux…

— Tu aurais trouvé un moyen de me discréditer.

Elle avait envie de hurler, de pleurer, mais cela ne l'aiderait pas à sortir de cette impasse. Elle s'était fait berner.

Retenant ses larmes, le cœur alourdi par ce constat d'échec, elle quitta le sous-sol en trombe. Sans réfléchir, elle monta prendre son sac, ramassa ses affaires et courut jusqu'à sa voiture garée dans la grande allée.

Elle partit sans se retourner.

Comment avait-elle pu penser que Shane accepterait cet indice comme une preuve irréfutable ? Elle le pensait son allié. Ils trouveraient une solution. Elle pensait que…

La vérité éclata tandis que son cœur se fendait dans sa poitrine.

Quelle idiote !

Sentant qu'il était dangereux de conduire dans son état, elle s'arrêta sur le bas-côté et fondit en larmes, la tête sur le volant.

Elle s'était imaginé qu'il l'aimait, que leur relation était fondée sur des sentiments profonds. Mais Shane n'était pas prêt à accepter sa version des faits. Sans un avocat ou un jugement au tribunal, elle n'aurait jamais gain de cause.

Son téléphone sonna. Elle l'ignora.

Après de longues minutes, elle releva la tête, fixant les berges de la rivière.

Le moment d'abandonner était-il arrivé ?

Elle devait rentrer chez elle, soigner son cœur meurtri et tirer un trait sur Shane Colborn. Il ne la laisserait plus fouiller chez lui et elle ne voulait pas le revoir.

Ouvrant son sac, elle sortit la lettre de son père. Les mots étaient emplis d'un tel désespoir qu'elle en fut d'autant plus attristée. Puis elle scruta de nouveau la photo où il avait l'air heureux et plein d'espoir. Elle aurait aimé le connaître comme ça.

Soudain, quelque chose la frappa. Derrière lui se trouvaient deux bureaux identiques.

Le cœur de Darci se mit à battre très fort. Elle reconnaissait le meuble qu'elle avait vu dans le bureau de Dalton Colborn.

Elle tenait son indice ! Voilà pourquoi son père avait glissé la photo avec la lettre, pour montrer là où les dessins étaient cachés.

Les pièces du puzzle s'assemblèrent dans son esprit. La preuve se trouvait dans le bureau.

Ce meuble avait sans doute été celui de son père mais, au moment du partage, il avait dû y avoir un imbroglio. Son père avait probablement hérité de l'autre bureau, sans la preuve, et c'était pour cela qu'il n'avait jamais pu récupérer les originaux et se retourner contre Colborn Aerospace.

Dès que Shane et sa clique partiraient, elle reprendrait ses fouilles.

Shane fixait la note écrite par son père, se sentant coupable de ne pas être intervenu pour défendre Darci.

— Elle a raison, lâcha-t-il enfin.

— On ne peut pas lui faire confiance, tu le sais.

— Je lui fais confiance, justement.

— Elle ne vaut pas mieux que Bianca, insista Justin.

— Elle est l'opposé de Bianca.

— Elle est comme Kassandra, alors, intervint Dixon.

Tout le monde se tut.

— J'avais entièrement confiance en Kassandra. Je me suis fâché avec tout le monde pour la défendre.

— Ce n'est pas pareil.

— C'est pareil, crois-moi. Tu penses que tu ne peux pas vivre sans elle et, un jour, elle engagera un bon avocat et tentera de te prendre tout ce que tu as.

— Je ne suis pas en train de divorcer de Darci.

— Elle t'a menti et elle t'a espionné, dit Justin.

— Je ne peux pas l'oublier.

— Attends un peu.

— Si j'attends, je vais la perdre.

— C’est trop risqué.

— C’est à moi d’en juger.

— Si tu n’écoutes pas mes conseils, je m’en vais.

— Alors va-t’en, rétorqua Shane sans hésiter.

— Waouh, siffla Tuck.

— Mon père peut très bien avoir floué Ian Rivers en lui volant sa propriété intellectuelle. Darci n’y est pour rien. C’est quelqu’un de formidable qui cherche à rétablir la vérité. Si tu veux partir, pars, je ne te retiens pas. Mais je vais tout faire pour reconquérir Darci.

— Tu te comportes comme un idiot, dit Justin.

— Non, il est amoureux, conclut Dixon.

Shane n’avait jamais vraiment été amoureux. Mais il savait qu’il ne voulait pas perdre Darci. Maintenant qu’il savait où elle habitait, il allait aller passer la voir directement.

Au dernier étage, il y avait deux appartements. Grâce aux noms sur les sonnettes, il put facilement trouver celui de Darci et Jennifer. Bizarrement, la porte était entrouverte.

— Je ne peux pas t’oublier, disait une voix d’homme.

Shane ouvrit grand la porte pour découvrir un homme de dos. Il était penché vers une femme, tentant de l’embrasser, tandis qu’elle avait les bras le long du corps, se laissant faire.

Sans réfléchir, il attrapa l’homme par le col.

— Fiche-lui la paix ! ordonna-t-il en le projetant contre le mur.

— Shane !

Il s’apprêtait à donner un coup de poing à l’inconnu quand il reconnut la voix de Jennifer et non celle de Darci.

— Je pensais que tu étais Darci.

— Darci n’est pas avec toi ?

— Non. Qui est-ce ? demanda-t-il en désignant l’inconnu du menton.

— Ashton Watson.

— C’est ton petit ami ?

— Ex.

— Tu veux que je m'en occupe ?

— C'est bon, j'ai compris, je m'en vais. Jennifer, tu n'as rien à ajouter ?

Elle garda le silence.

— Tu ne me reverras plus, je te préviens, menaça-t-il avant de quitter l'appartement.

— Désolé de vous avoir interrompus, marmonna Shane.

— Peu importe, c'est terminé entre nous. Alors où est Darci, si elle n'est pas avec toi ?

— Je la cherche. Elle est partie subitement après un échange houleux.

Jennifer attendit la suite du récit, sans mot dire.

— Darci a trouvé quelque chose.

— Les dessins ?

— Une copie des dessins. Non signée. Ce n'est pas une preuve suffisante.

— Mais cela suffisait à Darci ?

— Oui, et je ne l'ai pas soutenue.

— Je ne suis pas étonnée.

— Ne dis pas ça. Je regrette. Je suis d'accord avec elle, ça appuie la théorie de son père.

— Tu es venu pour lui dire ça ?

— Oui.

— Tu es amoureux d'elle ?

Il en était intimement convaincu. Soudain, il eut une idée.

— Tu penses que ça pourrait tout résoudre ?

— Qu'est-ce qui pourrait tout résoudre ?

— Si je l'épousais, la moitié de Colborn Aerospace lui reviendrait. Elle pourrait enfin arrêter de chercher la preuve qui n'existe sûrement…

Bon sang, mais bien sûr ! Darci était une femme rusée. Elle n'était pas rentrée, elle était retournée au manoir pour chercher les originaux.

Il éclata de rire.

— Tout va bien ? s'enquit Jennifer, inquiète.

— Oui, très bien même. Je suis prêt à parier que Darci a attendu que je parte pour regagner le manoir et qu'elle est en train de fouiller les pièces de fond en comble.

— Et pourquoi ça te fait rire ?

— Parce qu'elle est infernale et que je l'adore. Mais je vais la prendre la main dans le sac et mettre un terme à tout ce cinéma.

Darci eut du mal à bouger la table en noyer qui se trouvait contre le mur dans le bureau de Dalton Colborn.

Estelle, la gouvernante, n'avait pas été surprise de la voir revenir et l'avait laissée entrer sans lui poser de question. Darci était directement montée à l'étage sans se soucier des conséquences. Elle se fichait que Shane cherche à l'arrêter, qu'il mêle la presse à cette histoire ou qu'elle finisse au cœur d'un scandale d'espionnage industriel.

Elle n'aurait jamais dû s'approcher de lui. Il l'avait menée en bateau. Peut-être que Bianca Covington ne s'était pas tant trompée à son sujet.

Ayant déjà vérifié les tiroirs, elle se glissa sous le bureau pour voir si elle pouvait y déceler un indice. Rien. Mais elle n'était pas prête à abandonner.

Une fois passée entre le bureau et le mur, elle en tâta la surface, à la recherche d'une aspérité anormale. Peut-être fallait-il appuyer plus fortement sur l'une des parties du bureau ou bien tirer un petit crochet qui lui donnerait accès à la cachette secrète ?

Enfin, elle entrevit une lueur d'espoir. En se penchant à l'arrière du bureau, elle décela un léger interstice dans le pli du bois d'un des panneaux. Elle le souleva légèrement en passant un doigt et rencontra une surface lisse, différente du bois. En insistant un peu, elle réussit à soulever la fine planche de bois qui céda.

Les battements de son cœur s'accélérèrent. Il y avait encore un petit panneau de bois à soulever et, à force de patience, il céda lui aussi. Sous ce panneau de bois se trouvait un étui en plastique aplati. Elle le tira de son emplacement, déplaçant un nuage de poussière.

Elle éternua. Puis elle replaça une mèche de cheveux avec son avant-bras. L'effort et l'émotion l'avaient mise en sueur.

Se rapprochant de la lumière du jour, elle prit une grande respiration puis ouvrit le plastique.

Une fois la feuille dépliée, elle crut défaillir. Elle était face aux dessins originaux de son père.

Frissonnante mais immensément soulagée, elle s'assit.

Au comble de l'excitation, elle déplia le document sur la moquette. Il ne contenait que des formes, des lignes et des chiffres qui ne voulaient rien dire pour elle, mais en bas à droite figuraient une date et la signature de son père.

— Darci !

Elle sursauta. C'était Shane.

Levant les yeux vers lui, elle s'apprêtait à partager sa découverte avec lui, puis elle se rappela la façon dont il s'était comporté avec elle.

Il marqua un temps d'arrêt en constatant l'état de la pièce.

Elle tenta de rester furieuse contre lui, et de faire taire son cœur qui battait follement, mais tout ce qu'elle souhaitait c'était se jeter dans ses bras.

— Tu as perdu la tête ?

— J'étais obligée.

— Tu étais obligée de démanteler le bureau de mon père ?

— Oui.

— Non, tu n'étais pas obligée, répliqua-t-il, l'air sérieux.

— Je devais prouver que j'avais raison.

— Tu sais que je pourrais te faire arrêter ?

— Shane, je…

— Mais je ne veux pas te faire arrêter.

— Shane…

— J'ai une proposition à te faire.

— Arrête de parler.

— Non, toi, écoute-moi.

— J'ai quelque chose d'important à te dire.

— Moi aussi.

— Mais…

— Bon, si tu continues à parler, j'appelle la police.

Elle serra les lèvres, pour obéir, mais aussi s'empêcher de rire.

— Ah, enfin, lâcha-t-il en souriant.

Elle ouvrit la bouche, mais il vint aussitôt placer son index sur ses lèvres.

— J'ai eu une idée.

Elle le scruta, incrédule.

— C'est un peu fou, mais notre relation a été placée sous le signe de la folie dès le début.

Elle ouvrit la bouche. Elle aurait déjà eu le temps de lui dire ce qu'elle avait à lui dire.

— Tu penses que tu as droit à la moitié de Colborn.

— Je…

— Encore un mot et je t'embrasse.

— Je n'ai…

Il l'embrassa.

Un long baiser langoureux qui lui fit perdre tous ses moyens. C'était tellement bon, tellement naturel. Il l'étreignit sans qu'elle le repousse, aussi désireuse que lui d'approfondir leur baiser.

Après de longues minutes, perdus dans un tourbillon de caresses et de baisers, ils refirent surface, puis il lui prit le visage entre ses mains.

— Je t'aime, Darci. Je suis follement amoureux de toi et je veux passer ma vie avec toi.

— Pardon ?

— La solution est très simple.

— Quelle solution ?

— Il suffit que tu m'épouses et la moitié de Colborn t'appartiendra. Peu importe qui a inventé quoi. Peu importe si on ne prouve jamais rien.

— Quoi ? répéta-t-elle, abasourdie.

— Je te crois.

— Non, pas ça.

— Je te demande de m'épouser.

— Non, pas ça non plus.

— Alors quoi ?

Shane Colborn l'aimait ! Comment était-ce possible ? C'était tellement magique !

— Shane, je les ai trouvés !

— Tu as trouvé quoi ?

— Les originaux.

— Ils existent ?

— Il y avait deux bureaux identiques. Et un compartiment secret. Ils ont dû être mal distribués.

— Darci, je ne te suis pas.

— Viens voir.

Elle ramassa les dessins et les étala sur le bureau.

— Donc le mystère est résolu ? fit-il après quelques instants d'observation.

— Oui, répondit-elle, profondément satisfaite.

Le nom de son père entrerait au panthéon des ingénieurs de renom et il aurait sa place dans l'histoire en tant qu'inventeur de cette fameuse turbine.

— Alors tu n'as plus besoin de m'épouser, marmonna Shane, déçu.

— Non, je n'ai pas besoin de t'épouser. Mais j'en ai très envie.

— Répète.

— Shane, je veux être ta femme. Non pas pour posséder la moitié de ta société, ni pour rétablir la réputation de mon père, mais parce que je t'aime de tout mon cœur.

— Darci… Je n'arrive pas à y croire. Tu es la femme la plus parfaite, la plus incroyable, la plus belle et la plus obstinée que j'aie jamais rencontrée. Et je t'aime plus que tout au monde. J'avais tellement peur de t'avoir perdue ! Si tu savais comme je suis heureux.

Elle soupira, au comble de la joie.

— J'imagine que nos pères n'auraient jamais pu imaginer pareil scénario.

— J'espère qu'ils nous regardent et qu'ils sont fiers de nous. Nous allons propulser Colborn Aerospace dans une autre dimension. A moins que tu ne veuilles qu'on change le nom ?

— Non. En plus, je serai bientôt une Colborn.

— Et si on allait à Vegas ?

— Pas question que vous vous mariiez à Vegas, intervint Justin.

— Qui t'a laissé entrer ? demanda Shane.

— Je vois plutôt un mariage en grande pompe avec des dizaines de clients potentiels.

— Pas question, répliqua Shane.

— Darci, tu ne m'en veux pas ? s'enquit Justin, penaud.

— C'est oublié.

— Tant mieux parce qu'on va devoir travailler étroitement pour restaurer la réputation de Shane, et votre histoire va nous servir de tremplin.

— Darci, ne l'écoute pas.

— Je trouve que c'est plutôt une bonne approche.

— Pas du tout, protesta Shane.

— Elle est géniale, s'obstina Justin.

— Je suis d'accord, renchérit Darci.

— Vous pouvez arrêter, tous les deux ?

— Shane, avoue que Justin a raison. Nous nous sommes rencontrés grâce à Colborn Aerospace. Tu adores la société, moi j'adore tes projets et nous voulons avant tout œuvrer pour le bien des employés. Si un mariage en grande pompe peut aider à faire passer le message, pourquoi pas ?

— Tu devrais écouter ta fiancée.

— Je donne carte blanche à ma fiancée. Elle peut avoir le mariage qu'elle veut.

— Tant que tu es le mari, je me fiche du reste.

Il lui adressa un regard souriant et attendri.

— Tu n'es pas obligée de décider maintenant.

— C'est tout décidé. Justin, je te donne carte blanche.

L'intéressé tourna les talons avant que Shane puisse intervenir.

— J'ai l'impression que ce partenariat ne va pas être équitable.

— Je crois plutôt qu'il va être sensationnel.

— Je t'offre la moitié de mes richesses et de mon lit.

— J'accepte si tu portes le caleçon tigré.

— Et moi si tu portes le diamant que je vais t'offrir.

— Quand ?

— Maintenant. Aujourd'hui. Là. Tout de suite !

Il l'embrassa langoureusement pour sceller leur union et le monde alentour disparut. Ils étaient enfin réunis, pour le restant de leur vie.

BARBARA DUNLOP

Scandaleuse séduction

INTÉGRALE

LES MILLIARDAIRES DE CHICAGO

Traduction française de

TATIANA ANDONOVSKI

SAGAS

HARLEQUIN

Titre original :
SEDUCED BY THE CEO

Ce roman a déjà été publié en 2016

1

Kalissa Smith enleva ses gants de jardinage couverts de boue tout en se dirigeant vers la maison des Newberg, souriante, fière et satisfaite de son travail.

Il lui avait fallu un mois pour terminer ce projet, mais le résultat était à la hauteur de ses espérances. La nouvelle pelouse émeraude étincelait sous le soleil d'août. Au-delà des bordures à festons, on voyait quelques taches d'engrais noir dans les plates-bandes garnies de fleurs variées qui longeaient les murs en brique de la bâtisse coloniale à deux étages. A l'écart du reste du jardin, des plantes à feuilles persistantes et des érables du Japon formaient un espace protégé, idéal pour lire au calme ou se reposer.

— Les piments d'ornement sont une réussite, constata Megan, revenant de leur camionnette garée dans l'allée.

— Oui, c'est la cerise sur le gâteau, approuva Kalissa.

— J'espère qu'ils seront contents, soupira Megan.

— Ils ont intérêt.

Les Newberg n'étaient pas les clients les plus faciles mais au moins leur mission était terminée, et réussie, de surcroît.

— Tu penses qu'on va rentrer dans nos frais ? demanda Megan.

— Et comment ! On va même faire un bénéfice, pour une fois. Et en plus, il faut reconnaître que c'est un chef-d'œuvre, dit Kalissa avant de s'étirer le cou.

Elle avait mal partout, mais grâce à ce travail elle n'avait pas besoin de fréquenter une salle de gym pour entretenir sa forme physique et elle avait la peau hâlée à force de passer de nombreuses heures dehors.

— Je vais faire des photos pour notre site.

Cela faisait à peine un an qu'elles avaient créé leur société, juste après avoir obtenu leur diplôme en aménagements paysagers.

— Sur le répondeur, on a eu trois nouvelles demandes de devis, annonça Megan avec enthousiasme.

— On peut manger avant d'enchaîner ?

— Carrément ! J'ai envie d'un burger.

— Allons chez *Benny.*

Benny Burger était un petit restaurant caché dans une ruelle à deux pas de leurs locaux professionnels, dans l'ouest de Chicago. Au-dessus des locaux, elles avaient retapé l'espace disponible pour en faire un appartement. Ce n'était pas le grand luxe mais c'était suffisant pour le moment.

Kalissa prit l'appareil photo dans la camionnette avant de repartir vers le jardin. Pendant ce temps, Megan finit de ranger les outils puis elle prit sa tablette.

— Du nouveau sur le site ? lança Kalissa.

— Essentiellement des gens qui veulent des travaux d'entretien.

— Si on calcule bien, on pourrait employer une ou deux personnes pour se charger des travaux d'entretien et se concentrer sur les aménagements paysagers sans pour autant perdre des clients.

Megan ne répondit pas, absorbée par l'écran.

— Tu m'as caché quelque chose ? s'enquit enfin son amie.

— Pourquoi tu me demandes ça ?

Megan tourna la tablette pour lui montrer l'image. C'était la photo d'un couple de mariés. Un bel homme en queue-de-pie et une femme dans une ravissante robe rehaussée par un bouquet multicolore de roses, de tulipes et de lavande.

— Tu vois ?

— Tu parles des fleurs ?

— Non, de la mariée !

— Eh bien ?

Après avoir regardé de nouveau, Kalissa resta bouche bée. La mariée lui ressemblait comme deux gouttes d'eau.

— C'est une blague ? C'est toi qui as retravaillé l'image ?

— Je viens de tomber dessus !

— C'est fou !

— En tout cas, le marié est superbe.

— Je suis d'accord.

— Il s'appelle Shane Colborn. C'est le propriétaire de *Colborn Aerospace.*

— Tu penses que c'est un photomontage ?

— Non.

— Alors j'ai un sosie ?

— Ou une sœur jumelle.

— Mais non…

— Tu as été adoptée.

— J'avais presque un an quand j'ai été adoptée. Ma mère adoptive aurait su que j'avais une sœur jumelle. Elle m'en aurait parlé.

— Peut-être que personne n'en savait rien, hormis vos parents biologiques.

— Non, ce serait horrible.

— Toujours est-il que cette jeune femme s'appelle Darci Rivers. Enfin, maintenant elle s'appelle Darci Colborn.

— Moi je m'appelais Thorp avant de m'appeler Smith.

— Si elle a été adoptée, elle a très bien pu aussi changer de nom.

— C'est impossible, admit Kalissa, incrédule.

Pourtant, plus elle regardait la photo, et plus elle se disait qu'elle avait peut-être une sœur jumelle, en effet.

— Tu pourrais l'appeler. Elle accepterait peut-être de nous consentir un prêt.

— Tu plaisantes ?

— Non. Après tout, elle vient d'épouser un milliardaire.

— Et alors ?

— Et alors on a besoin d'un prêt et moi je suis sûre que c'est ta sœur jumelle. Entre sœurs, il est normal de s'entraider.

— Pas question que je la contacte.

— Pourquoi ?

— Parce que je ne veux pas jouer à la sœur jumelle qui apparaît au moment où il y a de l'argent en jeu.

— Tu n'es pas obligée de lui demander de l'argent.

— Arrête, tu sais très bien l'impression qu'elle aura si je débarque maintenant dans sa vie.

— Si ça se trouve, c'est elle qui te le proposera.

— Arrête.

— On pourra lui rembourser plus tard.

— C'est non, répliqua-t-elle en rendant la tablette à Megan.

— Tu ne peux pas ignorer ta sœur jumelle.

— Ah non ? C'est ce qu'on va voir.

Riley Ellis était à la fois grisé et terrifié. Il venait d'agrandir son usine de fabrication d'avions, il avait signé un contrat de grande envergure et il avait hypothéqué son bâtiment commercial afin de pouvoir financer ses projets.

Ellis Aviation entrait dans une nouvelle ère.

— C'est parti, lança-t-il à Wade Cormack, à l'autre bout de la ligne à Seattle.

— Félicitations, dit Wade.

Wade était le P-DG de *Zoom Tac*, la société qui lui fournissait la plupart des pièces détachées du nouvel avion court-courrier qu'il allait commercialiser.

Riley appuya sur l'interrupteur et les ordinateurs se mirent en branle, ainsi que tous les appareils et équipements. La centaine d'employés présents dans la salle applaudirent. L'opération d'expansion était officiellement lancée.

Il avait gardé Wade en ligne pour lui faire partager ce moment.

— Tu as entendu ? demanda-t-il alors que les applaudissements s'étaient tus.

— Oui, c'est super. Alors bon travail, et tiens-moi au courant.

— Je n'y manquerai pas.

— Bonne chance.

— Merci, à bientôt.

Après le lancement, Riley prit ses quartiers dans son nouveau bureau. C'était un endroit compact et moderne où l'espace avait été rentabilisé au maximum, avec des grandes fenêtres donnant sur la chaîne de fabrication de l'usine. Les responsables de la production et des ventes avaient des bureaux adjacents aux siens et le reste de l'équipe était installé confortablement dans les locaux.

Il prit place dans le fauteuil en cuir, conscient qu'il allait devoir diriger son bateau de main de maître s'il voulait le mener à bon port. A présent, il avait une centaine d'employés. Ils avaient besoin d'un leader et il saurait se montrer à la hauteur de la situation.

Dans les moments importants de sa vie, il pensait toujours à son père, Dalton Colborn, l'homme qui ne l'avait jamais reconnu, jamais soutenu, jamais encouragé. Et à son demi-frère, Shane Colborn, qui avait hérité de l'empire créé par son père. C'était le fils légitime, l'enfant prodige.

Son téléphone émit un son. Il venait de recevoir un message d'Ashton Watson, un ami du lycée, accompagné d'une photo.

Regarde. Dingue ! Et je connais la mariée !

Intrigué, il ouvrit la photo. On y voyait Shane en queue-de-pie à côté d'une femme superbe à la chevelure auburn vêtue d'une magnifique robe en dentelle. Svelte, les yeux verts, une peau soyeuse, c'était incontestablement l'une des plus belles femmes qu'il ait jamais vues.

La porte de son bureau s'ouvrit : Ashton qui avait voulu lui jouer un tour en lui envoyant ce message alors qu'il était déjà dans les locaux.

— Qu'est-ce que tu en penses ? lança Ashton.

— Que mon frère a de la chance.

— Tu parles, c'est une teigne.

— A priori, comme ça, elle n'en a pas l'air. Mais comment tu la connais ?

— Elle partageait un appartement avec Jennifer.

— Jennifer ?

— Oui, une fille avec qui je suis sorti pendant plusieurs mois. Mais visiblement, ça ne t'a pas marqué.

— Tu me l'as présentée ?

— Oui, j'en suis sûr. Blonde, yeux bleus, belles jambes.

— Excuse-moi mais là, tu as décrit le genre de fille avec qui tu sors depuis que je te connais.

— Oui, sauf que Jennifer était différente. Enfin, peu importe.

— Si tu le dis…

— Dis donc, c'est super vos nouveaux locaux, constata Ashton, changeant de sujet.

— Je n'en reviens pas que ce soit enfin opérationnel.

— Je savais que tu y arriverais.

— Pour l'instant, rien n'est fait. C'est le tout début. Il va falloir du temps avant que ce soit rentable.

— Les contrats vont bientôt pleuvoir, crois-moi.

— J'espère. Tu sais, avant ton arrivée, je pensais justement à Dalton et à Shane.

— Tu vaux mieux que Shane. Il n'a rien eu à faire. Il a simplement hérité d'un empire déjà bâti. Alors que toi, tu t'es fait tout seul. Tu ne dois rien à personne.

— Là, ce n'est pas tout à fait vrai puisque je me suis endetté auprès de la banque, ironisa-t-il.

— Ce qui rend la chose d'autant plus passionnante ! Tu dois absolument réussir. Sans risque, le jeu n'en vaut pas la chandelle.

— C'est pour ça que tu es un pilote casse-cou ? Pour ressentir la poussée d'adrénaline ?

Ashton était un pilote d'hélicoptère réputé pour accepter les vols les plus dangereux.

— Oui, je fais ça pour l'adrénaline, mais aussi pour impressionner les filles.

— Tu n'as jamais eu besoin de ça pour attirer les filles dans les mailles de tes filets, répliqua-t-il, en regardant de nouveau la photo de Shane et de la mariée.

— Tu sais comment elle s'appelle ?

— Darci Rivers.

La jeune femme avait un regard émeraude envoûtant et un sourire qui semblait dissimuler un secret. Il imagina sa chevelure auburn étalée sur un oreiller blanc.

Ashton le tira de ses rêveries.

— Tu penses à quoi ?

— J'espère qu'elle va lui faire perdre la tête ! plaisanta-t-il.

Ils allaient se disputer les mêmes contrats auprès des compagnies aériennes. Si la femme de Shane faisait diversion, cela permettrait peut-être à Riley de prendre l'avantage.

A travers la vitre du restaurant, un bel homme vêtu d'un élégant costume attira de nouveau l'œil de Kalissa. Cette fois, il la regarda avec insistance alors qu'elle transportait des azalées dans sa brouette.

Lui avait-il tapé dans l'œil ? C'était peu probable.

Il était très séduisant, il avait le regard sombre, le nez droit, et la mâchoire carrée qui donnait à un homme l'air puissant.

Quant à elle, elle était vêtue d'un jean couvert de boue, d'un T-shirt vert délavé, et d'une paire de bottes de jardinage. Ses cheveux étaient tirés en une queue-de-cheval. Du moins était-ce le cas quand elle s'était coiffée le matin mais, à présent, sa coiffure devait davantage ressembler à un amas de cheveux en désordre. Et comme elle avait à peine pris le temps de se maquiller, il y avait peu de chances pour qu'il soit sur le point de sortir lui demander son numéro de téléphone.

D'après sa mine renfrognée, il semblait mécontent d'être soumis à un spectacle aussi grossier alors qu'il essayait de déguster un repas raffiné.

Elle continua à pousser la brouette sur les pavés irréguliers jusqu'à la plate-bande située entre deux magnolias.

— J'ai opté pour un écart de cinquante centimètres entre chaque plante, déclara Megan en se relevant, bêche à la main.

— Tant que les plantes à feuilles persistantes seront coupées régulièrement, ce sera super.

Un jour, quand son budget le lui permettrait, Kalissa espérait pouvoir venir dîner dans cet établissement.

Jetant de nouveau un regard vers la fenêtre, elle constata que l'homme la dévisageait de nouveau. Elle tourna rapidement la tête. Il était peut-être curieux de savoir ce qu'elles faisaient, même si la nature de leur activité ne semblait pas poser de problème. Ou alors son compagnon était rasoir et il se changeait les idées en regardant deux jeunes femmes jardiner ? C'était sûrement un repas d'affaires. Les deux hommes portaient un costume.

Elles étaient en train de planter des azalées quand une voix masculine les interrompit.

— Que faites-vous là ?

Elles levèrent la tête et Kalissa reconnut aussitôt l'homme du restaurant. Elle ne pipa mot.

— Vous m'espionnez ? s'enquit-il, sévère.

La question la stupéfia.

— Pardon ?

— Vous n'arrêtez pas de m'épier depuis tout à l'heure.

— J'avais plutôt l'impression que c'était vous l'espion.

— Qu'est-ce que c'est que ça ? demanda-t-il, montrant la brouette.

— Des azalées, répondit Megan.

— On plante des azalées, précisa Kalissa.

— Juste devant la table où je mange ?

— Le restaurant vous appartient ? s'enquit-elle sur un ton sarcastique.

— Non, mais ce n'est pas le propos, rétorqua l'homme.

— Ecoutez, j'ignore qui vous êtes et j'aimerais que vous nous laissiez travailler, nous avons encore beaucoup à faire.

— Vous ignorez qui je suis ? Et vous ignorez aussi que je suis en train de dîner avec Pierre Charron ?

— C'est ça, vous avez tout compris, répondit-elle en le regardant droit dans les yeux.

Il la scruta de son regard acier.

— Je vais parler au responsable du restaurant, déclara Megan. Il sait que nous sommes là.

— Franchement, j'en doute.

— Mais enfin…

Il l'interrompit, le regard perdu.

— Pourquoi vous êtes là ? Quelle est votre mission ?

Kalissa sortit une carte de sa poche.

— Tenez, voici notre carte de visite. Nous sommes spécialisées dans les aménagements paysagers.

L'homme prit le carton, pour l'examiner en détail.

— Mais pourquoi vous ? insista-t-il, après quelques secondes de silence.

— Parce que c'est notre métier.

— Vous êtes sérieuses ?

— Tout ce qu'il y a de plus sérieuses.

Il prit quelques instants pour l'examiner de la tête aux pieds, l'air plus confus qu'en colère.

— Pourquoi votre mari vous a-t-il envoyée ici ?

— Je ne suis pas mariée.

— Menteuse !

— Regardez, répliqua-t-elle, enlevant son gant de jardinage pour montrer qu'elle n'avait pas d'alliance.

— Vous pouvez très bien avoir laissé vos diamants dans votre coffre-fort.

— Je n'ai pas de coffre-fort.

— Kalissa, il pense que tu es Darci.

— Darci ! s'exclama-t-elle.

— Dites donc, vous jouez bien la comédie, Darci Colborn.

— Darci Colborn ? Mais c'est ridicule ! Je m'appelle Kalissa Smith, et je peux vous le prouver, papiers d'identité à l'appui.

Il la scruta quelques instants, tentant de donner un sens à la situation.

— Vous m'avez confondue avec Darci Colborn ?

— Je pense qu'elles sont sœurs jumelles, ajouta Megan.

— Pour l'instant, on n'en sait rien.

— C'est pour ça que tu devrais la contacter. Pour en avoir le cœur net.

— Arrête avec ça ! lança Kalissa, exaspérée.

— Donc vous avez vraiment une société d'aménagements paysagers ?

— Oui.

— Et vous vous appelez Kalissa Smith ?

— Oui.

— Et vous ne connaissez pas Darci Colborn ?

— J'ignorais son existence jusqu'à la semaine dernière.

— Je suis désolé, marmonna-t-il, tout en continuant à la scruter.

— Ce n'est pas grave, je comprends.

L'intensité de son regard provoqua en elle une vague de chaleur inattendue. C'était un très bel homme d'une trentaine d'années à la carrure large, au torse musclé et au corps athlétique. Malheureusement, dans sa tenue de jardinage, elle n'était pas en mesure de l'impressionner. Qui plus était, il n'était venu lui parler que parce qu'il l'avait confondue avec une autre femme.

— Je peux garder la carte ?

— Oui.

Megan intervint :

— Vous avez une maison ? Un jardin ?

— Oui. A une prochaine fois, peut-être, lança-t-il avant de tourner les talons.

— Il est super canon, commenta aussitôt Megan.

— Il est surtout super bizarre.

Mais elle le trouvait très séduisant. Sa voix rauque était incroyablement sensuelle. Ses yeux l'avaient presque hypnotisée et elle aurait donné n'importe quoi pour tomber dans ses bras musclés.

Pourvu qu'il l'appelle.

Et pas uniquement pour une mission de jardinage.

2

Le lendemain soir, assis sur sa terrasse avec Ashton, Riley tentait de comprendre l'apparition de Kalissa Smith. Etait-ce vraiment la sœur jumelle de la femme de son demi-frère ? Pourquoi personne ne semblait connaître son existence ? D'où venait-elle ?

— Que comptes-tu faire ? demanda Ashton en reprenant une part de pizza dans la boîte en carton ouverte sur la table en bois.

Le soleil se couchait sur Chicago, allongeant les ombres dans le jardin de Riley.

Justement. Il ignorait ce qu'il comptait faire. Il n'en avait pas dormi de la nuit et il avait eu du mal à se concentrer sur son travail.

Kalissa Smith l'obsédait. Ses yeux émeraude, ses lèvres rouges tentatrices, son corps en apparence parfait sous ses habits de jardinière. Après avoir écumé les réseaux sociaux, il avait dû s'avouer vaincu. Elle ne figurait nulle part. Et sur son site professionnel, il n'y avait pas de photo.

— Tu penses que Darci s'est servie d'elle pour t'espionner ? relança Ashton.

Riley secoua la tête.

— Non, au début, c'est ce que j'ai cru. Mais ce serait vraiment trop tiré par les cheveux. En plus, elle était dehors, et avec l'épaisseur de la vitre, elle ne peut pas avoir entendu ma conversation avec Pierre Charron. Et puis, pourquoi Darci utiliserait son clone dans cette optique ? Ce serait plus discret et plus efficace de payer quelqu'un parmi le personnel du restaurant.

— Ce qui me ramène à ma question. Que vas-tu faire ?

— Je vais transformer mon jardin insipide en un espace paysager, répondit-il en prenant son téléphone.

— Pour garder l'ennemie à portée de main ?

— Je ne sais pas si Kalissa compte parmi mes ennemis mais je suis curieux d'en savoir plus sur elle.

— Tu penses que c'est vraiment la sœur jumelle de Darci ?

— Elles se ressemblent comme deux gouttes d'eau.

— Tu es sûr que ce n'était pas Darci ?

— Cent pour cent. J'ai mené mon enquête. Au même moment, Shane et Darci assistaient à un événement de charité à l'autre bout de la ville, expliqua-t-il en sortant la carte de visite de Kalissa.

— Alors pourquoi cherches-tu à entrer en contact avec elle ?

— Je ne sais pas encore, répondit-il en pianotant sur son écran.

— Elle te plaît ?

— Elle est très attirante, j'avoue.

— Tu veux la même chose que Shane ?

— Arrête, ça n'a rien à voir avec mon frère.

— Tu en es sûr ?

— Oui.

Il leva la main pour faire signe à Ashton de se taire.

— Kalissa ?

— Oui.

Elle semblait à bout de souffle.

— Je vous dérange ?

— Non. En quoi puis-je vous aider ?

Il l'imagina poussant une brouette, les joues rougies par l'effort.

— J'aimerais prendre rendez-vous.

— Vous voulez qu'on vienne sur place ou vous souhaitez passer à notre bureau ?

— Votre bureau. Je peux passer aujourd'hui ?

— Aujourd'hui ? Eh bien… Si vous voulez. On y sera dans une heure. Ce sera trop tard pour vous ?

Il regarda sa montre. Il était 19 heures.

— Non, ce ne sera pas trop tard. Mais pour vous, ça va faire une longue journée.

— C'est toujours comme ça, on a l'habitude. Vous êtes ?

— Riley. Nous nous sommes rencontrés hier soir.

Le silence se fit à l'autre bout de la ligne.

— Vous m'avez demandé si j'avais un jardin.

— C'est Megan qui vous a posé la question.

— J'ai réfléchi et j'ai décidé de passer à l'acte. Vous verrez, il y a de quoi faire.

— C'est une plaisanterie ?

— Non, ce n'est pas une plaisanterie.

Ashton prit une gorgée de sa bière, levant les yeux au ciel.

— Vous connaissez la taille de votre jardin ?

— Environ vingt mètres sur quarante mètres, essentiellement de la mousse. Et un chêne. Je ne sais pas si vous pourrez en faire quelque chose.

— On devrait venir sur place pour faire un état des lieux.

— J'aimerais d'abord qu'on en parle et que vous me donniez des idées.

— Comme vous voudrez. 19 h 45 ? Riley comment ?

— Riley, ça suffira. 19 h 45. Parfait.

Il raccrocha aussitôt.

— Joli, commenta Ashton.

— Je ne veux pas lui révéler mon nom de famille, dit Riley avant d'avaler une gorgée de sa bière.

— Prends un pseudonyme.

— Non, ça pourrait compliquer les choses.

— En plus, si elle bosse pour toi, tu devras lui faire un chèque.

— Je paierai en liquide.

— Encore mieux, elle te prendra pour un criminel ou un partisan de la théorie du complot.

— Tiens, un partisan de la théorie du complot, ce n'est pas

mal. Je l'ai accusée de m'espionner. Si j'accentue mon côté paranoïaque, elle pensera que ça fait partie de ma personnalité.

Ashton éclata de rire.

— Je peux t'accompagner au rendez-vous ? Je trouve que ça devient de plus en plus intéressant, cette histoire.

Kalissa n'arrivait pas à savoir si Riley était un paranoïaque, un agent secret ou bien un témoin protégé par le gouvernement fédéral. En tout cas, ce qu'elle voyait, depuis quelques semaines, c'était qu'il était très intelligent et qu'il travaillait dur.

Il avait un comportement plus normal et plus agréable que lors de leur première rencontre. Ce qui était une bonne chose. En effet, cela aurait été un gâchis phénoménal si ce bel homme séduisant dont émanait un charme fou avait été un déséquilibré mental.

Après délibération, elle en avait conclu qu'il faisait partie du programme fédéral des témoins protégés.

Comme il avait payé une avance généreuse, elles avaient donné la priorité à ce projet. Après avoir retiré la mousse qui faisait office de pelouse et aplani le terrain, elles avaient reçu les dalles rose pâle en pierres du Colorado. Une fois la pose terminée, elles pourraient attaquer le patio où Riley avait opté pour un jacuzzi et un espace barbecue.

Kalissa se réjouissait de ce projet, d'autant qu'il correspondait exactement à sa vision de l'espace. Les photos du produit final rendraient bien sur leur site.

Le soleil se couchait et elle s'apprêtait à plier boutique.

— Vous voulez monter prendre un verre ? s'enquit-il, la surprenant depuis la terrasse en bois suspendue.

Elle leva les yeux.

— Non, merci, je vais rentrer.

— Allez, juste un verre.

Rien ne l'obligeant à rentrer, elle obtempéra.

— Du thé glacé ? proposa-t-il, indiquant le broc sur la table basse en bois entre deux chaises longues.

— Volontiers.

Elle prit place sur l'une des chaises longues.

Il avait fait très chaud dans la journée. Son haut bleu en coton lui collait au corps, son jean était poussiéreux et ses cheveux étaient probablement décorés de particules naturelles diverses. Après avoir défait sa queue-de-cheval, elle passa la main dans sa chevelure, enlevant au passage des feuilles et une brindille.

Décidément, Riley ne la verrait jamais à son avantage. Propre, coiffée, maquillée, élégante. Quel dommage !

Il venait de rentrer du travail. Elégamment vêtu d'un pantalon de costard et d'une chemise, il avait enlevé sa veste et défait légèrement le nœud de sa cravate. Il avait des cheveux impeccables, un visage rasé de près et des ongles d'une propreté remarquable. Instinctivement, elle ferma le poing. Comme elle avait porté des gants, ses ongles n'étaient pas trop sales mais sa dernière manucure remontait à longtemps. Elle ne se rappelait pas non plus de quand datait son dernier rendez-vous chez le coiffeur.

— Je vois que vous avez bien avancé.

— En effet. Nous avons réussi à enlever la mousse. Mais nous avons eu du mal. Elle était envahie de *ray-grass*.

— De quoi ?

— Une plante fourragère, répondit-elle, souriant malgré elle.

— Où est Megan ?

— Elle est partie faire un devis à la propriété d'Oak Park.

— Vous êtes très sollicitées, on dirait.

— Disons que notre entreprise commence à décoller mais c'est difficile de résister à la concurrence tout en faisant rentrer de la trésorerie.

— Je vois tout à fait de quoi vous voulez parler.

— Vous aussi, vous avez votre propre entreprise ?

Jusqu'à présent, il n'avait pas dévoilé grand-chose sur lui, mais elle espérait briser la glace et en apprendre davantage.

— Oui, j'ai ma propre entreprise, dans le secteur du transport. De nos jours, c'est dur de réaliser des marges tout en restant compétitif. Vous avez commencé quand ?

— Il y a moins d'un an. Nous avons commencé très petit mais notre carnet d'adresses est en constante augmentation. Merci d'en faire partie, conclut-elle en levant son verre.

— Je parlerai de vous à mes amis.

— Merci, c'est gentil. Mais attendez de voir si vous êtes satisfait du résultat.

— Je n'en doute pas, répliqua-t-il, le ton plein de sous-entendus.

Gênée, elle but une gorgée

— Je ne vais pas m'éterniser.

— Vous êtes sûre que je ne peux pas vous aider ?

Ces derniers jours, il était rentré vers 19 heures, proposant son aide dans le jardin. Cela avait permis d'accélérer le processus et de mieux préparer le terrain pour le lendemain.

— Maintenant que le terrain est aplani, la prochaine étape sera la pose des pierres.

— Vous voulez dire qu'il faut laisser place aux experts ?

— C'est ça.

— Et je ne suis pas un expert.

— En effet. Sauf si vous ne m'avez pas tout dit, ajouta-t-elle sur le ton de la plaisanterie.

— En effet, je ne vous ai pas tout dit, murmura-t-il.

Instantanément, son corps fut parcouru d'un doux frisson, éveillant en elle des pensées érotiques.

— Ah bon ?

Il garda le silence, tout en se penchant vers elle, soutenant son regard, les yeux animés d'une lueur chaude et intime.

A présent, son cœur battait la chamade et sa peau frémissait, stimulée par une excitation sans borne.

Le vent qui soufflait avait balayé des mèches de cheveux sur son visage. Il remit une mèche rebelle derrière son oreille, en un geste d'une tendresse inouïe. Ses doigts lui effleurèrent la peau, provoquant en elle un raz-de-marée de sensations nouvelles.

— Je vous trouve très belle, susurra-t-il d'une voix suave.

— Je suis couverte de poussière, bredouilla-t-elle, surprise.

Il lui offrit un sourire dévastateur.

— Je ne vois pas de poussière. Je vois des yeux magnifiques et des lèvres merveilleusement attirantes, dit-il avant de passer le pouce sur sa lèvre inférieure.

Elle retint son souffle.

Il glissa la paume sur sa joue, plongeant les doigts dans ses cheveux, puis il se pencha. Elle s'immobilisa.

L'instant d'après, il fondit sur elle.

Au départ, le baiser commença lentement, puis la tension ne tarda pas à monter. Elle ouvrit les lèvres pour mieux l'accueillir alors qu'il plaçait son autre main dans le creux de son dos, pour mieux la coller à lui.

Sa langue exigeante vint se joindre à la sienne, avidement, prenant possession de sa bouche. Enhardie, elle se mit à explorer son corps. Touchant d'abord son torse ferme à souhait, puis ses bras musclés et ses larges épaules athlétiques. Enfin, elle le prit par le cou, pour mieux s'accrocher à lui.

Quand il resserra son étreinte, elle sentit son torse se coller à sa poitrine, ses cuisses dures se caler contre les siennes.

Leur baiser s'était soudain transformé en un acte érotique sans précédent, profond et naturel à la fois. Elle voulait aller plus loin même si elle se rendait compte que tout allait déjà trop vite entre eux.

Il s'arracha à elle, sentant peut-être son hésitation.

— Bon sang, réussit-elle à articuler, étourdie.

— Bon sang, répéta-t-il, faisant écho à sa stupéfaction.

Le soleil avait disparu, et ils étaient à présent plongés dans une douce pénombre.

Elle était toujours contre lui, dans ses bras.

— J'aimerais qu'on sorte ensemble.

Elle hésita, déstabilisée par la tournure des événements.

— En général, je ne…

— Tu n'embrasses pas comme ça ?

— Je ne sors pas avec mes clients.

— Si tu t'es lancée il y a à peine un an, l'occasion n'a pas pu se présenter si souvent que ça.

— Tu as raison.

— Donc tu n'y vois pas d'objection ?

— Disons que…

— Où voudrais-tu aller ?

— Je n'ai pas encore accepté !

— Si tu choisis l'endroit, tu auras d'autant plus envie de venir.

— Une logique à toute épreuve !

— Si je choisis, ce sera la jetée, la grande roue et un hot-dog.

— Tu m'invites à manger un hot-dog ?

— On pourra prendre une glace si tu veux.

— Et tu penses que ça va me convaincre ?

Il la regarda, confiant.

— Tu n'as pas l'air d'être le genre de fille à vouloir un endroit guindé.

— Tu es influencé par le fait que tu me vois toujours en tenue de jardinage. Mais c'est un a priori injuste.

Sa confiance sembla enfin vaciller.

— Tu préfères aller à l'opéra ?

Elle était contente d'avoir réussi à le déstabiliser.

— Non, ta première intuition était la bonne. Mais seulement s'il y a des feux d'artifice.

— Tu me fais marcher, constata-t-il, la serrant contre lui.

— Oui.

— C'est bizarre mais ça me plaît.

— En effet, c'est bizarre.

— J'ai encore envie de t'embrasser.

Aussitôt, une vague de désir s'empara d'elle.

— Un seul baiser, alors, dit-elle.

— Promis, un seul baiser.

— Parce que…

— Parce que ça va trop vite, murmura-t-il alors qu'il plongeait vers elle.

— Beaucoup trop vite.

Il s'empara de sa bouche, scellant leurs lèvres pour un long baiser langoureux et profond.

— Ce n'est pas vraiment comme un rendez-vous galant, expliqua Kalissa à Megan alors qu'elles passaient en revue les rayons de la boutique *Chez Annabelle*.

Cela faisait une éternité que Kalissa ne s'était pas acheté de vêtements. Comme leur matinée n'était pas trop chargée, elle avait sauté sur l'occasion et Megan avait décidé de l'accompagner.

— Un homme et une femme qui ont rendez-vous pour sortir le soir… Si ce n'est pas un rendez-vous galant, c'est quoi ?

— Je veux dire que je ne vais pas aller chez le coiffeur, m'offrir une manucure, m'acheter une tenue hors de prix pour les beaux yeux de monsieur.

Elle examina un jean skinny bleu foncé.

— Qu'est-ce que tu en penses ?

— Sympa. Il coûte combien ?

— Trente-neuf dollars quatre-vingt-dix-neuf. Et il y a cinquante pour cent de réduction.

— J'ai aussi une réduction de trente pour cent.

— On arrive à quinze dollars environ, ça vaut carrément le coup.

— Je trouve que ça irait bien avec ce haut blanc et argent.

Un flash d'appareil photo la surprit. Elle se retourna pour voir deux jeunes femmes regarder leur écran, puis lever les yeux vers elle.

— On se connaît ?

Elles ne répondirent pas, se contentant de lever un pouce et de lui adresser un clin d'œil.

— Mais…

Perplexe, Kalissa se tourna vers Megan.

— Ne cherche pas plus loin. C'est le phénomène Darci.

— Je ne comprends pas.

— Elles pensent qu'elles viennent de surprendre la femme

d'un milliardaire en train de faire du shopping dans un magasin de seconde main.

Après avoir regardé les jeunes femmes, Kalissa observa les parages pour voir si d'autres clients l'observaient. Heureusement, le phénomène n'était pas encore incontrôlé.

— Je me demande ce qu'elles diraient si elles me voyaient utiliser un coupon de réduction.

— A mon avis, beaucoup de célébrités font du shopping dans des magasins de seconde main.

— Darci n'est pas une célébrité.

Kalissa perdit son entrain. Qui d'autre était en train de l'espionner pensant qu'elle était Darci Rivers ? Qui d'autre était en train de se dire que Darci se comportait étrangement pour une femme aussi fortunée ?

— C'est bon, j'abandonne.

— Tu abandonnes quoi ?

— Riley, le rendez-vous, lui et moi sur la jetée.

— Ne dis pas n'importe quoi. Ce jean sera parfait pour votre sortie. Essaie le haut, je suis sûre que l'ensemble sera superbe.

— Et si quelqu'un nous voyait ? Et si les gens allaient s'imaginer que je suis Darci et que je trompe mon mari ?

Elle n'avait pas envie de s'immiscer dans la vie d'une inconnue.

— En effet, vu au train où vont les choses, c'est une possibilité.

Kalissa replaça le jean dans le rayon.

— Je devrais annuler.

— Mais non ! Il a l'air plutôt sympa. Et tu ne vas pas arrêter de vivre sous prétexte que tu ressembles comme deux gouttes d'eau à Darci Rivers.

— Tu as raison. Dans ce cas, je devrais choisir un endroit plus discret.

— Comme l'opéra ?

— Très drôle. En plus, à l'opéra, le risque serait encore plus grand que je tombe sur des gens qui connaissent Darci Rivers.

— Tu as raison.

— C'est vraiment un problème.

— Alors va la voir et apprends-lui ton existence. Comme ça, elle ne sera pas surprise de voir de fausses informations sur elle, photos à la clé.

— Je pourrais l'appeler. Ou lui envoyer un e-mail.

— Elle ne te prendra pas au sérieux.

— Je pourrais lui envoyer une photo de moi.

— Elle partira du principe que la photo a été retouchée.

— Je pourrais tenir le journal du jour pour prouver la date.

— C'est parfait si tu veux passer pour une folle et faire connaissance avec son équipe de sécurité ou même la police de Chicago.

— Je vais l'appeler. Tu penses que nos voix sont similaires ?

— Si j'étais toi, je passerais la voir à son bureau. Le siège de *Colborn Aerospace* se trouve près du fleuve.

— Comment le sais-tu ?

— J'ai fait des recherches sur Internet. Pas toi ?

— Non. Enfin, un peu. Elle est née le même jour que moi. Donc, poursuivit-elle, tu proposes que je me présente à sa porte en disant : « Salut, je suis ta sœur jumelle. Si quelqu'un te demande ce que tu faisais sur la jetée en train de manger un hot-dog, tu n'auras qu'à répondre que c'était moi. »

— Oui, c'est l'idée.

— Ma rencontre avec Darci peut aller vite en fait. Elle ne voudra sûrement pas me parler. Ou elle sera trop occupée. Une fois que je lui aurai servi mon petit laïus, je n'aurai plus qu'à tourner les talons. Mais au moins je l'aurai prévenue. Donc ça peut aller très vite.

— Je pense que tu devrais prévoir de rester un peu plus longtemps, au cas où elle ait des questions à te poser.

— Oui. Tu as raison.

Kalissa se résolut donc à contacter son sosie. Elle préférait prévenir Darci Rivers et son mari Shane, avant que la presse ne s'empare de cette histoire abracadabrante.

— Shane Colborn sur la ligne trois, annonça Emma Thatcher, la réceptionniste d'*Ellis Aviation.*

Riley décrocha le combiné, sans dire un mot.

— Riley ? demanda Emma.

— Oui. Vous êtes sûre que c'est Shane Colborn ?

— C'est ce qu'il a prétendu, en tout cas.

— Il vous a expliqué ce qu'il voulait ?

— Vous voulez que je lui demande ?

Riley rassembla ses esprits, prit une grande inspiration puis appuya sur la touche trois.

— Riley Ellis.

— Ici Shane Colborn.

— Je vous écoute.

C'était la seconde fois qu'il parlait à son demi-frère, sans que ce dernier ait jamais fait la moindre allusion à leur lien de parenté. La première fois s'était produite il y avait dix ans, lors d'un match de football américain. Riley avait tenté de se présenter mais Shane l'avait délibérément ignoré. Ce jour-là, il avait su que son demi-frère était dans le déni le plus total et qu'il ne tolérerait jamais son existence.

— J'ai appris que vous aviez fait une offre pour le contrat avec *Askeland Airlines.*

— D'où tenez-vous cette information ? s'enquit Riley, désireux d'en lâcher le moins possible.

— Je tiens ça de Richard Price, le vice-président des achats. Il paraît que votre offre est assez basse, ajouta-t-il, visiblement irrité par la situation.

— Vous m'appelez pour que je discute de mes prix avec vous ? Vous pensez que j'ai l'intention de parler d'un contrat qui est en train de se jouer en ce moment ? Vous êtes conscient que je pourrais vous accuser de collusion ?

— Calmez-vous, inutile de monter sur vos grands chevaux, répliqua Shane sur un ton contrarié.

— Je suis tout à fait calme.

— C'est un appel de courtoisie.

— A d'autres, Colborn, lança Riley, sèchement.

— D'ailleurs, vous me parlez de collusion, mais sachez qu'il existe aussi des lois sur les politiques de prix déloyales.

— Ces lois sont en place pour protéger les petites sociétés comme la mienne. Vous êtes un conglomérat de plusieurs centaines de millions de dollars. Ce n'est pas comparable.

— La loi va dans les deux sens.

— Votre argument ne tiendrait pas la route devant un jury.

— Si j'étais vous, je n'en serais pas aussi sûr.

— *Ellis Aviation* est un nourrisson à côté de *Colborn Aerospace* mais nous pouvons tirer notre épingle du jeu.

Shane laissa échapper un rire nerveux sarcastique.

— Nous avons une réputation d'excellence.

— Toujours est-il que votre ancienne maîtresse vous accuse d'espionnage industriel et que votre appel est suspect.

— Arrêtez, ce que vous dites est ridicule.

— Ce n'est pas parce que vous avez épousé une jolie femme que tous vos problèmes vont disparaître.

— Laissez ma femme en dehors de tout ça, rétorqua Shane, durement.

Riley pensa aussitôt à Kalissa et il se sentit coupable d'avoir dépassé les bornes avec Shane. Ce dernier avait raison, cela n'avait rien à voir avec Darci.

— Oui, pardon, je suis allé trop loin, votre femme n'a rien à voir là-dedans.

— Moi aussi je pourrais vous accuser d'espionnage, d'ailleurs.

— Pourquoi ?

— Partout où je vais, j'entends votre nom. Comme si vous me suiviez.

— Nous sommes dans le même métier, répliqua-t-il, se demandant si Shane serait un jour prêt à reconnaître leur lien de parenté.

— J'ai justement l'impression que ça dépasse le cadre professionnel.

Pris au jeu, Riley décida de lui tendre une perche.

— C'est peut-être une histoire de gènes.

Le silence se fit.

— Vous plaisantez ?

— A vous de voir. En tout cas, si nous sommes rivaux en affaires, nous ne sommes pas partis du même point.

— Vous savez, hériter d'un empire familial n'est pas une garantie de succès. Il faut réussir à mener sa barque, redresser la barre s'il le faut, et savoir où l'on va.

— Hériter d'un empire familial, c'est une chance inouïe à laquelle peu de gens ont droit.

Il aurait aimé hériter ne serait-ce que d'un dollar et que Dalton le reconnaisse comme son fils légitime.

— En fait, je me fiche de votre avis, conclut Shane.

— Moi aussi, mais c'est vous qui m'avez appelé pour me parler de mes prix. Je suis indépendant depuis mes débuts et j'ai l'intention de le rester.

— J'ai l'impression que…

Shane marqua une pause.

Riley attendit, sentant son irritation monter en flèche. Il ne supportait pas l'idée d'être déstabilisé par un appel téléphonique. Il ne supportait pas l'idée de se sentir plus faible que Shane Colborn. Et surtout, il ne supportait pas d'avoir un besoin maladif de la reconnaissance de son demi-frère.

Pourtant, cela n'avançait à rien. Il devait arrêter de se faire du mal et tirer un trait sur ce lien de famille chimérique.

— Alors ?

— Non, rien, répondit Shane, qui semblait s'être ravisé.

— Donc c'est tout ?

— Ce sera tout pour le moment.

Riley raccrocha violemment, hors de lui.

3

Dans le hall d'entrée de *Colborn Aerospace*, Kalissa sentit son courage la quitter. Elle éprouva soudain un profond sentiment de vulnérabilité. L'espace était impressionnant, bruyant, arpenté d'un pas décidé par des hommes en costume haut de gamme et des femmes en tailleur impeccable.

Alors qu'elle était presque arrivée au comptoir de la réception, elle fit demi-tour.

— Madame Colborn, vous avez eu le temps de lire le compte rendu sur le nouveau programme alimentaire ? lui demanda une jeune femme.

— Je suis désolée, répondit Kalissa, d'une voix incertaine.

— Pardon ? Je peux vous suivre dans l'ascenseur pour que nous en discutions.

— Eh bien…

Kalissa était perdue. Que faire ? Comment expliquer qu'elle n'était pas Mme Colborn ?

Un garde de la sécurité lui emboîta le pas, s'assurant que personne d'autre ne montait dans l'ascenseur.

— Merci, Bernie, lança la femme qui l'escortait.

Kalissa adressa un sourire gêné au fameux Bernie qui venait d'appuyer sur le bouton du vingt-cinquième étage avant d'attendre que les portes coulissantes se referment.

A présent, elle était prisonnière, comme dans un cauchemar.

— Alors, que dites-vous du programme alimentaire ?

— Je suis désolée, répété Kalissa, à court de mots.

Elle n'avait pas assez réfléchi aux aspects concrets de son

plan. Mais pas question de dévoiler son identité potentielle avant d'en avoir parlé à Darci.

Sa partenaire d'ascenseur la dévisageait, sentant la gêne sans pouvoir mettre le doigt dessus.

— Ne vous inquiétez pas. Appelez-moi plus tard. Dans tous les cas, c'est très positif. Il y a même deux magazines qui voudraient vous interviewer.

— Entendu, je vous appelle plus tard, réussit à articuler Kalissa, les mains moites, le cœur battant à mille à l'heure.

— Tout va bien ? finit par demander son accompagnatrice.

— Oui. Mais j'avoue que je me suis levée avec un léger mal de tête.

— J'espère que vous n'êtes pas en train d'attraper la grippe.

L'ascenseur venait d'arriver. Sauvée par le gong !

Les portes s'ouvrirent. Devait-elle aller à gauche ou à droite ?

Une femme était assise derrière un bureau à la réception de l'étage, mais elle ne pouvait aller lui demander où était son propre bureau, puisque tout le monde semblait penser qu'elle était Darci Colborn.

Dès qu'elle l'aperçut, la femme de la réception fit un bond de sa chaise.

— Madame Colborn ? Tout va bien ? Je ne vous ai pas vue sortir de votre bureau, bredouilla-t-elle en regardant derrière elle, au bout d'un long couloir.

Kalissa fut soulagée. Elle savait où aller.

— Et vos habits ! Où est passée la veste que vous portiez tout à l'heure ? Vous voulez que je fasse venir le teinturier ?

— Non, ça ira, merci, marmonna Kalissa, accélérant le pas en direction de son bureau d'emprunt, laissant les deux femmes pantoises.

Elle passa devant des portes closes, avec les noms des vice-présidents. Au bout du couloir, elle arriva devant une porte double avec des poignées en cuivre. « Shane Colborn, Président ».

Ses jambes vacillèrent. Elle n'avait pas envie de tomber sur Shane avant de voir Darci.

Pouvait-elle repartir ?

Si elle tournait les talons, elle devrait passer devant les réceptionnistes, leur parler, et elle n'arriverait sûrement pas à quitter le bâtiment sans être de nouveau sollicitée par d'autres employés.

Elle suivit le couloir qui tournait sur la droite puis poussa un soupir de soulagement en voyant la plaque : « Darci Colborn, directrice du personnel ».

La porte était légèrement entrouverte.

A l'intérieur, elle entendit une voix de femme. Etait-ce Darci ?

— Je vais descendre à la cafétéria.

L'estomac de Kalissa se noua. Elle frappa légèrement tout en poussant la porte. Darci leva les yeux dans sa direction. Aussitôt, elle s'immobilisa, bouche bée.

— Je…, bafouilla Kalissa, sans savoir par où commencer.

— Je te rappelle, lança Darci à son interlocuteur, reposant le combiné.

Elle se leva avant de faire lentement le tour de son bureau.

— Je ne voulais pas te déranger, commença Kalissa, choisissant de tutoyer Darci même si elle n'avait pas encore la certitude qu'elles étaient sœurs jumelles.

— Que se passe-t-il ? s'enquit Darci.

Des voix arrivaient derrière Kalissa. Elle s'empressa de refermer la porte, tout en regrettant d'être venue sans prévenir.

— Je suis désolée… Je pensais que c'était le meilleur moyen d'entrer en contact. Mais je n'ai pas vraiment réfléchi. Je comprends à quel point ça doit être un choc.

— Qui êtes-vous ? s'enquit froidement Darci.

— Je m'appelle Kalissa Smith. J'ai vu tes photos de mariage. Et… tu dois comprendre pourquoi je suis là.

— Vous me ressemblez.

— Je sais.

Darci s'avança encore d'un pas, la scrutant.

Les yeux de Darci étaient peut-être d'un vert plus pâle. Mais leurs bouches étaient identiques, leurs mentons, leurs nez, même l'implantation et la couleur de leurs cheveux.

— Nous sommes jumelles ? s'enquit Darci, incrédule.

— Oui, je crois. Nous sommes nées toutes les deux le trois octobre de la même année.

— C'est incroyable ! s'exclama Darci, les yeux grands ouverts.

— En fait, même si je suis curieuse de savoir si tu es vraiment ma sœur jumelle, je suis surtout venue parce que demain soir j'ai rendez-vous avec un homme et…

— Et ?

Kalissa perdait ses moyens.

— Eh bien, j'étais dans une boutique de seconde main et des filles m'ont prise en photo, pensant que j'étais toi. Je me suis rendu compte qu'avec les photos du mariage, ta notoriété s'était accrue et, maintenant, les gens pourraient me confondre avec toi. Ils risqueraient par exemple de penser que tu sors avec un autre homme, et donc… Pardon, c'est l'émotion.

— Ne t'excuse pas. Je comprends. Donc nous sommes jumelles ? Comment est-ce possible ? Tu as été élevée par notre mère ? Pourquoi elle ne t'a pas ramenée ? Pourquoi papa ne m'a jamais dit que j'avais une sœur jumelle ? Et pourquoi ? Pardon. Tu vois, moi aussi je perds le fil.

— C'est incroyable, murmura Kalissa.

Soudain, elle eut envie de prendre Darci dans ses bras et de la serrer très fort contre elle.

Elle avait une sœur jumelle ! Les larmes lui montèrent aux yeux.

La porte du bureau s'ouvrit derrière elles.

— Chérie, Tuck demande si… Oh pardon.

Kalissa se retourna. L'homme s'immobilisa.

— Shane, on dirait que mon père a omis de me dire quelque chose d'important.

— Comment est-ce possible ? s'exclama Shane tout en dévisageant Kalissa, comme on observerait une bête de foire.

— Nous sommes nées le même jour.

— C'est un canular ?

Kalissa sourit. Elle comprenait que Shane se montre méfiant. L'inverse l'aurait étonnée.

— C'est une question d'argent ?

— Non, répliqua Darci.

— Même si vous m'en donniez, je n'en voudrais pas, dit Kalissa.

— Il va falloir faire un test d'ADN, déclara Shane.

— Si vous voulez, mais de mon point de vue, ce n'est pas nécessaire. Je ne voulais pas vous déranger. Je voulais juste prévenir Darci. Depuis votre mariage, les gens se sont mis à me confondre avec Darci. Je ne vais pas m'arrêter de sortir mais je n'aime pas la sensation d'être espionnée. De plus, nous n'avons pas le même style de vie et demain soir j'ai rendez-vous avec un homme. Je ne veux pas me cacher mais ça m'inquiète que les gens puissent me prendre pour Darci. Ce serait néfaste pour vous et cela pourrait vous causer des ennuis.

Shane la scruta en silence.

— Merci, marmonna-t-il

— J'ai une sœur jumelle ! s'exclama Darci avant de prendre Kalissa dans ses bras.

Elle ferma les yeux, envahie par un flot d'émotion sans précédent.

Darci recula légèrement, prenant le visage de Kalissa dans ses mains.

— Tu sais ce qui nous différencie ?

— Oui. Tu as des taches de rousseur et pas moi, dit Kalissa.

— C'est ça !

Shane intervint :

— En tout cas, j'annule mes rendez-vous pour la journée.

— Oh ! non, ce n'est pas la peine ! protesta Kalissa, affolée. Je vous laisse.

— Bien sûr que c'est la peine. Vous avez des millions de choses à vous raconter. On va aller chez nous, commander à manger, ouvrir une bonne bouteille de vin pour fêter ça. Une excellente bouteille, même.

— Oui, il faut absolument fêter nos retrouvailles.

— Ou disons notre rencontre, dit Kalissa, émue.

Riley aurait pu contempler Kalissa toute la soirée, toute la nuit et plus encore. Elle avait une mine rayonnante. Sa chevelure brillante rebondissait en souplesse sur ses épaules nues. Le maquillage illuminait son beau visage. Son jean moulait ses jambes à merveille et son haut laissait deviner des seins pulpeux.

Pas moyen de brider son imagination. Voir Kalissa dans cette tenue faisait naître en lui les fantasmes les plus fous.

Ils avaient grignoté ici et là, au gré des menus proposés par les vendeurs de la jetée. Puis ils avaient fait la queue pour effectuer un tour de grande roue. L'attente en avait valu la peine. Le ciel entièrement dégagé et parsemé d'étoiles surplombait les gratte-ciel illuminés de Chicago.

Les bruits de la ville et de la foule diminuèrent à mesure qu'ils s'élevaient dans les airs. Le vent soufflait légèrement, rafraîchissant la température.

Riley la prit par les épaules, caressant sa peau soyeuse.

— Comme elle est belle, cette ville ! s'exclama-t-elle.

— Tu n'es jamais montée dans la roue ?

— Non, c'est la première fois.

— Je pensais que tu avais grandi à Chicago.

— Oui, mais ma mère n'appréciait pas ce genre de choses.

Ils n'étaient plus loin du sommet. Elle s'agrippa à son bras.

— C'est magnifique. Merci, souffla-t-elle, lui offrant un sourire radieux.

A ses yeux, c'était Kalissa qui était magnifique. Tout lui plaisait chez elle.

N'y tenant plus, il se pencha pour l'embrasser. Ses lèvres étaient chaudes et moelleuses contre les siennes, avec un goût de barbe à papa. Il ne put résister à l'envie d'approfondir le baiser, de la fouiller plus avant.

Quand il s'arracha à sa bouche exquise, ils étaient au sommet. Les beaux yeux émeraude de Kalissa brillaient. Ses joues étaient rosies par l'altitude et par leur baiser.

— Je venais souvent avec mes amis quand j'étais ado.

Un des rares plaisirs de sa jeunesse, à la réflexion. Sa mère, d'origine irlandaise, s'était enfuie de chez elle, ses études inachevées. N'ayant personne pour la soutenir financièrement, elle était entrée chez les Colborn en tant que gouvernante et elle y était restée une vingtaine d'années, avant d'être emportée par une pneumonie fulgurante.

Désireux de se rapprocher de Kalissa, il glissa sa main libre le long de sa taille puis sous son haut, pour toucher sa peau.

— Tu étais un adolescent turbulent ?

— Parfois. On faisait des courses de voiture, on organisait des fêtes. Un jour, on a volé de l'éthanol dans le labo de science. On s'en est servi pour faire un cocktail. Le lendemain, on n'était pas fiers.

— Qui désigne ce « on » ?

— Mon copain Ashton et moi.

Il s'arrêta. S'il voulait vraiment impressionner Kalissa, il ferait mieux d'arrêter de lui raconter ses frasques de jeunesse.

— Et toi ? Parle-moi de ton enfance et de ta jeunesse.

— J'étais sage comme une image, répliqua-t-elle, lui offrant un sourire innocent.

— Je ne te crois pas.

— C'est pourtant vrai. Je travaillais bien à l'école, j'étais studieuse, et j'ai réussi à décrocher une bourse afin d'aller étudier à l'université. A quatorze ans, j'ai commencé à travailler pour me faire de l'argent de poche car ma mère n'avait pas les moyens de m'aider.

— Donc tu étais vraiment une petite fille modèle ?

— Oui.

Il frotta le nez dans son cou, à la manière d'un chat qui cherche un câlin.

— Je suis séduit par l'idée d'être le vilain garnement qui va t'empêcher de continuer sur le droit chemin.

— Tu dois avoir un problème, s'esclaffa-t-elle.

— Tu ne crois pas si bien dire, répliqua-t-il, sérieusement.

— Tu veux m'en parler ?

— Pas question. J'aurais trop peur de te faire fuir, éluda-t-il.

Leur nacelle avait atteint sa destination finale, ce qui lui donna l'occasion de changer de sujet. Il sortit le premier puis lui tendit la main pour l'aider à sortir.

— C'est bientôt l'heure des feux d'artifice, annonça-t-il, sans lui lâcher la main. La meilleure vue est au bout de la jetée.

— Allons-y, dit-elle, accélérant le pas.

Il aimait la sentir contre lui.

A présent, il y avait moins de monde sur la jetée. Ils passèrent sous des guirlandes illuminées, le long des bateaux amarrés dans la marina du lac.

C'était bon de sentir sa main scellée à la sienne, mais il céda à l'envie de la prendre par les épaules. Elle glissa le bras pour le prendre par la taille.

Ils avancèrent, ainsi unis.

Il aurait aimé pouvoir arrêter le temps. Ou du moins l'emmener chez lui, faire l'amour avec elle, la tenir endormie dans ses bras. N'importe quoi pour créer l'illusion d'une soirée éternelle. Puis se réveiller à ses côtés, et prévoir à deux ce qu'ils pourraient faire de la journée de samedi.

Son sentiment de culpabilité l'empêcha d'aller plus loin. Elle était naturelle avec lui, sincère, alors qu'il lui mentait, lui cachant des informations importantes sur son parcours et son lien avec le couple Colborn.

Désireux d'éclaircir quelques points, il la guida vers un endroit qu'il venait de repérer et qui semblait plus tranquille. Puis il l'obligea à lui faire face.

— Tu as l'air très sérieux. On dirait que tu vas passer aux aveux, constata-t-elle, souriante et néanmoins perplexe.

— Tu ne crois pas si bien dire. Je m'appelle Riley Ellis.

— Tu fais partie du programme fédéral de protection des témoins ?

— Quoi ? Non !

— Je pensais que tu étais un témoin protégé.

— Non, je ne suis pas un criminel.

— Tu as avoué t'être rendu coupable d'un vol.

— De l'éthanol, au lycée. D'une valeur marchande d'environ dix dollars.

— Riley Ellis, murmura-t-elle.

Il frissonna de plaisir en l'entendant prononcer son nom.

N'y tenant plus, il fondit sur elle, l'embrassant fougueusement. Il approfondit leur baiser, n'ayant aucune envie de quitter ses lèvres tendres et sensuelles.

Il adorait l'embrasser. Mais ils n'étaient pas seuls. Aussi se força-t-il à s'arracher à sa bouche.

— Waouh, dit-elle, quand elle eut repris son souffle.

— Je t'avais promis des feux d'artifice, dit-il, posant les mains sur la rambarde pour l'emprisonner entre ses bras.

— Je pensais que tu parlais de feux d'artifice dans le c…

A cet instant, les premiers feux explosèrent en plein ciel.

Ils levèrent les yeux, elle en profita pour filer en glissant sous son bras.

Aussitôt, il l'attrapa par le poignet.

— Tu n'es pas aussi sage que tu le prétends.

— J'ai dit que j'avais été une petite fille sage. Tu ne m'as pas demandé si j'étais une jeune femme sage, répliqua-t-elle avant d'éclater de rire.

— Viens, dit-il, l'entraînant dans son sillon.

Ils s'assirent à la terrasse d'un bar et il commanda des bières ainsi qu'une petite sélection de snacks salés.

Elle semblait fascinée par le ciel illuminé de flashs colorés. Il tourna la chaise de manière à lui faire face. Il avait déjà vu les feux d'artifice. Il voulait prendre le temps de contempler Kalissa.

Quel visage lumineux ! Quels yeux merveilleux !

Elle était belle à couper le souffle.

Son regard émeraude croisa le sien, l'espace d'un temps mort dans le ciel.

— Le spectacle est à la hauteur de tes attentes ?

— C'est superbe.

— Superbe, acquiesça-t-il, les yeux toujours rivés sur elle.

Elle se concentra quelques instants sur les explosions multicolores avant de reporter son attention sur lui.

— Tu veux savoir ce que j'ai fait hier ?

— Et comment ! s'exclama-t-il.

— J'ai rencontré Darci Rivers.

Il s'immobilisa, pétrifié.

— Ta sœur ? articula-t-il au bout de quelques secondes.

— Oui !

Il s'adossa à sa chaise, déstabilisé par la tournure des événements. Ce qui devait arriver était arrivé.

Il tenait énormément à Kalissa, mais il savait qu'à présent leur relation touchait à sa fin. En effet, Darci et Kalissa seraient amenées à parler, à échanger des informations sur leur vie, et à l'instant où Shane Colborn apprendrait qu'elle sortait avec Riley Ellis, il ferait tout pour la mettre en garde contre lui, voire pour empêcher de le voir.

— Comment ça s'est passé ? réussit-il à demander.

— Très bien. Darci et Shane sont des gens bien, très gentils, et ils ont bien plus les pieds sur terre que je ne l'aurais cru.

— Tant mieux.

Il prit une gorgée de bière pour masquer son expression.

Les feux d'artifice continuaient d'illuminer le ciel à intervalles réguliers, la foule s'en réjouissait mais Riley aurait voulu passer son poing à travers la table en bois.

A la fin du spectacle, ils se levèrent pour aller retrouver la voiture de Riley. Kalissa sentait que l'atmosphère avait changé. Sur le chemin du retour, il fut plutôt avare de paroles et ne fit aucune plaisanterie, comme il en avait l'habitude. Il la ramena directement devant chez elle, sans lui proposer de passer d'abord chez lui. Non pas qu'elle aurait accepté… Mais le fait qu'il ne lui ait pas demandé la rendit perplexe.

Il se gara sur le trottoir et laissa tourner le moteur alors qu'il descendait pour venir lui ouvrir la porte.

— Merci, j'ai passé une très bonne soirée, murmura-t-elle, attendant qu'il dise ou fasse quelque chose pour la rassurer et lui ôter ce sentiment étrange.

— Moi aussi, répondit-il sincèrement.

Quelque chose lui échappait, mais quoi ?

Elle lui tendit une perche.

— Je suis désolée. J'aurais aimé t'inviter à monter mais Megan est là et… l'appartement est petit.

C'était une perche immanquable. Un appel du pied géant. Et pourtant…

— Je comprends, se contenta-t-il de dire.

Mieux valait opter pour l'approche directe.

— Quelque chose ne va pas ?

— Non, tout va bien, répondit-il en glissant une mèche derrière son oreille, avant de laisser glisser sa main le long de son cou.

Elle frissonna, soudain animée d'un désir intense.

— Bonne nuit, Kalissa, murmura-t-il.

Puis il l'embrassa. Un baiser chaud et doux mais dénué de la passion qu'elle avait éprouvée à maintes reprises dans la soirée.

Elle le prit par la taille, il en fit autant. Se collant davantage à lui, elle approfondit le baiser, le fouillant avec sa langue. Il lui rendit la pareille, tout en oscillant contre elle, ce qui lui révéla l'effet qu'elle avait sur lui.

Il libéra une main pour la prendre par les fesses et la souder à lui. Puis leur baiser se fit impérieux, toujours plus profond, plus long, plus avide.

C'était un plaisir inouï que de se fondre dans la passion du moment, d'être là, avec lui, de sentir l'excitation monter en elle, par vagues.

Son imagination galopait à vive allure. S'ils n'allaient pas chez lui, ils pourraient se rendre dans un hôtel. Sa voiture n'ayant pas de siège à l'arrière, ce n'était pas envisageable. Mais il fallait trouver un lieu, un moyen de laisser exploser ce plaisir frustré.

L'alchimie entre eux était explosive. Comment résister à l'assaut de ses charmes virils ?

Brusquement, il s'arracha à elle. Allait-il suggérer une solution ? Il avait forcément la même idée qu'elle.

— Bonne nuit, Kalissa.

Non, pas forcément.

La gorge sèche, elle laissa tomber les bras le long de son corps.

— A la semaine prochaine, lança-t-il.

Lundi matin, chez lui, elle redeviendrait son employée.

— Oui, à la semaine prochaine, marmonna-t-elle, cherchant ses clés dans son sac.

A peine eut-elle tourné la clé dans la serrure qu'elle entendit le moteur de Riley vrombir dans la rue déserte.

Voilà, il était parti.

— Kalissa ?

— J'arrive, dit-elle, tentant d'étouffer la déception qui faisait rage en elle.

— Alors ? C'était bien ?

— Oui.

— Qu'y a-t-il ? Il a voulu aller trop vite ?

— Au contraire, répliqua-t-elle en posant son sac dans l'entrée.

— C'est-à-dire ?

Avant de répondre, elle s'affaissa dans le sofa.

— On a passé une excellente soirée.

— Et ?

— Il m'a embrassée. Plusieurs fois. Puis il m'a ramenée.

Megan vint la rejoindre sur le canapé.

— Et alors ? Pourquoi tu fais cette tête-là ?

— J'aurais aimé qu'il me fasse des avances.

— Tu dis qu'il t'a embrassée.

— Il n'a pas essayé de m'inviter chez lui.

Megan l'observa d'un air méfiant.

— Donc si je comprends bien, tu lui reproches d'avoir de bonnes manières et de s'être comporté en gentleman ?

Kalissa fut gênée de sa réaction.

— Disons que j'aurais pris sa proposition pour un compliment flatteur.

— Mais tu aurais quand même refusé, non ?

— Oui. Non. Peut-être. Sûrement.

— Je vois…

— Non, tu ne vois pas. J'ai senti une véritable osmose entre nous, puis il s'est contenté d'un petit baiser et d'une « bonne nuit ».

Kalissa rougit. Elle sentait encore sur ses lèvres les baisers de Riley.

— C'est peut-être tout simplement un gars bien.

— Même les gars bien veulent faire l'amour.

— Très drôle. Mais je crois que tu vas trop loin dans ton interprétation. Il a dit qu'il allait t'appeler ?

— Il a dit qu'on se verrait chez lui. Ce ne sera donc pas avant lundi, ou peut-être dimanche après-midi.

— Ah oui, c'est vrai que tu vas aller dormir dans le manoir des Colborn samedi soir. Tu sais, dimanche, tu n'es pas obligée de travailler.

— Au contraire, j'y tiens.

Non seulement elle ne voulait pas que Megan soit débordée mais elle brûlait de revoir Riley. Elle désirait lui parler, le regarder droit dans les yeux et savoir où ils en étaient.

4

Le dimanche après-midi, Riley, assis sur les marches du perron de sa maison, regardait une benne déverser de la terre dans le jardin de devant.

Megan vint s'asseoir à côté de lui.

— Comment ça va ?

— Bien.

Ce n'était pas la vérité mais il n'avait pas envie de partager ses déboires amoureux avec Megan. Elle lui avait appris que Kalissa avait passé la nuit chez les Colborn et il n'arrêtait pas de penser aux multiples scénarios qui viendraient ruiner sa relation avec Kalissa.

Le plus probable étant le suivant : Kalissa finirait par dire à Darci qu'elle sortait avec Riley Ellis. Shane en serait certainement furieux et lui ferait jurer de ne plus jamais le revoir.

Il avait regretté tout le week-end d'être parti rapidement le vendredi soir. Il n'avait pas eu la moindre envie de quitter Kalissa, qui lui avait envoyé des signes clairs. Il aurait dû agir, lui proposer d'aller chez lui. Mais il avait eu peur d'aller trop loin, trop vite et de tout voir voler en éclats l'instant d'après.

Plus il se rapprochait de Kalissa, plus il y avait de chances qu'elle parle de lui à Darci. Mais à la réflexion, il avait peut-être gâché sa seule chance de passer une nuit avec elle. A l'heure qu'il était, Shane avait peut-être déjà prononcé sa sentence.

— Tu l'attends ?

Inutile de nier l'évidence. Megan avait lu dans ses pensées.

— Elle a dit qu'elle serait là vers 16 heures, ajouta-t-elle.

— Tu lui as parlé ?
— Il y a quelques heures.
— Elle t'a raconté sa soirée ?
— Un peu. Apparemment, tout s'est bien passé.

Si Shane l'avait mise en garde contre lui, elle serait sûrement en colère.

— Elle était contente ? s'enquit-il, sentant qu'il se montrait trop curieux.
— De passer du temps avec sa sœur ?
— Oui, c'est ça, dit-il, se demandant si Megan le menait en bateau.
— Ils ont mangé des cailles au barbecue et fait le tour d'une cave à vins apparemment phénoménale. Pour moi, un barbecue, c'est des burgers et des saucisses. Mais des cailles ? Je trouve ça étrange. Elles ont parlé une bonne partie de la nuit. C'est tout ce que je sais.
— Mais à part ça, ça avait l'air d'aller ? Elle ne semblait pas contrariée ?

A cet instant, elle se tourna vers lui, intriguée.

— J'ai l'impression que ça t'obsède.

Il allait répondre quand Megan pointa son index en direction de la route.

— La voilà.

Il éprouva un profond sentiment de soulagement tout en sentant son cœur battre à tout rompre. Kalissa marchait dans sa direction. Et elle souriait.

C'était bon signe. Cela signifiait qu'il n'avait pas encore été découvert.

Combien de temps passerait-il encore entre les mailles du filet ? Il devait tout faire pour apprendre à la connaître, avant que la bombe à retardement n'explose et ne vienne tout anéantir sur son passage.

— Tu peux te passer de Kalissa aujourd'hui ? demanda-t-il à Megan. Je voudrais la kidnapper pour la soirée.
— Pour aller où ?
— Je ne sais pas. Je peux ?

Megan haussa les épaules.

— C'est à elle qu'il faut demander ça. D'après ce qu'elle m'a dit, tu t'es montré très distant vendredi soir.

— Je sais. C'était une erreur. J'ai changé d'avis.

Elle lui sourit.

— Dans ce cas, tu as ma bénédiction.

— Merci.

— A charge de revanche, ironisa-t-elle.

Il reporta son attention sur Kalissa qui avançait dans sa direction à grandes enjambées.

Son sourire était hésitant, incertain.

Il s'en voulait tellement d'avoir manqué de jugeote vendredi soir. Mais il était content d'en avoir eu la confirmation grâce à Megan. Kalissa n'avait pas compris sa réaction et l'avait trouvé distant. Quel idiot !

Arrivé à sa hauteur, il lui attrapa la main, la fit tourner sur elle-même et continua à la même allure, en direction de sa voiture.

— Mais qu'est-ce que tu fais ? s'enquit-elle, jetant un rapide coup d'œil derrière elle.

— On s'en va.

— Je ne peux pas, répliqua-t-elle en tirant sur son bras.

— J'ai demandé la permission à Megan.

— On a du travail.

— Je veux te montrer quelque chose.

— Quoi ?

Aucune idée, mais il trouverait en chemin.

— C'est une surprise.

— Je ne peux pas abandonner Megan, objecta-t-elle encore.

— Je t'ai dit que je lui avais demandé la permission, répéta-t-il en désignant le jardin.

Megan, joviale, leur faisait des grands signes d'au revoir.

— Je peux savoir ce que tu manigances ?

— Décidément, tu ne connais pas le sens du mot « surprise ». Si tu veux tout savoir, je connais un endroit merveilleux près de Lake Forest.

— Lake Forest ?

— On va aller manger un bout là-bas.

— Mais c'est loin !

— Une heure, à peine. Tu verras, tu ne le regretteras pas, promit-il.

A son grand soulagement, elle finit par monter dans la voiture.

— Merci, dit-il.

— Je suis curieuse, je le reconnais.

Elle portait un pantacourt noir, un T-shirt avec un damier noir et blanc, et des sandales à semelles compensées. Il aimait voir ses ongles de doigts de pieds colorés de vernis, ses fines chevilles et ses mollets bronzés.

— Je n'ai pas pris de tenue de bal donc j'espère que tu m'emmènes dans un endroit décontracté.

— C'est moins décontracté que de manger un hot-dog sur la jetée, mais je suis sûr que ça te plaira.

— Tu veux dire qu'on sera servis à table ?

— J'essaie de me racheter.

— Te racheter de quoi ? J'ai passé une excellente soirée sur la jetée.

— Je sais, mais je voulais parler de la fin de la soirée et de mon comportement quand je t'ai ramenée.

Autant ne pas tourner autour du pot et percer l'abcès.

— Je ne vois pas de quoi tu veux parler, répliqua-t-elle sur un ton innocent.

— Moi je crois au contraire que tu vois très bien, dit-il, s'arrêtant à un feu rouge.

— Vas-y, je t'écoute.

— J'aurais dû te proposer d'aller chez moi. Tu m'as tendu la perche, même devant chez toi et je ne l'ai pas saisie. Je ne voulais pas te brusquer, même si je mourais d'envie de passer la nuit avec toi.

C'était la vérité, quoique partielle.

— Et alors ?

Il se tourna vers elle.

— Et alors je te promets que ça ne se reproduira plus jamais, plaisanta-t-il.

— Je ne vois pas tes yeux.

Il leva ses lunettes de soleil.

— Cela ne se reproduira plus jamais, répéta-t-il, solennellement.

— Tant mieux… Le feu est vert.

La voiture de derrière klaxonna.

Kalissa comprit vite que le trajet prendrait plus d'une heure. Riley avait choisi d'emprunter l'itinéraire touristique, passant par les jolies routes pittoresques qui longeaient les rives du lac.

— Tu me racontes ta soirée chez Darci ?

— Comment sais-tu que j'étais chez Darci ?

— C'est Megan qui me l'a dit.

— La coquine. Oui, en effet, Darci m'a invitée à passer la soirée et la nuit dans la propriété familiale des Colborn qui ressemble plutôt à un château miniature.

— J'imagine que c'est normal quand on est milliardaire.

— Shane ne se comporte pas comme un milliardaire.

— C'est pour mieux t'impressionner, mon enfant.

— Il n'a aucune raison de vouloir m'impressionner. Je le trouve assez franc, dans l'ensemble.

— J'en doute.

Elle parut agacée par son commentaire.

— Je ne vois pas pourquoi tu dis ça. Tu l'as déjà rencontré ?

— Une fois. Il y a longtemps. Il a peut-être changé.

— Où veux-tu en venir ?

— Nulle part.

— Menteur. Il y a un problème chaque fois que je parle de Shane Colborn et je me demande pourquoi. Tu es jaloux de sa fortune ?

— Pas du tout.

— Menteur, encore une fois. Moi, je suis jalouse de cet argent. Enfin, disons plutôt que j'imagine ce que je pourrais faire avec tout cet argent, et je suis persuadée que ça pourrait me simplifier la vie.

— Ne t'inquiète pas, tu finiras bien par en avoir une part.

— Le fait que je sois la sœur jumelle de Darci — et rien n'a été encore prouvé — ne me donne aucun droit sur la fortune de Shane Colborn. Je savais qu'en entrant en contact avec Darci, je serais accusée d'avoir des visées sur leur argent. Heureusement, Darci et Shane ont compris ma démarche et je n'ai aucun problème par rapport à ça. Et tant pis pour ceux qui me prennent pour une chercheuse d'or.

— Ce n'est pas ce que je voulais dire…

— Alors pourquoi en est-on arrivés là ?

— C'est toi qui as lancé le sujet.

— Comment ?

— En me demandant si j'étais jaloux de leur argent et en disant que toi tu étais jalouse de leur argent.

— OK, concéda-t-elle, avant d'éclater de rire.

Riley ralentit, tournant dans un parking à moitié vide.

— Que fais-tu ?

— J'ai envie de faire une pause. On pourrait se promener sur la plage.

— On dirait bien que tu as passé le week-end à potasser l'art de la sortie romantique. Une virée pittoresque au bord d'un lac, une balade sur la plage. Tu vas me prendre par la main et on marchera au milieu des embruns tout en parlant d'amour ?

Cette suggestion sembla amuser Riley.

— Marcher au milieu des embruns ? J'avoue, ça ne m'était jamais venu à l'idée, mais je suis prêt à tout, déclara-t-il en défaisant ses lacets.

— Essayons, renchérit-elle, accrochant les cheveux en une queue-de-cheval.

Elle enleva ses sandales puis le suivit hors du véhicule. Il y avait beaucoup de vent mais le fond de l'air était chaud. C'était très agréable. Voire revigorant.

Elle tendit son visage vers le soleil, se laissant caresser avec volupté.

— Viens, il y a une buvette, je t'offre une boisson, dit-il en la prenant par la main.

— La buvette ne figurait pas dans mon scénario, mais j'accepte volontiers car j'ai soif.

— Moi aussi.

Un labrador noir vint déposer une branche à leurs pieds, les implorant du regard.

Riley lui lâcha la main, ramassa la branche et la lança au loin.

— Impressionnant, constata-t-elle.

— J'étais lanceur dans l'équipe de base-ball au lycée.

— Tu étais bon ?

— Pas mauvais, mais il y en avait de meilleurs que moi.

— Tu étais déçu ?

— C'est la vie. En plus, j'avais beaucoup de travail pour l'université.

— Tu as suivi quel cursus ?

— Je suis resté ici. Je suis allé à l'institut de Technologie de l'Illinois.

— Moi, je ne suis pas allée à l'université. Je n'avais pas assez d'argent. J'ai décroché un diplôme professionnel pour pouvoir travailler et gagner ma vie plus rapidement.

Le chien revint les trouver avec sa branche que Riley lança de nouveau.

— Tu aimes les chiens ? demanda-t-elle.

— Oui, mais ma mère ne voulait pas.

— Et à part ta mère, qui y avait-il d'autre dans ta famille ?

— Ma mère et moi, c'est tout. Autant dire que ce n'était pas la joie tous les jours.

— Pareil pour moi. Mais j'ai été adoptée, ce n'est donc pas tout à fait pareil.

— Ta mère adoptive était célibataire ?

Elle parlait rarement de son enfance, de son adoption et de la mère qui l'avait élevée. Mais Riley semblait compatir et elle sentait que leurs passés respectifs n'étaient pas si différents.

— Non. Mais mon père adoptif est mort quand j'avais cinq ans. Ma mère ne s'en est jamais remise. Elle buvait beaucoup. Si bien que, finalement, je me suis élevée toute seule, ironisa-t-elle.

Il lui serra la main, pour lui témoigner son soutien.

— Ma mère travaillait beaucoup, sans pour autant bien gagner sa vie. Je vois donc tout à fait ce que tu veux dire. Moi aussi j'ai appris à être indépendant très jeune.

— Comment as-tu pu aller étudier à l'institut de Technologie de l'Illinois ?

— J'ai décroché une bourse.

— Moi aussi, mais je n'ai pas obtenu d'assez bons résultats pour aller à l'université, j'ai dû me contenter d'un institut technique.

— J'ai potassé comme un fou pour y arriver. Mais si toi tu devais en plus travailler pour gagner ta vie, c'est normal que tu n'aies pas pu consacrer davantage de temps à tes études. Je suis sûr que, sinon, tu aurais pu décrocher toutes les bourses que tu voulais.

— Comment peux-tu en être certain ?

Le chien était de retour.

— Il a trouvé son compagnon de jeu. Heureusement que tu as le bras vigoureux.

— C'était mon dernier lancer. Viens, je te paie un soda.

Ils se dirigèrent vers le cabanon qui faisait office de buvette de plage et qui était entouré de tables de pique-nique en bois.

— Tu penses avoir un chien, un jour ? lui demanda-t-elle.

— Oui, un jour, peut-être. Quand ma société sera bien établie et que j'aurai une famille.

— Tu souhaites fonder une famille ?

— Oui. Je veux une femme, des enfants et un jardin entouré d'une barrière blanche. Tout ce que je n'ai jamais eu étant enfant en quelque sorte.

L'employé du cabanon leur tendit deux gobelets en carton remplis de glaçons et de limonade.

— Si jamais tu veux un jardin paysager…

— Je saurai à qui faire appel.

— A moins que tu ne décides de rester dans ta maison. Elle est très belle. Enfin, de l'extérieur en tout cas.

Elle n'avait pas eu l'occasion d'y entrer.

— Je te la ferai visiter, promit-il.

Le téléphone de Kalissa sonna dans sa poche.

— C'est Megan, dit-elle.

Mais avant qu'elle ait pu prendre la communication, il lui ôta le téléphone des mains.

Elle protesta.

— Megan, lâcha-t-il dans l'appareil, est-ce que ça peut attendre ?

— Rends-moi mon téléphone ! Megan ! Tu m'entends ?

Mais Riley tendit une main pour l'empêcher de reprendre son portable.

— Est-ce que tu autorises Kalissa à éteindre son portable ? demanda-t-il à Megan. Entendu… Super, merci, conclut-il avant de raccrocher.

— Alors ? Que voulait-elle ?

— Elle veut bien que tu éteignes ton portable, et j'éteins le mien si tu éteins le tien.

— Pas question.

— Faisons comme si on n'avait pas de réseau.

— Et qu'on était dans les Adirondacks ?

Il lui rendit son téléphone et sortit le sien, toucha l'écran puis le remisa.

— Voilà, le mien est éteint.

— Je n'ai jamais accepté le marché.

— Tu n'as qu'à imaginer les Adirondacks avec l'eau courante, de la porcelaine de Chine, et un maître d'hôtel.

— Un maître d'hôtel ? Mais tu m'emmènes où, exactement ?

— Eteins ton téléphone. Tu peux y arriver.

Elle hésitait. Mais elle n'avait aucune raison de refuser. Si Megan savait qu'elle n'était pas joignable, personne d'autre ne s'inquiéterait de ne pas pouvoir la joindre.

— Si j'éteins mon téléphone, tu me diras où on va ?

— Entendu.

— Vas-y, j'écoute.

— Je voulais t'emmener dans un restaurant qui s'appelle *Trestle Tree*. Il est situé dans un bâtiment du patrimoine en bordure du lac.

— C'est la première fois que j'en entends parler.

— Tu penses que c'est une affabulation de ma part ?

— Non, je pense que nous ne fréquentons pas les mêmes cercles.

— En tout cas, j'ai honoré ma part du marché.

Elle céda, éteignant son portable dans la foulée.

5

— Pas question d'entrer là-dedans.

— J'y ai mangé une fois il y a quelques années. Je t'assure que c'est très bien à l'intérieur, répliqua Riley, enthousiaste.

— Je parle des gens.

— Qu'est-ce qu'ils ont ?

Riley vit un homme d'une cinquantaine d'années escorter deux femmes en haut des escaliers. L'une devait avoir son âge, l'autre une vingtaine d'années, leur fille, très certainement. Il ne voyait pas le problème.

— Tu es aveugle ?

— Non.

— Tu as vu les robes des femmes ?

— Eh bien ?

— Regarde-moi.

— Tu es superbe.

— Je suis en jean !

Il n'était pas en costume trois pièces, mais il se sentait néanmoins présentable.

— Allons plutôt dans un café.

— Tu veux que je t'emmène dans un vulgaire café ? Pas question !

Ce soir, il voulait impressionner Kalissa, pour lui montrer ses qualités et ce dont il était capable, avant l'intervention de Shane Colborn.

— On pourrait commander un burger à emporter et le manger dans un parc.

— Non. Regarde ces gens, ils sont beaucoup moins élégants que nous, et pourtant ils vont quand même au restaurant.

— Bien essayé.

Les deux hommes portaient un blazer et les femmes une petite robe noire.

Il scruta les alentours, en quête d'une solution.

— Et si je me change ? suggéra-t-il.

— En quoi ?

Il lui indiqua un magasin de vêtements, plus bas dans la rue.

Elle gloussa, pensant de toute évidence que c'était une plaisanterie.

— Tu vas acheter des nouveaux habits ?

— Pourquoi pas ?

— Tu es complètement fou, protesta-t-elle.

Cependant, elle accepta enfin de descendre de la voiture.

— Viens, dit-il en lui prenant la main.

— Tu es infernal !

Le magasin était une sorte de long couloir au sol en pierres grises et à la lumière tamisée.

— Le rayon femme a l'air assez traditionnel, mais regarde, on ne sait jamais, murmura-t-il.

— Non, je ne vais pas…

— Si je m'achète une tenue de soirée, tu dois en faire autant.

— D'accord, j'ai promis de ne plus faire ma difficile, abdiqua-t-elle, levant les mains en l'air.

— Ravi de te l'entendre dire.

Riley trouva rapidement son bonheur. Un pantalon, une chemise et une veste de soirée. Il s'habilla puis alla retrouver Kalissa.

Elle sortait justement d'une cabine d'essayage vêtue d'une robe noire de soirée toute simple. La tenue lui seyait à merveille mais ce n'était pas son style.

— Vous n'auriez pas quelque chose de plus coloré ? s'enquit-il auprès de la vendeuse.

— Cette robe ne te plaît pas ? Je pourrais la porter à d'autres occasions, dit Kalissa.

Il disparut quelques instants.

— Que dis-tu de ça ? demanda-t-il en lui présentant une robe bleu vif avec une seule bretelle ornée de bijoux fantaisie.

Elle prit un air horrifié.

— Pas question d'acheter ça.

— C'est moi qui te l'offre. Essaie-la, s'il te plaît.

La vendeuse semblait se réjouir de leur échange.

— Vous pourriez nous proposer autre chose ? Nous allons à un dîner très important, je veux que ma femme soit la plus jolie de l'assistance, dit-il à la vendeuse.

Kalissa gloussa.

— Tu es vraiment fou.

— Tu as promis de ne pas faire la difficile.

La vendeuse se tourna vers Kalissa.

— Parfois, il faut savoir se taire et laisser l'homme décider.

Kalissa le fusilla du regard, sans pouvoir s'empêcher de sourire.

— C'est vraiment ce que tu attends de moi ?

— Oui.

Il n'était pas aussi riche que Shane, mais il pouvait se permettre d'offrir une robe à Kalissa.

— Je vais voir ce que j'ai d'autre à vous proposer.

Il attendit qu'elle se change.

La robe épousait ses formes à merveille, mettant en valeur ses longues jambes et sa poitrine arrondie. Le vêtement était fait pour elle.

La vendeuse arrivait avec une autre sélection.

— On va prendre celle-là. N'est-ce pas, Kalissa ?

— Oui, ça devrait aller, dit-elle, cachant mal sa satisfaction.

— J'ai des chaussures argentées assorties à la robe, proposa la vendeuse.

— Non, ce n'est pas…

— Montrez-les-nous, s'il vous plaît, imposa Riley.

En attendant le retour de la vendeuse, Kalissa se tourna pour se voir dans la triple glace, et il vacilla. Elle avait le dos quasiment nu, l'échancrure formant un diamant entre le cou et la naissance de la jupe. Il n'avait jamais rien vu d'aussi sexy.

La vendeuse revint avec les chaussures et Kalissa les essaya. Même avant qu'elle ne se lève, il savait qu'elles lui allaient parfaitement. Hautes, fines, argentées, une petite lanière autour de la cheville.

Au lieu de l'emmener dîner, il aurait aimé la conduire dans la chambre d'hôtel la plus proche.

Il alla la rejoindre devant la glace. Oui, ils formaient un couple très élégant.

— Tu penses qu'ils vont nous laisser entrer, maintenant ? demanda-t-il, l'air espiègle.

— Où allez-vous ?

— Au *Trestle Tree.*

— Alors vous avez la tenue parfaite.

— Il voulait que j'y aille en jean !

— Oh ! non, ça aurait été une faute de goût !

Kalissa s'esclaffa. Ils se sentaient bien l'un avec l'autre. Ils s'accordaient bien. Et il avait envie de faire durer le plaisir, aussi longtemps que possible.

Le vent était retombé. Après le dîner, Kalissa et Riley s'étaient installés sur la terrasse donnant sur le lac. Ils buvaient un café agrémenté de brandy et de crème fouettée sous le ciel étoilé.

La soirée était parfaite. Le repas avait été succulent, elle adorait sa nouvelle robe, et à présent elle se délectait de la façon dont Riley lui caressait le dos du bout des doigts.

— C'était super. Merci de m'avoir kidnappée pour cette virée inattendue.

— Merci à toi de m'avoir suivi, répondit-il, lui effleurant la tempe de ses lèvres.

Ce baiser la fit frissonner des pieds à la tête. Elle était attirée par cet homme qui éveillait ses sens comme jamais aucun homme ne l'avait fait auparavant. Elle le trouvait beau, agréable, intelligent, attentionné. Elle aimait sa voix et son parfum.

En un mot comme en cent, elle était subjuguée.

De plus, il n'était pas déstabilisé par ses sarcasmes, ou son caractère indépendant, voire parfois difficile. Les rares hommes qu'elle avait fréquentés jusqu'à présent ne s'étaient pas montrés aussi compréhensifs et s'étaient agacés de son comportement.

Elle aimait se montrer forte face aux hommes, mais appréciait aussi de se sentir choyée, comme en ce moment.

Etourdie par la scène, elle se laissa aller.

Après avoir posé sa tasse de café, elle inclina la tête pour se blottir contre lui. Suivant son exemple, il posa sa tasse lui aussi.

— Je ne veux pas te mettre la pression mais…

— Mais quoi ?

— Ils ont des chambres d'hôtes. J'ai vu des photos dans l'entrée, ça a l'air très chouette.

— Tu n'aurais pas une idée derrière la tête, toi ?

Aussitôt, elle sentit les battements de son cœur s'accélérer, sa peau frissonner et son corps être assailli d'une violente vague d'excitation.

Il baissa les yeux vers elle, le regard ténébreux et mystérieux.

— Cette fois, je sais ce que je veux et rien ne pourra m'arrêter.

— Vraiment ?

— Bien sûr, tu es libre de refuser, mais je suis prêt à tout.

Il l'embrassa, attisant son désir. Elle ne voulait pas refuser. Elle ne dirait pas « non ».

Riley était un homme extraordinaire, qui faisait naître en elle les émotions les plus folles et elle mourait d'envie de passer la nuit dans ses bras.

— Allons voir s'ils ont une chambre.

Sans la quitter un instant du regard, il la prit par la main et la guida jusqu'au comptoir de la réception.

— Vous restez avec nous ce soir ? demanda le réceptionniste.

— Nous aimerions passer la nuit ici, en effet, mais nous n'avons pas de réservation.

— Voyons voir ce qui nous reste, dit l'homme en tapotant sur le clavier de son ordinateur.

— Une chambre avec vue, ce serait idéal, ajouta Riley.

— Nous avons une chambre avec un grand lit, un coin salon et de grandes portes-fenêtres donnant sur le lac.

— C'est parfait, approuva Riley, en serrant légèrement la main de Kalissa.

Son cœur se mit de nouveau à tambouriner. Elle éprouvait un mélange détonant d'excitation et d'appréhension.

Après avoir procédé à l'enregistrement, ils empruntèrent un vieil ascenseur qui les emmena au quatrième étage. Après quoi, ils suivirent un couloir au plancher irrégulier pour arriver à leur chambre.

— J'espère que les photos affichées dans l'entrée ont été prises récemment, plaisanta Riley.

Avait-il peur qu'elle soit déçue et que la chambre ne soit pas à la hauteur de leurs espérances ?

Il ouvrit la porte. La grande chambre apparut devant leurs yeux, spacieuse, confortable, meublée avec goût. Un vrai nid d'amoureux.

— C'est merveilleux, murmura-t-elle en pénétrant dans la première chambre qu'ils allaient partager.

La moquette était moelleuse à souhait. Un canapé victorien aux lignes impeccables, rayé bleu et doré, était entouré de deux fauteuils assortis, face à une cheminée en marbre dont le conduit en relief montait jusqu'au plafond. Un énorme lit en cuivre occupait une adorable alcôve. La tête du lit était ornée d'un tissu riche qui recouvrait également le mur. Au centre de la pièce, le plafond formait un dôme, sculpté, peint en blanc, et une frise faisait le tour de la chambre, alors que les murs étaient couverts d'un papier bleu et doré rappelant les coloris du canapé.

Il y avait de gros coussins cossus disposés à travers la chambre, y compris en guise de banquettes, sur les rebords de fenêtres. De lourds rideaux accrochés à des tringles en cuivre pendaient aux portes-fenêtres. Le lit était recouvert de multiples oreillers colorés et d'une épaisse couette.

Elle ouvrit l'une des portes-fenêtres donnant sur le balcon.

— Regarde, l'invita-t-elle, laissant entrer l'air dans la chambre.

— Je regarde, murmura Riley sur un ton sensuel.

Elle se retourna. Il la contemplait, les yeux animés d'une passion sans borne.

— Tu ne veux pas admirer la vue ?

— Non. Je veux t'admirer et profiter du lit. Et profiter de toi dans le lit.

— Joli programme.

— Est-ce que tu pourrais te laisser tenter ?

— Oui, je crois, répondit-elle en se jetant sur le lit.

En un clin d'œil, il la prit dans ses bras et la plaça au milieu des oreillers.

— Je ne peux plus bouger, s'esclaffa-t-elle.

— Alors ne bouge pas.

Puis, d'un geste délicat, il dénoua la lanière de ses chaussures.

— C'était un très bon choix. Elles te font un joli pied.

Elle poussa un profond soupir de soulagement quand il les lui retira.

— Je les aime bien mais je suis contente de les enlever.

— Pour l'instant, tout se passe comme tu veux ?

— Absolument.

Il continua à lui caresser les chevilles, puis il remonta vers ses mollets. Sa peau chauffait sous ces doigts experts, et son excitation allait croissant. Quand les mains de Riley montèrent vers ses cuisses, l'excitation se transforma en soif avide.

— Riley, souffla-t-elle.

Il s'allongea à côté d'elle, sa paume se déplaçant vers ses fesses, caressant au passage sa culotte en soie.

— Tu es fabuleuse, murmura-t-il.

Elle se mit à lui caresser les épaules, subjuguée par sa force, puis descendit le long de son bras, enregistrant la fermeté de ses muscles.

De sa main, elle vint recouvrir la main qui lui emprisonnait la joue. C'était bon de sentir la texture virile de cette peau, ces larges paumes, ces doigts experts.

Elle tourna légèrement la tête pour embrasser et lécher sa paume.

Il gémit, puis déposa une pluie de baisers dans son cou avant de lui lécher l'épaule avec une sensualité inouïe.

La tête rejetée en arrière, agrippée à sa main, elle se laissa envahir de sensations excitantes, désireuse de s'adonner pleinement à cette ivresse.

Il prit un peu de recul, plongeant ses yeux dans les siens, avant de fondre sur sa bouche, déchaînant la passion qui l'animait. Enhardie, elle le prit par le cou, s'accrochant à lui comme s'il en allait de sa vie.

Il lui offrit un long baiser profond et langoureux tandis que, d'une main, il repartait à la recherche de ses fesses. Cette fois, il entreprit de lui ôter sa culotte.

Ensuite, il fit glisser l'unique bretelle de sa robe le long de son épaule, découvrant ses seins dont il s'empara aussitôt, rageusement, faisant pointer ses tétons grâce à des coups de langue féroces.

Elle était aux abois, l'entrejambe trempé, sentant son sexe palpiter d'excitation pour cet homme plein de ressources.

Un à un, elle défit les boutons de sa chemise, repoussant les pans du vêtement pour venir coller sa peau nue contre la sienne.

Tout en la tenant contre lui, il la fit rouler pour qu'elle se retrouve sur lui, ses longs cheveux dissimulant leurs deux visages. Il s'empara de sa bouche, tirant sur sa robe et s'arrachant à ses lèvres juste le temps nécessaire pour l'enlever complètement et la jeter sur le sol.

A présent en tenue d'Eve, elle s'assit sur lui. Il était incroyablement beau et sexy.

— Tu es formidable, murmura-t-il avec révérence tout en s'emparant de ses seins.

— Tu as un préservatif ?

— Oui.

Soulagée, elle ouvrit le bouton de son pantalon et fit coulisser la fermeture Eclair. Il avait les mains posées sur ses hanches, alors qu'il oscillait contre elle. Puis ses mains descendirent lentement le long de ses cuisses, tout en faisant des incursions dans son entrejambe.

Jamais elle n'avait éprouvé une telle excitation.

Il ôta son pantalon, après s'être emparé du préservatif qu'il avait dans l'une des poches. Le pantalon alla rejoindre les autres vêtements disséminés à travers la pièce.

Elle se replaça sur lui.

— Comme ça ? souffla-t-elle.

— Oui, comme ça, gémit-il, s'agrippant à ses hanches pour la faire descendre sur lui.

Elle se frottait contre son corps, pour lui faire sentir à quel point elle avait envie de lui, mue par une énergie nouvelle.

— C'est incroyable… Tu es incroyable, Kalissa…

Elle se pencha pour l'embrasser, capturant sa langue, lui mordillant les lèvres, tandis que de ses mains expertes, il l'explorait, la faisant tressaillir et frissonner de plaisir.

Il la fit de nouveau rouler pour se retrouver sur elle et il la pénétra enfin, se lançant dans un va-et-vient rythmé et enivrant.

Son être fut envahi d'une chaleur brûlante, son esprit quitta l'espace terrestre et le monde alentour disparut. Il n'y avait plus que Riley, son souffle lui caressant l'oreille, l'odeur de sa peau musquée, le contact avec son corps… Et tout contribuait à l'emmener vers des sommets charnels jamais atteints auparavant.

— Kalissa, cria-t-il, alors que son corps entrait en convulsion au plus profond de son intimité.

Au même moment, elle se retrouva sur les rives de l'extase, tourbillonnant dans un moment de pure beauté.

— Riley, souffla-t-elle, pantelante, espérant qu'il la rattraperait au moment où elle le rejoindrait au firmament.

Ses bras de fer la tenaient fermement, il ne pouvait rien lui arriver. Il n'y avait qu'à se laisser retomber avec volupté contre lui et les nombreux oreillers de leur îlot d'amour.

Leurs cœurs battaient frénétiquement, à l'unisson. Leurs respirations étaient rapides, haletantes.

Le corps chaud et moite de Riley pesait contre le sien, comme s'ils étaient soudés pour la vie. C'était un sentiment formidable qui lui procurait une folle sensation de bien-être.

Elle aurait voulu rester éternellement dans cette position.

— Waouh ! s'exclama-t-il.

— Je n'ai rien à redire, affirma-t-elle.

— Pour une fois ! s'exclama-t-il, souriant. Je ne suis pas trop lourd ?

— Non, ça me plaît, répondit-elle en le fixant du regard.

— Oh ! Kalissa, murmura-t-il avant de l'embrasser.

Puis il l'embrassa de nouveau. Encore et encore. Ses mains s'emparèrent de ses seins, dont les tétons se dressèrent aussitôt.

— Est-ce que… ?

— Oui ! répondit-elle, sans attendre la fin de la question.

Au petit matin, alors que les premiers rayons de soleil faisaient leur apparition, Riley regarda Kalissa s'éveiller à son côté, les cheveux ébouriffés.

— A quoi penses-tu ? lui demanda-t-il.

Elle garda le silence quelques secondes.

— Je me disais que ça ne se passe jamais comme ça.

Il adorait le son de sa voix.

— Qu'est-ce qui ne se passe jamais comme ça ?

— Une jeune femme célibataire qui rencontre un bel homme célibataire, intelligent, drôle, séduisant…

— La preuve, parfois ça arrive.

— Non, il y a toujours une complication.

— Tu as raison, dans notre cas, il y a en effet une complication. Tu me plais énormément, et de plus en plus.

Elle lui sourit.

— Tu vois ça comme une complication ?

Pour lui, cela ne faisait effectivement que compliquer la

situation. Elle lui plaisait à la folie, il tenait de plus en plus à elle, mais il allait la décevoir et la blesser. C'était inévitable.

Mais pas maintenant, pas aujourd'hui.

Il avait encore un peu de temps avant que la réalité ne vienne lui enlever Kalissa.

— On est en retard, annonça-t-elle.

— Non, on est parfaitement à l'heure.

— Moi je suis en retard pour le travail. Pour ma vraie vie.

Il glissa un bras sous elle, pour mieux la serrer contre lui.

— Il n'y a pas que la vraie vie qui compte.

— C'est vrai, mais j'ai des engagements.

— Moi aussi. Et alors ? Tout peut attendre.

Elle s'assit dans le lit, lui offrant une vue de profil admirable sur ses seins et la courbe de son ventre.

— Je ne peux pas abandonner Megan.

Il s'assit à côté d'elle, cherchant les mots qui lui feraient changer d'avis. Voyant son portable sur la table de nuit, il tendit le bras sans que Kalissa le voie, ouvrit l'appareil, trouva le numéro de Megan et lança l'appel.

Kalissa se tourna vers lui, étonnée.

— Salut. Alors, comment c'était ? s'enquit joyeusement Megan à l'autre bout de la ligne.

— C'est Riley.

— Que se passe-t-il ? s'enquit-elle, inquiète.

— Rien. Je suis avec Kalissa.

— Tu parles à qui ? demanda celle-ci.

— Vous êtes où ? voulut savoir Megan.

— Lake Forest.

Kalissa voulut récupérer son téléphone, mais il l'en empêcha.

— Megan, je peux la garder un peu plus longtemps ?

— Amusez-vous bien, répondit l'intéressée.

— Megan nous dit de bien nous amuser, lança-t-il à Kalissa.

— Je ne trouve pas ça amusant ! s'insurgea celle-ci.

Megan éclata de rire.

— Salut, lança Kalissa, qui avait enfin réussi à lui arracher le téléphone des mains.

Il la prit dans ses bras. A son grand soulagement, elle ne se débattit pas pour échapper à son étreinte.

— C'était bien, répondit-elle à Megan.

— Bien ? répéta-t-il, visiblement déçu.

Elle lui donna un coup de coude dans les côtes.

— J'arrive le plus vite possible.

— Kalissa, prends ta journée, répliqua son amie, et profites-en. Tu le mérites.

— Mais toi aussi, objecta Kalissa.

— Je prendrai un jour de congé une autre fois.

Kalissa hésitait. Elle leva les yeux vers lui.

Il lui offrit un sourire encourageant tout en lui caressant les épaules et le cou.

Elle inclina légèrement la tête avant de fermer les yeux.

— D'accord, capitula-t-elle.

— Merci, Megan !

— Mais tu ne peux pas la garder pour toujours !

— A ce soir, lança-t-il, prenant le téléphone des mains de Kalissa pour mettre fin à l'appel.

Après avoir posé le portable, il reporta son attention sur Kalissa. Sa peau soyeuse, sa chevelure luxuriante, ses lèvres pulpeuses…

Garder Kalissa pour toujours ? Et… pourquoi pas ?

6

Dans le quartier historique de Lake Forest, ils tombèrent sur un marché où ils trouvèrent des sculptures métalliques assez extraordinaires. D'après Kalissa, elles seraient parfaites pour le nouveau jardin de Riley. Après avoir résisté, il avait cédé. A présent, il les transportait dans sa voiture.

Son téléphone sonna. Il regarda en direction de sa poche de pantalon.

— J'aimerais bien que tu me dises qui c'est, lança-t-il à Kalissa.

Il déplaça les sculptures pour qu'elle puisse plus facilement accéder à sa poche.

Elle plongea la main dans la poche, prenant son temps.

— Surtout, ne te presse pas, j'aime quand tu farfouilles dans ma poche.

— Tu es infernal !

— C'est toi qui me fais cet effet.

Enfin, elle sortit le portable.

— Wade Cormack.

— Je dois le prendre. C'est un associé. Tu peux lui demander de patienter ?

Kalissa obtempéra.

— Bonjour, ici le téléphone de Riley Ellis.

— A qui ai-je l'honneur ?

— Kalissa Smith. Il ne va pas tarder.

— Vous êtes sa nouvelle secrétaire ?

Kalissa hésita. Comment pouvait-elle se définir ?

— Plus ou moins. Disons que je suis sous contrat avec lui.

Riley posa les sculptures, lui lançant un regard perplexe.

— Quel genre de contrat ?

— M. Ellis va prendre l'appel, répliqua-t-elle avant de lui tendre l'appareil.

Il écouta quelques instants son interlocuteur sans rien dire.

— Ce sont mes affaires, ça ne te regarde pas.

Kalissa s'assit sur le banc en se demandant comment il pourrait la décrire. L'employée qui s'occupait de son jardin ? Sa petite amie du moment ? La femme avec qui il venait de passer la nuit ?

La conversation sembla prendre une tournure plus sérieuse. Riley se leva, s'éloignant de quelques pas. Elle ne voulait pas écouter mais comme sa voix portait, elle entendit malgré elle quelques bribes de la conversation.

Elle se concentra sur les gens qui passaient avec des peintures et autres paquets contenant sûrement des œuvres d'art du marché.

— Merde ! s'exclama Riley.

Leur journée volée semblait être sur le point de prendre fin. Elle était déçue. Après avoir mis du temps à vaincre la culpabilité qu'elle ressentait à l'égard de Megan, elle était allée jusqu'à s'imaginer que Riley l'inviterait à dîner à Chicago sur le chemin du retour.

— Je te tiens au courant, déclara-t-il avant de raccrocher.

Curieuse, elle se leva aussitôt.

— On doit rentrer ?

— Non, ça ira, dit-il, reprenant les sculptures.

— Tu es sûr ? Qu'y a-t-il ?

— Un concurrent m'a mis des bâtons dans les roues en achetant un stock de pièces dont il n'avait pas besoin.

— Pourquoi a-t-il fait ça ?

— Pour me forcer à fermer mon usine d'assemblage.

Ils marchèrent en silence quelques instants.

— Que vas-tu faire ?

— Trouver la pièce ailleurs.

— Qui est-ce ?

— Peu importe, tu n'as pas à te préoccuper de lui.

— S'il est sur le point de détruire ta société…

— Dans ce cas, c'est que je ne mérite pas de survivre. Dis-moi, ajouta-t-il, si une compagnie concurrente de la tienne achetait tout le stock de buis. Que ferais-tu ?

Elle répondit du tac au tac.

— Je prendrais du troène.

— Et si tes clients insistaient pour avoir du buis ?

Elle réfléchit quelques instants.

— J'en commanderais hors de l'Etat.

— Et si ce n'était pas possible ?

Elle prit encore quelques secondes de réflexion.

— Cela prendrait un peu de temps mais je pourrais en faire pousser dans une pépinière.

Riley s'arrêta de marcher.

— Qu'y a-t-il ? demanda-t-elle, se tournant vers lui.

— Tu en ferais pousser, murmura-t-il, l'air perplexe.

Ils étaient arrivés à la voiture.

— Tu penses que ça va rentrer ? s'enquit-il.

— J'en suis sûre.

Après quelques manipulations expertes, ils réussirent à caser les deux sculptures.

— Maintenant, on va devoir freiner nos envies, constata-t-il sur un ton rieur.

— Je pensais qu'on rentrait.

— On n'a pas encore fait tout le tour des étalages.

— Tu ne dois pas rentrer travailler ?

— On a le temps. J'avais envie de t'acheter un vase ou des boucles d'oreilles.

— Tu ne peux pas m'acheter des boucles d'oreilles.

— Pourquoi ?

— Ce n'est que notre seconde rencontre.

— Et alors.

— Je ne sais pas. C'est… trop… intime.

— Pour toi, l'intimité physique est différente de l'intimité émotionnelle ?

— Oui, mais je veux bien un vase, en revanche.

— Entendu. Sauf si tu trouves la paire de boucles d'oreilles de tes rêves, ajouta-t-il en s'approchant d'elle.

Sa proximité réveilla son excitation, lui rappelant leurs ébats de la nuit passée.

— Franchement, ça m'étonnerait.

— Il ne faut jamais dire jamais, répliqua-t-il, sur le point de fondre sur elle.

Elle ferma les yeux, prête pour l'assaut de sa bouche.

Le baiser fut à la hauteur de ses espérances. Ses lèvres étaient chaudes, son emprise possessive, et ses bras la tenaient en une étreinte ferme. Elle aurait aimé qu'ils soient dans un espace qui leur permette de revivre les moments de la nuit dernière.

Riley avait donné rendez-vous à Ashton dans un bar qu'ils aimaient bien et où la bière était bonne.

— Alors comment vous allez faire ? demanda Ashton.

— On va faire construire la pièce par un sous-traitant. Mais comme c'est lié à la structure, il va nous falloir des permis et des certificats. Ça va donc prendre plus de temps que prévu. On pourra peut-être s'en sortir pour cette fois mais s'il recommence, il pourrait nous couler.

— Tu ne peux pas l'arrêter ? demanda Ashton alors qu'une serveuse déposait deux grands verres de bière devant eux.

Non. Tout ce qu'on peut faire c'est passer en revue chacune des pièces du E-22, pour repérer nos points faibles.

— Tu ne peux pas tenter une contre-attaque ?

— Quoi que je fasse, ses poches sont plus grandes que les miennes. Je ne fais pas le poids.

— Et la jumelle. Tu ne peux pas t'en servir contre Shane ?

— Pas question de la mêler à tout ça.

— Je pensais que c'était pour ça que tu sortais avec elle.

— Pas du tout.

— Alors pourquoi sors-tu avec la sœur jumelle de ton demi-frère ?

— Elle me plaît.

— J'en suis certain. J'ai vu des photos. Difficile de ne pas être séduit.

— Tu ne comprends pas. Je tiens à elle. Je ne veux pas l'utiliser pour toucher Shane.

Ashton le dévisagea, incrédule.

— Ne me dis pas que tu en pinces pour cette fille.

— Je ne l'ai vue que deux fois. C'est trop tôt pour en tirer la moindre conclusion.

Riley essayait de noyer le poisson mais il savait qu'il mentait mal.

— Allez, avoue que c'est du sérieux.

— Je n'ai pas envie d'en parler.

— C'est bien la première fois que tu fais des cachotteries sur ce sujet. C'est d'autant plus louche.

Il but une gorgée de bière pour se rafraîchir les idées tout en regrettant de ne pas avoir pris quelque chose de plus fort.

— Je ne fais pas de cachotteries.

— J'ai l'impression que tu ne sais pas où tu mets les pieds.

— Détrompe-toi. Je sais exactement ce qui va se passer.

— Ah oui ?

— Oui. Dès l'instant où Shane apprendra que Kalissa sort avec moi, il va me faire passer pour un être diabolique et tout faire pour empêcher Kalissa de me revoir.

— Et après ?

— Je trouverai un moyen de gérer la situation.

Ashton marqua un temps d'arrêt.

— C'est marrant mais j'ai du mal à te croire.

— Tu as raison. Même moi je n'y crois pas. Pourtant, je trouve ça injuste. Après tout, pourquoi je ne pourrais pas moi aussi vivre une histoire d'amour avec cette femme superbe, intelligente et enchanteresse ?

— Tu veux vraiment connaître la réponse ?

— Non, j'ai besoin d'une solution.

Dans la foulée, ils commandèrent deux verres de whisky, pour se donner du courage.

— Dis-lui la vérité. Si c'est toi qui la lui apprends, ça passera mieux que si elle la tient de Shane.

— Il ne sait pas que je la vois.

— Pas encore mais cela ne saurait tarder.

— Je sais.

— Alors sois honnête avec elle.

— Je voulais la voir encore une fois, pour qu'elle apprenne à mieux me connaître. Si elle a confiance en moi, elle sera moins influencée par le discours négatif de Shane.

— Comme tu voudras, mais sache que plus tu attends, plus la chute sera dure. Et je ne serai plus là pour t'apporter mon soutien.

— Pourquoi ?

— J'ai accepté une mission en Alaska. J'avais besoin de changer d'air.

— Excuse-moi mais ça ne te ressemble pas de dire un truc pareil.

— Je t'ai parlé de Jennifer, l'ancienne colocataire de Darci... Eh bien elle m'a quitté.

— Et c'est pour ça que tu pars en Alaska ? Toi qui joues au don Juan depuis des années et qui enchaînes les conquêtes ?

— Justement, avec Jennifer, c'était différent, mais comme elle refuse de me revoir, je vais prendre le large.

— Tu ne m'as jamais dit que c'était aussi sérieux entre elle et toi.

— Je ne m'en suis pas rendu compte sur le coup, c'est au moment où elle a rompu que j'ai compris à quel point je tenais à elle. Maintenant, je dois couper les ponts en quittant Chicago.

— Tu es sûr que je ne peux pas faire quelque chose ?

— Si... Evite de tomber amoureux de Kalissa.

Ils trinquèrent. Mais au fond de lui, Riley savait qu'il était trop tard. Il avait été ensorcelé dès le premier regard par les charmes de Kalissa et même en quittant Chicago, il n'arriverait pas à briser le sort.

— Promets-moi de lui dire la vérité.
— Promis.
— N'attends pas. Si elle l'apprend de la bouche de Shane, je ne donne pas cher de ta peau.

Le mardi, Kalissa avait traîné dans le jardin de Riley après avoir terminé sa journée mais vers 20 heures, il n'était toujours pas rentré. Son absence pouvait sans doute s'expliquer par son travail, mais une pensée inquiétante la taraudait. Et s'il essayait de l'éviter ? Elle était partie, le cœur lourd.

Le mercredi, elle était allée travailler sur un autre site, Oak Park, une propriété classée au patrimoine appartenant à des particuliers très fortunés.

En fin de journée, elle commença à chercher une excuse pour passer chez Riley. Heureusement, la raison l'emporta sur ses émotions. Pas question de courir après lui comme une adolescente.

Oak Park était un nouveau chantier. Comme c'était un projet de longue haleine qui s'étalerait sur toute une année, Megan et elle pouvaient y venir entre différents projets.

Sur la propriété trônait une bâtisse imposante construite dans un style Tudor. A l'avant, il y avait un jardin entouré d'un mur en pierre et une grande pelouse qu'il fallait refaire et agrandir. A l'arrière, il y avait un jardin à l'anglaise qui était pour le moment en friche mais qui avait un potentiel énorme, d'autant qu'on leur avait demandé de le garnir de plantations exotiques.

Elle s'était jetée corps et âme dans le défrichage, surtout pour s'empêcher de penser exclusivement à Riley.

Alors qu'elle s'occupait d'une plate-bande de lavande, elle entendit quelqu'un l'appeler.

Elle leva la tête. Le bruit venait de l'allée principale.

— Kalissa ?

Elle reconnut avec joie la voix de sa sœur.

— Darci. Que fais-tu là ?

— Je suis avec Shane. Je t'entends, mais je ne te vois pas.

— Ce jardin est une vraie forêt vierge ! Suivez le son de ma voix, j'avance vers vous.

Le trio se retrouva enfin sous une pergola envahie par la vigne.

— C'est absolument magnifique ! s'écria Darci.

— J'adore travailler ici.

— Je veux la même chose !

— Tu pourrais faire ça chez nous, Kalissa ? s'enquit Shane.

— Tu plaisantes ?

— Non, je suis sérieux, répondit Shane. Tu aurais carte blanche, et tu n'aurais plus à chercher de nouveaux projets ou à travailler pour des clients difficiles.

— Je dois y réfléchir.

— Bien sûr, prends ton temps. Mais c'est une offre sérieuse. Je sais que tu ne vas pas y réfléchir, ajouta-t-il au bout de quelques secondes.

— Elle est trop fière, renchérit Darci.

— Chacun ses défauts.

— Excusez-moi : suis-je devenue invisible ? s'insurgea Kalissa. Vous devez comprendre que j'ai toujours été habituée à être indépendante et à gagner ma vie.

— Il y a une différence entre vouloir être indépendante et refuser une occasion en or.

— J'ai dit que j'allais y réfléchir. En attendant, reprit-elle, dites-moi plutôt la raison de votre présence ici.

— Comme je savais que tu allais travailler ici, j'avais envie de passer te faire un petit coucou, pour te voir dans ta tenue de paysagiste.

— Je ne te crois pas.

— Shane ? Dis-lui que c'est vrai.

Shane confirma. Mise en confiance, Kalissa se lança dans la description du projet. Shane et Darci l'écoutèrent, toute ouïe.

— Et pour finir, on va agrandir le bassin et créer une petite cascade qui alimentera un ruisseau d'irrigation. Les bassins sont fabuleux car ils attirent les libellules, les bourdons, les papillons, ça donne donc de la vie. Et avec les plantes exotiques adjacentes…

Une silhouette apparut dans sa vision périphérique, sous la pergola. Elle mit une main en visière pour barrer le soleil.

— Riley ?

Son cœur se gonfla de plaisir. Elle était tellement contente de le voir.

— Megan m'a dit que je te trouverais ici, répondit-il sur un ton chaleureux, tout en avançant sans la quitter du regard.

Shane se retourna.

— Riley Ellis ! s'exclama-t-il, après inspection.

Riley se figea, les yeux rivés sur Shane. Kalissa se renfrogna aussitôt.

— Vous vous connaissez ?

— Oui, je connais Riley Ellis, fondateur d'*Ellis Aviation*. Mon principal concurrent.

Elle se sentait perdue.

— Riley ?

— J'étais venu te parler, Kalissa.

— Depuis quand connais-tu cet homme ? s'enquit Shane d'une voix impérieuse.

— On s'est rencontrés il y a quelques semaines, répondit-elle, en repensant à la scène.

Riley était sorti du restaurant en la prenant pour Darci. Il l'avait accusée de l'espionner, puis il avait pris sa carte de visite.

— Par hasard, ajouta-t-il.

— Tu parles, répliqua Shane, s'interposant entre Kalissa et Riley.

— Je dois te parler, dit Riley à Kalissa.

— Pas question, rétorqua Shane.

— Tu les connaissais ! s'exclama-t-elle, envahie d'un profond sentiment de trahison.

— Ce n'est pas ce que tu crois.

— Tu penses savoir ce que je crois ?

Riley s'était joué d'elle. Et elle était tombée dans le piège à pieds joints. Elle était sortie avec lui, elle avait succombé à ses charmes, elle s'était offerte à lui !

— Kalissa, a-t-il essayé de te soutirer des informations ? demanda Shane sur un ton impérieux.

— Non.

— Laisse-la en dehors de ça, elle n'y est pour rien, intervint Riley.

Darci se rapprocha de Kalissa, la prenant par le bras.

— Qu'est-ce que tu cherches, au juste ? relança Shane.

— Ma vie privée ne te regarde pas. Je suis venu pour parler à Kalissa.

Elle avait la gorge serrée.

Et dire qu'elle aurait pu nuire à Shane et Darci sans le savoir. Riley l'avait amadouée pour atteindre sa famille. C'était un supplice de se rappeler les moments qu'elle avait passés avec Riley, sans savoir qu'il était en train de la manipuler.

— Tu veux qu'on y aille ? murmura Darci à l'oreille de Kalissa.

Elle acquiesça, tremblante.

— Non, Kalissa, attends, ne pars pas ! s'écria Riley.

— Laisse-moi ! Je ne sais même pas qui tu es ! Comment as-tu pu me trahir de cette façon ?

— J'étais venu te voir pour te dire la vérité. Crois-moi !

— Comment veux-tu que je te croie ?

— Laisse-la tranquille ! ordonna Shane.

Elle se laissa guider hors de la forêt vierge par sa sœur jumelle, comme si elle avait perdu la vue.

7

Riley s'apprêtait à suivre Kalissa mais Shane l'en empêcha.

— N'essaie plus jamais de la revoir, c'est compris ?

— Laisse-moi !

— Pas question que tu lui fasses du mal.

— Je tiens à Kalissa. Je ne lui veux que du bien.

Mais Riley était d'autant plus frustré que Shane mettait un point d'honneur à ignorer leur lien de parenté. Comme il l'avait toujours fait.

— Alors qu'est-ce que tu as appris par Kalissa ?

— Elle ne m'a rien dit. Je n'ai pas besoin de t'espionner pour savoir ce que tu manigances. Tes tactiques sont claires comme de l'eau de roche.

— Mes tactiques ?

— C'est toi qui as essayé de me voler ma main-d'œuvre.

— Je ne l'ai pas « volée », j'ai suivi les règles du jeu. J'ai surtout l'impression que tu veux ma peau, poursuivit Shane, qui semblait se calmer.

— C'est drôle mais j'aurais juré que c'était l'inverse.

Riley marqua une pause, étonné par la sincérité du ton de Shane.

— Tu es un bon menteur.

— Pourquoi je mentirais ?

— C'est ce que j'essaie de savoir.

— Dans tous les cas, laisse Kalissa en dehors de tout ça, elle n'a rien à voir là-dedans. Et ne t'avise pas de la revoir.

— Je suis d'accord, Kalissa n'a rien à voir là-dedans et je

n'ai jamais essayé de la mêler à notre rivalité, mais pour ce qui est de la revoir, je me passerai de tes conseils.

— C'est là que tu te trompes. Je t'interdis de la revoir.

— Tu n'as pas à te mêler de ma vie privée. Je fais ce que je veux et je vois qui je veux.

Shane tenterait forcément d'influencer Kalissa, il n'y pourrait rien. Mais il avait le droit de donner sa version des faits.

Pas question de s'avouer vaincu sans avoir combattu face à son demi-frère.

Pas cette fois.

— Je peux la protéger, déclara Shane.

— Tu n'as pas besoin de la protéger de moi. Je ne lui veux aucun mal. Au contraire.

— Trop tard, tu lui as déjà fait du mal.

— Parce que je ne savais pas comment m'y prendre.

— Pour lui annoncer que tu voulais te servir d'elle et nuire à sa propre famille ? Oui, j'imagine que c'est un sujet qui ne doit pas être évident à mettre sur la table.

Riley avait surtout cherché un moyen de dire à Kalissa que Shane était son demi-frère. Or même quand ils n'étaient qu'à deux, ce dernier refusait de reconnaître le lien.

Pourquoi ? Avait-il honte de la mère de Riley ? Avait-il peur que Riley lui vole son héritage ? Peut-être un mélange des deux à la fois.

Dépité, Riley tourna les talons.

— Vous en étiez où, avec Kalissa ? demanda Shane.

Riley se retourna.

— Ce ne sont pas tes affaires mais je sais que je lui plais.

— Si tu lui fais du mal, je ne ferai qu'une bouchée de toi.

— On dirait que le projet te tient à cœur, en effet, ironisa-t-il avant de prendre congé.

Une fois dans sa voiture, il claqua la portière et démarra à toute allure. Arrêté à un feu rouge, il frappa le volant.

Shane avait les moyens de protéger Kalissa au point de la rendre inatteignable.

Il devait à tout prix lui parler et la convaincre que ce qu'ils avaient partagé était bel et bien réel. Elle lui en voudrait de ne pas lui avoir parlé de Shane. Cependant il lui expliquerait qu'il ne voulait pas se servir d'elle mais désirait qu'ils apprennent à se connaître, sans a priori et sans mêler sa famille nouvellement retrouvée.

Il ne souhaitait qu'une chose. Pouvoir la voir, lui parler, toucher sa peau soyeuse, la caresser, et surtout embrasser ses merveilleuses lèvres, humer son parfum enivrant, se plonger dans son regard envoûtant.

Un conducteur klaxonna derrière lui.

Riley appuya sur l'accélérateur.

Pas question pour Kalissa de fondre en larmes et de se morfondre.

— Je vais m'en remettre, mentit-elle à Darci alors qu'elles prenaient place en terrasse à la table d'un restaurant.

C'était un endroit paisible, avec une fontaine, des meubles en fer forgé, de la musique douce et de nombreuses plantes en pot ornant un sol en terracotta.

— Je sais ce que tu fais, dit-elle enfin à Darci.

Sa sœur sourit.

— Et qu'est-ce que je fais ?

— Tu me laisses parler pour que j'arrive à démêler les nœuds toute seule.

— Tu as raison.

— Je suis tellement déçue, même si on ne se connaît que depuis quelques semaines. Je le trouvais formidable. Notre première rencontre s'est déroulée de façon étrange puisqu'il pensait que j'étais toi. Il m'a même accusée de l'espionner. Mais dès que je suis tombée sous son charme, j'ai oublié cet élément important de notre rencontre. Je me suis dit qu'il t'avait vue dans la presse, qu'il ne t'avait jamais rencontrée en personne.

— C'est le cas. Nous ne nous étions jamais croisés.

— Mais il connaît Shane.

— Pas vraiment. Ils sont concurrents, ils se sont sûrement

déjà aperçus par réseaux interposés mais je crois qu'eux non plus ne s'étaient jamais rencontrés.

— Au moins, il ne m'a pas menti à ce sujet.

La serveuse leur apporta du thé et des scones.

Kalissa aurait préféré quelque chose de plus fort que de l'Earl Grey mais elle ne voulait pas passer pour une dévergondée.

— A-t-il menti à d'autres sujets ?

— Comment le savoir ? C'était tellement rapide… Fabuleux… Et maintenant, je trouve ça vraiment gênant.

— Ne sois pas gênée avec moi. Nous sommes sœurs après tout. Même si nous nous connaissons à peine.

— Oui, tu as raison mais… j'étais tellement sûre d'avoir trouvé l'homme de ma vie. Je me sens vraiment idiote. Voilà, c'est dit.

— Je suis désolée.

— Ce n'est pas ta faute.

— Non, je sais mais je suis désolée que la relation de Shane avec Riley joue un rôle dans tes histoires de cœur.

— De toute façon, Riley ne se serait jamais intéressé à moi si je n'avais pas eu un lien avec Shane et toi. Cette relation était donc faussée dès le départ.

— Ne dis pas ça. Je suis sûre que Riley t'a trouvée très belle, parce que tu l'es.

— Merci. Mais toi aussi, tu es très belle. Et tu as de la chance d'avoir trouvé un mari aussi beau et attentionné que Shane.

— Je sais que j'ai eu de la chance. Et je croise les doigts pour que tu trouves ton bonheur, toi aussi.

— Je pensais l'avoir trouvé…

Elle s'interrompit, pensive.

— A quoi songes-tu ? demanda Darci au bout d'un moment.

— Je me demande si Shane et Riley se sont battus après notre départ. Ils avaient l'air tellement contrariés, chacun pour des raisons différentes.

Kalissa ferma les yeux.

Riley lui manquait. Il lui manquait depuis qu'il l'avait déposée chez elle le lundi soir.

Quand elle l'avait aperçu tout à l'heure, elle avait ressenti une joie indescriptible. Il était venu la retrouver sur son lieu de travail, à l'improviste. C'était tellement romantique... Mais dès l'instant où Shane avait parlé, la magie avait été rompue.

— J'ai passé une nuit avec lui.

Darci la regarda, les yeux écarquillés.

— A Lake Forest. On a dîné dans une auberge adorable. Puis on a pris une chambre. C'était fantastique. Jamais je n'avais fait l'amour comme ça.

— Eh bien dis donc !

— Je t'assure, d'habitude, je ne saute pas dans le lit du premier venu. Je... Je ne sais pas pourquoi je me sens obligée de me justifier ou de chercher un sens moral à mes actions.

— En effet, tu n'as pas besoin de te justifier. Si tu veux tout savoir, j'ai fait l'amour avec Shane alors que je l'espionnais. Je n'ai donc pas un passé reluisant en la matière.

— Tu espionnais Shane ?

— C'est une longue histoire, mais je te la raconterai un autre jour.

Elles mangèrent leur scone en silence.

— En tout cas, merci d'être là, Darci. Et dire qu'il a cherché à me séduire dans le but de me soutirer des informations sur *Colborn Aerospace* ! ajouta-t-elle après une courte pause, avant de conclure : Darci, tu dois me promettre de ne jamais me dévoiler aucun secret sur votre compagnie.

— Ne dis pas de bêtises !

— Je ne dis pas de bêtises. Promets-le-moi.

— Non, je ne peux pas te promettre une chose pareille. Qui sait, un jour tu auras peut-être besoin d'en savoir plus sur la société.

— Franchement, je ne crois pas.

— On verra, répondit sa sœur d'un air malicieux.

— Tu penses qu'il cherchait une information en particulier ?

— Il a essayé de doubler Shane sur des contrats internationaux et il a essayé d'embaucher une partie de son personnel en promettant monts et merveilles.

— C'est étrange, car à aucun moment je n'ai décelé un élément sournois dans sa personnalité.

— Il a voulu que tu le voies sous son meilleur jour.

— Un type honnête, travailleur, et *self-made-man* de surcroît.

— Et qui ne doit rien à personne, c'est ça ?

— A la réflexion, il lui a fallu du temps pour me donner son nom de famille. Au début, je pensais qu'il faisait partie du programme de protection des témoins parce que je le trouvais bizarre, et assez secret. Et pour ce qui est de son activité professionnelle, je pensais qu'il avait une petite entreprise.

— *Ellis Aviation* n'a pas la même taille que *Colborn* mais il arrive à tirer son épingle du jeu.

— Il est ambitieux. J'imagine qu'il doit être jaloux du succès de Shane, commenta Kalissa.

Et elle le trouvait aussi sexy, drôle, vif, intelligent, charmant. Mais elle devait oublier toutes ses qualités si elle voulait se donner une chance de l'oublier.

Riley n'était pas fier d'accoster Kalissa dans la rue mais il ne pouvait pas attendre le lendemain, de peur que Shane ne mette en place un dispositif qui l'en empêcherait ou n'enferme Kalissa dans son manoir.

Il était de plus persuadé que Kalissa ne reviendrait pas travailler chez lui. La seule façon de parler à Kalissa était donc d'attendre dans sa rue.

Abrité de la pluie, il avait vu Megan rentrer mais leur camionnette n'était pas encore en vue. Il ne devait donc pas avoir raté le retour de Kalissa.

Il n'avait pas préparé son discours. Il improviserait.

Bien sûr, il devrait lui présenter ses excuses, mais aussi la convaincre de lui donner une seconde chance. C'était risqué mais il était prêt à tout pour regagner ses faveurs.

Des phares balayèrent enfin la rue, éclairant les bâtiments plongés dans l'obscurité. C'était la camionnette de Kalissa.

Elle se gara.

Il attendit qu'elle en sorte, la chevelure tombant en cascade sur ses épaules délicates, ses longues jambes, cette silhouette si gracile qu'il avait eu l'occasion d'observer à maintes reprises.

Elle prit son sac, verrouilla le véhicule et se dirigea vers la porte d'entrée.

— Kalissa ?

Elle sursauta.

— Que fais-tu là ?

— Je dois te parler.

— Je n'ai rien à te dire.

— S'il te plaît, écoute-moi.

— Tu as d'autres mensonges à me raconter ?

— Laisse-moi t'expliquer.

— Tu comprends ce que je ressens après avoir découvert que tu m'avais attirée dans un lit pour me soutirer des informations ?

— Je ne voulais pas…

— Tu ne voulais pas m'attirer dans un lit ?

— Si. Je mourais d'envie de te faire l'amour et si je pouvais je te referais l'amour, là, maintenant.

— Je t'en prie…

— Je ne voulais pas que ça se passe comme ça entre nous. Je ne voulais pas te soutirer d'information. Je suis désolé de ne pas t'avoir parlé de Shane plus tôt.

— Qu'est-ce qui t'en a empêché ?

— Je savais que tu me quitterais.

— En effet, je t'aurais quitté.

— Ce n'était pas une solution envisageable. Je tenais trop à toi. Je tiens trop à toi.

— Arrête. Tu te fiches éperdument de moi.

La bruine commençait à mouiller ses cheveux, les faisant reluire dans la nuit.

Il tenta de lui prendre la main mais elle eut un brusque mouvement de recul.

— Si je me fichais de toi, je ne serais pas là.

Elle ne répondit rien.

— Réfléchis, Kalissa. Tu as appris la vérité avant que je puisse m'expliquer posément. Ma société est dans un état précaire et Shane a menacé de me briser si j'essayais de te revoir. Donc à toi d'en tirer les conclusions qui s'imposent.

Ses paroles semblèrent avoir un certain effet.

Puis elle répliqua, l'air glacial, la mine fermée :

— Tu es trop malin pour moi, Riley. Tu sais plus de choses que moi. Tu veux des choses que je ne comprends pas.

— Je te veux, toi.

Elle secoua la tête.

— Non, arrête de jouer à ce jeu.

— Ce n'est pas un jeu. Tout ce qui s'est passé entre nous était bel et bien réel.

— Si seulement tu avais pris le temps de m'écouter quand je suis venu te rejoindre à Oak Park. Je te jure que je suis venu dans le but de te dire la vérité. J'aurais dû le faire avant mais je n'arrivais pas à trouver le bon moment.

— Je ne te crois pas.

— Pourtant, tu devrais parce que c'est la vérité. Je me suis dit que je devais d'abord tout faire pour que tu apprennes à me connaître, et que tu m'apprécies à ma juste valeur, avant que Shane ne tente de te monter contre moi. Je voulais que, le moment venu, tu écoutes ma version des faits.

— Comment pouvais-tu espérer que je te fasse confiance en me mentant ?

— Je sais, j'ai commis une erreur. Mais je ne regrette rien. Notre rencontre, notre escapade à Lake Forest, la balade à la plage, le magasin de vêtements, le dîner aux chandelles, notre nuit d'amour…

— Arrête.

— J'y pense nuit et jour.

Elle parut hésiter. Une lueur d'espoir vit le jour en lui.

— Moi j'ai déjà tout oublié.

— Là, c'est toi qui mens.

Elle ouvrit la bouche, mais il posa un index sur ses lèvres.

— Ne me mens pas, s'il te plaît. J'ai déjà assez menti pour nous deux.

— Désolée, je ne peux pas.

— Tout ce que je te demande, c'est de me donner une seconde chance. S'il te plaît.

Sans lui demander la permission, il la prit dans ses bras.

— Pardonne-moi, Kalissa. Je donnerais n'importe quoi pour repartir de zéro avec toi.

— Ce n'est pas possible, murmura-t-elle, contre lui. Je viens à peine de faire la connaissance de ma sœur. Et je ne peux pas me retrouver au milieu de votre conflit.

— Tu n'as rien à voir là-dedans. Je te le promets.

— Je serai forcément entraînée dans le conflit.

— Mais non, répliqua-t-il en lui prenant le visage entre ses mains.

La peau de Kalissa était tellement douce, lisse et chaude sous ses paumes. Son regard tomba sur ses lèvres.

Il vint souder sa bouche à la sienne, tout en l'étreignant avec force. Ses lèvres étaient chaudes, douces et sucrées. Elles s'ouvrirent sous l'effet de son assaut et il l'embrassa profondément, passionnément, laissant une excitation sans borne l'envahir.

Si seulement il avait pu les téléporter dans la chambre douillette de l'auberge de Lake Forest.

Pourquoi étaient-ils retournés à leur vraie vie, bon sang ?

— Mademoiselle Smith ? appela une voix masculine.

Des pas se rapprochèrent. Kalissa se retourna, paniquée.

— Ne t'inquiète pas. J'imagine que c'est Shane qui envoie cet homme. N'est-ce pas ? demanda-t-il à l'intéressé

— C'est ça.

— Vous voulez la faire mourir de peur ?

— Je suis payé pour la protéger.

Kalissa intervint aussitôt :

— Me protéger de quoi, au juste ? Qui êtes-vous ?

— Votre beau-frère, Shane Colborn, m'a engagé pour veiller

à ce que vous soyez en sécurité à tout moment. Je m'appelle Patrick Garrison.

— J'espère que vous n'êtes pas armé.

— Ne vous inquiétez pas pour ça.

Elle tapota son écran de téléphone.

Darci ? Je suis devant chez moi avec un garde du corps qui s'appelle Patrick Garrison. C'est normal ?

Après quelques instants de silence, elle jeta un coup d'œil en direction de Riley.

— Non, je ne pense pas.

Le téléphone de Patrick Garrison sonna.

Il répondit.

— Oui, monsieur… Oui, elle est là… J'imagine que c'est lui.

— Oui, c'est moi, intervint Riley.

Kalissa envoya aussitôt un texto à Darci :

C'est ridicule !

— Entendu… Absolument…

Garrison raccrocha. Le téléphone de Riley se mit à sonner.

Kalissa continua sa conversation avec Darci.

Dis à Shane de le renvoyer.

Garrison eut un petit rictus sardonique. Riley regarda l'écran de son téléphone. Correspondant anonyme. Il répondit, sachant sur qui il allait tomber.

— C'est Shane.

— Sans blague ?

— Tu fais quoi ?

— Je parlais à Kalissa. Et toi ?

— J'essaie de protéger Kalissa.

— Moi aussi.

— J'essaie de la protéger de toi.

— C'est inutile.

Kalissa réagit en voyant Riley au téléphone.

Darci, s'il te plaît, dis-moi que Shane n'est pas en train de parler à Riley.

Riley se rendit compte tout à coup que Shane parlait à Darci. « Dis-lui de venir loger chez nous », entendit-il la jeune femme lancer à son époux.

— Elle va rester chez elle, assena-t-il à Shane.

— Ce ne sont pas tes affaires, rétorqua celui-ci.

— Riley ne va pas me faire de mal, je le sais, intervint Kalissa dans son dos.

— Laissez-la tranquille ! hurla Riley avant de raccrocher.

Il perdait du terrain.

Le couple Darci-Shane l'emportait.

— Mademoiselle Smith, s'immisça Garrison.

— Kalissa, je dois te parler.

— Monsieur Ellis…

— Elle est en sécurité avec moi, affirma Riley.

Kalissa envoyait encore des textos à Darci.

— Dis-lui au revoir, la supplia-t-il.

Elle obtempéra.

— Laissez-nous tranquilles, intima Riley à Garrison.

L'interpellé regarda Kalissa pour obtenir son assentiment.

— Garrison, s'il vous plaît, laissez-nous.

— Je ne serai pas loin.

— J'aimerais te parler en privé.

Elle ne répondit pas, ses yeux trahissant une vive incertitude.

— J'ai un tas de choses à te dire.

— Je ne crois plus le moindre mot venant de ta part.

— Je sais. Je comprends. Mais tu es d'accord qu'on ne peut pas tirer un trait sur tout ça, n'est-ce pas ?

Elle garda le silence.

Il lui prit la main.

— Riley, pas ce soir.

Il saurait se montrer patient.

— D'accord. Alors quand ?

— Je peux t'appeler ?

— Tu le feras ?

Elle grimaça.

— Si tu ne m'appelles pas, c'est moi qui le ferai.

— Entendu, dit-elle.

Il aurait eu envie de l'embrasser mais pas devant le garde du corps qui jouait au chaperon.

— Tu me manques déjà.

— Je ne te promets rien.

— Je sais.

Il devait accepter son hésitation.

Non seulement il faudrait du temps avant qu'elle n'accepte de lui accorder de nouveau sa confiance, mais maintenant Shane allait tout faire pour lui nuire et la dissuader de le revoir.

8

Le lendemain matin, alors qu'elle sortait de chez elle avec Megan, Kalissa fut surprise de voir Patrick Garrison arpentant déjà le trottoir devant sa maison.

— Comment ça va se passer ? lui demanda-t-elle. Vous allez me suivre toute la journée et rapporter le moindre de mes faits et gestes à M. Colborn ?

— C'est ça.

— Vous savez que c'est inutile ?

Le garde du corps ne répondit rien.

Elle avait passé une bonne partie de la nuit à se retourner dans son lit en pensant à Riley.

D'un côté, elle était persuadée qu'il avait cherché à la séduire pour lui soutirer des informations sur *Colborn Aerospace*. De l'autre, maintenant qu'il avait été démasqué, pourquoi persistait-il à vouloir la voir ?

— Vous êtes armé ? lui demanda Megan.

— Il n'aime pas parler de ça, répondit Kalissa à sa place.

— Je pense que vous devriez monter avec moi, intervint Garrison.

— Pas question. Je monte avec Megan dans notre camionnette et vous nous suivez. Si vous y arrivez.

Garrison lui emboîta le pas.

— Excusez-moi d'insister mais ce serait mieux si vous veniez avec moi.

— On a besoin de notre matériel de jardinage.

— Je peux conduire la camionnette dans ce cas. Ma mission

est de vous protéger, mademoiselle Smith, et ce serait plus facile si c'était moi qui conduisais.

Comme c'était de loin sa plus longue intervention, Kalissa se rallia à l'idée, décidant de prendre sa requête au sérieux.

Après tout, il ne faisait que son travail. Si elle ne voulait plus de lui, elle devrait en parler à Shane.

— D'accord, on monte avec vous.

Megan s'installa au milieu de la banquette. Kalissa était contente de pouvoir se coller à la fenêtre.

— J'appelle Riley, déclara-t-elle. J'espère que vous avez une autre mission de prévue car celle-ci va bientôt prendre fin.

— Aujourd'hui, on va à la propriété d'Oak Park, intervint Megan. C'est au…

— Je sais où c'est, la coupa Garrison.

Riley décrocha à la première sonnerie.

— Salut, dit-elle, aussitôt envahie d'une vague de chaleur.

Elle se tourna davantage vers la fenêtre tout en sachant que Garrison entendait tout.

— Quand est-ce que je peux te voir ? ajouta-t-elle.

— Le plus tôt sera le mieux.

— Comment fait-on ?

— Je vais venir. Tu es chez toi ?

— On va à Oak Park, en compagnie de Garrison.

— Dis donc, Shane a mis le paquet. Mais il a raison. Si j'étais lui, j'aurais fait la même chose… Mais bon, je prends ma voiture et on se retrouve là-bas.

— Je suis un peu perdue… et j'ai perdu confiance en toi.

— Je sais.

Elle devait rester sur ses gardes. D'un côté elle avait envie de voir Riley, parce qu'il lui manquait ; de l'autre, elle se méfiait de cette rencontre car il savait toujours trouver les mots justes pour l'amadouer.

Il y avait de fortes chances pour qu'il veuille se servir d'elle. Pour cette raison, elle devait mettre un terme à leur relation même si cela lui fendait le cœur.

— A plus tard.

Elle raccrocha sans plus de cérémonie.

— Qu'est-ce que tu vas lui dire ? s'enquit Megan.

— De me ficher la paix et de ne plus jamais chercher à me revoir.

Pas question de se laisser envoûter par la voix rauque et sensuelle de Riley, son regard intense et pénétrant, son discours de beau parleur, son allure séduisante.

— C'est peut-être une coïncidence, murmura-t-elle.

— Quoi donc ? s'enquit Megan.

— Que Riley et moi soyons attirés l'un par l'autre. C'est peut-être indépendant de la rivalité entre Shane et lui.

— Ce n'est pas une coïncidence, affirma Garrison.

— Moi je trouve que c'est plausible, intervint Megan.

— Ne l'encouragez pas sur cette voie, dit Garrison.

Oui, c'était plausible. Mais dangereux de se raccrocher à cette théorie. Pourtant, elle avait tellement envie de croire que Riley avait été sincèrement séduit et attiré par elle, qu'il avait eu le coup de foudre. Sinon, cela signifiait que Riley était un être cruel et fourbe, et elle n'avait pas envie que ce soit le cas. Ce serait trop horrible.

Riley observa Garrison tandis que Kalissa le rejoignait dans sa voiture de sport. Il avait laissé la portière ouverte.

— Si tu montes, on pourra parler plus tranquillement.

Elle acquiesça et prit place dans l'habitacle. Garrison se rapprocha de quelques pas. Kalissa ferma la portière.

Riley hésita une demi-seconde puis démarra.

— Que fais-tu ?! s'exclama Kalissa.

— Je veux te voir seule, répondit-il en regardant dans son rétroviseur.

Garrison était déjà remonté à bord de la camionnette.

— Riley, arrête-toi !

— Je ne peux pas. On a besoin de parler quelques minutes en privé.

— Donc tu me kidnappes ?

La camionnette ne serait pas assez puissante pour les rattraper mais il devait prendre un peu d'avance.

— Je voulais t'avoir pour moi tout seul. Loin de lui.

— Pourquoi ? Il n'aurait fait que regarder.

Il conduisait dangereusement, plusieurs conducteurs l'avaient déjà klaxonné.

— Je ne voulais pas qu'il nous regarde.

— Riley, on va avoir un accident !

— Dès que j'aurai semé Garrison, je ralentis, promis.

Le téléphone de Kalissa sonna. Il ne pouvait pas l'empêcher de répondre.

— Mais je lui ai dit de s'arrêter ! lâcha-t-elle dans le combiné.

— C'est Garrison ou Shane ? demanda-t-il.

Il continuait sur sa lancée mais il commençait à regretter son imprudence. Il aurait dû réfléchir par deux fois avant d'enlever Kalissa sous le nez de Garrison. Au lieu d'agir sur un coup de tête, il aurait d'abord dû regagner la confiance de Kalissa et gagner celle de Garrison.

— Non, n'appelez pas la police. Il a dit qu'il allait s'arrêter. Je vous rappelle tout à l'heure, dit-elle avant de raccrocher. Garrison est aux abois, lui apprit-elle.

— Je sais mais je n'avais pas le choix.

Ils continuèrent en silence.

Au niveau de la rivière, il quitta la route principale pour s'enfoncer dans la forêt en direction d'un parking qu'il connaissait.

— Je voulais juste te parler en paix.

— Et tu penses que tu avais besoin de me kidnapper pour me parler ?

— Franchement, je ne sais pas. J'ai agi sur un coup de tête et ce n'était sûrement pas la meilleure décision de ma vie.

Il se gara sur le parking et se tourna vers Kalissa.

— Je ne supporte pas l'idée que Shane veuille t'empêcher de me voir et me couper de toi. C'est trop dur. Si c'est toi qui ne veux plus me voir, d'accord. Si tu ne peux pas me pardonner et que tu ne veux plus de moi dans ta vie, d'accord. Mais je refuse que ce soit lui qui nous impose cette séparation. Si tu préfères rompre avec moi, j'accepterai la sentence, même si j'en aurai le cœur brisé.

Elle le regardait en silence, comme si elle n'avait pas entendu son discours.

— C'est tout ce que tu voulais me dire ou tu as autre chose à ajouter ?

— Je voudrais que tu me croies, que tu me refasses confiance. J'avoue, l'espace d'un instant, quand je t'ai appelée pour t'engager, j'ai pensé que je pourrais t'utiliser contre Shane.

— C'est bien ce que…

Il l'interrompit.

— Mais c'était l'espace de quelques secondes et je n'ai jamais essayé de le faire. Dès l'instant où je t'ai revue, tu m'as plu et j'ai eu envie d'apprendre à te connaître et de tenter l'aventure avec toi. J'ai été instantanément attiré par toi. Tu dois me croire.

— Je ne peux pas.

Elle ne ferait rien pour lui faciliter la tâche, il devait s'y attendre.

— Est-ce que je t'ai posé ne serait-ce qu'une fois une question sur Shane ou *Colborn Aerospace* ?

— Non, mais c'était dans ton intention.

— Pas du tout. Je savais que tu finirais par leur parler de moi. Et je savais aussi que dès l'instant où Shane entendrait mon nom, il ferait tout pour me discréditer à tes yeux et m'empêcher de te voir. J'ai même voulu parier avec mon meilleur ami.

— Alors pourquoi ne m'as-tu rien dit ?

— Je ne savais pas comment m'y prendre.

— Mais ça ne t'a pas empêché de me séduire.

— Ce n'était pas prévu.

— Vraiment ? On s'est retrouvés par hasard dans une auberge romantique avec des chambres au bord du lac ?

— Pour tout te dire, je n'ai pensé à cette auberge qu'à mi-chemin. Quand je suis venu te chercher, je bluffais, je n'avais aucune idée de l'endroit où je voulais t'emmener. J'ai improvisé cette surprise.

— Et tu penses que je vais te croire ?

Le téléphone de Kalissa sonna de nouveau. Elle prit l'appel.

— Oui, tout va bien. Tiens, ajouta-t-elle en lui tendant le téléphone. C'est Garrison.

N'ayant plus rien à perdre, il prit le téléphone.

— Où êtes-vous ?

— On parle, c'est tout.

— Je vous préviens, si vous…

— Garrison, la ferme. Je me fiche de ce que Shane vous a dit, mais sachez que Kalissa est en sécurité avec moi et qu'il ne lui arrivera rien.

En parlant, il admira les joues rougies de Kalissa, sa chevelure brillante, son T-shirt élimé, son jean de travail et ses bottes de jardinière. Il était prêt à tout pour elle, y compris la laisser partir.

— Monsieur Ellis ? Vous êtes encore là ?

Tout en regardant Kalissa droit dans les yeux, il répondit à Garrison :

— Oui, je suis là. Et j'ai dit ce que j'avais à dire. On est sur un parking au bord du fleuve, derrière l'étang.

Garrison avait déjà raccroché. Riley rendit le téléphone à Kalissa.

— La balle est dans ton camp, lâcha-t-il avant de sortir du véhicule.

Il fit le tour et vint lui ouvrir la portière. Garrison ne tarderait pas à arriver.

— Tu sais, j'ai toujours très envie de t'embrasser, ajouta-t-il en lui souriant timidement.

Elle était proche de lui, les rayons du soleil se reflétaient sur sa peau soyeuse, et dans ses yeux émeraude étincelants.

— Je ne sais plus quoi penser.

Il lui caressa la joue du revers de sa paume tremblante.

— Je ne peux pas t'aider. Je sais ce que je pense et je sais que je t'ai dit la vérité. Maintenant, à toi de voir.

La camionnette approchait.

— J'ai peur.

— N'aie pas peur. Tu peux rompre quand tu veux.

— J'ai peur de souffrir.

— On n'a pas besoin de souffrir. On peut tout simplement être nous, sans jamais parler de Shane ou de Darci. Jamais je n'essaierai de me servir de toi. Jamais.

La camionnette s'engagea sur le parking.

— Je t'appellerai. Je dois d'abord parler à Darci.

— Je peux t'embrasser ?

Elle acquiesça au moment où la camionnette se gara. Leur temps était compté. Il se baissa, sachant que Garrison ne tarderait pas à les séparer.

Ce fut un baiser chaste mais encourageant, loin des baisers fougueux qu'ils avaient pu échanger mais c'était un baiser qui lui redonna espoir : elle n'était pas encore prête à rompre avec lui.

La portière de la camionnette claqua. Garrison s'avança vers eux, elle marcha dans sa direction.

Riley la regarda s'installer sur le siège passager alors que Garrison le fixait du regard pour lui intimer de ne pas bouger.

— Vous avez du cran, lâcha-t-il.

La remarque de Garrison, mi-sarcastique mi-admirative, le surprit. Il ne sut quoi répondre.

— Si vous recommencez, je vous broie en mille morceaux.

— Ce ne sera pas nécessaire.

— Elle ne vous a pas dit d'aller vous faire voir ?

— Pas encore.

Garrison resta pensif quelques instants avant de se tourner de nouveau vers lui.

— J'aime bien mon boulot et je suis très professionnel. C'est Shane Colborn qui m'a engagé, mais je dois avouer que vous m'êtes sympathique.

Sur cette réflexion, il lui tourna le dos. Riley n'en revenait pas. Garrison quitta le parking sans tarder.

Riley suivit Kalissa du regard, espérant qu'elle l'appellerait bientôt. Il ne supportait pas l'idée d'attendre de ses nouvelles. Il ne supportait pas non plus le fait d'ignorer quand il pourrait la revoir.

— Nous avons décidé de ne pas parler de vous deux, annonça Kalissa à Darci et à Shane.

— Tu peux m'expliquer comment vous allez vous y prendre ?

— Nous ne sommes pas rentrés dans les détails.

— Tu dois faire attention, et ne pas oublier qu'il tient à se venger de Shane.

— Je sais. Je ne veux pas vous contrarier avec cette histoire.

— Il n'empêche que je suis contrarié, intervint Shane.

— Non, tu es remonté contre Riley, répliqua Darci. C'est différent.

— Oui, je suis remonté contre lui car je trouve que c'est un opportuniste retors qui a essayé de profiter d'une jeune femme sans défense.

— Je suis une grande fille, je sais me défendre.

— Je n'en suis pas si sûr. Et je me sens responsable, puisque c'est après moi qu'il en veut, ajouta Shane.

— Je veux juste pouvoir envisager une sortie en tête à tête avec Riley. Je ne parle pas de dévoiler des informations secrètes.

Shane se renfrogna.

— Si Riley te plaît, ce ne sont pas nos affaires. C'est à toi de décider.

— Je sais que ce n'est pas idéal, mais je n'y peux rien… Je suis très attirée par Riley.

Malgré ce qu'elle avait affirmé à Megan dans la camionnette, elle n'était pas prête à faire une croix sur lui. D'après de savants calculs, il y avait cinquante pour cent de chances pour que Riley ait réellement voulu la duper. Donc il y avait cinquante autres pour cent pour que les sentiments de Riley soient sincères.

— Garrison t'escortera.

— Shane, voyons, Garrison ne va pas tenir la chandelle, intervint Darci.

— Avec Riley, je ne suis pas en danger.

— Il ne s'agit pas que de Riley. Tu es ma belle-sœur, des gens pourraient te prendre pour Darci. Tu es une proie vulnérable.

Kalissa se leva d'un bond.

— Je ne suis pas d'accord, ça va trop loin. Après tout, Darci et toi n'avez pas de gardes du corps.

Le silence se fit. Shane et Darci échangèrent un sourire de connivence.

— Si, Kalissa, nous aussi nous avons des gardes du corps, mais c'est très discret.

— Ah bon ? Vous êtes en danger ? s'enquit-elle en se rasseyant.

— Disons que les gens fortunés attirent les envieux et que nous sommes des proies potentielles.

— Autrement dit, moi aussi je suis en danger ? Et Garrison va me suivre à la trace toute ma vie ?

Darci sourit.

— Si Garrison pose problème, je peux le remplacer.

— Non, je l'aime bien.

— Quand as-tu prévu de voir Riley ? s'enquit sa sœur.

L'idée de revoir Riley fit aussitôt frissonner Kalissa.

— Le plus vite possible. Je dois l'appeler pour lui donner rendez-vous.

Shane et Darci échangèrent un regard complice.

— J'avais raison, murmura Shane à Darci.

— De quoi parlez-vous ? demanda Kalissa, se sentant exclue de la conversation.

— Shane est persuadé que tu es folle amoureuse de Riley et que ta vision de la réalité est déformée.

— C'est faux, mentit-elle.

Elle ne pensait qu'à appeler Riley et le revoir au plus vite.

— Dis-lui de venir ici.

— C'est une très mauvaise idée, répliqua-t-elle.

— Tu devrais dormir ici. D'ailleurs, tu sais quoi ? Tu devrais emménager chez nous.

Kalissa éclata de rire.

— Ou je pourrais te louer un appartement sécurisé en ville, suggéra Shane.

— Tu plaisantes ?

Elle n'en revenait pas.

— Dans le complexe où se trouve notre penthouse, poursuivit-il.

— Avec vue sur le lac ? En plein centre de Chicago ? Les prix étaient exorbitants. Ils avaient perdu la tête !

— Comme ça, tu rendrais visite à Darci quand tu voudrais, sans même avoir à mettre le nez dehors, ajouta Shane.

— Non ! Pas question ! Je… Je ne veux pas que vous fassiez tout ça pour moi. C'est trop. Et ce n'est pas ma vie.

— Tu pourras participer, à la hauteur de tes moyens.

— Non !

— Je vais me renseigner, dit Darci.

— Vous vous liguez contre moi ?

— Pas du tout ! Mais avoue que ce serait formidable d'être voisines.

— Peut-être, mais c'est une mauvaise idée. C'est non.

9

Riley ne put s'empêcher de sourire en voyant Kalissa scruter les environs à travers la vitre de la voiture.

— Ce serait plus simple que je dise à Garrison où on va.

— Tu voudrais que je lui simplifie la tâche ?

Il n'avait rien contre Garrison, mais qui avait envie de passer un repas en amoureux avec un garde du corps en guise de chaperon ?

Elle regarda dans le rétroviseur de droite.

— Il est arrêté au feu rouge.

— Je suis sûr qu'il peut te pister avec ton portable.

— Sans doute. Alors, où m'emmènes-tu ? Dans un restaurant huppé ? Faire une petite croisière ? A l'opéra ?

— Pour le port, c'est raté, car nous avons pris la direction opposée du lac.

— D'ailleurs, je n'arrive toujours pas à croire que tu m'aies invitée à manger un hot-dog lors de notre première soirée à deux. Tu aurais pu opter pour quelque chose d'un peu plus impressionnant.

— Ce n'était pas impressionnant ?

— Pas vraiment.

— Dans ce cas, je n'arriverai pas non plus à t'impressionner ce soir.

— Ah, dommage pour toi.

— Le problème c'est que tu as l'air d'être une fille qui ne veut pas être traitée en princesse.

— Pourquoi ? Peut-être que je ferais une bonne princesse.

— Dans ce cas, accepte l'offre de ton beau-frère et laisse-le t'offrir un appartement.

— Très drôle. Et tu dois faire comme si je ne t'avais rien dit, car je leur ai promis qu'on ne parlerait pas d'eux, alors arrêtons, s'il te plaît.

— Avoue que ce n'est pas pratique. Et toi, tu vas leur parler de moi ?

— Je ne sais pas, ça dépend.

— De quoi ?

— De ce que tu fais.

— Tu veux dire « de ce qu'on fait », toi et moi ? Tu vas tout raconter à ta sœur ?

— Je ne sais pas, c'est un nouveau concept pour moi, d'avoir une sœur.

— Alors je vais faire en sorte que tu aies des choses à lui raconter.

A force de parler, elle ne s'était pas rendu compte qu'ils étaient arrivés sur un grand parking.

— Tu m'as emmenée au salon du jardinage ?

— Je me suis dit que ça pourrait être intéressant pour toi.

Elle sourit.

— C'est une très bonne idée, merci.

— Et ce n'est vraiment pas cher. Quinze dollars par ticket, une aubaine, la taquina-t-il.

— Tu as dépensé trente dollars pour notre soirée ?

— Je pense même t'inviter à manger une pizza. Et je pourrais même te payer une glace, si tu as encore faim.

— Arrête, c'est trop, j'ai la tête qui tourne.

Ils quittèrent la voiture et se dirigèrent vers les portes principales.

Il tendit un ticket à Kalissa qui franchit aussitôt le tourniquet, et vit Garrison, qui leur emboîtait le pas, à petite distance.

Riley franchit à son tour le tourniquet. Il avait hâte de rattraper Kalissa.

Dès qu'il fut à sa hauteur, il la prit par la taille.

— On commence par quoi ?

— La section extérieure. On devrait installer un bassin dans ton jardin.

— J'aimerais autant un espace Barbecue, répliqua-t-il.

— Tu ne veux pas de cascades et de grenouilles en céramique ?

— Non, pas vraiment. Je n'aime pas trop l'idée d'un bassin.

— Oh ! mais regarde celui-là, comme il est mignon, avec ses petits oiseaux et son train.

— Si j'avais sept ans, je ne dirais pas non.

— Tu veux pourtant avoir des enfants, un jour, insista-t-elle.

— Un jour, mais pas tout de suite. Je pencherais plutôt pour une cheminée d'extérieur.

Sans plus tarder, il la guida vers les cheminées.

— Regarde comme c'est chaleureux. Et le mobilier a l'air très confortable.

— C'est vrai que la cheminée en pierre est très jolie, concéda-t-elle.

— On pourrait peut-être aménager l'espace à côté du jacuzzi. Imagine, un soir pluvieux, un saut dans le jacuzzi, nus, puis des peignoirs moelleux dans lesquels on s'envelopperait pour aller boire un chocolat chaud avec du brandy devant la cheminée sur un canapé ultra-confortable ?

— OK, on laisse tomber le bassin, capitula-t-elle. On opte pour la cheminée.

— Et la question des enfants, on la réglera plus tard, ajouta-t-il, la serrant contre lui.

— Les enfants adorent les piscines.

— Pour la piscine, il faudra un jardin plus grand. Mais en ce qui concerne la cheminée, je suis sérieux.

— Vraiment ? Tu veux qu'on en choisisse une ?

— Oui, maintenant qu'on est là.

Aussitôt, elle s'enfonça parmi les reconstitutions de terrasses en extérieur.

Alors qu'elle déambulait devant lui, il put observer ses longues jambes, ses sandales à talons qui mettaient ses chevilles et ses mollets en valeur, la façon dont sa jupe tombait à merveille sur ses hanches, ses épaules soyeuses, ses beaux bras bronzés, sa chevelure brillante qui entourait son visage et tombait sur ses épaules.

Tout à coup, il comprit qu'il avait fait une erreur. Elle n'était pas habillée pour déambuler dans un salon de jardinage.

— Viens, dit-il en la prenant par les épaules.

— Quoi ?

— On y va. Je me suis trompé, je t'emmène ailleurs.

— Mais… c'est très bien.

Bien ? Ce n'était pas suffisant pour lui.

— Je t'emmène dîner, viens. Je sais où on va aller.

— La dernière fois que tu m'as tenu ce genre de propos, on a fini dans une chambre d'hôtel.

— C'est un restaurant, cette fois, pas un hôtel.

Elle se renfrogna.

— Mais si tu tiens absolument à aller à l'hôtel, on peut se débrouiller.

— Je ne comprends pas. On vient à peine d'arriver. Qu'est-ce qui t'a fait changer d'avis ?

— Toi.

— Comment ça ?

— Tu n'es pas habillée pour aller au salon du jardinage.

— Je ne m'attendais pas à ça, c'est tout.

— Tu t'attendais à quoi ?

— Je ne sais pas, admit-elle.

Il la prit par la main, tout en la guidant vers la sortie.

— Quand tu as choisi cette robe pour sortir avec moi ce soir, qu'avais-tu en tête ?

Elle lui offrit un regard lumineux et sensuel.

— Je vais être franche. Je pensais que la robe ne ferait pas long feu sur moi.

Il manqua de tomber à la renverse.

L'instant d'après, il entraînait Kalissa vers la sortie, à vive allure.

— Riley ?

— Kalissa, s'il te plaît, quand je ne réponds pas à tes attentes, exprime-toi.

Elle éclata de rire.

— Mais ce salon du jardinage, c'était une très bonne idée.

— Non, répliqua-t-il, cette soirée ne répond pas à tes attentes, c'est une évidence.

— Où va-t-on ?

— Chez moi. On dînera aussi, ne t'inquiète pas, mais tu ne peux pas lancer une idée pareille en pensant que je ne vais pas réagir.

— J'espérais bien que ça te ferait réagir.

Plus il passait du temps avec elle et plus elle lui plaisait.

Dehors, le vent s'était levé. Il y avait de l'orage dans l'air. Ils s'empressèrent de regagner la voiture.

Il lui ouvrit la portière côté passager.

— Riley, c'était une très bonne idée de m'amener ici, déclara-t-elle en posant une main sur son torse musclé.

En silence, il la recouvrit de la sienne. Puis les premières grosses gouttes se mirent à tomber.

— Ne t'inquiète pas, on va passer une super soirée chez moi.

Elle sourit.

— J'aime les hommes qui ont confiance en eux.

— Alors ça tombe bien. Allez, monte.

Elle prit place dans l'habitacle, puis il démarra.

Au loin, l'orage s'annonçait sérieux. Le tonnerre grondait déjà et les éclairs faisaient rage dans le ciel.

A présent, il pleuvait à verse.

— On file droit vers l'orage, constata-t-il.

— Heureusement que tu n'avais pas prévu une promenade au clair de lune, car je n'ai pas choisi les bonnes chaussures pour marcher sous la pluie.

— Ne t'inquiète pas, je te porterai jusqu'à la maison. J'adore ces chaussures. Je suis contente que tu les aies mises.

— Moi aussi, je les aime bien. Ça me change des chaussures de jardinage.

En sortant du parking, il s'engagea sur la quatre-voies. Pourvu que tous les feux passent au vert !

Le premier l'était, il croisa les doigts mentalement.

Le second le fut aussi et la circulation s'avérait assez fluide. Il suffisait de garder la même vitesse pour avoir tous les feux verts au bon moment.

Soudain, un klaxon de camion retentit dans le noir.

Riley repéra aussitôt ses phares au loin. Puis il vit les roues du poids lourd glisser en aquaplaning dans l'eau qui recouvrait le bitume.

Le camion fonçait droit sur eux.

Il freina brusquement et tourna le volant au maximum.

— Accroche-toi !

Ils se retrouvèrent sur deux roues, puis la voiture rebondit contre la remorque.

En retombant, la roue arrière heurta le trottoir, si bien que la voiture fit un vol plané et se retrouva sur le toit, s'arrêtant après avoir pivoté plusieurs fois sur elle-même.

La première chose dont elle prit conscience, ce furent des voix étranges et sourdes. L'espace d'un instant, alors qu'elle reprenait ses esprits, elle pensa que c'était peut-être la télévision, puis elle se demanda pourquoi il y avait une fête dans sa chambre.

Elle essaya d'ouvrir les yeux, mais la lumière était trop forte.

— Kalissa, tu m'entends ?

— Darci ?

— Oui, c'est moi, ma chérie.

— Qu'est-ce que tu fais là ? Je suis où ?

Elle sentit une main fraîche sur son front. Etait-ce un rêve ?

— Tu as eu un accident. Tu es à l'hôpital.

Elle ouvrit les yeux de nouveau, tournant la tête pour échapper à la lumière.

Il y avait du personnel d'hôpital qui s'affairait, des appareils qui faisaient du bruit et… Elle vit Riley, au bout de la chambre, la main bandée et la chemise déchirée.

Puis tout lui revint à l'esprit. Les phares, le klaxon, la remorque, les cascades.

Elle avait cru mourir.

— Riley ?

— Oui, Riley est là, répondit Darci. Il n'a que quelques contusions légères, rien de grave.

— Il aurait pu te tuer, intervint Shane.

— Non, il m'a sauvée. Le camion était…

Elle n'arrivait pas à déglutir. Elle avait mal à la gorge.

— Tu as été touchée à la tête mais ils ont fait des radios et tu n'as rien.

— J'ai très mal à la gorge.

— Vous voulez de l'eau ? s'enquit une infirmière.

Kalissa acquiesça.

L'instant d'après, l'infirmière lui donnait un verre d'eau avec une paille. C'était bon de sentir le liquide frais lui adoucir la gorge.

Riley s'approcha de son lit.

— Kalissa…

— Pourquoi j'ai mal à la gorge ?

— A cause du cri que tu as poussé avant qu'on ne se retourne.

— Riley ! s'écria Shane, visiblement en colère.

— On s'est retournés ? s'enquit-elle.

Elle avait du mal à se souvenir de la scène.

— Oui. Le camion a fait un aquaplaning et le chauffeur a perdu le contrôle de son véhicule. Il n'a pas pu s'arrêter au feu rouge. Il était très secoué.

— Il sait qu'on est sains et saufs ?

— Oui.

— Riley, si tu n'avais pas réagi à temps…

Elle savait qu'il leur avait sauvé la vie en contrôlant leur véhicule.

Il lui prit la main.

— C'est bon, n'y pense plus.

C'était bon de le sentir auprès d'elle, rassurant, attentionné.

— Tu rentres avec nous, déclara Shane.

— Non.

Elle n'avait pas envie de rentrer avec Darci et Shane. Elle voulait aller chez Riley, comme c'était prévu en sortant du salon de jardinage.

— Tu n'as pas le choix, répliqua Darci.

— Je…

Riley lui serra la main d'une manière réconfortante.

— Laisse-les te choyer et s'occuper de toi.

— Je n'ai pas besoin qu'on s'occupe de moi. Je n'ai rien de cassé. Tout va bien.

Pour confirmer ses dires, elle entreprit de se retourner dans le lit.

Une douleur violente irradia dans son corps.

— Juste pour quelques jours, le temps que tu te remettes, expliqua Darci.

— Megan a besoin de moi.

Kalissa leva les yeux vers Riley. Elle souffrait mais elle tenait à être avec lui. Dans ses yeux, elle lut qu'il comprenait sa situation, qu'il ne lui en voulait pas.

Il se pencha vers elle.

— Je ne vais nulle part. Promis. Rétablis-toi. Je t'attendrai, lui murmura-t-il.

Elle aurait voulu l'enlacer et se serrer contre lui mais elle avait trop mal.

— Ellis, tu en as fini avec Kalissa ? trancha Shane.

— Non, mais vu qu'elle doit se reposer, vous pouvez l'emmener, fit-il en se redressant.

Les deux hommes se dévisagèrent froidement.

Elle aurait voulu leur dire d'arrêter cette querelle enfantine, mais elle n'en eut pas l'énergie.

— Appelle-moi quand tu veux, lui chuchota Riley avant de l'embrasser sur le front.

— Maintenant ?

Il sourit, amusé.

— Repose-toi, dors, mange un bout, prends un bain. Je t'enverrai une enveloppe avec une petite surprise.

— Une petite surprise ?

— Oui, mais d'abord, prends bien soin de toi, ajouta-t-il avant de quitter la chambre.

Darci et une infirmière l'aidèrent à s'habiller. Puis elle fut transportée jusqu'à la voiture en fauteuil roulant.

Garrison, qui était dans le couloir à côté de Shane, lui offrit un sourire encourageant.

— La prochaine fois, elle monte avec vous, Garrison, déclara Shane d'un ton ferme.

— Je ferai mon possible. Mais je dois avouer que ce Riley est très doué. Il sait ce qu'il fait. Je ne sais pas comment il s'est débrouillé pour éviter la remorque. J'ai cru que Mlle Smith était morte.

Darci intervint :

— Bon, vous pouvez arrêter ? Kalissa est saine et sauve et c'est tout ce qui compte.

— Je confirme. Et je trouve que Riley conduit très bien. Mais là, j'ai faim, ajouta Kalissa.

— Bonne nouvelle. Qu'est-ce qui te ferait plaisir ? lui demanda sa sœur.

— Un burger.

— Un burger ! s'exclama Shane.

— Un burger de chez *Benny*.

— Pas question d'aller là-bas. On a tout ce qu'il faut au pied du penthouse. Italien, grill, fruits de mer…

— J'ai envie de frites, continua Kalissa.

— Des frites ? Et pourquoi pas une soupe ?

— J'ai mal à la tête, pas à l'estomac. Et j'ai faim.

Pour la première fois, Shane parut se détendre.

Aux admissions de l'hôpital, ils signèrent les documents nécessaires pour la décharge de Kalissa pendant que Garrison allait chercher le SUV qu'il avait laissé sur le parking.

Darci et Kalissa montèrent à l'arrière, Garrison au volant, et Shane sur le siège passager.

Kalissa s'endormit pendant le trajet. Darci la réveilla une fois devant le complexe de leur penthouse.

Elle mangea avec appétit puis elle s'installa dans la chambre d'amis du penthouse. Après avoir enfilé le pyjama que sa sœur lui avait prêté, elle s'allongea avec volupté dans un grand lit à baldaquin très moelleux.

Quand Darci vint la rejoindre, elle lui rapporta son sac et son portable.

— Je vais appeler Megan, j'ai peur qu'elle ne s'inquiète.

— Riley l'a appelée de l'hôpital.

— C'est gentil de sa part.

— Ton visage s'est illuminé quand tu l'as vu dans la chambre de l'hôpital.

— Il me plaît beaucoup, concéda Kalissa. Mais il donne du fil à retordre à Garrison.

— C'est ce que j'ai cru comprendre, en effet.

— Garrison est vraiment adorable. Il se plie en quatre pour moi. Il est même allé me chercher des frites. Tu te rends compte ?

— Tu as passé une soirée traumatisante, c'est bien d'avoir du réconfort, argua Darci.

— Oui, bien sûr, mais j'ai l'impression que vous me traitez comme une princesse.

— Tu es une princesse.

Kalissa sourit.

— Ça me rappelle quelque chose que Riley a dit… Il ne veut pas que je devienne une princesse.

— Pourquoi ?

— Je lui ai raconté que vous aviez proposé de m'acheter un appartement et que ça m'avait mise mal à l'aise. Je suis désolée, je sais que j'avais promis de ne pas parler de vous avec lui.

— Ne sois pas désolée, tu peux quand même bien dire deux ou trois petites choses.

— J'ai peur de dévoiler des informations.

— Tu lui fais confiance ? demanda sa sœur.

— Je ne sais pas. Il me plaît. Je le trouve séduisant. J'aimerais lui faire confiance mais je ne le connais pas assez. En tout cas, je suis déçue, ajouta-t-elle après une pause.

— Pourquoi ?

— Ce soir, il m'avait invitée à passer la soirée chez lui. Et finalement, je vais passer la nuit seule dans un lit double.

— On devrait l'inviter ici.

— Riley ?

— Oui. On pourrait dîner à quatre.

Kalissa secoua la tête.

— Pas question. Très mauvaise idée.

— Pourquoi ? Vous êtes clairement attirés l'un par l'autre, je ne vois donc pas où est le problème.

— Je ne sais pas, répliqua-t-elle. Je fantasme peut-être un peu trop sur lui. Après tout, il se peut que j'aie rêvé nos ébats, ou qu'ils n'aient pas été aussi extraordinaires que ça.

— Vous aviez bu, au restaurant ?

— Juste une coupe de champagne à l'apéritif.

— Alors ça veut dire qu'il est vraiment bon au lit.

Elles rirent toutes les deux de bon cœur.

— Et dire que j'étais sur le point de réitérer cette expérience ! S'il n'y avait pas eu ce maudit poids lourd…

L'expression de Darci se rembrunit.

— J'ai eu tellement peur quand Garrison m'a appelée. J'ai cru que je t'avais perdue alors que je venais à peine de te trouver.

Emue, Kalissa lui tendit la main.

— Tu ne vas pas me perdre, je suis là.

— Et toi, tu ne me perdras pas à cause de l'affrontement entre Riley et Shane. Je te le promets. Ils vont trouver un terrain d'entente.

— Tu es vraiment une idéaliste. Mais je croise les doigts pour que tu aies raison.

10

— J'ai failli la tuer, confia Riley à Ashton.

— Le conducteur du poids lourd a failli la tuer. Et toi tu lui as sauvé la vie, rectifia son ami.

Riley l'avait appelé pour lui donner de ses nouvelles.

Du côté professionnel, c'était assez mitigé. *Ellis Aviation* venait de remporter un contrat en Europe et un au Canada. Cependant, Riley avait du mal à s'en réjouir car il lui manquait toujours cette fameuse pièce indispensable qu'il n'avait pas réussi à se procurer ailleurs.

Pour ce qui était de sa relation avec Kalissa, la situation demeurait compliquée et l'empêchait de se consacrer pleinement à son activité professionnelle.

— En tout cas, pas question de me tenir éloigné d'elle.

— Pourquoi ferais-tu ça ?

— Shane me met des bâtons dans les roues.

On frappa à la porte.

— Ashton, un instant, j'ai de la visite. Entrez !

C'était Shane. Riley se leva d'un bond.

— Ashton, je te rappelle, marmonna-t-il avant de raccrocher.

Ils se dévisagèrent quelques instants sans rien dire.

— J'ai besoin de te parler, d'homme à homme, déclara enfin Shane. Et je ne suis pas venu pour te parler de Kalissa.

Cette affirmation surprit Riley.

— Je suis venu te parler de la pénurie de châssis.

— Eh bien ?

— Tu avais raison. Je viens de l'apprendre. C'est l'un de mes chefs d'atelier qui a passé cette commande, pensant nous aider.

— Eh bien en effet, il vous a aidés.

— Jamais je ne l'aurais laissé faire. Tu dois me croire. Je n'étais pas au courant.

— Tu mens.

Shane devint écarlate, et son air menaçant.

— Je n'ai pas peur de toi, Shane.

— Je suis venu te dire que je l'ai renvoyé sur-le-champ. Maintenant, à toi de croire ce que tu veux. Mais sache que je n'ai jamais agi de manière déloyale envers mes concurrents.

Riley devait admettre que le discours de Shane semblait sincère. D'ailleurs, même s'il lui en voulait pour des raisons personnelles, Shane n'avait pas la réputation d'être quelqu'un de malhonnête.

Mais il avait un moyen d'en avoir le cœur net.

— Dans ce cas, tu peux me les vendre ?

La requête sembla déstabiliser Shane.

— Tu n'as pas trouvé de substitut ?

— Si, mais c'est beaucoup plus cher.

— Donc tu suggères une politique d'entraide ?

— Je suggère que nous ne nous nuisions pas mutuellement.

De nouveau, ils se dévisagèrent, en silence. Et Shane eut enfin un léger signe d'acquiescement, montant ainsi d'un cran dans l'estime de Riley.

— Tu as vraiment renvoyé ton chef d'atelier ?

— Il y a des limites à ne pas dépasser.

En attendant, même s'ils avaient envisagé une coopération professionnelle, Shane n'évoquait toujours pas leur parenté. Pourquoi s'obstinait-il à nier les faits ? N'était-il donc pas au courant ?

Shane observa l'usine depuis la fenêtre du bureau.

— C'est plus grand que ce que je croyais. Vous utilisez quelle marque de robotique ?

— Tu comptes me faire visiter les ateliers de *Colborn Aerospace* ?

— Non.

— Alors arrête de fouiner dans mes locaux.

Shane tourna le dos à la fenêtre.

— Tu peux parler à David Gorman. Il saura où se trouvent les châssis.

Riley soupira, il avait gagné. Du moins sur le plan professionnel…

— Et Kalissa ? s'enquit-il, n'y tenant plus.

— Elle rentre chez elle demain.

— Je sais.

— Garrison restera avec elle.

— Je le sais aussi. Et je trouve que c'est une bonne idée.

— Tu m'en vois soulagé, ironisa Shane.

— Ne fais pas le malin. Kalissa compte beaucoup pour moi et tu n'as pas le droit de t'immiscer dans ma vie privée. Le seul vrai problème, c'est que Darci et Kalissa sont sœurs.

Shane sembla réfléchir au problème quelques instants.

— On pourrait s'ignorer, proposa-t-il enfin.

Riley fut frappé par l'ironie de la solution.

— Bonne idée. Après tout, c'est ce qu'on fait déjà depuis trente ans.

Perplexe, Shane ne releva pas, sans doute pour ne pas perdre la face.

Riley n'y voyait pas d'inconvénient. Pour l'instant, il ne pensait qu'à Kalissa.

Une lampe-tempête vacillait au milieu de la table en bois, projetant une lumière orangée sur les murs du restaurant grill haut de gamme.

Kalissa était confortablement installée dans un siège en cuir, une douce musique flottait dans l'air, et la conversation des autres clients n'était qu'un lointain murmure.

— Cette fois, je te promets que je n'essaie pas de faire le malin. Ni de passer pour quelqu'un de riche.

— Parce qu'avant tu faisais le malin ?

— Je pensais que l'idée du salon du jardinage était une idée qui sortait de l'ordinaire. Avec l'idée de la grande roue, je voulais te prouver que j'avais des goûts simples mais recherchés.

— Et quand tu as insisté pour m'offrir une robe d'un soir ?

— Je voulais t'impressionner.

— Et maintenant ?

Il lui prit la main, sans la quitter des yeux.

— Maintenant, je ne cherche que ton bien-être. Tu es confortablement installée ?

— Très bien. D'une façon générale, je me sens beaucoup mieux. Et j'arrive à travailler normalement. Mais après la façon dont j'ai été dorlotée au penthouse, je risque de prendre goût à la vie de princesse.

— Tu crois ?

— Oui, répondit-elle. Cela dit, ce soir, quand je serai de retour dans mon petit lit au-dessus de nos locaux, je remettrai vite les pieds sur terre.

— Tu n'aurais pas un autre endroit où passer la nuit ?

— En effet.

Kalissa frémit, convaincue que cette autre possibilité allait lui plaire.

Soudain, la quiétude de leur cocon fut brusquement interrompue.

— Vous devriez avoir honte ! lança une voix stridente.

Elle se retourna pour voir une femme d'une cinquantaine d'années venir vers eux.

— Quelle honte ! s'écria la femme, visiblement hors d'elle.

Agacé, Riley se leva pour la repousser.

— Madame, laissez-nous tranquilles.

— Que faites-vous ? intervint un homme plus jeune, prenant Riley par le bras. Je vous interdis de parler à ma mère comme ça.

— Alors dites à votre mère de nous laisser tranquilles.

— Je le dirai à votre mari ! cracha la femme à l'attention de Kalissa.

— Je n'ai pas de mari, répliqua-t-elle.

Un serveur s'approcha.

— Un problème ?

— Shane Colborn est un homme bien ! Il contribue généreusement aux œuvres de charité ! hurla la femme de sa voix toujours aussi stridente.

Sans que personne n'ait le temps de s'interposer, elle prit un verre de vin sur la table et le jeta sur Kalissa.

Riley s'apprêtait à riposter quand son fils l'immobilisa et qu'un autre homme, son frère, vu la ressemblance, lui donna un coup dans le ventre.

L'instant d'après, Garrison intervint.

— Garrison, emmenez-la ! cria Riley alors qu'il se battait avec les deux hommes.

— Venez, mademoiselle Smith, lui chuchota Garrison en la prenant par le bras.

— Non, je ne veux pas abandonner Riley.

— Je dois vous mettre à l'abri, ensuite je pourrai l'aider. Venez.

Kalissa obtempéra. Il la guida vers les cuisines.

— Gardez-la ici, ordonna-t-il à un homme coiffé d'une toque de cuisinier.

Kalissa n'en revenait pas. Comment la situation avait-elle pu dégénérer à ce point ? Et dans un établissement de ce standing, qui plus était ?

Elle entendait des cris, des bruits sourds et des bris de glace. Le chef cuisinier était au téléphone avec la police. Kalissa tremblait pour Riley et Garrison mais elle n'osait pas sortir de la cuisine par crainte de raviver les passions.

Enfin, le duo masculin arriva dans la cuisine, en sueur, les cheveux ébouriffés, les traits tendus.

Sans traîner, ils la prirent chacun par un bras.

— Où est la sortie ? lança Riley au chef.

— La sortie de secours est par là. Mais vous allez déclencher l'alarme.

— Tant pis !

Tout le personnel avait arrêté de travailler, les regardant déambuler dans le dédale des plans de travail.

— Tout va bien ? s'enquit-elle, inquiète.

— Oui ! Avance.

Riley poussa la barre métallique de la porte. L'alarme se déclencha aussitôt, mais ils se précipitèrent dehors, empruntant une allée étroite.

— Ma voiture est juste là ! lança Garrison. Je me gare toujours près de l'issue de secours, c'est plus efficace en cas d'urgence.

Il ouvrit la portière arrière. Elle entra, Riley s'engouffra derrière elle. Garrison courut s'asseoir au volant et ils démarrèrent en trombe.

— Tu n'as rien ? s'enquit Riley, à bout de souffle.

— Moi je vais bien, mais avec le vin rouge, ma robe bleu pâle fait la tête.

Riley lui sourit, Garrison jeta un coup d'œil dans le rétroviseur, le regard attendri.

— Quelle horrible femme ! s'écria-t-elle.

Les deux hommes rirent de concert.

— Ce n'est pas drôle ! C'était même gênant.

— Avoue que c'est loufoque, dit Riley.

— On n'attend pas la police ? demanda-t-elle avec la sensation de fuir la scène d'un crime.

— Je m'en occuperai. Je connais des gars au poste, intervint Garrison.

— Merci, dit Riley.

— Il n'y a pas de quoi. C'est moi qui suis désolé. J'ai été pris au dépourvu. Je ne m'attendais pas à ce qu'on en vienne aux mains dans un lieu pareil, ça m'apprendra.

— Et moi, j'aurais dû mettre une robe noire, plaisanta Kalissa.

— On te trouvera une autre tenue.

— Ce n'est pas le problème. En revanche, je ne peux pas passer le restant de ma vie enfermée, sous prétexte que je ressemble à Darci.

— J'ai une idée, mademoiselle Smith. Je vais en parler à

M. Colborn. Vous devriez passer à la télévision pour expliquer la situation et éliminer tout malentendu possible.

Sur ces bonnes paroles, il décrocha son portable.

— Il y a eu du grabuge au restaurant… Kalissa n'a rien. Riley non plus. Ils sont tous les deux avec moi.

Riley se tourna vers elle.

— Je veux t'emmener dîner dans un endroit calme et discret.

— Le restaurant où nous étions était censé être calme et discret, non ?

— Excusez-moi de vous interrompre mais je viens de parler à M. Colborn et il veut que je ramène Kalissa au penthouse.

— Pas question. La dernière fois que j'ai voulu sortir avec Kalissa, elle a fini dans leur penthouse, mais pas cette fois.

— Je devrais rentrer chez moi, suggéra-t-elle.

— Pas question. Garrison, emmenez-nous à l'hôtel *Emerald*. Ils ont un service d'ordre irréprochable et on commandera à manger dans la chambre.

N'ayant vu l'hôtel *Emerald* que de l'extérieur, elle se réjouissait à l'idée d'en faire l'expérience de l'intérieur, service de chambre et compagnon de choix inclus.

Riley se rendit à la réception pour s'occuper de l'enregistrement tandis que Garrison attendait avec Kalissa.

Elle était mal à l'aise. Sa robe était tachée, elle n'avait pas de sac avec des affaires de rechange, ni même une trousse de toilettes, et elle était en compagnie d'un garde du corps.

Enfin, Riley vint les rejoindre.

— Voilà, c'est réglé. Et pour votre information, Garrison, Kalissa ne rentrera pas chez elle demain.

— Si je comprends bien, elle ne rentrera plus jamais chez elle ?

— Oui, c'est ça, vous avez tout compris.

— Moi, je n'ai pas compris. Vous pouvez m'expliquer ? s'enquit-elle, perplexe.

Riley lui résuma la situation. L'idée de Garrison était bonne. Le fait de dévoiler le lien de parenté entre Darci et Kalissa résoudrait une partie des problèmes. Mais il en engendrait *de facto* un autre. Une fois que le public saurait que Kalissa était la sœur jumelle de Darci, une femme de la jet-set mariée à un milliardaire, elle ne pourrait plus loger dans son petit appartement de fonction.

— Dites à Shane de faire le nécessaire concernant le nouveau logement de Kalissa. Je lui donne carte blanche.

— Je crois qu'il n'aurait pas attendu votre feu vert, mais je ne manquerai pas de lui transmettre le message, ironisa Garrison, pince-sans-rire.

— Vous pouvez aussi prévenir Megan que je ne rentrerai pas ce soir ? demanda-t-elle. Dites-lui que je l'appellerai demain.

— Ce sera fait, répondit Garrison. Et ne bougez surtout pas tant que vous n'aurez pas reçu de mes nouvelles.

— Pas de problème !

Au contraire, même. Riley ne pouvait rêver ordre plus agréable que de rester enfermé dans une chambre d'hôtel avec Kalissa.

— Viens, dit-il en la prenant par la main.

— J'ai comme l'impression d'avoir perdu tout contrôle sur ma vie. Cela va trop vite, ajouta-t-elle alors qu'ils se dirigeaient vers un ascenseur privatif.

— Non, ce soir, tout est sous contrôle, laisse-toi aller.

— Je suis dans un hôtel cinq étoiles avec une robe tachée de vin rouge, sans bagage et la moitié de Chicago est persuadée que je suis Darci Rivers-Colborn, qui entretient une liaison extraconjugale !

Un garde en uniforme monta avec eux jusqu'à l'étage sécurisé.

— Il est armé ? murmura-t-elle à l'oreille de Riley.

— Je n'en sais rien.

L'ascenseur n'avait qu'un seul bouton, celui du trente-deuxième étage.

— J'espère juste qu'il sera capable de gérer l'horrible dame du restaurant, si jamais elle décidait de me poursuivre.

Il gloussa.

— J'en suis sûr. Tu es vraiment inquiète ?

— Je me sens contrariée et sale, mais pas inquiète.

— Bonne soirée, monsieur et madame Ellis, leur lança le gardien alors qu'ils arrivaient à destination.

Kalissa attendit que les portes se referment pour éclater de rire.

— « Monsieur et madame Ellis » ?

— Oui, c'était plus simple.

Riley glissa la carte dans la fente et ils pénétrèrent dans un grand salon lumineux avec des canapés couleur pêche et doré, une table en chêne et une cheminée. Les murs étaient ornés de tableaux, et la pièce était aménagée avec beaucoup de goût.

— Pourquoi tu n'as pas pris une chambre normale ?

— A cet étage, ça n'existe pas.

— Mais c'est énorme ! Je n'ose pas imaginer combien ça a dû coûter.

— Ne t'inquiète pas pour ça. L'essentiel, c'est que tu sois en sécurité et que personne ne puisse venir nous embêter.

Il ôta sa veste, puis sa cravate.

— On va se détendre et passer une agréable soirée.

— Dans ce cas, j'enlève ma robe et je saute dans la douche.

Il s'installa sur un canapé et vérifia son téléphone.

— Il y a des peignoirs ! J'adore cet hôtel ! s'écria-t-elle avec enthousiasme.

Il sourit, amusé et touché par sa réaction.

En entendant la douche, il ne put s'empêcher d'imaginer le trajet de l'eau ruisselant sur la peau de Kalissa, ses mains couvertes de savon passant sur ses seins, son estomac, descendant entre ses jambes…

— Riley !

— Oui ?

— Viens voir !

Il se leva d'un bond.

— Je n'ai jamais vu une douche pareille. Il y a même des jets sur les côtés ! lança-t-elle joyeusement, le regard étincelant.

Elle était nue. Irrésistible.

Il commença à déboutonner sa chemise.

— Tu viens me rejoindre ? s'enquit-elle, le regard malicieux.

— J'espère que tu n'as pas faim, souffla-t-il, tout en ôtant son pantalon.

— Je commence à être habituée. Avec toi, on ne mange pas.

— Un conseil : la prochaine fois, si tu as faim, ne m'appelle pas alors que tu es nue sous une douche.

Elle lui offrit son plus beau sourire avant de l'enlacer.

— J'ai dit que j'avais faim. Mais je n'ai pas précisé de quoi.

Son corps était chaud et doux, ses courbes féminines d'une sensualité étourdissante. Il lui caressa les épaules, puis descendit le long de son dos jusqu'à ses fesses.

— Tu m'as manqué, lui chuchota-t-elle à l'oreille.

Il l'étreignit, appuyant délicatement sa tête contre son torse, désireux d'absorber et de mémoriser son être tout entier. Son parfum, sa peau, son goût.

Enfin, il prit ses lèvres à pleine bouche, avide. Sa langue ne tarda pas à venir danser avec la sienne, tandis qu'elle glissait une main entre ses jambes.

— Oh ! ma belle, non ! gémit-il.

— Non ? Vraiment ?

— Tu joues avec le feu, souffla-t-il.

— Alors enflamme-moi.

Il recula légèrement pour mieux la contempler.

Elle avait le regard opaque, les pupilles dilatées, les joues rougies, les lèvres entrouvertes, tentatrices, et ses cheveux mouillés épousaient à merveille la forme de son visage.

— Vas-y, prends-moi, maintenant.

Il la souleva, la collant contre le mur de la douche alors qu'il lui enroulait les jambes autour de ses hanches. Il n'était plus question d'attendre ou de discuter.

Il la pénétra d'un coup sec.

— Oh ! Riley, oui, prends-moi ! gémit-elle.

— Tu ne peux pas imaginer à quel point tu m'as manqué.

Il lui baisa le cou, goûtant sa saveur sucrée mêlée à l'eau chaude. Accélérant la cadence, il l'étreignit plus fortement, animé d'un désir sans borne qui le faisait avancer aveuglément vers les monts de la jouissance ultime.

Plus rien n'existait hormis Kalissa.

— Plus vite, plus fort. Oh ! oui, Riley !

Il accéléra le rythme de son va-et-vient tandis que l'eau continuait de tomber en cascade dans son dos. Enivré de son odeur, il frissonna sous l'effet de son souffle humide qui venait lui caresser l'oreille.

Puis ce fut la libération et elle hurla, secouée de multiples soubresauts, le corps soumis au déferlement d'un orgasme puissant. Il la suivit, s'accrochant à elle comme s'il en allait de sa vie alors que, vague après vague, il goûtait au summum de l'extase.

— Pardon, murmura-t-il.

— De quoi ?

— Je ne sentais plus ma force, ni mon désir.

— Ah bon ? Je n'avais pas remarqué, le taquina-t-elle.

D'une main, il lissa sa chevelure mouillée, lui souriant, admiratif.

— Tu es superbe.

— Tu n'es pas mal non plus.

— C'était rapide.

— C'était bon. Et tu sais quoi ? On a encore toute la nuit pour recommencer.

— Bonne nouvelle ! dit-il avant de l'embrasser.

— En fait, j'ai quand même faim. Tu penses que je pourrais avoir un steak, du poulet ou des pâtes ?

— Je pense que tu peux demander tout ce que tu veux.

Kalissa était confortablement installée dans le grand lit au côté de Riley. Ils sirotaient un verre de vin, emmitouflés dans d'épais peignoirs en éponge.

— A quoi penses-tu ? lui demanda Riley.

— Je pense à l'idée de Garrison. L'interview en public, pour parler de ma ressemblance avec Darci et couper court aux rumeurs inutiles. Tu penses que c'est une bonne idée ?

— Oui, mais tu dois être prête aux conséquences.

— C'est-à-dire ?

— C'est-à-dire que ta vie va changer du tout au tout, expliqua-t-il.

— C'est déjà fait, pourtant.

— Tu n'as encore rien vu.

— J'ai surtout peur du portrait que les médias pourraient faire de moi. La modeste Kalissa tirée de la pauvreté par sa sœur jumelle milliardaire.

— Tu n'exagères pas un peu ?

— Si.

Mais intérieurement, elle sentait qu'elle avait perdu en indépendance et n'aimait pas ce sentiment.

— Darci et Shane ne veulent que ton bien, tu le sais. Ne sois pas trop susceptible par rapport à leur fortune.

— Je me fiche de leur argent. Je n'en veux pas.

— Ils ont compris que tu tenais à ton indépendance et que tu étais débrouillarde. Tu n'as rien à leur prouver. Mais laisse-les t'aider s'ils le souhaitent.

— Non, je n'ai besoin de personne, répliqua-t-elle.

— Jusqu'à présent, tu n'avais besoin de personne, mais les circonstances ont changé. Tu ne peux plus vivre la même vie qu'avant.

Kalissa sentit son cœur se serrer. Elle regrettait presque son ancienne vie, quand elle pouvait se rendre dans un magasin de seconde main sans craindre d'être prise en photo par des paparazzis amateurs. Ces situations maladroites étaient vouées à se reproduire et à semer la confusion.

Il lui souleva le menton, puis passa une mèche de cheveux derrière son oreille, pour mieux la voir.

— Tu devrais laisser Shane te protéger.

— Comment peux-tu dire ça ? Tu le détestes.

— Je ne le déteste pas. Je ne l'apprécie pas énormément, mais ça ne veut pas dire que ce n'est pas quelqu'un de bien.

— Il veut que je m'occupe du jardin de leur propriété, et à temps plein, expliqua-t-elle.

— Si j'avais un manoir, j'aimerais aussi t'embaucher pour aménager le terrain de ma propriété.

— Tu voudrais aussi m'acheter un appartement ?

— Je t'achèterais tout ce que tu voudrais.

— Alors heureusement que tu n'es pas milliardaire. Je deviendrais vite une princesse pourrie gâtée.

Puis elle lui prit le visage entre les mains, caressant sa barbe naissante, admirant son beau visage, amusée par ses cheveux ébouriffés. Elle adorait se plonger dans le regard intense de ses yeux gris. Et sa bouche était à croquer. Elle avait tellement envie de l'embrasser !

N'y tenant plus, elle céda à la tentation.

— Tu as encore envie de moi ?

— Je ne faisais que t'embrasser.

— Tu essaies de me faire perdre la tête ?

— Non.

— Menteuse.

En effet, elle mentait. Ce qu'elle lui taisait, c'était qu'elle était en train de tomber follement amoureuse de lui.

Mais il était trop tôt pour de grandes déclarations d'amour. Elle ne voulait pas l'effrayer ni compliquer sa vie qu'elle contrôlait à peine depuis la découverte de sa sœur jumelle.

— J'avoue : je veux te faire perdre la tête.

— Je le savais.

— Alors, ça marche ?

Il regarda avec insistance dans le décolleté de son peignoir.

— A ton avis ?

— Tu m'excites, murmura-t-elle avant de reprendre sa bouche à pleines lèvres.

Il la fit s'asseoir sur lui.

— On peut finir notre discussion ? répliqua-t-il.

— Tu ne veux plus de moi ? fit-elle, ouvrant les deux pans de son peignoir.

— Bien sûr que si, mais je veux d'abord parler de ta sécurité.

Par prudence, il referma son peignoir.

— Demain, quand Garrison te ramènera au penthouse, je veux que tu suives les consignes que te donnera Shane.

— Et s'il m'ordonne de ne plus te revoir ?

— Ignore-le.

— Ils vont me forcer à habiter à côté de chez eux.

— Tu ne peux pas continuer à habiter dans ton appartement, insista-t-il. Pour le moment, tu devras te contenter de cette solution.

Elle lui prit les mains, le forçant à rouvrir son peignoir.

— Tu es infernale.

Elle se pencha vers lui pour l'embrasser, mais il l'esquiva.

— Alors, tu me promets ?

Elle fit mine de chercher sa bouche.

— S'il te plaît, promets-le-moi.

— Promis, j'obéirai à Shane.

Il la prit par la taille, cherchant sa bouche.

— Je te trouve très sexy quand tu es docile.

Elle lui offrit ses lèvres tout en venant se coller contre lui. Quand il la prit dans ses bras, elle laissa la réalité se désagréger, s'enfonçant avec délectation dans un monde charnel où plus rien d'autre n'existait que Riley Ellis.

11

Kalissa avait l'impression d'être comme Alice au pays des merveilles. Megan, à son côté, ne bougeait plus, estomaquée par l'appartement qu'elles venaient de visiter.

— C'est une location temporaire, mais dès qu'il y en aura un à vendre, on fera le nécessaire, promit Darci.

— Je vois le lac ! s'écria Megan qui regardait par l'une des baies vitrées du salon.

L'appartement était entièrement meublé, avec un canapé couleur vert forêt, un fauteuil rayé blanc et vert assorti, des petites tables basses en verre et bronze. Une grande table s'imbriquait astucieusement dans une alcôve. Au milieu du salon trônait une cheminée circulaire en verre.

Dans la cuisine, des appareils ménagers en chrome dernier cri étaient alignés sur le plan de travail, d'un blanc immaculé.

Le couloir menait à deux grandes chambres, chacune équipée de sa salle de bains, et donnant sur la terrasse en bois qui faisait tout le tour de l'appartement.

— On nous a promis que deux appartements devraient se libérer d'ici un ou deux mois, déclara Darci.

— C'est trop, protesta Kalissa. Trop opulent, trop beau, trop tout.

— Il n'y avait que ça, répliqua Darci.

— Je ne pourrais jamais m'y habituer.

— Moi si ! s'exclama Megan. Surtout la salle de bains privative. J'adore !

Garrison, qui était resté en retrait, s'approcha de Megan.

— Vous me suivez ?

— Où ça ?

— On va aller chercher vos affaires à l'appartement.

— Vous voulez dire que vous allez m'aider à mettre nos affaires dans des cartons ? demanda Megan à Garrison.

— Non. Il y aura des déménageurs, mais vous pourrez leur dire comment organiser les cartons et à qui appartiennent les affaires.

— Je viens avec vous, suggéra Kalissa.

— Reste, j'ai des choses à te dire, intervint Darci.

Garrison fit signe à Megan de le suivre.

Kalissa regarda la porte se refermer avec l'impression d'avoir raté une étape et de se retrouver prisonnière malgré elle.

— Tu veux boire quelque chose ? s'enquit Darci. Un verre de vin pour pendre la crémaillère ? Il y a une bouteille au frais dans le cellier.

— Il y a déjà du vin au frais ?

C'était le début d'après-midi le plus étrange de sa vie.

— Shane a fait venir des bouteilles de sa cave.

Kalissa n'en revenait pas.

— Tu sais, Darci, vous allez devoir ralentir le rythme car toutes vos attentions me mettent mal à l'aise.

— Alors parlons-en.

Sa sœur déboucha une bouteille et sortit des verres à vin.

— L'appartement est déjà entièrement équipé ?

— Comme ces appartements sont parfois loués pour le week-end, ils ont déjà tout le confort nécessaire.

Kalissa aurait aimé en connaître le prix, mais elle avait peur de la réponse.

— On va laisser le vin s'aérer quelques instants.

Elles prirent place autour de la table à manger. Les chaises étaient des plus confortables.

— De quoi veux-tu qu'on parle ? demanda Kalissa avec une légère appréhension.

— Je n'ai pas encore eu le temps de te parler de notre père. Or il y a des choses que tu dois savoir.

— Comme quoi ?

— Pour commencer, dans leur jeunesse, notre père et Dalton Colborn étaient très proches.

— Ah bon ? Je pensais que tu avais rencontré Shane en allant espionner chez lui.

— C'est le cas, mais j'ai découvert que nos pères étaient à l'école ensemble. Puis ils ont lancé une société commune et ils ont inventé une turbine. Mais par la suite, leur relation s'est détériorée au point qu'ils ont coupé les ponts de manière définitive.

— Pourquoi ?

— Dalton a fait breveter la turbine inventée par notre père et bizarrement, notre père n'a jamais cherché à rétablir la vérité. Ou du moins, je crois qu'il a essayé mais qu'il a fini par abandonner.

— Donc notre père était ingénieur ?

Elle était impressionnée.

— On peut même dire un inventeur. Comme je te l'ai raconté, trois mois après sa mort, j'ai fouillé dans ses affaires et c'est comme ça que j'ai commencé à enquêter sur son passé, ce qui m'a conduit à espionner Shane.

— Tu as eu du courage. Tu aurais pu échouer.

— Je n'avais rien à perdre. Je voulais prouver que Dalton Colborn était un voleur et que la fortune de Shane reposait sur le vol de la propriété intellectuelle de notre père.

— C'est fou quand même.

— Quoi donc ?

— Je veux dire, Shane et toi, c'est fou. Shane aurait pu t'en vouloir.

— Oui, c'est vrai. Mais il a réussi à écouter son cœur malgré tout.

— Parce que tu es irrésistible, ajouta Kalissa.

Elles éclatèrent de rire toutes les deux.

— Ce qui compte, surtout, c'est que j'ai réussi à prouver que notre père était l'inventeur de cette fameuse turbine.

Darci leur versa un verre de vin à chacune.

— Tu vois où je veux en venir ? s'enquit Darci.

— Non.

— Je possède la moitié de Colborn.

— Parce que tu as épousé Shane ?

— Non, parce que j'aurais pu le poursuivre en justice mais que nous avons fait ça à l'amiable.

— Tu aurais été prête à lui intenter un procès ?

— Bien sûr, mais ça n'a aucune importance puisque j'ai épousé Shane et que je l'aime de tout mon cœur.

— Je ne vois toujours pas où tu veux en venir.

— Normalement, nous aurions dû hériter de la part de notre père, soit la moitié de Colborn.

— Donc tu veux dire que… ?

Darci leva son verre.

— Félicitations, Kalissa Smith. Vous venez d'hériter de vingt-cinq pour cent de *Colborn Aerospace.*

Elle manqua de faire tomber son verre.

Elle n'avait plus de voix. Son esprit était brouillé. Elle voyait trouble. Si elle avait essayé de se lever, ses jambes ne l'auraient sûrement pas soutenue.

Darci trinqua avec elle.

— Comment est-ce possible ? réussit-elle à bredouiller.

Darci prit une gorgée avant de répondre.

— Nous sommes dans le même bateau. Allez, bois.

— Mais… C'est impossible !

— La preuve que non. Allez, bois pour officialiser la nouvelle.

— Il n'y a rien d'officiel. C'est impossible.

Darci éclata de rire.

— Tu trouves ça drôle ? s'insurgea Kalissa. On dirait que tu parles d'un nouveau sac à main ou d'une coupe de cheveux. Je ne suis pas habituée à mener la grande vie.

— Tu vas t'y habituer, crois-moi. Et tant mieux si tu t'entends avec Garrison car il n'est pas près de partir.

— J'ai l'impression de vivre dans un rêve.

— En effet ! Tu n'auras plus jamais à te soucier d'argent.

Tu peux payer tes dettes et agrandir ta société plus vite que tu ne l'avais envisagé. C'est plutôt une bonne nouvelle, non ?

— C'est de la folie.

— Je sais mais j'ai vécu plus ou moins le même traumatisme donc je peux t'aider. Et pour l'instant, ajouta Darci, tu n'as rien à faire. Le moment venu, tu devras signer des papiers, mais tu as le temps de voir venir.

— Tu veux dire que si je ne les signe pas, je peux continuer à vivre comme avant ?

— Shane a des avocats très puissants. On réussira à t'avoir, d'une manière ou d'une autre, la taquina Darci.

— Et dire que je suis riche !

— Je sens que tu commences à te faire à l'idée…

— Qui d'autre est au courant ?

— Jusqu'à présent, Shane, quelques avocats et moi.

— On peut garder le secret, pour le moment ?

— Aussi longtemps que tu le souhaites. Mais il n'y a pas de quoi avoir peur, tu sais.

— J'aimerais continuer à mener une vie normale, insista Kalissa. Enfin, aussi normale que possible.

Bizarrement, elle redoutait de le révéler à Riley. Cela n'aurait peut-être aucun impact sur leur relation, mais elle n'était pas prête à risquer l'équilibre fragile qu'ils avaient réussi à établir.

Riley refusait que Shane entrave sa relation avec Kalissa. C'était officiel, le contrat canadien était en poche, Shane serait sûrement très contrarié mais Riley était quand même venu se présenter chez Kalissa, dans l'immeuble qu'habitaient Shane et Darci.

Le gardien de la réception ayant son nom sur la liste des visiteurs autorisés à monter, il s'était aussitôt dirigé vers les ascenseurs.

Il avait apporté une énorme pizza et des bières, devinant que Megan serait sûrement là un dimanche soir.

Il avait vu juste puisque ce fut elle qui ouvrit la porte.

Mais aussitôt, il entendit d'autres voix dans son dos. Megan et Kalissa avaient de la compagnie.

— C'est Riley, lança-t-elle jovialement en lui prenant la pizza des mains.

Garrison, Shane et Darci se trouvaient là, eux aussi.

Parfait.

Kalissa lui sourit, s'avançant vers lui. Shane lui présenta une mine renfrognée.

Soit il lui en voulait pour le contrat, soit pour la nuit qu'il avait passée à l'hôtel avec Kalissa. Dans tous les cas, ils s'étaient mis d'accord pour s'ignorer, et cela lui convenait parfaitement.

Il prit Kalissa dans les bras, l'embrassant rapidement.

— Alors, tu t'habitues à ta nouvelle demeure ?

— Oui, finalement, on se fait vite à la vie de château.

Elle lui jeta un regard en coin et il se rendit compte qu'il semblait légèrement sur la défensive.

— Dis donc, tu es gâtée, se hâta-t-il de répliquer. C'est un bel appartement.

— Viens, assieds-toi, lui intima-t-elle en le prenant par le bras.

Il ne pouvait s'empêcher de penser que tout était allé beaucoup trop vite pour Kalissa. A quoi jouait Shane ? Que voulait-il lui prouver, au juste ?

— Je te ferai visiter un autre jour, pour l'instant les autres pièces sont pleines de cartons.

— Qui veut de la pizza ? demanda Megan.

— Avec tous les restaurants délicieux dans le voisinage, on n'a plus besoin de manger de la pizza, dit Shane sur un ton sarcastique.

— Mais Kalissa et moi, qui n'avons pas des moyens illimités, nous n'allons pas rayer la pizza de notre régime alimentaire.

Il vit Kalissa échanger un regard de connivence avec Darci.

— Vous pouvez aller dans n'importe quel restaurant des alentours et donner mon nom, ils ne vous feront pas payer.

Riley ne put retenir un sourire narquois. Décidément, Shane mettait le paquet.

— Tu veux dire qu'on a carte blanche sur tous les plats à emporter de luxe du quartier ?

— Oui, c'est ça.

— C'est très généreux. Merci !

— Je vais aller chercher du vin. Kalissa, tu m'accompagnes ? demanda Darci.

Garrison se leva.

— Si vous n'avez plus besoin de moi, je vais prendre congé, lança-t-il à l'attention de Shane.

— Oui, Garrison, c'est parfait, allez-y.

— Megan, vous voulez que je vous aide à déplacer ce carton ?

— Le carton ? Ah, oui, le carton !

Elle se leva aussitôt pour le suivre.

Une fois les femmes sorties, Shane confronta Riley.

— Tu crois que tu peux suivre le rythme ?

— Largement. Même si j'aime bien les pizzas.

— Je parlais des Canadiens.

— Merci d'avoir tenu ta parole.

— Je n'avais aucune raison de garder les pièces.

— Tu aurais pu me les vendre à un prix exorbitant. Mais sache que je veux continuer à m'étendre.

— Alors on va continuer à s'affronter.

— Je pensais qu'on avait décidé de s'ignorer.

Darci revenait déjà.

— On a trouvé un *Château des Fontaines*, Kalissa va t'apporter un verre, Riley, annonça-t-elle.

Elle avait dû sentir que l'atmosphère n'était pas au beau fixe.

— Chérie, on devrait y aller. Je me lève tôt demain matin, déclara Shane.

— Oui bien sûr, répondit Darci.

Kalissa arriva avec un verre à vin.

— On y va, lui annonça Darci en l'étreignant.

— Déjà ?

Shane la serra à son tour dans ses bras.

Riley se leva aussitôt. Il ne supportait pas l'idée qu'un

autre homme puisse la toucher, mais Shane et Darci quittèrent bientôt l'appartement.

Dès qu'ils se retrouvèrent seuls, Riley jugea que le moment était venu de mettre les choses au point avec Kalissa.

— Qu'est-ce que tu fabriques, au juste ?

— Qu'est-ce que tu racontes ?

— Tu ne vois pas ce que Shane est en train de faire ?

— Il essaie de m'aider.

— Il essaie de t'acheter avec son argent.

— Je n'ai pas le droit d'aimer le bon vin ?

— Si, mais j'ai rapporté des bières et de la pizza en pensant que ça te ferait plaisir, et tu ne m'as même pas remercié.

Il avait oublié qu'ils n'étaient pas seuls et que Garrison et Megan se trouvaient encore dans l'appartement.

— Riley, c'est toi qui m'as dit de consentir aux propositions de Shane. Je ne vois donc pas où est le problème.

— Il essaie de t'éloigner de moi.

— N'importe quoi.

— Il me déteste. Il ne supporte pas le fait que j'existe.

Kalissa l'examina, incrédule. Pour lui expliquer cette dernière affirmation, il devrait tout lui avouer, or il n'était pas encore prêt à le faire.

Mais elle changea de sujet.

— Prends les bières, ordonna-t-elle en défaisant un bouton de son chemisier.

— Mais…

— Et prends la pizza, ajouta-t-elle en défaisant un autre bouton.

Il jeta un rapide coup d'œil dans le couloir, inquiet de voir surgir Garrison d'un instant à l'autre.

— J'aime la spontanéité, continua-t-elle en laissant tomber son chemisier par terre.

— Arrête.

Elle dégrafa son soutien-gorge. Il lui prit la main.

— Arrête.

— Tu veux qu'on se dispute ?

— Non.

— Alors prends les bières et la pizza, conclut-elle en se dirigeant vers la première porte dans le couloir, sans omettre de laisser tomber son soutien-gorge à l'entrée.

Il n'arrivait pas à savoir s'il devait être en colère ou amusé. Dans tous les cas, il était excité.

Sans plus tarder, il prit la pizza d'une main, deux bières de l'autre, et se dirigea vers la chambre de Kalissa, non sans avoir ramassé son chemisier et son soutien-gorge pour ne pas laisser d'indices.

— Tu peux fermer à clé, suggéra-t-elle à moitié nue, une fois qu'il eut clos la porte.

— Tant mieux, dit-il, s'empressant de libérer ses mains.

Une fois la porte verrouillée et les mains libres, il se dirigea vers elle.

— Tu sais, c'est très étrange pour moi, murmura-t-elle. Tout est nouveau. Je n'ai pas l'habitude.

— Je sais, dit-il.

— J'ignore comment je dois me comporter, comment je dois réagir. Bizarrement, en ce moment, tu es la chose la plus normale dans ma vie.

Il défit sa chemise puis l'enleva.

— Toi, tu es la chose la plus précieuse de la mienne en ce moment.

— Tu veux de la pizza ? lui demanda-t-elle, espiègle.

— Non, j'ai envie de toi.

Leurs corps s'imbriquèrent le plus naturellement du monde, comme s'ils avaient été faits l'un pour l'autre.

12

Kalissa commençait à se faire à l'idée que sa vie ne serait plus jamais comme avant.

— Je vais attacher le micro à l'arrière de votre robe. Vous allez le sentir mais ça ne se verra pas à l'écran.

— Tu es déjà passée à la télévision ? demanda Kalissa à Darci.

— Une fois, dans des conditions particulièrement stressantes.

— Parce que là, tu trouves que ce n'est pas stressant ?

Elles avaient passé une heure à se faire coiffer et maquiller et maintenant, au moins une dizaine de techniciens, de preneurs de son et de cameramen s'affairaient autour d'elles sur le plateau.

Marion Ward, la présentatrice, était venue se présenter brièvement, puis était repartie aussitôt pour se préparer.

Shane se trouvait dans les parages, ainsi que Garrison et son équipe.

— J'ai peur, murmura Kalissa.

— Tout ira bien, la réconforta la technicienne qui lui accrochait son micro.

— Deux minutes, annonça le producteur.

Marion Ward arriva sur le plateau telle une diva.

Kalissa la regarda se préparer pour s'en inspirer et tenter de paraître détendue devant la caméra.

— Relaxez vos épaules, lui chuchota une autre technicienne.

— Soixante secondes.

— La première question concerne votre père, lança Marion.

Darci acquiesça, sereine, confiante. Kalissa commençait à transpirer de peur.

Le producteur lança le décompte et tout le monde sur le plateau se tut. Le signal des trois caméras passa au rouge.

— Trois, deux, un.

— Bonsoir, Chicago ! Sur le plateau de ce soir, j'ai invité Darci Colborn, l'épouse du séduisant milliardaire, Shane Colborn. Vous vous souvenez peut-être de son fabuleux mariage romantique l'été dernier. Darci, soyez la bienvenue.

— Ravie d'être avec vous, répondit celle-ci, comme si elle avait fait ça toute sa vie.

— Et avec nous également sur le plateau… Surprise, surprise : la sœur jumelle de Darci Colborn, Kalissa Smith.

Deux caméras se fixèrent sur Kalissa.

Elle sourit, plus figée que jamais.

— Soyez la bienvenue, Kalissa.

— Merci, bredouilla-t-elle.

Son regard se posa sur Shane qui leva son pouce pour l'encourager.

— Darci, si j'ai bien compris, vous avez été élevée par votre père, Ian Rivers ?

— En effet. C'était un ingénieur de talent, une espèce de savant fou à l'esprit bouillonnant, mais il n'a jamais réussi à faire valoir ses qualités d'inventeur.

— Kalissa, vous avez été séparée de votre sœur et de votre père étant bébé, puis vous avez été adoptée. Vous n'avez jamais connu vos parents biologiques et vous ne saviez pas que vous aviez une sœur jumelle, c'est bien ça ?

— Oui, confirma Kalissa.

Darci intervint aussitôt :

— On ne saura jamais vraiment comment ça s'est passé, mais il semblerait que nos parents se soient quittés en décidant de nous élever séparément. Par malheur, ma mère a rapidement arrêté de donner des nouvelles à mon père, puis elle est décédée. Ma sœur s'est ainsi retrouvée dans un orphelinat où elle a ensuite été adoptée.

Marion se tourna vers Darci, décidant visiblement que l'émission allait davantage reposer sur elle.

Kalissa avait envie de se sauver du plateau et de disparaître à tout jamais. Sachant toutefois qu'une caméra était fixée sur elle, elle se contenta de sourire, immobile.

— Pourquoi Kalissa n'a pas été rendue à son père, à la mort de votre mère biologique ?

— Malheureusement, nous l'ignorons aussi. Tout ce que nous savons, même si je ne l'ai découvert qu'après la mort de notre père, c'est qu'il avait été très proche de Dalton Colborn dans leur jeunesse.

— C'est par ce biais que vous avez rencontré Shane Colborn, c'est bien cela ?

— En effet. Trois mois après la mort de mon père, je me suis lancée dans une enquête qui a révélé que notre père, Ian Rivers, était en fait l'inventeur de la turbine utilisée et brevetée par *Colborn Aerospace*.

— Et malgré tout, Shane Colborn vous a demandée en mariage ?

— En effet, malgré tout. Et d'ailleurs, c'est grâce à ce mariage médiatisé que Kalissa a appris mon existence.

— Donc si vous êtes réunies aujourd'hui, vous le devez à Internet et aux réseaux sociaux ?

— Oui, c'est tout à fait ça.

Marion se tourna de nouveau vers Kalissa.

— Quelle a été votre réaction ? Qu'avez-vous ressenti quand vous avez vu Darci pour la première fois ?

— J'ai d'abord cru qu'il s'agissait d'un canular. Je pensais que quelqu'un avait modifié des photos grâce à un logiciel pour faire croire qu'il s'agissait de mon mariage.

— Et comment avez-vous réagi quand vous avez compris que vous aviez une sœur jumelle qui comptait parmi les personnes les plus riches du pays ?

Kalissa hésita. Elle n'avait pas envie d'entrer dans le jeu de la présentatrice et de passer pour une chercheuse d'or.

Darci intervint, vaillante et intrépide.

— Ma sœur a eu une attention des plus délicates.

Marion parut légèrement agacée par l'intervention de Darci mais en tant que présentatrice expérimentée, elle sourit en se tournant vers Darci.

— Pouvez-vous nous en dire plus ?

— Elle est venue me prévenir de son existence. Elle venait de rencontrer un homme qui l'avait invitée à passer une soirée avec lui et elle n'osait pas sortir de peur que les gens ne pensent que c'était moi. Shane et moi lui avons été très reconnaissants de son geste.

— Vous n'avez pas eu peur des répercussions ?

En entendant la question, Kalissa se raidit. L'interview était en train de se retourner contre elle et elle n'aimait pas le rôle qu'on essayait de lui faire jouer.

— Des répercussions à quel niveau ? s'enquit Darci.

Kalissa connaissait la réponse.

— Des répercussions financières, bien sûr. C'est la question que tout le monde se pose.

Quel culot ! Kalissa blêmit.

Darci intervint une fois encore :

— Shane et moi avons tout de suite voulu aider Kalissa mais ma sœur est très indépendante et elle a toujours été habituée à ne compter que sur elle-même. Le plus important pour nous, c'est de nous être retrouvées, d'être enfin réunies.

— Oui, c'est le plus important, renchérit Kalissa.

— Il n'empêche que votre vie a changé du tout au tout, objecta Marion en se tournant vers elle.

— En effet, mais c'est le cas pour toute personne qui découvre ou retrouve un parent, qu'il soit riche ou pas.

— Oui, cependant…

Kalissa lui coupa la parole :

— Tout ce que je souhaite, c'est que les gens sachent que je ne suis pas Darci et que Darci n'est pas moi. Nous sommes jumelles et nous nous ressemblons comme deux gouttes d'eau, mais nous sommes différentes. Si vous nous connaissiez, vous pourriez facilement nous distinguer. Darci est beaucoup plus raffinée que moi, elle fréquente les établissements huppés. Quant à moi, je m'habille dans des magasins de seconde main et j'aime manger des burgers à emporter.

— Comme vous pouvez le constater, ma sœur a beaucoup d'humour, lâcha Darci avant de se lever de son siège.

Ce déplacement créa du remous derrière les caméras. Marion semblait horrifiée.

Sourde aux perturbations, Darci s'avança vers Kalissa pour la prendre dans ses bras.

Marion s'empressa de réagir.

— On marque une pause et on revient.

Darci jeta un regard noir à Marion.

— Tout le monde sort du plateau, cria le producteur.

Une technicienne aida Darci et Kalissa à enlever leur micro puis elles rejoignirent Shane, Garrison et son équipe.

— Pourquoi on arrête ? s'enquit Kalissa.

— Vous n'auriez pas dû dire tout ça, rétorqua Garrison.

— Je m'en suis tenue à la vérité. Cette femme voulait orienter nos propos.

— Vous n'étiez pas censée faire la moindre déclaration. Le but était qu'on vous voie toutes les deux mais la présentatrice a voulu donner une autre tournure à l'interview.

— Et moi, j'ai simplement voulu donner aux gens des indices concrets qu'ils puissent nous distinguer.

— Je comprends, mademoiselle Smith, mais…

— Vous pouvez m'appeler Kalissa, depuis le temps.

— Ce n'est pas possible.

— Vous appelez bien Megan par son prénom.

— Je ne suis pas chargé de la protéger.

Quand ils sortirent sur le parking du studio, Kalissa fut aveuglée par le soleil. Une fois ses yeux adaptés à la lumière, son regard tomba sur Riley, appuyé contre sa voiture de sport.

— Qu'est-ce que tu fais là ?

Il lui sourit.

— Je suis venu voir si tout se passait bien.

— Pourquoi tu n'es pas entré ?

— Je me disais que c'était une affaire de famille, ironisa-t-il.

— Ça ne s'est pas vraiment bien passé.

— Je sais, j'ai regardé la retransmission sur Internet.

— Garrison considère que j'aurais dû me taire.

— Il te l'a dit ?

— Non, mais Darci est intervenue pour tenter de sauver la situation et la présentatrice a arrêté l'émission.

— Tu veux aller faire un tour ? suggéra-t-il. On pourrait aller le long du fleuve, si tu as envie.

— Garrison devra venir avec nous.

— Ne t'inquiète pas pour Garrison. C'est à lui de s'inquiéter pour toi. C'est son boulot.

— Dans ce cas…

— On vous rejoint au penthouse, lança-t-il à l'attention du reste du groupe.

Après avoir passé plusieurs jours dans un tourbillon confus, Kalissa était contente de prendre l'air et de se retrouver avec Riley.

D'un côté, elle avait envie de lui parler de son père et de son héritage. De l'autre, elle voulait encore garder le secret. Elle avait l'impression que dès l'instant où elle le lui révélerait, sa réalité d'avant disparaîtrait complètement.

Elle n'était pas encore prête pour ce changement radical.

Au bord du fleuve, le vent se fit plus frais. Elle frissonna.

Aussitôt, Riley ôta sa veste pour la lui déposer sur les épaules.

— J'ai réfléchi à l'offre de Shane, lâcha-t-elle.

— Quelle offre ?

— Celle de m'occuper de l'aménagement paysager de leur propriété. Ce serait un travail régulier, on pourrait embaucher des gens et je ne serais pas trop vue en public.

Quand l'annonce de son héritage serait officielle, elle ne pourrait sûrement pas continuer à travailler dans les jardins, mais la perspective de travailler dans un bureau pour *Colborn Aerospace* ne lui plaisait guère.

— C'est Shane qui va être content, ironisa-t-il.

— Pourquoi dis-tu ça ?

— Cette propriété est une forteresse et ta sécurité semble lui tenir à cœur.

— C'est plutôt Garrison qui sera content, plaisanta-t-elle, tentant de garder un ton léger.

Elle regarda derrière.

— Je t'ai dit de ne pas te préoccuper de lui. Il fait son travail et toi, tu vis ta vie, c'est tout.

Elle laissa échapper un petit rire sarcastique. Sa vie ? Elle ne savait plus ce que c'était, alors la vivre ?

En proie à ces réflexions, elle se planta devant Riley.

— Qu'est-ce qui te plaît, chez moi ?

— Tout.

— Tu peux être plus spécifique ?

— J'aime tout chez toi.

Elle soupira.

— J'ai l'impression d'être coincée entre deux mondes. L'un que je connais et où je menais une vie tranquille. L'autre qui m'est inconnu et où j'ai peur de ne pas réussir à trouver mon équilibre. Je vais forcément changer.

— Pas forcément. Ou disons que tu vas rester toi-même, la vraie Kalissa Smith, tout en t'adaptant aux nouvelles circonstances.

— Je ne pourrai plus faire mon travail.

— Tu pourras te concentrer davantage sur la conception et la planification, je suis sûr que ça te plaira.

— Oui, mais ce ne sera plus comme avant.

Ils se turent un court instant.

— Je peux faire quelque chose pour toi ? demanda-t-il.

— Oui. J'aimerais bien qu'on retourne manger un hot-dog sur la jetée pour passer un moment normal.

Il porta une main à ses lèvres et y déposa un baiser délicat.

— On peut faire tout ce que tu veux.

Pour Riley, le manoir des Colborn était comme l'antre d'un lion. Il suivit le majordome à travers une immense salle de réception puis une autre, tout aussi impressionnante, avec des piliers en marbre, des arches, un énorme lustre au centre, et sous le lustre, la majestueuse statue d'un étalon perchée sur une imposante table en chêne.

Des tableaux de maîtres ornaient les murs, ainsi que des portraits de la famille. Dalton, la mère de Shane, Shane.

Riley ralentit pour les observer.

— Si vous voulez bien attendre ici, je vais chercher Mlle Smith.

En examinant les lieux, il ne put s'empêcher de repenser à sa mère qui avait été employée dans cette maison, et de comparer cette immense bâtisse avec le petit appartement où ils vivaient tous les deux, à une trentaine de kilomètres de là.

Une vague de frustration et d'amertume monta en lui.

Des pas le tirèrent de ses pensées maussades. Kalissa ? Il se retourna : c'était Shane.

Ce dernier ne s'attendait visiblement pas à le voir chez lui. Ils se dévisagèrent sans chaleur.

— J'ignorais que tu étais là, déclara Shane.

— Je ne pensais pas te trouver ici, rétorqua Riley.

Il avait imaginé que le jeudi à midi, Shane serait encore en ville.

— Tu as décidé de prendre un long week-end ? ironisa ce dernier.

— Non, je suis passé voir Kalissa, répondit Riley, même si cela tombait sous le sens.

— Elle est dehors.

— Ton majordome m'a demandé d'attendre ici.

Shane hocha la tête, l'air absent, les yeux posés sur le portrait de son père.

— Il doit se retourner dans sa tombe, tu ne crois pas ? ironisa Riley.

— Pourquoi ?

— De me voir ici.

— A cause d'*Ellis Aviation* ?

Tout à coup, Riley perdit son sang-froid.

— S'il te plaît, arrête de jouer à ce petit jeu.

— Quel petit jeu ?

Riley bouillait de colère à présent.

— Tu me prends pour un idiot ?

Il en avait assez de tourner autour du pot, assez que Shane ignore leur lien de parenté, assez de tomber sur lui chaque fois qu'il voulait voir Kalissa. C'en était trop et il devait mettre fin à cette spirale infernale.

— Riley, franchement, je ne vois pas où tu veux en venir.

— Dalton ne supporterait pas de me voir ici ! Voilà où je veux en venir.

— Et pourquoi cela ?

— Ce n'est pas la première fois que je viens ici.

— Tu peux être plus précis ?

Enfin, il avait réussi à attirer l'attention de Shane.

— Ma mère, qui a travaillé pour ta famille pendant vingt ans, m'a amené ici quand j'avais treize ans. Et tu sais ce qu'il m'a dit ? Tu sais ce qu'il a dit à son propre fils ?

Shane s'immobilisa, livide. Riley avait percé l'abcès. Il avait osé prononcer les mots interdits.

Il avait dévoilé le secret des Colborn.

— Il a dit : « Les domestiques entrent par la porte de service et ne doivent pas marcher dans le grand hall avec leurs chaussures sales. »

Shane s'appuya sur la table la plus proche.

— Ce sont les seules paroles qu'il m'a adressées. Et c'est la seule fois que notre père m'a regardé.

— Je ne savais pas… Comment, tu es mon… ?

— Arrête ton cinéma. Oui, je suis ton demi-frère, mais ne fais pas semblant de l'apprendre aujourd'hui. Tu ne supportes pas mon existence, tu ne supportes pas l'idée que j'aie créé *Ellis Aviation* seul, sans l'aide d'une fortune personnelle. Tu penses pouvoir m'empêcher de continuer à voir ta belle-sœur. Tu veux m'empêcher de souiller le nom des Colborn, c'est ça ?

Riley était hors de lui, il ne pouvait plus s'arrêter.

— Je sais que tu essaies de mettre fin à ma relation avec

Kalissa. Mais je ne te laisserai pas faire. J'ai été élevé à la dure, exclu de ton monde. Tu as eu une enfance privilégiée, une jeunesse dorée et tu as hérité de son empire sur un plateau d'argent. Tu ne m'aimes pas, mais sache que c'est réciproque.

Le regard vide, les traits tirés, Shane semblait perdu.

— Riley ! s'écria Kalissa derrière eux.

Il se retourna, Shane n'avait toujours pas bougé.

— Riley, j'ai tout entendu. C'est vrai ? demanda-t-elle.

— Pardon. J'aurais voulu t'en parler avant, marmonna-t-il en avançant vers elle.

Elle recula.

— Tu es le frère de Shane ? Tu le détestes ? Tu lui envies sa fortune depuis toujours ?

— Ecoute…

— Non ! J'en ai assez de t'écouter ! Depuis le départ, tu voulais pouvoir t'approcher de Shane pour te venger.

Il l'observa, ahuri, blessé.

— Je n'aurais pas dû venir. Je pensais pouvoir…

— Continuer à mentir ?

— Je n'ai pas menti.

— Tu n'as fait que mentir.

— Ellis, intervint Shane.

— Pas maintenant, aboya Riley sans le regarder.

Kalissa laissa échapper un sanglot puis tourna les talons. Il la suivit mais elle accéléra le pas.

— Ellis, répéta Shane.

Riley l'ignora. Il voulait parler à Kalissa. Il la rattrapa dans le grand hall alors qu'elle s'apprêtait à monter à l'étage.

— Kalissa, attends.

Elle s'arrêta sans se retourner.

— Je sais que c'est un choc. Je ne t'ai rien dit parce que…

— Inutile de t'expliquer. J'étais une proie facile et tu l'as vite remarqué. J'ai été séduite, j'ai cru que tu tenais à moi, je me suis trompée sur ton compte. Mais c'est fini. Je refuse de t'aider à affronter ton frère ou à devenir un Colborn.

Il fut horrifié par son discours.

— Ce n'est pas ce que je veux !

— Si ! rétorqua-t-elle, se tournant vers lui, les yeux embués de larmes.

— Toi et moi, nous n'avons rien à voir avec les Colborn.

— C'est faux ! Tu m'as séduite pour te rapprocher de Shane. Tu voulais entrer en contact avec Shane pour te venger de Dalton. Ton passé gouverne la moindre de tes actions.

— Kalissa…

— Maintenant je comprends ton comportement avec Shane.

— Non, tu ne comprends pas.

Car, autrement, elle aurait su qu'il était amoureux d'elle.

— Va-t'en, lâcha-t-elle froidement.

— Allons ailleurs, en terrain neutre. J'ai besoin qu'on parle.

— Pour me raconter d'autres mensonges ?

— Tu sais tout sur moi à présent.

Elle le scruta quelques instants d'un regard glacial.

— Oui, je sais tout. Adieu, Riley.

— Kalissa !

Mais elle monta l'escalier sans se retourner.

Il sentit que Garrison n'était pas loin. Impossible de courir après Kalissa. Il se fit violence pour la regarder disparaître sans un mot.

Que faire ? Comment convaincre Kalissa qu'il n'avait pas voulu lui faire de mal ? Comment la reconquérir ?

Pour l'instant, son esprit était trop en ébullition pour trouver une solution.

— Riley ! lança Shane.

Il ne se retourna pas, il ne répondit pas. Partir était son seul moyen de survie. Il reviendrait avec un plan d'attaque. Pas question d'abandonner Kalissa. Elle était tout pour lui et il ne pouvait pas envisager de vivre sans elle.

Kalissa monta au deuxième étage, traversa le couloir et sortit à l'arrière de la propriété par l'escalier de service. Elle trouva Megan dans la roseraie.

— Je sais qu'il faudra attendre encore quelques semaines avant de commencer mais j'ai tellement hâte, s'écria Megan sur un ton joyeux et enthousiaste.

Kalissa s'efforça de sourire.

— Il faudra d'abord décider par où commencer.

— Peut-être la zone autour de l'étang ?

— Oui, peut-être, répondit-elle sans ardeur.

— Kalissa, qu'y a-t-il ?

— Rien. Riley et moi avons rompu.

Elle se laissa tomber dans l'herbe.

— Quoi ? Pourquoi ? s'écria son amie en s'accroupissant à côté d'elle.

— Kalissa !

C'était Darci.

— Elle est au courant ?

— Oui, Shane était là.

Darci ne tarda pas à les rejoindre.

— Kalissa, je suis désolée, dit-elle en la prenant par les épaules.

— Que s'est-il passé ? s'enquit Megan.

— Riley m'a menti. Encore une fois.

— Shane ne savait rien. Il est sous le choc.

— Riley a menti à quel sujet ? demanda Megan.

— C'est le demi-frère de Shane…

— Quoi ?

— Et moi, je vais hériter d'une partie de *Colborn Aerospace*, lâcha-t-elle dans la foulée.

Plus question de mentir ou de taire des secrets.

— Ah bon ?

Megan était abasourdie.

— Je ne voulais pas te le révéler, parce que je n'arrive pas moi-même à me faire à cette idée, mais je n'en peux plus de garder ça pour moi.

— C'est fou ! C'est super ! Mais en quoi est-ce lié à Riley ?

— Il ne le sait pas encore.

— Donc toi aussi tu fais des cachotteries, constata Megan.

— Ce n'est pas la même chose, objecta Darci.

— C'est toi qui as rompu ou c'est lui ?

— Moi.

Megan se tut, digérant la nouvelle.

— Shane ignorait que Riley était son frère ? demanda Megan en se tournant vers Darci.

— Oui. Mais Riley est persuadé que Shane le savait et qu'il l'a snobé pendant toutes ces années.

— Dans tous les cas, je comprends Riley, murmura Kalissa, envahie d'une immense tristesse pour elle mais aussi pour lui.

— Tu serais prête à lui pardonner ? s'enquit Darci.

— Peu importe que je lui pardonne ou pas. Il en veut trop à Shane pour parvenir à avancer et que j'ai été aveuglée par Riley tandis que lui était obnubilé par la rancœur qu'il nourrit depuis son enfance.

— Mais tu as des sentiments profonds pour lui. Tu ne crois pas que ses sentiments pour toi sont sincères eux aussi ? demanda Darci d'une voix douce et conciliante.

— Ecoute, je…

Elle avait les larmes aux yeux.

— Kalissa…

— Je ne veux pas le revoir. Je le déteste !

— Ne dis pas ça. Tu n'es pas obligée de le revoir tout de suite. Et tu sais que tu peux compter sur moi.

Darci la prit par le bras, pour lui témoigner son soutien.

— Viens, on va se changer les idées.

Kalissa était reconnaissante à sa sœur de tout faire pour atténuer cette épreuve difficile.

— Bonne idée ! Qu'est-ce que tu proposes ? lança Megan.

— On pourrait sortir dîner en ville ?

— Je ne veux pas être vue en public.

— Alors on peut explorer la cave à vins.

Boire de bons vins jusqu'au petit matin, l'idée était tentante pour oublier son chagrin mais demain elle se réveillerait encore plus mal en point qu'elle ne l'était déjà.

— Non, merci.

— Bon, ça y est, j'ai trouvé ! s'exclama Darci. Une virée au spa.

— Non. J'ai trop peur de tomber sur quelqu'un qui aura vu l'émission de télévision.

— Ne t'inquiète pas pour ça : à New York, personne ne te reconnaîtra.

Kalissa et Megan dévisagèrent Darci, bouche bée.

— Je possède un jet, expliqua-t-elle, sortant son téléphone de sa poche.

— Tu veux dire un jet privé ? Comme dans les films ? s'enquit Megan.

— Oui, confirma-t-elle. Je connais un endroit parfait. Ils viendront nous chercher en limousine à l'atterrissage.

Kalissa secouait la tête. Elle aurait donné n'importe quoi pour se mettre sous une couette et tout oublier.

— Allez-y sans moi, marmonna-t-elle.

— Pas question. Tu nous accompagnes. Garrison sera de la partie. Je vais prévenir Shane.

Elle appuya sur l'écran de son téléphone.

— Chéri ? Je vais emmener Kalissa et Megan au spa de Glimmer Mist Falls… Oui, moi aussi, je crois que c'est une bonne idée… Oui, ne t'inquiète pas… A plus tard.

13

Au cours des trois jours qui suivirent, Riley se concentra sur deux choses. Faire avancer *Ellis Aviation* et trouver une stratégie afin de reconquérir Kalissa.

Pour *Ellis Aviation*, la tâche était aisée. En ce qui concernait Kalissa, la mission semblait impossible. Tant qu'elle demeurerait au manoir, il ne pourrait pas s'approcher d'elle. Shane avait sûrement dû renforcer les mesures de sécurité et Garrison était loyal envers Shane, même si Riley lui était *a priori* sympathique.

Et à supposer qu'il arrive à la voir, que lui dirait-il ? Elle avait raison de l'accuser de mentir. Et elle avait raison de se méfier de lui. Si Kalissa comptait autant à ses yeux, pourquoi ne lui avait-il pas révélé la vérité au sujet de Shane ?

Il se versa un verre de whisky. Cela ne l'aiderait sûrement pas à trouver une solution mais il était fatigué, à cran, et il espérait que le breuvage le détendrait. C'était épuisant de penser sans cesse à Kalissa sans savoir quand il la reverrait, et dans quelles conditions.

On frappa à la porte. Bizarre, il était presque 22 heures et il n'attendait pas de visite.

En ouvrant, il fut stupéfait de découvrir Shane sur le pas de sa porte.

— Comment va Kalissa ?

— Elle va bien. Elle est à New York.

La réponse semblait absurde.

— Pourquoi se trouve-t-elle à New York ?

Il pensait qu'elle était au manoir. Il l'avait imaginée là-bas.

C'était agaçant d'avoir tort et encore plus agaçant de tenir l'information de Shane.

— Darci les a emmenées, Megan et elle, dans un spa. Garrison les escorte. Je peux entrer ? demanda-t-il après une courte pause.

— Si tu y tiens.

Riley referma la porte derrière lui.

— Tu veux boire un verre ?

— Avec plaisir, répondit Shane en le suivant dans la cuisine.

Riley lui servit un whisky, sans lui demander quelle boisson il préférait.

— Qu'est-ce que tu fais ici ? Tu veux que je mette la clé sous la porte ? Que je quitte l'Etat ?

— Je ne savais pas.

— Qu'est-ce que tu ne savais pas ?

— Que Dalton était ton père et que tu étais mon frère.

— Tu parles ! C'est toi-même qui y as fait allusion.

Shane le regarda, estomaqué.

— Quand ça ?

— Durant notre première année d'université, pendant un tournoi de base-ball. On était dans des équipes adverses.

— Franchement, je ne m'en souviens pas.

— Je t'ai appelé « frérot » en te disant que je voulais te parler. Tu m'as traité de loser et tu m'as dit d'aller me faire voir.

Shane resta bouche bée. Riley but son whisky d'une traite.

— Je ne pouvais pas comprendre.

— Tu parles !

— Riley, arrête ! Tu penses vraiment que j'aurais pu t'ignorer pendant toutes ces années ?

— C'est ce que tu as fait, répliqua-t-il.

— Je ne le savais pas. Mon père était au courant ?

— Ma mère l'a supplié de l'aider. Il a accepté de ne pas la renvoyer.

Shane jura dans sa barbe, se versant lui aussi un autre verre.

— D'où la création d'*Ellis Aviation*.

Riley ne chercha pas à réfuter l'affirmation.

— Je comprends ton ressentiment mais pourquoi tu n'as rien fait ? Tu aurais pu demander un test ADN et réclamer une part de son argent. Même Darci a fait valoir ses droits.

— Je ne suis pas Darci. Et je ne veux pas d'argent.

— Alors qu'est-ce que tu veux ?

— Kalissa.

— Et de moi, qu'est-ce que tu veux ?

— Pour le moment, c'est toi qui l'as.

Shane se tut quelques instants.

— Je crois que ça ne va pas être possible. Je ne te laisserai pas lui faire davantage de mal.

— Je n'ai jamais voulu lui faire de mal.

— Ce n'est pas la première fois que tu dis ça et pourtant, le résultat est là.

Shane s'assit sur une chaise de cuisine, les coudes en appui sur le dossier.

— J'ai une proposition à te faire.

Riley croisa les bras, appuyé contre l'îlot central.

— On fait un test ADN, et si tu es le fils de Dalton, je te donne la moitié de mes parts de la société, et la moitié du manoir. Je garde le penthouse et je fais une déclaration dans les médias pour confirmer que tu es le fils de Dalton Colborn et que nous sommes frères.

— Très drôle.

— Ce n'est pas une plaisanterie.

— Et quel serait le prix à payer ?

— Tu oublies Kalissa.

— Pas question.

— C'est à prendre ou à laisser.

— C'est non.

— Tu refuses un quart de milliard de dollars ?

— Le prix à payer est trop cher. Je veux la récupérer.

Ils se dévisagèrent.

— Je trouve que tu lui ressembles un peu, lâcha Riley.

— Je ne prends pas ça pour un compliment.

— Je connais déjà le résultat du test ADN.

— Je me fiche du test ADN.

Shane se leva, s'apprêtant à partir.

— Tu ne me croiras peut-être pas mais j'ai bien aimé tes réponses.

— Tu ne me croiras peut-être pas mais je me fiche de ce que tu penses de mes réponses.

Il but le deuxième verre cul sec, sans même regarder Shane partir.

Kalissa suivit Darci dans l'escalier étroit qui menait à la cabine du jet. Elles venaient de passer quatre jours incroyables au spa de Glimmer Mist Falls. Megan était repartie plus tôt pour terminer une mission chez un client, mais Darci avait insisté pour que Kalissa reste un peu plus longtemps.

Elle n'avait pas eu le cœur de refuser. Riley lui manquait, et elle n'était pas pressée de retourner au manoir ou dans son nouvel appartement.

Pourtant, elle ne pouvait pas rester éternellement au spa et elle devait accepter d'affronter la situation.

Le copilote les accueillit avec un grand sourire.

Malgré les massages et les soins corporels, elle se sentait tendue, l'esprit cotonneux.

— Shane ! s'exclama Darci en entrant dans l'avion.

— J'ai eu envie de venir vous rejoindre pour faire la route avec vous, dit-il en embrassant amoureusement sa femme.

Il salua Kalissa.

— Comment ça va ? s'enquit-il.

— Bien, répondit-elle, s'asseyant en face de Darci.

Shane se tourna vers sa femme pour savoir si Kalissa disait la vérité.

— Disons que ça pourrait aller mieux, commenta Darci.

— Je vais déjà mieux qu'au début.

— C'est vrai. J'ai d'ailleurs failli la faire rester un jour supplémentaire.

— Ce n'est pas possible, répliqua Kalissa.

— Ce serait possible, si tu en avais envie, dit Shane.

— Non, je veux rentrer.

Après tout, ce n'était qu'un chagrin d'amour. Elle s'en remettrait. Elle n'était ni la première ni la dernière à en faire l'expérience.

— Vous êtes prêts ? demanda le pilote.

— Oui ! répondit Shane.

Le pilote ferma les portes, ils accrochèrent leur ceinture.

— Merci à vous deux, murmura Kalissa.

— Tu n'as pas à nous remercier. Tout ce que nous avons t'appartient aussi.

Darci le lui avait répété à plusieurs reprises mais chaque fois, elle s'était opposée à cet état de fait.

Maintenant, il était temps d'accepter son nouveau statut et de se plonger dans sa nouvelle vie.

— J'ai envie de vous aider. Je ne veux pas m'occuper que de la propriété. Je tiens à apporter ma pierre à l'édifice.

Alors que l'avion roulait sur la piste de décollage, Kalissa se sentit plus légère.

— Tu pourrais nous aider dans le département de l'aménagement intérieur. Tu as l'œil pour assembler les couleurs et les motifs.

— Tu veux que je choisisse la couleur de la moquette ?

— Non, tu dirigerais le département.

— Elle pourrait suivre Agnes pendant quelques mois, suggéra Darci à Shane.

— Qui est Agnes ? demanda Kalissa.

— C'est la responsable de notre section d'aménagement intérieur, mais elle part à la retraite au début de l'année prochaine donc si le poste te convient, il est à toi.

— Peut-être, murmura Kalissa.

Le capitaine mit les gaz et ils ne tardèrent pas à s'élever au-dessus de la ville.

— Je suis allé rendre visite à Riley, lâcha Shane alors qu'ils se stabilisaient dans le ciel.

Darci le regarda, manifestement surprise, tandis que Kalissa se figea, le cœur serré, l'esprit confus.

— Tu penses que c'est le moment de parler de ça ? s'enquit Darci sur un ton hésitant.

Shane fit comme s'il n'avait pas entendu sa femme.

— J'ai besoin d'échanger à ce sujet avec Kalissa.

— Je trouve que ce n'est pas le moment, insista Darci.

— Laisse-le parler, dit Kalissa.

Elle avait le cœur lourd et elle était encore en colère contre Riley mais elle mourait d'envie d'avoir de ses nouvelles.

Elle était amoureuse d'un mirage. C'était vraiment pathétique.

— Je lui ai fait une offre.

— Quelle offre ? s'enquit Darci, impatiente.

Shane resta concentré sur Kalissa.

— Je lui ai proposé de déclarer publiquement qu'il est mon frère, après un test ADN, bien entendu, et de lui céder la moitié de mes parts chez *Colborn Aerospace* ainsi que la moitié du manoir.

— Quoi ? Pourquoi lui proposerais-tu de partager notre vie ? s'enquit Darci, offusquée.

Kalissa avait la même question en tête mais elle n'avait pas osé la poser. De toute façon, elle n'aurait pu sortir le moindre son, tant sa gorge était serrée. Elle imaginait Riley sans cesse sur son passage, chez *Colborn*, au manoir.

Un enfer.

Où pourrait-elle aller, pour l'éviter ? Devrait-elle quitter Chicago ?

— Mon offre était assortie d'une condition.

— Laquelle ? s'enquit Darci, de toute évidence émue.

— Qu'il promette de laisser Kalissa tranquille et ne cherche plus jamais à la reconquérir.

— Tu l'as acheté ? s'enquit Darci, jetant un regard inquiet vers sa sœur.

Kalissa n'en revenait pas. En lui mentant et en lui brisant le cœur, Riley avait réussi à convaincre Shane de lui donner tout ce qu'il voulait.

Il avait gagné et elle avait perdu son cœur en chemin.

— Il a refusé mon offre.

— En bloc ? s'exclama Darci.

— En bloc. Il a refusé de renoncer à Kalissa. Il a répondu que ma reconnaissance et une partie de ma fortune ne lui suffisaient pas.

Kalissa n'entendait plus rien. Ses oreilles bourdonnaient comme si le bruit du moteur de l'avion s'était décuplé.

— Kalissa, ça va ? demanda Darci, inquiète.

— Je…

— Il a fait son choix. Il sait ce qu'il veut, répliqua Shane, en secouant la tête.

— Tu penses qu'il n'a pas compris l'offre ?

— Je crois qu'il l'a très bien comprise, au contraire.

— Alors pourquoi ? marmonna Kalissa, s'empêchant de reprendre espoir.

— A ton avis ? répliqua Shane.

— J'ai l'impression que tu as changé d'avis à son sujet, constata Darci, étonnée.

— Je n'irais pas jusque-là, mais je sais à présent qu'il est vraiment amoureux de Kalissa.

— Et tu me sembles tout à fait prêt à le soutenir.

— C'est mon frère, après tout.

Kalissa éprouvait un mélange étrange d'excitation et de fébrilité. Elle ne voulait pas se laisser aller aux espoirs les plus fous, et pourtant, elle ne pouvait s'en empêcher.

Le dimanche, Riley resta à l'usine *Ellis* jusqu'à la fin de la journée. Puis il fit un passage par la salle de sport avant de rentrer chez lui pour prendre une longue douche bien chaude.

Il enfila un pantalon en coton gris et se rendit pieds nus dans la cuisine pour explorer le contenu du frigo. Il avait besoin de quelque chose de réconfortant comme une pizza, des nachos ou un gâteau au chocolat. Il voulait regarder un film d'aventures puis s'endormir en essayant de ne pas rêver.

Il devait recoller les morceaux de sa vie et avancer, mais il n'avait pas envie de commencer ce soir.

Quelqu'un sonna à l'entrée.

Il referma le réfrigérateur, partagé entre l'envie d'ignorer cette intrusion et le besoin d'être distrait par le monde extérieur. C'était peut-être un voisin qui organisait une fête ou dont la plomberie fuyait.

On sonna de nouveau. C'était peut-être une urgence. Il alla ouvrir.

Et manqua de tomber à la renverse.

Kalissa se trouvait devant lui, vêtue d'une robe dorée qui lui allait à ravir. Elle avait tressé ses cheveux et elle s'était maquillée légèrement mais assez pour mettre ses jolis traits en valeur.

— J'ai acheté ça à New York. Je suis une vraie princesse, maintenant, déclara-t-elle sur un ton provocateur.

— Ta tenue de princesse te va très bien.

Elle le regarda quelques instants en silence.

— Tu sais, j'ai changé, lâcha-t-elle comme pour le défier.

— Moi, je suis sûr qu'au fond de toi, tu es toujours pareille, répliqua-t-il, tentant de garder son calme et de faire taire l'excitation qui l'animait.

— Je peux ? demanda-t-elle, avant d'entrer sans attendre son feu vert.

Elle semblait détendue.

Le cœur gonflé d'espoir depuis qu'il avait ouvert la porte, il n'osait cependant s'autoriser à croire en l'impossible.

Dans l'allée, il aperçut Garrison.

— Que fais-tu là ? s'enquit-il.

— J'ai besoin de te parler, répondit-elle en posant sa paume fraîche contre son torse.

— Je t'écoute.

— Mais en fait, je n'ai pas envie de parler…

Elle leva le menton vers lui, lui offrant un regard habité d'une expression follement sensuelle.

— Kalissa…

Si elle continuait, il ne tiendrait pas plus de cinq secondes. Elle vint se coller à lui.

— Si tu ne me donnes pas la bonne réponse, je m'en vais, dit-elle.

Il ne dirait rien qui puisse la froisser.

— Si notre histoire doit vraiment se terminer…

Elle avait dit « si »… Devait-il se jeter dans ses bras ou attendre avant de se réjouir ?

— Si notre histoire doit se terminer, alors je veux refaire l'amour une dernière fois avec toi.

Elle avait beau délirer, il s'en moquait.

Il la souleva, pour l'emporter directement dans sa chambre. C'était une proposition extravagante mais il n'avait pas envie de discuter.

Il la déposa à côté de son lit.

— Kalissa…

— Chut, dit-elle, avant de se dresser sur la pointe des pieds pour plaquer ses lèvres sur les siennes.

Il n'en revenait pas de ce baiser inattendu. A peine avait-il commencé à y prendre goût et à fouiller sa chevelure qu'elle s'écarta de lui.

Avait-elle changé d'avis ?

Pas du tout.

Elle était en train d'enlever sa culotte, puis elle lui enleva son pantalon et le fit s'asseoir sur le lit en s'appuyant sur ses épaules.

Dès qu'il fut installé, elle s'assit à califourchon sur lui.

— Une fois rapidement, puis une fois doucement, dit-elle.

— Tout ce que tu voudras, murmura-t-il, prenant ses lèvres à pleine bouche.

Il lui fit l'amour deux fois, comme elle lui avait demandé. Ils ne communiquèrent qu'en échangeant des caresses, des gémissements, des souffles et des murmures rauques et sensuels.

Quand ils furent couverts de sueur, repus et incapables de bouger, il se laissa tomber contre elle, détendu et pleinement satisfait.

Le téléphone de Riley sonna.

— C'est Garrison.

Elle sourit.

— Venez la récupérer demain matin, déclara-t-il au garde du corps.

Elle lui fit les gros yeux.

— Peut-être, ajouta-t-il.

— A demain, alors.

— Entendu.

Il raccrocha.

— J'aime bien cette chambre, dit-elle après inspection de l'espace.

— Elle te va très bien, renchérit-il d'un ton enjoué.

Et si cela ne tenait qu'à lui, il la garderait ici pour toujours. Elle le contempla quelques instants, souriante.

— Je t'ai caché quelque chose, chuchota-t-elle. Je m'en excuse.

— Tu as un secret ? demanda-t-il, surpris.

— Oui et ça concerne *Colborn.*

Son téléphone sonna de nouveau. Il jura dans sa barbe. L'appelant était bloqué.

— Allô ? fit-il, légèrement impatient.

— Kalissa est avec toi ?

— Shane ?

— Kalissa est avec toi ?

— Oui.

— Alors voilà ma nouvelle proposition : garde Kalissa.

Riley s'immobilisa, attendant la suite.

— Je vais te reconnaître publiquement comme mon frère. On fusionne *Colborn Aerospace* et *Ellis Aviation.* On partage la société et le manoir. Mais on vit chacun chez soi.

Riley avait envie de crier de bonheur.

— Parfait, répondit-il pour ne pas trahir ses émotions.

— Tu l'as demandée en mariage ?

— Au revoir, Shane.

— Je suis ton frère aîné donc j'ai le droit…

— Tu as deux mois de plus que moi !

— Et je suis marié depuis deux mois. Vas-y, frérot, conclus l'affaire au plus vite.

— Tu crois que j'ai mes chances ?

— Je crois que tu as toutes tes chances.

Riley raccrocha avant de se rallonger à côté de Kalissa.

— Alors, qu'est-ce que tu voulais me dire ?

— Darci m'a donné la moitié de *Colborn*. Enfin, la moitié de sa moitié.

— Ah bon ? Et pourquoi ?

— Apparemment, ça me revient de droit, vu que notre père a été lésé par Dalton Colborn et en tant que sœur jumelle de Darci, j'ai droit à ma part d'héritage.

— C'est génial, mais tu veux bien qu'on laisse nos histoires d'héritage de côté ?

— Bien sûr. Tu voudrais parler de quoi ?

Il attendit un peu, rassemblant son courage. Et se jeta enfin à l'eau.

— Kalissa… Si tu savais comme je t'aime.

— Riley, depuis le temps que j'attendais ça ! s'écria-t-elle en se serrant contre lui.

— Il fallait le dire plus tôt ! la taquina-t-il.

— Shane m'a raconté l'offre qu'il t'a faite.

— Je ne veux que toi. Je n'aime que toi.

— Il a voulu te tester pour me prouver tes sentiments.

— Shane a des méthodes parfois douteuses.

Elle lui prit la main et la posa contre son cœur.

— Je t'aime, Riley Ellis.

— Oh ! ma belle, moi aussi je t'aime ! Et je ne veux plus qu'on se sépare. Accepterais-tu de m'épouser ?

— Oui !

— C'est le plus beau jour de ma vie. Je te promets de faire de toi la femme la plus heureuse au monde.

BARBARA DUNLOP

Défi pour un patron

INTÉGRALE

LES MILLIARDAIRES DE CHICAGO

Traduction française de
TATIANA ANDONOVSKI

SAGAS

HARLEQUIN

Titre original :
A BARGAIN WITH THE BOSS

Ce roman a déjà été publié en 2017

1

La soirée du samedi s'acheva prématurément pour Lawrence « Tuck » Tucker. Sa cavalière ne s'était pas avérée à la hauteur de ses espérances. Elle s'appelait Felicity. Elle avait un beau sourire, des cheveux blonds comme les blés, un corps à faire chavirer plus d'un homme, le QI d'un basset et, surtout, elle détestait l'équipe des Bulls. Comment était-ce possible ? Tout habitant de Chicago se devait de soutenir leur équipe. Pour lui, c'était assimilable à un acte de trahison.

Le temps d'arriver au dessert, Tuck avait décidé que la vie était trop courte pour qu'il perde son temps avec une femme pareille. Il l'avait raccompagnée à son appartement, la quittant après une brève et chaste embrassade.

Quand il entra dans le hall de la maison familiale des Tucker, tout était silencieux. Personne ne l'attendait. En général, il rentrait beaucoup plus tard.

Alors qu'il avançait vers le grand salon, il entendit les voix de son père, Jamison, et de son frère, Dixon, en grande conversation dans la bibliothèque.

— Je ne dis pas que ce sera facile, disait le frère aîné de Tuck, sur un ton agacé.

Jamison et Dixon dirigeaient l'entreprise familiale, Tucker Transportation, et il était très rare de les entendre hausser le ton.

— C'est le moins que l'on puisse dire. Si tu ne vas pas à Anvers, qui pourra s'y rendre ? Moi, je ne peux pas. Et pas question d'envoyer un jeune premier.

— Le directeur des opérations n'est pas un jeune premier.

— Il faut dépêcher un vice-président. Donc, tu dois y aller.

— Je ne peux pas. Envoie Tuck.

— Tuck ! s'exclama Jamison sur un ton moqueur.

La dérision dans la voix de son père contraria Tuck au plus haut point. Même après toutes ces années, il ne cessait d'être blessé par le peu de confiance que son père lui témoignait.

— Tuck est aussi vice-président, répliqua Dixon.

— Il n'a de vice-président que le nom.

— Papa…

— N'essaie pas de m'amadouer. Tu connais comme moi les défauts de ton frère. Qu'est-ce qui t'oblige à partir en vacances maintenant ?

— J'ai besoin de prendre du recul et de réfléchir à ma situation personnelle.

— Dixon, je sais qu'elle t'a fait du mal.

— La femme à qui j'étais marié depuis dix ans a trahi ma confiance. Tu ne peux pas imaginer ce que je ressens.

Tuck éprouva de la sympathie pour son frère. Il avait traversé une période difficile depuis qu'il avait découvert sa femme Kassandra au lit avec un autre homme.

Ils s'étaient tus.

Ils pourraient très bien quitter la bibliothèque et le surprendre en train d'écouter aux portes. En silence, il recula.

— Tuck mérite une chance, insista Dixon.

Il s'arrêta de nouveau pour écouter.

— Tuck a eu sa chance, lâcha sèchement Jamison.

Quand ? Quand avait-il eu l'occasion de faire ses preuves ? Tout ce à quoi il avait eu droit, c'était de s'asseoir dans son bureau et de s'y sentir comme un invité malvenu.

Au fil des ans, il avait appris que la seule façon de se défendre contre son père, c'était de n'en attendre aucune reconnaissance et de ne pas chercher à apporter sa pierre à l'édifice.

Après tout, beaucoup de gens enviaient le style de vie de Tuck. Il n'avait qu'à se taire et à profiter de ce que la vie lui offrait.

Il se dirigea à pas de loup vers la porte d'entrée, l'ouvrit doucement avant de la claquer pour bien faire savoir que quelqu'un était arrivé.

— Y a quelqu'un ? cria-t-il tout en marchant vers la bibliothèque, leur donnant ainsi le loisir de changer de sujet.

— Ah, Tuck, bonsoir ! lança son frère.

— Tu passes la nuit ici ? lui demanda-t-il.

Dixon avait un penthouse en ville, où il avait vécu avec Kassandra, mais il lui arrivait de venir dormir dans la résidence familiale.

— Je m'installe ici. J'ai vendu mon appartement.

Etant donné l'expression de son père, Tuck comprit qu'il n'était pas le seul à apprendre la nouvelle.

— Qu'est-ce que vous buvez ? s'enquit-il.

— Du Glen Garron, répondit Jamison.

— Parfait, approuva Tuck en enlevant sa veste pour se mettre à l'aise.

Avec des étagères du sol au plafond, une cheminée en marbre, de grands fauteuils en cuir rouge foncé, de petites tables en noyer, la bibliothèque n'avait pas changé depuis soixante-dix ans. Elle avait été aménagée à l'époque du grand-père de Tuck, Randal, qui s'en servait comme d'une tour d'ivoire.

Tuck attendit que son père et son frère lancent la conversation.

— Alors, comment s'est passée ta soirée ? demanda son père.

— Bien, merci.

— Autrement dit, ce n'était pas concluant, déclara Jamison sur un ton cassant.

— C'était la première fois que tu voyais cette fille ? s'enquit Dixon sur un ton moins tranchant qu'à son habitude.

— Et la dernière, répliqua Tuck en se versant un verre de scotch. Je vois Shane demain matin, tu veux te joindre à nous ?

— Désolé, je ne peux pas, j'ai des choses à régler.

Dixon cachait quelque chose, il en était certain. Mais quoi ? Son frère avait-il vraiment l'intention de prendre des vacances ? Non, ce n'était pas son genre. Et leur père avait raison. Tucker Transportation ne pouvait pas tourner sans Dixon, et lui-même ne constituait en rien un remplaçant à la hauteur.

Amber Bowen regarda droit dans les yeux le président de Tucker Transportation et mentit, sans ciller.

— Non, Dixon ne m'a parlé de rien, répondit-elle à Jamison Tucker.

Elle se sentait farouchement loyale envers son patron, Dixon Tucker. Cela faisait cinq ans qu'elle était à son service et elle n'oublierait jamais qu'il lui avait donné sa chance alors que personne d'autre n'avait été prêt à le faire.

Il lui avait fait confiance alors qu'elle était sans diplôme d'études supérieures et avec très peu d'expérience professionnelle, et elle était prête à tout pour lui témoigner sa reconnaissance.

— Quand lui avez-vous parlé pour la dernière fois ?

Jamison Tucker en imposait derrière son grand bureau au trente-deuxième étage du siège de Tucker Transportation. Ses cheveux gris étaient impeccablement peignés et coupés méticuleusement toutes les trois semaines. Ses costumes étaient taillés sur mesure. Il était moins grand que ses deux fils, mais son caractère suffisait amplement à compenser ce déficit. Il avait le cou épais, comme un bouledogue, les sourcils touffus et le visage carré.

— Hier matin, répondit enfin Amber.

Cette fois, elle disait la vérité. Il la scruta d'un regard inquisiteur.

— Vous ne l'avez pas vu hier soir après la fermeture des bureaux ?

La question la prit au dépourvu.

— Je… Pourquoi me demandez-vous ça ?

— C'est soit oui, soit non, Amber.

— Non.

Pourquoi Jamison lui posait-il cette question, et sur un ton aussi suspicieux ? Non, elle ne l'avait pas vu. Mais elle savait où Dixon se trouvait la veille au soir. A l'aéroport, prêt à embarquer à bord d'un jet privé pour l'Arizona. Il avait quitté Chicago et ne reviendrait pas avant longtemps.

Il lui avait dit avoir laissé une note à sa famille afin qu'ils ne s'inquiètent pas. Ensuite, il lui avait fait promettre de ne dévoiler aucune autre information, à quiconque. Et elle honorerait sa promesse. Il travaillait trop, il était épuisé.

Récemment, il avait pris à sa charge davantage de responsabilités en plus de son divorce, qui avait eu des effets dévastateurs sur son humeur. Il avait essayé d'en parler à sa famille, mais personne n'avait voulu l'écouter. Il n'avait pas eu d'autre choix que de disparaître.

Son père et son frère, qui n'était *a priori* qu'un bon à rien, allaient devoir le remplacer, qu'ils le veuillent ou non.

— C'est étrange, mais votre attitude me suggère que vous me cachez quelque chose. Qu'y a-t-il entre Dixon et vous ?

Elle se rembrunit.

— Insinuez-vous que j'ai une relation avec Dixon ?

C'était risqué de hausser le ton, mais elle était en colère.

— Je ne vous permets pas…

Elle le coupa.

— Vous devriez avoir honte de ne pas faire confiance à votre fils.

A cet instant, le visage de Jamison changea d'expression.

Il ouvrit la bouche.

— Mais…

Elle s'attendit au pire. Allait-il la renvoyer ?

Au lieu de parler, Jamison mit la main sur sa poitrine, à l'endroit du cœur. Son corps se raidit dans le grand fauteuil et il laissa échapper trois souffles brefs. Puis plus rien.

Amber se leva d'un bond.

— Monsieur Tucker ?

Son visage semblait frappé par l'horreur.

Paniquée, elle s'empressa d'appeler l'assistante de M. Tucker, Margaret Smithers.

Celle-ci apparut aussitôt dans le bureau.

Pendant qu'Amber contactait les urgences, Margaret appela l'infirmière de l'entreprise.

Quelques instants plus tard, celle-ci entra dans le bureau, demanda de l'aide pour allonger Jamison par terre, puis se mit à lui administrer les premiers secours.

Amber regarda la scène, horrifiée. Son cœur s'était-il vraiment arrêté ? Allait-il mourir ici, dans ce bureau ?

Elle devait prévenir sa femme. Mais il ne fallait pas que cette dame soit seule en entendant la nouvelle. Et ce n'était pas à une secrétaire de lui annoncer le drame.

— Je dois appeler Tuck, glissa Amber à Margaret.

Celle-ci était pâle comme un linge, les larmes aux yeux. Elle s'agenouilla à côté de Jamison.

— Margaret ? Comment puis-je joindre Tuck ?

— Sur mon bureau, il y a une liste de téléphones. Vous y trouverez son numéro de portable, bredouilla-t-elle.

Amber sortit du bureau.

Alors qu'elle appelait Tuck, les ambulanciers des urgences arrivèrent avec un brancard.

— Allô ? lâcha Tuck.

— Ici Amber Bowen, balbutia-t-elle la voix tremblante, s'efforçant de ne pas regarder dans le bureau, de peur de défaillir.

Il y eut un silence.

Visiblement, Tuck ne savait pas qui elle était. Une attitude assez représentative du niveau de participation de Tuck dans l'entreprise familiale, mais ce n'était pas le moment de juger.

— Je suis l'assistante de Dixon.

— Ah oui, Amber.

— Venez au plus vite.

— Où ça ? Au siège ? Pourquoi ?

— Pour voir votre père.

— Mon père veut que je vienne le voir au bureau ? ironisa-t-il.

— Non. Il va partir dans une ambulance.

— Comment ça ?

— Il a eu un malaise.

— Quel genre de malaise ?

— Je ne sais pas.

C'était sûrement une crise cardiaque, mais elle ne disposait pas d'assez d'éléments pour s'avancer.

— Vous ne savez pas ?

— Les ambulanciers s'occupent de lui et vont l'emmener à l'hôpital. Je ne voulais pas appeler Mme Tucker et la paniquer.

— Oui, vous avez bien fait.

— Vous devriez les rejoindre à l'hôpital.

— Je me mets en route, merci.

Il raccrocha aussitôt.

Après lui avoir posé un masque à oxygène et installé une perfusion, les ambulanciers emmenèrent Jamison.

Amber s'assit dans le fauteuil de Margaret, les jambes flageolantes. Cette dernière sortit bientôt du bureau de Jamison, en compagnie de l'infirmière. Elle avait les yeux rouges.

Aussitôt, Amber se leva.

— Ne vous inquiétez pas. Ils vont s'occuper de lui.

— Comment est-ce possible ? murmura Margaret, fortement chamboulée.

L'infirmière s'éclipsa pour rejoindre les ambulanciers.

— Vous pensez qu'il a des problèmes cardiaques ? s'enquit Amber.

Margaret secoua la tête.

— Non. Et hier soir, il était…

Elle s'arrêta, une larme coulant le long de sa joue.

— Il s'est passé quelque chose hier ?

— Non. Il était de bonne humeur. On a bu du vin…

— Ah bon, à quelle occasion ?

Margaret se figea, paniquée.

— Oh… juste comme ça, répondit-elle, faisant mine de remettre en place une pile de papiers sur son bureau.

Amber était abasourdie. Jamison et Margaret avaient passé la soirée ensemble ?

Margaret ayant l'air sous le choc, elle décida de ne pas la questionner plus avant.

— Je vous laisse votre place, déclara-t-elle en se levant du siège de Margaret.

— Je vais annoncer au conseil d'administration que Jamison ne sera pas là cet après-midi.

— Prévenez-moi si vous avez besoin d'aide.

Amber la laissa, pensant à tout ce qui allait devoir être mis en œuvre pour gérer la situation.

Dixon était absent et Jamison à l'hôpital, il n'y avait donc plus personne pour diriger la société, à l'exception de Tuck. Or il n'avait pas l'étoffe d'un vice-président. Il n'était qu'un play-boy qui ne faisait que de rares apparitions dans les locaux de la société.

Une semaine plus tard, Tuck se rendit compte qu'il devait accepter la réalité. Son père aurait besoin d'une longue période de convalescence avant de se remettre de sa crise cardiaque, Dixon avait disparu de la circulation, il ne restait donc plus que lui pour prendre la tête de Tucker Transportation.

Depuis le début de la réunion, les membres du conseil assis autour de la table semblaient ahuris de le voir occuper le siège directorial.

Il comprenait tout à fait leur sentiment.

Le directeur financier, Harvey Miller, intervint, hors de lui :

— Franchement, je ne comprends pas pourquoi vous ne pouvez pas entrer en contact avec Dixon.

Tuck ne savait pas encore ce qu'il devait leur dévoiler concernant la disparition de son frère.

Il avait essayé de l'appeler, de lui envoyer des messages, des mails. Rien n'y avait fait. Dixon ne lui avait pas répondu. Et dans la lettre que son frère avait laissée à l'intention de leur père, il n'y avait pas plus d'informations sur l'endroit où il pouvait se trouver.

— Dixon est en vacances, annonça Tuck, sans ciller.

— En vacances ? lança Harvey, incrédule.

— Il ne m'a rien dit, déclara Mary Silas, la responsable des ressources humaines.

— Dites-lui qu'il doit rentrer.

Tuck ne leur répondit pas directement.

Pour rebondir, il s'adressa à tout le conseil :

— Je veux un rapport de chacun de vous d'ici demain matin. Amber va organiser des entretiens individuels.

— Que fait-on pour le salon du commerce à New York ? s'enquit Zachary Ingles, le directeur du marketing.

Tuck ne savait pas grand-chose de ce salon. Il s'y était rendu quelque fois, mais, hormis les soirées et les hôtesses d'accueil, il n'avait pas un souvenir précis des ambitions commerciales de Tucker Transportation dans ce genre d'événements.

— On pourra en parler demain, répondit-il d'un ton ferme.

— Il y a des décisions à prendre, répliqua Ingles, impatient.

— Alors, je les prendrai.

Il n'avait aucune idée de là où il mettait les pieds, mais assez d'assurance pour faire semblant.

— On pourrait demander à Dixon d'être présent par visioconférence ? proposa Harvey.

— Il n'est pas disponible, répliqua Tuck.

— Où est-il ?

Lucas Steele, le dernier venu, chargé de diriger les opérations, intervint, le sauvant d'une mauvaise passe :

— Vous voulez un rapport détaillé ou un résumé ?

Lucas était différent des autres, plus décontracté dans son allure. Il ne portait pas de costume ni de cravate. Il se contentait d'un jean, d'une chemise et d'un blazer.

— Un résumé suffira.

Il attendit quelques instants pour laisser aux autres le temps de réagir, puis il se leva.

— Merci, lâcha-t-il, pour conclure la réunion.

Ils sortirent tous de la salle, à l'exception d'Amber.

Il n'avait guère fait attention à elle cette semaine, mais il se rendait compte aujourd'hui à quel point elle était efficace. Margaret, l'assistante de son père, semblait complètement perdue, mais Amber tenait la barre, sereine.

Physiquement, elle paraissait taillée pour le rôle. Des cheveux bruns coiffés en une natte très serrée, peu de maquillage, une jupe grise, une veste assortie et un chemisier blanc.

Cependant, deux choses retinrent son attention. Les mèches

de cheveux qui avaient échappé au tressage et ses chaussures à talons aiguilles avec des semelles dorées.

— Il faut absolument mettre la main sur Dixon, lui dit-il.

— Non, on devrait le laisser tranquille, répondit-elle.

Il n'apprécia pas du tout sa réponse.

— Il a une entreprise à gérer, répliqua-t-il.

Elle lui lança un regard agacé.

— C'est vous qui avez une entreprise à gérer.

Sa réaction le déstabilisa.

Décidément, cette jeune femme réservait bien des surprises. Mais ce n'était pas le moment de s'y attarder.

— Vous savez très bien que ça ne se passera pas comme ça.

— Vous, peut-être, mais moi, je ne le sais pas.

Il n'était pas à cheval sur la hiérarchie, mais il n'aimait pas son attitude.

— Vous parlez à Dixon sur ce ton-là ?

Elle parut étonnée de la question, mais reprit rapidement son air posé.

— Sur quel ton ?

— Vous savez très bien ce que je veux dire.

— Dixon a besoin de se retrouver. Le divorce l'a secoué.

Il connaissait l'histoire, il n'avait pas besoin que l'assistante de son frère lui fasse la morale.

— De toute façon, il est mieux sans elle, ajouta-t-elle.

Cette remarque attisa sa curiosité.

— Vous êtes au courant de sa vie privée ?

Elle prit le temps de répondre.

Quelle était la véritable relation de Dixon et de son assistante ? Etait-elle sa confidente ? Leur lien allait-il plus loin ?

— Disons que j'ai eu l'occasion de les voir ensemble et d'entendre des bribes de leurs conversations.

Il examina Amber, se demandant si elle avait assumé un plus grand rôle dans la vie de Dixon quand son mariage s'était effondré.

— Arrêtez d'insinuer des choses, reprit-elle. Soyez franc. Si vous avez quelque chose à me demander, allez-y.

— Entendu. Alors, j'aimerais savoir quel rôle exact vous occupez auprès de mon frère.

— Je suis son assistante personnelle.

— Qu'entendez-vous par « personnelle » ?

— A tous les niveaux.

— Vous savez très bien où je veux en venir.

— Non, soyez plus précis.

Malgré son attitude défiante, elle lui plaisait de plus en plus. Il admirait sa franchise. Et il la trouvait très séduisante.

— Etes-vous la maîtresse de mon frère ?

Alors qu'il formulait la question, il se rendit compte que la réponse était importante pour lui. Il ne voulait pas qu'elle soit la maîtresse de Dixon.

— Non.

Un étrange sentiment de soulagement l'envahit.

— Vous en êtes sûre ?

— Il m'arrive d'oublier mes clés de voiture ou de nourrir mon chat, mais vous ne croyez pas que si j'étais ou si j'avais été la maîtresse de Dixon, je m'en souviendrais ?

Il eut envie de l'embrasser, soudain pris du désir fulgurant de l'étreindre et de goûter ses lèvres impertinentes.

— Vous avez un chat ?

— Ce n'est pas le propos. Dixon n'est plus là et il n'est pas près de revenir. Vous devez assumer votre rôle de remplaçant et je ne vous laisserai pas vous défiler.

— Et comment comptez-vous vous y prendre ?

— Force de persuasion, insistance et contrainte.

— Vous pensez pouvoir me contraindre ?

— Je pense surtout qu'au fond, vous avez envie d'impressionner votre père.

Elle avait tort, il n'avait pas envie d'impressionner son père, mais il eut soudain très envie d'impressionner Amber. Et à la réflexion, c'était bien la première fois qu'il avait envie d'impressionner une femme.

Les circonstances n'étaient pas à son avantage, mais il n'était pas du genre à reculer devant un défi.

2

Amber oscillait entre la contrariété et la sympathie.

Au cours de la semaine qui venait de s'écouler, Tuck était arrivé tous les matins à 8 heures.

Pour l'aider à se réveiller, elle faisait en sorte qu'il trouve un café sur son bureau en arrivant. Etant donné l'état de fatigue qu'il affichait, elle en concluait qu'il n'avait pas encore ajusté son mode de vie à son nouveau rôle de P-DG.

Elle avait pris son poste à l'extérieur du bureau de Tuck. En effet, comme il n'avait jamais tenu un rôle prédominant, il n'avait jamais disposé de sa propre secrétaire.

A présent, il assumait les rôles de Dixon et de Jamison.

Depuis la crise cardiaque de ce dernier, Margaret était absente un jour sur deux, si bien qu'il incombait à Amber d'entretenir la communication entre les directeurs, les associés, les responsables des différents services ainsi que leurs assistantes, afin de s'assurer qu'aucun élément crucial n'était négligé.

En ce moment même, le ton montait dans le bureau de Tuck. Il était en réunion avec Zachary Ingles, le directeur du marketing. Ils étaient à deux semaines du salon de New York et il fallait agir vite pour préparer une délégation à la hauteur du statut de Tucker Transportation.

— Je vous ai envoyé trois options par mail. Il ne vous restait plus qu'à trancher ! hurla Zachary.

— J'ai deux mille mails dans ma boîte, rétorqua Tuck.

— Je ne suis pas responsable de votre manque d'organisation. On a raté tous les délais d'impression.

— S'il y avait un délai urgent, vous deviez me le dire.

— Je vous l'ai dit !

L'instant d'après, Zachary Ingles sortait du bureau en trombe, le regard noir.

— Dites à votre patron qu'il doit gérer le retard des impressions !

Amber ne se donna pas la peine de répondre. Elle n'avait jamais aimé Zachary. C'était un homme frustré, désagréable et autoritaire qui faisait peu de cas de la hiérarchie et des gens travaillant pour lui.

Dixon s'en accommodait car c'était un protégé de Jamison, et qu'il savait attirer les gros clients.

Elle se leva pour aller parler à Tuck.

— Lucas arrive à 10 heures, donc vous avez trente minutes de battement.

— Je vais en profiter pour lire quelques centaines de mails, ironisa-t-il.

— Bonne idée.

— Vous savez que je suis complètement largué ?

— Ne dites pas ça.

— Pourtant, c'est la vérité. J'ai deux mille messages non lus. Comment fait Dixon ?

— Il est très organisé.

— C'est ce que tout le monde me répète.

— Dixon a des années d'expérience. Quand il a commencé en tant que vice-président, lui aussi a rencontré des difficultés. Il a travaillé dur, il est donc encore trop tôt pour envisager de rivaliser avec lui.

— D'accord, j'ai besoin d'être conseillé, mais j'en ai assez d'entendre des éloges sur mon frère.

Amber regretta d'être allée trop loin.

Elle ne connaissait pas bien Tuck, elle l'avait jugé à maintes reprises, mais, finalement, elle n'en savait presque rien.

Après tout, il se montrait volontaire et présent, c'était déjà quelque chose. Même s'il n'avait pas vraiment eu le choix.

Cela étant, il aurait pu se défiler, en invoquant n'importe quelle excuse. Mais il était là.

— Zachary aurait dû vous alerter que la date limite était imminente.

— Je n'aurais pas dû rater son mail.

— Il est trop tard pour perdre du temps en regrets. Vous allez rater ou oublier d'autres choses, c'est inévitable.

— Je vois que vous avez pleinement confiance en moi.

Elle était contrariée. Tuck ne méritait pas d'être maltraité ainsi.

— Prévenez vos employés.

— Comment ça ?

— Dites-leur que c'est à eux de vous tenir au courant des dates butoirs importantes et de s'assurer que vous en ayez eu connaissance. Le mail n'est pas la réponse à tout. Parlez-en lors d'une prochaine réunion. Et augmentez la fréquence des réunions, s'il le faut. Vous pourriez même envisager un débriefing quotidien. Enfin, si vous avez le courage de supporter Zachary au quotidien, ajouta-t-elle, pince-sans-rire.

Tuck sourit.

— C'est une très bonne idée. Merci du conseil.

— Et puis je peux aussi trier les mails qui arrivent dans votre boîte de réception.

Il lui adressa un sourire reconnaissant.

— Vous les liriez pour moi ?

— Oui. Je peux faire le tri entre les messages importants et ceux qui iront directement dans la poubelle.

— Je pourrais vous embrasser de gratitude !

C'était une expression toute faite, mais qui provoqua néanmoins en elle une réaction inattendue. Des papillons dans le bas-ventre et une vague de frissons.

Puis leurs regards se croisèrent, et elle fut soudain consciente qu'une dimension charnelle venait de s'ajouter à leur échange.

— Ce ne sera pas nécessaire, répondit-elle, la gorge sèche.

— Vous voulez dire que votre salaire suffira à compenser votre labeur ?

— Tout à fait.

A présent, ses yeux scintillaient d'une lueur qu'elle ne lui connaissait pas.

— Soit, mais l'offre tient quand même.

Elle observa son visage agréablement dessiné, ses traits séduisants, son regard sexy.

— Vous ne ressemblez pas du tout à Dixon.

— Pourquoi dites-vous ça ?

— Il ne plaisante jamais.

— Il devrait, ça fait du bien.

Soudain, sa loyauté envers Dixon reprit le dessus.

— Vous savez, il a beaucoup souffert ces derniers temps.

Elle ignorait tout de la relation entre Dixon et Tuck, mais elle avait été aux premières loges pour voir les dégâts que l'infidélité de Kassandra avait provoqués dans la vie de l'aîné.

— Je sais qu'il a souffert, convint Tuck.

— Elle lui a menti sur toute la ligne.

Tuck réfléchit quelques instants avant de réagir.

— Et vous, vous avez l'intention de me mentir ?

Elle le regarda, interloquée.

— Je ne vois pas le rapport, mais dans tous les cas, sachez que je suis toujours très professionnelle et que ce ne serait pas dans mon intérêt de vous mentir.

— Alors vous allez m'aider à réussir ?

Elle observa un temps d'arrêt avant de répondre.

— Oui, si je trouve que vous le méritez.

— Pour l'instant, je m'en sors comment ?

— Comme vous semblez avoir cerné Zachary, j'avoue que je suis impressionnée.

Tuck parut satisfait du compliment.

— Je me demande comment il fait pour s'entendre avec mon père.

— Il ne se conduit pas ainsi avec votre père.

— Il me teste ?

— Tout le monde vous teste.

— Même vous ?

— Surtout moi.

En fait, Tuck s'en sortait beaucoup mieux que prévu.

Et elle était de moins en moins immunisée contre son charme et ses belles paroles.

Il était temps de se ressaisir pour éviter le pire.

Une fois rentré dans la demeure familiale, Tuck se retira au second étage. Du point de vue du style, cette partie de la demeure était différente du reste de la résidence, avec des tons cuivre, des pots en grès et des meubles en rotin.

Il trouvait cela très reposant et plus intime.

Dans le reste de la bâtisse, qui datait du début du XIXe siècle, le sol était couvert de parquet, les plafonds étaient très hauts, et des moulures élaborées ornaient de magnifiques arcades.

Et en ce moment, c'était un lieu très silencieux.

En effet, la semaine précédente, son père avait été installé dans une maison spécialisée à Boston. Leur mère était partie avec lui, emmenant dans son sillage des membres du personnel qui lui étaient dévoués. Tout ce petit monde logeait à présent chez la sœur de leur mère, tante Julie.

Et comme Dixon manquait à l'appel, Tuck était le seul habitant de la maison.

Ce soir, il avait invité Jackson Rush à venir le rejoindre. Jackson était un ami de longue date. Après le lycée, Tuck avait entrepris des études de commerce à l'université de Chicago tandis que Jackson étudiait la criminologie. A présent, celui-ci dirigeait une entreprise de détectives privés à travers le pays.

— J'espère que tu as de bonnes nouvelles, dit Tuck alors que Jackson enlevait sa veste pour la tendre à la gouvernante.

— Dixon est monté à bord d'un jet privé pour se rendre à New York.

— Mais pas un jet Tucker Transportation. J'ai vérifié.

— En effet, il est parti avec Signal Air.

— Parce qu'il ne voulait pas que mon père retrouve sa trace.

— Oui, je crois.

Ils se dirigèrent vers la véranda.

— Donc, il est à New York.

— En fait, non. De là, il a pris un train pour Charlotte.

— Un train ? Pourquoi prendrait-il un train ? Et qu'est-ce qu'il y a d'intéressant à Charlotte ?

— En train, il n'a pas besoin de prouver son identité et il peut donc préserver son anonymat. Et de Charlotte, on pense qu'il a pu aller à Miami ou à La Nouvelle-Orléans. Tu vois un intérêt pour lui de se rendre dans l'une de ces deux villes ?

Tuck réfléchit. Rien ne lui vint à l'esprit.

— Une femme ? suggéra Jackson.

— Il se remet à peine de sa séparation avec Kassandra. Franchement, ça m'étonnerait qu'il se soit lancé aussitôt dans une autre relation.

— Mais tu n'en sais rien. Toutes les pistes sont bonnes à explorer. Pour le moment, on sait qu'il ne s'est pas servi de sa carte. Et il n'y a pas non plus d'activité sur son portable.

Tuck prit place dans l'un des fauteuils de la véranda.

— Dis donc, il a bien préparé son coup.

— Il est clair que ton frère ne veut pas être retrouvé.

— Ce qui est gênant, c'est qu'on ne puisse pas le joindre. Il ne sait pas ce qui est arrivé à notre père. Il ignore que je suis seul aux commandes de Tucker Transportation. S'il le savait, il rentrerait aussitôt.

— Peux-tu m'en dire plus sur sa vie ? A-t-il des ennemis ? A-t-il commis un crime ou détourné de l'argent ?

Tuck éclata de rire.

— Quel argent veux-tu qu'il détourne ? Il a accès à tout l'héritage familial ! Voyons, un peu de sérieux.

— Un ennemi ? Quelqu'un qui lui voudrait du mal ? Peut-être l'amant de Kassandra ?

— Dixon n'a pas peur d'Irwin Borba.

— Alors quoi ?

— D'après ce que j'ai compris, Dixon avait besoin de vacances.

Tuck avait envie de croire à ce scénario. Tout simplement parce que si Dixon était véritablement en train de boire des cocktails et de regarder des filles en bikini, il serait bientôt de retour. Car cela faisait déjà deux semaines. Il lui suffirait alors de tenir encore quelques jours, puis il serait libéré de ses obligations.

En tout cas, c'était ce qu'il espérait.

— Un grand salon du commerce qui va se tenir à New York. Et on lance deux nouveaux conteneurs à Anvers la semaine prochaine. Il va forcément rentrer bientôt. Il ne peut pas rater ça.

— Oui, mais il pense que ton père est là pour s'occuper de tout.

Jackson avait raison. Dixon partait sûrement du principe que Jamison irait représenter la société à Anvers.

— Tu as fouillé son ordinateur ? Il a peut-être une adresse mail que tu ne connais pas.

— Peut-être.

Tuck n'avait pas très envie de mettre le nez dans les affaires de son frère, mais la situation lui imposait des mesures drastiques.

— Si j'étais toi, j'irais faire un tour dans son ordinateur de bureau. Vérifie aussi son ordinateur portable, sa tablette et tout ce qu'il n'a pas emporté. J'ai l'impression qu'il est parti avec trois fois rien. Tu penses qu'il a une double vie ?

— Une double vie ?

— Oui, ce ne serait pas si étonnant que ça. Il voyage beaucoup, il évolue dans des cercles influents.

— Tu insinues que mon frère est un espion ?

— C'est possible.

— Non, justement ce n'est pas possible. Depuis que je le remplace, j'ai appris que Dixon n'avait pas une minute à lui.

Tuck n'avait pas très envie de le crier haut et fort, mais il se demandait pourquoi son père et son frère n'avaient jamais fait appel à lui, étant donné la somme de travail à abattre. Le prenaient-ils vraiment pour un idiot ? Etait-il si incapable que cela à leurs yeux ?

— Je parie que tu ne comprends pas pourquoi ils n'ont pas cherché à t'inclure davantage dans leurs affaires, déclara son ami, perspicace.

— J'avoue que je me pose des questions.

— Ne dis pas de bêtises. Si tu regardes les choses en face, on peut facilement expliquer la dynamique familiale. Ton père et Dixon ont trouvé une vitesse de croisière à deux, pendant que toi, tu ne semblais pas plus intéressé que ça par la gestion de l'entreprise.

— Crois-moi, j'ai essayé. Au début. Mais j'avais sans cesse l'impression d'être de trop, de ne pas faire ce qu'il fallait. Mon père n'a jamais eu aucune patience avec moi. Dixon a toujours été son fils préféré. Au bout d'un moment, il faut savoir lâcher prise et arrêter de vouloir faire ses preuves à tout prix.

— Sauf que là, tu as justement l'occasion de le faire.

— En effet, et l'idée me terrifie.

— Je te comprends. Moi aussi, je dirige une entreprise et j'ai des décisions difficiles à prendre tous les jours.

— C'est vrai. D'ailleurs, où en es-tu ?

— J'ai quatre bureaux, maintenant. Un à Chicago, un à New York, un à Boston et un à Philadelphie.

— Combien d'employés ?

— Environ deux cents. Bon, je n'ai pas l'envergure de Tucker Transportation. Mais tu pourrais demander des conseils à Shane Colborn.

— Oui, ce n'est pas bête. Mais en fait, pour l'instant, je veux surtout retrouver mon frère.

— Je me rends à Charlotte demain matin, répliqua Jackson. Et toi, n'oublie pas de pirater l'ordinateur de Dixon.

— Je vais demander à Amber de m'aider.

— Amber ?

— L'assistante de mon frère.

En prononçant son prénom, il eut tout de suite à l'esprit son joli visage et son regard étincelant.

A priori, elle n'était pas le genre de fille avec qui il avait l'habitude de sortir, mais ces derniers jours, elle occupait la moindre de ses pensées.

Il la trouvait irrésistiblement attirante. Sans compter que ses chaussures l'obsédaient. Elle en portait une paire différente chaque jour, toutes plus sexy les unes que les autres.

Et s'il n'y avait que les chaussures…

Chaque fois qu'il la voyait, il avait envie d'en savoir plus sur elle.

Quand Tuck arriva au bureau lundi matin, Amber sentit son estomac frétiller.

Il portait un jean, une chemise en coton vert pâle et un blazer. Ses cheveux n'étaient pas vraiment coiffés, il avait une barbe de quelques jours et un air de baroudeur à faire tomber les filles à la renverse.

Décidément, Tuck était un véritable danger public.

Aux antipodes de Dixon. Et les réactions d'Amber en présence de Tuck étaient aussi aux antipodes. Au côté de Dixon, elle n'avait jamais le cœur qui battait la chamade, les joues qui s'enflammaient instantanément ni le bas-ventre qui papillonnait à tout-va.

— J'ai besoin de votre aide, lança-t-il sans détour.

Aussitôt, elle se leva de son siège.

— Un problème ?

— Suivez-moi, lui intima-t-il d'un ton ferme.

De nouveau, des sensations inattendues s'emparèrent d'elle, alors qu'une vague de frissons l'envahissait.

Qu'allait-elle s'imaginer ? Pensait-elle qu'il lui avait demandé de le suivre dans un bureau pour la coller contre un mur et lui faire l'amour ?

Décidément, son esprit lui jouait des tours.

Elle suivit Tuck dans le bureau de Dixon, chassant de son esprit ce scénario abracadabrant.

— Vous connaissez le mot de passe de mon frère ? s'enquit-il, se dirigeant vers l'imposant bureau en acajou.

— Quel mot de passe ?

— Celui qui permet d'accéder à son ordinateur, répondit-il en se penchant vers la souris pour allumer l'écran.

Elle garda le silence.

Dixon lui avait donné son mot de passe quelques mois auparavant, un jour où il était en Europe et où il avait eu besoin qu'elle lui envoie un fichier. Elle s'en souvenait encore, mais elle savait qu'il lui faisait confiance et qu'il ne comptait pas la voir s'en resservir un jour, et encore moins sans son consentement.

Il y avait une différence entre les informations qu'elle avait en sa possession et l'usage qu'elle pouvait se permettre d'en faire.

Tuck leva la tête vers elle, le regard cinglant.

— Amber, s'il vous plaît, donnez-moi son mot de passe.

— Je…

— Si vous ne me le donnez pas, je demanderai à l'ingénieur en chef de le réinitialiser.

Elle n'avait pas envisagé cette éventualité. Tant qu'il était à la tête de la compagnie, il avait tous les droits, y compris d'avoir accès aux ordinateurs de ses employés et collègues.

— ClownSchool, C et S majuscules, tout attaché, le sigle du dollar, 1, 8, 0.

Tuck entra le mot de passe.

— Amber, il est temps que vous décidiez dans quel camp vous vous situez.

— Je n'ai pas à choisir de camp.

— Alors pourquoi avez-vous hésité à me donner le mot de passe de Dixon ?

— J'essaie de garder mon intégrité professionnelle.

— Et moi, j'essaie de sauver l'entreprise.

— La sauver de quoi ?

— De la faillite. Je ne sais pas si vous avez remarqué mais, depuis la disparition de Dixon et le départ de mon père, les choses ne marchent pas comme sur des roulettes.

— Que cherchez-vous ? se contenta-t-elle de demander, sans vouloir entrer dans le jeu de son scénario alarmiste.

Tucker Transportation était une entreprise stable avec du personnel expérimenté. *A priori*, même en un mois, Tuck ne pouvait pas mettre la société sur la paille.

— Je cherche à savoir où se trouve mon frère.

Il prit son téléphone pour passer un appel.

L'instant d'après, une sonnerie retentit dans le tiroir du haut du bureau de Dixon.

Tuck ouvrit le tiroir pour en retirer le portable.

— C'est bien ce que je me disais, il ne l'a pas emporté. Mais je suis étonné que la batterie ne soit pas à plat.

— C'est moi qui l'ai chargée.

Il leva aussitôt les yeux vers elle, le regard contrarié.

— Vous ne pensez pas que vous auriez pu me dire que son portable était dans le tiroir de son bureau ?

Amber hésita.

— Comment saviez-vous qu'il était là ? Vous avez fouillé tous ses tiroirs ?

— Non. Il m'a dit qu'il le laissait là.

Cette fois, le regard gris et perçant de Tuck la cloua sur place alors qu'il fronçait les sourcils, perplexe.

— Vous saviez qu'il partait ? Il vous a prévenue ?

Amber se rendit compte qu'elle en avait trop dit. A présent, elle ne pouvait plus faire machine arrière. Elle acquiesça, en silence.

Tuck s'avança vers elle, l'air sévère.

— J'ai une autre question. Mais avant de vous la poser et que vous me répondiez, je vous rappelle que je suis le président par intérim de cette société. Dixon vous a-t-il dit où il allait ?

Dixon lui avait donné un numéro d'urgence. Elle avait identifié le code de l'Etat, mais il ne lui avait pas ouvertement déclaré où il se rendait.

— Non, répondit-elle.

Au sens strict, ce n'était pas un mensonge.

— Non ?

— Il a besoin de faire une pause. Cela fait des mois qu'il travaille trop et la trahison de Kassandra a été un sacré choc pour lui.

— Ce n'est pas à vous d'en décider.

Tuck avait raison. Mais ce n'était pas non plus à lui d'en décider.

— Il ne sait même pas que notre père a été hospitalisé.

— S'il l'apprenait, il rentrerait aussitôt.

— Bien sûr ! C'est pour ça que je veux entrer en contact avec lui.

— Mais s'il revenait, ce serait un retour à la case départ. Je comprends que c'est dur pour vous mais…

Il la coupa sèchement.

— Vous comprenez ? Vous ne comprenez rien du tout.

— Je travaille ici depuis cinq ans ! répliqua-t-elle.

Elle eut envie de lui rétorquer qu'elle avait plus donné de son temps à l'entreprise que lui, mais elle se ravisa à temps.

— Certes, mais vous n'avez pas tous les éléments en main. Vous ne connaissez pas les risques, ni les décisions à prendre.

— Je connais Dixon.

— Et moi ? Vous pensez que je ne le connais pas ?

— Je dis juste que j'ai vu tout ce qu'il a fait depuis cinq ans pour la société. Toutes les heures qu'il a consacrées, toutes les soirées qu'il a sacrifiées. J'ai vu à quel point votre père s'était retiré des affaires et qu'il se reposait de plus en plus sur Dixon. J'ai vu les effets de l'infidélité de Kassandra sur son moral. Il était en train de perdre pied. Il est parti parce qu'il n'avait pas d'autre solution pour sauver sa peau.

Elle s'arma de courage, prête à l'assaut verbal de son patron par intérim.

Mais il ne haussa pas la voix. Au contraire, il parla sur un ton calme.

— Mon père était en train de ralentir son activité ?

— Oui, et beaucoup. Margaret aiguillait de plus en plus de tâches vers Dixon, et lui, il croulait sous la pression. Il restait de plus en plus tard le soir. Il arrivait de plus en plus tôt le matin. Il voyageait sans cesse.

— Dixon a toujours eu la bougeotte.

— Il aime voyager, c'est vrai. Mais il ne pouvait plus tout mener de front. Et l'histoire de Kassandra l'a anéanti. Il était en colère, il lui en voulait, mais il a été aussi profondément touché et ébranlé.

— Il ne m'en a rien dit, murmura-t-il.

Elle se décida à lui donner plus d'informations pour qu'il prenne conscience de la gravité de la situation.

— Est-ce que Tuck vous a raconté que Kassandra prétendait vouloir tomber enceinte alors qu'en fait, elle prenait la pilule ?

A en juger par la réaction de Tuck, Dixon ne lui avait rien dit.

Il s'assit face à l'écran de l'ordinateur.

— Non, je ne savais pas. Mais il n'empêche qu'il doit apprendre ce qui est arrivé à notre père.

— Faites comme vous voulez.

Il leva la tête vers elle.

— Vous n'allez pas m'aider ?

— Je ne sais pas où est Dixon, je ne peux donc rien faire dans ce domaine. Mais pour ce qui est de Tucker Transportation, je peux vous aider.

— Pourtant, trouver Dixon est la meilleure solution pour sauver la société.

— Je ne suis pas d'accord. La meilleure solution pour sauver Tucker Transportation, c'est de prendre le taureau par les cornes et de vous atteler à la tâche.

Tuck garda le silence tout en tapant sur quelques touches.

— Vous auriez dû me le dire.

— Vous dire quoi ? demanda-t-elle tout en se déplaçant, curieuse de savoir ce qu'il cherchait dans l'ordinateur.

— Qu'il vous avait prévenue de son départ, répondit-il enfin alors qu'il consultait les mails de son frère.

— Je suis l'assistante personnelle de Dixon, je ne partage mes informations avec personne.

Tuck fit pivoter le fauteuil en cuir pour lui faire face.

— Que feriez-vous si vous étiez la mienne ?

La question la déstabilisa. Son esprit partant aussitôt dans des considérations romantiques qui n'avaient pas lieu d'être.

Il se leva.

— Amber ?

— Pardon ? bredouilla-t-elle, s'efforçant de revenir à la réalité.

— Si vous étiez mon assistante personnelle, que feriez-vous ?

— Je ne le suis pas, donc la question n'a pas lieu d'être, lâcha-t-elle.

— Mais si vous l'étiez ?

Si elle était l'assistante de Tuck, elle serait sur le point de commettre une erreur colossale. Parce qu'elle était irrésistiblement attirée par son patron et qu'elle avait très envie de l'embrasser. Là, maintenant, sans plus attendre. Et étant donné le regard sensuel avec lequel il la dévisageait, il y pensait également.

Elle opta pour la vérité.

— Je serais sur le point de commettre une terrible erreur.

Sa réaction lui prouva qu'il avait compris le sens de sa réponse. Il leva la main lentement pour venir lui caresser la joue.

— Serait-ce vraiment si terrible ?

— Oui.

Il lui adressa un sourire désolé.

— Entendu, murmura-t-il, tout en se penchant vers elle.

— Tuck, attention.

De sa main libre, il prit l'une des siennes, entrelaçant leurs doigts.

— Et sinon, d'un point de vue professionnel, que me conseilleriez-vous si vous étiez mon assistante dévouée ?

Elle fit appel au peu de sang-froid qui lui restait pour se concentrer sur sa question et répondre du mieux qu'elle pouvait.

— Je vous conseillerais d'aller au salon de New York. Parce que c'est ce qu'il y a de mieux pour la société.

— Entendu.

Sa réponse docile la prit au dépourvu.

— Vous allez y aller ?

— Nous allons y aller à deux. Je n'arrête pas mon enquête pour retrouver Dixon, mais, en attendant, je suis à la tête de la société et je dois agir dans ce sens. Donc, en route pour New York.

Elle lui lâcha la main, incrédule. New York ? Avec Tuck ? Comment lui expliquer ce qu'elle ressentait ?

Elle devait mettre les choses au clair.

— Je ne veux pas que vous vous mépreniez. Je ne…

— Vous ne voulez pas dormir dans mon lit ?

— Euh… Oui, c'est ça.

Elle n'avait pas prévu d'être aussi directe, mais autant appeler un chat un chat.

— Ce n'est pas la raison pour laquelle je vous propose de m'accompagner. Je vous promets de garder mes distances.

Cependant, il s'empressa de réduire l'espace qui les séparait.

Elle attendit, le sang bouillonnant dans les tempes, la vue trouble, les sens en état d'alerte.

Le baiser semblait inévitable.

Mais il s'arrêta à quelques centimètres de sa bouche.

— J'adore vos chaussures, murmura-t-il.

Machinalement, elle regarda ses pieds. Aujourd'hui, elle portait une paire de chaussures à talons aiguilles torsadées doré et rouge.

— Elles seront parfaites à New York. Nous allons descendre au Neapolitan. Vous voulez bien vous charger de la réservation des chambres et de l'avion ?

Une fois de plus, elle eut du mal à calmer ses ardeurs. Quand elle eut retrouvé un semblant d'équilibre émotionnel, elle put de nouveau parler.

— Vous voulez un vol commercial ou un vol privé ?

— Que ferait Dixon ?

— Il ne prend jamais de vols commerciaux.

Il sourit.

— Alors, ce sera un vol privé. Si je remplace Dixon, autant que je profite de tous les avantages.

3

Tuck savait qu'il n'y avait pas vraiment lieu de se réjouir. Dixon restait introuvable, et Zachary Ingles n'était toujours pas arrivé au centre de convention JWQ à Manhattan. Sans compter les trente employés de Tucker Transportation qui faisaient leur possible, dans le chaos le plus total, pour mettre en place le pavillon de la société.

Pourtant, il ne pouvait s'empêcher de sourire.

Amber se trouvait à l'autre bout de leur emplacement, en train de gérer l'installation d'un panneau. Ses cheveux bruns étaient rassemblés en une queue-de-cheval, elle portait des baskets à damier noir et rose, un jean foncé et un pull bleu marine.

C'était la première fois qu'il la voyait dans une tenue aussi décontractée et ce n'était pas pour lui déplaire.

— Monsieur Tucker ? Nancy Raines, responsable restauration et logistique. Nous avons réservé la salle de réception pour vendredi soir, avec des petits-fours et un bar à volonté pour six cents personnes.

— Parfait ! déclara-t-il.

Il avait rapidement lu le planning dans l'avion, pour se mettre au courant des grandes lignes.

Du coin de l'œil, il vit Amber s'approcher.

— On nous a dit qu'un trio de jazz avait été réservé pour la soirée. S'agit-il d'un groupe acoustique ? demanda Nancy.

La question était absurde. Ce serait impossible d'entendre les musiciens au-dessus du brouhaha des conversations.

— Je pose la question parce que nous n'avons pas de système de sonorisation dans la salle, expliqua Nancy.

C'était forcément une erreur. En plus de la musique, il devait y avoir aussi trois discours et le visionnage d'une vidéo d'entreprise.

— Je peux vous aider ? intervint Amber.

— Je vous présente Nancy. Elle dit qu'il n'y a pas de système de sonorisation dans la salle de réception.

— Il était prévu qu'il y en ait un, ainsi que trois écrans de projection.

Nancy secoua la tête.

— Je suis désolée, mais on ne m'a pas parlé de tout ça.

— Pourtant, la personne du marketing a dû vous en informer. Amber, avez-vous des nouvelles de Zachary ?

— Toujours pas. Je n'arrive pas à le joindre.

Tuck sortit son portable de sa poche.

— Nancy, je sais que le délai est très court, mais il nous faut absolument un système de sonorisation et un système de vidéo pour vendredi. Vous pouvez vous en occuper ?

Elle tapota sur sa tablette.

— Je vais essayer, mais comme c'est à la dernière minute, il y aura un coût supplémentaire. Vous avez les références de ce que vous voulez ? demanda-t-elle en se tournant vers Amber.

— Je vous les fais parvenir, annonça Amber.

Puis elle s'adressa à Tuck :

— Je vais contacter Melanie à Chicago.

— Et moi, j'essaie en vain de joindre Zachary. Son avion a peut-être été retardé.

Il vérifia ses mails. Il y avait un message de Zachary.

— Bon sang, c'est une lettre de démission ! s'exclama-t-il.

— Non ! s'écria Amber en s'approchant de son écran.

— Je ne comprends pas pourquoi il fait ça.

Son téléphone sonna. C'était Lucas Steele.

— Avez-vous des nouvelles de Zachary ?

— Oui, il a démissionné.

— Et moi, je viens d'apprendre que Harvey était parti aussi.

Deux directeurs de longue date qui quittaient le navire en même temps ? Il y avait de quoi se poser des questions.

— Je crois que Peak Overland leur a fait une proposition alléchante, annonça Lucas.

— Sans Dixon, nous sommes trop vulnérables et les gens en profitent pour spéculer.

— C'est exactement ça. Les rumeurs vont bon train. Certains disent qu'il est en prison, d'autres qu'il est mort.

— Il a fait une pause car il avait besoin de se ressourcer.

— Vous voulez que je vous rejoigne ?

— Oui. Mais il faut aussi que vous soyez à Chicago et que vous alliez à Anvers.

En réalité, il avait besoin de Dixon et il n'avait pas une minute à perdre. Dès qu'il aurait raccroché, il appellerait Jackson.

— Plaisanterie mise à part, vous me voulez où ?

— Pouvez-vous monter la garde à Chicago ?

— Entendu.

— Et vous pouvez réfléchir à d'éventuels remplaçants pour Zachary et Harvey ?

— Je vais voir ce que je peux faire, mais je ne garantis rien.

Ils raccrochèrent.

— Hope Quigley ferait l'affaire, lui souffla Amber. C'est l'une des responsables du département marketing. Elle s'occupe des réseaux sociaux. C'est une personne très organisée.

— Vous voudriez que j'envisage de promouvoir une blogueuse au poste de directrice marketing ?

Amber se renfrogna.

— Hope est bien plus qu'une blogueuse.

— Au niveau des responsabilités, c'est un sacré bond en avant. Je ne sais pas si elle en sera capable. Tout ce que je sais, c'est que je vais appeler Jackson pour qu'il mette les bouchées doubles et retrouve Dixon au plus vite.

Amber changea manifestement d'approche.

— Vous vous trompez. Vous n'avez pas besoin de Dixon. Vous pouvez promouvoir Hope. Et d'autres personnes pourront l'épauler.

— D'accord, mais, pour le moment, nous avons deux jours pour nous retourner. La réception de vendredi semble déjà mal partie et le directeur du marketing devait conduire trente entretiens, or nous n'avons plus de directeur marketing...

— C'est vous qui allez mener les entretiens.

— Très drôle.

— Dans ce cas, faites-les avec Hope. Donnez-lui un nouveau titre. Elle a deux jours pour se préparer. Elle aura le temps de passer en revue les dossiers des clients.

— Je ne la connais pas. Je ne l'ai jamais vue !

— Alors, prenez Lucas.

— Lucas doit s'occuper des affaires courantes à Chicago.

— D'accord, dans ce cas, vous avez raison. Il n'y a plus aucun espoir, tout est perdu, rentrons chez nous.

Comment réagir à ce sarcasme ?

— Vous auriez osé parler à Dixon sur ce ton ?

Comme elle ne répondait pas, il appela Jackson.

— Dixon savait ce qu'il faisait, lâcha-t-elle tandis qu'il attendait que la communication s'établisse.

Impossible de rebondir.

Elle avait raison. Il ne savait pas ce qu'il faisait. C'était bien là le problème.

Jackson décrocha.

— Salut, Tuck.

— Jackson, tu dois tout faire pour retrouver Dixon. Je viens de perdre mon directeur marketing et mon directeur financier.

— Tu les as renvoyés ?

— Ils ont démissionné. Ils ont reçu une offre plus intéressante d'un concurrent, et comme Dixon n'est pas là...

— Les rumeurs vont bon train.

— Exactement.

— C'est normal que tu paniques. Tu commences à peine dans le métier.

Malgré tout, c'était sa faute. Il n'avait pas réussi à s'imposer et, maintenant, il se retrouvait coincé.

C'était donc à lui de remettre les choses en ordre.

— Trouve-le, s'il te plaît.

— Je te tiens au courant.

Il croisa le regard désapprobateur d'Amber. Elle voulait qu'il laisse Dixon tranquille, mais les enjeux étaient trop importants et il ne pouvait pas s'en sortir tout seul.

Tuck était magnifique dans son costume queue-de-pie. Mais Amber le savait déjà. En effet, elle avait eu l'occasion de le voir sur des photos de la presse à sensation, lors de galas de charité, au bras de jolies jeunes femmes. Son charisme en soirée était indéniable.

La réception de Tucker Transportation touchait à sa fin alors que les derniers invités quittaient la grande salle aménagée pour l'occasion.

Elle était contente de pouvoir rentrer à l'hôtel. Elle ne sentait plus ses pieds. C'était entièrement sa faute. Elle avait porté des chaussures toutes neuves pendant cinq heures. Elle n'avait pas pu résister. C'était de loin la soirée la plus chic à laquelle elle ait été conviée. Pour l'occasion, elle avait sorti les escarpins argentés à talons aiguilles cramoisis de leur boîte d'emballage. Avec une robe noire toute simple qui mettait sa silhouette en valeur, l'ensemble était très élégant.

Tuck vint la rejoindre, lui touchant délicatement la taille.

— Vous m'aviez promis une danse.

— Vous aviez l'air bien occupé.

— C'est vrai que j'ai eu beaucoup de prétendantes, et je ne voulais pas les décevoir.

— Je comprends. Mais vous avez oublié que le but d'une réception comme celle-ci n'est pas de faire danser toutes les femmes de l'assemblée, mais de nouer des liens commerciaux.

— A vous entendre, on dirait que vous êtes jalouse.

En ce moment même, elle avait du mal à faire la part des choses entre le personnel et le professionnel. Il avait toujours la main posée sur ses hanches et sa voix suave l'ensorcelait.

— Accordez-moi cette danse.

— Le groupe a terminé de jouer, objecta-t-elle.

Il n'y avait plus que la musique d'ambiance de l'hôtel.

— On peut aller ailleurs, suggéra-t-il, la suivant vers les ascenseurs.

— Il est tard. J'ai mal aux pieds. Et je n'ai pas besoin d'excuse pour vous dire que je n'ai pas envie de danser. Je préfère aller dans un lit.

Il marqua un temps d'arrêt.

— Je vois..., marmonna-t-il. Pourtant, après tout le mal qu'on s'est donné, je pensais qu'on pouvait baisser notre garde quelques instants et passer du bon temps.

— Vous êtes mon patron.

Elle devait mettre les choses au clair. Il était beau, séduisant, drôle, intelligent et elle n'était pas insensible à ses charmes. Mais c'était un voyage d'affaires, pas un week-end en amoureux.

— Et alors ? Je ne vous demande pas de coucher avec moi, même si je trouve l'idée alléchante.

Elle était sous le choc. Que répondre ?

L'ascenseur arriva, mais aucun d'eux n'y entra.

— Vous êtes mon patron.

— Non, c'est Dixon qui l'est.

— Arrêtez de jouer sur les mots.

— Vous voulez dire que je n'ai même pas le droit de vous faire des avances et de vous demander de sortir avec moi ? Ce n'est pas contre nature de sortir avec son patron. Il y a même parfois des femmes qui épousent leur patron.

Les portes se refermèrent.

— Vous voulez dire qu'on va se marier ? s'enquit-elle sur le ton de la plaisanterie.

— Je ne sais pas. On n'a pas encore eu notre premier rendez-vous.

Cette fois, ce fut elle qui appela l'ascenseur.

— Tuck, vous devriez faire un stage dans le monde réel.

— Vous plaisantez ? Je passe mon temps dans le monde réel.

Quand l'ascenseur arriva, ils y pénétrèrent tous les deux, cette fois.

— Si c'était vraiment le cas, vous sauriez de quoi je veux parler.

— Je vous ai simplement demandé de m'accorder une danse.

Les portes coulissèrent. Ils étaient seuls dans l'habitacle.

Il avait raison. Elle ignorait comment la conversation en était arrivée là.

— On n'a pas le temps de danser. Vous devez vous concentrer sur les réunions de demain. Vous avez le planning ? Vous avez étudié les dossiers ?

— J'y ai jeté un œil.

— C'est-à-dire ?

— Je les ai parcourus. Je connais les grandes lignes. Et vous avez dit que vous seriez là.

— Dans ce genre de réunions, vous ne pouvez pas vous reposer sur votre assistante.

— Excusez-moi de ne pas avoir trouvé le temps de mémoriser le contenu des trente dossiers.

Elle était épuisée, mais ce n'était pas une raison pour baisser les bras.

— Si vous voulez, on peut les passer en revue maintenant.

Il regarda sa montre.

— Vous vous en sentez capable ?

— Oui.

Les portes s'ouvrirent au dernier étage et ils se dirigèrent vers la suite en duplex de Tuck. Pour y être allée la veille, elle savait que le décor n'était pas trop intimiste.

Au rez-de-chaussée, il y avait un salon, une kitchenette et un escalier en colimaçon qui menait à la chambre. D'après ce qu'elle avait entendu, la chambre donnait sur une terrasse avec un jacuzzi, mais elle n'avait aucunement l'intention d'aller vérifier si c'était vrai.

A peine eut-elle posé son sac sur la table en verre et enlevé ses chaussures qu'elle entendit son portable vibrer.

C'était un texto de sa sœur.

Jade vivait sur la côte Ouest et ne la contactait que si elle avait besoin d'argent ou si elle était dans une mauvaise passe.

Amber s'assit sur le canapé couleur pêche situé en face de la cheminée et entouré de deux fauteuils crème.

— Vous voulez boire quelque chose ?

— Juste un verre d'eau, merci.

Et elle put lire enfin le message de sa sœur.

Je suis en ville.

— Je préfère rester maîtresse de moi-même, expliqua-t-elle à l'intention de Tuck.

Quelle ville ?

— Au cas où je chercherais à abuser de vous ?

Chicago.

Qu'y a-t-il ?

Rien. J'ai quitté mon copain. Il était nul.

— Amber, à qui écrivez-vous ?

— A ma sœur.

— J'ai eu peur que ce soit votre petit ami.

— Je n'en ai pas.

Je suis à New York.

— Tant mieux, répliqua Tuck.

Amber frissonna.

Je pensais habiter chez toi quelques jours.

Amber se figea en voyant la réponse.

— Que veut-elle ?

— Elle veut loger chez moi.

— C'est une mauvaise nouvelle ?

— Disons que ce n'est pas la personne la plus fiable du monde.

Jade avait toujours eu le don pour trouver des emplois mal payés, tomber sur des hommes qui abusaient d'elle et se retrouver mêlée à des histoires impossibles. La dernière fois qu'elle était venue lui rendre visite, les voisins avaient porté plainte pour nuisance sonore durant la nuit, elle avait bu toutes les réserves d'alcool d'Amber et était partie sans lui dire au revoir après s'être servie dans sa garde-robe.

Je t'appelle quand je rentre.

En fait, j'ai nulle part où loger ce soir. Et j'ai plus d'argent.

Il était presque minuit à Chicago et sa petite sœur était à la rue, sans le sou.

Elle se raidit.

— Qu'y a-t-il ? s'enquit Tuck, guettant la moindre de ses réactions.

— Elle n'a nulle part où dormir ce soir. J'imagine qu'elle vient d'arriver de Los Angeles.

Elle était même prête à parier qu'elle avait voyagé en stop.

— Dites-lui d'aller dans l'Aquamarine le plus proche.

Aquamarine était une chaîne d'hôtels quatre étoiles.

— Tucker Transportation a un compte chez eux.

— Je ne peux pas prendre cette responsabilité.

— Vous, non. Mais moi, oui. J'ai besoin que vous puissiez vous concentrer. Pour cela, vous devez être rassurée au sujet de votre sœur. Donc, c'est la meilleure solution.

— Mais…

— C'est un ordre. Je sais que vous respectez les ordres. Alors envoyez-la dans un Aquamarine et mettons-nous au travail.

Comme elle hésitait, il lui prit le téléphone des mains.

— Mais…

— Il n'y a pas de « mais ».

Il écrivit à sa place.

— Elle dit que c'est super, lui annonça-t-il après avoir lu la réponse de Jade.

Il lui rendit son téléphone.

— Vous êtes une grande sœur très gentille.

— Dans ce cas précis, c'est vous la grande sœur très gentille.

Il éclata de rire.

— C'est bien la première fois qu'on me dit ça !

4

En général, Tuck n'avait pas peur de se coucher tard. Et il arrivait très bien à gérer les nuits courtes. Mais il sentait qu'il avait besoin de dormir, et il craignait d'avoir trop abusé d'Amber qui semblait sur le point de s'écrouler.

— On ne peut pas faire mieux.

Ils étaient assis côte à côte sur le canapé, une lampe allumée sur la table basse, les lumières de la ville étincelantes au-dehors.

Tuck avait depuis longtemps ôté sa veste et défait sa cravate. Il avait relevé les manches de sa chemise, mais il avait quand même trop chaud. C'était sûrement dû à l'attirance physique qu'il éprouvait pour Amber.

Il la trouvait très sexy. Ses yeux bleus merveilleux, ses cheveux décoiffés, ses courbes féminines mises en valeur par sa robe.

— Vous vous sentez en confiance ?

En entendant la question, il s'aperçut qu'il la fixait du regard depuis quelques instants.

Il avait une envie irrésistible de l'embrasser. Profondément, impérieusement, goulûment. Il voulait goûter ces lèvres sensuelles, mais elle lui avait bien dit qu'il n'avait pas le droit. Et il comprenait ses réticences. S'ils étaient amenés à avoir une relation, cela ne ferait que compliquer la suite des événements.

— Tuck ?

Il replaça une mèche de cheveux derrière son oreille.

Elle retint son souffle, clignant des yeux. Elle ne le repoussait pas. Elle était tentée, tout comme lui.

Il existait un tas de raisons pour ne pas céder à la tentation mais, en cet instant, la tentation était la plus forte.

Alors, il se pencha doucement. Elle pouvait encore refuser, se soustraire à lui, quitter la chambre, le gifler… Mais il se devait d'essayer.

Elle ne fit rien de tout cela et leurs lèvres se scellèrent en une délicieuse union.

Il l'entoura de ses bras, et l'embrassa une fois, deux fois, trois fois, le désir s'amplifiant en lui, électrisant son corps.

Elle lui rendit la pareille. Chastement, pour commencer. Puis elle passa la langue entre ses lèvres. Ce faisant, il sentit son corps venir se coller contre le sien, souple, fondant.

Tout en accompagnant le mouvement, il l'allongea sur le canapé, sans quitter sa bouche, humant son parfum enivrant, sentant son dos se cambrer et les battements de son cœur s'accélérer.

Il avait très envie d'elle.

Il lui déposa une pluie de baisers dans le cou, sur ses épaules. Il imagina défaire sa fermeture Eclair, pour avoir accès à sa peau soyeuse et si douce.

— Tuck ? murmura-t-elle, le souffle court. On…

Il se figea, sachant ce qu'elle était sur le point de dire.

— Je sais, on ne peut pas.

Pourtant, il n'était pas de son avis. S'ils le voulaient vraiment, c'était possible, et la terre ne s'arrêterait pas de tourner pour autant. Mais pas question de la forcer, de la brusquer.

— Je suis désolée, marmonna-t-elle.

Comme elle lui fit comprendre qu'elle voulait se lever, il se dégagea d'elle, lui offrant une main pour l'aider.

Il décida de briser le silence.

— En tout cas, on est prêts pour demain matin.

Il comprenait ses hésitations. Pour le moment, elle travaillait pour lui. Elle avait raison de ne pas vouloir compliquer les choses.

— Je vous trouve très séduisant mais… je suis sûre que les femmes…

Elle s'interrompit.

— Allez-y, j'écoute.

— Je suis sûre que vous n'avez pas l'habitude que les femmes vous disent non.

— Comment pouvez-vous en être aussi certaine ?

— Il suffit de lire la presse à sensation.

— Vous croyez à ces mensonges ?

— Je regarde les photos. Et sur les photos, je vous vois tout le temps au bras de jolies jeunes femmes.

— Je ne vous ai pas embrassée pour votre beauté.

— Je sais. Je ne me comparais pas à vos conquêtes habituelles, lâcha-t-elle sèchement.

— Je voulais dire « uniquement pour votre beauté ».

— Inutile d'essayer de vous rattraper.

Il ouvrit la bouche, mais il était déjà trop tard. L'harmonie était rompue.

Elle était aux antipodes des femmes qu'il avait côtoyées jusqu'à présent et cela le rendait d'autant plus vulnérable. Il n'avait pas voulu la froisser et pourtant l'équilibre entre eux, déjà fragile au départ, avait été brisé par sa maladresse.

— Bonne nuit, lança-t-elle froidement.

— Restez.

Il n'avait pas envie qu'elle parte. Il aimait le son de sa voix. Et surtout, il avait encore envie de l'embrasser, même si la bienséance l'en empêchait.

— Il est tard. Mieux vaut arrêter avant de regretter nos paroles ou nos actions.

— Je ne regrette rien.

— Moi, si.

Ces deux mots eurent l'effet d'une gifle.

— Je suis votre employée, Tuck, reprit-elle.

— Vous travaillez pour Dixon.

— Disons que je suis employée par Tucker Transportation et que vous en êtes l'un des vice-présidents.

— Uniquement par intérim.

— Avec cet état d'esprit, vous n'irez nulle part, répliqua-t-elle. Je suis d'ailleurs venue ici pour vous aider à préparer les entretiens qui auront lieu dans quelques heures.

— Nous parlions de nous, protesta-t-il, de notre relation, et soudain nous en sommes arrivés à parler de la société.

— Il n'y a pas de « nous ».

— Alors disons que nous avons frôlé le « nous ».

Il vit qu'elle retenait un sourire. Cela lui réchauffa le cœur.

— Restez encore un peu, suggéra-t-il, lui attrapant la main.

— Je ne peux pas.

— S'il vous plaît... Vous savez, je n'ai jamais supplié une femme de rester avec moi.

— Parce que d'habitude elles se jettent toutes dans vos bras ?

Il ne répondit rien, perplexe.

— Amber, vous me plaisez.

— Je ne passerai pas la nuit avec vous. Il est 2 heures du matin, je suis dans votre chambre d'hôtel... Oh. Je suis désolée. C'est ma faute.

— Pas du tout.

Elle retira sa main.

— Si. J'ai proposé de vous aider, mais je ne pensais pas qu'il y aurait un malentendu.

— Il n'y a pas de malentendu. Je sais que vous n'êtes venue dans ma chambre que pour m'aider à préparer les entretiens de demain matin.

— Bonne nuit. N'oubliez pas de mettre votre réveil. Et ne soyez pas en retard. A demain, Tuck.

Dès qu'elle disparut, il eut envie de la rappeler.

Mais s'il voulait vraiment tenter sa chance avec Amber, il devait lui laisser le temps de revenir vers lui, sans la brusquer.

De retour à Chicago deux jours plus tard, Amber redoutait de voir Jade. Elle était contente que sa sœur ait rompu avec son petit copain, qui devait une fois de plus être un paumé sans avenir, mais elle se demandait à quoi ressemblerait le prochain. Depuis que Jade avait arrêté ses études au lycée, elle avait enchaîné les chagrins d'amour et les histoires abracadabrantes d'où elle ressortait toujours perdante.

Amber tenta de ne pas verser dans le sentimentalisme. Jade était une adulte responsable. Mais Amber ne pouvait s'empêcher de repenser à la petite fille que Jade avait été, perdue et déstabilisée par l'alcoolisme de leur mère.

Elle gara sa voiture sur le parking de l'Aquamarine Riverside avant de se rendre dans le café de l'hôtel où elle avait rendez-vous avec Jade. Etant donné qu'il était midi passé, Amber n'aurait pas été surprise de trouver sa sœur déjà installée au bar. En effet, l'ironie du sort avait voulu que Jade, dont l'enfance avait été ruinée par l'alcool, soit elle-même tombée dans l'alcoolisme.

Le hall de l'hôtel était lumineux et spacieux, décoré de fauteuils blancs et de grandes plantes vertes. Amber examina le bar, mais sans y découvrir Jade.

Elle se rendit au café qui donnait sur la piscine, où elle repéra aussitôt sa sœur.

Dès qu'elle la vit, celle-ci se leva d'un bond.

Amber se figea. Jade était enceinte. Très enceinte même.

— Jade ! Pourquoi tu ne m'as rien dit ? Tu es enceinte de combien de mois ?

— Sept.

— Oh ! Jade…

Amber n'arrivait pas à masquer son inquiétude.

— S'il te plaît. Ne commence pas. Je suis heureuse. Je vais être maman.

Alors qu'elle s'installait en face de Jade, Amber remarqua que celle-ci mangeait une salade et buvait un verre de thé glacé.

— Tu sais que tu ne dois pas boire d'alcool ?

— C'est du thé glacé.

— Je parle en général, quand on est enceinte.

— Je sais. Je ne suis pas idiote. J'ai complètement arrêté de boire.

— Tant mieux. Tu as consulté un médecin ?

— Oui. J'en ai vu un à Los Angeles et je vais en trouver un ici.

Une serveuse s'étant approchée, Amber commanda un soda avant de reporter son attention sur sa sœur. Jade avait le visage émacié, les bras maigres, et Amber se demanda si elle mangeait à sa faim.

En venant la voir à l'hôtel, elle avait espéré que le séjour de Jade à Chicago serait de courte durée, redoutant que sa sœur ne veuille s'installer chez elle.

A présent, elle se rendait compte que ses pires craintes s'étaient réalisées. Jade avait besoin de stabilité, d'un toit et d'un régime équilibré.

— Tu as pensé à l'adoption ?

— Amber, j'ai quitté Kirk parce qu'il n'arrêtait pas de dire que je devais faire adopter le bébé, alors, s'il te plaît, ne me parle pas de ça. C'est mon bébé et je veux le garder.

— Il pourrait tomber sur une excellente famille.

— Arrête.

— Mais tu as dit que Kirk voulait le faire adopter.

— Kirk n'est pas le père de l'enfant.

— Comment ça ?

— J'étais enceinte quand j'ai rencontré Kirk.

— Qui est le père ?

— Un marin avec qui j'ai passé une soirée.

— Et tu ne sais pas comment il s'appelle ?

— Pete.

Amber tenta de ne pas désapprouver la conduite de sa sœur, mais c'était difficile.

— Tu as essayé de le rechercher ?

— Le temps que j'apprenne ma grossesse, c'était trop tard.

— Avec l'ADN, tu pourrais le retrouver.

— Il était australien.

— Tu as essayé de contacter…

— Amber, arrête. Je ne vais pas chercher la trace d'un Australien et lui gâcher la vie à cause d'un écart d'un soir.

— Pourquoi pas ? Il a bien gâché…

— Ne dis pas qu'il a gâché ma vie. C'était un type chouette. J'ai choisi de garder le bébé. Je vais m'en occuper et je ne vais pas forcer un homme à assumer les conséquences de ses actes alors qu'il n'a rien demandé à personne.

Les paroles de Jade étaient étonnantes, mais tout à fait louables et admirables. Amber n'était pas habituée à entendre un discours aussi responsable de la part de sa sœur.

— Dans ce cas, tu peux venir loger chez moi.

Jade la regarda en silence, comme pour la jauger.

— Merci, mais je ne veux pas que tu gères ma vie. C'est temporaire. J'ai repris mes études. Je vais passer mon bac et ensuite je chercherai un emploi stable.

— Tu vas passer le bac ?

— J'y travaille depuis plusieurs mois.

Amber n'en revenait pas.

— C'est super. Je vais t'aider. On va…

— C'est super que tu proposes de m'héberger mais, pour l'instant, je n'ai besoin de rien d'autre.

Sa petite sœur avait raison. Amber devait se calmer. C'était la première fois que Jade manifestait un intérêt pour autre chose que de faire la fête et de boire.

Avoir un bébé représentait d'énormes responsabilités, mais d'autres mères célibataires avaient réussi cet exploit avant Jade. Et si celle-ci gardait une attitude aussi ouverte et positive, elle aurait toutes les chances de s'en sortir.

— Franchement, je pensais qu'on l'aurait déjà retrouvé, confia Tuck à Jackson.

La journée de mardi touchait à sa fin à Chicago, et la pluie ne cessait de ruisseler le long des fenêtres donnant sur la rivière. Les deux hommes étaient enfoncés dans leurs fauteuils tandis que le bureau de Tuck était jonché de papiers, sans compter sa boîte de réception qui débordait de messages.

C'était essentiellement des mauvaises nouvelles ou des problèmes, et il attendait le retour de Dixon avec impatience.

— Moi aussi, je pensais qu'on allait le retrouver assez vite. Ton frère met à mal ma réputation.

— En effet. Même moi, je commence à douter de tes talents. Et je me demande si les rumeurs ne sont pas fondées.

— Quelles rumeurs ?

— La piste de l'espionnage.

— Tu penses qu'on a raté quelque chose ?

— Un compte mail secret ? un portable caché ? une pochette mystérieuse ?

— J'ai fouillé son bureau. Chez lui. J'ai même appelé Kassandra.

— Et alors ?

— Alors, elle lui en veut.

— Pas étonnant. Elle pensait jouer à la princesse toute sa vie et lui rafler sa fortune, mais elle est tombée sur un os et n'a pas eu gain de cause.

— Tu penses qu'elle pourrait lui en vouloir au point de lui faire du mal ?

— En théorie, oui, je l'en crois capable. Mais en pratique, non, car cela nécessiterait un effort et une prise de risque de sa part, or c'est une grande fainéante.

— J'en finis par me demander s'il n'a pas été kidnappé.

Tuck se rembrunit.

Depuis le début, il imaginait son frère sur une plage tropicale. Si Dixon était en train de vivre un calvaire, sa colère était complètement déplacée.

— Il a peut-être été obligé d'écrire cette lettre à votre père.

— Tu peux arrêter tes scénarios de film ?

— Qui l'a vu pour la dernière fois ?

La réponse était facile. C'était la femme qui le tenait à l'écart depuis New York et qui occupait la moindre de ses pensées.

— Son assistante, Amber. Il est passé au bureau le jour où il a disparu.

— Tu peux la faire venir ?

— Bien sûr. Mais je lui ai déjà soutiré tout ce qu'elle savait. C'est elle qui m'a donné le mot de passe de Dixon, ajouta-t-il avant de se lever pour sortir.

Amber était assise à son bureau, tapant sur son clavier.

— Vous pouvez venir ?

Elle arrêta de taper avant de lever ses grands yeux bleus vers lui. Des yeux interrogateurs, voire inquisiteurs.

Cherchait-elle à savoir s'il avait encore envie de l'embrasser ? Oui. Il en avait très envie. Et cela devait se voir comme un nez au milieu de la figure.

— Bien sûr, répondit-elle avant de se lever.

Comme d'habitude, elle était habillée de manière plutôt classique. Un tailleur bleu marine, un chemisier blanc et des chaussures à talons absolument extravagantes.

Tout en l'observant, il vit un peu de dentelle dépasser du décolleté de son corsage. Un vrai supplice.

Pour le moment, il n'était pas question de s'approcher d'Amber. Du moins, tant que Dixon n'avait pas réapparu. Mais quand les choses seraient rentrées dans l'ordre, il passerait à l'offensive. Amber ne travaillerait plus officiellement pour lui, donc la situation serait plus simple.

— C'est à quel sujet ?

— Jackson a des questions à vous poser.

— Quel genre de questions ?

— Au sujet de Dixon.

Aussitôt, elle tourna la tête vers lui, une lueur indicible dans les yeux.

Se sentait-elle coupable ? Avait-elle quelque chose à se reprocher ?

— Je vous ai dit tout ce que je savais.

— Pourquoi semblez-vous sur vos gardes tout à coup ?

— Je ne suis pas sur mes gardes, répliqua-t-elle. Je suis agacée. Je ne comprends pas pourquoi vous vous entêtez à vouloir débusquer Dixon à tout prix et j'ai du travail.

Ils entrèrent dans le bureau de Tuck. Jackson se leva.

— Ravi de vous revoir, Amber.

— C'est étrange, mais j'ai l'impression qu'il s'agit d'un interrogatoire.

— Oui, c'est malheureusement l'effet que je produis sur les gens.

Bizarrement, ce petit échange déplut à Tuck. On aurait dit que Jackson flirtait avec Amber en essayant d'insuffler de l'humour dans leur échange.

Il se percha sur un tabouret, les bras croisés, le regard rivé sur Amber.

Jackson se tourna vers elle, l'air sérieux.

— Vous avouerez que Dixon a disparu depuis plus longtemps que ce à quoi on pouvait s'attendre.

— Ah bon ? Non, je ne pense pas.

— Pourtant, vous savez que dans sa lettre, il a dit qu'il partait un mois. Il ne vous a pas appelée ? Ni écrit ? Ni envoyé de carte postale ?

Elle secoua la tête.

Jackson marqua une pause.

— Quelle était votre relation avec Dixon ?

Tuck intervint.

— Eh, Amber n'est pas au tribunal.

Jackson lui lança un regard empli de reproche.

— Devrais-je continuer sans toi ?

— C'était mon patron. C'est tout. Et si je sens que vous insinuez vous aussi que ma relation avec Dixon allait plus loin, je quitte les lieux.

— Qui d'autre a insinué ça ?

— Tuck, répondit-elle en lui lançant un regard en colère.

— C'est tout ?

— Non, Jamison aussi.

— Jamison pensait que vous aviez une relation avec son fils ?

— Tout ça parce qu'il avait une relation…

Amber s'interrompit, rouge écarlate. Jackson écarquilla les yeux.

— Vous allez devoir terminer votre phrase, déclara Tuck.

Elle secoua la tête.

— Mon père a une maîtresse ? insista-t-il.

Elle lança un regard glacial à Tuck.

— Qui est-ce ?

— Ce n'est pas à moi de vous le dire. Je l'ai découvert par hasard. Et je n'ai aucune preuve.

— Qui soupçonnez-vous ?

Elle regarda Tuck puis Jackson.

— Vous promettez de garder le secret ?

— Amber, je vous ordonne de répondre ! s'écria Tuck.

Jackson opta pour une approche plus raisonnable.

— Promis, nous n'en parlerons à personne.

— Margaret, lâcha Amber.

— Margaret ! s'exclama Tuck.

— Qui est Margaret ? s'enquit Jackson.

— Son assistante.

Margaret Smithers était une femme ordinaire, d'une cinquantaine d'années, un peu enrobée, aux cheveux grisonnants et aux tenues peu affriolantes.

— Quoi ? Vous auriez préféré une jeune femme blonde à la taille mannequin ?

— J'aurais surtout préféré qu'il soit fidèle à ma mère.

— Dixon était au courant ? demanda Jackson, qui ne perdait pas le fil de son enquête.

Dixon venait d'être victime de l'infidélité de sa femme. Il aurait très bien pu se mettre en colère en découvrant le pot aux roses.

— Non, répliqua Amber.

— Comment pouvez-vous en être certaine ? demanda Tuck.

Amber réfléchit avant de répondre.

— Je ne peux pas le prouver, mais j'en suis sûre. Moi-même, je ne l'ai découvert qu'après la crise cardiaque de votre père.

— Et comment l'avez-vous appris ? demanda Jackson, toujours professionnel.

— C'est la réaction de Margaret qui m'a mis la puce à l'oreille. Elle m'a dit qu'elle ne comprenait pas et que, la veille, ils avaient bu du vin tous les deux. Quand elle s'est aperçue qu'elle en avait trop dit, elle s'est tue, l'air paniqué.

— Vous étiez avec Jamison quand l'incident est arrivé ? reprit Jackson.

— J'étais dans son bureau. Il était contrarié par la disparition de Dixon. Comme je ne voulais rien lui dire, il s'est mis en colère. J'aurais peut-être dû lui révéler que…

Elle se tut, le visage soudain sombre. Tuck regarda Jackson. Ils attendirent, mais Amber n'enchaîna pas.

— Vous auriez dû lui révéler quoi ?

— Rien.

— Que voulait-il savoir ?

— Où Dixon était parti.

— Mais vous ne lui avez pas dit.

— Non.

— Dites-le-nous.

— Je ne sais pas où il est parti.

— Vous venez d'admettre que vous auriez pu lui dire, donc c'est que vous le savez.

Elle secoua vivement la tête.

— Vous mentez, déclara Tuck, d'un ton neutre.

Mais, en disant les mots, il prenait conscience qu'elle lui avait menti. Elle l'avait regardé se battre contre des moulins, elle avait fait semblant de l'aider alors que, pendant tout ce temps, elle lui avait caché un élément clé.

— Vous savez où se trouve Dixon. Dites-le-nous.

Elle le fixait, lèvres serrées, à la fois coupable et rebelle.

— C'est un ordre. Dites-le ou je vous renvoie.

— Désolée, je ne peux rien révéler.

— Dans ce cas, vous êtes renvoyée.

5

Les derniers mots de Tuck continuaient de résonner dans l'esprit d'Amber alors qu'elle garait sa voiture devant chez elle.

C'était tellement étrange de rentrer une heure plus tôt que d'habitude. Le soleil n'avait pas la même inclinaison et il y avait encore des enfants qui jouaient dans le parc d'en face.

Renvoyée.

Elle avait été renvoyée de Tucker Transportation.

Elle était au chômage. Ses économies l'aideraient à survivre un mois, mais elle devrait vite trouver une solution pour payer son loyer et ses factures.

Si seulement elle n'avait pas porté ses nouvelles chaussures aujourd'hui, elle aurait pu les renvoyer directement. Cependant, même si elle arrivait à se les faire rembourser, elle n'irait pas loin avec la somme. Un plein d'essence, tout au plus.

Il était trop tard pour avoir des regrets. Elle devait agir au plus vite, à commencer par trouver un emploi.

Jade sortit sur le seuil de la porte d'entrée, une chemise trop grande pour elle sur son ventre arrondi.

Amber devait pouvoir aussi subvenir aux besoins de Jade et du bébé. Dès ce soir, elle remettrait son CV à jour et demain à la première heure, elle chercherait du travail.

Si Dixon avait été là, elle aurait pu compter sur lui pour une lettre de recommandation. Cela dit, si Dixon avait été là, elle n'aurait pas été renvoyée !

Elle coupa enfin son moteur, tentant de chasser les dernières images qu'elle avait de Tuck.

Il était en colère, cela ne faisait aucun doute. Mais il lui avait aussi paru blessé qu'elle se montre aussi fidèle envers Dixon. Elle aurait donné n'importe quoi pour exaucer le vœu de Tuck, mais il était impossible de satisfaire les deux frères à la hauteur de leurs attentes.

Un sourire figé sur les lèvres, elle sortit de la voiture pour aller à la rencontre de Jade.

— Comment te sens-tu ?

— Enorme.

Amusée par la réponse de sa sœur, Amber réussit à lui adresser un sourire sincère.

— J'ai pris rendez-vous à la clinique pour demain.

— Je peux t'emmener, si tu veux. J'ai du temps libre. Cela me fera plaisir.

Elle allait avoir beaucoup de temps, tout le temps du monde, mais elle ne voulait pas inquiéter Jade inutilement. Elle préférait d'abord retrouver du travail avant d'aborder le sujet.

— Tu as faim ? demanda Amber.

— J'ai préparé un gratin de macaronis.

— Ah bon ?

Décidément, sa sœur était pleine de surprises. Elle n'avait jamais vu Jade aux fourneaux. Et même si ce n'était pas un plat élaboré, c'était le geste qui comptait.

— Je sais que c'est étonnant, mais c'est vrai. Et c'est prêt.

— Merci, murmura Amber, reconnaissante.

En mettant le couvert, elle sentit son optimisme remonter. En cinq ans chez Tucker Transportation, elle avait acquis beaucoup d'expérience qu'elle pourrait mettre à profit dans de nombreux services administratifs. Et Margaret pourrait lui fournir une lettre de recommandation.

Soudain, on frappa à la porte.

— Tu attends quelqu'un ? s'enquit Jade.

— Non. Et toi ?

— Personne ne sait que je suis ici.

Amber alla ouvrir, s'attendant à tomber sur un voisin. Bon sang, c'était Tuck, la mine renfrognée.

— Que faites-vous ici ?

— Je voudrais vous parler.

— Je n'ai rien à vous dire.

— Après votre départ, Jackson m'a fait la morale et j'ai compris que je m'étais mal comporté.

Elle garda le silence. Etait-il là pour lui rendre son emploi ?

— Je suis venu vous donner une autre chance.

— A quel sujet ?

— Au sujet de ce que vous savez sur Dixon.

— Je vous ai tout dit.

Jade s'approcha de la porte.

— Bonjour. Vous êtes un voisin d'Amber ?

— C'est mon patron, expliqua Amber, avant de se rendre compte que ce n'était plus le cas.

— Enchantée. Et moi, je suis Jade, la sœur d'Amber.

Tuck lui tendit la main.

— Tuck Tucker.

— Vous avez faim ? Vous voulez vous joindre à nous ?

— Non, déclara Amber, il était sur le point de repartir.

— Si vous le permettez, j'ai quelques mots à dire à votre sœur.

— Vous avez besoin d'elle au bureau ? s'enquit Jade.

— Non, rétorqua Amber.

— Juste une petite chose à régler.

— Dans ce cas, je vous laisse.

Jade rentra et Amber ferma la porte. Il faisait frais dehors, mais elle ne voulait pas mêler sa sœur à ses histoires.

— Vous savez que le marché du travail est au ralenti ? demanda Tuck.

— Vous essayez de m'intimider ?

— J'essaie de vous faire comprendre que je dois parler à mon frère.

— Je lui ai promis de ne rien dire à personne.

— Donc, vous avouez que vous savez où il est.

— Je ne sais pas exactement où il se trouve.

— Dixon s'attend à ce que vous lui soyez loyale, mais pas

au point de perdre votre emploi, objecta-t-il. S'il vous plaît, ne me poussez pas à vous renvoyer.

— Je ne vous pousse à rien du tout.

Tuck se pencha vers elle.

— Amber, s'il vous plaît, murmura-t-il alors qu'il lui effleurait le visage.

Soudain, elle se remémora la force de son étreinte, le goût de sa langue, l'odeur de sa peau.

Déséquilibrée, perdue, elle se pencha vers lui, malgré elle, et plaqua une main contre son torse ferme et musclé.

— Je ne veux pas me battre avec vous.

Alors qu'elle ôtait sa main, il fut plus rapide et l'emprisonna pour la coller fermement contre lui.

Elle combattit la vague de plaisir qui montait en elle, envahissant son corps, troublant son esprit. Elle rêvait de se laisser aller, de se blottir dans ses bras rassurants et de l'embrasser jusqu'à tout oublier.

Elle croisa son regard.

— Je vous ai tout dit.

L'expression de Tuck changea légèrement, un petit rictus méfiant se dessinant sur ses lèvres charmeuses.

— Et vous continuez néanmoins à prétendre qu'il n'y a rien entre Dixon et vous ?

— C'est pourtant la pure vérité.

— Mais vous êtes prête à perdre votre emploi pour lui ?

— Je suis prête à perdre mon emploi pour rester fidèle à mes principes.

— Vous en êtes sûre ? s'enquit-il alors qu'il resserrait son étreinte.

— Plus que sûre, répondit-elle, articulant chaque syllabe.

Il l'embrassa.

Elle fut tellement surprise qu'elle ne chercha pas à s'y soustraire. L'espace de quelques instants, elle plongea dans le bien-être que lui procurait le contact de ses lèvres sur les siennes.

C'était un baiser tendre, réconfortant et, même si son esprit lui ordonnait d'arrêter, son corps ne pouvait s'y résoudre, comme si la chaleur de son torse pénétrait directement dans son cœur.

La raison finit néanmoins par reprendre le dessus. Elle se força à le repousser. A présent, adossée à la porte, elle le fixa du regard.

— Je devais en être sûr.

— Sûr de quoi ?

— Que vous n'étiez pas amoureuse de mon frère.

Elle ferma les yeux.

— Partez. Et ne revenez plus jamais. Je pense que je pourrais facilement vous détester.

Quand elle rouvrit les yeux, il était quasiment au bout de l'allée, s'apprêtant à remonter dans sa voiture de sport.

Ouf ! Il partait. Il quittait sa vie. Elle allait retrouver un emploi, et elle ne serait plus obligée de subir la présence déstabilisante de Tuck Tucker.

La porte s'ouvrit derrière elle.

— Tu sors avec ton patron ?

— Quoi ?! Non.

— Pourtant, tu l'as embrassé.

— Mais non. C'est un imbécile. Et il m'a renvoyée.

— Pardon ?

— Nous avons eu un désaccord. Disons que nous n'avons pas la même approche des choses. Et nous n'avons pas les mêmes valeurs ni les mêmes principes. Je préfère ne pas travailler pour un homme comme lui.

Elle se sortirait de cette mauvaise passe. Elle n'avait pas le choix de toute façon.

— Que vas-tu faire ? s'enquit Jade, anxieuse.

Amber la prit par le bras pour regagner la maison.

— Je vais trouver un autre emploi. Ne t'inquiète pas.

— Je te trouve très optimiste. Tu es sûre de toi ?

— Oui.

Finalement, en y réfléchissant, si Jamison n'avait pas eu sa crise cardiaque, il l'aurait peut-être renvoyée, lui aussi. Elle n'avait donc aucun regret à avoir. Et elle devait se tourner vers l'avenir.

A son retour, Dixon aurait sûrement envie de la reprendre, mais Jamison était encore le P-DG et après sa convalescence, pleinement rétabli, il pourrait très bien décider de rejeter la décision de Dixon. Autrement dit, il était temps pour elle de partir vers de nouveaux horizons, loin du trio infernal de Tucker Transportation.

Tuck ne s'en sortait pas. Il était submergé de travail. Et depuis le départ d'Amber, il n'avait plus personne pour filtrer ses mails, trier les problèmes, petits ou grands. Il avait une assistante intérimaire, Sandy Heath, empruntée au service financier, mais elle lui posait tellement de questions qu'elle lui faisait perdre un temps fou, le ralentissant dans chacune de ses tâches au lieu de l'aider à gagner du temps.

Jackson n'avait toujours pas retrouvé la trace de Dixon, son père se remettait plus lentement que prévu et ne reviendrait peut-être jamais à la tête de la société.

— Sandy, vous savez si Lucas Steele va arriver ?

— Non.

— Vous lui avez bien dit 10 heures ?

— Oui. Enfin, je l'ai appelé quand vous me l'avez dit, mais je suis tombée sur sa messagerie.

— Vous avez essayé de joindre son assistante ?

— Non, mais je vais le faire.

Il réprima un soupir de frustration. Même rencontrer son directeur des opérations qui travaillait trois étages plus bas relevait de l'impossible.

— Laissez tomber, je vais descendre.

Il était inutile de s'énerver contre Sandy parce qu'elle n'était pas Amber. Il n'y avait qu'Amber pour être Amber, et elle était d'une efficacité à toute épreuve.

Il prit l'ascenseur pour descendre les trois étages qui le séparaient de Lucas. A cet étage, le couloir était en linoléum et non en moquette, et les bureaux étaient plus nombreux et plus petits. C'était le centre des opérations de la société, là où il y avait le plus d'activité.

Le bureau de Lucas était tout au bout du couloir. C'était un large espace avec des dizaines de postes, d'innombrables écrans et toujours plusieurs personnes en train de s'affairer.

— Bonjour, patron ! s'exclama Lucas de derrière un énorme écran de contrôle.

— Bonjour à tous.

— Vous vouliez me voir ?

— Oui, répondit Tuck. Je peux vous parler un instant ?

— Bien sûr. Gwen, tu prends la relève ?

Tuck suivit Lucas dans une petite salle de réunion.

— Alors, patron, qu'y a-t-il ? Des mauvaises nouvelles ? Vous allez me renvoyer ?

— Non, je suis venu vous offrir une promotion.

— C'est une plaisanterie ?

— Non, une proposition tout ce qu'il y a de sérieux. Je vous offre un poste de vice-président.

— Vous avez perdu la tête ?

— J'ai besoin de vous là-haut, répliqua Tuck.

— Admettons donc que vous soyez sérieux. Vous voulez que je sois vice-président de quoi ?

— Disons vice-président par intérim. Je suis en train de couler, ajouta-t-il. J'ai besoin de vous.

— Vous avez surtout besoin de recruter quelqu'un.

— Oui, mais pour vous remplacer ici, aux opérations.

— Vous n'avez pas besoin de quelqu'un pour me remplacer. Gwen est super forte. Elle est même meilleure que moi.

— Donc, le problème est réglé, conclut-il. D'autant que vous êtes le dernier survivant.

— Vous voulez dire qu'Oscar est parti aussi ?

— Oui, hier soir.

Lucas se tut, visiblement abasourdi par la nouvelle.

— J'ai besoin de votre aide, reprit Tuck. Je ne sais pas qui essaie de nous tirer dans les pattes, j'ignore où est Dixon,

Amber est partie et, malgré tout, je ne peux pas me résoudre à quitter le navire.

— Votre ami Jackson n'a donc toujours rien trouvé ?

— Non, il a suivi huit pistes jusqu'à présent et elles n'ont rien donné.

Une image d'Amber apparut dans son esprit. Quand il pensait à elle, il pensait à leur dernier baiser. Une femme n'offrait pas ses lèvres de manière aussi voluptueuse si elle n'avait pas de sentiments pour l'homme qu'elle embrassait. Ce constat le fit frissonner.

— Si seulement elle parlait. Elle sait quelque chose qu'elle ne veut pas me révéler.

— Qui ça ?

— Amber.

— Que sait-elle ?

— Je ne sais pas exactement, mais elle refuse de dire quoi que ce soit, par loyauté envers mon frère.

— Vous avez essayé de la faire parler ?

— Je lui ai ordonné de le faire, elle n'a pas obtempéré. Je l'ai renvoyée.

— Vous avez tenté de la soudoyer ?

— Il n'y a pas plus honnête qu'Amber.

Tuck resta pensif quelques instants.

— Alors, Lucas, vous êtes d'accord pour m'aider ?

— Oui, mais temporairement.

— Je comprends. Moi aussi, j'espère que ce sera temporaire, car j'ignore combien de temps je peux encore tenir sans Dixon.

— En tout cas, si j'étais vous, j'essaierais quand même de la soudoyer.

— Elle n'acceptera jamais.

— Tant que vous ne lui aurez pas demandé, vous n'en aurez pas le cœur net.

Amber était assise à la table de la cuisine, face à son ordinateur, à éplucher les petites annonces. En face d'elle,

Jade révisait ses maths. Elles avaient chacune une tasse de café devant elles. La vaisselle de leur petit déjeuner était amoncelée dans l'évier. Jade avait proposé de s'en occuper plus tard, quand Amber serait partie rencontrer de potentiels employeurs.

Cela faisait trois semaines que sa sœur avait emménagé chez elle et Amber était vraiment contente de constater que Jade tenait ses promesses. Elle menait une vie saine, équilibrée, elle étudiait scrupuleusement pour passer ses examens avant la naissance du bébé, et elle aidait sans rechigner aux tâches ménagères.

A l'inverse, Amber n'arrivait pas à s'en tenir à ses résolutions et trouver un emploi s'avérait un exercice beaucoup plus difficile que prévu. Jusqu'à présent, sur les douze entreprises qu'elle avait contactées, elle n'avait obtenu que trois entretiens et aucune offre ferme.

A mesure que les jours avançaient, elle avait de plus en plus de mal à trouver la motivation en se levant le matin. Elle avait utilisé ses économies pour couvrir le loyer, mais d'autres factures allaient arriver, à commencer par le suivi médical de Jade.

— Tu es très jolie. Je suis sûre que tu vas décrocher un emploi aujourd'hui.

— Concentre-toi sur tes examens.

La sonnerie du téléphone les interrompit.

Amber sentit son estomac se nouer. Etait-ce un entretien pour un poste ? Etait-ce une offre d'emploi ?

Ce fut Jade qui répondit.

— Docteur Norris, bonjour. Oui… Oui… Quels tests ?

Amber se retourna vers sa sœur, inquiète.

— C'est un problème ?… Je vois…

— Qu'y a-t-il ? murmura Amber.

Jade lui tendit le combiné avant de fondre en larmes.

— Docteur Norris ? Ici Amber, la sœur de Jade. Que se passe-t-il ?

— Sa tension est un peu trop élevée. Et les résultats des tests ne sont pas très rassurants.

— Le bébé va bien ?

— Oui. Mais afin de parer à toute éventualité, j'aimerais que vous l'ameniez à l'hôpital pour qu'on puisse la garder en observation.

— Pour la nuit ?

— Jusqu'à la naissance. C'est plus prudent.

— Je l'amène quand ?

— Venez au plus vite, répondit le médecin. Nous allons la prendre en charge.

Amber raccrocha et se tourna vers sa sœur.

— Je dois retourner à l'hôpital ? demanda Jade.

— Oui. Le Dr Norris s'inquiète pour ta tension.

— Mais je croyais qu'un médicament suffisait ! Ils veulent me garder combien de temps ?

— Peut-être jusqu'à la naissance du bébé. Allons préparer ton sac. N'oublie pas tes livres pour étudier à l'hôpital. D'ailleurs, je pense que ce sera l'endroit idéal puisque tu n'auras rien d'autre à faire. Et tu n'auras pas à te soucier du ménage, de la lessive ou de la cuisine. Et en plus, je t'apporterai des pizzas, ajouta-t-elle pour réconforter sa sœur.

— Tu essaies de m'amadouer, mais je ne me vois pas décoller pour l'hôpital de manière aussi précipitée.

— Parfois, dans la vie, on n'a pas le choix.

— Amber, insista sa sœur, comment va-t-on payer ?

— Ne te soucie pas de ça maintenant, je trouverai une solution. Ne t'inquiète pas.

— Je suis désolée.

— Mais non, tout ira bien. Je te trouve formidable et, pour l'instant, tu dois simplement te préoccuper de toi et de ton bébé. Le reste attendra.

— J'ai peur, murmura Jade.

— Je sais, mais tout ira bien, je t'assure.

Elle allait d'abord installer Jade à l'hôpital et, ensuite, elle irait voir sa banque pour demander un prêt. Une fois qu'elle trouverait un emploi, elle commencerait à rembourser.

Sa sœur n'avait personne d'autre et elle se sentait prête à tout pour la protéger.

6

Tuck savait qu'il était dans une mauvaise passe, mais il ne pouvait pas se résoudre à baisser les bras. La société était sous sa responsabilité et il devait assumer son rôle, envers et contre tout.

On était samedi après-midi et il s'était garé en embuscade, non loin de chez Amber, attendant qu'elle revienne.

Il voulait absolument lui parler et il savait que la seule solution était de provoquer une rencontre. Au téléphone, elle pourrait lui raccrocher au nez, et elle n'était pas obligée de répondre à ses messages. De plus, en la voyant, il pourrait davantage jauger ses réactions, voir la lueur au fond de ses yeux, l'expression de son visage.

Dès qu'il la vit se garer, il sortit de sa voiture. Alors qu'elle venait de refermer sa portière, il s'approcha. Elle était vêtue d'un pantalon à pinces bleu marine, d'une veste assortie et d'un haut marin. Ses cheveux étaient coiffés en une tresse impeccable et ses bottines violettes en daim apportaient une touche de couleur rafraîchissante.

En cet instant, sous la lumière du soleil, il la trouva belle à couper le souffle.

Elle souriait. Elle ne l'avait pas encore vu. Dès qu'elle l'aperçut, son sourire disparut.

— Tuck, que faites-vous ici ?

— Je veux vous parler.

— Je n'ai pas le temps.

— Ce ne sera pas long.

— Je n'ai pas été claire. J'ai tout le temps du monde, mais je n'ai pas envie de le passer avec vous. Au revoir, Tuck.

— Dixon n'est toujours pas revenu.

Elle haussa les épaules.

— Cela fait six semaines. Je suis inquiet.

— Moi, je ne m'inquiète pas pour lui.

— Ce n'est pas le genre de Dixon de partir six semaines en vacances.

— Peut-être que vous ne le connaissez pas aussi bien que ce que vous croyez.

— Clairement. Mais vous avez l'air de le connaître mieux que moi, alors allez-y, je vous écoute.

— Je vous ai déjà dit que vous vous mépreniez sur la nature de ma relation avec Dixon, je n'ai rien à ajouter. Au revoir.

Tuck lui barra le chemin.

— Les choses ont empiré depuis que vous êtes partie.

— Vous voulez dire depuis que vous m'avez renvoyée ?

— Oui, c'est ça. On perd du personnel, on perd des clients et on perd de l'argent.

— Je ne vois pas pourquoi vous venez me raconter ça.

— J'ai peur d'être obligé de licencier des gens.

— Qu'est-ce que vous voulez que ça me fasse ? J'ai déjà perdu mon emploi.

Il se tut, à court d'arguments.

— Où se trouve Dixon ?

— Je ne sais pas.

— Que savez-vous ?

— Dixon voulait que je ne dise rien à personne et il n'est pas revenu sur ce postulat de base.

— Donc vous n'avez pas été en contact avec lui ?

— Non.

— Il sait comment vous joindre ?

— J'imagine qu'il m'appellerait au bureau. Et il sait aussi comment vous joindre. S'il ne l'a pas fait, c'est qu'il n'a pas envie de vous parler. Au revoir, Tuck.

Elle lui échappait. Il était temps de sortir sa carte maîtresse.

— Et si vous deviez lui faire passer un message urgent ? Vous sauriez comment faire ? Si oui, votre prix sera le mien.

— Mon prix ? s'enquit-elle, en se tournant vers lui.

— Tout ce que vous voulez.

— Vous me paieriez pour que j'envoie un message à Dixon ? Et vous voudriez que je lui dise quoi ?

— Vous acceptez le marché ?

Lucas avait-il raison ? Allait-il arriver à ses fins en la soudoyant ?

— Vous voudriez que je lui dise quoi ? répéta-t-elle.

— Que mon père a eu une crise cardiaque et que je suis en train de couler la société.

— Vous voulez surtout vous assurer qu'il revienne au plus tôt.

— Je veux qu'il soit conscient du prix de sa disparition.

— Je ne veux pas mentir pour vous.

— Ce n'est pas un mensonge.

— Si. Vous n'êtes pas en train de détruire la société. Vous exagérez.

Elle était sur le point d'accepter son marché et il ne voulait surtout pas laisser passer sa chance.

— Alors ? Quel est votre prix ?

— Vous parlez d'une somme fixe ?

— Si vous voulez.

— Et le message ne portera que sur votre père ?

— Et sur le fait que je suis en train de couler la société.

— Pas question d'employer le mot « couler ».

— Alors, dites-lui que les projections pour le mois prochain sont négatives.

Connaissant Dixon, il rentrerait aussitôt. De toute évidence, elle hésitait.

— Combien ?

— Je veux retrouver mon poste.

Il s'attendait à tout sauf à ce scénario.

— Vous voulez retravailler pour moi ?

— Je veux retravailler pour Dixon. Et puis…

Elle sortit une feuille de son sac.

— C'est quoi ?

Elle colla la feuille contre elle pour l'empêcher de voir.

— J'aimerais une prime d'embauche.

— Combien ?

— Vingt-huit mille deux cent soixante-trois dollars.

La somme était peu commune.

— Je peux savoir d'où sort ce chiffre ?

— Non.

— Je ne peux pas savoir à quoi va servir mon argent ?

— Non.

— Vous allez l'appeler ?

— Oui.

— Maintenant ?

— Si vous voulez, répondit-elle, s'avançant vers sa maison.

Il la suivit.

— Vous ne me faites pas confiance ?

— Je suis surtout curieux de connaître la suite des événements, répliqua-t-il.

Elle déverrouilla la porte d'entrée.

— Je ne sais pas où il est, je n'ai pas menti à ce sujet. Mais il m'a laissé un numéro où le joindre en cas d'urgence.

Elle posa son sac sur la table, sortit son portable et composa un numéro.

— Il a pris un autre téléphone ?

Amber secoua la tête, tout en prenant place dans un fauteuil crème.

— Bonjour, pourriez-vous me mettre en relation avec la chambre de Dixon Tucker ? demanda-t-elle.

Il aurait aimé voir l'indicatif.

— Non ?

Il se concentra sur son expression. Le visage d'Amber s'était rembruni.

— Quand ça ?

Lui jouait-elle un tour ? Etait-elle en train de lui faire croire qu'elle avait essayé de le joindre, mais qu'elle n'y était pas arrivée ?

— Donc il n'est resté qu'une semaine ? Vous savez où il est allé, après ?

Soit les choses ne se déroulaient pas comme prévu, soit Amber avait raté sa carrière d'actrice.

— Oui, je comprends. Merci. Au revoir.

— Alors ?

— Dixon est parti à Scottsdale en Arizona, au centre Highland Luminance.

— C'est un hôtel ?

— Un centre de bien-être. Il y est resté une semaine.

— Je me demande pourquoi il a eu l'idée d'aller là-bas.

— Pour se détendre et se faire aider.

— Tout ça n'a aucun sens.

— Il était épuisé et…

— Je sais, je sais. Mais ça n'a quand même aucun sens.

— Vous l'avez poussé à bout.

— Je n'ai rien fait.

— Justement.

Il la fusilla du regard.

— Vous insinuez que c'est ma faute ?

— Oui. Vous, votre père, Kassandra, vous êtes tous fautifs.

Il ouvrit la bouche pour se défendre, mais il ne trouva rien à répliquer.

Amber avait-elle raison ? Etait-ce sa faute ? Pourquoi Dixon ne lui en avait-il pas parlé ? Ils auraient pu trouver des solutions. Il aurait été fier qu'il fasse appel à lui, fier de pouvoir l'aider.

— Je ne comprends vraiment pas ce qu'il est allé chercher là-bas.

— Si vous voulez le retrouver, arrêtez de vous demander pourquoi il est allé en Arizona et j'essaierai de découvrir où il est allé ensuite.

Une fois de plus, Amber avait raison.

Il sortit son portable.

— Jackson ? Ici, Tuck. Dixon est allé en Arizona.

— Tu en es sûr ?

— Scottsdale. Highland Luminance. Il en est reparti il y

a cinq semaines, mais au moins c'est le début d'une piste… Entendu…

Tuck raccrocha.

— Jackson est à Los Angeles, il va nous rejoindre là-bas. Nous pouvons y être ce soir.

— Pas question.

— Vous travaillez de nouveau pour moi et j'ai besoin de vous à Scottsdale.

— Désolée, je ne peux pas.

— Désolé, ce n'est pas négociable.

Amber entra doucement dans la chambre d'hôpital de Jade, par crainte de la réveiller. Mais sa sœur était assise dans son lit, en train de réviser.

— Tu es revenue bien vite. Tu as oublié quelque chose ?

— Non. Tout va bien ?

— Oui, mais je me sens coupable de rester assise à ne rien faire.

— Tu ne restes pas oisive. Tu étudies et prends soin de toi pour ton bébé.

— Oui, d'ailleurs j'ai l'impression qu'il grossit d'heure en heure. Pourquoi es-tu revenue si vite ? ajouta sa sœur.

— J'ai une bonne nouvelle, j'ai trouvé un emploi.

— C'est formidable ! s'exclama Jade, les larmes aux yeux. Tu es la plus forte. Quoi que je fasse, même dans les pires moments, tu es toujours là pour moi, tu t'occupes de moi, tu veilles à tous mes besoins.

— C'est normal. Je suis ta grande sœur. Je prends soin de toi.

Amber se sentait coupable de devoir partir, même si elle savait que l'hôpital s'occuperait bien de Jade.

— Tu te souviens d'Earl Dwyer ? demanda celle-ci, soudain soucieuse.

La question prit Amber au dépourvu.

— Tu veux parler de l'ancien petit copain de maman ?

Sa sœur acquiesça.

— J'ai repensé à lui la nuit dernière. Tu te rappelles comment il nous criait dessus ?

— Oui, mais je suis étonnée que toi tu t'en souviennes. Tu devais avoir cinq ans quand nous sommes parties de là-bas.

Lorsqu'une dispute éclatait entre Earl et leur mère, elle s'enfermait avec Jade dans la chambre.

— Tu te souviens de l'incendie ?

— Oui.

— Maman disait toujours à Earl de ne pas fumer sur le canapé. Elle lui répétait qu'il finirait pas s'endormir en fumant et qu'on périrait tous dans un incendie.

— C'est ce qui a bien failli arriver, déclara Amber.

— Je savais que ça marcherait, répliqua Jade. Ce soir-là, il s'est endormi en fumant. Maman était dans sa chambre. Toi, tu dormais.

— Toi aussi.

— Non, je suis allée dans le salon. J'avais peur de le réveiller. Mais, heureusement, il n'a pas ouvert les yeux. Il avait trop bu.

Amber frissonna.

— J'ai pris la cigarette qui se consumait dans le cendrier, poursuivit Jade. J'ai pris aussi le journal sur la table, une feuille, je l'ai mise en boule, je l'ai allumée et je l'ai enfoncée entre les coussins du canapé… C'est moi qui ai mis le feu, Amber. J'ai seulement compris des années plus tard que j'aurais pu tous nous tuer.

— Tu avais cinq ans.

— Tu me trouves diabolique ?

— Pas du tout. Tu avais peur et tu as réagi avec ta sensibilité d'enfant de cinq ans.

— Je savais que ça marcherait. Je savais que si Earl mettait le feu au canapé, maman lui demanderait de partir et qu'on n'aurait plus jamais à vivre avec lui.

Amber la prit dans ses bras.

— C'était une très bonne idée, mais la prochaine fois que tu projettes de mettre le feu, n'oublie pas de prévoir aussi un moyen de l'éteindre.

— C'est pour ça que j'y ai repensé hier soir : je me suis dit que toute ma vie, j'avais allumé des incendies et que tu avais toujours été là pour les éteindre. Maintenant, je suis enceinte et c'est toi qui es là une fois de plus pour t'occuper de moi et subvenir à mes besoins.

— Ne t'inquiète pas. Tout va bien se passer.

— Tu sais, reprit Jade, dès que je serai en mesure de travailler, je vais chercher un emploi et je te rembourserai. Et moi aussi je serai là pour toi, si tu as besoin d'aide.

— Merci, c'est gentil. Mais j'ai une autre bonne nouvelle à t'annoncer. J'ai eu une prime d'embauche qui va suffire à couvrir les frais d'hôpital.

Jade la regarda avec de grands yeux.

— Tu plaisantes ? Comment tu as fait ?

— J'ai repris mon ancien emploi.

— Tu retournes travailler pour Tucker Transportation ? Pour Tuck, le type qui t'a embrassée ?

— En fait, je travaille pour son frère, Dixon. Il va bientôt rentrer.

— C'est un homme bien ?

— Oui.

Et dès qu'il réapparaîtrait, tout rentrerait dans l'ordre.

— Et Tuck ?

— Que veux-tu savoir à son sujet ? Habituellement, il ne vient jamais travailler. Donc, dès que son frère sera revenu, il disparaîtra à son tour et je ne le reverrai plus.

— Mais tu l'as embrassé, non ?

— C'est lui qui m'a embrassée.

— Tu n'as pas protesté. Je t'ai vue. Et je crois que tu en pinces pour lui.

Amber haussa les épaules.

— Peut-être un peu. Il est beau, intelligent, drôle. Toutes les femmes tombent à ses pieds. Mais il n'y aura jamais rien entre nous, car je ne suis pas son genre.

Elle repensa aux baisers de Tuck. Etait-ce un jeu de pouvoir ?

Un test, comme il avait dit ? Ou avait-il l'habitude d'embrasser les femmes qu'il rencontrait ?

— Fais attention. Même quand ça commence bien, en général, ça finit mal. Crois-en ma grande expérience, ironisa Jade.

— Oui, je sais.

— Le désir est parfois trop fort pour qu'on y résiste, ajouta sa sœur. Et la raison ne l'emporte pas toujours.

Amber éprouvait du désir pour Tuck, mais aussi bien d'autres choses, et ce mélange était dangereux. Elle était bien décidée à faire appel à sa raison pour ne pas commettre d'erreurs.

— Jade, j'ai autre chose à te dire, murmura-t-elle.

— Décidément… Vas-y, j'écoute.

— Je dois partir quelques jours en Arizona, pour le travail. Tu crois que ça va aller ?

— Bien sûr. Je vais rester dans cette chambre avec mes livres. Tu pars quand ?

— Ce soir. Repose-toi, travaille bien et sois sage.

— Et toi, profite bien de ton voyage. Tu y vas avec Tuck ?

— Oui.

— Méfie-toi. Il est très séduisant. Et j'ai vu la façon dont il te regardait. Il a envie de t'attirer dans son lit.

— Ne t'inquiète pas pour moi, je suis une grande fille.

D'autant plus qu'elle avait déjà refusé les avances de Tuck, et elle doutait qu'il ait envie de récidiver. Il avait bien trop de conquêtes en attente pour perdre du temps avec elle.

7

Tuck avait toujours autant envie d'Amber. Très envie. Et son désir augmentait à chaque instant.

Elle était radieuse, allongée sur une chaise longue en rotin dans le jardin de l'hôtel de Scottsdale. Le chauffage à gaz d'extérieur qui vacillait entre eux projetait sur elle une lueur qui l'éclairait admirablement. De petites lumières au sol décoraient les palmiers et le jardin de pierre derrière elle, tandis que les étoiles illuminaient le ciel charbon.

— Vous avez quelque chose en tête ?

C'était le moins qu'on puisse dire, mais rien à voir avec ce qu'Amber devait supposer. Il la trouvait tellement belle, vêtue d'une ravissante robe bleue estivale, et d'un joli gilet qui complétait à merveille sa tenue. Elle avait enlevé ses sandales à talons aiguilles et, après le deuxième verre de vin, elle s'était détaché les cheveux, les laissant tomber en cascade sur ses épaules.

— En tant que frère de Dixon, j'aurais pensé avoir accès à plus d'informations, mais la réceptionniste ne s'est pas montrée très coopérative.

— Elle vous a quand même indiqué la date de son départ.

— Oui, mais c'était il y a plus de cinq semaines.

Amber but une gorgée de son vin, ses lèvres pulpeuses s'entrouvrant avec sensualité. Son visage resplendissait et ses épaules crémeuses semblaient plus soyeuses que jamais.

Il se rappelait encore son goût, son parfum, la sensation de son corps contre le sien.

— On devrait échanger sur Dixon, dit-elle simplement.

— C'est-à-dire ?

— On pourrait parler de ce qu'on sait sur lui, de ses envies, de ses rêves…

— Dixon ne m'a jamais parlé de ses rêves.

— Et votre enfance ? Vous n'avez pas de souvenirs ? Dans l'avion, j'ai pensé à la façon dont notre enfance agit sur notre vie.

— Vous croyez que Dixon agit en réaction par rapport à son enfance ? Vous avez lu ça dans la brochure du centre de bien-être ?

— Non. J'en ai entendu parler dans un documentaire et je trouve que ça s'applique bien à son cas. C'est une théorie fondée sur la connaissance de soi et qui nous croyons être.

— Qui croyez-vous être, Amber ?

— C'est assez simple. Je suis quelqu'un d'organisé qui s'occupe des gens. Je ne peux pas les laisser faire des erreurs si je peux les en empêcher, ou bien je dois réparer leurs erreurs.

Tuck sourit.

— Pourtant, moi, vous ne m'avez pas empêché d'en commettre. La preuve, vous vous êtes laissé renvoyer.

— Mais auparavant, je vous ai aidé autant que j'ai pu. Bon, c'est bien joli, tout ça, mais nous ne parlons pas de Dixon.

— Et moi ? répliqua-t-il. Vous ne voulez pas en savoir plus sur moi ?

— Je connais déjà la façon dont vous vous percevez.

— Ah bon ? J'écoute.

— Doué, séduisant, couronné de succès. Vous avez confiance en vos atouts et votre tableau de chasse ne fait que confirmer ma théorie.

— Donc, vous me voyez comme un don Juan vaniteux ? Ce n'est pas très flatteur.

— J'ajouterais que vous êtes singulièrement réaliste.

— Et moi je dirais que votre portrait n'est pas fidèle. Je suis né dans une famille aisée où personne n'a jamais cru en moi. N'ayant jamais vraiment dû me battre pour quoi que ce soit, je ne dois pas mes succès à mes talents présumés. De plus, je me suis toujours senti inutile et surprotégé. Et vous exagérez mon succès auprès des femmes.

Elle arborait à présent un air sceptique.

— Vous dites que vous vous êtes toujours senti inutile et pourtant, maintenant que vous pouvez vous rendre utile, on dirait que vous rechignez à la tâche.

C'était un commentaire assez sévère de la part d'Amber, mais il ne perdit pas contenance.

— Je suis là, en tout cas.

— Certes, mais vous attendez le retour au *statu quo*.

— Pour le bien de Tucker Transportation.

Elle se tut un instant.

— Vous vous en sortez très bien, lâcha-t-elle.

— Pardon ?

— Vous avez bien entendu. C'est un compliment. Vous vous en sortez très bien, mais si vous voulez retrouver Dixon ce n'est pas pour le bien de la compagnie, c'est pour pouvoir vous éclipser de nouveau.

— Vous avez tort.

— J'ai raison. Nous pourrions en débattre toute la nuit sans arriver à nous mettre d'accord, donc autant arrêter là. Et revenons-en à Dixon. Quand il était jeune, qu'est-ce qui le rendait heureux ? Qu'est-ce qui le mettait en colère ?

— Moi.

Elle sourit.

— J'avoue que ça ne me surprend pas, déclara-t-elle. Et que faisiez-vous pour le mettre en colère ?

— Je l'obligeais à participer à mes bêtises, en prétendant qu'il était lâche s'il refusait. Il avait peur de se faire prendre et ça l'énervait de céder.

— Quoi d'autre ?

— A l'adolescence, je sortais par la fenêtre de ma chambre pour aller voir des filles le soir.

— Dixon venait avec vous ?

— Non. Il était très fidèle à ses petites amies. Il n'en a eu que deux avant Kassandra : Bettina Wright et Jodi Saunders.

C'étaient de très jolies filles, mais elles me paraissaient ennuyeuses et coincées.

— Dans ce domaine, vous n'avez pas les mêmes goûts.

Elle ne croyait pas si bien dire. Si elle avait été son assistante depuis cinq ans, marié ou pas, il aurait eu du mal à garder ses distances.

En cet instant, le courant charnel qui passait entre eux s'épaissit considérablement, au point d'en devenir palpable. S'il avait été plus près d'elle, il l'aurait prise dans ses bras.

— Donc Dixon est fiable, honnête, loyal et travailleur.

— Et moi, dans tout ça ?

— Vous avez le potentiel pour répondre à cette description, mais vous ne vous laissez pas le loisir de faire vos preuves.

— Faire mes preuves ? Même avec toute la bonne volonté du monde, ce n'est pas facile de prendre les rênes d'un conglomérat international du jour au lendemain. Surtout sans aucune expérience préalable.

— A qui la faute, si vous n'avez pas d'expérience ?

Il eut envie de répliquer que la faute en incombait à son père ou à son frère. Mais c'était aussi en partie à cause de lui. Il avait toujours laissé les choses venir à lui, ou il avait usé de subterfuges et de raccourcis pour arriver à ses fins.

— Vous pensez qu'on peut changer ?

— Je crois qu'on peut essayer de changer.

De nouveau, il sentit l'atmosphère s'alourdir autour d'eux, et cette attirance magnétique qui le taraudait.

D'un bond, elle se leva.

— Je vais me coucher.

Il se leva aussi.

— Je peux vous accompagner ?

Il regretta aussitôt sa question.

Elle leva ses grands yeux bleus vers lui, les joues rougies, la brise balayant doucement ses cheveux, les lèvres légèrement entrouvertes. Il mourait d'envie de l'embrasser.

— Vous ne pouvez pas vous en empêcher ?

— De quoi ?

— De faire des avances aux femmes.

— Bien sûr que si, mais là c'est différent. J'ai envie de vous et je sens que vous avez aussi envie de moi.

— On devrait en rester là.

D'une main, il la prit par la taille.

— Pourquoi ?

Elle eut un léger geste de recul sans pour autant se soustraire à son étreinte.

— Parce que ça ne peut que mal finir.

— Vous savez prédire l'avenir ?

— Vous allez m'embrasser.

— Ouf. J'ai cru que vous alliez me gifler.

— Et ensuite…, reprit-elle.

— Non, en une minute, on aura à peine eu le temps de s'embrasser.

La minute s'écoula. Puis une autre, et encore une autre. Les lèvres de Tuck étaient délicieusement scellées aux siennes, ses bras l'enserrant dans une étreinte fougueuse. Des étincelles explosaient partout en elle, et la passion qui l'animait embrasait son corps et son esprit.

Elle devait mettre un terme à cet échange, mais elle ne pouvait s'y résoudre. C'était trop bon de se sentir prisonnière de cet homme, et d'éprouver un désir sans précédent qui la faisait chavirer dans une dimension paradisiaque.

Après tout, ils étaient tous les deux des adultes consentants, et le monde ne s'arrêterait pas de tourner s'ils se laissaient aller à ce moment d'égarement.

Tuck s'arracha à ses lèvres pour lui déposer des baisers dans le cou. Il fit glisser les mains le long de son dos pour s'emparer de ses fesses et coller son corps contre son bas-ventre. Elle sentit son sexe gonflé de désir contre le sien.

Au lieu de l'affoler, ce constat ne fit que redoubler son excitation.

— Et maintenant ? murmura-t-il.

— Et maintenant nous devons aller chacun dans sa chambre.

— Vous en êtes sûre ?

— Non. Enfin, oui. Oh ! je ne sais pas.

Ils se dévisagèrent pendant de longues secondes.

— J'aimerais beaucoup que vous veniez partager ma chambre mais… quand une femme hésite, c'est que la réponse est négative, marmonna-t-il en la relâchant.

Il se comportait en véritable gentleman et elle se sentit déçue par son attitude presque trop raisonnable.

— Vous êtes plus prévenant que je ne pensais.

— J'essaie d'agir comme Dixon, en homme responsable. J'ai toujours su qu'il était meilleur que moi.

— Pourtant, vous êtes là, mais il manque à l'appel.

— Oui, ça fait partie des nombreuses ironies de la vie.

Elle recula d'un pas.

— Je suis désolée de vous avoir induit en erreur.

— Ne vous inquiétez pas. Je m'en remettrai. Et qui sait, peut-être qu'un jour vous saurez ce que vous voulez.

— Je ne sais plus quoi penser, balbutia-t-elle.

— Vous pensez trop. C'est juste une question d'attirance physique. Rien d'autre. N'allez pas chercher plus loin.

Son cœur sombra alors qu'une immense vague de déception s'emparait d'elle. Pour lui, ce n'était donc qu'une question d'attirance physique ?

— Vous avez déjà ressenti ça ?

— Plein de fois.

Elle vacilla. Jade avait eu raison de la mettre en garde. Si on ne choisissait pas l'homme adéquat, cela finissait forcément mal.

— Merci, maintenant, je sais à quoi m'en tenir. Bonne nuit, déclara-t-elle sèchement.

— Bonne nuit, répliqua-t-il, visiblement surpris par l'arrêt abrupt de leur conversation.

Plus question d'embrasser Tuck, de le toucher ou de tomber dans ses bras. Elle allait garder ses distances et entretenir des relations uniquement professionnelles avec lui.

Après avoir passé la nuit à fantasmer sur Amber, à se demander pourquoi il avait voulu jouer la carte du gentleman et à tenter de comprendre pourquoi la jeune femme avait mis fin de manière aussi abrupte à leur soirée, Tuck n'était pas d'humeur à travailler.

Pourtant, Lucas l'avait appelé pour le convaincre de se rendre à la réception organisée à Phoenix par l'un de leurs gros clients, Robinson Equipement. Phoenix se trouvant à trente minutes de route, il pouvait facilement y aller.

— Entendu, c'est une bonne idée. Acceptez l'invitation et dites-leur de compter sur ma présence.

— Emmenez Amber.

— Je n'ai pas besoin d'être accompagné.

— C'est votre assistante pour le moment, elle connaît très bien le dossier.

— Je vais avoir du mal à la convaincre.

— Dites-lui que ça fait partie de ses obligations professionnelles.

— En fait…

Il se ravisa. Ce n'était pas le moment de tenter d'expliquer la complexité de ses relations avec Amber. Mais s'il avait pu révéler le fond de sa pensée à son assistante, il lui aurait avoué combien il regrettait de lui avoir menti la veille, pour sauver la face, mais aussi pour lui faciliter la tâche.

Il lui avait menti en prétendant que ce n'était qu'une question d'attirance physique, qu'il avait déjà ressenti cela plusieurs fois. Mais ce qu'il éprouvait en sa présence, c'était inédit en fait.

— Pourquoi ne voulez-vous pas y aller avec Amber ? insista Lucas.

— C'est plutôt elle qui ne voudra pas m'accompagner.

— Alors essayez de pacifier vos relations. Vous ne pouvez pas vous y rendre sans elle.

Lucas avait raison. A tous les niveaux. Il était clairvoyant et plaçait les intérêts de Tucker Transportation au-dessus de tout. Il ferait mieux d'en prendre de la graine.

On frappa à la porte et il raccrocha, finissant de boutonner sa chemise avant d'aller ouvrir la porte.

Il se retrouva face à Jackson et à Amber qui, même sans sourire, était très belle.

— On a vérifié les hôpitaux, les morgues, les postes de police, déclara Jackson en entrant.

— Et vous n'avez rien trouvé.

— Aucune piste. On a consulté les lignes aériennes, les trains, les bus, les voitures de location. Rien.

— Les bus ? Tu connais mon frère ?

Il tenta d'établir un contact avec Amber, mais elle refusait de le regarder. Il s'approcha pour respirer son parfum subtil.

— Il aurait pu s'acheter une voiture.

— On va vérifier les concessionnaires, confirma Jackson. Et en attendant, on interroge les hôtels et les motels du coin, au cas où il serait resté dans la région. Et je propose qu'après le petit déjeuner, on fasse un dernier débriefing avec Amber, pour voir si nous n'avons rien raté.

— Je vais me joindre à vous, répliqua Tuck. J'ai besoin d'entendre ce qu'elle a à dire.

— Ce n'est pas une bonne idée.

De nouveau, Tuck tenta de croiser le regard d'Amber. En vain.

— En l'écoutant parler de Dixon, je vais peut-être moi aussi repenser à un élément important.

— Et vous pourrez ensuite l'utiliser contre moi pour me renvoyer une nouvelle fois ?

Il ne répondit pas à l'attaque.

— Jackson sera là, vous n'avez rien à craindre.

— Il a raison, Amber, renchérit Jackson après avoir réfléchi quelques instants.

Alors qu'ils sortaient tous les trois de sa chambre, Tuck décida de poursuivre sur sa lancée.

— Au fait, ce soir, je vais avoir besoin d'Amber.

Jackson et Amber se retournèrent.

— Robinson Equipment organise une réception à Phoenix. C'est un gros client. Et Lucas vient de me dire au téléphone que je devais absolument emmener Amber parce qu'elle connaît le dossier.

L'intéressée ne réagit pas.

— Je vous paierai vos heures supplémentaires. Double.

Elle acquiesça et il en fut choqué. Etait-ce une nouvelle fois l'argent qui lui avait fait changer d'avis ?

8

Grâce aux questions méticuleuses de Jackson, Amber avait fouillé sa mémoire pour en faire émerger tous les éléments qui pouvaient aider à retrouver Dixon et à cerner son état d'esprit avant de partir.

Tuck s'était tu pendant toute la durée de l'entretien. A la fin, il les avait quittés sans rien dire. Jackson était allé rejoindre son équipe et elle avait eu le temps d'appeler Jade à l'hôpital.

Sa petite sœur allait bien. Sa tension était stable et il n'y avait aucune autre raison de s'inquiéter. Elle avait fait une échographie, le bébé semblait se porter à merveille et *a priori* elle attendait une fille.

Amber avait aussi eu le temps de vérifier son compte en banque et elle avait pu constater que la prime demandée à Tuck lui avait été versée. Elle allait pouvoir régler toutes les factures de l'hôpital, ce qui était un immense soulagement.

A présent, elle devait se préparer pour la soirée à Phoenix. Après le fiasco de la veille, elle appréhendait de passer du temps avec Tuck. Pour réussir à surmonter cette épreuve, elle devait se concentrer sur les deux tâches principales du moment. Retrouver Dixon et aider Tuck à maintenir le cap à la tête de Tucker Transportation.

D'après Lucas, la tenue de soirée était de rigueur. Or, dans sa valise, elle n'avait rien qui convienne. Croisant les doigts mentalement, elle se rendit à la boutique de l'hôtel dans l'espoir de trouver son bonheur.

Elle s'arrêta devant la vitrine pour admirer une magnifique

robe soyeuse bleu cobalt, ornée de dentelle et de tulle. Les tissus étincelaient à la lumière et la coupe était digne d'un grand couturier. Une vraie merveille.

C'était la robe idéale, sauf qu'elle coûtait dix fois plus que le budget qu'Amber s'était fixé.

Elle entra dans la boutique pour regarder le reste de la collection. Il y avait des robes plus formelles, des chapeaux, des sacs, des vêtements de plage, des vestes. Elle tomba sur quelques robes qui lui permettraient de ne pas perdre la face à la réception sans pour autant grever son budget.

La vendeuse lui indiqua la cabine d'essayage. Elle enfila d'abord une robe bleu marine toute simple avec un col en V. Puis elle sortit de la cabine pour avoir un peu plus de recul.

— Je suis sûr qu'il y a mieux, lâcha une voix masculine.

Elle se retourna et se retrouva face à Tuck portant un costume enveloppé dans une housse.

— Les grands esprits se rencontrent, marmonna-t-elle avant de se tourner de nouveau vers la glace.

— J'aime les chaussures, lança-t-il.

Heureusement qu'à la dernière minute elle avait pris ses sandales argentées à talons aiguilles. Elles étaient ornées d'une multitude de fausses pierres précieuses, ce qui leur donnait un certain cachet.

— C'est dommage, j'en ai une paire à la maison qui serait parfaitement assortie à cette robe.

— Je n'en doute pas un seul instant.

Elle lui jeta un coup d'œil dans la glace, tentant d'évaluer son niveau de sarcasme.

— Ne me regardez pas comme ça. J'adore votre collection de chaussures. Cela étant, il faut vous trouver une robe.

— Je n'ai pas vraiment le choix.

— Vous avez essayé celle en vitrine ?

— Non, je…

— Nous avons la taille de madame, coupa la vendeuse.

— Parfait, oui, madame va l'essayer.

— Non, je ne peux pas, protesta Amber. Elle est trop chère pour moi.

— Vous allez l'essayer, assura-t-il.

— Pas question.

— Je ne vous demande pas de la payer.

— Je refuse que vous régliez la note pour moi.

Il était son patron, pas son petit ami. Ce n'était pas parce qu'ils avaient échangé quelques baisers qu'il pouvait lui acheter des robes de soirée.

— C'est Tucker Transportation qui va payer la note.

— Je ne peux pas accepter.

— Vous êtes en voyage d'affaires, je vous demande de vous rendre avec moi à une réception, votre tenue est du ressort de l'entreprise. Point final. Que vous le vouliez ou non, ce soir, vous allez être mon faire-valoir.

Elle se figea, abasourdie.

— Votre « faire-valoir » ?

— Ne montez pas sur vos grands chevaux.

— Vous ne voulez pas que je sorte d'un gâteau en bikini, pendant que vous y êtes ?

La vendeuse revenait avec la robe. Elle resta bouche bée en entendant la plaisanterie d'Amber.

— Moi aussi, je dois faire un effort de tenue, reprit Tuck. Je ne peux pas me permettre d'y aller dans un costume de mauvaise qualité.

— C'est drôle, mais j'ai du mal à vous imaginer dans un costume de piètre qualité.

— Ne faites pas semblant de ne pas comprendre. Vous voyez très bien ce que je veux dire. Nous devons être impeccables pour ce soir.

Elle regarda la robe bleue que la vendeuse lui tendait. Oui, elle irait à merveille avec les chaussures qu'elle portait.

Elle tenta de sauver la face.

— Dites-moi que ce n'est pas la première fois que Tucker Transportation achète une robe à une employée.

— Ce n'est pas la première fois.

Elle lui lança un regard, mi-amusée, mi-sceptique.

— Du moins, je pense. Dans tous les cas, le temps presse. Et vous devriez aussi penser à votre coiffure.

— Quoi ? s'exclama Amber, choquée.

— Nous avons un très bon salon dans l'hôtel, intervint la vendeuse. Je peux vous prendre un rendez-vous.

— C'est ridicule, protesta Amber avant de disparaître dans la cabine avec la robe de soirée.

Ce serait de loin la robe la plus luxueuse qu'elle ait jamais portée. Et si Tuck insistait pour la lui payer, pourquoi chercherait-elle à être plus royaliste que le roi ?

Dans la salle de bal, Tuck devait se faire violence pour ne pas garder les yeux rivés sur Amber. Elle était belle à couper le souffle. Il s'était attendu à ce que la robe et la coiffure la changent de son style habituel, mais là, c'était presque une métamorphose.

Le coiffeur lui avait relevé les cheveux, en laissant de petites mèches bouclées tomber le long de ses tempes et de son cou gracile, mettant en valeur les traits fins et admirablement dessinés de son visage.

Son maquillage était léger mais plus riche que d'ordinaire. Ses yeux rehaussés d'eye-liner reflétaient le bleu de sa robe.

Pour le moment, il essayait de se concentrer sur la description que Norm Oliphant lui faisait de sa nouvelle ligne de distribution. Mais ses yeux ne cessaient d'osciller entre Amber et les hommes qui lui jetaient des regards appréciateurs. Ne voyaient-ils pas qu'elle était avec lui ?

On se mit à danser juste après le dîner. L'éclairage fut ajusté pour jeter une lumière tamisée sur les tables et illuminer la piste de danse.

— J'espère que votre père va bientôt se remettre, dit Norm.

Tuck se décida enfin à reporter son attention sur la conversation. Il devait penser comme son frère et se comporter comme lui. Kassandra était une très belle femme et Dixon était pourtant allé à des réceptions d'affaires sans se laisser distraire par la beauté de son épouse.

— C'est ce que nous espérons tous, répondit-il.

— Vous l'avez vu récemment ? s'enquit Regina, la femme de Norm.

Comment répondre ? Il n'avait pas vu son père depuis que ce dernier était parti à Boston, mais mieux valait ne pas divulguer une telle information.

Miraculeusement, Amber vint à son secours.

— Comme Tuck a dû assumer le contrôle de l'entreprise du jour au lendemain, Jamison lui a demandé de rester à Chicago et de se concentrer sur le bon déroulement des opérations. Sa femme est à ses côtés, bien sûr, et c'est un grand soutien moral pour lui de savoir que Tuck maîtrise la situation.

Tuck n'en revenait pas de ce tissu de mensonges qui découlait d'une improvisation magistrale et lui sauvait la mise.

— Peut-on savoir où est Dixon ?

Amber s'approcha de Norm et de Regina, se penchant vers eux comme si elle allait leur confier un secret.

— Vous avez appris ce qui s'était passé avec Kassandra ?

— Oui, répondit Regina, sur le même ton de confidence.

— Tuck a demandé à Dixon qu'il prenne un peu le large pour se retrouver et recouvrer ses esprits. Ils sont très soudés, et nous respectons l'intimité de Dixon pour le moment car nous voulons avant tout qu'il retrouve confiance en lui et en la loyauté de son entourage.

Regina regarda son mari en hochant la tête.

— La loyauté compte plus que tout, admit Norm, en acquiesçant à son tour.

— Au travail comme dans notre vie personnelle, ajouta Amber.

Son discours était parfait, son ton adapté à la situation.

Tuck croisa son regard, plus reconnaissant que jamais. Non seulement elle venait de le sauver d'un faux pas, mais encore elle avait rappelé à Norm, avec une finesse inouïe, que

Tucker Transportation comptait sur la relation de confiance et de loyauté établie de longue date entre les deux entreprises.

Amber était excellente à ce jeu-là.

A cet instant, elle offrit son plus beau sourire à Norm, qui leva son verre pour porter un toast avec Tuck.

— C'est bon de vous voir ici ce soir.

— Merci de nous avoir invités, déclara Tuck avant de boire une gorgée.

— On se recontacte la semaine prochaine. J'ai appris que Zachary Ingles était parti…

— Oui, c'est dommage. Il a cru que l'herbe serait plus verte chez nos concurrents, répondit-il, brodant de nouveau autour du thème de la loyauté.

— Ce n'est jamais bon signe.

— J'ai promu Lucas Steele au poste de vice-président. C'est un très bon élément. Efficace et professionnel. Il est avec nous depuis dix ans, il sait de quoi il parle.

— Il est monté en grade grâce à ses compétences ? s'enquit Norm, visiblement ravi de cette perspective.

— Oui. Au niveau de l'entreprise, nous aimons nourrir les talents.

— Alors, dites à Lucas de m'appeler.

— Entendu. Vous aurez de ses nouvelles lundi.

Tuck et Amber regardèrent le couple s'éloigner.

— Bravo. Tu t'es montré confiant.

— Moi ? C'est toi qui mérites la palme d'or. Alors, comme ça, mon père est rassuré de savoir que je suis aux commandes ?

— Je suis sûre qu'il le serait s'il savait ce que je sais.

— Et Dixon a laissé un numéro ?

— Oui. Nous n'avons pas réussi à le joindre, mais il a laissé un numéro.

— A l'avenir, rappelle-moi d'écouter scrupuleusement la façon dont tu formules tes idées.

— Je pensais que c'était déjà ce que tu faisais.

Tuck sourit, puis se renfrogna aussitôt en voyant un homme regarder Amber avec insistance.

— Nous devrions danser.

— Pourquoi ?

Parce que même s'ils ne formaient pas un couple, elle était arrivée avec lui et il n'avait pas envie de laisser d'autres hommes tenter leur chance.

— Ça ferait un bon effet, répondit-il en lui prenant la main.

C'était une excuse comme une autre, mais il fut satisfait qu'elle accepte sa proposition.

Une fois sur la piste de danse, il l'enlaça.

Ils s'imbriquaient à merveille, elle était faite pour ses bras. D'ailleurs elle ne tarda pas à suivre son rythme, naturellement. Et au bout de quelques instants, c'était comme s'ils avaient dansé ensemble toute leur vie.

Cette pensée le détendit et il la serra davantage contre lui.

— Merci pour tout ce que vous faites, murmura-t-il, dans l'intimité de leur étreinte.

— Comme ça, vous en avez pour votre argent, ironisa-t-elle.

En cet instant, Tuck sentit peser sur lui la responsabilité de tous les employés de Tucker Transportation.

— Je vous rappelle que vous m'avez offert une robe d'une valeur égale à celle de mon crédit logement mensuel.

— C'était un investissement pour que des centaines de personnes puissent continuer à payer leurs traites mensuelles.

Elle se tut quelques instants.

— Vous savez ce que ça fait de ne pas savoir si on va pouvoir payer son loyer, ses factures, ses notes médicales ?

— Non, et vous vous en doutiez.

Ils continuèrent à danser, en silence, sans qu'il cesse de repenser à ses dernières paroles.

— Amber, vous voulez une augmentation ?

— Pourquoi cette question ?

— Vous avez peut-être des ennuis financiers, ou besoin de plus d'argent en ce moment.

— J'ai un bon salaire, merci.

Il l'examina. Elle arborait à présent une expression plus pensive, comme si cette question d'argent était ancrée en elle.

— Et dans votre enfance ? Vous avez manqué d'argent quand vous étiez petite ?

— Oui. Nous étions pauvres. Maman était célibataire. Et elle buvait beaucoup.

Il digéra l'information.

— Je suis désolé que vous ayez connu des moments aussi difficiles.

L'orchestre entama une nouvelle chanson, mais il ne lâcha pas Amber pour autant.

— C'était il y a longtemps. Et finalement, c'est Jade qui a été le plus touchée.

— Comment ça ?

— Elle a eu du mal à trouver sa voie. Elle a arrêté l'école. Elle a enchaîné les petits boulots mal payés et les chagrins d'amour.

Il voulait surtout en savoir plus sur Amber.

— Et vous ?

Elle laissa échapper un petit rire nerveux.

— J'ai eu un petit copain au lycée. Mais après le lycée, j'ai dû travailler en suivant des cours du soir, donc je n'avais plus beaucoup de temps pour sortir.

— Vous ne sortez jamais ?

— Parfois. Mais je n'avais jamais été invitée à une soirée pareille. Je dois vous remercier pour cette expérience.

Il réfléchit aux informations qu'elle venait de lui donner.

— Donc votre petit copain…

— Je n'ai pas envie de parler de ma vie amoureuse.

— Je peux vous raconter la mienne, si vous voulez.

— Je la connais déjà. Il y a assez de détails dans la presse…

— Ils inventent tout, la coupa-t-il. Si je leur disais la vérité, ils seraient déçus, donc je ne dis rien. Bref… je suis libre. Donc si jamais vous vouliez…

Elle l'interrompit en lui donnant un petit coup de poing dans l'épaule.

— Cessez vos insinuations.

— Je n'insinue rien du tout. Ce soir, vous auriez pu avoir une bonne dizaine de prétendants.

Elle le fixa, interloquée.

— Vous ne faites pas attention ?

— A quoi ?

— A tous les hommes qui vous regardent.

Elle parut surprise.

— C'est la robe. Peut-être la coiffure. Et sûrement les chaussures.

— C'est tout ça en effet, mais pas seulement.

Incapable de résister, il resserra son étreinte, collant son corps au sien.

— Je n'ai pas envie de faire semblant. Vous me plaisez.

Cette affirmation était bien au-dessous de la vérité. Il était fou d'elle, dévoré par un désir qui ne cessait de grandir.

— Jackson est là.

Il mit un moment à comprendre le sens de son intervention.

Elle le lui montra du doigt. Jean, T-shirt blanc, veste en cuir. Ce n'était pas une visite de courtoisie. Il avait des nouvelles.

Ils allèrent aussitôt à sa rencontre.

Après de rapides préliminaires, Jackson entra dans le vif du sujet.

— Dixon a acheté une voiture.

— Quand ça ? demanda Tuck.

— Il y a cinq semaines. Une Audi décapotable d'occasion, payée en liquide.

— Il est encore à Scottsdale ?

— Il n'y est pas resté longtemps. On a retrouvé la voiture garée dans une marina de San Diego. Là-bas, il a acheté un bateau à voiles.

Tuck attendit la suite.

— Un douze mètres payé en liquide.

Quel scénario étrange.

— Je pensais que tu avais mis son compte en banque sous surveillance, fit Tuck, sceptique.

— C'est le cas. Mais visiblement ton frère a des ressources.

— Vous avez retrouvé la trace du bateau ? s'enquit Amber.

— Il a quitté la marina il y a des semaines et il n'est pas encore revenu.

Ils s'observèrent quelques instants en silence.

— Je ne crois pas qu'il ait coulé. Il y aurait eu un appel de détresse et les autorités nous auraient prévenus.

— Le bateau était équipé pour naviguer en solitaire ?

— Oui.

— C'est étrange, déclara Amber. Quand il est parti à Scottsdale, même si c'était un secret, il a quand même envoyé une lettre à votre père et il m'a laissé un numéro en cas d'urgence. Donc je ne vois pas pourquoi, après avoir pris autant de précautions, il aurait décidé de disparaître en mer sans rien dire à personne.

A présent, Tuck se sentait plus en colère qu'inquiet.

— Il a peut-être simplement eu envie de réaliser un rêve, sur un coup de tête, poursuivit Amber.

— Coup de tête ou pas, il a mis la société en danger de manière irresponsable.

Tuck commençait à être agacé par le fait qu'Amber veuille toujours défendre Dixon.

Tout à coup, elle claqua les doigts, comme frappée d'une illumination.

— J'ai compris ! Dixon a sûrement essayé de contacter Jamison. De son point de vue, sans être au courant de la crise cardiaque, c'était la chose la plus logique à faire. On a vérifié les comptes de Dixon et les mails professionnels de votre père, mais pas ses mails personnels.

Jackson s'empressa de joindre son bureau à Chicago.

C'était un scénario tout à fait plausible. Peut-être que Dixon avait prévenu leur père, pensant qu'il relaierait l'information. Il devait croire que Jamison était encore aux commandes. Il ignorait que Tuck était en train de faire couler le navire.

Ils s'étaient installés tous les trois dans la suite de Tuck pour attendre des nouvelles de Chicago. Il était tard quand ils reçurent enfin un mail de mise à jour.

Dixon avait effectivement contacté son père sur une adresse très peu utilisée par Jamison.

Amber était soulagée que cette piste ait mené quelque part et qu'il y ait une explication logique au comportement de Dixon.

— Il a envoyé le message d'un café Internet avant de quitter San Diego, déclara Jackson. Il dit qu'il compte passer quelques semaines à naviguer dans l'océan Pacifique. Il s'excuse de l'abandonner, mais il lui suggère de te faire confiance car il te sait capable de prendre les rênes de la société.

Tuck secoua la tête, incrédule.

Il était enfoncé dans un fauteuil à côté de la cheminée, tandis qu'Amber s'était installée sur le canapé, les jambes repliées sous elle après avoir ôté ses chaussures. Elle s'était confortablement lovée dans des coussins moelleux et le feu de la cheminée venait lui chauffer le visage.

Son esprit était devenu léthargique après une journée aussi riche en rebondissements et elle aurait aimé pouvoir s'endormir sans penser à rien.

— On peut répondre au mail de Dixon ? demanda Tuck à Jackson.

— Oui. Mais il faudrait qu'il s'arrête quelque part pour relever sa boîte.

— Il ne vérifiera peut-être pas avant un moment, puisque son but était de se déconnecter et de faire une pause, objecta-t-elle.

— Je crois que la pause a assez duré. Il est temps qu'il revienne.

— Et s'il n'est pas prêt à rentrer ? s'enquit-elle.

Elle comprenait la frustration de Tuck, mais Dixon avait le droit de couper les ponts aussi longtemps qu'il en avait envie.

Tuck se redressa dans son fauteuil.

— Il ne peut pas partir indéfiniment en vacances.

Cette fois, elle perdit patience.

— C'est vous qui dites ça ? Vous qui avez passé votre vie en vacances ?

Jackson se leva, ferma son ordinateur portable et prit congé. Tuck le laissa partir sans rien dire.

— Ils ont tout fait pour me tenir à l'écart, grommela-t-il.

— N'empêche que vous avez toujours eu un bureau et que Dixon vous conviait parfois aux réunions.

— Des réunions où mon père prenait un malin plaisir à me rabaisser et à clamer que je n'étais pas à la hauteur de ses attentes.

— Et que faisiez-vous pour lui prouver qu'il avait tort ? Vous aviez des arguments à avancer ? Vous étudiiez le fonctionnement de la société à vos heures perdues ?

Il lui lança un regard glacial.

— Je trouvais que c'était faire beaucoup d'effort pour quelqu'un qui n'avait pas envie que je sois là.

— Pourquoi ne voulait-il pas que vous soyez présent ?

— Parce qu'il a toujours préféré Dixon. Les parents ne sont pas parfaits. Ils n'aiment pas forcément leurs enfants.

— Votre père vous aime.

En formulant cette affirmation, elle se rendit compte qu'elle n'avait aucune idée de ce que Jamison pensait réellement au sujet de Tuck. Pour elle, l'amour parental était automatique. Mais elle se trompait peut-être.

Elle laissa échapper un petit rire nerveux.

— D'ailleurs, je ne sais même pas si ma mère m'aimait.

Il lui adressa un regard plein de sympathie. Mal à l'aise, elle se redressa sur le canapé.

— Ou plutôt, je ne sais pas si ma mère était capable d'aimer. Elle prétendait nous aimer et je pense qu'elle en avait envie. Mais elle se préoccupait tellement d'elle-même qu'elle ne voyait que ses propres besoins.

— Et votre père ? Il vous aidait financièrement ?

— Non, il passait le plus clair de son temps en prison. Ma mère avait le don de tomber sur des hommes qui ne savaient pas vivre en restant sur le droit chemin.

— Où vit-elle ?

— Elle est morte quand Jade et moi étions encore adolescentes.

Le visage de Tuck s'emplit d'une profonde gentillesse, adoucissant son expression, ce qui le rendit plus abordable et plus séduisant aussi. Or elle ne voulait pas le trouver plus charmant.

— Comment en est-on arrivés à parler de moi ?

Mieux valait qu'ils se disputent, c'était moins risqué.

— Vous avez élevé votre sœur ?

— A l'époque, elle avait seize ans, j'en avais dix-huit, donc je ne pouvais pas faire grand-chose pour elle.

— C'est à ce moment qu'elle a arrêté d'aller à l'école ?

— Oui, elle a disparu quelque temps.

Il vint la rejoindre sur le canapé.

— Pendant ce temps-là, qu'avez-vous fait ?

— J'ai fini le lycée et j'ai trouvé un emploi. C'est Dixon qui m'a donné mon premier vrai poste. Je lui ai promis de travailler dur et ça a porté ses fruits.

Tuck allongea un bras le long du dossier du canapé.

— Je comprends mieux pourquoi vous n'avez aucune patience avec moi.

— Je ne dirais pas que…

— Inutile de vous justifier. A vos yeux, je suis un fils à papa qui a toujours eu tout ce qu'il voulait, qui n'a jamais dû se battre pour obtenir quoi que ce soit et qui a rechigné lorsqu'il a dû devenir vice-président de l'entreprise familiale.

— Je n'ai jamais dit ça.

— Non, mais vous le pensez. Et vous pensez surtout que je ne mérite pas tous ces privilèges.

Elle réfléchit avant de répliquer.

— Je crois que vous avez en effet eu beaucoup de chance. Vous avez toujours eu des choix faciles à faire. Et quand il s'est agi de travailler, vous avez décidé d'opter une fois encore pour la solution de facilité.

— Dites donc, nous n'y allez pas de main morte.

— Je ne vous jette pas la pierre. Tout le monde aurait fait comme vous.

— Pas vous, apparemment.

— On ne peut pas le savoir, puisque je n'étais pas à votre place. Pour moi, le choix était simple. Soit je travaillais dur pour m'en sortir, soit je devenais comme ma mère.

— Qu'auriez-vous fait à ma place ?

Hésitante, elle choisit de pousser l'argument jusqu'au bout.

— A l'époque ou maintenant ?

— Maintenant…

— Si j'étais vous, je rentrerais chez moi, je laisserais Dixon tranquille et je prouverais à mon père qu'il a eu tort de me sous-estimer.

— Parce que c'est la solution la plus difficile ?

— Parce que ce serait pour moi la solution la plus satisfaisante.

Tuck la dévisagea un long instant, sans manifester la moindre émotion. Elle sentit la gêne monter en elle. L'avait-elle froissé ?

— Vous voulez bien m'aider ?

La question la prit au dépourvu. Mais elle n'avait qu'une réponse, qui venait du fond du cœur.

— Bien sûr.

— Et vous allez m'apprécier enfin ? demanda-t-il avant de détourner le regard.

C'était inhabituel que Tuck se montre sous un jour aussi vulnérable. Sa réponse devait donc être sincère.

— Je vous apprécie déjà beaucoup.

Il sembla se détendre.

— Amber, je vous trouve… Enfin, je te trouve… Vous permettez qu'on se tutoie ?

Elle hocha la tête et il l'observa quelques secondes.

— Amber, je te trouve incroyable.

Leur conversation prenait soudain une dimension intime.

— Non, tu te trompes, je suis une fille tout à fait banale.

Il sourit, amusé.

— Lève-toi, lui intima-t-il.

Le ton était un peu brusque, mais elle obtempéra néanmoins.

— Enfile tes chaussures.

De nouveau, sans savoir où Tuck voulait en venir, elle suivit ses instructions et enfila ses escarpins.

Alors qu'elle se dirigeait vers la porte, il la prit doucement par les épaules pour la faire pivoter dans la direction opposée.

— Viens, souffla-t-il en la menant vers la chambre.

Comme elle voulut protester, il l'interrompit encore.

— Regarde, dit-il, la faisant pivoter vers un miroir en pied.

La robe était toujours aussi belle, assortie à merveille aux chaussures. Sa coiffure n'était plus aussi impeccable et son maquillage avait perdu de son éclat. Ses joues étaient rosies par le vin qu'elle avait bu et sa conversation avec Tuck. Ses yeux portaient la trace d'une journée fatigante. Elle avait besoin d'aller se coucher, cela ne faisait aucun doute.

— Et alors ? s'enquit-elle.

Il effleura ses épaules du bout des doigts.

— Tu trouves que c'est le reflet d'une femme banale ?

Sa question la fit frissonner.

— Amber, tu es superbe. Tu es belle, intelligente, attentionnée, drôle. Et je n'arrête pas de penser à toi.

L'instant d'après, les lèvres de Tuck vinrent lui caresser le creux du cou. Elles étaient douces et chaudes.

Puis il l'embrassa de nouveau, laissant une traînée de baisers mouillés sur sa nuque, sur ses épaules, alors qu'il faisait glisser ses paumes le long de ses bras nus.

Elle observait sa chevelure brune dans la glace alors qu'il continuait de lécher sa peau et que le désir s'emparait d'elle, animant la moindre parcelle de son corps.

Les mains de Tuck se posèrent alors sur sa taille, les doigts écartés sur son ventre, contrastant avec le bleu de sa robe.

Elle se pencha en arrière, pour se reposer contre lui. Il était puissant. Une masse de muscles et de force.

Leurs regards se croisèrent dans les reflets de minuit.

Il entreprit de descendre la fermeture Eclair de sa robe, tout en guettant la moindre de ses réactions dans la glace. L'air vint balayer sa peau, la faisant tressaillir tout en déclenchant des sensations multiples.

Après avoir fait glisser le tissu de la robe, il lui embrassa de nouveau les épaules avant d'enfouir une main dans ses cheveux pour en faire tomber les pinces et laisser la chevelure dégringoler en cascade.

Elle frissonna. Elle avait dépassé le point de non-retour et ce, depuis qu'elle avait croisé ses yeux dans le miroir.

Leur union était inévitable.

Elle remua les épaules pour faire tomber la robe le long de son corps alors que le tissu découvrait ses seins, ses hanches, et formait une mare à ses pieds.

Les yeux de Tuck devinrent plus ténébreux lorsque son regard s'arrêta sur son soutien-gorge en satin rose. Il descendit vers son nombril, contempla sa culotte assortie, puis admira ses jambes et ses chaussures étincelantes.

— Tu es extraordinaire, lui murmura-t-il à l'oreille alors qu'il prenait ses seins à pleines mains.

Elle aurait dû détourner le regard, fermer les yeux et se plonger dans les sensations de ce contact charnel inouï. Mais elle le regarda défaire son soutien-gorge et libérer sa poitrine qu'il titilla du bout des doigts jusqu'à en faire raidir les tétons.

La température de son corps atteignait des sommets, ses poumons manquaient d'air, son esprit chavirait.

Lorsqu'il glissa une main sous sa culotte, elle se retrouva en état d'urgence. Elle se tourna vers lui, sa bouche allant à la rencontre de la sienne, puis elle l'enlaça tandis que sa main continuait à la titiller.

— Tu es incroyable, souffla-t-il entre quelques baisers, enlevant enfin sa culotte.

Elle l'aida à ôter sa veste, puis se battit pour dénouer sa cravate et déboutonner sa chemise.

Enfin, ils purent entrer en contact, peau contre peau. Il l'étreignit, ses bras fermes l'entourant impérieusement alors qu'il explorait les moindres recoins de sa bouche.

Soudain, il la souleva pour l'emporter sur le grand lit,

ouvrant la couette avant de la déposer sur des draps frais. Elle resta allongée sur le dos alors qu'il finissait de se déshabiller.

Une fois nu, il la contempla. Il avait les cheveux en bataille, le regard qui oscillait de sa poitrine à son entrejambe.

Puis il sourit. Elle portait encore ses chaussures.

— C'est l'une des choses que je préfère chez toi, chuchota-t-il en venant s'allonger à côté d'elle.

Il entreprit d'explorer de nouveau son corps et elle lui rendit la pareille, se délectant de la carrure de ses épaules, de la fermeté de ses bras, de son ventre impeccable, et de la force de ses hanches et de ses cuisses musclées.

Elle le couvrit de baisers, goûtant sa peau salée, alors qu'il se mettait à la recherche des points les plus sensibles de son corps.

Après avoir enfilé un préservatif, il vint se positionner sur elle, son poids l'enfonçant dans le matelas. Alors, elle souleva légèrement les hanches et le sentit s'immiscer en elle tandis qu'elle fermait les yeux.

Son monde se résumait à présent aux sensations que Tuck éveillait en elle. Son parfum l'enveloppait. Sa chaleur irradiait. Ses doigts avaient des effets magiques sur elle et ses lèvres étaient onctueuses et délicieuses.

Il commença par un rythme lent et régulier alors qu'elle se sentait fondre, comme si son corps se dissolvait dans celui de Tuck. Quand il accéléra la cadence, elle laissa échapper des gémissements de plaisir, emportée par un raz-de-marée passionnel.

Impossible de se soustraire à cette emprise lascive. Impossible de respirer.

Elle était en chute libre, prisonnière de ses sens, soumise à l'assaut impérieux de son conquérant.

Puis le monde s'ouvrit brutalement. Elle cria son nom, accrochée à lui, comme s'il en allait de sa vie, en proie aux soubresauts charnels les plus prodigieux qu'elle ait jamais connus.

9

Tuck était conscient qu'Amber avait eu du mal à se laisser aller à faire l'amour avec lui. Pour lui, cela avait été une évidence doublée d'une expérience extraordinairement excitante.

Il roula sur le côté tout en la gardant dans ses bras.

— Pardon, murmura-t-il.

— Pourquoi ? Tu n'as pas donné le meilleur de toi-même ?

Il eut envie de rire, mais craignit que cela ne soit mal interprété.

— Non, parce que je sais que tu as hésité avant de franchir le pas.

Elle tourna la tête vers lui, le regard interrogateur.

— Je t'ai paru hésitante ?

— Tu sais que j'ai envie de toi depuis très longtemps et que c'était une torture de te voir sans pouvoir te toucher ?

— Cela fait un moment que je résiste à la tentation, mais moi aussi j'en avais très envie.

Ces paroles lui firent le plus grand bien.

Amber s'assit dans le lit.

— Que fais-tu ?

Il voulait qu'elle reste dans ses bras, sans bouger. S'apprêtait-elle à quitter le lit ?

— Maintenant qu'on a assouvi notre désir, on peut passer à autre chose.

Quoi ?

Son désir à lui était loin d'être assouvi, au contraire. Il

grandissait de jour en jour. Pour lui, cet épisode faisait partie des préliminaires, ce n'était pas un but en soi.

— Quoi ? répéta-t-il à voix haute.

Elle se leva.

— C'était inévitable. Comme tu l'as dit, il ne s'agit que d'une attirance physique.

Il se souvenait de leur conversation récente. C'était ce qu'il lui avait dit, pour ne pas se montrer vulnérable et éviter d'avouer ses sentiments.

Elle enfila sa culotte puis se tourna vers lui.

Il s'attendait à ce qu'elle soit timide, mais elle semblait en réalité plutôt à l'aise.

Il s'assit à son tour.

— S'il te plaît, reste encore un peu.

Elle leva les yeux vers lui, surprise, alors qu'elle était en train d'enfiler son soutien-gorge.

— On doit se reposer. J'imagine qu'on repart tôt demain matin.

L'avantage d'un jet privé, c'était qu'ils pouvaient choisir leur horaire. Ils n'étaient même pas obligés de partir le lendemain.

— On a du pain sur la planche. Je t'ai dit que j'allais t'aider et c'est ce que je compte faire. Mais toi aussi, tu dois y mettre du tien. Et le temps presse. Dixon pourrait rentrer bientôt et tu n'as plus beaucoup de temps pour faire tes preuves.

— Je ne comprends pas.

— Si tu veux vraiment montrer à ton père ce dont tu es capable, il ne faudrait pas que Dixon revienne trop tôt.

Il se leva.

— Je ne suis pas capable de diriger l'entreprise familiale.

Amber enfila sa robe.

— Il te faut encore un peu d'entraînement, mais tu vas y arriver.

— Je ne vois pas comment.

— En embauchant de nouvelles personnes pour les postes à responsabilité. Lucas a besoin d'aide.

Elle s'approcha de lui, dos tourné, pour qu'il l'aide à remonter la fermeture Eclair.

Il n'en avait pas envie. Il voulait lui enlever sa robe. Il la voulait de nouveau nue, dans son lit, dans ses bras. Il voulait lui refaire l'amour puis dormir à son côté, jusqu'à midi.

— Je ne peux pas recruter du personnel.

— Je ne vois pas où est le problème.

— C'est compliqué, car je n'ai pas la procuration de mon père ou de mon frère.

— Tu peux me remonter ma fermeture Eclair, s'il te plaît ?

Il fit la sourde oreille.

— Le recrutement est une décision sur le long terme, alors que moi je ne suis là qu'à titre temporaire.

— Tu es un Tucker et tu diriges l'entreprise. A toi de prendre les décisions importantes.

C'était la première fois qu'Amber était aussi directe avec lui, elle qui était si prévenante habituellement.

— Tu ne vois pas ma fermeture Eclair ?

— Si, mais je ne veux pas que tu partes.

Elle décida d'opérer seule, en se contorsionnant un peu. Puis elle se tourna vers lui et lui déposa un léger baiser sur la bouche.

— Je suis épuisée.

— Dors ici.

Elle s'immobilisa, le visage traversé d'une expression indéchiffrable.

— Non, ce n'est pas possible.

— Pourquoi ?

— C'était une mauvaise idée. Enfin, c'était une bonne idée car c'était inévitable mais, en y réfléchissant, on s'aperçoit que c'était une très mauvaise idée. On doit tout oublier et passer à autre chose.

— Passer à autre chose ? Et je peux savoir ce que tu as en tête ?

Il n'avait pas envie d'oublier ce qui venait de se passer entre eux. Jamais il n'avait pris autant de plaisir à faire l'amour à une femme.

— Je dois te faire un dessin ? Il faut que tu te concentres sur Tucker Transportation et tu sais très bien que notre relation est sans lendemain. Cela pourrait compromettre ta crédibilité et détruire ma carrière. Tu m'as déjà renvoyée une fois, je n'ai pas envie que Dixon, ton père ou toi le fassiez encore une fois.

— Personne ne va te renvoyer.

— Tu sais très bien que c'est ce qui attend toute assistante qui a une liaison avec son patron.

— Ah oui ? Et c'est prouvé scientifiquement ?

Elle marqua une pause, poussant un long soupir contrarié.

— Tu en as vraiment envie ?

Parlait-elle de refaire l'amour ?

— Envie de quoi ?

— De faire tes preuves, ou tu veux passer le restant de ta vie à jouer au play-boy ?

— Je n'ai pas d'autre choix ?

— Non.

— Dans ce cas, je vais essayer de faire mes preuves.

Il pourrait quand même continuer à passer du temps avec Amber. Il pourrait même essayer de l'impressionner. Et s'il avait de la chance, elle reviendrait peut-être vers lui.

Une fois sortie de la chambre de Tuck, Amber s'adossa au mur, les yeux fermés, et poussa un profond soupir.

Elle avait usé de toutes ses ressources pour faire croire à Tuck que cet épisode n'avait guère d'importance à ses yeux, qu'il s'agissait d'une « simple attirance physique », comme il le lui avait fait comprendre.

En réalité, faire l'amour à Tuck avait été le plus beau moment de sa vie et, à présent, elle se sentait dans un état de confusion émotionnelle indescriptible.

Elle n'avait pas pu résister et c'était de loin la plus grave erreur de sa vie. Elle s'était retrouvée dans le lit de son patron, et elle avait joui comme jamais elle n'avait joui.

Pour elle, cela avait été une expérience hors du commun. Mais pour lui ? Peut-être était-il blasé à force d'enchaîner les conquêtes ? Peut-être qu'elle n'avait pas été à la hauteur ? Malgré ses manières de gentleman, il devait être soulagé qu'elle ait tenu à ce qu'ils en restent là.

Elle s'efforça de mettre un terme à ce flot de suppositions absurdes. Inutile de continuer à se tourmenter. Elle lui avait dit qu'ils devaient passer à autre chose et elle allait s'y appliquer.

Elle se redressa, avançant comme un robot. Sa chambre était à l'étage. Elle allait se doucher, se coucher, dormir profondément puis elle rentrerait à Chicago pour s'occuper de Jade, du bébé et de Tucker Transportation. Rien d'autre.

— Amber ?

La voix de Jackson la fit sursauter. L'estomac noué par la gêne, elle se tourna vers lui.

— Bonsoir, Jackson.

Savait-il d'où elle venait ? Avait-il deviné ce qui couvait entre Tuck et elle ? En tout cas, il n'avait pas l'air suspicieux.

Elle ferait comme si de rien était : tant qu'elle ne lui tournait pas le dos, il ne remarquerait pas que sa fermeture Eclair n'était pas remontée jusqu'en haut.

— Je me demandais si Dixon vous avait parlé d'une femme.

Elle s'efforça de remettre ses idées au clair.

— Une femme ? Vous voulez dire une petite amie ?

— Oui.

— Je sais que Dixon n'a jamais trompé Kassandra.

— Mais après la séparation, il aurait pu avoir une petite amie…

— Peut-être.

— Vous reconnaissez cette jeune femme ? demanda Jackson en lui montrant une photo.

— Non. Qui est-ce ?

— Je n'ai pas encore tous les éléments en main, mais elle

est peut-être liée au bateau qu'il a loué. On fait notre possible pour en savoir plus sur son profil.

— Prenez votre temps. Rien ne presse.

Elle aimait l'idée que Tuck puisse faire ses preuves.

Il avait visiblement passé sa vie à douter de ses compétences et elle était persuadée qu'il se sentirait beaucoup mieux s'il réussissait à relever ce défi. Elle était convaincue de son potentiel, encore devait-il s'atteler à la tâche.

— Pourquoi dites-vous ça ? s'enquit Jackson, curieux.

— Tuck a décidé de reprendre la société en main. C'est la première fois qu'il a l'occasion de montrer de quoi il est capable à son père et à son frère. La disparition de Dixon pourrait s'avérait être bénéfique pour lui.

Jackson garda le silence.

— Vous avez l'air sceptique. Vous pensez que c'est une mauvaise idée ?

— Je pense surtout que ce n'est pas son idée.

Décidément, Jackson était très perspicace.

— Vous savez, ça n'a pas toujours été facile pour Tuck. Il s'est souvent senti rejeté, expliqua-t-elle.

— Il a toujours été trop occupé pour avoir le temps de se sentir rejeté.

— Vous avez tort.

— A mon avis, vous faites fausse route en croyant pouvoir le changer, lâcha-t-il en l'inspectant de la tête aux pieds.

En cet instant, elle sut qu'il avait compris.

Un profond sentiment d'humiliation l'envahit.

Jackson pensait qu'elle courait après Tuck. Il pensait qu'elle voulait mettre la main sur lui, en faire un Dixon bis et devenir Mme Amber Tucker. Alors qu'aux yeux de Jackson, elle n'était qu'une conquête de plus sur un tableau de chasse déjà bien rempli.

— Bonne nuit, Jackson, dit-elle, pour couper court à la conversation.

— Vous êtes trop bien pour lui, lâcha-t-il.

Elle laissa échapper un rire forcé.

— Je ne vois pas où vous voulez en venir.

— Vous souhaitez faire ressortir le meilleur de lui-même. C'est louable mais dangereux.

Elle ouvrit la bouche pour nier cette affirmation. Jackson la coupa net dans son élan.

— Je dis ça pour vous aider et pour vous éviter de souffrir. Vous n'êtes pas faite pour Tuck. Je le connais mieux que vous et depuis plus longtemps.

Elle ne trouva rien à répliquer.

— Merci, lâcha-t-elle sur un ton amer.

Puis elle tourna les talons.

Au bout de quelques pas, elle se rappela que sa fermeture Eclair n'était pas remontée jusqu'en haut. Tant pis ! De toute façon, il avait déjà deviné.

Dans un dernier effort pour sauver la face, elle prit une grande inspiration, leva le menton et continua son chemin, comme si elle n'avait que faire de son jugement.

Dès que Jade aperçut Amber, elle poussa son plateau-repas et remisa ses livres de révision.

— Te voilà de retour parmi les Terriens ?

— Je suis passée te faire un petit coucou. Je file au bureau. On a atterri il y a une heure.

— C'était comment ? Il faisait beau ? Chaud ? J'ai regardé l'hôtel en ligne, ça m'avait l'air pas mal du tout.

— On a surtout travaillé.

Amber avait eu un mal fou à trouver le sommeil puis à se concentrer sur son travail dans l'avion. Tuck occupait la moindre de ses pensées.

— Tu n'as pas passé des heures à te faire masser et à nager dans la piscine ?

— Non, malheureusement.

— Moi qui pensais me réjouir en entendant ton récit.

— Tu aurais préféré que je te mente ?

— Oui. J'en ai assez d'être enfermée dans cette chambre.

— Il a fait beau. L'hôtel était superbe, la nourriture est délicieuse, les chambres sont joliment décorées et les lits sont très confortables.

— Les lits ?

Amber regarda Jade, perplexe. Quand elle comprit la plaisanterie, elle rougit.

— C'était une façon de parler, marmonna-t-elle.

Le visage de Jade se rembrunit.

— Amber, dis-moi la vérité. Tu es passée à l'acte ?

Ne voulant pas mentir, Amber préféra ne rien répondre.

— Bon sang, Amber, toi qui prends toujours tant de précautions.

— On s'est protégés.

— Oui, j'imagine, mais je ne veux pas que tu souffres.

— Je ne vais pas souffrir. C'est arrivé, c'était inévitable, un point, c'est tout. Cela ne se reproduira pas. C'est derrière nous.

— Mais c'est ton patron.

— Plus pour longtemps. Dixon va revenir et tout redeviendra comme avant.

Dès le retour de Dixon, Tuck reprendrait sa vie d'avant. Il avait sûrement envie d'impressionner son père, mais la fête et les vacances l'emporteraient.

Hier soir, elle s'était laissée aller à espérer que Tuck pourrait changer. Mais Jackson avait raison. Tuck aimait le style de vie auquel il était habitué.

La nuit dernière, il lui avait dit ce qu'elle voulait entendre. D'ailleurs, sans doute tenait-il toujours le même genre de propos aux femmes qu'il voulait séduire.

— Je ne sais pas ce qui m'a pris, murmura-t-elle en s'asseyant sur le lit de Jade.

— Tu as été subjuguée par ses allures de don Juan, ne cherche pas plus loin.

— Oui, c'est ça. C'est un vrai don Juan. Et c'était tellement bon.

Pour la première fois depuis leurs ébats, elle s'autorisait à se laisser envahir par le bien-être que lui avait procuré leur corps-à-corps insolite et extraordinaire.

Elle avait tellement envie de refaire l'amour avec lui !

— Si c'était bon, c'est déjà ça.

— Je ne suis pas d'accord avec toi. Si l'expérience avait été décevante, ça aurait simplifié les choses.

— Tu veux dire que tu n'aurais pas été tentée de recommencer ?

— C'était une erreur, mais je vais réussir à reléguer tout ça derrière moi.

— Tu en es sûre ?

— Oui. Allez, assez parlé de moi, répliqua Amber. Dis-moi comment tu vas.

— La petite bouge moins parce que l'espace se fait rare !

— C'est normal ?

— Oui, le docteur m'a rassurée. J'ai mal au dos, j'ai des brûlures d'estomac, j'ai un ventre énorme et je vais aux toilettes toutes les deux minutes, mais à part ça, tout va bien. Disons que je serai contente quand elle sortira de mon ventre.

— C'est pour bientôt… D'ailleurs, ajouta Amber, ça me fait penser qu'on n'a pas reparlé du matériel qu'il faudrait acheter. Tu peux faire une liste ?

— Tu n'es pas obligée de m'acheter des choses.

— Tu vas avoir besoin d'un berceau et de couches, au minimum.

— Je connais un très bon magasin de seconde main. On pourrait y aller quand je sortirai de l'hôpital.

— Si tu veux, concéda Amber, sachant que la moindre des choses était d'acheter un berceau pour sa nièce. Il faut que j'aille travailler, ajouta-t-elle en se levant.

Elle appréhendait de retrouver Tuck.

Peut-être qu'au fil des jours et en se concentrant uniquement sur son travail, elle réussirait à le faire sortir de son esprit ?

— C'est rassurant, finalement, dit Jade en la regardant d'un air satisfait.

— Quoi donc ?

— De savoir que tu n'es pas parfaite, répondit sa sœur sur un ton de plaisanterie.

— Qui a dit que j'étais parfaite ?

— Tu as toujours eu des super notes à l'école. Tu mettais ton réveil à sonner tous les matins à 6 h 53. Tu en savais un rayon sur l'alimentation et tu faisais toujours attention à ce qu'on mange équilibré. Quand maman nous donnait de l'argent, moi, je le dépensais en bonbons, toi, tu l'économisais et tu me faisais la morale. Donc tu étais parfaite. Une vraie petite fille modèle.

— Tu exagères un peu.

— A peine. En tout cas, je suis contente que tu aies cédé aux avances de ton patron.

— Ah bon ?

— Oui, ça veut dire que si toi, tu n'es pas parfaite, moi, je ne suis pas si nulle que ça.

— Tu n'es pas nulle, et depuis que tu es enceinte, je trouve que tu as fait d'énormes progrès.

— J'essaie, en tout cas.

— Moi, je vais essayer d'être plus… normale. Je dois lâcher du mou.

Peut-être que si elle n'avait pas été aussi fermée à la mort de leur mère, Jade ne se serait pas enfuie. Peut-être que si elle ne lui avait pas fait la morale, elles auraient réussi à se comprendre.

En tout cas, ce n'était pas à elle de se soucier des performances de Tuck ou des décisions de Dixon. Pourquoi se sentait-elle obligée de contrôler la situation ?

— C'est marrant, mais j'ai du mal à t'imaginer lâcher du mou.

— Et moi, il y a un mois, je ne t'aurais pas imaginée en train de réviser pour le bac.

— Ne change pas, Amber, protesta sa sœur. Reste comme tu es.

Amber sentit les larmes lui monter aux yeux.

— Je te promets de ne pas changer, affirma-t-elle.

En revanche, plus question de harceler Tuck. Il était comme il était et ce n'était pas à elle de le transformer.

Tuck entra dans la chambre de son père sans faire de bruit. Jamison avait les yeux fermés, les traits détendus et seul le ronronnement des machines se faisait entendre.

C'était étrange de le voir dans cet état. Vulnérable, affaibli. Bizarrement, Tuck s'attendait à ce qu'il soit assis, les yeux ouverts, prêt à donner des ordres.

— Papa ?

Il attendit quelques instants. Jamison ouvrit péniblement les yeux.

— Papa, c'est Tuck.

Il avait envie de lui prendre la main, ou de lui caresser l'épaule, mais ils n'avaient jamais échangé ce genre de gestes affectueux.

— Dixon ? balbutia son père d'une voix rauque et faible.

— C'est Tuck.

— Où est Dixon ? répliqua Jamison avant de tousser en grimaçant.

— Il est encore en vacances.

— En vacances ?

— Il fait de la voile. C'est moi qui m'occupe de tout depuis son départ.

L'expression de Jamison se rembrunit.

— Où est ta mère ?

— Chez tante Julie.

— Pourquoi ?

— Tu sais que tu es à Boston ?

L'espace d'un instant, Jamison parut déstabilisé. Puis il sembla reprendre ses esprits, visiblement contrarié.

— Bien sûr que oui.

— Tu sais aussi que tu as eu une crise cardiaque ?

Tuck fut inquiet de constater que son père avait l'air plus bouleversé que prévu.

— Tu es fier de toi, j'imagine ? s'enquit Jamison sur un ton railleur.

Tuck n'en revenait pas de la réaction de son père.

— Tu t'es débarrassé de moi, reprit son père, et tu as envoyé Dixon je ne sais où. Et je peux savoir ce que tu as fait en notre absence ?

Après cette intervention virulente, l'inquiétude de Tuck se dissipa. Son père était bel en bien en possession de ses moyens. Il n'avait rien d'un homme vulnérable.

— Je ne me suis pas « débarrassé » de toi. Ce n'est pas ma faute si tu as eu une crise cardiaque.

— Je veux voir ton frère.

— Il n'est pas joignable, il est en mer.

— Alors envoie un bateau à sa poursuite ou même un pigeon voyageur, rétorqua son père.

— Dixon a disparu de la circulation. Il est introuvable et c'est pour ça que je suis ici.

— Ce n'est pas parce que je suis coincé à l'hôpital que tu peux me raconter des mensonges. L'entreprise ne peut pas tourner sans Dixon.

— L'entreprise est en train de tourner sans Dixon. Elle fonctionne comme ça depuis exactement deux mois.

Jamison voulut réagir, mais Tuck continua sur sa lancée.

— Je suis ici pour te demander ta procuration.

— Quoi ?! hurla Jamison, les yeux écarquillés.

— J'ai attendu aussi longtemps que j'ai pu, mais j'ai besoin de prendre des décisions. Je dois recruter des gens pour des postes à hautes responsabilités et j'ai besoin de ton accord.

— Plutôt mourir que de te laisser aux commandes de Tucker Transportation.

Tuck accusa le coup, sans ciller.

— C'est une mesure temporaire. J'ai décidé d'assumer mes responsabilités et de tout faire pour sauver ton entreprise.

Jamison attrapa un cordon pour appeler l'infirmière.

— Tu ne sais pas comment diriger une entreprise, lança-t-il.

— Sur ce point, tu as raison.

Les deux hommes se dévisagèrent, froidement. Une infirmière entra dans la chambre.

— Monsieur Tucker, quelque chose ne va pas ?

— Oui. Mon fils ici présent me raconte des mensonges.

L'infirmière regarda Tuck qui secoua la tête.

— Vous avez mal ? demanda-t-elle, vérifiant la perfusion intraveineuse.

— Non. Je dois voir mon autre fils, Dixon. Vous pouvez le faire venir ?

— Je vais contrôler votre tension.

— Tout va bien, répliqua Jamison en essayant de s'asseoir.

— Non, vous devez rester allongé, le sermonna l'infirmière d'un ton calme mais ferme.

Elle finit de lui prendre sa tension, puis nota le résultat sur le tableau au pied du lit.

— Je ne comprends pas pourquoi tu as besoin de ma procuration.

— Harvey Miller a démissionné.

— Comment est-ce possible ?

— Il est parti du jour au lendemain Chez un concurrent. Mais peu importe. A présent, il faut le remplacer. Pour ce faire, je dois pouvoir prendre des décisions comme si j'étais président à part entière.

— Pas question.

Tuck en avait assez de cette discussion.

— Comme tu voudras, dit-il avant de tourner les talons.

— Seul Dixon peut assumer le rôle de président.

— Dixon n'est pas là, répliqua Tuck en s'arrêtant devant la porte. Bonne chance, donc. Dixon finira bien par réapparaître, ajouta-t-il. Mais en attendant, Tucker Transportation devra survivre sans directeur financier et sans président.

— Quelle insolence ! s'insurgea son père.

— C'est ton point de vue. Je suis venu te proposer mon aide. Si tu n'en veux pas, tant pis pour toi.

Jamison le dévisagea un long moment. Tuck se sentit presque désolé pour lui.

Il patienta quelques instants, afin de lui donner une dernière chance.

— Je veux bien te nommer officiellement président par intérim, lâcha enfin Jamison.

Sans attendre, Tuck sortit la lettre que son avocat avait préparée.

— Nous devons tous les deux signer ce document.

— J'ai besoin de mes lunettes, maugréa son père.

Tuck lui tendit ses lunettes puis un stylo pour signer le document qui lui donnait le contrôle de l'entreprise.

Il eut soudain très peur.

Il n'avait jamais voulu assumer autant de responsabilités mais, maintenant que son père lui confiait les clés de son royaume, il allait tout faire pour se montrer à la hauteur.

10

— C'est toi qui es à l'origine de tout ça ! s'exclama Tuck à l'intention d'Amber.

La résidence des Tucker venait d'être envahie par deux cents invités et, même si les employés n'avaient pas arrêté une seconde, la salle de réception portait les stigmates de la soirée festive.

— Cela aurait pu être pire, répondit Amber.

— Ce n'était pas un reproche et je ne parlais pas du désordre ! lança Tuck en ôtant son nœud papillon.

— Ah non ? Alors, que voulais-tu dire ?

Il lui indiqua un fauteuil à côté de la cheminée en marbre. Elle s'y enfonça avec délectation, d'autant qu'elle avait très mal aux pieds.

Tuck prit le fauteuil opposé.

— Non, je voulais dire, tout ça, c'est grâce à toi. C'est toi qui m'as convaincu que c'était possible et que je pouvais y arriver.

— A organiser une fête ?

— Non ! Je parle de l'entreprise. Si tu ne m'avais pas poussé à prendre des décisions, je ne serais jamais allé voir mon père.

— Et si tu n'avais pas été voir ton père ?

— Je n'aurais pas pu recruter Samuel et Gena, même si je ne sais pas ce que mon père en pensera.

— Parce qu'ils sont trop jeunes pour avoir des emplois à hautes responsabilités ou que Samuel porte des jeans ?

— Non. Lucas porte aussi des jeans.

— Le directeur des opérations ne doit pas avoir le même standing que le directeur marketing.

— Tu as raison…, conclut-il en levant la main.

— Monsieur ? s'enquit l'employé de maison ayant répondu à l'appel.

— Pouvez-vous nous apporter deux verres d'eau glacée ?

— Tout de suite, monsieur.

Elle fixa Tuck, abasourdie.

— Qu'y a-t-il ?

— Je savais que Dixon et toi veniez d'une famille aisée, mais je ne m'attendais pas à ça. Quand j'ai soif, je me sers moi-même un verre d'eau.

— Si ça peut te rassurer, il m'arrive de me servir un verre d'eau, voire un verre de whisky, et parfois je vais même jusqu'à ouvrir moi-même ma bouteille de bière.

Elle sourit, amusée.

— Alors, je retire ce que j'ai dit. Tu as plus de ressources que ce que je croyais.

L'employé de maison revint avec un plateau en argent où reposaient deux verres à eau et un broc d'eau glacée.

— Vous voulez que je vous serve, monsieur ?

— Non, merci, ça ira, répondit-il, souriant jusqu'aux oreilles.

— Là, tu essaies de m'impressionner, ironisa-t-elle.

Tuck remplit les deux verres et lui en tendit un.

— Je suis curieux de savoir si ça marche.

— A toi de deviner.

Il la regarda, les yeux inquisiteurs.

— Tu sais que ce n'est pas toujours comme ça ?

— Comment ?

— Ma vie n'est pas qu'une succession de grands moments. Et il existe des pièces moins formelles que la salle de réception.

— Heureusement. Parce que c'est très beau mais trop ostentatoire et je ne m'y sens pas à l'aise.

— Tu veux que je te confie un secret ? Moi non plus, je ne m'y sens pas à l'aise.

— Je ne te crois pas, répliqua-t-elle en buvant une grande gorgée.

— Je n'ai jamais aimé cette pièce, ni la bibliothèque. Tu devrais y jeter un coup d'œil. C'est une vraie forteresse. Le repaire de mon père. Un antre gothique.

— Là, j'avoue que tu as attisé ma curiosité.

— Tu veux la voir ?

— Comme ton père n'est pas là, je me sens capable de tout.

— Mieux vaut visiter l'antre du lion quand le lion n'y est pas. C'est très malin de ta part. Tu as décidément une intelligence très subtile.

Même si elle était comblée par le compliment, elle lui offrit un sourire gêné. De son côté, elle avait découvert les aptitudes de Tuck. Elle admirait son raisonnement, son jugement et, ces deux dernières semaines, il s'était surpassé au travail.

Il se leva, l'interrompant dans ses rêveries.

— Allons-y.

Elle se redressa à son tour, faisant la grimace à cause de ses pieds meurtris.

— Qu'y a-t-il ?

— J'ai très mal aux pieds. Suis-je obligée de porter mes chaussures ?

— Tu veux aller pieds nus dans la bibliothèque ? Décidément, rien ne t'arrête, s'esclaffa-t-il.

— Quand le chat n'est pas là…

— Je pourrais lui envoyer une photo.

— Pour lui donner une raison de me renvoyer ? Il était sur le point de le faire. Dixon est le seul à ne pas avoir voulu se passer de mes services.

— Comment ça ? Jamison voulait te renvoyer ?

— Oui. Quand il a eu sa crise cardiaque et que je ne voulais rien lui révéler au sujet de Dixon, je suis prête à parier qu'il était sur le point de me lancer : « Vous êtes renvoyée. »

— Au lieu de ça, il a eu une crise cardiaque.

Soudain, elle sentit une vague de culpabilité l'envahir.

— Je n'avais jamais fait le rapprochement. Tu penses que c'est ma faute ?

— Pas du tout !

— Mais si. C'est ma faute. Il a eu une crise cardiaque parce que je me suis opposée à sa volonté. C'est horrible ! Je ne mérite pas de garder mon emploi.

— Arrête !

Il s'était immobilisé dans le couloir pour se tourner vers elle. Il était plus grand, plus imposant et plus impressionnant que jamais.

— Mon père a eu une crise cardiaque parce qu'il mange trop de chocolat et de viande et qu'il fume trop de cigares cubains, affirma-t-il en reprenant son chemin.

— Je m'en veux terriblement.

— C'est inutile. Tu n'y es pour rien. Tu es prête ? demanda-t-il avant d'ouvrir la porte de la bibliothèque.

Elle pénétra dans une pièce aux meubles anciens, aux panneaux en bois foncé, aux murs couverts de livres du sol au plafond. Il y avait aussi des fauteuils en cuir élimé, une grande table en acajou entourée de chaises recouvertes de tapisserie.

— J'imagine très bien ton père dans cet environnement, murmura-t-elle.

— Viens, insista-t-il en lui prenant la main.

— Pourquoi ? s'enquit-elle, le cœur battant la chamade.

Elle prit soudain conscience de l'attirance irrésistible que lui inspirait cet homme. Or ils étaient seuls dans la pièce…

— Assieds-toi là, lui intima-t-il, désignant un fauteuil.

— Que fais-tu ?

— Assieds-toi, répéta-t-il.

Elle obtempéra.

— Je veux garder cette image de toi assise pieds nus dans la bibliothèque de mon père.

— Mais…

D'un geste leste, il lui enleva la pince qui retenait ses cheveux prisonniers.

— Voilà. C'est parfait.

Il continua à la fixer, sans bouger.

— Qu'y a-t-il ?

— Encore une chose.

D'un doigt, il baissa la bretelle de la robe bleue qu'ils avaient achetée ensemble, lors de leur voyage à Scottsdale.

Son excitation monta d'un cran, envahissant son corps.

Elle leva la tête vers lui, incapable de parler. Son corps s'enflammait sous le regard de Tuck, son esprit chavirait.

Il la fixa intensément pendant une minute, le regard animé d'un désir sans bornes.

— Tu veux que je te montre ma pièce préférée ?

Elle devait refuser.

C'était la seule réponse raisonnable. Mais ses lèvres répondirent par l'affirmative.

Amber parut surprise lorsqu'ils pénétrèrent au deuxième étage.

— Ce n'est pas ce à quoi tu t'attendais ?

— Alors là, pas du tout.

Les pieds nus, les cheveux lâchés et la bretelle de sa robe pendant négligemment sur son bras, elle s'intégrait parfaitement dans cet environnement bohème.

Il avait adoré la voir dans la bibliothèque, mais ici, elle lui paraissait plus merveilleuse encore. Il aurait eu envie de fermer la porte à clé et de l'y garder pour toujours.

— Cet espace, c'est chez moi. C'est ce qui me permet de garder mon équilibre.

— C'est drôle, mais je ne t'imagine pas comme quelqu'un ayant besoin de trouver son équilibre.

— Alors je suis comment, d'après toi ?

— Privilégié, chanceux, insouciant…

— Oui, tu as raison. En partie du moins.

Elle réfléchit un instant.

— Oui, c'est vrai, en réalité, tu es bien plus que ça.

Son visage était adorable, la peau de son décolleté soyeuse, ses lèvres parfaites, ses cheveux lui donnaient un air sexy.

Il se souvenait d'elle nue. Il aurait pu décrire en détail chacune des nuances de son corps, la courbe de ses hanches, la rondeur de ses seins, et la passion animant ses yeux bleus alors que l'excitation s'emparait d'elle.

— Moi, je t'ai rapidement cernée.

— Ah bon ?

A présent, elle était tout près de lui. Cela le rendait fou.

Il la buvait des yeux, enivré par la fragrance de ses cheveux. S'il bougeait, sa main toucherait sa taille, et il pourrait même sentir les battements de sa peau.

S'il se penchait légèrement, il pourrait l'embrasser. Ou, du moins, il pourrait savoir si elle le laisserait l'embrasser.

Ses doigts lui démangeaient, il mourait d'envie de la toucher.

— Tes yeux… Tes chaussures… Et ta bouche.

Elle ne dit rien, mais son regard se fit plus sombre, plus passionné.

— Tu sais ce que j'ai envie de faire ? chuchota-t-il.

Elle entrouvrit les lèvres.

Aucun son n'en sortit.

Il lui prit une main. De l'autre, il repoussa une mèche de cheveux pour mieux lui murmurer à l'oreille.

— Je veux t'embrasser. Te prendre dans mes bras. Enlever ta robe. Et te faire l'amour, doucement, longtemps.

— Je… je ne m'attendais pas à ça.

— Non ?

Il lui embrassa l'épaule, se régalant de sa douceur et de son goût.

— Je mens.

Il l'embrassa de nouveau. Dans le cou, cette fois.

— Ah bon ?

— Je ressens une attirance folle pour toi, mais je fais tout pour l'ignorer.

Il l'éloigna légèrement afin de la regarder droit dans les yeux.

— Moi, je ne peux pas l'ignorer.

— Je pense qu'on doit…

— Faire l'amour ?

— S'imposer des règles.

Il l'embrassa tendrement sur les lèvres.

— Comme tu voudras.

— Ça ne doit pas influencer nos relations professionnelles.

Il lui prit le visage entre les mains, l'embrassant de nouveau.

— D'accord.

— Tu ne peux pas me renvoyer, me donner une promotion ou me traiter mieux ou plus mal que tes autres employés sous prétexte que…

— Sous prétexte que tu me rends fou ?

— Tuck…

— Je ne vais pas te renvoyer, promis.

— Ni m'offrir une promotion.

— Celle-ci est inévitable.

— Sois sérieux. Tu ne m'écoutes pas.

— Comment veux-tu que je t'écoute quand tu es en face de moi ?

Elle se colla à lui, son corps épousant la forme du sien, comme s'ils étaient faits l'un pour l'autre, depuis toujours.

— Il faut qu'on se mette d'accord.

— On ne doit pas confondre le bureau et la chambre ?

— Tout à fait.

— Le bureau est loin d'ici, alors laisse-toi aller, lui souffla-t-il, la prenant dans ses bras, comme s'il ne comptait plus jamais la lâcher.

Puis il l'embrassa passionnément, sentant qu'elle s'animait de la plus vive excitation.

Elle l'embrassa en retour, se dressant sur la pointe des pieds pour mieux aller à sa rencontre, le prenant par le cou pour s'accrocher à lui comme s'il en allait de sa vie.

Il approfondit le baiser, la pressant contre lui, immisçant l'une de ses cuisses entre ses jambes nues.

Elle gémit son prénom. Puis elle défit sa ceinture, son bouton, sa fermeture Eclair.

— Amber, non.

Il sentait qu'il ne contrôlait déjà plus la situation.

— J'ai trop hâte. J'en ai assez d'attendre, susurra-t-elle.

Sans plus tergiverser, il glissa les mains sous sa jupe pour lui enlever sa culotte. Puis il prit place dans un fauteuil, lui faisant comprendre qu'il la voulait assise sur ses genoux.

Après lui avoir enlevé son pantalon, elle descendit sur lui. Elle était chaude, délicieusement serrée et mouillée, et quand il la pénétra, ce fut un moment de pur bonheur. Il la tint fermement par la taille pour mieux entrer en elle, tandis qu'elle posait les mains sur ses épaules, tête en arrière.

— Oh oui, vas-y, murmura-t-elle.

— Tu es formidable. Fantastique. Spectaculaire.

Elle lui enfonça ses ongles dans la peau alors que ses cuisses se refermaient sur lui.

Il perdit tout lien avec la réalité, se laissant porter par le rythme cadencé de leur va-et-vient. Petit à petit, son monde se réduisit jusqu'à ce que tout disparaisse, hormis Amber et son corps de rêve.

Ils ne formaient plus qu'un, oscillant à l'unisson, mus par le désir qui les habitait.

Elle cria son prénom tandis que son corps se contractait, animé de multiples soubresauts.

Il la suivit vers le firmament, le sexe pulsant d'une excitation sans bornes, le fruit du plaisir explosant en une cascade de chaleur et de sensations sans précédent.

Enfin, il se laissa choir en arrière dans le fauteuil, lui prit le visage entre ses mains, l'embrassa pour mieux la goûter, la humer, sentir la vie palpiter en elle, au comble de la joie, vibrant d'une euphorie qu'il souhaitait éternelle.

Puis il l'attira contre lui, dans une étreinte silencieuse qui montrait à quel point ils étaient en harmonie.

Au bout de quelques instants, elle bougea légèrement.

— Reste, s'il te plaît. Je veux que tu dormes dans mon lit, dans mes bras. C'était vraiment horrible quand tu as quitté ma chambre en Arizona.

Il n'entendait plus que le souffle de sa respiration.

— D'accord, répondit-elle, au bout d'un long silence.

— C'est vrai ? Tu veux bien rester ?

Elle acquiesça.

— C'est formidable ! s'exclama-t-il, soulagé et heureux.

Amber fut tirée de son sommeil par la sonnerie de son téléphone. Elle fut aussitôt consciente du corps nu de Tuck enroulé autour du sien, de l'odeur musquée des draps et du bruit du ventilateur tourbillonnant au-dessus du lit.

Le téléphone sonna de nouveau.

Elle se redressa sur ses coudes et chercha l'interrupteur de la lampe sur la table de chevet. Tuck gémit dans son sommeil, accroché à elle.

L'instant d'après, la pièce fut inondée de lumière.

Son téléphone sonna une troisième fois alors qu'elle clignait des yeux pour s'acclimater à la lumière.

— Tu l'as trouvé ?

— Oui, ça y est, dit-elle en décrochant enfin.

Elle ne se souvenait pas d'avoir jamais eu autant de mal à sortir de son sommeil.

— Amber Bowen ?

— C'est moi.

— Ici Brandy Perkins, la sage-femme de l'hôpital.

Ces mots suffirent à la faire sortir de sa torpeur.

— Bonjour, Brandy. Un problème ?

— Vous pouvez venir à la maternité immédiatement ?

— Bien sûr. Jade va bien ?

Tuck s'assit à côté d'elle.

— Sa tension a grimpé en flèche.

Tuck posa la main sur son épaule nue, pour la réconforter.

— Le bébé est en détresse, annonça la sage-femme. Nous allons donc pratiquer une césarienne.

— J'arrive tout de suite.

Amber raccrocha puis se leva.

— Qu'y a-t-il ? demanda Tuck.

— Je dois aller à l'hôpital pour être au côté de Jade, dit-elle en commençant à rassembler ses habits.

— Je t'accompagne.

— Non merci, j'ai ma voiture.

— Tu n'es pas en état de conduire, déclara-t-il en s'habillant lui aussi.

— Je préfère prendre ma voiture.

Une fois vêtue, elle se dirigea vers la porte. Ses chaussures étaient encore dans la bibliothèque. Elle était sûre de pouvoir retrouver son chemin.

Tuck la suivit.

— Tu peux m'expliquer ce qui se passe ?

— C'est à cause de sa tension. Le bébé est en détresse et ils doivent déclencher une césarienne en urgence.

On l'avait prévenue que les risques étaient élevés pour Jade comme pour le bébé, mais elle n'avait pas voulu regarder la réalité en face. Trop optimiste, ou trop absorbée par Tuck, elle n'avait pas assez prêté attention aux risques potentiels.

Elle aurait dû faire plus attention à Jade, passer davantage de temps à l'hôpital au lieu de s'amuser et d'assouvir son désir avec Tuck.

Et si elle avait oublié son téléphone dans son sac ? Et si la batterie était morte pendant la nuit ?

— Jade est déjà l'hôpital ? demanda Tuck alors qu'ils descendaient au rez-de-chaussée.

— Elle y est depuis deux semaines.

— Pourquoi tu ne m'en as rien dit ?

— Que voulais-tu que je te raconte ?

Cette question sembla le surprendre.

Elle tenait à garder sa vie personnelle séparée de sa vie professionnelle, de peur de compliquer encore les choses.

— Tu aurais pu me dire qu'il se passait quelque chose d'important dans ta vie.

— Pourquoi ? répliqua-t-elle en entrant dans la bibliothèque.

La lumière étant encore allumée, elle repéra facilement ses chaussures.

— Je ne sais pas. Parce qu'on se voit tous les jours, par exemple.

Une fois chaussée, elle repartit en direction du salon.

Ses clés de voiture étaient dans son sac. Elle se trouvait à trente minutes environ de l'hôpital, vingt-cinq s'il n'y avait pas de circulation, ce qui était probablement le cas, à 3 heures du matin.

— Je vois. Donc, si je comprends bien, pour toi, notre relation se limite au cadre professionnel ? Un point c'est tout ?

— Tuck, ce n'est pas le moment. Je dois vraiment aller voir ma sœur.

— C'est moi qui t'emmène.

— Pas question.

Elle sortit par la grande porte, continua son chemin en direction de sa voiture, se mit au volant et démarra le moteur.

Heureusement, la circulation était très calme et elle réussit facilement à se garer non loin de l'hôpital. Une fois dans l'enceinte de l'établissement, elle se précipita dans la chambre de Jade. Celle-ci ne s'y trouverait pas, mais un membre du personnel pourrait la renseigner.

Brandy était au poste des sages-femmes.

— Comment va-t-elle ? s'enquit Amber.

— Elle est encore en salle d'opération.

Amber paniqua. Durant tout le trajet, elle avait prié pour que cela se passe bien. Pour Jade comme pour le bébé.

— Dites-moi tout.

Brandy s'approcha d'elle.

— Elle a eu une attaque.

Amber sentit ses jambes défaillir. Brandy la prit par le bras.

— Les médecins font tout leur possible, lui assura Brandy en la guidant vers une petite alcôve meublée d'un canapé.

— Ce n'est pas rassurant du tout.

Brandy s'assit à côté d'elle.

— Le bébé est presque à terme.

— Donc, elle devrait pouvoir survivre ?

— Bien sûr.

— Et je ne peux rien faire, hormis attendre ?

— C'est ça. Je sais que c'est dur.

En effet, c'était dur.

Elle était là, assise à se morfondre et à se demander si sa sœur et sa nièce allaient survivre.

— Vous désirez du café ou de l'eau ?

— Non, ça ira, merci.

— Vous voulez faire un brin de toilette ?

Amber regarda sa robe et pensa à l'état de son maquillage et de sa coiffure après avoir passé une partie de la nuit dans le lit de Tuck.

— Dès que le bébé sera né, vous pourrez la prendre dans vos bras, ajouta la sage-femme avec un petit sourire amical et encourageant.

— Vous avez raison, je vais aller m'arranger.

Une femme en blouse blanche sortit par la porte à double battant de la salle d'opération. Brandy prit la main d'Amber.

Aussitôt, elle sentit son cœur sombrer.

— Quelles sont les nouvelles, docteur ? demanda-t-elle en se levant.

— Jade est faible. On a dû relancer son cœur. A présent, les signes vitaux ont été stabilisés et sa tension est sous contrôle.

— Elle va s'en sortir ? s'enquit Amber, inquiète.

— Oui, elle va s'en sortir, affirma le docteur.

— Et le bébé ?

Le docteur sourit.

— Le bébé est en pleine santé. C'est une fille.

— Donc j'ai une nièce ?

— Elle est dans la pouponnière. Vous pouvez aller la voir, si vous voulez.

Amber ne se fit pas prier, soulagée de savoir que sa nièce avait survécu à cette naissance traumatisante et rassurée concernant l'état de santé de sa sœur.

11

Dès qu'Amber avait quitté la résidence, Tuck s'était rendu compte qu'il s'était comporté comme un goujat. Sa sœur était en train d'être opérée aux urgences et il n'avait vu que son propre intérêt. Il avait mal choisi son moment pour aborder la nature de leur relation et il s'en voulait énormément.

Elle avait accepté de baisser sa garde pour lui. Elle avait choisi de faire l'amour avec lui. Elle avait passé la nuit, ou du moins une partie, avec lui.

C'était déjà inespéré.

Mais il avait voulu plus et, ce faisant, il avait peut-être tout gâché.

Il avait adoré passer ces moments d'intimité avec elle, il s'était régalé en la tenant contre lui, nue, à plaisanter, à se caresser, à s'explorer. Il s'était réjoui à l'idée de petit-déjeuner avec elle avant d'aller travailler. Donc inévitablement, il avait été déçu que son rêve s'envole en fumée.

Mais il était bien décidé à se rattraper.

Après s'être douché et habillé, il avait pris sa voiture, s'était arrêté pour lui prendre un café et un bagel à lui apporter à l'hôpital. Elle devait être épuisée, en panique, et il voulait à tout prix qu'elle lui pardonne son comportement plus que médiocre.

Elle avait besoin de son soutien. Maintenant plus que jamais.

Il eut du mal à trouver la maternité, où on lui annonça que les visites ne commençaient qu'à 7 heures ; aussi but-il en attendant les deux tasses de café tiède.

Enfin, il prit l'ascenseur, muni du bagel aux myrtilles qu'il destinait à Amber.

Tandis qu'il s'approchait de la chambre, il entendit sa voix.

— Oh ! Jade, elle est incroyable, murmurait-elle.

— N'est-ce pas ?

L'autre voix, plus faible, devait être celle de Jade.

Il s'arrêta, soulagé. Il ne s'était pas rendu compte à quel point la naissance de ce bébé l'avait angoissé.

— Merci d'être là et de nous aider, dit Jade.

— Ne raconte pas de bêtises. C'est tout à fait normal.

— J'ai pensé à un prénom, ajouta Jade. Je veux l'appeler Amber.

Le cœur de Tuck se serra.

— On te doit tout, poursuivit Jade.

— Je suis sa tante. C'est tout. Elle ne me doit rien. Regarde-moi ce visage rose et ces yeux bleus adorables !

Elles se turent quelques instants.

— Je pense qu'elle mérite d'avoir son propre prénom, déclara Amber.

— Tu crois ?

— Oui. Mais merci, c'est très gentil d'avoir pensé à moi.

Il y eut une autre pause et Tuck avança d'un pas.

— Que dirais-tu de Crystal, alors ? s'enquit Jade.

— C'est parfait. J'adore.

Il devait soit partir, soit annoncer sa présence, mais quelque chose l'empêchait de bouger.

— Tu penses qu'on peut devenir une famille ?

— Oui. Toi, moi et Crystal, on peut y arriver.

— Sans petit ami bizarre qui vienne semer la zizanie ?

Tuck ne fut pas enthousiasmé du commentaire de Jade. Il ne se trouvait pas bizarre, mais il n'était pas non plus un petit ami. En tout cas, pas officiellement.

— Oui. Tu as raison. On va éviter d'ajouter des hommes à l'équation. Surtout des peu fiables, renchérit Amber.

Parlait-elle de lui ? Pensait-elle qu'il était peu sérieux ? Pensait-elle que Dixon était plus fiable que lui ?

Il se ressaisit. Ce n'était pas le propos.

Et s'il ne voulait pas entendre certaines choses, il ne devait plus écouter aux portes.

— Je veillerai à ce qu'elle ne manque de rien, qu'elle n'ait peur de rien, qu'elle n'ait jamais faim et qu'elle ne se sente jamais seule, reprit Jade alors que Tuck s'apprêtait à entrer.

— Ne t'inquiète pas. Nous ferons tout pour la protéger.

— Je vais trouver un emploi.

Il frappa doucement à la porte.

— Bonjour.

Amber tourna la tête dans sa direction. Elle était assise sur une chaise à côté du lit, vêtue d'une grande blouse d'hôpital verte avec un petit paquet rose dans les bras.

Il ne pouvait pas voir le visage du bébé, mais ses cheveux étaient noirs. Une petite brune, comme sa tante, pensa-t-il.

Jade était assise dans le lit, les traits tirés, le visage pâle, les cheveux aplatis sur la tête.

— Tuck ! s'exclama Amber, surprise de le voir.

— Je voulais m'assurer que tout allait bien.

Il regarda le sac en papier qu'il tenait, se rendant compte qu'il aurait dû rapporter des fleurs ou une peluche.

— Bonjour, Tuck, lança Jade en lui adressant un sourire timide.

Il s'avança pour mieux voir le bébé.

— Félicitations, Jade, elle est magnifique. Tu vas bien ? demanda-t-il.

— J'ai mal, mais ça va aller.

Il reporta son attention sur Amber et le bébé. Il aimait cette image et la trouvait très belle avec un bébé dans les bras. Naturelle, lumineuse, attentionnée.

— Comment avez-vous su que j'étais ici ? demanda Jade.

Amber écarquilla les yeux. Tuck attendit qu'elle réponde.

— Vous avez passé la soirée ensemble ? ajouta Jade en regardant sa sœur.

— Oui, c'était une réception organisée par la société, expliqua-t-il.

— On a passé la nuit ensemble, lâcha Amber.

Sa réponse lui gonfla le cœur. Oui, ils avaient passé la nuit à deux et il était d'accord pour le crier sur tous les toits.

— Désolée d'avoir joué les trouble-fête, plaisanta Jade.

Tuck sourit, amusé.

— Tu es entièrement pardonnée puisque tu nous as tirés du lit avec la meilleure excuse au monde !

Jade s'esclaffa, puis se tordit de douleur.

— Pardon, marmonna-t-il.

— Ne vous excusez pas de me faire rire.

— Tu peux me tutoyer, tu sais. Et je ne voulais pas te faire souffrir.

Crystal laissa échapper un petit cri.

— Je supporte généralement bien la douleur, mais là, j'ai vraiment mal.

— Tu veux que j'appelle une sage-femme ?

Crystal remua de nouveau dans les bras d'Amber.

— Oui, s'il te plaît. Et toi, Amber, tu devrais rentrer. Je vais essayer de la nourrir, ajouta-t-elle en tendant les bras pour prendre sa fille.

— Pas question, répliqua l'intéressée.

— Rentre chez toi, prends une douche et va te reposer.

Amber hésita.

— Je peux te ramener, suggéra Tuck.

— J'ai ma voiture.

Elle se leva et donna son bébé à Jade.

— Je vais aller faire un saut chez moi, mais après je reviens, la prévint-elle.

— J'espère bien.

Tuck sortit dans le couloir à la recherche d'une sage-femme. En revenant, il tomba sur Amber dans le couloir.

— Tu as l'air épuisée, lui dit-il.

— Je suis surtout soulagée. Tu sais que son cœur s'est arrêté ?

Instinctivement, il la prit dans ses bras.

— Je peux faire quelque chose ?

— C'est bon, ça va aller.

— Je vais te ramener chez toi. Je me sentirai mieux. J'aurai l'impression de me rendre utile.

— Tu te rends utile, répliqua-t-elle. Hier soir, tu as décroché quatre nouveaux clients.

— Je veux être utile auprès de toi.

— En veillant à ce que la société continue de se développer, tu garantis mon emploi. Autrement dit, tu m'es utile puisque je peux payer mes factures, de cette façon.

Il s'écarta d'elle, la regardant comme s'il venait d'avoir une révélation.

— C'était donc ça, les vingt-huit mille deux cent soixante-trois dollars !

— Eh bien…

— Jade était déjà à l'hôpital quand tu as demandé à revenir travailler pour moi. Tu as accepté de m'épauler pour aider ta sœur et pouvoir payer les factures de la clinique. J'ai raison ? C'est pour ça que tu es revenue ?

— Oui, Tuck. En ce moment, j'ai ma sœur à charge, autrement dit j'ai plus que jamais besoin d'un emploi stable.

Il la lâcha, s'éloignant d'elle.

— Qu'en est-il du reste ?

— Le reste, c'est le reste, répondit-elle, légèrement agacée.

Ils laissèrent s'écouler quelques secondes, sans mot dire.

— J'espère que tu ne me demandes pas si je suis passée à l'acte avec toi pour protéger mon poste et ma sœur.

Non. Si. Non. C'était tellement compliqué ! Comment répondre ?

— Restons-en là pour aujourd'hui, lâcha-t-elle. Je vais rentrer chez moi me changer. J'ai l'air ridicule. On se verra au bureau demain, ajouta-t-elle avant d'enlever la blouse pour la mettre dans une corbeille en métal prévue à cet effet.

Puis, sans se retourner, elle se dirigea vers les ascenseurs.

Il eut envie de la rappeler. Il avait besoin de comprendre la nature de ses sentiments pour lui et ce que la nuit dernière avait signifié pour elle.

Mais il ne pouvait pas se permettre de continuer à agir de

manière égoïste. Elle avait vécu une nuit forte en émotions, Jade avait besoin d'elle. Et Tuck allait devoir attendre pour savoir où il se situait dans la vie d'Amber.

Ils avaient passé la nuit ensemble… enfin, la moitié de la nuit, mais tout ce qu'Amber savait de Tuck restait vrai.

Quand bien même elle aurait volontiers accepté qu'il la ramène chez elle et qu'il la réconforte, elle ne devait surtout pas se laisser tenter par cette relation qui n'était qu'une illusion. Tuck était son patron, pas son petit ami.

Elle devait s'occuper de Jade et de sa nièce, Crystal. Elles formaient sa famille, sa vie personnelle, son soutien émotionnel. Tuck ne faisait pas partie de cet équilibre.

Le lundi matin, elle s'arma psychologiquement pour rencontrer Tuck. Il fallait que leur duo fonctionne au bureau, quoi qu'il arrive dans leur vie privée.

Ils avaient réussi à s'entendre à merveille pour organiser la soirée du samedi, et leur complicité s'était avérée très fructueuse, il n'y avait donc aucune raison pour ne pas continuer sur cette lancée.

Elle devrait se contenter de cette situation puisqu'elle ne pouvait se permettre d'aller plus loin et d'en vouloir plus. C'était trop risqué.

— Bonjour, Amber.

La voix de Dixon la fit tressaillir.

— Dixon ?

Bronzé, détendu, il avait l'air en pleine forme.

— Vous êtes rentré ?

— Dès que j'ai su la nouvelle au sujet de mon père, j'ai filé à Boston, et je suis arrivé ici ce matin.

Elle était contente de le revoir. Mais était-ce l'énorme soulagement qu'elle escomptait ? Ou bien essayait-elle de s'en convaincre ?

Les choses allaient reprendre leur cours, elle n'aurait plus à jongler avec autant de problèmes, et Tuck…

Son cœur se serra.

Tuck pourrait retrouver sa vie d'avant.

— Il est là ? s'enquit Dixon en indiquant la porte fermée du bureau de Tuck.

— Je pense.

— Parfait. Je vois que vous êtes très affairée, constata-t-il en inspectant son bureau jonché de dossiers.

— Oui, j'ai été très occupée à aider Tuck.

— Mais vous allez revenir travailler pour moi ?

— Bien sûr, répondit-elle, la gorge serrée. Et votre voyage, vous vous sentez mieux ?

— Je ne me suis jamais senti aussi bien et j'ai hâte de me remettre au travail.

— Tant mieux. C'est formidable.

Tucker Transportation serait de nouveau entre des mains expérimentées. Elle devait s'en tenir à ce scénario.

A cet instant, la porte du bureau de Tuck s'ouvrit.

Amber lut aussitôt l'expression de choc sur son visage, une expression mêlée de déception. Mais il se ressaisit au plus vite en arborant un air neutre et détaché.

— Bonjour, Dixon.

— Bonjour, Tuck.

— Tu sais ce qui est arrivé à papa ?

Les deux frères gardaient une certaine distance. Dixon devait se demander si Tuck était en colère et elle n'arrivait pas à savoir ce que pensait Tuck.

— Oui, je sais. Je suis allé le voir hier.

— Et tu n'as pas jugé nécessaire de me prévenir ?

Dixon se tourna vers elle, puis vers Tuck.

— Et si nous entrions dans ton bureau pour en parler ?

Tuck croisa les bras.

— Cela ne me dérange pas de parler devant Amber. Après tout, tu te fies davantage à elle qu'à moi, d'après ce que j'ai compris.

Dixon semblait tomber des nues.

— Mais ne t'inquiète pas. Elle n'a pas trahi ta parole, ajouta Tuck sur un ton amer.

D'autres personnes n'allaient-elles pas entendre leur conversation ?

— Même quand je l'ai renvoyée, elle n'a rien voulu me révéler.

— Pourquoi as-tu renvoyé Amber ?

— Pour insubordination.

— Impossible ! s'exclama Dixon.

— Envers moi, pas envers toi. Mais toi, tu n'étais pas là tandis que moi, si.

— Tuck… voulut-elle intervenir.

Il lui adressa un sourire glacial.

— Voilà, la fidélité reprend le dessus, en un clin d'œil.

— En effet, Amber est quelqu'un de très fidèle, mais je ne vois pas où tu veux en venir.

Elle sortit de derrière son bureau.

— Je vais vous laisser régler ça entre vous. Vous devriez peut-être envisager d'aller dans la salle de réunion.

— Bonne idée, approuva Dixon.

— Oh ! Amber regorge de bonnes idées, ironisa Tuck.

— Si elle n'avait pas été là à mon retour, tu aurais eu affaire à moi.

Tuck se raidit.

— Ah oui ? Et toi, tu as le droit de disparaître deux mois sans me donner d'explications, mais en me gratifiant d'une petite leçon de morale ?

— Vous avez rendez-vous avec Lucas à 10 heures, annonça-t-elle à l'intention de Tuck, reprenant l'usage du vouvoiement et tentant de faire diversion.

— On verra. Je ne serai peut-être plus là.

Comment cela ? Tuck envisageait-il de quitter les lieux maintenant que Dixon était de retour ?

Soit. Peu importe. Pour sa part, elle allait s'éclipser et les laisser gérer leur dispute. Elle allait reprendre sa place à l'entrée du bureau de Dixon. Si Tuck venait lui dire au revoir, tant mieux ; sinon, tant pis.

Tuck dévisageait son frère assis à l'autre bout de la salle de réception.

— Je lui ai dit que j'avais besoin de faire une pause, mais il n'a pas voulu m'écouter, déclara Dixon.

— Je sais.

— Comment ça ? s'étonna-t-il.

— Vous ne m'avez pas entendu rentrer, mais j'ai surpris votre conversation, expliqua Tuck. Notamment ce qu'il a dit à mon sujet.

— Ça t'a blessé ?

— Personne n'a envie d'être sous-estimé par son père.

— Tu sais très bien d'où vient le problème, répliqua son frère.

— D'où ça ?

Dixon le regarda, l'air ahuri.

— Tu ne vois pas ? Mais de la liaison secrète, voyons.

— Avec Margaret ?

— Qui a une liaison avec Margaret ?

— Papa, répondit Tuck. Margaret qui s'est trahie devant Amber.

— Je suis étonné qu'Amber répande des rumeurs pareilles.

— Ce ne sont pas des rumeurs. Tu sais aussi bien que moi à quel point Amber est quelqu'un de droit et de loyal.

— On dirait que tu as appris à la connaître en mon absence.

Tuck ne voulait rien dévoiler qui puisse mettre Amber dans l'embarras.

— Alors, de quelle liaison secrète voulais-tu parler ?

— Celle de maman.

— Quoi ?

— Maman aurait eu une liaison il y a trente ans. Environ un an avant ta naissance.

Tuck crut défaillir.

— Tu veux dire que je ne suis pas le fils de Jamison ?

— Tu es son fils. Il a fait un test de paternité.

— Alors, pourquoi me déteste-t-il, malgré tout ?

— Il ne te déteste pas. Simplement, d'après moi, tu lui rappelles cette période, conclut Dixon.

Tuck se leva, l'esprit soudain plus clair. En fait, dès le départ, les dés étaient pipés. Quoi qu'il ait pu essayer de faire, il partait avec un handicap.

Il n'y avait plus qu'une solution. Partir, quitter la société, Chicago, l'Etat peut-être, et trouver sa voie ailleurs, refaire sa vie dans d'autres conditions.

On frappa à la porte. C'était Lucas.

— Vous êtes rentré ? demanda-t-il, dès qu'il vit Dixon. Bon retour parmi nous. Tuck, Gena veut se joindre à nous pour la réunion de 10 heures.

— Qui est Gena ? s'enquit Dixon.

— Notre nouvelle directrice financière. Harvey a démissionné.

— Pourquoi ?

— Tu lui manquais.

— Je vais essayer de le faire revenir, décréta Dixon.

Tuck sentit la colère monter en lui. Dixon comptait récompenser Harvey de s'être montré déloyal envers l'entreprise ? Il ouvrit la bouche pour protester, puis se ravisa. Dixon était rentré. Son père n'avait jamais voulu l'accepter, lui, comme son fils à part entière. Et personne n'avait jamais tenu compte de son avis.

— Fais comme tu veux, Dixon. Lucas, pour la réunion de 10 heures, vois ça avec lui.

Il sortit de la salle de réunion et se dirigea vers l'ancien bureau d'Amber.

— Donc, ça y est ? Tout est redevenu comme avant ? s'enquit-il, sans chercher à masquer sa contrariété.

— Mon patron est rentré, répliqua-t-elle laconiquement.

— Tu as vite quitté ton poste temporaire.

— Il m'a demandé de revenir ici.

— Et quand Dixon veut quelque chose…

Amber lui lança un regard furieux.

Il aurait aimé lui offrir de continuer à travailler pour lui, pas pour Dixon. Mais il n'avait aucun droit. Et au fond de lui, après avoir passé tout ce temps à chercher son frère, il regrettait son retour.

— Et vous ? Et toi ? se reprit-elle.

— Mon bureau n'a pas changé de place.

— Je vois. Mais que vas-tu y faire ?

— Rien.

Finalement, dans ces locaux, il était un indésirable. Il n'y pouvait rien. Alors autant s'effacer. Amber allait lui manquer. Il n'imaginait même pas sa vie sans elle.

— Tu quittes le navire ?

— Oui, c'est ça.

La veille, à l'hôpital, elle lui avait bien fait comprendre que leur relation personnelle était une chimère. Elle était l'assistante de son frère, un point c'est tout.

— On ne se verra plus au bureau, ajouta-t-il pour lui tendre une perche.

— En effet, rétorqua-t-elle d'un ton neutre qui ne trahissait aucune émotion.

— Mais on pourrait se voir… en dehors ?

— En dehors ?

— Oui, comme un vrai couple.

— Je ne sais pas si c'est une bonne idée.

— Pourquoi ?

— Parce que Dixon est à peine rentré que tu files déjà à l'anglaise. J'en conclus que tu as vraiment hâte de reprendre ta vie d'avant. Et je n'en faisais pas partie, je te rappelle. Tu es libre.

Il la dévisagea en silence.

Telle était donc la vision qu'elle avait de lui ? Au moins, il savait à quoi s'en tenir, maintenant. Après tout ce qu'ils avaient accompli ensemble, tout ce travail, tous ces efforts, toute cette complicité… Elle pensait encore qu'il rêvait seulement de reprendre sa vie d'avant ?

— Je suis libre, lâcha-t-il, le ton empreint d'ironie.

— Donc, tu n'as aucune raison de t'attarder ici.

— Aucune raison, c'est vrai.

Sauf s'il prenait en compte ses sentiments pour elle, son envie irrésistible d'être avec elle, et le fait qu'il était prêt à tout pour lui ôter de l'idée qu'il n'était qu'un play-boy bon à rien.

— Entre Jade, le bébé et le retour de Dixon, je vais être très occupée, reprit-elle, comme pour s'excuser.

— Et moi, je vais être occupé à organiser mon planning de soirées.

— Bonne chance, ironisa-t-elle.

Il n'y avait rien à ajouter.

Et pourtant, il n'arrivait pas à se résoudre à partir. Il aurait voulu la prendre dans ses bras, l'embrasser, la remercier pour tout ce qu'elle avait fait pour lui.

Mais il quitta les lieux sans rien dire.

12

Tuck manquait terriblement à Amber. Jamais quelqu'un ne lui avait manqué à ce point. Chaque jour, elle arrivait au bureau en se promettant que cela irait mieux, qu'elle penserait moins à lui, qu'elle arrêterait d'imaginer entendre sa voix dans le couloir, et de s'attendre à le voir dès que quelqu'un sortait de l'ascenseur.

Pourtant, elle n'avait pas le choix. Elle devait avancer.

Jade était rentrée de la clinique avec Crystal. La fillette était adorable, même si elle ne dormait pas beaucoup. Parfois, elle se disait que c'était le manque de sommeil qui l'avait mise dans cet état de semi-dépression et non l'absence de Tuck dans sa vie.

Dixon avait repris les commandes, toujours aussi efficace.

Il était bientôt 11 heures et le téléphone n'avait pas arrêté de sonner à cause d'un orage dans l'Atlantique qui compliquait les transports.

— Je peux avoir le dossier Blue Space, s'il vous plaît ? s'enquit Dixon en passant la tête par son bureau.

Le dossier était déjà dans le bureau de Tuck. Elle avait évité d'y aller pour ne pas déclencher des souvenirs douloureux.

— Je vais vous le chercher.

— Ils rappelleront après le déjeuner.

Elle prit une grande inspiration puis se leva.

Tout irait bien. Il suffisait d'ouvrir la porte, d'entrer, de prendre le dossier et de ressortir, comme s'il s'agissait d'une pièce comme les autres.

Elle longea le couloir. La porte du bureau de Tuck était fermée.

Dès qu'elle l'ouvrit, elle fut projetée dans l'univers de Tuck, envahie d'un raz-de-marée de sensations.

Tout ce qu'elle avait voulu précisément éviter.

— Amber ?

La voix de Dixon la fit tressaillir.

— Je vais déjeuner avec Zachary, annonça-t-il. J'essaie de le faire revenir.

— Pourquoi ?

— Parce qu'il est bon et qu'il a emmené des clients quand il est parti.

— Je ne vous comprends pas…

Elle n'avait jamais aimé Zachary. Elle ne lui faisait pas confiance et elle avait été contente de le voir partir. Son remplaçant, Samuel Leeds, était bien plus professionnel.

Dixon parut étonné de son intervention.

— Je sais que Zachary n'est pas la personne la plus sympathique au monde, mais Samuel a une approche un peu trop décontractée. Et il n'a pas assez d'expérience.

— Il est motivé.

— Certes, mais il est un peu trop jeune.

Dixon avait décrété la même chose au sujet de Gena, la nouvelle directrice financière. Il ne l'avait pas encore remplacée, mais Amber savait qu'il avait été en contact avec Harvey.

— Vous allez défaire tout ce que Tuck a construit ? protesta-t-elle.

Elle regretta aussitôt sa question.

— Vous me demandez si je vais remettre de l'ordre dans nos affaires ?

Elle se tut de peur de commettre un impair.

— On m'a dit que c'était vraiment la foire en mon absence.

— Ah bon ? Et qui vous a raconté ça ?

— Harvey.

— Et vous l'avez cru ?

Dixon ne répondit pas. Elle sut qu'elle était allée trop loin.

— Je peux savoir ce que vous insinuez ?

Elle redressa les épaules.

— Tuck a travaillé dur, répliqua-t-elle.

— Je n'en doute pas.

— Il a travaillé dur et il s'en est sorti alors que Harvey et Zachary sont partis lâchement.

— Ils ne pouvaient pas travailler avec Tuck.

— Nuance : ils n'ont pas voulu essayer de travailler avec Tuck. Zachary a volé des clients. Il lui a manqué de respect. Il s'est montré déloyal envers vous. Et si vous voulez avoir son portrait complet, il fait des avances à toutes les femmes de la société. Quand Tuck est arrivé, il ignorait par quel bout commencer. Il aurait pu baisser les bras, ne pas se mouiller. Il aurait pu prendre ses jambes à son cou. Mais il est resté, et il a relevé le défi. Même en sachant ce que votre père pensait de lui, même en repensant à la façon dont il a été traité depuis son enfance et même en se disant que vous ne seriez peut-être même pas reconnaissant du sauvetage qu'il avait essayé d'opérer. Est-ce que quelqu'un l'a remercié ? Est-ce que votre père l'a remercié ? Est-ce que vous l'avez remercié ?

— On l'a payé.

— Il n'a pas fait ça pour l'argent. Ni pour sauver la société. Il a aussi sa fierté. Il a réussi à récupérer les comptes perdus. Il en a décroché de nouveaux. Je l'ai aidé. On a fait des journées de dix-huit heures. Il s'est attelé à la tâche, corps et âme, pour maintenir la société à flot alors que vous étiez en train de naviguer. Il a fait mener une enquête pour vous retrouver. Il a dû recruter du personnel. Samuel et Gena sont jeunes, c'est vrai, mais ils ont de solides études derrière eux et ils ont un peu d'expérience. Tout ça, c'est grâce à Tuck, qui a été projeté dans l'arène sans aucune arme pour se défendre.

Elle s'arrêta de parler, soudain consciente de la portée de la tirade qu'elle venait de prononcer.

— Amber ? murmura Dixon, visiblement abasourdi.

Etait-elle sur le point de se faire renvoyer ?

— Oui, répondit-elle d'une petite voix.

— Il s'est passé quelque chose entre Tuck et vous ?

— J'ai appris à le connaître.

C'était une réponse honnête.

— C'est-à-dire ?

— Disons qu'à votre départ, je pensais que Dixon n'était qu'un play-boy prétentieux. Mais quand il a été obligé de redresser la situation, j'ai découvert un autre Tuck. Un Tuck travailleur, consciencieux et dévoué. Et j'ai aussi compris que s'il n'avait pas un rôle bien défini dans la société, c'était parce qu'il n'avait pas non plus un rôle bien défini dans votre famille et que votre père l'avait toujours tenu à l'écart.

— Tuck a un bureau.

— Mais personne ne veut de lui. Il l'a bien compris. Et depuis longtemps.

— Amber ?

— Oui ?

A présent, elle n'avait plus peur. Ce qui devait arriver arriverait, mais pas question d'abandonner Tuck.

— Vous ne m'avez pas vraiment répondu. Que s'est-il passé entre Tuck et vous ?

— Rien.

Dixon attendit, visiblement peu convaincu.

— Bon, il s'est passé quelque chose, mais c'est fini.

Le silence s'installa entre eux, qu'elle se refusait à briser. Elle en avait déjà trop dit.

— Etes-vous amoureuse de Tuck ?

Le sol était sur le point de s'ouvrir sous elle.

— Non.

Elle ne pouvait pas être amoureuse de lui. Impossible. Ce serait une erreur terrible.

— Je suis désolé que Tuck vous ait fait souffrir.

— Il ne m'a pas fait souffrir et cela ne regarde que moi.

— Entendu. Alors, reprenons le dossier Samuel. Que pouvez-vous me dire d'autre à son sujet ?

— Pourquoi ?

— J'ai cru comprendre que vous vouliez le défendre, alors j'aimerais creuser ce point.

— Il travaille très bien avec Hope et j'ai beaucoup de respect pour celle-ci. Elle est très au fait de tous les médias sociaux.

— Vous pensez qu'on en a besoin ?

— C'est comme demander si on a besoin de téléphones ou d'ordinateurs. Oui, on en a besoin. Votre père y est sûrement réfractaire, mais vous devez penser aux vingt prochaines années et non aux vingt dernières.

— Je vais y réfléchir.

— Vous allez réfléchir à quoi ? Aux médias sociaux ou à Samuel ?

— C'est vraiment étonnant. Tuck n'a pas arrêté de vouloir me convaincre à quel point vous vous étiez montrée loyale envers moi, mais j'ai surtout le sentiment que vous êtes loyale envers lui.

— Ce n'est pas une question de loyauté. C'est une question de justice.

— Je comprends. Au fond, vous m'avez donné votre avis, c'est tout.

— J'ai surtout l'impression d'avoir voulu vous imposer mon avis.

— C'est un peu vrai, mais votre travail n'en reste pas moins inestimable. Et j'espère regagner votre loyauté.

— Vous ne l'avez jamais perdue.

Il examina le bureau, absorbé dans ses pensées.

— Dans ce cas, je me demande bien ce que Tuck a obtenu de vous, marmonna-t-il, laissant son interrogation en suspens.

Une fois seule dans le bureau de Tuck, assaillie de souvenirs, en proie à un profond sentiment de solitude, elle éprouva un vide immense. L'esprit confus, le cœur en berne, elle ignorait de quoi le lendemain serait fait.

Tuck fixa son téléphone portable de longues minutes avant de le glisser dans sa poche. Il était mis sur son trente et un.

Il avait réservé une table au Seaside, pris des billets pour un spectacle qui battait son plein en ce moment en ville, et il comptait terminer la soirée au Hollingsworth Lounge, un bar huppé très en vue.

MaryAnn était une fille superbe. Intelligente, pétillante, jolie, amusante. Mais il n'avait pas envie de cela. Il n'avait pas envie de sortir avec des femmes. Ou plutôt, il n'avait envie de sortir qu'avec une femme. Une jolie jeune femme prénommée Amber.

Or celle-ci lui avait fait comprendre qu'elle ne voulait pas de lui. C'était la première fois qu'une femme lui disait non. Et la première fois qu'il devait se remettre d'un chagrin d'amour.

La porte d'entrée s'ouvrit et Dixon pénétra dans le hall de la résidence.

— Dis donc, où vas-tu comme ça ? lui demanda son frère, le voyant tiré à quatre épingles.

— Nulle part, ça a été annulé.

— Elle avait mieux à faire ?

— Oui, c'est ça.

En réalité, c'était Tuck qui avait décommandé. Il ne voulait pas de MaryAnn ni de personne d'autre. Il désirait Amber.

— Tu veux boire un verre ? s'enquit Dixon.

— Volontiers, dit-il en suivant son frère dans la bibliothèque.

Il prit place dans le fauteuil qui faisait face à celui où Amber s'était assise, pieds nus, en robe de bal. Puis il sourit en repensant à l'image enregistrée dans son esprit. Il la trouvait tellement sexy avec ses lèvres sensuelles, ses yeux étincelants, ses épaules soyeuses et ses longues jambes admirablement galbées.

Dixon lui tendit un verre en cristal avec deux glaçons et du whisky.

— Qu'y a-t-il ?

— Je me rappelais un souvenir agréable, répondit Tuck. Mais ça ne te regarde pas.

— J'ai déjeuné avec Zachary ce midi. Je voulais lui demander de revenir chez nous. Tu as ton avis sur la question ?

Tuck étouffa un rire narquois.

— Je crois que tu n'as pas envie de le savoir, en fait.

— Qu'est-ce qui te fait dire ça ? Tu penses qu'on ne devrait pas le reprendre ?

— Je pense qu'on devrait l'envoyer sur Mars, répliqua Tuck.

Dixon sourit, amusé.

— Disons que ce sera notre solution de secours. Amber ne l'aime pas non plus.

— Amber est intelligente, répondit Tuck.

Et il la vit de nouveau assise dans le fauteuil.

— Tu souris encore, tu sais ?

— Elle t'a dit que sa sœur avait eu un bébé, il y a deux semaines ? Juste avant ton retour.

— Sa sœur habite Chicago ? s'étonna Dixon.

— Elle vivait à Los Angeles mais elle est venue accoucher ici.

— Non, elle ne m'a rien dit.

— Tu penses parfois à la façon dont nous avons grandi ? demanda Tuck pour changer de sujet. A notre style de vie et au fait que nous n'ayons jamais manqué de rien.

— Les gens aisés ont quand même leur lot de problèmes et de contrariétés, répliqua Dixon.

— A qui le dis-tu ! Les parents n'ont jamais voulu m'offrir un poney, tu te rends compte ? ironisa-t-il.

— Tuck, rétorqua son frère redevenu sérieux, toi, tu as grandi avec un père qui pensait que tu n'étais pas de lui. Ce n'est pas quelque chose de facile à gérer.

Tuck avait beaucoup réfléchi à la révélation de son frère. Dans un sens, cela avait contribué à renforcer sa confiance en lui. Car il avait enfin compris qu'il n'avait rien fait pour mériter le dédain de son père. Ce dédain existait déjà avant qu'il ne naisse.

— Non, en effet, ce n'est pas facile à gérer. Je n'en reviens toujours pas. Comment as-tu appris la nouvelle ?

— Tu te souviens quand notre gouvernante nous mettait au lit et qu'on se relevait pour écouter aux portes ?

— Oui.

— Un soir, papa et maman se sont disputés de manière virulente. Papa a accusé maman de lui avoir été infidèle. Il n'arrêtait pas de parler d'un certain Robert. Il disait que tu avais ses cheveux et ses yeux.

— Je ne me souviens pas de cet épisode. J'avais quel âge, tu crois ?

— Je ne sais plus. Tu as raison. Tu devais être trop jeune pour t'en souvenir.

— Oui, mais maintenant que je suis au courant, je ne peux pas revenir en arrière et reprendre ma vie d'avant. Je ne suis plus le même. J'ai décidé de changer les choses. Que notre père le veuille ou non, c'est aussi ma société. Et je suis son fils, au même titre que toi. Pas question de vous regarder faire en outsider. Je vais me battre. Je ferai tout pour arriver à mes fins. Zachary est parti. Tant pis pour lui. Il ne reviendra pas. Pareil pour Harvey. Quant à Amber…

— Amber vaut de l'or. Je la garde.

Tuck fusilla son frère du regard.

— Je t'interdis de toucher à Amber !

— Eh, du calme. C'est mon assistante, je veux la garder en tant que telle.

— Et c'est tout ?

— Tu sais très bien qu'elle est bien plus que ça.

Tuck se leva d'un bond.

— Comment ça, « elle est bien plus que ça » ? Qu'est-ce qu'elle est d'autre pour toi ? Qu'y a-t-il entre vous ? Elle ne peut pas sortir avec son patron. On sait que ça finit toujours mal.

— Donc, tu n'es pas sortie avec elle ?

— Non.

Il aurait bien aimé, mais elle avait refusé. Et elle avait sûrement eu raison, d'ailleurs.

— Tu ne lui as pas fait des avances ? Parce que je trouve ta réaction trop jalouse pour être honnête.

— Je tiens beaucoup à elle, c'est vrai, répondit-il. C'est une femme formidable. Elle a eu une enfance difficile, elle a pris sa sœur et sa nièce à charge. Elle a le cœur sur la main, toujours prête à se sacrifier pour les gens. Au début, elle ne m'appréciait pas vraiment, mais elle m'a quand même aidé. Et pendant toute ton absence, elle n'a fait que défendre tes intérêts…

— Peut-être, l'interrompit son frère, mais j'ai trouvé qu'elle parlait beaucoup de toi et qu'elle avait surtout envie de défendre les tiens.

Cette déclaration prit Tuck au dépourvu.

— Ah bon ? Elle t'a parlé de moi ?

— Presque autant que toi tu me parles d'elle.

— Je…

— Arrête, Tuck, je vois bien que tu ne penses qu'à elle. Pourquoi n'es-tu pas sorti avec Amber ?

— Parce que j'étais son patron, répondit-il.

— Maintenant que tu ne l'es plus, pourquoi ne tentes-tu pas ta chance ?

Tuck se resservit un verre de whisky avant de reprendre la parole :

— J'ai tenté ma chance. Elle a refusé.

— Tu penses qu'elle a compris la question ?

— Oui. Elle ne me fait pas confiance. Elle me voit comme un don Juan qui ne cherche qu'à aligner les conquêtes. Elle pense qu'elle ne peut pas compter sur moi.

Tuck comprenait qu'elle le perçoive ainsi et, pourtant, elle avait tort. Si elle lui donnait sa chance, il saurait lui prouver qu'il était un homme de parole et qu'elle pouvait compter sur lui.

— Donc, tu as abandonné ?

— Que veux-tu que je fasse ?

— Tu dois te battre contre les idées reçues et lui prouver ce dont tu es capable, comme tu as décidé de te battre pour ta place au sein de notre famille et de la compagnie.

— Ce n'est pas la même chose. Je n'ai aucune chance de convaincre Amber.

— Si elle t'aime, tu as tes chances. Je lui ai demandé si elle était amoureuse de toi, elle a nié…

Tuck sentit son cœur tomber très bas dans sa poitrine. Il

s'en doutait mais, aveuglé par son rêve, il avait refusé de croire à cette éventualité.

— Sauf qu'elle mentait, conclut Dixon.

Hagard, Tuck leva les yeux vers lui.

— Elle est amoureuse de toi, je le sais.

— C'est impossible…, murmura-t-il.

— Je ne dis pas que je lui donne raison, mais j'en suis persuadé.

Un million de pensées explosèrent dans l'esprit de Tuck. Etait-ce possible, après tout ? Devait-il de nouveau tenter sa chance ? Devait-il passer outre son refus ?

— Bats-toi, bon sang. Tu es fort, intelligent, volontaire et tu sais que tu le mérites. Bats-toi contre papa, bats-toi pour te faire entendre auprès d'Amber. N'hésite pas à te battre contre moi si tu penses que j'ai tort.

— Tu as peut-être tort sur beaucoup de choses, mais je prie pour que tu aies raison au sujet d'Amber.

— Tu l'aimes ?

— Oui. Plus que tout.

Il était amoureux d'elle et il allait se battre pour la conquérir ou la reconquérir.

Assise sur le canapé, Amber berçait Crystal tandis que Jade écrivait une dissertation d'anglais sur son ordinateur. A présent, elles formaient une famille. Elle avait récupéré son emploi, et l'avenir leur souriait.

La petite Crystal était parfaite. Elle allait grandir dans un environnement protégé, équilibré et heureux, et elle pourrait toujours compter sur sa mère et sa tante.

Amber repensa au magazine qu'elle avait feuilleté avant de prendre Crystal dans les bras. Au détour d'une page, elle était tombée sur une photo de Tuck au bras d'une jolie femme blonde. Elle ignorait de qui il s'agissait et quand la photo avait été prise, mais elle avait éprouvé un profond pincement de jalousie.

Tuck était de retour à sa vie de play-boy.

Elle repensa à la question de Dixon : « Etes-vous amoureuse de Tuck ? »

La réponse était évidente. Oui, elle était bêtement tombée amoureuse de lui. A présent, tout ce qu'il lui restait à faire, c'était de tirer un trait sur Tuck.

Son cœur se serra, elle étouffa un sanglot.

— Amber, ça va ? s'enquit Jade.

— Oui, répondit-elle, la gorge serrée.

— C'est trop pour toi ? insista sa sœur. Tu trouves qu'on prend trop de place, Crystal et moi ?

— Mais non, ne dis pas de bêtises.

— Tu as l'air si triste, tout à coup.

— Il me manque terriblement, avoua Amber. J'ai été tellement bête. Je suis tombée dans le panneau à pieds joints.

— Je comprends ce que tu ressens.

— Tu penses que ça va passer ?

On frappa à la porte. Jade se leva pour aller ouvrir.

— Je cherche Amber. Elle est là ?

Dès qu'elle entendit la voix de Tuck, son corps et son esprit se mirent en état d'alerte. Quel était le but de sa visite ?

— C'est pour quoi ? demanda Jade, sans plus de civilité.

— Je veux lui parler.

— Pour le travail ?

— Oui.

Amber se leva doucement afin de ne pas réveiller Crystal.

— Merci, Jade, fais-le entrer.

Jade lui prit Crystal des bras tandis que Tuck souriait en découvrant le bébé.

— Elle est adorable, murmura-t-il.

— Alors Tuck, que fais-tu ici ?

Il la regarda droit dans les yeux.

— A partir de lundi, je reviens travailler. Définitivement.

Cette déclaration la prit au dépourvu.

— Dixon voulait reprendre Zachary, ajouta-t-il.

— Je sais, il me l'a dit.

— Je lui ai rétorqué que c'était une très mauvaise idée. Je peux m'asseoir ? demanda-t-il sans transition.

Ne souhaitant pas paraître impolie, elle accepta d'un signe de tête.

— Alors, comme ça, tu comptes l'empêcher de reprendre Zachary ?

— Je vais essayer. En tout cas, je vais me battre pour m'imposer au sein de l'entreprise, parce que c'est aussi ma compagnie. C'est beaucoup de travail, mais j'ai envie de relever ce défi.

— Dixon s'occupe déjà très bien de la société.

Tuck se raidit.

— Tu penses qu'il vaut mieux que moi ?

— Tu sais très bien ce que je pense de ton frère, nous en avons déjà parlé plusieurs fois, répliqua-t-elle.

— Je vais reformuler la question, alors : que penses-tu de moi ?

— En ce moment ?

— En ce moment même.

Elle prit le magazine qu'elle avait reposé sur la table basse, le feuilleta rapidement, puis lui présenta une page.

— Voilà ce que je pense de toi.

— C'est Kaitlyn.

— Et tu te souviens de son prénom, c'est formidable ! ironisa-t-elle.

— C'est une photo de l'an passé, à un gala de charité. Bref, c'était il y a longtemps.

— Il n'empêche que ça figure dans un magazine de ce mois-ci.

Il la dévisagea un long instant.

— Je ne suis avec personne en ce moment.

— Je m'en fiche.

Elle mentait. Elle ne s'en fichait pas du tout. Elle ne supportait pas l'idée de le savoir avec une autre femme. Elle le voulait pour elle toute seule.

Il lui arracha le magazine des mains et le jeta sur la table.

— Dis ce que tu penses de moi avec des mots, pas avec cette photo d'archives.

— Tu n'es pas l'homme qu'il me faut.

— Pourquoi ?

— Arrête, Tuck.

— Pourquoi ?

— Tu sais que tu me plais. Tu sais que l'attirance est mutuelle. Mais ça ne peut pas marcher entre nous.

— Pourquoi ?

— Parce que ça ne suffit pas à me convaincre.

Elle voulait qu'il s'en aille. Son cœur était en train de se briser en mille morceaux dans sa poitrine.

— Et mon amour, ça ne suffit pas ?

Les mots percutèrent son cerveau de manière brutale.

— Alors, Amber, est-ce que mon amour pour toi suffirait à te convaincre ? Amber, si tu savais comme je t'aime… Je t'aime depuis que j'ai posé les yeux sur toi. Je veux travailler avec toi. Je veux dormir avec toi. Je veux sortir avec toi. Je veux faire l'amour avec toi. Je veux vivre avec toi. Non, tu sais quoi ? Je veux t'épouser. Je veux que tu sois ma femme. Alors, je te repose la question. Amber, qu'est-ce que tu penses de moi ?

— Je…

Rien ne sortit, elle était sous le choc.

Il inclina la tête.

— C'est tout ce que tu as à me dire ?

— Tu m'aimes ?! s'exclama-t-elle, incrédule.

— Oui, je t'aime. Je n'aime que toi. Mais j'ai besoin d'une réponse. Tu préfères que je parte ou que je t'embrasse ?

— Embrasse-moi, répondit-elle, le cœur gonflé de joie.

Tuck sourit, enfin rassuré.

— Je t'aime, Tuck. Embrasse-moi, s'il te plaît.

— Je préfère ça, susurra-t-il en la prenant dans ses bras.

— Je n'arrive pas à y croire, murmura-t-elle.

— Je serai toujours là pour toi. Je te le promets. Tu pourras toujours compter sur moi. Je serai aussi là pour Crystal et pour

Jade. Je vous protégerai. Et je me battrai pour vous. Crois-moi, Amber, je t'aime de tout mon cœur. Tu es l'amour de ma vie.

Puis il fondit sur ses lèvres, l'embrassant profondément, langoureusement, impérieusement, comme il savait si bien le faire, scellant leur union pour l'éternité.

BARBARA DUNLOP

Un mystérieux inconnu

INTÉGRALE

LES MILLIARDAIRES DE CHICAGO

Traduction française de

TATIANA ANDONOVSKI

SAGAS

HARLEQUIN

Titre original :
HIS STOLEN BRIDE

Ce roman a déjà été publié en 2017

1

Une lourde porte métallique se referma derrière Jackson Rush, résonnant dans le couloir de la prison de Riverway, située dans le nord-est de l'Illinois. Il s'arrêta un instant pour reprendre ses esprits puis il se remit en route, les talons de ses bottes claquant contre le lino usé.

Son père, Colin Rush, était incarcéré ici depuis dix-sept ans après avoir été reconnu coupable d'extorsion : trente-cinq millions de dollars dans un montage financier frauduleux qu'il avait déguisé en fonds d'investissement.

Son arrestation spectaculaire avait eu lieu le jour des treize ans de Jackson. La police était arrivée par le jardin, semant la panique parmi les invités assemblés autour de la piscine. Jackson se souvenait encore de la pièce montée au glaçage bleu et blanc qui avait glissé de la table où elle trônait, avec les treize bougies et son prénom inscrit en relief, pour atterrir en une infâme bouillie sur la pelouse.

Au départ, son père avait clamé son innocence. Jackson et sa mère étaient allés tous les jours au tribunal pour lui témoigner leur soutien, restant stoïquement assis derrière le banc de la défense. Mais, rapidement, il était apparu que Colin était coupable. Loin d'être un investisseur génial et loyal, il n'était rien d'autre qu'un escroc. Le jour où l'un de ses anciens clients s'était suicidé, il avait perdu la sympathie du jury et fini condamné à vingt ans d'emprisonnement.

Jackson n'avait pas revu son père depuis.

Il fut surpris par l'aménagement de l'espace réservé aux

visites. Lui qui s'attendait à de vieux bancs en bois, des cloisons en plexiglas et des combinés téléphoniques de chaque côté de la paroi, il arriva dans une grande salle lumineuse ressemblant plutôt à une cafétéria d'université.

Une douzaine de tables rondes étaient disposées à travers l'espace dotées chacune quatre tabourets connectés au centre par des bras métalliques. Il y avait de grandes fenêtres rectangulaires d'où provenait la lumière naturelle, et le sol était recouvert d'un damier noir et blanc. Quelques gardes circulaient parmi les visiteurs qui semblaient avant tout faire partie de la famille des prisonniers.

Un homme se leva d'une table, le regardant droit dans les yeux. Il fallut quelques instants à Jackson pour reconnaître son père. Colin avait vieilli ; il avait le visage ridé et pâle, les joues creuses, le dos voûté, et il ne lui restait plus beaucoup de cheveux.

Son père lui sourit. Jackson ne lui rendit pas son sourire.

Il était venu le voir à contrecœur, mais son père avait insisté. Au départ, il avait ignoré sa requête, puis devant l'insistance des messages, il avait cédé.

Agacé de ne pas avoir eu la force de résister aux pressions de son père, il n'avait pas l'intention de s'éterniser ici.

— Papa, dit-il, tendant la main pour éviter de se retrouver happé dans une accolade des plus gênantes.

— Salut, fiston, répliqua Colin, ému, alors qu'il lui prenait la main.

Sa poigne le prit au dépourvu.

— C'est bon de te revoir, Colin.

Il ne répondit rien, tournant son attention vers l'homme qui était assis à la table de son père.

Colin lui lâcha la main puis s'éclaircit la voix.

— Jackson, je te présente Trent Corday. Trent et moi sommes compagnons de cellule depuis environ un an.

Jackson fut étonné que son père ait choisi de venir avec un ami, mais mieux valait ne pas perdre de temps en questions inutiles.

— Pourquoi tu m'as fait venir ?

Son père se trompait s'il pensait qu'il l'aiderait à sortir de prison plus tôt. Il lui restait trois ans à purger, et Colin méritait de purger sa peine jusqu'à la dernière minute.

Ses actions égoïstes et cupides avaient blessé beaucoup de gens, y compris sa mère qui avait été inconsolable après le jugement. Elle avait sombré dans l'alcool, abusant d'antidépresseur, et succombé à un cancer cinq ans plus tard, juste quand Jackson avait terminé le lycée.

Colin lui indiqua un tabouret.

— Assieds-toi.

Jackson obtempéra.

— Trent a un problème, expliqua Colin en s'asseyant.

Ne voyant pas en quoi le problème de Trent pouvait le concerner, il attendit en silence.

Ce fut finalement Trent qui prit la parole.

— Je suis enfermé depuis trois ans sur un malentendu.

— Je ne veux pas le savoir.

Son père lui avait fait le coup dix-sept ans auparavant, pas question de retomber dans le même panneau.

Il regarda sa montre.

— C'est à quel sujet ?

— C'est ma fille. Elle est tombée entre les griffes de la famille Gerhard. Vous connaissez ?

Jackson acquiesça brièvement. Trent posa une photo devant lui.

— Elle est belle, n'est-ce pas ?

Il baissa rapidement les yeux.

La jeune femme sur la photo était en effet très belle. Elle devait avoir environ vingt-cinq ans, avec une riche chevelure auburn, un merveilleux sourire et de grands yeux verts étincelants.

— Elle va se marier à Vern Gerhard. Il cache bien son jeu, mais c'est un véritable escroc, comme son père et son grand-père.

Visiblement, la jeune femme n'avait pas eu l'œil en choisissant son fiancé, mais il ne voyait toujours pas en quoi ce problème matrimonial le concernait.

— Qu'est-ce que vous voulez ? s'enquit enfin Jackson.

— On veut que tu empêches le mariage, répondit Colin.

Il fallut quelques instants à Jackson pour comprendre.

— Pourquoi je ferais une chose pareille ?

— Il ne veut que son argent, répondit Trent.

— C'est une grande fille, non ?

Une jolie fille fortunée devrait se méfier des coureurs de dots. Si elle n'avait pas été assez vigilante, ce ne serait pas Jackson qui pourrait la sortir de ce faux pas.

— Elle n'a aucune raison de se méfier, mais si elle savait la vérité, elle ne voudrait plus épouser cet homme.

— Pourquoi ne pas le lui dire ?

— J'ai essayé, mais elle ne me fait pas confiance et elle ne veut pas me parler.

— Et ça vous étonne ?

— Non, mais je sais qu'elle est en danger.

— Pourquoi ?

— J'avais acheté des parts dans une mine de diamants. Il y a un an, je les ai mises à son nom.

— Tant mieux pour elle.

— En fait, elle l'ignore.

Pour la première fois, Jackson fut piqué par la curiosité.

— Elle ne sait pas qu'elle possède des parts dans une mine de diamants ?

Les deux hommes secouèrent la tête en même temps.

Jackson regarda de nouveau la photo.

— S'il te plaît, écoute-nous, fiston, insista Colin. La famille Gerhard est vraiment redoutable.

— Plus redoutable que vous deux ?

Trent acquiesça. Jackson regarda sa montre. Il allait rester encore dix minutes.

— Je vous écoute.

— Ils ont découvert que ma fille possédait ces parts.

— Comment l'avez-vous su ?

— Par un ami à moi. La mine Borezone a fait une découverte prometteuse il y a un an et, quelques jours plus tard, Vern Gerhard a contacté ma fille.

— Comment a-t-il été au courant de la découverte ?

— Des amis, des contacts, des rumeurs.

— C'est peut-être une coïncidence.

— Non, je suis sûr que c'est un coup monté. Dès qu'ils seront mariés, il lui volera ses parts et l'abandonnera.

— Comment pouvez-vous en être sûr ?

— Ce ne sont que des rumeurs, mais je ne veux pas prendre de risque. C'est pourquoi je voudrais que vous réussissiez à convaincre Crista qu'elle doit annuler son mariage.

La jeune femme s'appelait donc Crista. Ce prénom lui allait bien.

Malgré lui, Jackson se mettait déjà à réfléchir à la façon d'aborder le problème et au temps qu'il lui faudrait investir dans cette affaire. En ce moment, le bureau de Chicago n'était pas trop occupé. Il avait prévu d'aller rendre visite au bureau de Boston, mais s'il se laissait convaincre, il pourrait reporter sa visite.

— Alors, tu acceptes ? s'enquit Colin.

— Je vais voir ce que je peux faire, marmonna Jackson en prenant la photo.

— Tu nous tiens au courant ? demanda Colin.

L'espace d'un instant, Jackson pensa qu'il s'agissait peut-être d'une ruse de son père pour continuer à recevoir de ses nouvelles.

— Le mariage a lieu samedi, ajouta Trent.

Autrement dit dans trois jours.

— Pourquoi vous n'êtes pas intervenus avant ?

— On a essayé, répliqua Colin sans lever les yeux vers lui.

Son père avait en effet essayé de le contacter depuis un mois. Mais il l'avait ignoré.

Jackson se leva.

— Je n'ai pas beaucoup de temps, mais je ferai ce que je peux.

— Il faut empêcher ce mariage, lâcha Trent.

Si Crista Corday avait choisi d'épouser un escroc et qu'elle était follement amoureuse de lui, il doutait que son père ou toute autre personne extérieure puisse l'en dissuader.

Crista Corday se contemplait dans le miroir en pied, vêtue de sa robe de mariée. Pour le grand jour, elle portait une robe avec un bustier sans bretelles, confectionnée avec de la dentelle et du tulle. Pour ce qui était de sa coiffure, elle avait opté pour un mélange de boucles et de nattes, assemblées à ravir. Le maquillage avait été exécuté par une professionnelle et la mettait en valeur à merveille. Même ses sous-vêtements étaient soyeux à la perfection.

C'était incroyable. Elle portait une bague magnifique avec un beau diamant, une robe somptueuse faite sur mesure, et elle allait épouser son prince charmant. Décidément, elle n'avait rien à envier à Cendrillon. Son rêve était devenu réalité.

On frappa à la porte de la chambre où elle logeait dans la demeure des Gerhard.

— Crista ?

C'était le cousin de Vern, Hadley, l'un des témoins. Elle l'aimait bien. Il était plus jeune que Vern, sympathique et amusant. Il habitait Boston mais venait souvent à Chicago. Parfois chez sa tante, parfois à l'hôtel, quand il venait avec une petite amie. La mère de Vern, Delores, était très catholique et elle n'aurait pas permis qu'il vienne accompagné d'une jeune femme sans être marié.

Crista avait passé la nuit ici alors que Vern avait dormi dans son appartement en ville.

Sous l'influence de Delores, Crista avait choisi d'observer la tradition, décidant que Vern et elle devaient dormir séparément jusqu'à leur lune de miel. Vern avait accepté.

Dès que Hadley eut passé la porte, il la regarda, bouche bée.

— Tu es éblouissante.

— Encore heureux ! Avec l'argent dépensé dans ma tenue,

mon maquillage et ma coiffure, il ne manquerait plus que je sois horrible.

Hadley lui sourit amicalement.

— Pour l'argent, ne t'en fais pas. Tu fais partie de la famille, c'est normal que tu profites de certains avantages.

— J'ai l'impression de frauder.

— Pourquoi ?

— Parce que je ne viens pas du même milieu.

— Tu veux dire que tu te sens différente de nous ?

Elle se regarda une fois de plus dans le miroir. La jeune femme en face d'elle lui ressemblait, mais ce n'était pas elle.

— Parce que si tu le penses vraiment, il n'est pas trop tard pour annuler le mariage.

Elle le regarda, abasourdie. Il avait l'air tout à fait sérieux.

— Pourquoi dis-tu une chose pareille ?

— Parce que j'ai l'impression que tu as peur.

— Oui, j'ai peur, mais c'est normal. J'ai peur de me prendre les pieds dans ma robe, j'ai peur de bafouiller devant l'autel. Mais je n'ai pas peur de me marier avec Vern.

Vern était intelligent, attentionné et d'une politesse à toute épreuve. Il avait investi dans son entreprise de conception de bijoux. Il lui avait fait découvrir la grande vie. Il l'avait emmenée pour un week-end surprise à New York. Puis une autre fois à Paris.

Vern était tout simplement un homme fantastique.

— Tu n'as pas peur de tes beaux-parents ?

— Ils m'intimident, mais je n'ai pas peur.

Manfred Gerhard était un bourreau de travail sans humour, exigeant, méticuleux à l'excès, brusque et intransigeant ; Delores Gerhard une femme très à cheval sur l'étiquette et la hiérarchie sociale, aux ordres de son mari, et veillant à ce que chacune de ses volontés soit satisfaite.

Jamais Crista ne supporterait que Vern se comporte comme son père envers Delores. Mais Vern avait un tempérament aux antipodes de celui de son père. Il n'y avait donc pas lieu de s'inquiéter. Même si Vern semblait très loyal envers ses parents.

— Vern est très proche de ses parents, ajouta Hadley.

Avait-il lu dans ses pensées ?

— Je sais, mais il veut qu'on emménage à New York.

Et tant mieux, car elle ne s'imaginait pas passer tous les dimanches chez ses beaux-parents comme Vern avait l'habitude de le faire.

— C'était une idée en l'air ou un projet concret ?

— Je peux savoir pourquoi tu me poses toutes ces questions ?

Il se tut quelques instants, absorbé dans ses pensées.

— En fait, je ne sais pas si j'aurais envie de me marier avec quelqu'un de cette famille, répondit-il.

— Je te signale que tu en fais déjà partie.

Il la scruta.

— Donc, tu es sûre de toi ?

— Je suis sûre d'aimer Vern. Et je suis sûre qu'il m'aime. Le reste coulera de source.

— Dans ce cas, je suis venu te dire que la limousine était arrivée.

Son estomac se noua.

C'était normal. Elle était sur le point de se marier devant des centaines de personnes, dont tous les notables de Chicago.

— Tu es pâle comme un linge, constata Hadley. Tu veux que je t'accompagne jusque devant l'autel ?

— Ce n'est pas ce qui est prévu.

Le père de Crista était en prison, et comme elle n'avait pas de proche masculin pouvant l'escorter, elle avait décidé de marcher seule jusqu'à l'autel.

— Je peux quand même le faire.

— Non, tu dois être à l'autel au côté de Vern. Sinon il n'y aura pas le même nombre de témoins de chaque côté et Delores pourrait avoir un arrêt cardiaque.

— Sur ce point, tu as raison, dit Hadley sur un ton taquin.

Crista imagina ses six demoiselles d'honneur vêtues de leur robe bleu canard à une seule bretelle avec un joli croisé dans le dos, un élégant bouquet prune et blanc dans les mains.

Pour Crista, Delores avait commandé une version similaire

avec des pivoines et des roses. Crista avait jugé le choix un peu extravagant et coûteux, mais elle n'avait pas osé s'opposer à sa future belle-mère.

— Les fleurs sont arrivées ? s'enquit-elle, espérant une erreur de livraison.

— Oui. Ils t'attendent pour les photos.

— Alors c'est parti.

Elle allait se marier, elle l'avait décidé, même si tout s'était passé très vite. La cérémonie était énorme, et sa nouvelle famille impressionnante. Mais il lui suffisait de mettre un pied devant l'autre, de dire « oui » au moment voulu et de sourire quand il le fallait. Ce soir, elle serait Mme Vern Gerhard. Et demain à la même heure, elle serait en route pour sa lune de miel dans la Méditerranée. Un jet privé les emmènerait sur un yacht où ils passeraient des vacances à la hauteur du standing des Gerhard.

— A plus tard à l'église, alors, lui lança Hadley, l'arrachant à ses rêveries.

Une fois seule, elle connut un moment de panique. Puis elle se ressaisit. Vern lui donnait l'occasion de changer de vie. Pas question de le décevoir. Elle saurait se montrer à la hauteur et s'intégrer dans sa nouvelle famille aux côtés d'un mari aimant.

Vêtu d'un costume queue-de-pie, rasé de près, impeccablement coiffé, Jackson se trouvait à présent devant la cathédrale St. Luke au nord de Chicago, en ce samedi après-midi ensoleillé. C'était une journée de juin idéale pour se marier. Il faisait mine de se fondre dans le paysage alors que les derniers invités entraient dans l'enceinte et que les témoins attendaient en haut des marches.

Vern Gerhard n'était pas dans les parages. Il attendait probablement l'arrivée de Crista Corday dans l'une des antichambres de la cathédrale.

Jackson avait beaucoup appris au sujet de Crista au cours des trois derniers jours. En plus d'être jolie, il savait maintenant qu'elle était très créative et qu'elle n'avait pas peur de travailler dur. Enfant, elle avait grandi dans un quartier modeste avec sa mère. Son père, Trent, n'ayant qu'un droit de visite restreint, avait été plus ou moins absent du paysage familial. Elle avait fréquenté un établissement secondaire d'Etat où elle avait obtenu un diplôme en arts appliqués. A cette époque, elle avait perdu sa mère dans un accident de voiture.

Une fois son diplôme en poche, elle avait trouvé un emploi dans le rayon de prêt-à-porter d'un grand magasin. Il en avait conclu qu'elle avait dû commencer à concevoir des bijoux à la même période, le soir et le week-end.

En résumé, c'était une fille née à Chicago dans un milieu modeste qui avait mené une vie tout à fait ordinaire jusqu'à ce qu'elle rencontre son fiancé. Le fait le plus marquant de sa vie avait été la condamnation de son père pour fraude. Quoique, dans certains milieux de Chicago, ce soit la norme.

Vern et les Gerhard avaient été plus difficiles à cerner. Leur présence sur la scène publique était impeccablement cadrée et très contrôlée. L'entreprise familiale, Gerhard Inc, était entièrement privée depuis ses origines qui remontaient à la création d'une quincaillerie par l'arrière-grand-père de Vern pendant la grande dépression. Aujourd'hui, il s'agissait avant tout d'une entreprise spécialisée dans l'acquisition et le développement de biens immobiliers.

Leur chiffre d'affaires était élevé mais il n'avait rien trouvé d'illégal dans leurs transactions. Les Gerhard semblaient être dotés d'un flair incroyable. Il leur était souvent arrivé d'acheter un bien pour une bouchée de pain juste avant que sa valeur marchande n'augmente.

Cela avait suffi à attiser la curiosité de Jackson, mais il n'y avait *a priori* rien de louche dans leurs actions et il pouvait difficilement les accuser de vouloir piéger Crista.

Malgré les soupçons de Trent, l'histoire d'amour entre Vern Gerhard et Crista semblait authentique.

Maintenant que les invités avaient quitté le parvis, il pouvait entendre les bribes d'une conversation entre des hommes sur les marches.

— J'ai failli le lui dire, disait le plus jeune des témoins.

— Pourquoi tu ferais ça ? s'enquit un autre.

— Tu ne trouves pas qu'elle a le droit de savoir ?

— Non. Tout ce que je sais, c'est qu'elle est canon et que Vern a bien raison de la garder.

— C'est vrai qu'elle est bien roulée, renchérit un troisième.

Jackson était sous le choc. Les hommes du clan Gerhard étaient fortunés, cela ne faisait aucun doute, mais ils n'avaient aucune classe.

— Vous trouvez normal qu'il continue à voir Gracie ? Vous ne trouvez pas qu'il aurait dû rompre avant de se marier ? s'enquit le jeune témoin.

— Pourquoi s'en tenir à un seul parfum quand on peut en avoir plusieurs ?

— Il est impossible de passer sa vie avec une seule femme, ajouta l'un des joyeux lurons.

— Certains jours, j'aime la glace aux noix de pécan ; d'autres, je préfère le chocolat noir, ricana l'un des plus costauds.

Les autres hommes éclatèrent de rire.

— Vern a vraiment tiré le jackpot, il peut jouer sur les deux tableaux. Crista est une vraie lady et Gracie est une fille dévergondée.

— Elle finira par le savoir, prophétisa le jeune témoin.

— Si tu la fermes, elle ne saura rien.

A sa place, Jackson n'hésiterait pas à lui annoncer la couleur. Vern était visiblement un goujat, et ses proches n'avaient pas l'air mieux que lui, hormis le jeune homme qui semblait plus ou moins raisonnable.

— De toute façon, Gracie ne fera pas long feu.

— Vern ne tardera pas à prendre une nouvelle maîtresse.

— Les maîtresses d'oncle Manfred ont vingt-cinq ans depuis trente ans.

— Les épouses vieillissent, mais pas les maîtresses.

Ils éclatèrent tous de rire, hormis le plus jeune.

— Crista est différente.

— C'est faux. Tu dis ça parce que tu es jeune et innocent. Tes petites amies ont vingt-cinq ans.

— Je ne les trompe pas pour autant.

— Si tu faisais un effort, tu pourrais y arriver.

Du coin de l'œil, Jackson vit deux limousines blanches se garer devant le parvis. Le groupe de témoins se dirigea aussitôt vers l'entrée de la cathédrale.

Alors comme ça, Vern trompait Crista. C'était moche et idiot, mais cela ne le regardait pas, lui. Peut-être qu'elle le savait et qu'elle acceptait la situation. Ou peut-être qu'elle ne se doutait de rien. Ou alors elle l'épousait pour son argent et se fichait qu'il lui soit fidèle ou non.

Les portes de la première limousine s'ouvrirent et un groupe de jolies demoiselles d'honneur en sortit. Le conducteur de l'autre limousine surgit de la voiture pour ouvrir la portière de la mariée.

Crista apparut devant ses yeux, sous un soleil éclatant. Elle était belle à couper le souffle. Ses cheveux auburn étaient relevés en plusieurs nattes, et le pourtour de son visage était orné de jolies boucles qui mettaient son magnifique visage en valeur.

Ses épaules étaient nues, crémeuses et soyeuses. La robe blanche moulait admirablement sa taille et sa poitrine. La dentelle et les perles de la robe miroitaient à chaque mouvement.

Il n'avait jamais fantasmé sur une mariée mais si cela avait été le cas, elle aurait ressemblé à Crista Corday. Il fut d'autant plus en colère contre Vern. Si lui, Jackson, avait eu une femme comme Crista Corday dans son lit, jamais il n'aurait regardé ailleurs.

Les demoiselles d'honneur entourèrent aussitôt la mariée et le groupe de jeunes femmes s'avança vers la cathédrale, Crista restant légèrement en retrait. Tournant la tête, elle le repéra, et plissa les yeux comme si elle cherchait à le reconnaître.

Quand leurs regards se croisèrent, il fut anéanti. Ses yeux étaient verts de la couleur du Pacifique Sud et tout aussi abyssaux. C'était un regard profondément sincère.

En cet instant, il sut que son père avait raison. Jamais elle ne pourrait se satisfaire d'un mari qui la trompait. Ce qui signifiait qu'elle ignorait la liaison de Vern avec cette fameuse Gracie.

Jackson eut envie d'attirer son attention, de lui crier d'arrêter, de partir loin de là. Elle était en train de commettre une terrible erreur. Il en était intimement convaincu.

Peut-être qu'il devait lui dire la vérité sur-le-champ, sans plus de cérémonie ? Au moins saurait-elle à quelle sauce elle allait être mangée.

Il devait agir. Alors qu'il était sur le point de parler, une des demoiselles d'honneur attira l'attention de Crista. Et, déjà, les jeunes femmes montaient les marches, l'empêchant d'intervenir.

Il n'avait plus qu'à partir. Il ne pouvait plus rien faire pour Trent, hormis prier pour qu'il ait tort. Il avait rempli sa part du contrat. Il avait découvert que les Gerhard n'étaient pas très sympathiques, mais sans rien trouver qui puisse prouver leur malhonnêteté.

Les demoiselles d'honneur avaient pratiquement disparu dans l'enceinte de la cathédrale, pourtant Crista restait en retrait, touchant tour à tour ses boucles d'oreilles, son collier et son bouquet.

De manière inattendue, elle tourna de nouveau la tête vers lui. Il éprouva la même vague d'émotion dans la poitrine que la première fois où elle l'avait regardé. Il sut alors qu'elle méritait mieux que Vern.

La lourde porte en bois venait de se refermer sur les demoiselles d'honneur. Il ne restait plus que Crista et lui.

Jackson balaya les alentours du regard. Ils étaient seuls.

Avant que son cerveau ne se mette à réfléchir, ses pieds le propulsèrent à grandes enjambées vers Crista.

Surprise, elle écarquilla les yeux, reculant légèrement la tête tout en fronçant les sourcils.

— Crista Corday ?

— Vous êtes un ami de Vern ? s'enquit-elle d'une voix douce et sensuelle.

— Pas vraiment.

Et il la prit dans ses bras.

— Qu'est-ce que vous faites ? ! s'exclama-t-elle, tentant de se libérer.

— Vous ne connaissez pas la face cachée de Vern !

— Vous dites n'importe quoi. Lâchez-moi !

Arrivé à hauteur de son SUV, il ouvrit la portière du chauffeur et la fit glisser vers le siège passager.

Avant qu'elle ait eu le temps de réagir, il s'engouffra derrière elle, mit le contact et démarra en trombe.

— Vous n'avez pas le droit !

— J'ai des tas de choses à vous dire.

— Je dois assister à mon mariage.

— Si vous voulez encore vous marier après avoir entendu ce que j'ai à vous dire, je vous ramènerai.

Et il tiendrait parole.

Après tout, Trent étant un criminel, il était fort possible qu'il mente au sujet des Gerhard. Donc, si Crista n'avait rien contre l'infidélité de son futur mari, il la lui ramènerait, même si cela allait à l'encontre de ses convictions.

2

— Ramenez-moi immédiatement à l'église ! cria Crista à l'homme qui semblait être en train de la kidnapper.

L'esprit chamboulé, elle tentait de comprendre ce qui lui arrivait.

— Avant de vous ramener, j'ai des choses à vous dire, lâcha-t-il, le regard rivé sur la route.

— Qui êtes-vous ?

La panique l'envahissait peu à peu. Elle avait toujours cru qu'elle saurait quoi faire en pareille situation, mais la réalité était implacable. Elle ne savait pas quoi faire.

— Jackson Rush. Je suis détective privé.

— Vous enquêtez sur quoi ?

Pourquoi l'avait-il enlevée sur le parvis de l'église le jour de son mariage ?

Ils arrivaient à un feu rouge. Il devrait forcément s'arrêter. Elle repéra la poignée de la portière, prête à bondir hors du véhicule. Où irait-elle se réfugier ?

Elle balaya rapidement la rue du regard. Un restaurant grec fermé, une résidence certainement accessible avec un code, un drugstore.

Parfait ! Il serait ouvert et il y aurait forcément du monde, elle pourrait donc trouver de l'aide.

Elle se rendit compte qu'elle tenait encore son bouquet à la main. C'était absurde. Elle le laissa tomber sur le plancher de la voiture. Elle n'en avait pas besoin.

La mère de Vern serait dans tous ses états. A la réflexion,

elle fut choquée d'avoir eu une telle pensée. *A priori*, à l'heure qu'il était, Vern et tous les invités devaient être dans tous leurs états.

Quelqu'un avait-il vu cet homme la kidnapper ?

Elle jeta un bref regard oblique dans sa direction.

Il devait avoir environ la trentaine. Une carrure imposante, l'air déterminé, des traits séduisants… Elle ne pouvait nier qu'il était très bel homme, malgré les circonstances. Sa queue-de-pie laissait deviner qu'il avait le corps ferme et musclé.

Le véhicule ralentissait. Elle leva la main, prête à attraper la poignée. Mais il appuya soudain sur l'accélérateur, la projetant en arrière puis sur le côté alors qu'il effectuait un virage à quatre-vingt-dix degrés.

— Mais que faites-vous ? s'exclama-t-elle.

— Vous connaissez bien Vern Gerhard ?

— Quelle question idiote ! J'étais sur le point de l'épouser.

— Vous seriez étonnée d'apprendre qu'il vous trompe ?

— Je sais que Vern ne me trompe pas.

Vern était un homme charmant, attentionné et fidèle. Elle était persuadée de son amour. Ils allaient se marier. Sa famille était très à cheval sur les traditions, et jamais Vern n'oserait faire de la peine à sa mère. Non, Vern n'était pas du genre à tromper une femme. Point final.

— Je vois, se contenta de marmonner son ravisseur.

— Vous ne voyez rien du tout. Ramenez-moi !

— Impossible. Pas pour le moment.

— Il y a trois cents personnes qui m'attendent dans cette église !

Elle imaginait l'étonnement grandissant parmi les invités et la confusion extrême de Vern quand on lui annoncerait qu'elle était introuvable. N'ayant ni sa montre ni son téléphone portable, elle ignorait l'heure qu'il était.

Jamais elle n'aurait cru pouvoir être en retard à son propre mariage.

La circulation était assez fluide, et il semblait adapter sa conduite pour ne pas avoir à s'arrêter, au cas où elle tenterait de s'enfuir.

— Et si vous aviez la preuve qu'il vous trompe, vous annuleriez le mariage ?

— Je sais que Vern ne me trompe pas. Qu'est-ce que vous voulez au juste ? De l'argent ?

Il hésita avant de répondre.

— Vous méritez d'être sûre. Au sujet de Vern.

— Vous ne me connaissez même pas.

En prononçant ces paroles, elle eut un doute. Après tout, peut-être qu'ils se connaissaient.

— On s'est déjà rencontrés ?

— Non, jamais, confirma-t-il.

— Alors vous connaissez Vern ? Il s'est mal comporté envers vous ?

— Je n'ai jamais vu Vern de ma vie.

La panique l'envahit.

— Alors vous êtes fou ?

— Je commence à me dire que je suis un peu fou, en effet.

Il éclata de rire.

Cela lui redonna espoir. S'il était moins sur ses gardes, elle arriverait plus facilement à lui échapper.

— Vous allez me libérer ? J'aimerais tellement pouvoir assister à mon mariage et rassurer les gens qui m'attendent.

Cela faisait au moins quinze minutes qu'elle avait disparu du parvis. Si personne n'avait vu Jackson l'enlever, ils penseraient sûrement qu'elle s'était enfuie.

Elle pensa à Hadley, le cousin de Vern. Il se dirait peut-être qu'elle avait suivi son conseil.

— Il vous trompe, Crista. Pourquoi voudriez-vous épouser un homme qui vous trompe ?

— Tout d'abord, il ne me trompe pas. Et…

Une idée lui traversa soudain l'esprit.

— Attendez. Si je vous dis que ça m'est égal d'épouser un homme qui me trompe, vous me laisserez partir ?

— Si ça vous est vraiment égal et que vous voulez vraiment l'épouser, oui, je vous laisserai partir.

— Alors je vous assure que ça m'est égal.

— Vous mentez.

Bien sûr qu'elle mentait.

— Vous ne me connaissez pas. Vous ne savez rien de moi.

— Je sais que vous avez votre fierté.

— Je n'ai aucune fierté. Peut-être que ça me plaît de partager ou que je suis une adepte de la polygamie.

— Je n'en crois pas un mot.

— Laissez-moi partir !

— Je suis là parce que quelqu'un tient à vous.

— Je sais que quelqu'un tient à moi, répliqua-t-elle avec impatience. Il s'appelle Vern Gerhard. Vous savez à quel point il doit se morfondre en ce moment ?

— Gracie pourra peut-être le consoler.

Elle se figea, le sang glacé.

— Qui ça ?

— Gracie. Vous la connaissez ?

Elle connaissait Gracie Stolt. Ou, du moins, elle connaissait l'existence de Gracie Stolt. Elle avait entendu Vern prononcer ce nom au téléphone. Il avait prétendu que c'était lié au travail et n'avait pas eu l'air d'y accorder grande importance.

— Car Vern vous trompe avec Gracie.

Le véhicule quitta la route principale pour emprunter une allée ornée d'arbres de part et d'autre.

Soudain, des pensées lugubres l'envahirent. Ce Jackson Rush était un psychopathe qui découpait les mariées en petits morceaux.

— Vous allez me tuer ?

— Quoi ? C'est vous qui êtes folle ! Je vous ai dit que je ne vous ferai aucun mal.

— J'imagine que tous les psychopathes tiennent le même discours, répliqua-t-elle.

Elle le vit sourire légèrement.

— Nous avons une connaissance en commun. La personne qui m'a envoyé tient à vous, et ne veut que votre bien.

— Qui est-ce ?

— Je suis lié par le secret professionnel. Je ne révèle jamais l'identité de mes clients.

Elle oscillait entre la peur et l'incrédulité.

— Je suis vraiment désolé que vous ayez peur de moi, mais je vous assure que je ne vous veux aucun mal. Vous vous en rendrez compte bien assez tôt.

Après un tournant, une partie du lac apparut devant eux avec des embarcations amarrées ici et là sur la rive.

Il se gara dans un petit parking désert.

— Nous sommes arrivés à destination ?

— Presque, fit-il, indiquant de la tête une bitte d'amarrage près de laquelle flottait un grand cruiser blanc.

Crista paniqua de nouveau.

— Vous allez me jeter dans le lac ?

Il sortit un portable de la poche intérieure de sa veste.

— Je vais appeler mon équipe.

— Vous devriez plutôt demander une rançon. Mon fiancé est très riche. Ils vous paieront sans hésiter.

Du moins l'espérait-elle. Le père de Vern aurait sûrement quelques réticences à lâcher de l'argent, mais elle savait que Vern insisterait.

Jackson n'aimait pas jouer le rôle du bourreau auprès de Crista mais, pour l'instant, il n'avait pas le choix. Le temps que Mac et son équipe mènent l'enquête sur Vern, il voulait simplement pouvoir la surveiller tout en sachant qu'elle ne courait aucun danger. Il avait donc choisi un bateau sur le lac Michigan.

— Vous savez que vous serez arrêté et condamné ? répéta-t-elle pour la énième fois.

Elle était sur le pont, observant les demeures parsemant la côte dont les lumières apparaissaient petit à petit à mesure que le soleil se couchait. Sa robe de mariée blanche et extravagante au vu de la situation flottait dans le vent. De la dentelle et des broderies en perles ornaient la jupe en forme de cloche qui se resserrait au-dessus des hanches pour mettre en valeur sa taille de guêpe, tandis que le haut sans bretelles accentuait la beauté de ses épaules.

Elle avait raison. Il était fou.

Et il avait pris de gros risques. Pourquoi ?

Après tout, il ne devait rien à son père, rien au père de Crista, et celle-ci n'était qu'une étrangère pour lui. Franchement, il aurait dû passer la main.

— J'espère que vous ne me poursuivrez pas en justice, dit-il en s'approchant d'elle.

— Je ne vois vraiment pas ce qui pourrait m'en empêcher.

Même s'il savait qu'elle devait avoir peur, elle semblait néanmoins se maîtriser et il ne pouvait qu'admirer son courage.

— Vous pourriez m'être reconnaissante de vous avoir rendu service.

— Vous avez détruit mon mariage. Vous savez l'importance de cette cérémonie pour ma belle-mère ?

— Pour votre belle-mère ? Pas pour vous ?

Elle tressaillit.

— Pour moi aussi, bien entendu, mais j'aurais pu me marier à la mairie ou à Las Vegas, ça m'était égal. En revanche, ma belle-mère voulait impressionner ses proches en organisant un mariage à la hauteur du statut de la famille Gerhard.

— Cela ne me dit rien qui vaille.

— Vous ne pouvez pas comprendre.

— Et Vern ? Qu'en pensait-il ?

— Il était d'accord. Il est très proche de sa famille. Et il sait aussi que pour moi, ça n'a pas d'importance.

— Votre mariage fait partie des choses sans importance ?

Elle se contenta de hausser les épaules. Il eut envie de les caresser afin de tester la douceur de sa peau.

— Ce n'est pas ce que j'ai voulu dire. Mais pour moi, qu'il

y ait deux témoins dans une salle ou trois cents invités, c'est du pareil au même.

— J'ai rarement vu une mariée aussi détachée.

— Vous n'avez sûrement jamais vu une mariée avec une robe faite sur mesure à Paris.

Jackson éclata de rire.

— Là, j'avoue, je suis bluffé.

— Et je porte aussi des diamants anciens.

Elle pencha la tête pour lui montrer les boucles d'oreilles. Il eut envie de lui embrasser le cou.

C'était étonnant, étant donné les circonstances, mais il la trouvait irrésistiblement attirante. Ses traits fins, sa silhouette sensuelle, ses courbes féminines, ses lèvres pulpeuses…

— Et encore, vous n'avez pas vu mes sous-vêtements, ajouta-t-elle avant de rougir.

Leurs regards se croisèrent et elle dut constater que son intervention avait suscité un intense désir en lui.

Elle écarquilla ses grands yeux verts, visiblement surprise, puis recula un peu, comme apeurée par la situation.

— Vous voulez bien me ramener ? balbutia-t-elle.

— Je crois que les gens auront quitté l'église.

— Tout le monde doit s'inquiéter. Et ils ont sûrement alerté la police.

— La police n'interviendra pas moins de vingt-quatre heures après une disparition.

— Pourquoi vous faites ça ? insista-t-elle.

— J'ai été engagé pour enquêter sur l'intégrité de Vern Gerhard.

— Par qui ?

— Je vous l'ai déjà dit, je ne peux pas dévoiler cette information.

A la seconde où il lui dévoilerait l'identité de son client, elle perdrait toute confiance en lui et il ne pourrait même pas lui en vouloir. Il aurait eu la même réaction envers son père.

— Mais ça ne vous dérange pas de kidnapper des gens ?

— Pour être honnête, c'est une première.

— Je peux vous dire que ça va vous coûter cher, le menaça-t-elle d'un air grave.

La situation était en effet peut-être allée trop loin, mais il ne pouvait plus faire demi-tour. Il devait continuer sur sa lancée. S'il ramenait Crista maintenant, les Gerhard le feraient arrêter. Il devait espérer que son équipe trouverait des preuves de l'infidélité de Vern afin que Crista se retourne contre son fiancé et devienne son alliée.

Son téléphone sonna.

Il garda les yeux rivés sur elle alors qu'il prenait l'appel. C'était Mac, son bras droit et ami.

— Salut, Mac.

— Tout va bien ?

— Oui. Tu as trouvé quelque chose ? s'enquit-il en s'éloignant de Crista.

— Des rumeurs. Mais pas de preuves. Norway enquête sur Gracie.

— Il nous faudrait des photos. Quelqu'un s'occupe de la famille ?

— Ils ont contacté la police mais, comme prévu, aucune intervention n'aura lieu avant demain. D'autant que les mariées qui s'enfuient le jour de leur mariage, ce n'est pas si rare, paraît-il.

— Ça nous laisse donc un peu de temps.

Ce n'était pas idéal, mais c'était ce qui arrivait quand on agissait sans avoir préparé son plan.

— Et ensuite ? Sais-tu ce que tu feras ?

— Non, mais on a intérêt à avoir réglé ça d'ici demain matin, sous peine de gros ennuis.

Crista était furieuse qu'il ait empêché son mariage de luxe. Donc, s'ils ne trouvaient pas de preuves incriminantes contre Vern d'ici à demain matin, la carrière de Jackson, ainsi que sa liberté, seraient menacées.

Soudain, il entendit quelque chose tomber à l'eau. Il se retourna.

Le pont était vide. Crista avait sauté à l'eau.

— Et merde ! s'exclama-t-il. Mac, je te rappelle.

Il lâcha son téléphone, sans quitter Crista des yeux. Elle avait du mal à se maintenir à flot, gênée par le volume et le poids de sa robe.

Il la regarda se débattre, inquiet, puis lança deux gilets de sauvetage à la mer et plongea.

L'eau froide le saisit aussitôt. Il remonta à la surface, prenant une grande inspiration. Elle était à vingt mètres de lui. Il nagea aussi vite qu'il pouvait dans sa direction.

Quand il releva la tête, elle n'était plus à la surface. Il regarda dans toutes les directions, puis repéra une tache blanche. Aussitôt, il plongea dans l'eau trouble, bougeant à tâtons jusqu'à ce qu'il attrape son bras. L'agrippant fermement, il la souleva pendant qu'il remontait à la surface, le bras calé sous sa poitrine comme il l'avait appris dans sa formation de secourisme.

Elle toussa en recrachant de l'eau.

— Détendez-vous, ça va aller. Laissez-moi vous guider.

Elle toussa de nouveau.

Il attrapa l'un des gilets de sauvetage et le lui enfila. Le bateau n'était pas loin, mais l'eau était glaciale.

Il n'allait pas pouvoir nager très longtemps et elle avait les dents qui claquaient. Il réussit à attraper le second gilet qu'il passa autour du bras avec lequel il la portait.

A l'aide de ses jambes et de son bras libre, il progressa tant bien que mal.

— Crista, ça va ? Vous arrivez à respirer ?

Elle acquiesça contre sa poitrine.

— Laissez-vous aller, murmura-t-il alors qu'ils approchaient du bateau.

Il décida de viser la poupe, où se trouvaient une plate-forme de plongée et une petite échelle.

Ce fut un soulagement de pouvoir s'accrocher à quelque chose de ferme. Ses muscles avaient été mis à rude épreuve par l'eau froide, et ses membres commençaient à se tétaniser.

Sans plus de cérémonie, il la prit par les fesses et la poussa sur la plate-forme. Elle parvint maladroitement à se hisser, déchirant sa robe au passage. Il l'aida jusqu'à ce qu'elle soit assise sur la plate-forme.

Une fois sauf, il s'assit et respira profondément.

— Qu'est-ce qui vous a pris ?

— J'ai cru que je pourrais arriver à nager jusqu'à la plage.

— C'est à trois cents mètres, et votre robe pèse des tonnes dans l'eau.

Ses jambes tremblaient encore et ses genoux vacillaient lorsqu'il se leva. Il trouva néanmoins la force de l'aider à se relever. Les doigts engourdis, il parvint ensuite à ouvrir la barrière du pont.

— Vous auriez pu nous tuer tous les deux, observa-t-il maintenant qu'il avait recouvré ses esprits.

— Je vais mourir d'ici demain, de toute façon.

— Pourquoi dites-vous ça ? s'enquit-il, ahuri.

— J'ai entendu des bribes de votre conversation. Je sais que vous devez « régler ça d'ici demain matin ». Nous savons tous les deux ce que cela signifie.

— Je vous assure que je n'ai aucune intention de vous tuer.

— Alors je vais vous dire pourquoi vous ne pouvez pas me laisser en vie.

— Ah oui, et pourquoi ?

— Si je vis, je vous dénoncerai. Et vous irez en prison.

— Peut-être que vous changerez d'avis et que vous n'aurez pas envie de me dénoncer.

Pour le moment, elle réagissait aux circonstances. Sa méfiance et sa colère étaient normales. Cependant, s'ils trouvaient des preuves suffisantes, peut-être réussirait-il à lui faire entendre raison.

— Et j'aimerais vous prouver que je ne vous veux aucun mal, ajouta-t-il, tentant une nouvelle fois de l'amadouer.

La brise du soir était fraîche et ils grelottaient tous les deux. Il ouvrit la porte de la cabine et la laissa y pénétrer.

— Vous pouvez m'expliquer comment vous allez faire ?

— Je vais commencer par ne pas vous toucher, lâcha-t-il, pince-sans-rire.

— Je n'apprécie pas votre humour.

— Alors disons que je vais commencer par vous trouver des habits secs.

Elle le regarda, atterrée.

— Pas question d'enlever ma robe de mariée.

— Vous pouvez vous changer dans la salle de bains. Je garde toujours des T-shirts à bord. Il doit aussi y avoir des bas de survêtement. Ce sera trop grand pour vous, mais ce sera toujours mieux que rien.

— C'est votre bateau ?

— Bien sûr. Vous pensiez qu'il appartenait à qui ?

Elle s'arrêta entre le canapé et la kitchenette puis se retourna.

— Je pensais que vous l'aviez volé.

— Je ne suis pas un voleur.

— Mais vous êtes un kidnappeur.

— C'est vrai, et c'est le seul crime que j'aie jamais commis, répliqua-t-il en tentant d'enlever sa cravate trempée. Et si vous me laissez passer, je vais voir ce que je peux trouver comme vêtements.

Il eut beau se plaquer contre la paroi, leurs cuisses se frôlèrent. Elle se cambra davantage pour éviter tout contact, mais, ce faisant, elle exposa davantage ses seins car le tissu humide glissa légèrement.

Cette vision le prit au dépourvu, provoquant un profond émoi en lui.

Elle était trempée jusqu'aux os, les cheveux plaqués, son maquillage avait coulé, et pourtant, elle n'en restait pas moins la plus belle femme qu'il ait jamais vue.

— Jackson, murmura-t-elle.

Il leva les yeux pour croiser les siens, se faisant violence pour ne pas la prendre dans ses bras. Il aurait voulu glisser la main dans ses cheveux, faire tomber les gouttes d'eau sur ses joues et passer le pouce sur ses lèvres.

— Merci, ajouta-t-elle.

Les mots le prirent au dépourvu.

— De rien, répondit-il sans réfléchir.

L'espace d'un instant, on aurait dit qu'aucun des deux n'avait envie de détourner les yeux.

Il fut envahi d'un profond désir de l'embrasser. Il avait tout simplement très envie d'elle.

Finalement, ce fut elle qui rompit la magie en premier.

— Vous devriez…

Le contact avec ses cuisses avait laissé une empreinte indélébile sur son corps.

Elle entra dans la salle de bains et referma la petite porte à battants derrière elle.

Crista eut beau se contorsionner et se tourner dans tous les sens, elle n'arrivait pas à défaire les boutons dans le dos de sa robe. Dans un mouvement d'impatience, elle se cogna le coude contre l'armoire, laissant échapper un cri.

— Tout va bien ?

La voix rauque de Jackson lui parvint comme s'il était à ses côtés. La paroi n'était pas épaisse et il n'était pas loin derrière.

Sa hanche percuta le coin de la sous-vasque. Cette fois, elle étouffa son cri.

— C'est bon, tout va bien, maugréa-t-elle.

— Je vais me changer dehors, lui annonça-t-il.

Sans le vouloir, elle eut une image de Jackson ôtant sa chemise, dévoilant un torse aux abdominaux impeccables et aux épaules musclées.

En s'accrochant à lui dans l'eau et pour monter à bord du bateau, elle avait eu l'occasion de sentir ce qui se cachait sous sa chemise. Il lui était facile d'imaginer Jackson nu.

Agacée de ces pensées érotiques, elle chassa les images de son esprit afin de se reconcentrer sur les boutons de sa robe.

Elle dut finalement capituler. Elle n'y arriverait pas sans aide extérieure. Il lui restait donc deux solutions. Garder la robe mouillée sur elle ou bien demander de l'aide à Jackson. Aucune des deux solutions ne lui plaisait.

Elle se vit dans un petit miroir. Sa tenue était salie et déchirée. Elle se baissa légèrement pour constater l'étendue des dégâts sur sa coiffure. Une vision d'horreur ! Si elle ne défaisait pas ses tresses et ne se rinçait pas les cheveux, elle devrait sûrement se les raser au petit matin.

— Vous êtes présentable ? demanda-t-elle à travers la porte.

— Oui ! répondit-il.

Elle ouvrit la petite porte et reçut un choc. La cabine était légèrement éclairée autour de Jackson. Cheveux humides, torse nu et vêtu d'un vieux bas de survêtement, il était beau comme un dieu.

Et, comme elle l'avait imaginé, Jackson était en effet doté d'abdominaux impeccablement fermes.

— Qu'y a-t-il ? s'enquit-il, de toute évidence étonné de la voir encore vêtue de sa robe.

— Je n'arrive pas à enlever les boutons.

Il écarquilla les yeux, avant d'enfiler un T-shirt vert passé.

— Vous voulez de l'aide ? demanda-t-il, l'air taquin.

— J'aimerais bien.

Elle se tourna, se préparant à entrer en contact avec lui. Si elle était sortie, c'était qu'elle ne voulait pas attraper froid en gardant cette robe mouillée sur elle.

Dans la salle de bains, elle avait pris quelques instants pour se rassurer. Si Jackson avait vraiment voulu sa mort, il l'aurait laissée couler. Or, il était venu à son secours et lui avait sauvé la vie.

Elle entendit ses pas assourdis sur le plancher alors qu'il venait se poster derrière elle. Il prit une profonde inspiration, puis elle sentit le bout de ses doigts entrer en contact avec sa peau alors qu'il défaisait le premier bouton du haut, provoquant chez elle des sensations exquises.

Elle frissonna. Que lui arrivait-il ?

Elle n'était pas attirée par cet homme. Non, elle était en colère contre cet homme qui avait gâché son mariage. A la première occasion, elle s'éloignerait le plus possible pour ne plus jamais le revoir.

Pourtant, à chaque bouton, son émoi grandissait, attisant un désir qu'elle n'avait jamais ressenti auparavant. C'était sûrement un phénomène lié au syndrome de Stockholm, ou quelque chose dans ce genre. Si elle avait été plus attentive pendant ses cours de psychologie, elle aurait peut-être été en mesure de combattre le phénomène.

Sentant que la robe était prête à tomber, elle la retint en resserrant les bras pour la maintenir en place.

— Maintenant, je crois que vous pouvez l'enlever toute seule, murmura-t-il d'une voix basse et suave qui ne fit qu'augmenter le trouble de ses émotions.

— Merci, répliqua-t-elle, le regrettant aussitôt.

Elle se tourna vers lui, prête à ajouter qu'elle ne le remerciait pas, que le mot était sorti trop vite de sa bouche. Mais en croisant son regard, elle ne put aller plus loin.

Ils se dévisagèrent quelques instants.

— Ce n'est pas dans mes habitudes, lâcha-t-il.

Elle ignorait ce qu'il voulait dire. Ce n'était pas dans ses habitudes de kidnapper des femmes ou d'aider une mariée à enlever sa robe ?

Elle aurait dû le lui demander.

Non, mieux valait s'enfermer dans la salle de bains jusqu'à ce que ses émotions soient sous contrôle.

Il leva doucement la main. Ses doigts lui effleurèrent l'épaule. Puis il posa la paume dans le creux de son cou.

Son toucher était d'une tendresse extrême, en contradiction totale avec la force virile qui émanait de lui.

Impossible de se soustraire à son emprise. D'ailleurs, elle devait même se maîtriser pour ne pas s'approcher davantage.

Il inclina la tête. Elle savait ce qui arrivait. N'importe qui aurait été capable de savoir ce qui arrivait. Ses lèvres vinrent recouvrir les siennes, l'embrassant légèrement, testant la texture de sa bouche avant de la goûter.

Un désir intense s'empara d'elle.

Il s'avança, lui enlaça la taille puis posa une main chaude et possessive dans le bas de son dos, sur sa peau nue.

Tout en resserrant son étreinte, il approfondit son baiser. Elle ouvrit la bouche pour lui offrir sa langue, se laissant envelopper par de douces sensations.

Heureusement qu'elle n'avait pas épousé Vern aujourd'hui !

Cette pensée la rappela aussitôt à la réalité. Elle laissa échapper un petit cri puis s'arracha à cette étreinte.

— Que faites-vous ? lança-t-elle en reculant.

Sa robe glissa, mais elle ne fut pas assez rapide pour la retenir et, l'espace de quelques secondes, sa poitrine fut dénudée.

Les yeux de Jackson s'illuminèrent, ses narines se dilatèrent.

— Bas les pattes, protesta-t-elle, en remontant rapidement le vêtement pour se couvrir.

— Vous aussi vous m'avez embrassé.

— Vous m'avez prise au dépourvu. Je suis fiancée.

— Il paraît, admit-il. Et vous êtes vraiment sûre de vouloir vous marier ?

Que répondre ?

Sans lui, elle serait déjà mariée à Vern. Ils se trouveraient dans une majestueuse salle de réception en train de couper un gâteau gigantesque après avoir dansé sur la valse de Strauss qu'affectionnait Delores.

Sentant ses jambes se dérober sous elle, elle s'assit sur le banc de la salle à manger.

— L'idée de vous marier vous donne le vertige ?

— Je suis inquiète pour ma belle-mère. Je n'ose pas imaginer sa réaction. Qu'ont-ils fait en voyant que je ne venais pas ? Sont-ils tous rentrés chez eux ?

— Vous ne vous inquiétez pas pour Vern ?

— Arrêtez de me dire ce que je dois penser.

— Vous ne parlez jamais de lui, objecta-t-il.

— Bien sûr que si, je suis très inquiète au sujet de Vern. Il doit traverser une épreuve terrible.

Soudain, elle eut une idée.

— Je pourrais l'appeler, pour lui dire que je suis vivante.

— Désolé, je ne peux pas vous laisser utiliser mon téléphone. J'ai cinq hommes qui enquêtent sur cette affaire, ajouta Jackson en s'asseyant en face d'elle, de l'autre côté de la petite table.

— Cinq hommes qui enquêtent sur quelle affaire ? s'enquit-elle, intriguée.

— L'infidélité de Vern.

— Vern n'est pas infidèle.

Jackson laissa échapper un ricanement.

— Je vois. Et vous ne m'avez jamais embrassé, c'est ça ?

— J'aimerais que vous me disiez ce que vous voulez pour que je puisse enfin rentrer chez moi.

— J'aimerais que vous restiez ici avec moi, le temps que je vous apporte la preuve de la liaison extraconjugale de Vern avec Gracie.

— Gracie est une connaissance de travail, répliqua-t-elle, se rendant compte qu'elle venait de se contredire.

Jackson ne manqua pas de lui faire remarquer.

— Donc, vous la connaissez.

Elle n'avait pas envie de relancer le débat. Elle avait confiance en Vern.

— Que cherchez-vous, au juste ?

— A vous aider à décider si vous faites bien de l'épouser.

— Je veux l'épouser.

Elle vit qu'il regardait en direction de sa poitrine. En parlant, elle avait oublié de tenir correctement sa robe. A présent, elle offrait un sacré décolleté à son interlocuteur.

Elle s'empressa de remonter sa robe.

— Peut-être, murmura-t-il. Mais qu'est-ce qui vous presse, maintenant ? Le mariage d'aujourd'hui a été annulé, vous n'êtes plus à quelques heures près.

— Vous oubliez que mon fiancé, sa famille et nos amis sont en train de se faire un sang d'encre à mon sujet.

Jackson réfléchit quelques instants.

— Je peux m'organiser pour que quelqu'un l'appelle et le rassure sur votre sort. Que voulez-vous qu'on lui dise ?

— La vérité.

— Non, ça, ce n'est pas possible.

— Dites-lui que je vais bien. Dites-lui que j'ai eu un empêchement. Et que…

Elle se mordit la lèvre, plongée dans ses pensées.

— Alors ?

— Je ne sais pas ce qu'il faut dire. Si on lui cache la vérité, la situation va forcément lui sembler bancale.

— Je suis d'accord avec vous.

— Il pensera que je me suis défilée.

Non, Vern la connaissait bien. Il savait qu'elle voulait l'épouser.

Mais Jackson ne ferait jamais parvenir un message qui l'incriminerait. Et tout autre scénario la ferait passer pour une femme incertaine de vouloir épouser Vern.

Peut-être valait-il mieux ne rien dire.

— Combien de temps cela devrait-il vous prendre de prouver que Vern est un fiancé fidèle ?

Jackson haussa les épaules.

— En principe, ça devrait aller assez vite. J'ai une équipe très performante.

Elle se leva.

— Dans ce cas, inutile d'appeler Vern. Je vais me changer.

— Bonne idée.

— Mais ne pensez pas pour autant que je capitule.

— Non, je pense juste que vous voulez vous mettre au sec.

Elle lui tourna le dos, agrippant le bustier de sa robe abîmée comme s'il en allait de sa vie et tentant de garder un maximum de dignité malgré la situation.

Pendant qu'elle se dirigeait vers la salle de bains, elle sentit qu'il l'observait, se régalant sûrement de la vue de son dos nu. Il savait qu'elle ne portait pas de soutien-gorge, et il voyait sûrement la dentelle blanche qui ornait le haut de sa culotte.

Instantanément, elle fut envahie d'une vague de chaleur intense. Puis la colère prit le dessus.

C'était la première et dernière fois qu'il profiterait d'elle ainsi.

3

Jackson prit l'appel de Mac, impatient d'avoir des nouvelles.

— Alors, tu as trouvé quelque chose ?

— Norway a parlé à la fille.

— Elle a admis sa liaison avec Vern ?

— Elle prétend qu'il n'y a rien entre eux mais elle ment très mal. Norway a réussi à extraire des photos du téléphone de la fille.

Enfin une nouvelle encourageante.

— Et alors ?

— Pas de nudité, mais ils ont l'air d'être très complices sur les photos. Gerhard la prend par l'épaule et sur son visage, on comprend qu'il a réussi à l'attirer dans son lit. On est en train d'éplucher les réseaux sociaux.

— Parfait. Tiens-moi au courant.

— Et toi, comment ça se passe ?

Crista sortit de la salle de bains.

Ses cheveux étaient encore humides mais elle les avait soigneusement coiffés. Elle s'était lavé la figure et elle était vêtue du T-shirt de l'université de Chicago qui lui arrivait jusqu'aux genoux.

— A plus, répliqua Jackson avant de raccrocher sans répondre à sa question.

— Qui était-ce ? demanda Crista.

Elle s'assit à l'opposé de Jackson et tira sur le T-shirt pour qu'il couvre ses genoux.

— Mac, mon collaborateur.

Elle acquiesça en silence.

— Ils ont trouvé des photos de Vern et Gracie, ajouta-t-il.

— Vous mentez.

— Elles ne constituent pas des preuves, mais elles sous-entendent que lorsque Vern et Gracie se voient, ils ne se cantonnent pas à des relations professionnelles.

— Si vous n'avez que des suppositions à me proposer, alors laissez-moi partir.

— C'est tout ce qu'on a pour l'instant, mais l'enquête n'a commencé que depuis cinq heures, répliqua-t-il en regardant sa montre.

Elle laissa échapper un soupir exaspéré.

— Vous avez faim ?

Il était affamé et savait que les jeunes femmes avaient tendance à jeûner avant leur mariage. Crista devait donc avoir faim elle aussi.

— Non.

— Vous devriez vraiment arrêter de mentir.

Il se leva pour inspecter les placards de la kitchenette.

— Vous n'arriverez pas à me forcer à vous aimer, lâcha-t-elle derrière lui.

— Pourquoi ferais-je une chose pareille ?

Il voulait la convaincre de ne pas épouser Vern parce qu'il ne méritait pas d'épouser une femme comme elle.

— Pour me rendre plus docile et me manipuler plus facilement.

Il repéra un paquet de tortilla chips.

— Vous, docile ? Vous plaisantez ?

Elle ne protesta pas. Il continua à fouiller les placards et trouva un bocal de salsa.

Ce n'était pas grand-chose, mais cela leur éviterait de mourir de faim. Avec un peu de chance, ils dénicheraient quelques bières dans le mini-frigo.

Il se retourna et la vit qui se figeait, l'air coupable, son téléphone à lui collé à l'oreille.

Il jura, lâchant le paquet de tortilla, et se dirigea en deux enjambées vers elle.

Comment avait-il pu commettre une erreur aussi idiote ?

— Ici la police, quelle est la nature de votre appel ?

Il raccrocha aussitôt.

— Pourquoi avez-vous fait ça ?

— Pour obtenir de l'aide, répondit-elle en se recroquevillant sur le canapé.

Il appela Mac aussitôt.

— Jackson ?

— On doit partir, ce téléphone est compromis. Dock de Tuck, zéro huit cents.

— Entendu.

Il ouvrit une fenêtre et jeta le téléphone par-dessus bord.

— C'était vraiment idiot, lança-t-il à Crista.

— J'essayais de m'enfuir. Vous trouvez ça idiot ?

— Vous avez été imprudente. C'est moi qui ai été idiot.

Il la prit par le bras et l'obligea à se lever.

— Ecoutez-moi. Je ne vais pas vous faire de mal et je n'ai agi que dans votre intérêt, mais c'est vrai que vous n'avez aucune raison de me croire. Je pourrais très bien être un psychopathe, comme vous l'avez dit.

Il la guida jusqu'au pont, la tenant fermement par le bras tandis qu'il lançait le moteur et relevait l'ancre.

— Je me devais d'essayer, marmonna-t-elle.

— Je n'aurais pas dû vous donner l'occasion d'essayer.

Cela dénotait un manque de professionnalisme flagrant.

Il avait été distrait. Par leur baiser ? Par le T-shirt qu'elle portait et sous lequel elle était quasiment nue ?

Il y réfléchirait plus tard.

Pour le moment, il ne pouvait pas prendre le risque qu'une opératrice zélée cherche à retrouver la trace de l'appel.

Dès que l'ancre fut levée, ils partirent à vive allure.

Il décida de longer la côte par le nord. Son ami Tuck Tucker possédait une maison au bord du lac, dans le nord de la ville. Tuck ne verrait sans doute aucun inconvénient à ce qu'il amarre son bateau devant chez lui, quand bien même il ne serait sûrement pas d'accord avec la partie kidnapping de sa mission. Cela étant, Jackson n'avait pas l'intention de lui en parler. Et si Mac et les autres ne trouvaient rien de concluant d'ici le lendemain matin, la réaction de Tuck serait le cadet de ses soucis.

— Où va-t-on ? demanda Crista.

Il ricana.

— Bien essayé.

— On n'a plus de téléphone donc je ne vois pas comment je pourrais faire appel à des secours, répliqua-t-elle en posant le regard sur la radio.

— Je vais enlever les piles, comme ça, je n'aurai plus à m'en soucier.

Elle poussa un soupir d'exaspération.

— Je crois que vous n'êtes pas faite pour les activités frauduleuses et criminelles.

Il changea d'écran sur le GPS pour s'orienter vers la rive.

— J'espère qu'un jour vous me remercierez, ajouta-t-il, absorbé par l'outil de navigation.

— Vous espérez ? En tout cas, vous avez l'air moins sûr que tout à l'heure.

— Les enjeux ne cessent d'augmenter. A présent, on se dirige vers la frontière de l'Etat.

Elle tourna les yeux vers lui.

— Vous m'emmenez dans le Wisconsin ?

— Pourquoi pas ?

— C'est loin de Chicago. Pourquoi vous m'emmenez là-bas ?

Il ne répondit pas. Ils n'allaient pas vraiment jusque dans le Wisconsin. Mais il souhaitait la rassurer.

— Vous savez, à l'origine, je n'avais pas l'intention de vous enlever. Je voulais juste voir à quoi ressemblait Vern Gerhard.

— Mais enfin, pourquoi enquêtez-vous sur nous ?

— On m'a confié cette mission.

— Qui est votre client ?

— Peu importe. Ce qui importe, c'est que votre fiancé vous trompe. Vous ne pouvez pas épouser un homme pareil.

Il n'était pas prêt à lui en expliquer plus. S'il lui parlait de son père, elle se braquerait automatiquement. Et pour l'instant, il n'avait pas la moindre preuve sur les accusations de Trent concernant la mine de diamants.

Vu qu'elle refusait de croire aux infidélités de Vern, jamais elle n'accorderait foi à ses déclarations comme quoi il se mariait avec elle pour sa fortune. Qui plus était, une fortune dont elle n'avait même pas connaissance.

— Je vous dis que Vern n'est pas comme ça. Je ne vois même pas qui vous a mis cette idée en tête.

Elle avait cessé de lui résister, ce qui était une bonne chose. Mais sa peur semblait avoir laissé place à de la colère.

— J'ai surpris une conversation entre des invités du mariage, répondit-il.

La nuit était claire et calme, heureusement. Il voulait mettre au plus vite de la distance entre leur bateau et la position d'où Crista avait passé l'appel.

— Des invités ?

— Je dirais que c'étaient les invités de Vern. Ils semblaient très bien le connaître, et ils avaient tous leur mot à dire sur sa relation avec Gracie, de manière plus ou moins taquine. J'ai compris que je ne pouvais pas vous laisser épouser cet homme. J'espère qu'un jour vous me comprendrez.

Elle resta silencieuse quelques instants.

— Ce serait donc davantage un acte altruiste qu'un acte criminel ?

— En effet. Le plus simple pour moi aurait été de tourner les talons et de vous laisser à votre vie.

— Vous pouvez encore le faire, vous pouvez me déposer sur la rive et repartir de votre côté.

Il posa les yeux sur elle puis l'inspecta de haut en bas.

— Je ne pourrais jamais laisser une jeune femme livrée à elle-même dans cette tenue. Vous êtes à peine vêtue.

— Je peux renfiler ma robe de mariée. Ce ne sera pas très

agréable, mais ce sera toujours préférable à rester ici. Dans tous les cas, ajouta-t-elle, vous irez en prison.

— J'ai encore quelques heures devant moi, ironisa-t-il.

Il commençait cependant à se demander si son équipe trouverait des preuves à temps.

— Il nous faudra combien d'heures pour aller dans le lieu secret où vous m'emmenez ?

— Pourquoi ?

— J'ai faim.

— Ah, maintenant vous avez faim ! Eh bien vous allez devoir attendre. Si je vous quitte des yeux, vous pourriez avoir envie de saboter le moteur, de me blesser à coups de harpon ou quelque chose dans ce genre.

— Il y a des harpons à bord ?

— Pitié, murmura-t-il.

Elle se pencha vers lui.

— Vous êtes agacé ? Frustré ?

D'un côté il était agacé par le fait qu'elle ne veuille pas le croire sur parole, car cela lui aurait facilité la tâche et il n'aurait pas eu à la surveiller ou à réparer ses erreurs.

De l'autre, il était profondément frustré. Physiquement. Sa présence faisait naître en lui une vive excitation. Elle était belle, fougueuse, complexe, intelligente, et il devait combattre l'attirance sexuelle qu'elle lui inspirait.

Il n'aimait pas être obligé de fuir avec Crista, tout en espérant ne pas finir en prison le lendemain. Non. Il aurait aimé être avec elle en couple pour la soirée, à dîner aux chandelles et à réfléchir à la meilleure façon de l'attirer dans son lit.

— La solution est simple, dit-elle, le tirant de ses rêveries.

— Je dois vous laisser partir ?

— Bravo. Bonne réponse.

— Je ne vous lâcherai pas avant qu'on ait vu Mac demain matin.

— Et ensuite vous me laisserez partir ?

Il était dos au mur mais il n'avait pas le choix. Il ne lui restait plus qu'à prier pour que Mac lui sauve la peau.

— Oui, répondit-il.

Crista lui offrit un large sourire, juste au moment où un roulis plus fort que les autres la projeta contre lui. Ses courbes le firent frémir et son doux parfum l'enivra.

En cet instant, il se dit que même s'il allait en prison, le jeu en valait la chandelle.

Quand Crista se réveilla, elle était désorientée. Il lui fallut quelques instants pour comprendre que le corps chaud allongé à côté du sien n'était pas celui de Vern.

Elle était au lit avec un homme plus grand, plus ferme, doté d'une respiration plus profonde et d'une odeur plus virile.

Et le lit bougeait.

Soudain, tout lui revint à l'esprit.

Bien après minuit, elle avait décidé d'aller se coucher dans le lit situé à la proue du bateau.

Il était encore debout et elle s'était recroquevillée d'un côté du lit pour le cas où il déciderait de venir la rejoindre. Ce qu'il avait dû faire quand elle était profondément endormie. Et pendant la nuit, elle avait dû rouler vers le milieu.

A présent, elle était blottie dans le creux de son bras, une main posée sur son torse. Son T-shirt lui était remonté jusqu'à la taille. Heureusement qu'elle portait sa petite culotte en dentelle blanche et qu'il avait gardé son caleçon.

Elle devait bouger.

Et avant qu'il se réveille et la surprenne dans une telle position. A la réflexion, elle aurait dû s'extraire de cette position dès l'instant où elle l'avait compris.

C'était mal de ne pas avoir bougé.

Mais ce qui était encore plus inquiétant, c'était que cela ne lui déplaisait pas. Elle était fiancée, sur le point de se marier. Elle n'aurait jamais dû se retrouver dans une situation intime avec un autre homme, même si cet homme avait un corps de rêve, un visage séduisant, et qu'il avait une manière très sensuelle de la retenir par la taille.

Jackson bougea légèrement.

— Tiens, tiens, bonjour vous, murmura-t-il à son oreille, encore à moitié endormi.

Visiblement, il la confondait avec quelqu'un d'autre. Il lui déposa un léger baiser sur les cheveux.

— Je…

Il l'interrompit en l'embrassant sur la bouche et en l'enlaçant pour la serrer davantage contre lui.

Avant qu'elle puisse envisager de se soustraire à son étreinte ou de se débattre, il approfondit son baiser. Le cerveau de Crista fut alors envahi par une vague de désir qui bloqua le monde alentour.

Il embrassait tellement bien !

Sa main glissa pour la prendre par les fesses. Tout en l'attirant à lui, sa cuisse vint s'immiscer entre ses jambes. L'excitation se répandit en elle à la vitesse de l'éclair.

Il était temps de mettre un terme à ces ébats illicites.

Il était temps de faire taire ces sensations nouvelles qui venaient chambouler son équilibre.

Haletante, elle parvint à retrouver la parole.

— Jackson, je ne suis pas votre petite amie. Réveillez-vous. C'est moi. Crista.

Il recula légèrement pour la regarder droit dans les yeux, le regard ténébreux.

— Je sais qui vous êtes, ne vous inquiétez pas.

— Mais…

— Et ne faites pas l'innocente. Vous savez que je ne suis pas Vern Gerhard.

Elle eut envie de nier. Elle eut envie de mentir et de répliquer qu'elle l'avait pris pour son fiancé. Mais elle n'eut pas le courage de mentir.

Comment mentir alors qu'ils étaient collés l'un à l'autre, qu'il avait le regard plongé dans le sien et que leurs cœurs battaient à l'unisson ?

— Je suis déboussolée, répondit-elle, pour sauver la face. Je ne savais plus où j'étais. Je ne savais plus qui vous étiez.

Il secoua la tête.

— Crista, ce n'est pas grave si vous me mentez. Mais j'espère que vous ne vous mentez pas à vous-même.

— Je suis entièrement honnête envers moi-même.

— Vous prétendez aimer Vern Gerhard, et pourtant, vous vous retrouvez au lit avec un inconnu.

— Je ne suis pas au lit avec vous !

En prononçant ces mots, elle se rendit compte à quel point sa défense était faible et ridicule.

— Enfin, je veux dire que… Nous n'avons pas… Nous ne sommes pas…

— Nous ne sommes pas dans les bras l'un de l'autre et dans le même lit ?

Gênée, elle eut un léger mouvement de recul.

— Crista…

Elle préféra garder le silence. Mais il avait raison. Elle se voilait la face. Ils n'étaient pas nus et ils ne formaient pas un couple, mais ils avaient néanmoins dormi dans le même lit. A travers son T-shirt, elle avait senti toutes les nuances de son corps ferme contre le sien, de même qu'il avait dû sentir ses courbes collées à lui.

Elle rougit, sentant l'excitation monter en elle. Pourtant, elle n'aurait pas dû éprouver de telles sensations avec un autre homme. Ce n'était pas normal.

— Je ne peux pas, murmura-t-elle.

D'une main, il lui prit le genou, soulevant sa jambe pour la reposer sur le matelas. Mais il laissa traîner sa main sur sa cuisse, attisant l'excitation qu'elle tentait d'étouffer.

Elle ferma les yeux, cherchant son self-control.

C'était tellement déroutant d'avoir à ce point envie de cet étranger ! D'autant qu'elle ne se rappelait pas avoir eu autant envie d'un homme.

— Ne vous inquiétez pas, murmura-t-il, se contentant de la reprendre dans ses bras.

Elle ne protesta pas.

Au contraire, elle était ravie de s'y retrouver. C'était bon, elle se sentait en sécurité.

La journée de la veille avait été placée sous le signe du cauchemar, de la peur, de la déception et de la confusion. Et tout cela avait été la faute de Jackson.

Bizarrement, ce matin, cela n'avait plus aucune importance. Il était rassurant à ses yeux et rien d'autre ne comptait.

— Mac va bientôt arriver, annonça Jackson, interrompant ses pensées.

— Il nous rejoint à la nage ?

— Non, j'ai amarré le bateau cette nuit pendant que vous dormiez.

— Donc j'aurais pu m'enfuir cette nuit ?

— En théorie, oui. Mais en pratique, vous auriez dû sortir du lit sans me réveiller, ce qui aurait relevé de l'exploit.

Il roula hors du lit et se leva.

— Jackson ? lança une voix d'homme à l'extérieur de la cabine.

Elle fit un bond dans le lit, tirant le T-shirt pour se couvrir.

— On arrive, Mac ! cria Jackson.

Puis il se tourna vers elle.

— Ne soyez pas trop dure envers vous-même. Je sais qu'être kidnappée le jour de son mariage, ce n'est pas courant. Mais croyez-moi, si je suis intervenu, c'est pour votre bien. Et il ne faut jamais oublier que la réalité peut nous jouer des tours.

Il avait raison, une fois de plus.

Dans la réalité d'hier, elle pensait être amoureuse de Vern alors que ce matin, elle venait d'embrasser un autre homme à en perdre haleine.

Peut-être que la peur et le stress avaient déstabilisé son système hormonal ?

— Vous allez vraiment me laisser partir ? demanda-t-elle de but en blanc.

En posant la question, elle réfléchit à la situation. Si Jackson acceptait de la libérer, elle pourrait appeler Vern pour qu'il vienne la chercher. N'ayant pas son sac, elle ne disposait ni de son argent, ni de sa carte de crédit ni de son téléphone. Et avant son arrivée, elle devrait renfiler sa robe de mariée en lambeaux.

— Oui, je vais vous laisser partir. Mais une fois que vous aurez regardé ce que Mac a à nous montrer.

— D'accord, consentit-elle, tentant de rassembler le peu de fierté qui lui restait.

Elle suivit Jackson puis sortit de l'espace couchette pour atterrir dans la cabine principale.

Elle se retrouva face à Mac, un homme baraqué aux sourcils broussailleux et à la coupe de cheveux militaire. Par contraste, Jackson semblait presque raffiné, à côté de lui.

Et à côté de Vern, ces deux hommes passeraient pour des Martiens.

— Mac, je te présente Crista Corday.

— Bonjour, mademoiselle Corday, dit Mac.

Sa voix était aussi brute que son apparence.

— Inutile de m'appeler « mademoiselle Corday » puisque vous avez participé au kidnapping.

— Mac n'a rien à voir là-dedans, dit Jackson.

— Maintenant, si, annonça Crista.

— J'ai les photos, dit Mac.

Il tendit le téléphone pour qu'elle puisse voir l'écran.

La première photo avait été prise dans une rue très animée. C'était Vern, aucun doute là-dessus. Il était au côté d'une femme, sûrement Gracie. Ils semblaient sortir d'un restaurant. La jeune femme était grande, élancée, avec une chevelure blonde resplendissante.

Elle avait les lèvres pulpeuses, la poitrine arrondie à souhait, et sa taille de guêpe était mise en valeur par un petit haut blanc.

Sur la photo suivante, la jeune femme portait un pantalon en cuir bleu et des bottines noires à talons aiguilles.

— Ils ne font que marcher dans la rue, objecta-t-elle, tout en sachant que les apparences étaient trompeuses.

Une chose était sûre, cette femme était aux antipodes de ce qu'elle-même était.

— Vous n'avez encore rien vu, répliqua Mac.

Il passa à une autre photo.

Sur celle-ci, ils se tenaient par la main. Puis sur une autre, ils s'embrassaient. C'était assez persuasif, mais s'étant déjà servie de Photoshop, elle savait qu'on pouvait accomplir des miracles.

Au-delà de la manipulation de photos, il y avait une autre question à soulever.

— Si ces photos n'ont pas été retouchées, pourquoi Vern m'épouserait-il ?

Gracie était belle à couper le souffle, un véritable top model devant lequel tous les hommes devaient tomber à la renverse.

— Comment ça ? lui demanda Jackson, visiblement surpris par la question.

Crista lui désigna la photo.

— S'ils sont vraiment amoureux, pourquoi m'épouse-t-il ? C'est une bombe, et il a l'air d'être attiré par elle.

Sur chaque photo, ils souriaient et avaient l'air de passer du bon temps.

Mac et Jackson l'observaient, perplexes.

— Alors ? lâcha-t-elle, le regard oscillant de l'un à l'autre.

— On ne sait pas.

— Moi, je sais. Parce qu'il n'y a rien entre Gracie et lui.

Elle avait parlé doucement pour qu'il la comprenne bien.

— Regardez celle-là, lui souffla Mac.

Ils étaient enlacés devant un hôtel.

— Avril de cette année. Il y a la date.

Il fallait avouer que c'était impressionnant de réalisme. Mais ces photos avaient été retravaillées.

Elle était sur le point de fournir un argument supplémentaire pour défendre Vern quand elle se rendit compte qu'elle avait enfin la clé pour rentrer chez elle.

Si Jackson pensait qu'il avait gagné, il la laisserait partir.

Elle s'accorda un instant pour souffler et produire une performance irréprochable. Après avoir pris le téléphone des mains de Mac, elle regarda longuement la photo, feignant une réaction émotionnelle à la hauteur de cette découverte.

S'agrippant au dossier du banc, elle s'assit.

— C'est terrible, murmura-t-elle.

— J'ai aussi des échanges par mails, ajouta Mac.

Elle secoua la tête, toujours dans son rôle. Les mails étaient encore plus faciles à manipuler que des photos.

Elle déglutit bruyamment, comme si elle était sur le point de pleurer, puis posa le téléphone.

— Vous aviez raison, balbutia-t-elle, tentant de maîtriser sa voix.

— J'aimerais dire que je suis désolé, mais…

— Mais ce serait un mensonge.

Jackson lui posa une main réconfortante sur l'épaule.

— Il ne vous mérite pas, Crista.

— Je n'aurais jamais cru ça. Il m'a trompée. Il me trompe depuis le début. Quelle idiote !

Pour appuyer son manège, elle retira sa bague de fiançailles et la serra dans sa paume, en signe de dépit.

— Ne dites pas ça. Ce n'est pas votre faute.

Elle ne répondit pas.

Si elle avait enfin réussi à convaincre Jackson qu'elle croyait à son histoire, mieux valait se taire. Il était temps de quitter ce bateau et d'aller retrouver Vern. Il devait être fou d'inquiétude. Elle commencerait par le rassurer, puis elle lui raconterait son aventure rocambolesque. Jackson et Mac n'auraient que ce qu'ils méritaient.

— Je peux rentrer, maintenant ?

Elle sentit leur hésitation mais elle n'osait pas les regarder dans les yeux, de peur de se trahir.

Avait-elle été trop facile à convaincre ? Aurait-elle dû pleurer ? Avait-elle bien dosé ses émotions ?

Ce fut Jackson qui lui répondit.

— Entendu, je vais vous ramener.

4

Crista avait demandé à être ramenée directement à la propriété des Gerhard. Jackson n'y voyait aucun inconvénient. Il avait même hâte de voir la réaction de Vern quand Crista lui dirait que c'était fini entre eux.

Une fois qu'elle aurait rompu avec lui, il annoncerait la réussite de sa mission à Colin et Trent et retournerait à sa vie.

Du moins espérait-il pouvoir retourner à sa vie d'avant. Mais il n'était pas sûr de réussir à oublier sa rencontre avec Crista. D'ailleurs, à la réflexion, il n'avait aucune envie de l'oublier. Pour le moment, cela lui semblait même relever de l'impossible.

D'une part, il était profondément attiré par cette femme. D'autre part, il était aussi curieux. Il avait envie de mieux la connaître, de percer ses secrets. Elle n'avait pas dû avoir une enfance facile. Son père était un criminel, comme le sien. Et pourtant, elle avait monté son entreprise, elle côtoyait l'élite de Chicago et avait été sur le point d'épouser un riche héritier.

D'après ce qu'il avait pu voir de sa personnalité, elle était forte, volontaire et téméraire. Pour preuve, elle avait sauté dans la baie, décidée à rejoindre la rive à la nage, vêtue de sa robe de mariée, pour échapper à un homme qu'elle ne connaissait ni d'Eve ni d'Adam.

— C'est la deuxième à droite, lui indiqua-t-elle.

Elle avait remis sa robe de mariée humide, qui n'avait plus de robe de mariée que le nom.

Il adorait cette image inhabituelle. Une jeune femme dans

une robe de mariée en lambeaux qui s'apprêtait à rompre ses fiançailles.

De son côté, Crista ne devait guère se soucier de cet aspect des choses. Elle devait avoir envie d'en finir au plus vite.

Il passa deux piliers surmontés de lions avant de suivre une allée bordée de chênes.

Au bout d'une courbe d'environ trois cents mètres, la demeure apparut devant eux. Une bâtisse en pierre à trois étages trônant au milieu d'une pelouse impeccablement tondue, parsemée de plates-bandes fleuries. L'allée faisait le tour complet d'une fontaine dont le bassin en ciment était alimenté par des chérubins qui crachaient de l'eau.

Alors qu'il s'arrêtait devant les grandes marches du perron, Crista prit la parole sur un ton neutre.

— Maintenant, je peux vous le dire, je n'ai pas marché dans votre combine. Je ne suis pas tombée dans le panneau.

Il tenta de comprendre ce qu'elle essayait de lui dire.

— Je ne comprends pas, dit-il enfin, s'avouant vaincu.

— Je sais que les photos de Vern étaient fausses, et j'imagine que les mails étaient tout aussi faux.

Il comprenait maintenant où elle voulait en venir.

— Je vais vous dénoncer, ajouta-t-elle avant de repasser sa bague de fiançailles.

— Mais…

Il tenta de la rattraper quand elle ouvrit sa portière, mais la ceinture le bloqua dans son élan.

— Crista, ne faites pas ça !

Il se libéra aussi vite que possible, se projetant hors du véhicule. Elle allait vite, malgré ses talons aiguilles et sa robe longue, mais il la rattrapa en quelques enjambées.

— Les photos n'ont pas été trafiquées ! protesta-t-il, furieux d'avoir été une fois de plus pris au dépourvu par cette femme qui lui donnait décidément du fil à retordre.

Elle lui avait tourné la tête et il avait perdu son objectif de vue, oubliant de se concentrer sur le moment présent et anticipant le moment où Crista serait de nouveau une femme libre. Libre pour lui.

Il avait hésité, réfléchissant à la meilleure façon de procéder. Afin de ne pas se conduire comme un malotru, il avait choisi de se montrer présent, à l'écoute, attentionné. Avant de passer à l'étape suivante, il attendrait qu'elle se soit remise de ses émotions. Le moment venu, il l'inviterait à dîner.

Pendant tout ce temps, il n'avait pas vu qu'elle mentait.

En haut des marches, elle se tourna vers lui.

— Vous pensez que je ne connais pas mon fiancé ?

— Crista…

— Laissez-moi.

— Crista ?

Cette fois, la voix masculine venait de l'entrée de la demeure.

— Ah, Vern ! souffla-t-elle, visiblement soulagée.

Elle s'avança vers lui, bras ouverts, s'attendant à ce qu'il la serre contre lui après une séparation angoissante et inexpliquée.

Mais l'intéressé ne lui ouvrit pas ses bras. Au lieu de cela, il la toisa d'un air sévère et contrarié.

— Où étais-tu passée, bon sang ?

— Je vais tout te…

— Et qui est ce type ?

Crista s'arrêta dans sa course, abasourdie. Jackson sentit qu'il était temps pour lui de déguerpir. Plus il restait, plus il risquait de finir en prison.

— Et tu as vu dans quel état est ta robe ?

Jackson fut blessé pour Crista. Vern se préoccupait de la robe, mais il ne lui demandait pas ce qui lui était arrivé.

Crista recula, visiblement choquée par la réaction inattendue de son fiancé.

— Je…

— Tu es consciente du calvaire que tu as fait vivre à maman ?

Jackson attendit que Crista rétorque qu'elle aussi avait traversé un calvaire. Il était décidément temps pour lui de partir. Si, pour sa défense, elle décidait de tout raconter à Vern, il était cuit.

— Maman est inconsolable. Elle ne s'en remet pas. Elle s'est écroulée dans l'église. Depuis hier, elle n'a parlé à personne. On a dû faire venir le médecin.

— Ce n'est pas ma…

— Trois cents personnes ! Le maire était là. Tu te rends compte ?

— Mais…

— Et tu ne m'as toujours pas dit qui était ce type, aboya-t-il en lançant un regard noir vers Jackson.

Au lieu de reculer, Jackson s'avança, son sens de la justice reprenant le dessus et l'emportant sur son instinct de survie.

— Vous ne voulez pas savoir ce qui s'est passé ?

— Je n'ai pas besoin d'être un génie pour savoir ce qui s'est passé. Elle a eu peur. C'est tout.

— C'est tout ? ironisa Jackson.

Vern se tourna vers Crista.

— Chérie, on a tous des moments de panique. Mais en général, on essaie de ne pas paniquer deux minutes avant l'autel. Et si on a des doutes, on essaie de ne pas tout gâcher le jour J. On peut en parler la veille ou alors le lendemain, et on peut toujours décider de divorcer.

— Divorcer ! s'exclama Crista, ahurie.

Jackson la prit par le bras, craignant qu'elle ne défaille.

— Tu as déjà envisagé de divorcer ? s'enquit-elle.

— Disons qu'on aurait pu éviter cette situation désagréable.

— Vous ne savez toujours pas ce qui s'est passé, intervint Jackson.

— Crista a paniqué, c'est tout, répéta Vern.

— Crista n'a pas paniqué un seul instant. C'est moi qui ai empêché le mariage.

— Arrêtez, murmura-t-elle.

Il la regarda. Son expression indiquait qu'elle avait changé d'avis et qu'elle n'avait plus envie de le voir passer aux aveux.

— Qui êtes-vous, au juste ? lui demanda Vern sur un ton venimeux.

Acculé, il improvisa.

— Un ancien petit ami. Je suis venu sur le parvis pour lui parler. Je l'ai suppliée de me donner une seconde chance.

Vern se raidit, mâchoire serrée. Il avait l'air en colère, mais Jackson ne sentait aucune jalousie émaner de lui.

— Tu t'es enfuie avec un autre homme ?

— Disons que j'ai fortement insisté. Je voulais qu'on ait le temps de parler, reprit Jackson sans laisser à Crista le temps de répondre.

Si les rôles avaient été inversés et si Crista avait été sa fiancée, il n'aurait pas laissé à l'autre homme une chance de repartir sans une bonne correction. Ce qui n'aurait pas forcément été la bonne solution.

Dans un premier temps, Vern ne broncha pas.

Puis il se tourna vers Crista, faisant un pas dans sa direction.

Jackson s'interposa aussitôt.

— Vern, si vous la touchez, vous allez le regretter.

— Crista, rentre à la maison, ordonna Vern sur un ton implacable.

— Crista, monte dans la voiture, lui suggéra Jackson.

— Tu dois aller t'expliquer auprès de mes parents.

— Vous ne lui avez même pas laissé le temps de vous expliquer la situation.

— Vous, dégagez ! lui cria Vern.

Jackson resta en position. Pas question d'abandonner Crista aux mains de cet individu abject.

— Ce ne sont pas vos affaires, mêlez-vous de ce qui vous regarde, continua Vern.

— Justement, j'ai décidé de me mêler de cette affaire.

Vern s'avança d'un pas. Jackson écarta légèrement les jambes, prêt à intervenir si nécessaire.

— Ne lui fais pas de mal, souffla Crista.

— Entendu, promit Jackson.

— Elle me parlait, ricana Vern.

— Je ne crois pas.

— Crista, rentre tout de suite ! hurla Vern.

Jackson se rapprocha dangereusement de lui.

— Crista, monte dans la voiture. Je crois qu'elle n'a plus rien à vous dire, ajouta-t-il à l'intention de Vern.

Il écouta les pas de Crista qui redescendait les marches puis avançait sur le gravier. Enfin, il entendit claquer la portière côté passager.

— Ne vous avisez pas de me toucher, conseilla-t-il à Vern avant de tourner les talons.

Ce dernier n'avait pas l'air prêt à tenter le coup, mais Jackson vérifia néanmoins derrière lui.

Il s'installa au volant, content d'arracher Crista à cette famille de fous.

— Je voudrais rentrer chez moi.

— Pas de problème.

Ils quittèrent la propriété en silence. Au bout de quelques minutes, elle prit la parole.

— Vous savez où vous allez ?

— Je sais où vous habitez, répondit-il après un énième coup d'œil dans son rétroviseur.

Un réflexe professionnel.

Après un tournant à gauche, une berline bleue et une voiture de sport argentée continuaient à les suivre.

— Vous savez aussi que vous avez détruit ma vie ? dit-elle.

Il lui jeta un bref coup d'œil.

— Je dirais plutôt que je vous ai sauvé la mise. Vous regrettez vraiment de ne pas avoir épousé ce goujat ?

— Non.

Elle se tut quelques instants.

— Je ne comprends pas pourquoi il a réagi comme ça, ajouta-t-elle.

— Il faut croire que vous ne le connaissiez pas sous son vrai jour.

— Je ne l'ai jamais vu en colère ou irrité. Il était toujours si posé, si patient, si complice ! On ne se disputait jamais.

— Ça, c'est mauvais signe. Il est toujours plus sain de se disputer un peu, comme ça, on apprend au moins à découvrir les réactions de l'autre.

— Je pense que Vern est surtout inquiet d'avoir déçu sa famille.

— Vous essayez de le défendre ?

— Je sais qu'il ne m'a pas trompée.

— Il vous a trompée. Mais peu importe. Le problème c'est qu'il n'avait même pas confiance en vous. Et pendant votre disparition, il s'inquiétait moins pour vous que pour la déception causée à papa et maman.

Crista ne répondit rien.

Il regarda de nouveau dans son rétroviseur.

— Nous sommes suivis.

— Comment ça ?

— Il y a une voiture qui nous suit depuis tout à l'heure. Quel est le modèle de la voiture de Vern ? Vous voyez trois voitures derrière nous ? Une Lexus bleue.

Elle se retourna.

— La famille Gerhard a beaucoup de voitures, répondit-elle. Je crois qu'ils en ont une comme ça.

— Que voulez-vous que je fasse ?

— Je ne sais pas. Mais je n'ai pas envie de lui parler.

— Entendu, marmonna-t-il, inquiet.

Trent avait essayé de lui faire comprendre que les Gerhard s'intéressaient principalement à la mine de diamants. Et Vern ne s'était pas comporté comme un fiancé amoureux inquiet de la disparition de sa future épouse. Il s'était comporté comme quelqu'un en passe de perdre quelque chose. De l'argent, peut-être. Et à présent, au lieu de lui laisser le temps de reprendre ses esprits, il la faisait suivre. Ce n'était pas la marque d'un homme amoureux mais plutôt celle d'un prédateur prêt à tout pour arriver à ses fins.

— Vous voulez qu'on sème la voiture ?

— Si c'est possible, je suis tout à fait partante.

— Alors c'est parti.

Comme ils arrivaient à un carrefour, Jackson se décala brusquement de deux files sur la gauche pour effectuer un virage assez serré sur Crestlake.

Ensuite, il tourna à droite, continua tout droit, traversa un parking avant de retomber sur Ray Street. Au bout, ils prendraient le pont pour rejoindre le périphérique. Après, ils pourraient aller où elle voulait.

— On les a semés ?

Elle avait les traits tirés et l'air mal à l'aise.

— Vous voulez que je vous emmène où ?

— Pas chez moi, ça, c'est certain.

— Il faut quand même qu'on vous trouve des vêtements.

— Le tissu commence à me démanger et l'humidité est très désagréable.

— Je vais prendre la prochaine sortie. On va faire du shopping.

— Oui, ce serait super. Et je serai vraiment soulagée de mettre cette robe au rebut.

— C'est comme si c'était fait. Mon travail, c'est de régler les problèmes. Et là, vous avez un problème.

— Vous ne me connaissez même pas.

Pourtant, il avait l'impression de la connaître. Un peu, du moins. Et jusqu'à présent, il adorait tout ce qu'il découvrait sur elle.

— Je n'ai pas besoin de vous connaître depuis longtemps pour avoir envie de vous aider.

— Les gens ne pensent pas souvent comme ça.

— Alors vous avez de la chance d'être tombée sur moi, plaisanta-t-il.

Elle rit de bon cœur.

— Je dirais plutôt que c'est vous qui êtes tombé sur moi, non ?

Ne voulant pas entrer dans les détails de son enquête ni risquer qu'elle lui demande une nouvelle fois qui était son client, il lui indiqua un centre commercial.

— Vous voulez m'accompagner ou vous préférez me donner votre taille et rester dans la voiture ?

— Je préfère rester dans la voiture, si ça ne vous dérange pas.

— Vous avez peur d'attirer l'attention ? la taquina-t-il.

— En effet, je ne voudrais pas finir en vidéo sur les réseaux sociaux.

— Sage décision.

Elle poussa un profond soupir, qui fit remonter sa poitrine. Bouleversé par cette vision sensuelle, il faillit rater la sortie.

— Et dire qu'aujourd'hui, j'étais censée me prélasser sur le pont d'un yacht à me faire bronzer, lire des magazines et siroter du chardonnay !

Il faillit ajouter qu'elle aurait été sous le joug de Vern Gerhard, un homme qu'elle connaissait visiblement mal, mais il se ravisa.

Il commençait vraiment à se faire du souci pour Crista. Vern avait un comportement louche, plus proche de celui d'un escroc que d'un amoureux sincère, et si ce que Trent lui avait raconté était vrai, alors la famille Gerhard ferait tout pour mettre la main sur Crista.

Comme elle avait disparu depuis vingt-quatre heures, ils devaient déjà avoir mis son appartement sous surveillance et garder aussi un œil sur son compte bancaire.

Il était bien décidé à enquêter sur la mine de diamants, sa taille, son emplacement, à qui elle appartenait réellement et à apprendre comment les Gerhard en avaient entendu parler.

Crista rembourserait à Jackson les vêtements qu'il lui avait achetés dès qu'elle aurait de nouveau accès à son compte en banque. Pour l'instant, invoquant la précaution, il l'avait installée à l'hôtel Fountain Lake en laissant les coordonnées de sa carte de crédit à la réception pour couvrir ses frais.

L'endroit était très animé, avec de nombreux vacanciers profitant de bons moments en famille ou en couple.

Elle n'eut pas de mal à se fondre dans l'ambiance.

Sa chambre était spacieuse, avec un grand lit double, un petit coin salon, une kitchenette et un joli balcon aménagé d'où elle pouvait voir la piscine et le minigolf.

Dès qu'elle eut fait le tour de ses nouveaux appartements,

elle appela Ellie, sa meilleure amie, qui devait s'inquiéter pour elle. Elle n'eut pas de réponse, mais elle ne laissa pas pour autant de message, sa situation étant difficile à expliquer en quelques mots. Elle essaierait plus tard.

Elle prit une boisson dans le minibar et s'installa sur le balcon. Il faisait assez bon, mais le ressenti était un peu plus frais à cause de la brise qui soufflait sur le lac.

Sa chambre se trouvant au troisième étage, elle pouvait facilement suivre l'activité de la piscine. Des enfants qui s'éclaboussaient, des adolescents qui plongeaient, un couple qui se mettait de la crème solaire. Peut-être qu'ils venaient de se fiancer ou qu'ils étaient jeunes mariés ?

Sa sérénité flancha.

Très vite, elle se ressaisit, décidant de s'allonger sur l'une des chaises longues en rotin. Tout en analysant la tournure inattendue que sa vie venait de prendre, elle repensa à son face-à-face à avec Vern.

Elle n'en revenait toujours pas. Il était tout de suite parti du principe que c'était elle la fautive, qu'elle avait paniqué et qu'elle s'était enfuie. C'était décevant, bien entendu, mais dans un sens elle ne pouvait pas vraiment lui en vouloir. Sur le coup, c'était peut-être l'explication la plus plausible à ses yeux.

Au fond d'elle, elle aurait aimé qu'il ait l'air plus inquiet, plus heureux de la retrouver, et qu'il soit surtout curieux de savoir ce qui lui était arrivé.

Le pire, c'était qu'il avait parlé de divorce. D'après lui, se marier et divorcer tout de suite après semblait plus acceptable que d'annuler un mariage à la dernière minute. Voilà qui était pour le moins étrange.

Comme était étrange le fait qu'il se soit concentré uniquement sur la réaction de ses parents, qu'il se soit fâché de voir sa robe en lambeaux, et que la présence du maire ait paru plus importante à ses yeux que sa disparition.

Sur le moment, elle était partie du principe que tout était fini entre eux. Pourtant, à mesure qu'elle repensait à leur relation, de très bons moments remontaient inévitablement à la surface. Des moments heureux, joyeux, complices.

Est-ce que l'annulation de leur mariage devait oblitérer tout ce qu'ils avaient partagé ?

Puis elle repensa aux photos. Et si elles étaient vraies ? Elle prit une nouvelle gorgée de soda.

Peut-être devrait-elle l'appeler. Ou retourner le voir et lui demander de but en blanc s'il l'avait bel et bien trompée avec Gracie ? Il avouerait peut-être, ou pas. Peut-être n'en aurait-elle jamais le cœur net.

Agacée, elle se leva.

Elle allait appeler Ellie et non Vern. Ellie serait de bon conseil, elle qui était toujours à l'écoute.

Crista fit coulisser la porte vitrée, pénétrant dans une chambre fraîche. C'était agréable. Elle s'assit sur le lit et composa le numéro de son amie.

Avant que l'appel n'aboutisse, on frappa à la porte.

N'ayant besoin de rien ni rien commandé, elle n'avait pas envie d'être dérangée dans sa conversation. Elle reposa donc le combiné pour aller voir qui était à la porte.

C'était Jackson.

— Vous avez oublié quelque chose ? s'étonna-t-elle.

Il entra sans qu'elle l'y ait invité.

— J'ai oublié de vous dire que vous ne devez appeler personne à partir du téléphone de la chambre.

— Même pas Ellie, ma meilleure amie ?

— Ni Ellie ni personne. Les Gerhard ont beaucoup de ressources, ils vont couvrir tous les angles.

— Leur équipe de sécurité s'occupe de surveiller les bâtiments, pas de la vie amoureuse de Vern.

— Ils obéissent à Manfred Gerhard, c'est tout.

— Vous êtes complètement parano.

— Parfois, mais là, croyez-moi, la situation est grave.

Avant de poursuivre, il s'assit sur le petit canapé bleu du coin salon.

— Vous avez déjà entendu parler de la mine Borezone ?

— Non.

Elle attendit qu'il lui en dise plus, mais il garda le silence. Pourquoi restait-il dans la chambre, s'il n'avait plus rien à lui dire ?

Il affichait un air soucieux.

— Vous avez peur que je dépense trop sur votre carte de crédit ?

— Non. Mais j'ai peur que vous passiez un appel.

— J'ai besoin de parler à Ellie.

Elle avait envie de lui raconter ce qui lui était arrivé et de lui demander conseil par rapport au comportement de Vern.

— Si vous avez besoin de parler à quelqu'un, adressez-vous à moi.

Elle s'assit dans le fauteuil à côté du canapé.

— Vous pensez que je vais me confier à l'homme qui m'a kidnappée le jour de mon mariage ? Décidément, je ne sais pas dans quel monde vous vivez.

— Dans le même que vous. Et on parle la même langue. Allez-y, je vous écoute.

Ne comprenait-il pas qu'elle traversait une épreuve traumatisante ? Elle sentit qu'il l'observait. Essayait-il de lire dans ses pensées ?

— Vous devez vraiment appeler Ellie ?

— Oui.

Il sortit son téléphone de sa poche. Au lieu de le lui donner, il composa un numéro.

— Quel est le nom de famille d'Ellie ?

— Sharpley. Pourquoi ?

Il leva la main pour lui signaler qu'il entrait en communication.

— Mac, c'est moi. Crista veut appeler Ellie Sharpley… Je sais… Mais elle veut parler à son amie… C'est un truc de filles… OK, tiens-moi au courant. Merci.

Il remisa son téléphone.

— Un truc de filles ? répéta-t-elle, stupéfaite.

— Comment vous appelez ça ?

— Une conversation entre deux êtres humains. Vous ne parlez jamais à personne ? Pas même à votre petite amie ?

— Je n'ai pas de petite amie.

Elle fut soulagée par la réponse. Pourquoi ?

C'était idiot. La vie amoureuse de Jackson Rush ne la regardait pas. Ou du moins, cela devait rester ainsi.

— Vous avez faim ? s'enquit-il, changeant de sujet.

Elle avait faim, en effet. Elle avait à peine mangé la veille. Et depuis des semaines, elle suivait un régime drastique pour être sûre d'entrer dans sa robe de mariée. A présent, son poids n'avait plus aucune importance. Elle pouvait donner libre cours à ses envies. Pizza, pâtes, gâteaux au chocolat…

— Je meurs de faim, annonça-t-elle.

— Bonne nouvelle.

— Je sais que c'est le déjeuner, mais vous pensez qu'on pourrait boire un Martini ?

— On peut aller au bar de l'hôtel, si vous voulez.

Super ! Un Martini ne l'aiderait pas à prendre une décision sur sa vie, mais cela la détendrait à court terme.

— C'est parti ? dit-il en se levant.

Elle se leva à son tour.

— Je vous suis. C'est vraiment bizarre de ne pas avoir de sac.

— Vous voulez qu'on vous achète un sac ?

C'était une pensée attentionnée de sa part. Pourtant, elle n'arrêtait pas de se demander quel pouvait être le véritable motif de sa présence ici. C'était étrange qu'il soit encore là, et encore plus étrange qu'il se mette en quatre pour l'aider et s'assurer qu'elle ne manquait de rien.

Ils sortirent dans le couloir.

— Vous vous sentez coupable ?

— De quoi ? demanda-t-il en avançant dans le couloir.

— D'avoir détruit ma vie.

— C'est Vern qui essayait de détruire votre vie.

D'accord, Vern s'était mal comporté quand elle l'avait vu chez ses parents. Mais il était certainement sous pression. Ses parents avaient dû être hystériques quand on avait annoncé sa disparition. Et il avait été seul à affronter leur colère.

Jackson appela l'ascenseur.

— Les photos sont vraies, Crista, ajouta-t-il.

— Vous pouvez me le prouver ?

— Si c'est ce que vous voulez, oui.

Ils entrèrent dans l'ascenseur.

— Nous sommes ensemble depuis près d'un an.

— Les gens ne sont pas toujours honnêtes, Crista.

Elle leva les yeux vers lui.

— Et vous ? Vous êtes honnête ?

— J'essaie de l'être, même si avec ma profession, je ne peux pas tout dire à tout le monde.

— Donc vous mentez dans le cadre de votre travail ?

Il sourit, visiblement amusé.

— Si vous voulez. Dans ma vie personnelle, en revanche, je ne mens pas.

Les portes de l'ascenseur s'ouvrirent. Elle s'apprêtait à sortir quand Jackson l'en empêcha en lui barrant le chemin. Il la fit reculer et appuya plusieurs fois sur le bouton pour refermer les portes.

— Que faites-vous ? s'insurgea-t-elle.

— Vous avez parlé à quelqu'un en mon absence ?

— Non. Enfin, j'ai essayé d'appeler Ellie mais je suis tombée sur sa boîte vocale. Je n'ai pas laissé de message.

Jackson jura dans sa barbe tout en appuyant sur le bouton du douzième étage, le dernier.

— Qu'est-ce qui se passe ?

— Vern est dans l'entrée avec des acolytes. Je viens de le voir.

L'ascenseur était déjà reparti.

— Comment est-ce possible ?

— Parce qu'en appelant Ellie, vous avez révélé l'emplacement de l'hôtel. Vern connaissant le numéro d'Ellie, ils surveillent forcément son téléphone.

— C'est ridicule !

— Vous avez une meilleure explication ?

Non, elle n'en avait pas. D'ailleurs, elle était même stupéfaite. Et commençait à avoir peur.

— Qu'est-ce qu'on va faire au douzième étage ?

— C'est l'étage où se trouve ma chambre.

Décidément, elle allait de surprise en surprise.

— Vous avez pris une chambre ? Pourquoi ?

— Pour dormir. Pour pouvoir veiller sur vous.

— Jackson, que se passe-t-il ?

Il réfléchit quelques instants avant de répondre.

— Vern Gerhard veut vous récupérer, et il met tout en œuvre pour parvenir à ses fins.

Les portes s'ouvrirent sur le douzième étage.

— Si vous voulez mon avis, vous devriez rompre. A droite, ajouta-t-il, la laissant sortir avant lui.

— Hormis sa réaction étrange quand on s'est revus, je n'ai rien à lui reprocher. Après tout, c'est moi qui ai gâché un mariage de plusieurs millions de dollars.

— Vous n'avez rien gâché du tout. Et vous oubliez les photos.

— Les photos sont fausses. Et vous avez raison, c'est vous qui avez gâché mon mariage.

Elle le suivit néanmoins dans la chambre, agréablement surprise par ce qu'elle découvrait.

— Dites donc, vous savez voyager. Monsieur est habitué à un certain standing ?

— Je voulais avoir une suite avec une pièce pour mes rendez-vous.

— Des rendez-vous ? s'enquit-elle d'un ton taquin.

— Avec Mac et d'autres membres de mon équipe. Ils vont venir me rejoindre tout à l'heure.

Elle reprit aussitôt son sérieux.

— J'ai l'impression que vous me cachez quelque chose.

— Si vous saviez le nombre de choses que je vous cache…

La porte se referma derrière eux et il se dirigea vers le bar.

— Les photos de Vern sont fausses ? C'est un cas d'extorsion ? Vous m'avez vraiment kidnappée ? Vous voulez de l'argent ? Depuis le départ ?

Il répondit par d'autres questions.

— Que désirez-vous ? De la bière ? Du vin ? Un alcool fort ? Je vais nous faire livrer un déjeuner dans la chambre. On peut commander du Martini, si vous voulez.

— Vous ne répondez pas à mes questions.

Peut-être serait-elle plus en sécurité avec Vern ? La porte était juste derrière, elle pouvait facilement s'échapper, crier dans le couloir. Arriverait-elle à temps jusqu'à l'ascenseur ?

Il poussa un soupir exaspéré.

— Je ne vous ai pas kidnappée. Je vous ai laissée seule dans votre chambre pendant une heure.

— Vous avez peut-être passé l'heure à monter la garde devant ma porte.

— Vous êtes libre de partir. Depuis ce matin, vous êtes libre de partir. Je vous ai ramenée dans la propriété de vos beaux-parents. Vous auriez pu y rester et me dénoncer pour enlèvement.

Il avait raison. Elle aurait pu rejoindre Vern. Jackson ne l'en aurait pas empêchée. Il ne la retenait pas contre son gré.

Elle devait se calmer et réfléchir posément à la situation.

— Je veux bien un verre de merlot. Et une pizza aux champignons et aux pepperoni.

Il sourit.

— C'est comme si c'était fait.

Elle se tut quelques instants, pensive.

— Vous savez que j'ai dit votre prénom à Vern, ce matin.

— Et alors ?

— Et alors il pourrait tenter de vous retrouver.

— Qu'est-ce qui vous dit que je suis descendu sous ma véritable identité ?

Il déboucha la bouteille de vin.

— Pour le moment, mieux vaut éviter la terrasse, précisa-t-il en lui indiquant une table à l'intérieur.

— Vous avez peur des snipers ? plaisanta-t-elle, sentant malgré tout la peur l'envahir.

Il vint la rejoindre avec deux verres de vin.

— J'ai plutôt peur qu'on nous observe à la longue-vue mais on n'est jamais trop prudent. On dirait que les Gerhard ne rigolent pas.

— Vous voulez dire qu'il faut se méfier de toute la famille ?

— En effet, et de leur entourage.

Elle fut contente de boire une gorgée de vin.

Depuis le jour de son mariage raté, elle vivait les moments les plus étranges de sa vie. Elle aurait aimé reprendre son existence d'avant, mais la tempête ne faisait que commencer.

5

Jackson fut surpris de voir Mac débarquer dans sa suite, accompagné d'une jeune femme d'environ vingt-cinq ans. Elle avait les cheveux bruns, coupés court, des yeux bleus, un nez mutin et des lèvres pulpeuses.

En cinq ans de collaboration, Jackson n'avait jamais vu l'un de ses agents en service se déplacer avec sa petite amie.

— Ellie ! s'écria Crista derrière lui.

La fameuse Ellie poussa légèrement Jackson pour rejoindre Crista.

— C'est le témoin de Crista.

— Pourquoi l'as-tu amenée ici ?

— Je n'ai pas pu faire autrement.

Les deux amies étaient tombées dans les bras l'une de l'autre et n'arrêtaient pas de parler.

— J'étais tellement inquiète ! J'ai cru que tu étais morte.

— Je confirme qu'Ellie était vraiment inquiète, renchérit Mac en refermant la porte derrière lui.

— Quelqu'un vous a vus entrer ? Vern Gerhard est dans les parages. Je l'ai repéré dans l'hôtel tout à l'heure.

— C'est bon, j'ai été prudent.

Jackson fut légèrement rassuré.

— Quelle folie ! continua Crista. Je te raconterai tout en détail plus tard, ajouta-t-elle à l'intention de son amie, mais en résumé, voilà ce qui s'est passé. Jackson m'a enlevée sur le parvis alors que je m'apprêtais à entrer dans l'église. Il m'a emmenée sur un bateau sur lequel on a dormi. Le lendemain matin, il m'a raccompagnée chez les Gerhard, où Vern s'est comporté comme un goujat. Je ne l'ai pas reconnu. Et toi, raconte-moi ce qui s'est passé à l'église.

Ellie entama son récit et Jackson reporta son attention sur Mac.

— Je pensais que tu devais lui donner un téléphone jetable.

— C'est ce que je comptais faire.

— Mais tu n'as pas réussi ?

— Comme tu peux le constater.

Ils se dirigèrent vers le bar américain où Mac se percha sur un tabouret.

Jackson reprit la conversation en baissant la voix. Les deux amies étaient complètement absorbées par leur discussion, mais il préférait rester discret.

— A présent, dit-il en ouvrant une bière, je crois à l'histoire que Trent m'a racontée. On doit enquêter sur la mine de diamants.

— Norway est déjà dessus.

— Et alors ?

— La mine Borezone existe depuis très longtemps. Trent Corday a acheté des parts pour une bouchée de pain il y a plusieurs années. Il en a perdu une partie au jeu et, pour une raison inconnue, il a mis celles qui lui restaient au nom de sa fille.

— Un moment de lucidité ?

— Il a peut-être voulu se racheter auprès de sa fille pour qui il n'avait pas été très présent. Cela dit, à l'époque, la mine ne valait pas grand-chose.

— Et maintenant ?

— Et maintenant, c'est différent. La compagnie qui détient la majorité et qui se situe aux îles Caïmans, a commandé une étude d'exploitation. Il semblerait que la mine soit maintenant évaluée à cent millions de dollars.

— Mais cela pourrait tout aussi bien être une arnaque.

— C'est fort probable, mais on va continuer notre enquête.

Jackson but une grande gorgée de bière.

Pour le bien-être et la tranquillité d'esprit de Crista, il espérait que ce soit une arnaque.

Car si elle était réellement en possession de parts dans une mine de diamants valant plusieurs dizaines de millions de dollars, rien d'étonnant à ce que des escrocs soient à ses trousses.

— Comment les Gerhard en ont-ils eu vent ?

— C'est là que quelque chose cloche au niveau de la chronologie. La découverte a été annoncée il y a six mois. Vern est en couple avec Crista depuis un an.

— Donc il en aurait eu vent par une autre source ?

— Oui, soit ça, soit le mariage n'a rien à voir avec la mine de diamants.

— Cette deuxième hypothèse, je n'y crois pas un seul instant. La venue de Vern ici avec ses acolytes prouve qu'il y a de l'argent en jeu.

Mac acquiesça et Jackson reporta son attention sur Crista.

Vern Gerhard l'avait ciblée pour son argent, il en était persuadé. Mais il lui manquait plusieurs éléments. Et certains d'entre eux, si ses suppositions s'avéraient, pourraient mettre Crista en danger.

— Norway doit continuer à enquêter sur la mine, décréta-t-il. Toi tu continues à enquêter sur Vern. Essaie de trouver comment on pourrait relier sa famille à l'entreprise des îles Caïmans. Je vais me remettre en contact avec Trent. Il aura peut-être d'autres informations à me confier, maintenant que j'ai lancé l'affaire.

— Dis-moi une chose, répliqua Mac. Tu es payé par qui, au juste, pour cette enquête ? Par ce type qui touche huit dollars par jour en prison ?

— Je rends simplement service à mon père.

Même s'il avait freiné des quatre fers et qu'il ne devait rien à Colin Rush.

— Je crois que ce n'est pas la véritable raison.

— Ah bon ?

— Peux-tu me regarder droit dans les yeux et me jurer que

si Crista Corday n'était pas un véritable canon, tu ne te serais pas jeté corps et âme dans cette affaire qui ne te rapportera sans doute pas un centime ?

— On ne le saura jamais. Il est vrai que Crista est une femme aux multiples charmes et que, maintenant que je suis lancé, j'ai envie d'aller jusqu'au bout.

Mac l'observa quelques instants, tentant de percer à jour le secret de ses motivations.

— Je crois vraiment que tu te fiches pas mal de cette mine de diamants.

— Là-dessus, tu as raison.

Mais plus le temps passait, plus il se rendait compte qu'il tenait à Crista.

C'était complètement inattendu, mais il se sentait attiré par elle et il avait surtout envie de la protéger.

Elle était très belle, c'était indéniable, et il trouvait que Vern Gerhard ne la méritait pas. Mais il y avait autre chose. Comme s'ils étaient faits pour se rencontrer.

A la réflexion, ils avaient plus d'un point en commun. Elle avait perdu sa mère à l'âge adulte, lui aussi ; son père était en prison, le sien aussi. C'était peut-être aussi simple que cela.

Ellie le sortit de ses rêveries.

— On pourrait commander à manger ?

Jackson se rappela qu'il était sur le point de commander des pizzas avant leur arrivée.

— Bonne idée ! Moi j'ai déjà commandé une pizza, lança Crista qui semblait de bonne humeur.

— Alors moi aussi j'en veux une.

— Et une part de gâteau au chocolat. Vous pensez qu'ils en auront ?

Jackson prit le combiné sur la table.

— Je vais demander.

— Je n'ai plus besoin de rentrer dans ma robe, expliqua-t-elle à Ellie sur le ton de la plaisanterie. Et puis je pourrai toujours prendre une taille au-dessus.

Jackson se figea, le combiné à la main.

— Jackson, que se passe-t-il ? demanda Crista.

— Pourquoi tu as dit que tu aurais besoin d'une autre robe de mariée ? lui demanda-t-il, soucieux.

— Parce que la première a fini à la poubelle.

— Mais ton mariage a été annulé.

— Peut-être qu'il n'est que reporté. Je sais que Vern s'est mal comporté envers moi, ajouta-t-elle, mais il était sous pression. Il a dû gérer ses parents et ses proches. Franchement, ça a dû être horrible.

Il reposa le combiné puis s'avança vers elle.

— Tu le défends ?

— Il ne s'est pas montré sous son meilleur jour, mais…

— Il ne te prend pas au sérieux. Il se moque de toi. Il te ment. Depuis des mois.

— On n'a pas de preuves.

— Les preuves que Mac a fournies sont accablantes, et tu envisagerais de donner une seconde chance à ce salaud ?

Jackson devait-il réévaluer son engagement dans cette affaire ? Y avait-il mis trop de sentiments ? Il était à la fois hors de lui, et honteux de ne pas réussir à contrôler ses émotions.

Mac intervint, sentant que la situation était tendue.

— On pourrait faire valider les photos, si ça peut aider Crista.

— Crista n'a pas envie de nous croire, voilà son problème. D'ailleurs, elle n'a qu'à descendre dans le hall de l'hôtel, si elle pense Vern à ce point digne de confiance.

Ellie intervint.

— Moi, je ne fais pas confiance à Vern, lâcha-t-elle

— Comment ça ? Tu ne m'as jamais rien dit ! s'écria Crista, visiblement choquée par la déclaration de son amie.

— Il y a des choses qui me déplaisent chez lui.

Jackson se rassit, attendant de voir où cette conversation les mènerait.

— Il est toujours très généreux, et de si bonne humeur ! s'exclama Crista.

— S'il est toujours de bonne humeur, à en juger par son

comportement de ce matin, je préfère ne pas le voir un jour où il serait de mauvaise humeur.

— Très drôle.

Ellie s'interposa.

— Tu as raison mais parfois, je me disais qu'il était trop content, que ce n'était pas naturel.

— Donc tu lui reproches d'être trop content ?

— Non, ce n'est pas ça, mais il a toujours le mot qu'il faut, il fait toujours ce qu'il faut, alors à force, c'est louche. Et je ne le trouve pas toujours très sincère.

Jackson ne manquerait pas de remercier Ellie pour ce soutien exemplaire.

— Pourquoi as-tu attendu aujourd'hui pour me dire tout ça ? demanda Crista en se levant.

— Tu avais l'air d'être tellement heureuse. J'avais envie d'y croire pour toi, mais maintenant…

— Tu as changé d'avis à cause des photos ? N'oublie pas qu'elles proviennent d'un inconnu prêt à enfreindre la loi et à manipuler les gens pour arriver à ses fins.

— Je ne manipule personne ! s'insurgea Jackson.

— Je crois qu'il vaudrait mieux qu'on commande des pizzas et du gâteau au chocolat, intervint Mac.

Ellie tenta une nouvelle fois de se justifier.

— Tout ce que je dis, c'est que tu devrais quand même faire vérifier les photos, comme ça, tu en aurais le cœur net et tu pourrais passer à autre chose.

Crista garda le silence.

Jackson savait que les photos étaient authentiques. Et s'ils arrivaient à en convaincre Crista, alors elle finirait par lui faire confiance et l'écouter.

Il se rendit compte que c'était la seule solution pour aller de l'avant. Or, c'était ce qu'il voulait plus que tout au monde.

Crista savoura une nouvelle cuillerée du succulent gâteau au chocolat qu'on leur avait apporté : moelleux à souhait et nappé d'une sauce au chocolat absolument divine.

— Je parie que ce gâteau est meilleur que la pièce montée de ton mariage, dit Ellie en léchant sa cuiller.

Les deux amies s'étaient installées à l'extérieur, sur le balcon. A présent que la nuit était tombée, Jackson avait accepté qu'elles se mettent dehors.

— Je me demande ce qu'ils en ont fait, murmura Crista. Et les soufflés au crabe ? Et les sculptures de glace ? Tu imagines tout le gâchis ?

— Je revois surtout la tête de Mme Gerhard. J'ai cru qu'elle allait avoir un arrêt cardiaque. Elle est passée par toutes les nuances de rouge puis de blanc. Manfred ne faisait que crier des ordres. Les membres de la sécurité ont été envoyés aux quatre coins de la ville à ta recherche. J'aurais aimé avoir mon téléphone pour prendre des photos.

— Tu as regardé sur les réseaux sociaux ?

C'était une pensée horrible d'imaginer Vern seul devant l'autel, mais des gens avaient peut-être poussé le vice jusqu'à prendre des photos et à les poster.

— Toute la ville doit être au courant. Les jeunes femmes célibataires vont pouvoir s'en donner à cœur joie.

Depuis qu'elle était avec lui, Crista avait pu constater qu'il était très prisé : lorsqu'elle était à son bras, elle suscitait les jalousies.

Il avait toujours eu un comportement irréprochable avec elle, mais les attentions des autres jeunes femmes flattaient son ego, c'était indéniable.

Or, depuis qu'il avait été abandonné à l'autel le jour de son mariage, ce fameux ego avait dû en prendre un coup.

Un bruit strident retentit soudain dans tout l'hôtel. Crista et Ellie bondirent en bouchant leurs oreilles.

— Qu'est-ce qui se passe ? demanda son amie.

Jackson apparut aussitôt sur le balcon. Il prit Crista par le bras pour la faire rentrer. Mac, qui le suivait, en fit autant avec Ellie.

— C'est l'alarme incendie, expliqua Jackson.

— Vern Gerhard, marmonna Mac. Il veut nous faire sortir.

— Il ne ferait jamais une chose pareille ! protesta Crista.

Vern était toujours très mesuré, faisant preuve de circonspection et respectant la loi à la lettre. Il ne déclencherait jamais une alarme à incendie exprès.

— C'est lui. Mais nous ne bougerons pas d'ici.

Ils entendirent des sirènes au loin.

— Le bâtiment compte au moins six issues de secours, les informa Mac.

— Il a dû faire venir des renforts, ajouta Jackson avant d'échanger un regard entendu avec lui.

Ellie se pencha par la porte du balcon encore légèrement ouverte.

— Je vois de la fumée.

Son intervention attira l'attention générale. Crista prit plusieurs inspirations.

— Et moi je sens l'odeur de brûlé.

Mac bondit sur le balcon.

— Des flammes ! Au cinquième ! Et au troisième dans l'autre aile.

— Il a déclenché deux incendies ? ! s'insurgea Jackson.

— Que fait-on ? s'enquit Mac.

— On s'enfuit ! lança Crista.

Pour elle, c'était la seule solution.

— Mac, tu pars avec Ellie, par-derrière. Crista et moi, on va passer par-devant, ce sera plus facile de se fondre dans la foule.

Crista avait l'impression d'avoir été parachutée dans la vie dc quclqu'un d'autre.

— Vern n'a pas déclenché ces incendies, confia-t-elle à son amie, comme pour se rassurer.

— Je l'espère, répliqua Ellie.

Pourtant, l'expression de ses yeux suggérait qu'elle envisageait l'éventualité.

— Mais…, commença Crista.

Avant qu'elle ait pu achever sa phrase, Mac emmena Ellie hors de la chambre.

Jackson prit deux petites serviettes, les imprégna d'eau et en tendit une à Crista.

— Tenez-la contre votre visage et toussez. Faites comme si la fumée vous gênait et vous empêchait de respirer.

— C'est de la folie !

Jackson l'entraîna dehors. Une fois dans le couloir, elle se tut.

Il y avait d'autres gens avec eux. Certains ne disaient rien, d'autres se demandaient ce qui avait pu provoquer l'incendie. Ils se dirigeaient tous vers la cage d'escalier.

— Vous pourriez peut-être commencer à parler de lui comme de votre « ex-fiancé », lui murmura-t-il à l'oreille.

— Je porte encore sa bague.

— Vous pouvez l'enlever quand vous voulez.

Il ouvrit l'issue de secours et la maintint ouverte pour qu'elle puisse passer.

— L'usage veut que je la lui rende.

— Vous allez suivre l'usage ?

— Oui, j'imagine. Je peux y réfléchir ou il faut que je réponde tout de suite ? ironisa-t-elle.

— Non, ça peut attendre. Mais j'aimerais que vous me fassiez confiance. Notamment en mettant la serviette sur votre visage : on va bientôt entrer en scène.

Le lobby était bondé.

— Vous voyez cette famille ? murmura-t-il en montrant du doigt un homme, une femme et trois enfants.

— Oui.

— Allez les rejoindre. Parlez à la femme si vous pouvez. Vern va chercher un couple, donc faites comme si vous étiez avec eux.

— D'accord, répondit-elle sans poser de questions.

— Ne me cherchez surtout pas du regard. C'est moi qui vais vous suivre. Sortez avec eux. Je vous retrouve dehors.

Elle acquiesça.

— Et n'oubliez pas de tousser.

Elle obtempéra. Toussant dans la serviette, elle se dirigea vers la femme qui tenait sa fille par la main.

— Vous avez senti la fumée ? s'enquit Crista.

La femme avait l'air paniquée.

— On était au cinquième étage. Les flammes arrivaient du bout du couloir. On a dû tout laisser dans la chambre.

— Lapinou, gémit la petite fille, au bord des larmes.

La scène émut profondément Crista.

— Les pompiers sont là, ils vont sortir leurs grands tuyaux pour éteindre le feu, dit-elle en regardant la fillette.

De fait, une dizaine de pompiers surgirent avec tout leur attirail et prirent le hall d'assaut.

— Lapinou va être mouillé ? demanda la petite fille.

— Oui, mais ce sera comme s'il prenait un bain. Il aime bien prendre un bain ?

— Je sais pas.

— Et toi ?

— Moi, j'adore. On met des bulles, ça fait de la mousse. Et j'ai aussi bébé grenouille qui saute en crachant de l'eau par la bouche.

— Merci, murmura à l'oreille de Crista la femme, visiblement soulagée que sa fille soit divertie.

Ils étaient arrivés devant les portes d'entrée désormais grandes ouvertes et où le personnel aiguillait les clients en effectuant un décompte.

L'allée menant à l'hôtel était envahie par les camions de pompiers, des ambulances, des véhicules de police. C'était un véritable son et lumière, avec la cacophonie des sirènes et les gyrophares brillant dans la nuit. Il y avait des hommes en uniforme un peu partout, s'affairant ici et là. Certains parlaient dans leur radio, d'autres transportaient des tuyaux, d'autres encore emmenaient des gens sur des brancards en direction des ambulances à disposition.

Les clients de l'hôtel étaient sortis pour la plupart en pyjama, pieds nus. Ils avaient l'air hagard et désorienté.

L'espace d'un instant, elle resta figée face à cette scène de chaos, ahurie.

Soudain, elle sentit des mains fermes la prendre par les épaules. Elle tourna la tête, craignant que ce soit Vern.

Heureusement, c'était Jackson. Elle en fut profondément soulagée.

— Allons-y.

— C'est horrible.

— Ils contrôlent la situation.

— Ce n'est pas lui qui a fait ça. C'est impossible.

C'était forcément un accident.

— Pour le moment, déterminer le coupable de cet incendie est le cadet de mes soucis. On doit partir d'ici au plus vite. Je ne crois pas que le voiturier puisse faire venir mon SUV, mais il y a une agence de location à quelques pâtés de maisons.

— Je devrais simplement lui parler.

Si elle arrivait à lui expliquer l'enchaînement des événements, il comprendrait et la situation s'arrangerait.

— Non, vous ne devriez surtout pas lui parler, répliqua-t-il en la prenant par la main pour traverser la pelouse devant l'hôtel.

Elle devait presque courir pour rester à sa hauteur.

— Il faudra bien que je lui parle un jour.

— Vous pourrez l'appeler.

Elle s'arrêta en s'arrachant à sa poigne. Il se tourna vers elle, étonné. Elle lui lança un regard noir.

— J'en ai assez de vous suivre comme un petit soldat. Je suis encore aux commandes de ma vie, jusqu'à preuve du contraire. J'ai dû mal comprendre, cela dit : je croyais que je ne pouvais passer aucun coup de fil.

— Oui, excusez-moi. Vous pourrez appeler Vern, mais pas ce soir, et pas d'un portable équipé d'un GPS.

— Je n'ai pas peur de le rencontrer pour lui parler.

Elle n'était pas emballée par l'idée, mais cela devrait lui donner une chance de restaurer un semblant de normalité dans sa vie. Ils seraient tous les deux assis, qu'elle le regarderait dans les yeux et elle lui déclarerait…

En cet instant, elle ne savait pas vraiment ce qu'elle lui déclarerait ni ce qu'elle ferait. Elle pourrait commencer par lui rendre sa bague et lui annoncer que tout était fini entre eux. Lui demanderait-elle s'il lui avait été infidèle ?

— Crista ?

Elle regarda Jackson, sortant de ses pensées.

— Inutile de vous triturer le cerveau maintenant. Il vous faut d'abord une bonne nuit de repos.

Il avait raison. Elle devait se reposer. Après une nuit de sommeil, elle y verrait plus clair.

Elle se remit à marcher. A sa grande surprise, Jackson lui reprit la main. Mais cette fois, son toucher était plus doux, et il marchait moins vite.

En cet instant, elle éprouvait un flot d'émotions contradictoires. Elle ne trouvait pas normal d'éprouver de la reconnaissance envers son ravisseur. Elle aurait dû se méfier de lui, voire avoir peur. Or, elle avait confiance en lui.

— Merci, murmura-t-elle.

Il tourna la tête tout en continuant à marcher.

— Et vous me remerciez pour quoi, cette fois ?

— De m'avoir sauvée d'un incendie.

Il sourit.

— Je vous en prie. Je n'avais jamais fait ça de ma vie, mais je m'adapte.

— Et que feriez-vous en ce moment, si vous ne vous trouviez pas avec moi ?

— Je serais en train d'enquêter sur une autre affaire.

— A 22 heures, un dimanche ?

— Mon travail ne me permet pas d'avoir des horaires de bureau traditionnels.

En effet, elle aurait pu le deviner. Et elle savait déjà qu'il n'avait pas de petite amie.

— Vous n'avez pas de famille ? Des amis ?

— Je n'ai pas de famille. Et mes amis, je n'ai pas le temps de les voir.

— A quand remonte votre dernière petite amie ?

— Je ne sais plus trop.

Elle attendit, mais il n'entra pas dans les détails.

— Ce n'est pas juste. Vous connaissez tout de ma vie amoureuse.

— Uniquement pour des raisons professionnelles.

— Peu importe. J'attends.

Il poussa un soupir de capitulation.

— C'était il y a deux ans. Elle s'appelait Melanie. Elle était comptable.

Cela ne collait pas du tout avec le personnage.

— Vous venez d'inventer cette histoire ?

— Pourquoi j'aurais inventé ça ? Vous ne me pensez pas capable de sortir avec une fille ?

Bien sûr que si ! Il était grand, beau, fort, sexy, intelligent. Il devait même avoir un succès fou.

— Non, je veux dire que je ne vous imaginais pas avec une comptable.

— Pourquoi ?

— Je ne sais pas… Une comptable, c'est assez ordinaire, précisa-t-elle alors qu'ils traversaient la route pour se diriger vers l'agence de location.

— Qu'est-ce qui vous fait croire que je ne suis pas un type ordinaire ? Vous ne me connaissez pas.

— Non, je ne vous connais pas, mais depuis que je suis avec vous, je n'ai pas vécu une seule minute ordinaire.

— Ah bon ?

— Vous plaisantez ? Ce week-end, vous avez kidnappé une mariée, avez envoyé balader l'un des plus riches héritiers de Chicago, et vous êtes lié de près ou de loin à l'incendie qui a été déclenché dans l'hôtel que nous venons de quitter. Avouez qu'on peut difficilement qualifier ça de vie ordinaire.

— Vous avez raison, mais ça ne signifie pas nécessairement que ça me plaît, répliqua-t-il en poussant la porte.

— Vous adorez. J'en suis sûre.

Au comptoir, l'employé servait déjà un client.

Elle se plaça derrière le client tandis que Jackson inspectait les lieux avant de venir se camper derrière elle.

— Soyez naturelle, lui murmura-t-il à l'oreille. Vous voyez l'écriteau sur le mur ?

— Celui avec « Tarifs à la semaine ? »

— C'est ça. Ne tournez pas la tête. Mais regardez le reflet.

En plissant les yeux, elle réussit à entrevoir un SUV noir.

— C'est le SUV de Vern, la prévint Jackson.

Elle commença à se retourner.

— Ne vous retournez pas ! ordonna-t-il à voix basse.

Elle se figea.

— Vous êtes sûr ?

— Oui. Je veux que vous vous retourniez vers moi. Ne regardez pas par la fenêtre. Posez-moi une question.

Elle obtempéra.

— Vous pouvez m'en dire plus sur Melanie ?

— Une autre fois. Vous voyez le couloir après le comptoir ?

— Oui.

— Au bout, il y a des toilettes. Empruntez le couloir, dépassez les toilettes et sortez par la porte de derrière. Prenez l'allée qui longe le parking, et une fois sur Greenway, appelez un taxi. Je vous rejoins.

— On ne va pas louer de voiture ?

— Non.

— Si j'essayais de lui parler, ça pourrait peut-être désamorcer la folie ambiante.

Avant qu'elle puisse faire un pas, il lui bloqua le chemin.

— C'est dangereux.

— Je vais lui dire d'arrêter de me suivre et je prendrai rendez-vous avec lui demain. Je sais qu'il n'est pas l'auteur de l'incendie à l'hôtel.

— Si ce n'était pas une ruse pour nous faire sortir de l'hôtel, pourquoi nous guettait-il pour nous suivre ?

Elle ouvrit la bouche. Puis la referma. Cette question était tout à fait pertinente.

Vern devait forcément s'être planté à l'extérieur de l'hôtel pour les suivre et les retrouver ici.

— C'est peut-être une coïncidence.

— Oui, bien entendu.

Cette fois, elle fut étonnée que Jackson ne cherche pas à argumenter davantage. Comme s'il avait pris le parti de la laisser décider.

A présent, c'était à elle d'assumer ses choix. Cette situation était à la fois grisante et déstabilisante.

Rapidement, elle pesa le pour et le contre, sans que Jackson lui mette la pression. Finalement, elle opta pour la solution la moins risquée à ses yeux.

— Donc je vais au bout du couloir et j'appelle un taxi ?

— C'est ça. Super décision. J'arrive.

Elle se dirigea vers les toilettes en tentant d'adopter une démarche aussi naturelle que possible étant donné les circonstances.

Comme Jackson le lui avait dit, il y avait une issue de secours à l'arrière. La porte donnait sur un parking en apparence désaffecté. Elle se dirigea vers une allée étroite entre deux bâtiments et, au bout de l'allée, elle tomba sur Greenway.

Il lui fallut quelques minutes avant d'arrêter un taxi. Jackson arriva très vite sur ses talons.

— Le Bar d'Anthony, s'il vous plaît.

— On va boire un verre ? s'enquit-elle surprise par sa proposition.

— J'ai soif, pas vous ?

— En effet, je ne refuserais pas un verre, après toutes ces émotions, mais j'aurais d'abord une question à vous poser.

— Je vous écoute.

— Comment saviez-vous qu'il y avait une issue de secours derrière l'agence de location ? Et une allée menant sur Greenway ?

— Je n'ai pas choisi l'hôtel au hasard.

— Vous y avez déjà caché des clients ?

— Pour faire court, oui.

Un sourire satisfait éclaira le visage de Jackson. On aurait dit qu'il trouvait cela divertissant.

— Vous avez l'air de bien vous amuser.

Elle avait prononcé ces mots sur un ton accusateur, mais à

la vérité, elle aimait sa compagnie et la confiance qui émanait de lui la rassurait profondément.

— Parce que moi, reprit-elle, je ne m'amuse pas du tout. Ma vie est en train de s'écrouler, ajouta-t-elle, feignant le plus grand sérieux.

— Vous verrez, chez Anthony, vous vous sentirez tout de suite mieux.

Ce qu'elle voulait, avant tout, c'était retrouver sa vie d'avant. Mais alors qu'elle était sur le point de l'avouer à Jackson, elle se ravisa.

A la réflexion, elle ne voulait pas réellement retourner à sa vie d'avant car elle ne savait plus à quoi celle-ci ressemblait. Ou du moins, aujourd'hui, lui apparaissait-elle complètement faussée.

Ce changement était le bienvenu au bout du compte et, à présent, elle devait aller de l'avant en laissant le passé derrière elle.

— J'ai besoin d'une boisson forte, murmura-t-elle.

— Pas de problème, lui assura Jackson.

Sa voix rauque provoqua en elle une vague de désir intense qui lui enflamma les sens.

Elle aurait voulu se tourner vers lui, plonger dans la chaleur de ses yeux, admirer son beau sourire et l'embrasser. Mais elle n'osa pas.

Tant qu'elle n'aurait pas la preuve que Vern était un horrible personnage, elle n'avait pas le droit d'éprouver ce genre de sentiments pour Jackson.

Elle fixa son regard sur la circulation. Après tout, elle ne connaissait pas cet homme.

D'ici à vingt-quatre heures, il serait sorti de sa vie.

Bientôt, il ne serait plus qu'un vague souvenir.

6

Malgré la simplicité de son nom, le Bar d'Anthony était un restaurant select situé dans une grande maison coloniale en briques rouges qui appartenait à un ami de Jackson. Les hauts plafonds ornés de sculptures en bois et le double escalier magistral contribuaient à donner un air de grandeur et d'opulence d'une autre époque.

Ce soir, ce n'était pas le restaurant qui l'intéressait, mais les chambres d'hôtes au troisième étage. Il savait qu'il pouvait compter sur Anthony pour rester discret. Ici, c'était comme son havre de paix, un endroit où il pouvait venir à tout moment sans avoir peur d'être suivi.

Leur chambre avait un lit à baldaquin, une cheminée en pierre et un plafond orné de sculptures en cèdre. Il y avait une petite table à manger nichée dans l'alcôve du bow-window, et un canapé qui avait été converti en lit d'appoint.

Crista avait décidé de prendre une douche tandis que lui s'était allongé sur le canapé-lit, se mettant au courant des nouvelles du jour tout en consultant les photos de Vern et Gracie sur son ordinateur. La résolution des photos était élevée, ce serait donc facile de prouver qu'elles n'avaient pas été manipulées.

Il s'interrompit quand la porte de la salle de bains s'ouvrit sur Crista.

Subjugué, il la regarda se diriger vers lui, pieds nus. Elle avait revêtu un peignoir blanc et enveloppé ses cheveux dans une serviette.

— J'avoue que je me sens déjà beaucoup mieux.

De son point de vue, il allait lui aussi beaucoup mieux en la voyant dans cette tenue.

Elle était belle à contempler et il adorait l'effet qu'elle avait sur lui. C'était bon de la voir, bon de l'écouter, bon de la savoir à ses côtés.

— Je voulais vous montrer les photos. Je sais que mon insistance va vous déplaire, mais j'aimerais lever vos doutes.

— Entendu, autant ne pas repousser l'échéance, admit-elle en se rapprochant de lui.

Il plaça l'ordinateur entre eux.

— J'ai zoomé au maximum, et comme vous pouvez le constater, on ne voit aucune anomalie. Et on peut vérifier la date et l'heure de la prise, ajouta-t-il, pour contrer toute objection de la part de Crista.

Elle inspecta la première photo, pensive.

— Là, il l'enlace vraiment.

— Et là il l'embrasse vraiment, ajouta-t-il en changeant de photo. Et ça n'a pas l'air d'être un baiser amical.

Elle repoussa l'ordinateur vers lui puis resta immobile quelques instants.

— C'est dur à accepter, marmonna-t-elle.

Un reportage sur la chaîne d'information attira leur attention.

— Ce soir, l'hôtel Fountain Lake a été le théâtre d'un incendie. Plus de trois cents clients ont été évacués. Les pompiers sont intervenus rapidement et sont encore sur les lieux. D'après Brandon Dorsey, le chef de la brigade, la piste de l'incendie criminel n'est pas exclue.

Il y eut un changement de plan et on voyait à présent un journaliste devant l'hôtel. Il interviewait un client sur fond de camions de pompiers et de voitures de police.

— Vous avez entendu : le chef de la brigade a dit qu'il n'excluait pas la piste de l'incendie criminel, sans certitude.

— D'après moi, ils en sont sûrs mais n'ont pas assez de preuves pour l'affirmer à la télévision.

— Et quelle est votre théorie ? demanda-t-elle en gardant les yeux fixés sur la télé.

— Vous la connaissez déjà. Vern a fait ça pour nous faire sortir de l'hôtel et vous récupérer. Je crois aussi qu'il n'aime pas vous savoir en ma compagnie.

Elle se tourna vers lui, surprise.

— Pourquoi ?

— Vous êtes très jolie, d'une part. Et d'autre part, il pense que je suis votre ex-petit ami, ne l'oubliez pas. Il n'a pas envie d'avoir de rival, ce que je comprends bien. Moi non plus je n'aimerais pas.

Elle resta pensive quelques instants, sûrement perturbée.

— Je vais devoir rompre avec lui, il me semble, murmura-t-elle après avoir regardé de nouveau les photos.

Bien entendu, il n'attendait que cela mais il ne voulait pas l'influencer ou se montrer trop pressant.

— C'est à vous de voir.

Elle tourna de nouveau la tête vers lui et le regarda dans les yeux.

— Je ne peux pas épouser un homme infidèle.

Il avait irrésistiblement envie d'être proche d'elle.

— J'ajouterais, dit-il, que si un homme est infidèle c'est qu'il n'est pas amoureux.

Elle esquissa un sourire.

— C'est gentil de dire ça.

— C'est la vérité.

Le silence se fit entre eux. Il avait très envie de l'embrasser, de prendre avidement ses lèvres pulpeuses pour les rendre encore plus rouges.

Le croisement du peignoir lui offrait un très léger aperçu sur sa poitrine, là où sa peau était un peu plus blanche.

Quand il croisa son regard, il eut envie de plonger dans l'océan de ses yeux émeraude.

— Je lui parlerai demain, lâcha-t-elle, rompant leur moment de complicité.

Pour lui dire quoi ? La question avait surgi à son esprit de manière tellement brutale qu'il craignait de l'avoir prononcée à voix haute.

— A moins qu'il ait une explication miraculeuse à me fournir, je lui rendrai sa bague.

— Il n'y aura pas de miracle.

Il lui prit la main, enleva la bague et la posa sur le guéridon derrière le canapé.

— Mais…

Avait-elle encore des doutes ?

— Vous avez peur de la perdre ? demanda-t-il.

— Elle a beaucoup de valeur.

— Cette bague ne vaut rien. C'est vous qui avez de la valeur. Une valeur inestimable.

Son visage était tout proche du sien. Il mourait d'envie de la toucher. Ses gestes précédèrent sa pensée alors que sa main se posait déjà dans le creux de son dos.

Il se pencha sur elle.

— Jackson…

Le ton ressemblait à un avertissement.

— Crista, rien qu'un baiser.

Il lui laissa quelques secondes pour protester. Elle n'en fit rien. Il vint donc recouvrir ses lèvres de sa bouche avide.

Elles étaient aussi douces et sucrées que dans son souvenir, à la fois chaudes et palpitantes. Un désir fougueux s'empara de lui. Chaque parcelle de son corps flambait. Il resserra son étreinte pour mieux l'attirer à lui.

Il allongea les jambes, elle allongea les siennes, et il plongea dans les profondeurs de sa bouche, tandis que leurs corps s'enfonçaient sur le canapé-lit moelleux.

Le peignoir s'entrouvrit. Il lui suffisait de tirer sur la ceinture et d'en écarter les pans pour pouvoir contempler son corps de déesse. Mais il se retint au prix d'un effort inouï.

— Jackson, gémit-elle.

C'était tellement délectable de l'entendre prononcer son prénom, en un souffle sensuel.

— On devrait arrêter, ajouta-t-elle.

A regret, il s'éloigna, désireux de ne pas la brusquer.

— Je suis désolée.

— C'est ma faute, marmonna-t-il.

— Ne dis pas ça. Chaque fois que tu m'embrasses, je te rends volontiers la pareille.

S'armant de courage, il réussit à rétablir un peu de distance entre eux, tout en gardant les yeux fixés sur elle.

Il la contempla de longs instants, se sentant de plus en plus complice, se délectant de leur proximité.

— Je te trouve incroyablement belle, lâcha-t-il enfin.

Il fut récompensé par un sourire qui lui alla droit au cœur.

— Comment a-t-il pu faire ça ? Comment un homme qui avait réussi à attirer ton attention a-t-il pu aller voir ailleurs ?

Son sourire s'élargit encore.

— Je peux le lui demander.

— Tu devrais. Non, tu sais quoi, c'est moi qui vais le faire. Je vais lui apprendre qu'il t'a perdue et que je vais te garder pour moi.

— En faisant semblant d'être mon ex-petit ami ?

Il mit du temps à comprendre.

— Oui, c'est ça, je vais jouer le rôle de ton ex-petit ami.

— Et après, je serai libre et tranquille.

Il n'en était pas si sûr.

— Je devrais être triste, reprit-elle. Au fond du gouffre. Ma vie est sens dessus dessous. Et pourtant…

En fait, ce qu'il voulait dire c'était qu'il l'aiderait à reconstruire sa vie. Il ne la laisserait pas se débrouiller seule. Il resterait à ses côtés jusqu'à ce qu'il sache ce qui se passait vraiment avec la mine de diamants. Il ne la quitterait pas tant qu'il ne serait pas à cent pour cent sûr que Vern et sa famille ne puissent l'atteindre et lui faire du mal.

Mais il n'allait pas lui révéler tout cela, car il serait contraint de dévoiler le contenu de l'enquête et peut-être même le nom de son client.

Ils dormirent chacun dans leur lit et, le lendemain matin, Jackson emmena Crista dans le centre commercial qui se trouvait à cinq kilomètres de chez les Gerhard.

— J'aimerais venir avec toi, dit-il alors qu'ils passaient les drapeaux colorés de l'entrée principale.

— Si je suis avec Ellie, il ne pourra rien tenter contre moi.

Crista était tendue mais elle n'avait pas peur. Vern n'aurait d'autre choix que d'accepter sa décision. Il ne serait pas content, mais il comprendrait. Sa relation avec Gracie Stolt serait un bon moyen de pression.

— Vu qu'il a mis le feu à un hôtel, je ne crois pas qu'Ellie fasse le poids, répliqua-t-il mâchoire serrée.

— Rien n'a encore été prouvé.

Jackson dirigea le SUV vers la berline argentée qui amenait Mac et Ellie.

— C'est une voiture de l'entreprise. Mac n'a pas voulu prendre le risque de retourner chez Ellie pour qu'elle prenne sa voiture.

— Ils ont passé la nuit ensemble ?

— Peut-être. Je n'ai pas demandé.

— Donc Mac n'est pas chargé de surveiller Ellie ?

— C'est inutile, pour le moment.

Parfois, elle ne comprenait pas ses motivations. Il sentit qu'elle l'observait avec insistance.

— Pourquoi es-tu encore là ?

— Parce que j'ai décidé de faire du bénévolat.

— Un détective privé bénévole ?

— C'est ça.

Elle n'y croyait mais décida de ne pas insister. Jackson se gara à côté de Mac et Ellie.

— Tu sais que tu n'es pas obligée de lui dire en face que tu veux rompre, ajouta-t-il.

— Si, je veux le faire en personne. Je veux voir son expression. Et c'est la seule façon pour moi de tirer un trait sur cette histoire.

— Tu es sûre que tu ne veux pas que je vienne ?

— Ellie va venir avec moi. Vern l'aime bien.

Serrant la mâchoire, Jackson sortit un téléphone qu'il lui tendit.

— Pour m'appeler, compose le 1. A la moindre alerte, n'hésite pas.

— Qu'est-ce qui pourrait m'alerter ? Tu ne crois pas que tu exagères ?

Après tout, elle allait rompre ses fiançailles et non pas donner des informations risquées à un espion russe.

— Crois-moi, s'il y a quelque chose de louche, tu le sauras.

Elle en doutait mais s'abstint de tout commentaire.

— Si tu ne me contactes pas quinze minutes après ton entrée, on intervient.

— Tu ne pourras pas pénétrer chez les Gerhard, ils te feront arrêter.

— Ils pourront toujours essayer.

— Tu es fou !

Elle posa la main sur la poignée de la portière.

— Tout ira bien, Jackson.

Il posa la main sur son épaule, l'empêchant de descendre de voiture.

— N'oublie pas. A la moindre alerte.

— Promis. J'imagine qu'Ellie recevra le même briefing ?

— Tu as vu juste.

Elle prit une profonde inspiration et ouvrit la portière.

— C'est parti, lança-t-elle.

Elle avait l'estomac en boule mais refusait de céder à la panique. Vern ne serait pas content, soit, et si Delores et Manfred étaient chez eux, la conversation serait d'autant plus difficile. Mais cela ne durerait que quelques minutes et, ensuite, elle pourrait reléguer toute cette histoire derrière elle.

Mac sortit de la berline argentée et garda la portière ouverte pour Crista.

— Merci, dit-elle, en prenant place.

Mac leur lança un dernier regard puis claqua la portière. Crista sourit à son amie.

— Toi aussi tu as un téléphone d'agent secret ?

— Oui, madame.

— Jackson a dit qu'on avait quinze minutes avant qu'ils interviennent.

Ellie regarda derrière elle, puis manœuvra pour sortir de la place de parking.

— Qui sont ces types, d'après toi ? s'enquit Ellie en faisant un signe de tête en direction du SUV de Jackson.

— Je n'arrive pas à savoir. Je n'arrête pas de lui demander ce qui le motive, mais il me donne toujours des réponses assez vagues.

— Il est canon, ce Mac, constata Ellie.

— Ah bon ?

— Tu n'as pas remarqué ?

— Je t'avouerai que je n'ai pas fait attention à lui…

— Tu sais ce que tu vas dire à Vern ? l'interrompit Ellie.

— Je pense.

Elle avait ressassé au moins une dizaine de scénarios mais sans parvenir à trancher.

— Mac t'a parlé des photos ?

— Il me les a montrées. Ce n'est pas un montage Photoshop.

— Je sais. Je l'ai enfin accepté.

La circulation étant fluide, elles ne tarderaient pas à arriver.

— Vern est une merde, lâcha Ellie.

— J'hésite entre lui signifier le fond de ma pensée ou bien lui demander de me fournir une explication plausible et cohérente.

Tu penses vraiment qu'il pourrait expliquer ces photos de manière plausible et cohérente ? Alors autant lui régler son compte directement, parce qu'il doit savoir à quel point il t'a fait mal.

— Il le sait.

— Je crois qu'il s'en fiche pas mal.

— Je suis tellement sous le choc de découvrir la face cachée de Vern.

— Mieux vaut la découvrir maintenant qu'après le mariage.

— Tu as raison, admit Crista.

Ellie tourna dans l'allée de la propriété.

— On y est. Tu es prête ?

— Je ne sais pas. Mais j'ai hâte d'en finir.

— Alors c'est parti.

A peine Ellie s'était-elle garée devant l'entrée qu'un agent de sécurité apparut en haut des marches. Dès qu'il vit Crista sortir de la voiture, il s'arrêta net.

— Je suis venue parler avec Vern.

— Bien sûr, madame.

Pour la première fois, elle se demanda si l'agent de sécurité était armé. Et si tous ses semblables l'étaient également. Elle n'osait imaginer la scène si Mac et Jackson débarquaient à l'improviste.

— On doit se dépêcher, chuchota-t-elle à Ellie qui l'avait rejointe.

Etant souvent venue chez les Gerhard, elle connaissait bien l'entrée, une pièce octogonale, avec un sol en marbre et entourée de piliers d'ornementation. Un escalier majestueux montait aux étages supérieurs tandis que deux grandes portes en bois donnaient sur une somptueuse salle de réception où les Gerhard avaient l'habitude de recevoir leurs connaissances pour des soirées chics. Jamais elle ne s'était rendu compte à quel point ce lieu opulent pouvait être intimidant.

Elle entendit des pas dans l'escalier. Ne souhaitant pas s'éloigner de l'entrée, elle attendit sans bouger.

Bizarrement, elle avait peur. Elle en voulait un peu à Jackson de l'avoir autant mise sur ses gardes. C'était à cause de lui si elle se sentait comme une souris sur le point de se faire dévorer par un chat. De plus, l'idée que Mac et lui puissent intervenir à tout moment la mettait mal à l'aise.

Vern fit son apparition. Il s'arrêta net en la voyant. Aussitôt, son air se renfrogna.

— Je suis venue avec Ellie, commenta Crista comme si c'était nécessaire.

— Je ne l'aurais jamais laissée venir seule, précisa son amie.

— Elle peut rester ici en attendant, déclara Vern.

— Moi aussi je vais rester ici, je n'en ai pas pour longtemps.

— Comment ça, tu n'en as pas pour longtemps ? On doit discuter de notre avenir.

— J'ai vu les photos, Vern.

— Quelles photos ?

— De Gracie et toi.

Il blêmit. Elle sut alors avec certitude qu'il l'avait trompée. Mais il remonta aussitôt au créneau.

— Tu parles de Gracie Stolt ? Je te l'ai dit, c'est une cliente.

— Peut-être, mais c'est surtout ta maîtresse.

— N'importe quoi ! lâcha-t-il durement.

— J'ai vu…

— Je me fiche de ce que tu as vu. Tu as dû mal interpréter ce que tu as vu. Et toi alors ? Je sais que tu étais dans un hôtel avec ton ex-petit ami.

— Je voulais être seule pour réfléchir, répliqua-t-elle.

— Crista, intervint Ellie en lui touchant le bras.

— Je suis sûr que tu as couché avec lui !

Crista ouvrit la bouche pour nier puis se ravisa. Elle n'avait pas à se défendre.

— Je suis venue te rendre ta bague.

— Je n'en veux pas. Je sais que ça peut marcher entre nous, insista-t-il sans avoir l'air convaincu.

La colère monta en elle, incontrôlable.

— Toi tu m'as été infidèle. Pas moi. Mais tu sais quoi ? C'est exactement ce que je vais faire. En sortant d'ici, j'irai m'offrir à Jackson, s'écria-t-elle en enlevant rageusement la bague de son doigt.

Laquelle alla rouler sur le sol.

Ils la suivirent des yeux jusqu'à ce qu'elle s'arrête.

— Je refuse que tu rompes avec moi !

— Tu n'as pas le choix. Ma décision est prise.

Il l'attrapa fermement par le bras.

— Lâche-moi ! cria-t-elle, tentant de se débattre.

Du coin de l'œil, elle vit Ellie sortir son téléphone.

— Ellie, non !

Jackson et Mac ne feraient qu'empirer la situation.

— Vern, tu veux que j'appelle la police ? lui demanda froidement Ellie.

Vern lança un regard noir à Ellie mais lâcha Crista.

— On doit parler, dit-il à Crista sur un ton plus calme.

— Pas aujourd'hui.

Elle voulait quitter cette demeure au plus vite.

— Ni un autre jour, ajouta Ellie.

— Tu ne comprends pas, implora-t-il, feignant d'être peiné.

Là, elle retrouva le Vern qu'elle connaissait, mais à présent il était indissociable de l'être qu'elle avait découvert.

— Je dois y aller, répéta-t-elle, émue.

Sans tarder, Ellie la prit par le bras et la guida vers la sortie.

A peine étaient-elles dehors que Crista vit le SUV de Jackson arriver dans l'allée.

— On est restées quinze minutes ? J'ai l'impression que ça n'a duré que trois minutes.

— Tu vas vraiment t'offrir à Jackson ? demanda Ellie alors qu'elles descendaient l'escalier.

— Bien sûr que non, c'était du bluff.

— Jackson ne t'a pas dit qu'on avait un micro ?

Mac sortit du SUV pour s'asseoir au volant de la berline.

— Jackson et Mac pouvaient entendre tout ce qu'on disait. Quand j'ai menacé Vern d'appeler la police, c'était le signal qu'ils devaient intervenir. Et maintenant, vas-y, ajouta-t-elle en la poussant vers le SUV.

Crista s'installa sur le siège passager et referma la portière. Jackson redémarra aussitôt.

Jackson était soulagé d'avoir retrouvé Crista. Extrêmement soulagé. Quand Ellie avait prononcé le code, il avait paniqué comme jamais.

— Tout va bien ?

— Je suis énervée mais ça va.

— Il ne t'a pas fait mal ?

— Il a voulu me retenir par le bras, avant de finir par me lâcher. Sa bague est sur le sol en marbre de l'entrée.

— Tant mieux, fit-il, profondément satisfait.

Elle se tourna sur son siège pour lui faire face.

— Vous aviez mis un micro dans le téléphone d'Ellie ?

— On s'est dit que ce serait plus efficace.

— Pourquoi tu ne m'as rien dit ?

— Je ne voulais pas que ça te mette mal à l'aise.

— J'étais mal à l'aise de toute façon.

— Justement, je ne voulais pas que tu saches qu'on écoutait, pour que tu puisses te sentir plus libre.

— C'était de l'espionnage à mes dépens. Il s'agissait d'une conversation privée, et je ne voulais pas que tu entendes.

— Tu veux parler du moment où tu as dit que tu allais t'offrir à moi ?

— C'était du bluff.

— Mince, je suis déçu, la taquina-t-il.

Elle rougit.

— Mac aussi m'a entendue ?

— Il a bien compris que tu bluffais.

— Non. Appelle-le, sinon il croira qu'il y a quelque chose entre nous.

Il lui jeta un bref regard.

— Tu veux dire qu'il n'y a rien entre nous ?

— Non. Enfin… Je viens juste de rompre avec mon fiancé, il ne peut donc rien y avoir entre nous, répliqua-t-elle, élevant légèrement la voix.

Elle croisa les bras.

— Vous m'avez illégalement enregistrée, reprit-elle, et je veux qu'il sache la vérité.

Il appuya sur un bouton pour se mettre en liaison avec Mac, via un haut-parleur.

— Oui ? répondit Mac au bout de quelques secondes.

— Crista veut que je rétablisse la vérité. Sache donc qu'elle ne va pas s'offrir à moi.

Il y eut un silence.

— Ah, d'accord. Et pourquoi ? demanda-t-il après une courte pause. Jackson est un type super et il paraît qu'il est très performant au lit.

— On peut connaître vos sources ? ironisa Crista. Melanie ?

— Il t'a parlé de Melanie ?

Jackson intervint.

— Bon, ça suffit. Parlons plutôt de choses sérieuses. On ne la ramène pas chez elle.

— Entendu.

— Vous parlez de moi ?

Il ne prit pas la peine de lui répondre.

— On l'emmène au bureau, déclara-t-il.

— Je veux rentrer chez moi ! s'insurgea Crista. J'en ai assez de fuir. Je crois que Vern a compris le message.

Malheureusement, si les Gerhard en avaient après la mine de diamants, qu'elle ait rendu la bague ne suffirait pas à les éloigner.

Mais pour l'instant, elle ignorait tout de cette affaire. Sans l'alarmer, il se devait de la garder en sécurité.

— Crista, je suis désolé, mais je ne peux pas te laisser rentrer chez toi.

— Alors dans ce cas, j'exige qu'Ellie m'accompagne.

Ce n'était pas nécessaire, mais il n'avait pas d'objection valable à lui opposer.

— Elle sera mon chaperon.

— Je suis d'accord ! cria Ellie qui avait entendu la conversation.

— On se rejoint là-bas, annonça Mac.

Il leur fallut trente minutes pour arriver aux bureaux de Rush Investigations. Ils étaient situés dans un entrepôt reconverti à quelques pâtés de maisons du fleuve.

Ils pénétrèrent dans le garage sécurisé où ils laissèrent le SUV à sa place attitrée.

Puis Jackson l'emmena dans le bâtiment principal où se

trouvait la réception. Il entrait rarement par là, mais il désirait montrer l'endroit à Crista.

— C'est impressionnant ! s'exclama-t-elle en admirant les lieux modernes et high-tech. Je ne savais pas que ton entreprise était aussi grande.

— J'ai commencé seul et, peu à peu, je me suis agrandi.

— Et maintenant, vous êtes combien ?

— Environ trois cents.

— Chicago a besoin d'autant de détectives privés ?

Il ne put s'empêcher de sourire.

— Tous les employés ne sont pas détectives privés. Et ici nous sommes au siège ; la main-d'œuvre est répartie sur trois autres sites. A Boston, New York et Philadelphie.

Elle s'arrêta, se tourna vers lui, le regard vissé au sien.

— Je sais que je te l'ai déjà demandé, mais qu'est-ce que tu fais, au juste ?

— On enquête sur des personnes disparues, des problèmes de sécurité, des soupçons d'infidélité. Et on a aussi tout un département pour les entreprises…

— Non, je voulais dire, pourquoi tu t'occupes de moi ?

Il savait qu'il devrait tôt ou tard lui parler de la mine. Mais il ne voulait pas l'effrayer, ou la perdre dès qu'elle saurait qu'il avait agi sous l'impulsion de son père.

— Pour le moment, j'essaie de te laisser le temps de réfléchir pour trouver des solutions.

— Oui, merci. Grâce à toi, j'ai rompu avec cet homme abject. Mais tu es toujours là.

— Ce n'est pas tout. Maintenant que tu as rompu, tu dois aussi prendre le temps de savoir ce que tu vas faire de ta vie.

— En quoi est-ce que cela t'importe ?

— J'ai passé le plus clair de mon temps à tes côtés depuis trois jours. Je me fais du souci pour toi et je veux m'assurer que tout se passe pour le mieux.

— Dans ce cas, je reviens à ma question initiale. Qui t'a envoyé à moi ? Comment as-tu atterri sur le parvis de l'église où j'allais me marier ?

— Quelqu'un m'a parlé de Vern. Je me suis intéressé à sa vie, et cela m'a mené jusqu'à toi.

— Tu n'es pas responsable de ma vie. Ce ne sont pas tes affaires.

Il s'approcha d'elle, baissant la voix.

— Je passe beaucoup de temps à m'occuper des affaires des autres.

— Mais en général, tu es payé pour le faire.

— Tout dépend de la récompense qu'on attend.

Elle recula d'un pas.

— Je te le répète. Je ne finirai pas dans ton lit.

Il lui prit la main et referma l'écart entre eux.

— Tu en es sûre ?

Comme elle ne répondait pas, il lui effleura les lèvres d'un léger baiser.

— Tu en es sûre ? répéta-t-il.

— Non, je ne suis plus sûre de rien.

Il fondit sur elle, l'embrassant fougueusement.

Sentant qu'elle répondait dans la seconde, il l'étreignit avant d'approfondir le baiser.

Elle se colla à lui, ses formes féminines venant s'appliquer à la perfection contre son corps aux abois.

Il laissa libre cours au désir fulgurant qui l'envahissait.

Ils allaient devoir s'arrêter. Mais pour le moment, plus rien ne comptait hormis la tendresse des lèvres de Crista, le parfum enivrant de ses cheveux et la douceur de sa main dans la sienne.

Un bruit les arracha à leur étreinte, rompant leur baiser.

— Il faudra qu'on trouve un moment pour se retrouver à deux, marmonna-t-il en lui caressant la joue de son pouce.

— Je ne sais pas ce qui m'arrive, murmura-t-elle, ses beaux yeux verts troublés par l'émotion.

— Moi je sais.

— Je suis chamboulée. C'est comme si ma vie avait été dévastée par un ouragan.

Il comprenait que la situation paraisse compliquée à Crista

mais, pour lui, elle était simple. Il la désirait, et elle semblait également attirée par lui. Donc c'était un bon début.

— On a le temps. Inutile de brusquer les choses.

Elle secoua la tête.

— Je ne veux pas me lancer dans une nouvelle aventure, il est trop tôt.

— Comme tu voudras, admit-il à contrecœur.

Pourquoi ne se laissait-elle pas aller à ses nouvelles sensations, bon sang ?

— Je veux d'abord remettre de l'ordre dans ma vie. Et je dois commencer par Cristal Creations, mon entreprise. J'ai ouvert trois boutiques à Chicago, mais elles ne sont pas à moi.

— Comment ça ?

— J'en suis la gérante sans qu'elles m'appartiennent.

— Laisse-moi deviner : elles appartiennent aux Gerhard ?

— Sur le coup, ça me semblait logique puisqu'ils possédaient déjà les centres commerciaux où nous avons ouvert les boutiques.

— Donc ils se sont immiscés dans ton entreprise.

— C'était normal. Après tout, sans Vern, elle n'aurait jamais vu le jour. C'est lui qui a tout financé.

— Comment ça ?

— Tu connais Investisseurs Sans Limites ?

— Non. C'est quoi ?

— C'est une émission de télévision où tu viens présenter ton idée, et les gens riches du jury peuvent décider de croire en toi et de financer le lancement de ton projet.

— Tu es allée dans cette émission et Vern était là ?

— Non. J'y suis allée mais personne ne s'est montré intéressé. En revanche, il m'a contactée après l'émission.

— Il t'a fait une proposition ?

— C'est comme ça qu'on s'est rencontrés.

L'information était vitale. La chronologie se tenait, mais il lui manquait encore de nombreux éléments.

A présent, il devait découvrir qui savait quoi sur Crista et à quel moment.

Une fois qu'il aurait rassemblé ces pièces, le puzzle prendrait forme.

7

Crista et Ellie étaient seules dans une grande pièce confortable que Jackson appelait le salon. Situé au quatrième étage de Rush Investigations, le lieu avait de grandes fenêtres, des fauteuils accueillants, des canapés douillets, et il était équipé d'une kitchenette bien approvisionnée. De la musique douce filtrait à travers des haut-parleurs cachés dans le double plafond.

Après avoir pris une boisson dans le frigo, les deux amies s'étaient confortablement installées sur un canapé. Crista avait enlevé ses sandales et remonté ses cheveux en une queue-de-cheval désordonnée.

Son appartement lui manquait et elle mourait d'envie de retrouver un semblant de normalité. Elle n'en pouvait plus de fuir d'un endroit à l'autre en compagnie d'un homme qu'elle connaissait à peine mais qu'elle désirait à l'excès, tout en s'interdisant une aventure.

C'était à en perdre la tête, et elle ne pourrait pas tenir beaucoup plus longtemps à ce rythme. Elle avait besoin de s'organiser, de mettre de l'ordre dans sa vie, tant au plan professionnel que personnel.

— Il me faut un avocat.

— Au moins, tu n'as pas à demander le divorce et le contrat de mariage n'a pas pu entrer en vigueur donc tu es tranquille.

— On n'avait pas de contrat de mariage.

Ellie, qui s'était confortablement lovée sur le canapé, s'assit d'un bond.

— Comment ça ? Mais pourtant Vern est super riche.

— Je suis au courant.

— Et ça ne t'a pas étonnée qu'il ne veuille pas en faire un ?

— J'ai pris ça pour une marque de confiance. J'avoue, j'étais assez flattée.

— Il a sûrement fait ça à cause de sa liaison avec Gracie, supposa Ellie. Sûrement, renchérit Jackson. Si tu avais pris un avocat, il t'aurait conseillé de négocier le pactole en cas d'infidélité. Si Vern avait refusé de faire un contrat, tu aurais eu des doutes. Mais s'il avait accepté, tu aurais été une femme divorcée richissime. Et cela lui aurait donné une bonne leçon.

— Ce n'est pas le sujet, puisque je ne me marierai jamais avec lui. En revanche, je suis inquiète pour Cristal Creations. C'est pour ça que j'ai besoin d'un avocat.

Elle voulait s'affranchir des Gerhard au plus vite.

— Cette entreprise est à toi.

— C'est moi qui suis à l'origine des créations, mais *stricto sensu*, les magasins sont à eux.

— Comment ça ?

— C'est sa famille qui possède les franchises où j'ai ouvert mes boutiques.

— En effet, il te faut un avocat au plus vite.

— Je sais. Je dois me dépêcher d'agir. Maintenant que j'ai rompu avec Vern, je me rends compte à quel point ma vie était liée à sa famille depuis que je l'ai rencontré. Et ça ne fait même pas un an. C'est fou, non ?

— Oui, c'est fou.

— Regarde, même au mariage. Sur mes six demoiselles d'honneur, tu étais ma seule amie. Les autres venaient de la famille de Vern, c'était complètement déséquilibré.

— Je suis d'accord.

Crista resta pensive quelques instants.

Elle n'avait pas qu'Ellie comme amie, mais la mère de Vern avait insisté pour que la famille soit incluse au maximum. Crista avait tout accepté sans rien dire, mais à présent elle se rendait compte qu'elle n'aurait jamais dû consentir à tout.

Ils l'avaient manipulée pour arriver à leurs fins, s'immisçant dans sa vie comme si elle leur appartenait.

— A force d'en parler, reprit-elle, je me rends compte qu'on ne sortait plus qu'avec ses amis, et qu'on ne rendait visite qu'à sa famille. C'est vraiment étrange.

— Arrête, ça me donne des frissons ! Vern Gerhard est vraiment un sale type.

— J'aurais aimé que tu me le dises avant.

— C'est faux, protesta Ellie.

— Tu as raison. Je ne t'aurais pas crue et je me serais peut-être même fâchée avec toi.

— En plus, j'aurais pu très bien me tromper, admit Ellie. Même s'il ne me revenait pas, c'était peut-être un type fort charmant.

Elle regarda sa montre, il était presque 15 heures.

— J'ai faim, annonça Crista.

— Allons voir ce qu'il y a dans la cuisine. J'aime vraiment bien cet endroit. Et surtout, ajouta Ellie en se penchant vers elle, je m'intéresse de plus en plus aux deux gars qui sont entrés dans notre vie.

— Pourquoi tu murmures ?

— Le lieu est sûrement sur écoute.

— Tu crois ?

— On ne sait jamais. Depuis que je t'ai rejointe à l'hôtel, j'ai l'impression d'être dans un film d'espionnage.

— J'ai exactement la même impression depuis que Jackson m'a enlevée.

— Tu avoueras quand même qu'ils sont sortis de nulle part, souffla Ellie.

— C'est vrai, mais Jackson s'est comporté en véritable gentleman envers moi. Il n'a pas essayé de profiter de la situation. Même quand…

Crista hésita. C'était idiot. Après tout, elle était majeure, elle avait rompu avec Vern, et elle n'avait rien à se reprocher.

— Même quand je l'ai laissé m'embrasser.

Elle aurait dû le confier à Ellie avant. Ne rien dire rendait la chose encore plus louche.

— Quand ? Où ? Comment ?

— Sur le bateau. A l'hôtel. Et ici…

Elle n'eut pas le temps d'achever que Jackson lança depuis l'embrasure de la porte :

— Quelle bonne nouvelle !

Crista sentit ses joues s'enflammer.

— C'est très mal d'écouter aux portes, lâcha-t-elle, dépitée.

— Désolé, c'est une déformation professionnelle.

— Ce n'est pas une excuse.

Sur le coup, elle fut extrêmement gênée. Puis elle tenta de reprendre le dessus. Après tout, il n'y avait aucune honte à être attirée par Jackson.

Relevant le menton et les épaules, elle décida d'affronter la situation.

— Je dois rentrer chez moi pour reprendre possession de mes affaires, et j'ai besoin de faire le point sur Cristal Creations afin de savoir comment je vais pouvoir envisager l'avenir.

— Tu as le temps. Tu aurais dû être en lune de miel pendant trois semaines, tu peux donc t'octroyer quelques jours supplémentaires de vacances, répliqua Ellie.

— D'autant que tu ne peux pas rentrer chez toi, décréta Jackson.

— Je n'ai pas l'intention de fuir Vern toute ma vie, protesta Crista.

— Si j'étais vous, je quitterais la ville quelques jours, suggéra Mac qui venait d'arriver.

— Pas question.

Elle n'avait aucune envie de quitter Chicago alors que sa vie était un véritable chantier.

— Je veux savoir ce qui va arriver à Cristal Creations.

— Les avocats de notre entreprise sont excellents, intervint Jackson. Je peux te présenter, si tu le souhaites.

Elle hésita.

C'était trop facile. Pouvait-elle vraiment leur faire confiance ?

D'un autre côté, elle savait qu'elle ne pouvait se fier à ceux de Vern.

— Ils voudront bien m'aider ?

— C'est leur travail de s'occuper des gens dans ton cas.

Elle s'avança vers lui en le fixant des yeux.

— Pourquoi fais-tu tout ça pour moi ?

— Parce que ton ex-fiancé m'a mis en colère.

— C'est ce que tu fais quand tu es en colère ? Tu fournis une aide juridique à ceux qui en ont besoin ?

— Non. Et il vaut mieux ne pas me voir quand je me mets vraiment en colère.

Il était intimidant. Mais aussi très séduisant, et son attirance pour lui allait grandissant.

— Je ne suis pas en colère contre toi, ajouta-t-il, sentant qu'il l'avait déstabilisée. Et je t'assure, Crista, que ça n'arrivera jamais.

Deux jours plus tard, Jackson faisait face à Trent Corday pour la deuxième fois dans sa vie.

— J'ai enquêté sur tous les gens qui étaient dans le jury de l'émission Investisseurs Sans Limites, pour voir si j'arrivais à remonter jusqu'à Vern Gerhard.

Il s'arrêta de parler et attendit, laissant le temps à Trent de réagir aux informations qu'il venait de lui donner.

Plus il creusait, plus il avait eu de doutes concernant Trent. Celui-ci devait être lié de près ou de loin à l'affaire.

L'homme le regarda dans les yeux, sans rien manifester.

— Pourquoi pensez-vous qu'il y aurait un lien ?

— Parce que les deux événements sont trop rapprochés dans le temps pour que ce soit une coïncidence.

— Si Vern a regardé l'émission, c'est logique.

— Mais ce n'est pas en regardant l'émission qu'il aurait eu vent de la mine.

— L'émission lui a peut-être donné envie de rencontrer Crista.

— Cette envie ne l'aurait pas non plus mené à la mine.

— Je ne vois pas en quoi ça a de l'importance, s'obstina Trent.

— Justement, ça a de l'importance.

L'espace d'un instant, Jackson remarqua une légère incertitude dans les yeux de Trent : il avait trouvé une faille. Trent voulait savoir tout ce qu'il savait. Or, il ne savait pas grand-chose mais il jouait le jeu, gonflant le peu d'informations qu'il avait.

— Ce n'était pas quelqu'un dans le jury. C'était quelqu'un qui était au courant pour la mine.

— Impossible de dresser la liste de tous les gens au courant.

— En effet. Mais on connaît tous les deux une personne qui connaissait son existence.

— Qui ça ?

— Vous, lâcha Jackson en plaçant un document devant Trent.

— C'est quoi ?

— La liste des gens qui ont appelé Manfred Gerhard sur sa ligne privée.

Trent resta muet.

— Elle date de trois jours avant l'émission de télévision où Crista est passée.

Jackson fut étonné du manque de réaction de son interlocuteur qui croisa les bras et le regarda fixement.

— Je ne vois pas où vous voulez en venir.

— Ah bon ? Vraiment ? Sur cette liste, on voit qu'un appel a été passé de cette prison trois jours avant l'émission.

Trent feignit d'être offensé.

— Ce n'est pas moi qui ai appelé Gerhard.

— Ces appels sont enregistrés, je peux facilement vérifier.

Trent examina de nouveau la liste.

— L'appel a été passé à 10 h 45 un mardi. Le mardi, je travaille à la blanchisserie jusqu'à midi. Donc ce n'est pas moi.

— C'était il y a un an.

— Je travaille à la blanchisserie depuis deux ans. Vous pouvez vérifier.

Jackson dut se faire une raison. Trent n'avait pas passé l'appel, même s'il avait l'air de cacher quelque chose.

— Il y a quelque chose que vous me cachez ?

— Non.

Cette discussion ne menait nulle part. Il avait besoin d'un moyen de pression. Il sortit donc sa carte maîtresse.

— Vous voulez que je continue à protéger Crista ?

— Elle n'a plus besoin d'être protégée, maintenant que le mariage a été annulé.

— Le mariage a été annulé mais les Gerhard n'ont pas lâché l'affaire, bien au contraire.

— Vous n'en savez rien.

— Parce que vous en savez plus que moi ?

De nouveau, son regard vacilla légèrement.

— Je peux partir sur-le-champ ou continuer à la protéger. Si vous jouez franc jeu avec moi.

Trent se raidit, pris au piège de toute évidence.

— Trent, attention, ma patience a des limites.

— Je n'ai pas appelé Manfred Gerhard.

— Alors dites-moi ce que vous avez fait et ce que j'ai besoin de savoir. Sinon je sors d'ici et Crista devra se débrouiller toute seule, annonça Jackson en se levant.

— Attendez. Oui, c'est moi, j'en ai parlé à un type, mais je n'avais pas le choix.

Jackson sentit la fureur l'envahir. Dire que Trent avait agi sans réfléchir, au point de mettre sa fille en danger !

— On a toujours le choix, lâcha-t-il sèchement.

— Ils ont menacé de me tuer.

— Pourquoi ?

— Je devais de l'argent à un gars. Le marché consistait à proposer à Crista un prix réduit et à empocher la différence. C'est tout, je le jure.

— Qui sont ces « gars » ? Et à qui deviez-vous de l'argent ?

Trent hésita.

Jackson fit de nouveau mine de se lever.

— Aux Gerhard. Il y a plusieurs années, on a fait affaire.

Je leur ai trouvé un terrain immobilier en leur garantissant un permis de construire. Le projet a échoué et ils ne m'ont plus lâché.

Cette révélation prit Jackson au dépourvu. Il pensait avoir affaire à un petit escroc, et se retrouvait face à un bandit de grande envergure.

— Qu'est-ce qui s'est passé ?

— Les Gerhard ont des types à eux dans la prison. Ils voulaient me tuer. C'était ma seule option. Et je pensais que ça ne ferait de mal à personne. Surtout pas à Crista.

— Vous l'avez carrément offerte en sacrifice.

— Je l'ai compris trop tard. C'est à ce moment-là que je vous ai demandé de l'aide.

— Vous m'avez menti. Et maintenant que Crista a annulé le mariage, ils n'auront pas accès à la mine.

— Peu importe. J'ai respecté ma partie du contrat. Je leur ai donné les informations qu'ils voulaient. De mon point de vue, on est quittes. Je ne crains plus pour ma vie.

— Tant mieux si vous êtes rassuré sur votre compte, mais je peux vous certifier que Crista est en danger.

— Ce n'est pas ce que je voulais.

— Pourtant c'est ce qui est arrivé.

Trent était pâle comme un linge.

— Franchement, à votre place, j'aurais honte, vous n'êtes vraiment pas à la hauteur de votre rôle de père, insista Jackson pour enfoncer le clou.

— J'ai honte, murmura Trent en baissant les yeux.

Jackson se leva.

— Vous allez la protéger ?

L'émotion dans sa voix était forcément factice, mais Jackson avait déjà pris sa décision.

— Oui, je ferai tout pour la protéger.

— Merci, lâcha Trent, visiblement soulagé.

Jackson lui en voulait. C'était un homme égoïste qui ne méritait pas Crista comme fille.

Il quitta les lieux, frustré et en colère.

Une fois dehors, il appela son ami Tuck Tucker.

— Salut, Jackson.

— J'ai besoin de te parler, tu as un peu de temps ? demanda Jackson en regagnant sa voiture.

— Pas de problème. Où es-tu ?

— A la prison de Riverway.

— En effet, ça m'a l'air important. On se retrouve chez Copper ? Dans quinze minutes ?

— Parfait.

Dans la foulée, Jackson appela Mac.

— Est-ce que tu as souvenir d'histoires de corruption dans le dossier Gerhard ? Notamment concernant des permis de construire.

— Ecoute, je ne me souviens pas d'un cas précis, mais je sais que plusieurs décisions du comité d'allocation des permis ont été tranchées en leur faveur l'an passé, après le passage en commission. Je vais enquêter.

— Il faut aussi creuser le dossier Trent Corday. Il n'est pas tout blanc. Et c'est lui qui a parlé de la mine aux Gerhard.

— Ah bon ? Mais comment ça ?

— Il devait de l'argent aux Gerhard et il a voulu s'éviter la mort, ironisa Jackson.

— En se servant de sa fille ?

— Oui. La mine devait servir à éponger ses dettes.

— Mais ils n'ont pas eu la mine, remarqua Mac, sur un ton inquiet.

— Je sais, c'est ce que j'ai objecté à Trent, mais il semble penser que sa dette a été épongée par l'information qu'il leur a donnée. Personnellement, j'en doute.

— Moi aussi.

— Tu as déposé Crista et Ellie ?

— Oui. Au Gold Leaf & Spa. J'ai dit à Ellie d'encourager Crista à se détendre.

Jackson n'eut pas de mal à se garer sur le parking de Copper. Il aimait bien l'établissement. C'était un bar sympathique, avec des tables en bois, des fauteuils en cuir, du personnel et une ambiance chaleureux.

Tuck l'attendait.

— J'ai déjà commandé deux bières et des côtelettes, annonça-t-il alors que Jackson s'asseyait.

— Super.

— C'est toi qui m'invites, le prévint Tuck.

— Et comment !

Tammy, la serveuse, ne tarda pas à leur apporter deux grands verres de bière.

— Alors, de quoi voulais-tu parler ? s'enquit Tuck.

— J'ai besoin d'un grand service.

— Tu veux dire que j'aurais dû commander du homard ?

— Même le homard, ça ne suffirait pas. J'ai besoin que tu achètes une entreprise qui s'appelle Cristal Creations. Elle compte trois boutiques à Chicago. Tu l'achètes maintenant. Je te la rachète dans deux ans. Tu pourras décider des conditions.

— Pourquoi ?

— Je connais la propriétaire.

— Tu veux dire que tu as des vues sur la propriétaire ?

— Oui, mais c'est compliqué, admit-il.

— Mais encore ?

— Disons que la jeune femme qui a lancé cette entreprise est sous ma protection. Et, pour l'instant, les boutiques appartiennent à la famille Gerhard avec laquelle elle s'est fâchée.

— Je peux en savoir plus avant de signer ? insista Tuck.

— Elle allait se marier avec le fils, Vern Gerhard, mais elle a rompu et il n'est pas content.

— Toi, en revanche, tu es content ?

Jackson ne put dissimuler un sourire.

— Disons que je suis satisfait du résultat.

— Et tu veux qu'elle coupe le cordon une bonne fois pour toutes.

— Je me méfie d'eux. Ce sont des escrocs qui pourraient chercher à se venger.

Tuck hocha la tête, pensif.

— On a une compagnie aux Bahamas qui ne fait pas grand-chose en ce moment.

— On peut remonter jusqu'à toi ?

— Oui, c'est possible, mais il faudrait beaucoup de temps, d'avocats et d'argent. Autrement dit, je ne crois pas que quelqu'un se donnerait cette peine.

— C'est parfait, merci, dit Jackson. Si tu savais comme ça me soulage !

— Pourquoi elle a rompu ? demanda encore Tuck.

— Il la trompait, répondit Jackson en sortant une photo de Crista.

Il la tendit à Tuck.

— L'ex-future mariée.

Son ami siffla d'admiration.

— Dis donc, tu as décroché le gros lot !

— Elle est belle, drôle, intelligente, et douée d'une grande sensibilité. Mais ce n'est pas encore gagné pour moi.

— Tu veux de l'aide pour ça aussi ?

— Non, ça ira, merci, marmonna Jackson avant de prendre une gorgée de bière.

Tammy apporta leurs assiettes.

— Vous avez besoin d'autre chose ? s'enquit-elle.

— Jackson a besoin de conseils en amour, lâcha Tucker sur le ton de la plaisanterie.

Jackson leva les yeux au ciel tandis que Tammy l'observait.

— Voici mon conseil : passe aux aveux sans plus attendre.

— Bravo, Tammy, tu viens de doubler ton pourboire, déclara Tuck.

La serveuse éclata de rire. Une fois qu'elle fut partie, Jackson se tourna vers son ami.

— Pour l'instant, elle vient à peine de rompre avec l'homme qu'elle était sur le point d'épouser.

Tuck l'observa, sceptique.

— Tu dois être honnête. C'est tout.

— Ce n'est pas parce que tu as eu de la chance en trouvant Amber que cela fait de toi un expert.

— Attention, ce n'était pas qu'une question de chance. C'était aussi une question de compétences, de flair et de…

— Et d'honnêteté, donc ?

— J'allais dire d'humilité, mais l'honnêteté est en effet indispensable. C'est très difficile de gagner la confiance de quelqu'un et très facile de la perdre.

— Je ne peux pas tout lui dire, objecta Jackson.

— Pourquoi ?

— Parce que c'est son père qui m'a contacté pour empêcher son mariage, et c'est lui qui l'a plus ou moins vendue à ces malfrats pour sauver sa peau.

— J'avoue que là, je suis perdu.

— Il y a quelques années, son père a mis des actions d'une mine de diamants au nom de Crista. Elle ne sait pas qu'elle possède ces actions, mais son père en a parlé aux Gerhard pour éponger une dette. Et maintenant que Crista a rompu avec Vern Gerhard, j'ai l'impression qu'ils vont quand même tout faire pour mettre la main sur la mine.

— Les Gerhard ont besoin d'argent ?

— Non, mais ils aiment la richesse et ils sont prêts à tout pour arriver à leurs fins. Ils ont aussi des moyens quasi illimités.

— Elle a combien de parts dans la mine ?

— Quatre, mais il n'y a que dix parts en tout.

— Donc elle possède quarante pour cent d'une mine de diamants ?

— Oui.

— Tu dois tout lui dire.

Jackson ferma les yeux.

— Je sais.

Il n'avait pas d'autre solution. Il devait parler à Crista. Il tenait à elle plus que tout et même s'il risquait de la perdre en lui dévoilant ce pan de l'enquête, il se devait de la tenir au courant, pour sa sécurité. Les Gerhard n'étaient pas du genre à laisser une affaire de plusieurs millions de dollars leur échapper.

8

Quand Reginald Cooper, l'avocat de Jackson, avait conseillé à Crista de prendre quelques jours pour réfléchir à ce qu'elle voulait faire de Cristal Creations, Mac avait suggéré qu'elle aille séjourner dans un hôtel spa. Crista avait aussitôt refusé l'idée. Elle en avait assez de fuir ses problèmes et ne souhaitait pas quitter la ville.

Ellie l'avait suppliée d'y réfléchir à deux fois.

Finalement, grâce à son amie et à l'intervention de Jackson qui lui avait assuré que le séjour était offert par le propriétaire de l'hôtel, qui était l'un des clients de Rush Investigations, Crista avait cédé.

A présent, plongée dans une piscine extérieure, elle ne regrettait pas sa décision. La brise se faisait plus forte et les nuages s'amoncelaient dans le ciel, mais l'eau était délicieusement chaude.

Elle se sentait plus sereine depuis son arrivée ici, et elle réussissait enfin à envisager son avenir.

— Je n'arrive pas à croire que j'ai oublié d'annuler la fin de mon bail ! s'exclama-t-elle soudain. Les déménageurs vont mettre le contenu de mon appartement au garde-meubles.

— Donc tu es sans-abri ?

— Oui, c'est un peu ça.

— Tu peux venir habiter chez moi. J'ai un nouveau canapé-lit très confortable…

Ellie s'interrompit, les yeux écarquillés.

— Qu'y a-t-il ? demanda Crista en tournant la tête.

C'était Vern. Il marchait droit vers elles, sourire aux lèvres.

— Comment m'a-t-il trouvée ?

Elle n'avait pas peur mais elle était contrariée. Ellie se leva d'un bond.

Crista se leva également, croisant les bras pour lui faire face.

— Je peux savoir ce que tu fais ici ?

— Je veux te parler, répondit-il sur un ton *a priori* amical.

Il portait un costume qui ne l'empêcha pas de s'agenouiller au bord de la piscine.

— Je n'aime pas la façon dont ça s'est terminé entre nous.

Elle non plus n'aimait pas, mais c'était sa faute à lui et elle n'avait pas envie de revenir en arrière.

— Je n'ai rien à te dire.

— Alors écoute-moi, s'il te plaît.

Elle secoua la tête. Il ne parviendrait pas à lui faire oublier son infidélité.

— Je sais que tu es contrariée.

— Contrariée ? Je suis folle de rage, plutôt.

Toute leur relation était fondée sur un mensonge.

— Je peux t'expliquer.

— Tu veux m'expliquer pourquoi tu avais une maîtresse ? Alors que tu étais fiancé avec moi ? J'aimerais bien voir ça !

— Crista, calme-toi, murmura Ellie.

Son amie avait raison. Ce n'était pas une bonne idée de provoquer Vern.

— Ce n'est pas ma maîtresse. C'était une liaison sans lendemain qui a un peu duré. J'ai paniqué. Je savais que je voulais passer le restant de ma vie avec toi, mais je me suis dit que… tant que c'était avant le mariage…

— Arrête ! Tu m'as trompée. Je ne pense pas que tu le regrettes. Et je suis même certaine que tu comptais continuer après le mariage.

— C'est faux ! Je t'aime, Crista, je veux passer le restant de mes jours avec toi.

— Tu ne m'aimes pas. Quand on aime quelqu'un, on veut ce qu'il y a de mieux pour lui, et on veut son bonheur. Tu te moques bien du mien. Tu veux ce qu'il y a de mieux pour toi. Et tu es prêt à me sacrifier pour l'obtenir.

— Je veux ton bonheur, je t'assure. J'ai retenu la leçon. Je ne pensais pas que je pouvais te faire du mal. Si j'avais compris plus tôt…

Ellie intervint.

— La ferme, Vern. Laisse-la tranquille.

L'intéressé changea de ton.

— Mêle-toi de ce qui te regarde, trancha-t-il.

Une nouvelle voix masculine vint s'immiscer dans leur échange.

— Dans tous les cas, cette conversation est terminée.

Jackson était arrivé, de nulle part, comme à son habitude. Crista était abasourdie.

— Mais comment tu… ?

— Tiens, tiens, grommela Vern en se relevant pour faire face à Jackson.

— Au revoir, Vern. Ou dois-je appeler la sécurité ?

— Donc vous êtes ici avec elle ?

Jackson ne répondit pas.

— Je ne suis pas avec lui, intervint Crista. Il vient d'arriver.

Vern se tourna vers elle, tentant sûrement de décider si elle mentait ou pas.

— Tu n'as pas à te justifier, lui dit Jackson avant de s'approcher de Vern d'un pas menaçant. Crista ne veut pas de vous ici. Donc vous avez le choix entre sortir seul ou sortir escorté.

Ellie la prit par le bras.

— Viens.

Elle avait raison. Inutile de rester là. Elle n'avait rien à dire à Vern, et sa présence ne faisait que compliquer les choses.

Elles prirent leurs serviettes et se dirigèrent vers les ascenseurs. Jackson les rejoignit à grandes enjambées.

— Il est parti.

— Le problème, c'est qu'il ne semble pas vouloir abandonner.

L'ascenseur arriva.

— Oui, c'est un problème, admit Jackson alors qu'ils montaient dans l'ascenseur.

— Je vais me terrer dans ma chambre, je ne vois que cette solution.

— On doit commencer par parler, déclara-t-il, l'air grave.

— J'espère que ce n'est pas une mauvaise nouvelle.

Avant qu'il ait pu répondre, l'ascenseur s'arrêta au troisième.

— Je descends là, dit Ellie. Je crois que Mac est dans les parages.

— Décidément, j'ai l'impression que Mac lui plaît.

— C'est réciproque à mon avis.

Leurs regards se croisèrent alors qu'ils montaient vers la suite qu'elles occupaient au vingtième étage.

Elle sentit aussitôt une vague de chaleur l'envahir. Elle avait beau se refuser à lui, chaque fois qu'elle le voyait, elle le trouvait encore plus séduisant.

— Tu veux te changer ? lui demanda-t-il alors qu'ils pénétraient dans le salon spacieux qui surplombait les jardins de l'hôtel.

— Je pensais que tu voulais parler.

— En effet.

Il la contempla quelques instants sans rien dire.

— Tu m'as beaucoup manqué, avoua-t-il enfin.

Il lui avait manqué, lui aussi, et les sentiments qu'elle éprouvait pour lui ne cessaient de la déstabiliser.

Elle le trouvait extraordinaire. Il était séduisant, confiant, sous des allures d'aventurier téméraire au grand cœur. Elle eut soudain une vision de lui en jean, torse nu sur une plage balayée par le vent.

— Ne me regarde pas comme ça, protesta-t-il de sa voix rauque et sensuelle.

— Je ne vois pas ce que tu veux dire.

— Tu mens.

Il avait raison. Elle mentait. Elle lui mentait et se mentait à elle-même. Elle le dévorait du regard car elle était attirée par lui et se demandait pourquoi elle ne cédait pas à la tentation.

Il prit soudain ses mains dans les siennes, déclenchant un désir fulgurant qui la pencha vers lui. Alors il libéra ses mains pour lui prendre le visage puis il s'approcha dangereusement de ses lèvres.

— Tu en as envie ? murmura-t-il.

Elle en avait assez de mentir.

— Oui, parvint-elle à articuler.

— Tu en es sûre ? Parce que si tu te rétractes de nouveau, je ne m'en remettrai pas.

Elle non plus. En réponse, elle se mit à défaire les boutons de sa chemise.

— J'en suis sûre, murmura-t-elle avant de se dresser sur la pointe des pieds pour poser ses lèvres sur les siennes.

La réaction de Jackson fut immédiate.

Il l'enlaça fougueusement, approfondissant le baiser comme s'il en allait de sa vie. Elle fondit contre lui, sentant la force de son corps et les battements de son cœur.

Il tira sur le lien qui retenait sa robe de plage.

— Je suis trempée, je vais mouiller tes vêtements.

— Je m'en fiche, murmura-t-il, arrachant sa robe pour la jeter à terre.

Puis il la souleva.

— C'est par où ?

Elle lui indiqua la porte de sa chambre.

La porte du balcon était entrouverte, une brise filtrait à l'intérieur. Des bruits sourds montaient de la piscine. Le ventilateur ronronnait et des taches de lumière provenant des rayons du soleil dansaient sur les murs.

Il passa les mains dans ses cheveux humides.

Elle finit de lui ôter sa chemise et fut récompensée par la vue de ses larges épaules, de sa peau hâlée, et de son torse musclé. Il fit alors glisser les bretelles de son maillot de bain avant d'embrasser ses épaules et défit le haut de son maillot pour libérer sa poitrine encore fraîche et humide.

Il recula d'un pas afin de l'admirer, et ses yeux devinrent

marron chocolat. Ses tétons se raidirent et une vague d'excitation l'enflamma.

— Tu es superbe, lâcha-t-il.

— J'avoue que tu n'es pas mal non plus, répliqua-t-elle en laissant glisser un doigt de son nombril à son torse puis jusqu'à ses épaules.

Il était admirablement ferme.

D'une main virile, il vint lui caresser les seins avant de prendre avidement ses lèvres. Puis, comme pour mieux la faire sienne, il l'enlaça par la taille afin d'unir leurs torses nus.

Leurs baisers duraient une éternité, toujours plus forts, toujours plus délicieux. Elle voulait se fondre dans cette étreinte charnelle et oublier le monde alentour. C'était tout ce qu'elle désirait. Cet instant, ces sensations, cette sérénité qu'elle éprouvait en présence de Jackson.

Il ôta ses chaussures et défit sa ceinture. Dans un instant, ils seraient nus, sur le grand lit, et ils pourraient donner libre cours à leur désir.

— Tu as de quoi te protéger ? souffla-t-elle.

— Oui.

Elle recula alors d'un pas.

Tout en lui offrant un sourire sensuel, elle glissa les deux pouces dans son Bikini. Se sentant sexy et confiante, et adorant voir le regard torride de Jackson, elle fit descendre tout doucement son maillot de bain le long de ses cuisses.

A présent, elle était nue devant lui.

Il ne bougea pas. Il la détailla, de haut en bas, de bas en haut. Puis il chercha son regard.

— Je suis époustouflé.

— En bien, j'espère.

— Tu es absolument enchanteresse. J'ai peur de te toucher. Si tu fais encore partie d'un de mes rêves, je vais être terriblement déçu.

Sa confiance refit surface et elle sourit.

— Un de tes rêves ?

— J'en ai fait des dizaines, avoua-t-il en retirant son pantalon.

— Je suis flattée.

— C'était en effet formidable, mais j'étais aux abois chaque fois que je me réveillais.

Elle le prit par le cou, se soulevant sur la pointe des pieds pour l'embrasser sur la bouche.

— Je vais essayer de ne pas te décevoir.

Alors il fondit sur ses lèvres.

Leurs corps étaient à présent scellés l'un à l'autre. Elle sentait le moindre détail de son torse, chaque mouvement de ses cuisses.

Ses mains viriles partirent à la découverte de son dos, de ses fesses, descendant jusqu'à ses cuisses. Elle écarta légèrement les pieds, se cambrant pour mieux se frotter contre lui, sentant le désir monter en elle.

— Crista, gémit-il, enfouissant le visage dans le creux de son cou, embrassant tendrement sa peau.

— Prends-moi, susurra-t-elle.

Sans se faire prier, il sortit un préservatif. Quelques secondes plus tard, il lui attrapa les fesses et la souleva pour qu'elle puisse enrouler les jambes autour de sa taille, profitant de chaque instant d'intimité entre leurs corps impatients.

Il l'embrassa, sa langue s'immisçant dans sa bouche, impérieuse. Il lui agrippa les épaules alors qu'il la pénétrait pour ne plus faire qu'un avec elle.

Elle gémit.

Ce n'était pas simplement agréable, ce n'était pas simplement bon, c'était intense, ravageur, génial. Soudain, elle se sentit soulevée par des vagues successives d'extase.

Il avait à peine commencé à bouger en elle que ses sens volaient dans toutes les directions. Des couleurs explosaient devant ses yeux, et elle criait son nom, s'accrochant à sa chevelure alors qu'elle s'abandonnait au va-et-vient le plus exquis de sa vie.

Il marqua une pause pour la laisser respirer.

— Je ne… Je ne sais pas ce qui s'est passé, balbutia-t-elle. Je ne suis pas… Je n'ai jamais…

Il l'interrompit en l'embrassant.

— J'ai hâte de recommencer.

Elle rit, gênée. Elle doutait de pouvoir recommencer.

Mais quand il se mit à lui caresser les tétons, son corps entier s'enflamma de nouveau. Puis il l'embrassa et le désir grimpa en elle.

— Dis donc…, murmura-t-elle.

Il la fouilla de son sexe toujours raidi, se frottant contre son bas-ventre. L'excitation la submergea, l'animant d'une passion sans bornes. Alors elle répondit à ses coups de reins, perdant de nouveau pied avec la réalité.

Leurs ébats continuèrent et il l'emmena vers des sommets inconnus, faisant exploser son âme en mille morceaux.

Plus tard, ils s'effondrèrent ensemble sur le lit, lui sur elle, imbriqués l'un dans l'autre. Elle ne pouvait pas bouger. Elle n'en avait pas envie. Elle n'arrivait pas à parler, quand bien même elle aurait aimé lui dire qu'elle le trouvait extraordinaire et que jamais un homme ne lui avait fait l'amour de cette façon.

Pendant quelques minutes, ils restèrent silencieux, afin de reprendre leurs esprits et leur respiration.

— Jackson, je n'ai jamais été aussi comblée.

— Crista, tu as réalisé tous mes rêves d'un seul coup.

Elle sentit son cœur gonfler comme jamais. Une chaleur douce et moelleuse l'envahit. Elle ne savait pas ce qui arriverait ensuite, mais elle ne voulait pas s'en soucier maintenant. Pour le moment, tout ce qu'elle voulait, c'était profiter de la présence de Jackson.

Quand Crista vint se blottir contre son épaule, il l'attira à lui, heureux. Dire qu'il avait failli rater ce moment extraordinaire ! Cette femme merveilleuse !

S'il avait hésité sur le parvis et s'il l'avait laissée entrer dans l'église, à l'heure qu'il était, elle serait mariée à Vern Gerhard, et inaccessible.

Il tira la couette pour les envelopper tous les deux dans un cocon. C'était tellement bon de l'avoir pour lui tout seul.

Au loin, on entendait les bruits de la piscine. Au plafond, les pales du ventilateur tournaient doucement, rafraîchissant l'air.

Il avait envie de commander du champagne, peut-être des fraises. Il avait envie de rester des heures à traîner au lit, à s'amuser avec elle, à lui poser des questions sur son enfance, ses amis, ses créations de bijoux.

Mais il ne pouvait se permettre de repousser davantage la conversation qu'il avait déjà trop tardé à lancer. Il était temps qu'elle se sache multimillionnaire et apprenne que les Gerhard en avaient sûrement après son argent.

— La mine Borezone, lui murmura-t-il à l'oreille.

Elle tourna la tête vers lui, les yeux plissés, les lèvres formant un sourire amusé.

— J'avoue, je ne m'attendais pas à ça.

Il enleva une mèche de cheveux qui lui balayait le visage.

— Tu veux que je te répète que tu étais fantastique ? Crista, tu étais absolument fantastique.

Elle se blottit davantage contre lui, ses cheveux lui chatouillant le torse. C'était bon.

— Alors de quoi s'agit-il ? s'enquit-elle.

— Il y a quelques années, des parts de la mine Borezone ont été mises à ton nom.

Elle ne dit rien, se contentant de se soulever sur ses coudes.

— Tu en es à présent la propriétaire.

— Comment le sais-tu ?

— Mac l'a découvert récemment, répondit-il, espérant retarder le moment où il devrait mentionner son père.

Il décida de s'asseoir dans le lit.

— Les Gerhard ont su que tu possédais ces parts.

Elle parut encore plus perplexe.

— Comment ont-ils pu le savoir si moi-même je l'ignorais ?

— Je ne sais pas, répondit-il.

Elle s'assit à son tour, tirant la couette autour d'elle.

— C'est forcément lié à mon père, maugréa-t-elle.

Il fut étonné de la rapidité avec laquelle elle avait deviné. Or, au lieu d'être en colère, elle parut surtout inquiète.

— C'est une affaire illégale ?

— Non. La mine se situe dans le Nord du Canada. C'est un site officiel.

— Si mon père est mêlé à cette histoire, il y a forcément une arnaque.

— Vern connaît l'existence de la mine.

— Et alors ?

— Il veut mettre la main dessus.

Elle cligna des yeux, comme pour mieux comprendre la situation.

— Tu essaies d'insinuer que Vern voulait m'épouser pour mettre la main sur une mine ?

— Je…

— Tu veux dire qu'il n'avait aucun sentiment pour moi ? cria-t-elle, tout en sortant du lit.

— Je veux te protéger, c'est tout.

— Pourquoi tu m'annonces ça maintenant ? Je ne suis pas aussi naïve que tu peux le penser. Je sais qu'il n'a pas fait semblant de m'aimer.

Il se rendit compte qu'il avait commis une grave erreur. Il avait mal choisi son moment.

— Pardon, je recommence. Ou, mieux encore, oublie ce que j'ai dit. On pourra en reparler plus tard. J'ai faim. Pas toi ?

Elle secoua la tête avec véhémence.

— Oh non ! Pas question ! Je veux que tu finisses de m'expliquer comment mon ex-fiancé m'a bernée pour s'approprier quelques parts d'une mine inconnue au fin fond du Canada.

— Comme je te l'ai dit, tout ce qui me préoccupe, c'est ta sécurité.

— J'ai rompu mes fiançailles, je ne vois donc pas pourquoi je serais en danger.

— Parce que Vern est loin d'être un homme irréprochable.

Elle leva la tête mais ne répondit pas.

— Il faut se méfier de lui et de sa famille. Ils sont retors et capables de tout. On pense qu'ils ont corrompu des employés de l'administration afin d'obtenir des permis de construire pour leurs projets de développements urbains. Mac est en train d'enquêter. Mais tant que tu es en possession des parts de la mine, tu es en danger.

— C'est une mine de diamants ?

— Oui.

— C'est forcément une erreur. Les Gerhard n'ont pas besoin d'argent. C'est même la dernière chose dont ils ont besoin.

— Je sais.

— Alors pourquoi auraient-ils envie de mettre la main sur mon argent ?

— Je ne sais pas, mais j'ai raison. Ils ne te lâcheront pas. Ils te pousseront à bout jusqu'à ce qu'ils remettent la main sur toi.

— Jusqu'à ce qu'ils me remettent la main dessus ? Tu entends ce que tu dis ?

— Crois-moi.

Elle s'assit sur le bord du lit.

— Pourquoi tu m'as fait l'amour ?

La question le prit au dépourvu. Il opta pour la vérité.

— Parce que j'en avais envie plus que tout au monde, je ne pouvais plus résister.

— Tu n'as pas résisté longtemps.

— Aujourd'hui, non. Mais je résiste depuis plusieurs jours.

Il voulut lui prendre la main, elle se refusa à lui.

— Tu veux mes parts de la mine, toi aussi ? C'est pour ça que tu restes avec moi depuis le début ?

Ses questions le blessèrent.

— Non. La mine n'a rien à voir avec ce qui se passe entre toi et moi.

— Au contraire, ça a tout à voir.

— Je suis là pour veiller sur toi, c'est tout.

— Tu ne me connais même pas ! rétorqua-t-elle.

— C'est faux. Je ne te connaissais pas quand je t'ai kidnappée sur le parvis de l'église. Mais j'ai appris à te connaître. Je tiens à toi. Et je ne peux pas laisser les Gerhard te faire du mal.

— S'ils veulent la mine, je veux bien la leur donner. Je m'en fiche.

— Tu ne devrais pas. Cet argent pourrait t'aider à racheter tes boutiques et à continuer ton activité.

— Qu'est-ce que ça peut te faire ?

— Crista, ce sont des escrocs, des criminels ! Ils n'ont aucun droit sur…

— Je m'en fiche ! hurla-t-elle.

— Crista ! Cette mine vaut des dizaines de millions de dollars, et tu en possèdes quarante pour cent.

Elle blêmit. Ses épaules tombèrent. Elle croisa les bras. Le silence s'étira. Il n'osait parler.

— C'est impossible, murmura-t-elle.

Il la prit délicatement par les épaules.

— Pour les Gerhard, tu représentes quarante millions de dollars.

En cet instant, tout lui parut clair. Elle se tourna vers Jackson.

— Il ne voulait pas qu'on fasse un contrat de mariage. J'étais honorée. Pour moi, ça voulait dire qu'il avait entièrement confiance en moi.

Jackson céda à l'émotion et la serra contre lui, en un geste doux et protecteur.

— C'est ce qu'il voulait te faire croire. Parce que tu es quelqu'un qui croit en la sincérité des gens.

Elle chercha mollement à le repousser.

— Pourquoi tu ne m'as rien dit ?

— Je viens de te l'apprendre. Et je te rappelle qu'au départ, tu ne voulais pas croire qu'il te trompait. J'ai d'abord dû gagner ta confiance.

— Je n'ai pas encore pleinement confiance en toi.

— Je sais, mais quand j'ai vu Vern tout à l'heure sur le bord de la piscine, j'ai compris que je devais te parler au plus vite de la mine.

— C'était il y a deux heures.

— Je me suis dit que tant que tu étais avec moi, tu étais en sécurité.

— Et puis tu avais envie de m'attirer dans un lit.

Il sourit d'un air coupable.

— Cette histoire de mine, c'est forcément une arnaque, reprit Crista. C'est un classique de mon père. Il veut faire croire aux gens que ça a de la valeur pour pouvoir les arnaquer, mais en réalité, c'est bidon.

Jackson savait que ce n'était pas le cas mais il ne voulait pas relancer le débat. Mieux valait laisser Reginald s'occuper du côté légal.

— Admettons que ce soit une arnaque : ça n'empêche pas les Gerhard de penser que c'est vrai.

— Il ne peut pas me voler quelque chose que je n'ai pas.

— Il peut te faire du mal en essayant. Alors pour l'instant, crois-moi sur parole. Je te promets de te montrer des preuves dès notre retour à Chicago.

— Entendu. Mais quand j'aurai la preuve, ta mission sera terminée et tu me laisseras reprendre ma vie, d'accord ?

— Entendu.

Mais il ne la laisserait pas pour autant.

Il n'était pas prêt à quitter Crista. Bien au contraire.

9

— Il me suffit de réussir à retrouver un semblant de normalité, déclara Crista sur le parcours de golf.

Sa vie était sens dessus dessous mais avec un peu d'efforts, elle pourrait y remettre de l'ordre.

— Tu peux commencer par moi. Ma vie est tout ce qu'il y a de plus normale, et tu peux venir habiter chez moi autant que tu voudras.

— Concentre-toi, intima Mac à Ellie.

Ils en étaient au cinquième trou. Jackson et Crista avaient quatre coups d'avance. Grâce à Jackson.

— Je me concentre, protesta-t-elle.

— Tu papotes avec Crista.

— Je peux jouer au golf et donner des conseils à ma meilleure amie, répliqua-t-elle en envoyant la balle beaucoup trop loin.

— Visiblement, non, se plaignit Mac.

— Désolée, je ne sens pas ma force. Crista, si tu viens chez moi, tu ne seras pas obligée de chercher un appartement à louer tout de suite.

— Un appartement à louer ? s'étonna Jackson. Tu devrais acheter.

— Je n'ai pas d'apport, objecta Crista.

Elle prépara son geste et poussa la balle d'un coup sec. Celle-ci, après quelques hésitations, alla se loger directement dans le trou.

— Joli, constata Mac.

Ellie lui donna un léger coup de coude dans les côtes. Mac l'attrapa et lui administra un baiser bruyant.

— Promets-moi de faire un effort, s'esclaffa-t-il.

— A vos ordres, répondit-elle, les joues rougies, les yeux écarquillés.

— Je t'adore, déclara-t-il avant de l'embrasser de nouveau.

— Avec tes parts dans la mine, ton apport est tout trouvé, dit Jackson, revenant à la conversation.

— Je ne veux pas de cette mine, protesta-t-elle en secouant la tête. Tout ce que touche mon père est toxique.

— Cette mine est un gisement légal, ajouta Mac.

— Croyez-moi, même si ça paraît légal, il suffira que je m'en approche pour que le FBI soit sur le pas de ma porte dans les vingt-quatre heures.

— Tu pourras examiner la question avec Reginald.

— Il a déjà du pain sur la planche avec le reste. Et moi, j'ai assez de soucis pour le moment sans y ajouter cette histoire de mine. Je veux l'ignorer et j'aimerais que tu en fasses autant, ajouta-t-elle, le défiant du regard en attendant sa réponse.

Son expression resta neutre.

— Jackson ? le pressa-t-elle.

— D'accord. On oublie la mine et Reginald.

— Mon père est en prison pour fraude et contrefaçon, je te rappelle.

— Je sais. On a mené notre enquête.

— Et ça ne te paraît pas bizarre que mon père soit en prison pour escroquerie ?

— Mon père aussi est en prison, répliqua-t-il, les yeux fixés sur Ellie qui se préparait à jouer sa balle.

— Ah bon ? s'exclama-t-elle, abasourdie.

Crista n'avait jamais rencontré quelqu'un qui ait aussi un parent emprisonné.

— Détournement de fonds. Il a été arrêté quand j'avais treize ans. Je ne vais jamais le voir et je n'aime pas en parler.

— Et ça t'embête ?

— Pas dans ma vie de tous les jours.

— Tu as peur de finir comme lui ?

Crista s'était elle-même posé la question. Après tout, elle avait la moitié des gènes de son père, qui était un escroc. Elle avait aussi la moitié des gènes de sa mère qui avait épousé un escroc. Elle avait failli épouser Vern qui s'était avéré assez malhonnête. Elle avait donc de quoi se faire du souci.

— Tu trouves que j'ai l'air suspect ?

— Non. Mais ton travail peut laisser penser que les êtres suspects t'intéressent.

Ellie rata le trou qu'elle visait mais s'en approcha avec dextérité.

— En tout cas, pour en revenir à nos moutons, je n'ai pas envie d'acheter une maison.

— Ce serait dommage de gaspiller ton argent dans un loyer, répliqua Jackson. Surtout si tu dois relancer ton entreprise.

— Je m'en sortirai.

Ellie réussit enfin à mettre la balle dans le trou. Mac siffla, admiratif.

— Bravo ! Tu vois ce qui se passe quand tu te concentres ? demanda-t-il.

Crista se dirigea vers le trou suivant. Jackson la prit par la main et l'attira à lui.

— Attends, j'ai une meilleure idée.

— Je ne préfère pas l'entendre.

— C'est une excellente idée : viens habiter avec moi.

Elle le regarda, yeux écarquillés, certaine d'avoir mal entendu.

— J'ai trois chambres. Cela étant, je ne suggère pas de te donner une chambre. J'aimerais plutôt qu'on partage la même. J'adorerais, en fait.

— Tu as perdu la tête ? s'insurgea-t-elle.

— C'est une super idée, au contraire. Vern te ficherait la paix une bonne fois pour toutes, et puis…

— Et puis quoi ?

Il resta figé quelques instants. Elle passa la main devant lui pour le faire redescendre sur terre.

— J'ai la solution. C'est tout simple.

— Ah oui ?

— Epouse-moi ! lâcha-t-il en prenant ses mains dans les siennes, la mine soudain sérieuse.

Elle ouvrit la bouche puis la referma. Puis la rouvrit.

— Tu as vraiment perdu la tête.

— Vegas, continua-t-il, les yeux toujours rivés à ceux de Crista. On pourrait demander à Tuck de nous affréter un jet privé. Tu sais quoi ? lança-t-il à Mac qui approchait. Je lui ai demandé de m'épouser.

Ellie se joignit à eux.

— Que se passe-t-il ?

— Jackson a demandé Crista en mariage, lui expliqua Mac.

Le visage d'Ellie s'illumina d'un large sourire.

— C'est vrai ?

Crista se tourna vers son amie.

— Mais non, Jackson plaisantait.

— Je ne plaisantais pas. Je sais très bien ce que j'ai dit et je m'y tiens. Si tu m'épouses, Vern sera obligé d'abandonner la partie et de te laisser tranquille. Ce serait parfait.

Ni Ellie ni Mac ne réfutèrent la logique de son scénario.

— Tu penses peut-être que ce serait parfait, mais je n'ai pas du tout l'intention de me marier avec un homme que je connais à peine.

— On pourra divorcer si ça ne fonctionne pas, ajouta Jackson.

— Je sais déjà que ça ne fonctionnera pas. Et je ne veux plus en parler, trancha-t-elle.

L'instant d'après, elle se dirigeait vers le green 6, Ellie à ses côtés.

— Comment vous en êtes arrivés à aborder ce sujet ?

— Je ne sais pas. On parlait d'investissement immobilier. Il m'a dit que je devrais acheter une maison. Puis il m'a proposé de vivre avec lui et ensuite, il m'a demandée en mariage.

Ellie éclata de rire.

— Franchement, ce n'est pas drôle : l'homme qui m'a enlevée le jour de mon mariage me propose le mariage quelques jours plus tard.

— Je crois qu'il t'aime vraiment, répliqua son amie.

— Je ne sais pas. Mais c'est vrai qu'au lit, il est phénoménal...

Elle s'arrêta, gênée d'avoir vendu la mèche.

— Ah bon ? A ce point-là ? s'enquit Ellie, taquine.

— Dans ce domaine, on n'est pas près de se lasser l'un et l'autre.

— Eh bien, puisqu'on a abordé le sujet, autant t'avouer que je n'ai jamais autant aimé faire l'amour qu'avec Mac.

Crista s'immobilisa.

— Pourquoi tu penses qu'il était là au petit déjeuner ? reprit Ellie, amusée.

— Je pensais qu'il venait voir Jackson.

La nuit dernière, Crista et Jackson s'étaient endormis avant qu'Ellie ne rentre.

— Mac est un type super, ajouta-t-elle. Et il adore Jackson.

— Jackson aussi est merveilleux.

— Mais tu ne vas pas l'épouser pour autant ?

— Bien sûr que non ! Ni vivre avec lui, d'ailleurs.

— Sache que moi, je n'ai qu'un canapé-lit à t'offrir, lui rappela Ellie.

— Ce sera très bien pour moi. J'ai besoin de reprendre une vie normale. Dès que Reginald aura réglé les questions juridiques, je relancerai Cristal Creations. Et après, je chercherai un nouvel appartement.

Le lendemain, Mac vint rendre visite à Jackson dans sa maison de Chicago.

Crista s'était installée chez Ellie, et ses meubles étaient partis comme prévu au garde-meubles.

— Avoue que tu as un peu exagéré avec ta demande en mariage, attaqua Mac d'emblée.

— Ce n'était pas une si mauvaise idée, contra Jackson.

Car s'il avait eu gain de cause, cela aurait réglé plusieurs problèmes à la fois. Non seulement il lui aurait été plus facile de la protéger, mais il aurait pu aussi l'avoir pour lui tout seul.

— Tu la connais à peine !

— Je la connais mieux qu'elle ne connaissait Vern.

— Mais tu ne lui as toujours pas dit que tu travaillais pour son père.

— En effet, mais j'en fais mon affaire.

En attendant, il n'arrêtait pas d'imaginer sa vie avec Crista logeant sous son toit. Il l'imaginait dans chaque pièce, dans le salon, allongée sur le canapé, assise à la table de la salle à manger en train de dîner en tête à tête avec lui.

Pour le moment, même s'il ignorait comment tournerait leur histoire, il avait très envie de l'inviter à dîner.

Il ouvrirait une bonne bouteille de vin, il mettrait des bougies, il achèterait des fleurs. Et, en secret, il espérait l'inciter à rester dormir chez lui. Une nuit, deux nuits, ou peut-être même trois.

— Je crois qu'il est temps de passer à autre chose, annonça Mac. Je crois qu'elle a compris. Elle sait qu'elle doit se méfier de Vern.

— Oui, mais je me dois de la protéger.

Jackson se méfiait de Vern et de sa famille. Même si pour l'instant ils se faisaient discrets, Mac et lui ne disposaient pas encore de tous les éléments de l'enquête et ils ne savaient toujours pas à quel point les Gerhard étaient impliqués dans l'affaire de la mine de diamants.

— Si tu veux qu'elle soit ta petite amie, vas-y franco. Mais arrête de prendre pour excuse que tu dois la protéger.

Le téléphone de Jackson sonna.

— Salut, Tuck.

— C'est fait.

— Tu as racheté Cristal Creations ?

— Oui. Les Gerhard sont vraiment des requins. Vern ne voulait pas vendre, mais le vieux a augmenté le prix et on a accepté. Notre contact aux Bahamas est en train d'appeler Reginald pour finaliser l'affaire.

— Reginald ne saura pas que Tucker Transportation est dans le coup ?

— Non. Tu préférerais qu'il le sache ?

— Non. C'est parfait comme ça. Et Dixon était d'accord ?

— Bien sûr. Quand je lui ai dit que tu étais amoureux, il n'a pas hésité.

La déclaration de son ami le prit au dépourvu.

— Je ne suis pas amoureux, répliqua-t-il.

Du coin de l'œil, il vit Mac esquisser un sourire entendu.

— C'est ça, ironisa Tuck. Continue à te mentir. Jusqu'au jour où tu devras t'avouer la vérité.

— Tu racontes n'importe quoi ! grommela Jackson en lançant un regard noir à Mac.

Tuck éclata de rire.

— Tu l'imagines déjà en robe blanche ?

— Oui, à Vegas.

Jackson regretta aussitôt d'avoir mordu à l'hameçon.

— Si tu as besoin d'un jet, n'hésite pas. Mais seulement si je suis ton témoin.

— Au revoir, Tuck. Et merci encore pour ce que tu as fait. Je savais que je pouvais compter sur toi et je t'en serai éternellement reconnaissant.

— Tout le plaisir est pour moi.

Jackson raccrocha.

— Tucker Transportation a racheté Cristal Creations, annonça-t-il à Mac.

— Tu sais, tu pourrais courtiser Crista à l'ancienne, répliqua son ami. Dîner, fleurs, dîner, attentions diverses, jusqu'à ce qu'elle te fasse vraiment confiance. Et là, tu pourras la redemander en mariage.

Jackson leva les yeux au ciel.

— Je t'en prie. Je n'ai pas besoin de tes conseils à la noix.

— Si tu y penses, ce n'est pas si bête que ça. Après tout, vous êtes deux adultes célibataires et consentants. Il y a des chances pour que ça marche. C'est même un scénario assez ordinaire.

Jackson sentit la moutarde lui monter au nez.

— Crista n'a rien d'ordinaire.

— *Dixit* l'homme qui n'est pas amoureux de Crista !

— Parlons plutôt d'Ellie et toi, suggéra Jackson, désireux de changer de sujet.

— Je viens de la rencontrer, et elle n'est pas en danger.

Jackson comprit aussitôt où Mac voulait en venir. La situation entre Ellie et lui était des plus simples. En revanche, celle qui le liait à Crista s'avérait des plus compliquées.

Il savait ce qu'elle pensait de son père et s'il lui disait que c'était Trent qui l'avait mis au départ sur sa piste, jamais elle ne lui ferait confiance.

Inversement, s'il lui taisait l'information, leur relation serait construite sur un mensonge.

Il n'avait pas le choix. Pour avancer, il devait lui avouer la vérité, et prier pour qu'elle accepte de lui donner une seconde chance.

Crista reposa le téléphone, l'esprit chamboulé par la nouvelle qu'elle venait d'apprendre.

— Que se passe-t-il ? s'enquit Ellie.

Elle était en train de préparer une salade d'épinards dans la cuisine.

— Reginald vient de m'apprendre que quelqu'un a racheté Cristal Creations.

— C'est-à-dire ?

— Quelqu'un a racheté ma compagnie aux Gerhard.

— Tu es contente ?

— Je crois. D'après Reginald, c'est très encourageant. Ils veulent que je continue à diriger l'entreprise. Il avait l'air enthousiasmé par ce rachat.

— Et tu sais qui t'a rachetée ?

— Un groupe d'investisseurs anonymes.

— Tu ne trouves pas ça un peu bizarre ?

— Non. Je fais confiance à Reginald. D'après lui, les holdings font souvent ça. Et pour moi, c'est mieux de ne plus être entre les griffes des Gerhard.

— Oui, c'est vrai. De ce point de vue, c'est indéniable.

Crista avait décidé d'adopter une approche pratique et non émotionnelle. Elle réprima l'envie d'appeler Jackson, même si cela lui tenait à cœur. La vente n'avait rien à voir avec lui et ne l'intéressait sûrement pas. En d'autres circonstances, elle aurait aimé partager la nouvelle avec lui, en discuter, avoir son avis.

— Oh ! mince ! s'exclama tout à coup Ellie. J'ai oublié d'acheter des amandes pour ma salade.

— J'y vais. Cela me fera du bien de marcher un peu.

Elle avait aussi besoin d'un peu de temps pour réfléchir. Au rythme où allaient les choses, elle ne savait plus où donner de la tête.

— Tu peux aussi prendre quelques citrons verts ?

— Bien sûr !

Vêtue d'un short, d'un T-shirt et de sandales, elle prit son sac et sortit dans la chaleur du début de soirée.

Le soleil se couchait, les lumières apparaissaient une à une chez les gens, au-dessus des magasins.

L'heure de pointe étant passée, il n'y avait plus beaucoup de circulation. Les gens du quartier allaient et venaient sur les trottoirs, certains avec des sacs de courses, d'autres en tenue sportive. Un groupe s'était installé en terrasse. Des collègues ou des touristes.

Les bruits de la circulation, les arômes de cannelle et le flot des habitants de Chicago vaquant à leurs occupations un jeudi soir lui donnèrent une profonde impression de normalité, un sentiment rare, ces derniers temps.

Elle s'arrêta au feu.

Quand il passa à l'orange, une camionnette aux vitres teintées s'arrêta à l'intersection. Une berline argentée vint se poster derrière. La porte de la camionnette coulissa et un homme en sortit.

Crista s'écarta pour le laisser passer, et, soudain, elle sentit qu'il la poussait par-derrière.

— Non mais ça va pas ! cria-t-elle.

L'instant d'après, elle était dans la camionnette dont la porte se referma brusquement.

— Arrêtez ! hurla-t-elle.

La camionnette partit en trombe alors qu'une cacophonie de klaxons se faisait entendre dans la rue. Une main masculine l'empêcha de continuer à crier tandis qu'un bras l'entourait fermement, pour l'immobiliser.

La terreur s'empara d'elle quand elle sentit que l'homme lui mettait une cagoule pour l'empêcher de voir.

— Silence ! lui ordonna-t-il.

— Pourquoi vous faites ça ? répliqua-t-elle sans se soucier de cet ordre.

Aussitôt, une main vint se plaquer sur sa bouche.

— Taisez-vous, répéta l'homme, durement. Sans quoi je vous bâillonne.

Elle sentit que la voiture ralentissait puis s'arrêtait. Elle hurla de toutes ses forces, espérant que quelqu'un dehors l'entendrait.

La porte de la camionnette s'ouvrit. Elle continua de hurler.

— Elle m'a percé les tympans, cria l'homme.

— Crista, arrête !

Elle se figea. Elle connaissait cette voix.

Maintenant, elle avait plus peur que jamais.

— Vern ?

— Personne ne va te faire de mal.

— Pourquoi m'as-tu enlevée ?

— J'ai besoin de te parler… Et puis je croyais que tu aimais ça, ironisa-t-il.

Elle se mit à donner des coups de pied dans le vide, incapable de manifester sa rage autrement.

— Tiens-la, dit une troisième voix.

— Laissez-moi partir ! Vous n'avez pas le droit ! Vous irez tous en prison ! Je vais vous dénoncer !

— Tu n'as pas dénoncé Jackson Rush pourtant, lâcha Vern.

Le commentaire la prit au dépourvu.

— Il avait une bonne raison de m'enlever. La preuve.

— Eh bien moi, j'ai les miennes. On y va !

Elle sentit que le véhicule repartait.

— Vern, tu n'as pas le droit de faire ça ! Laisse-moi partir.

— Débarrasse-toi de son téléphone, ordonna Vern à l'un de ses acolytes.

Elle sentit une main fouiller dans son sac.

— Arrêtez ! protesta-t-elle.

— Je l'ai, annonça la voix à côté d'elle.

Son dernier espoir s'envola. Jackson aurait pu la pister avec le GPS.

Elle entendit une vitre s'ouvrir et la circulation se faire plus présente. Elle sentit aussi le vent qui pénétrait dans l'habitacle. L'instant d'après, elle sut que son téléphone était dans un caniveau.

A présent, elle était à la merci de Vern.

Mais elle ignorait ce que cela signifiait. En réalité, elle ne savait rien de lui. Le Vern qu'elle avait accepté d'épouser ne l'aurait jamais enlevée. Il ne l'aurait pas trompée. Il ne l'aurait pas terrifiée.

Sa gorge s'assécha, son sang se glaça.

Elle était entre les griffes d'un inconnu, ignorant jusqu'où il était prêt à aller pour arriver à ses fins.

10

— Elle ne répond pas, dit Jackson à Mac.

A présent, il était inquiet.

— Peut-être qu'elle ne veut pas te parler.

— Pourquoi cela ?

Il ne s'attendait pas à ce qu'elle l'appelle dans la seconde après avoir raccroché avec Reginald, bien entendu. Mais il ne comprenait pas pourquoi elle n'aurait pas eu envie de lui annoncer que Cristal Creations avait été vendue et qu'elle n'avait plus à se soucier des Gerhard. Pensait-elle que cela ne l'intéressait pas ?

— Tu l'as quittée il y a à peine dix heures.

— Ce n'est pas la question. Entre-temps, elle a appris une grande nouvelle, et je pensais qu'elle voudrait la partager.

— Peut-être que Reginald ne l'a pas encore appelée.

— Je suis sûr qu'il l'a fait dès qu'il a appris la nouvelle.

Il en était persuadé, en effet. Mais il ne pouvait pas appeler Reginald pour lui demander confirmation, puisque, pour ce dernier, le rachat n'avait rien à voir avec lui.

Il jeta son téléphone sur la table basse du salon.

Exagérait-il ? Il voulait simplement lui parler. Ce n'était pas si anormal que cela.

— Tu peux appeler Ellie, s'il te plaît ?

— Pour lui dire quoi ?

— Je m'en fiche. Ce que tu veux. Je veux savoir si Crista est avec elle.

— Elle va croire que je la surveille.

Jackson reprit son téléphone et appela de nouveau Crista. Il tomba directement sur sa boîte vocale.

— Peut-être qu'elle parle à quelqu'un. Peut-être qu'elle a éteint son téléphone. Peut-être qu'elle est sous la douche, qu'elle se repose, qu'elle est…

Mac s'interrompit.

— Non, elle n'est pas au lit avec un autre homme, répliqua Jackson, s'empêchant de penser à sa réaction s'il découvrait qu'elle était au lit avec un autre homme.

— Pardon, c'était idiot de ma part.

— Ce n'est pas grave. Mais je voudrais que tu appelles Ellie.

Mac poussa un soupir de capitulation.

— Tu as gagné, marmonna-t-il en prenant son téléphone.

— Allô ? Ellie, c'est Mac.

Sa voix changeait de ton quand il parlait à Ellie. Elle devenait plus profonde, plus douce, avec des intonations intimes.

— Ah bon, depuis quand ? s'enquit Mac, inquiet. Tu as essayé de l'appeler ?

Jackson se leva d'un bond, sentant aussitôt qu'il y avait un problème.

— On arrive tout de suite, lança Mac avant de raccrocher.

— Dis-moi ce qui se passe, bon sang ! s'écria Jackson, paniqué.

— Calme-toi, mais ça ne va pas te plaire. Crista est descendue faire une course et elle n'est toujours pas revenue.

— C'était quand ? s'enquit-il, déjà sur le pas de la porte.

— Il y a une heure. Ellie a dit qu'elle était sur le point de nous appeler.

— Elle est allée acheter quoi ? En voiture ? A pied ?

— Elle est partie à pied. Elle allait acheter des amandes.

Jackson jura dans sa barbe en ouvrant la porte.

— Je me doutais que ça arriverait !

— On ne sait pas encore ce qui s'est passé, ne panique pas.

— On sait très bien ce qui s'est passé, rétorqua Jackson. Il l'a kidnappée. Je n'aurais pas dû la laisser chez Ellie sans supervision.

— Tu ne peux pas rester derrière elle pour le restant de ses jours.

— Non, mais j'aurais pu rester à ses côtés un peu plus longtemps, en attendant que l'affaire se tasse.

D'ailleurs, à la réflexion, l'idée de rester à ses côtés pour le restant de ses jours ne lui déplaisait pas. Au contraire, il aimait l'idée d'être son sauveur et protecteur, *ad vitam aeternam*.

— Tu veux que je conduise ? demanda Mac.

— Non, merci.

Au moins cela lui occuperait-il les mains et l'esprit.

— Jackson, c'est une enquête comme une autre. J'ai l'impression que tes émotions brouillent ton esprit.

— Tu sais très bien que c'est faux.

Jackson claqua la portière du SUV et démarra en trombe.

— Rappelle Ellie, et demande-lui plus de précisions.

Il appuya sur l'accélérateur tout en réfléchissant à la situation. Où pourraient-ils l'emmener ? Ils n'iraient pas chez les parents de Vern. Ce serait trop évident. Ils pourraient se rendre dans l'une de leurs antennes ou sur l'un de leurs chantiers. La menaceraient-ils ? Allait-elle s'opposer à eux ? Finalement, c'était ce qu'il craignait le plus.

Puis il eut une idée.

Il appela l'équipe de nuit qui travaillait dans les bureaux de Rush Investigations afin qu'ils localisent son téléphone.

En quelques instants, il apprit que le téléphone se trouvait dans la zone où se situait l'appartement d'Ellie.

Il raccrocha.

— Son téléphone est à l'angle d'Edwards et de la quatre-vingt-quinzième. Il ne bouge pas.

— Ils l'ont jeté.

Jackson frappa le volant d'une main. Ils auraient très bien pu changer de direction après avoir jeté le téléphone.

Il prit un virage à angle droit.

— Tu vas où ?

— Au bureau. Appelle-les. Je veux une liste de tous les véhicules appartenant aux Gerhard. Donne-leur l'adresse d'Ellie. Demande-leur de faire un recoupement à partir des caméras de surveillance du quartier où habite Ellie. Ensuite, il suffira de repérer le véhicule et de croiser l'information avec le moment où ils se sont débarrassés du téléphone.

— Entendu, répondit Mac.

Au moins, allaient-ils pouvoir suivre une piste. S'ils arrivaient à identifier le véhicule qui était à ces deux endroits, ils pourraient peut-être en connaître la marque, le modèle et même la plaque d'immatriculation.

Et avec ces informations, ils remonteraient peut-être jusqu'à Vern.

Jackson faisait tourner sa cervelle à plein régime.

— Et les bâtiments des Gerhard. Il faut localiser tous les bâtiments. Je veux une carte et un quadrillage à notre arrivée dans les bureaux.

— A vos ordres, chef, lança Mac qui tentait certainement de détendre l'atmosphère.

Il relaya l'information à l'équipe de nuit tandis que Jackson se concentrait sur la circulation, son cerveau martelant un seul nom : Crista.

Quand on lui enleva sa cagoule, Crista découvrit qu'elle était dans un entrepôt. C'était un lieu froid, avec un sol en ciment, des murs élevés tapissés de matériaux métalliques, et un plafond très haut. Quelques lumières fluorescentes suspendues aux poutres en acier n'éclairaient que faiblement les lieux, projetant des ombres lugubres sur l'espace qui s'apparentait à une usine désaffectée.

Elle était assise sur une vieille chaise pliante à côté d'une table en bois autour de laquelle il y avait trois autres chaises. Ils lui avaient attaché les mains derrière le dos, mais, au moins, elle pouvait voir ce qui se passait autour d'elle.

Vern était debout devant elle, avec son père, Manfred, et un homme au visage taillé à la serpe qu'elle n'avait jamais vu.

Un peu plus loin, deux hommes de main montaient la garde à côté d'une des issues.

— Qu'est-ce que tu me veux ? demanda-t-elle à Vern sur un ton de défi.

D'un côté, c'était terrifiant de se retrouver dans cette situation ; de l'autre, ce scénario était trop abracadabrant pour être réel et donc véritablement effrayant. C'était comme si Vern et Manfred avaient été engagés pour jouer des rôles de malfrats. Et, l'espace d'un instant, elle eut envie d'éclater de rire.

Mais la réalité reprit le dessus, sa lucidité également, et elle frissonna d'angoisse. Ce n'était pas un canular. Et elle était en danger.

— Je veux que tu m'épouses, lâcha Vern le plus naturellement du monde.

Cette déclaration lui parut plus absurde que tout.

— C'est ridicule ! lâcha-t-elle, folle de rage.

— Je veux que tu m'épouses, là, maintenant. Et je te promets qu'on pourra divorcer d'ici quelques mois.

Manfred s'éclaircit la voix.

— Six mois, maximum, corrigea-t-il.

Elle perdit son sang-froid.

— Je crois que tu as perdu la tête et que tu n'as pas compris que le jour où j'ai rompu, ma décision était irrévocable. Il est hors de question que je t'épouse. Tu m'as trompée alors que nous n'étions pas encore mariés. Tu viens de me kidnapper, et tu m'as ligotée sur une chaise dans un entrepôt !

A présent, elle hurlait.

Manfred leva la main, comme s'il s'apprêtait à la gifler. Elle se prépara à recevoir le coup. Mais Vern s'avança et arrêta le bras de son père. C'était la première fois qu'elle voyait Vern s'opposer à son père. Elle était estomaquée.

— Ce n'est pas la peine, papa.

— Alors fais-la obéir, gronda Manfred.

Elle garda le silence. Des larmes s'amoncelèrent sous ses paupières.

— Crista, soyez raisonnable. Epousez mon fils, et vous

partirez en Méditerranée comme prévu, vous vous ferez bronzer sur le yacht et, dans quelques mois, vous pourrez divorcer.

— Et vous mettrez la main sur la mine de diamants.

— En effet, confirma Manfred, sans avoir l'air étonné qu'elle soit au courant.

— Vous savez que c'est une arnaque ?

Le père et le fils se dévisagèrent.

— Je ne sais pas comment vous avez eu vent de cette mine, mais mon père est le roi des malfrats. Il a sûrement monté cette histoire pour servir ses intérêts mais je peux vous assurer que cette mine n'existe pas. Et, si elle existe, elle ne contient pas de diamants.

Manfred la toisa d'un regard glacial.

— Dans ce cas, tu n'as rien à craindre, répliqua Vern.

— Le problème n'est pas là. Je ne veux pas t'épouser. C'est clair ? En quelle langue faut-il que je te le dise ?

Que la mine existe ou pas, il était hors de question de promettre amour et fidélité à un imposteur comme Vern.

Grâce à l'intervention toujours inexpliquée de Jackson, elle avait échappé à ce cauchemar. Pas question de retomber dans le panneau.

Jackson lui avait montré son ex-fiancé sous son véritable jour. Et il lui avait montré qu'une relation de couple pouvait être simplement fondée sur la confiance et des ébats charnels magistraux. En peu de temps, elle s'était sentie très proche de lui. Bien plus proche qu'elle ne s'était jamais sentie de Vern.

Avec Jackson, elle pouvait être elle-même, naturelle, confiante. Il était à l'écoute de ses envies, de son avis. Cela ne le dérangeait pas qu'elle ait des opinions bien arrêtées sur certains sujets, et qu'elle ne soit pas d'accord avec lui.

Il savait même que son père était en prison, alors qu'elle ne le révélait que rarement. Mais Jackson la comprenait, d'autant mieux que son père était également derrière les barreaux. Il comprenait sa gêne, sa colère, et même son déni, chose que peu de gens étaient en mesure de saisir.

En cet instant, il lui manquait terriblement. Elle aurait

donné n'importe quoi pour l'avoir à ses côtés. En définitive, l'idée d'emménager chez Jackson semblait assez alléchante. L'espace d'une seconde de folie, elle pensa même qu'elle aurait dû accepter sa demande en mariage.

Si elle avait accepté, à l'heure qu'il était elle pourrait se trouver à Las Vegas, dans une suite extravagante, ou en train de jouer au poker ou de regarder un spectacle à couper le souffle.

Manfred s'approcha d'elle, la tirant de ses réflexions.

— Dans ce cas, si vous refusez d'épouser Vern, on passe à la deuxième option.

Jackson disparut de ses pensées, et la peur l'envahit.

Les cordes étaient très serrées autour de ses poignets et elle avait froid. Manfred était-il prêt à la faire souffrir pour qu'elle change d'avis ?

— On signera les papiers pour vous. Hans, ici présent, est un excellent faussaire.

— Quels papiers ? Les papiers de la mine ?

Si c'était pour la mine, elle voulait bien signer. De toute façon il n'y avait pas de mine, elle en était certaine.

— Non ! Les papiers de la mine, ce serait trop suspect. On va signer le contrat de mariage à votre place.

Elle tenta de bouger.

Ils voulaient signer le contrat de mariage à sa place ? C'était ridicule ! Dès l'instant où elle sortirait d'ici, elle nierait tout en bloc.

— Puis vous partirez en lune de miel et vous périrez tragiquement dans un accident au large.

Elle se figea. Manfred venait-il de la menacer de mort ?

Elle tourna les yeux vers Vern, l'homme qui l'avait tenue dans ses bras si tendrement. Ils avaient dansé ensemble, ri, mangé, bu, fait l'amour. Il lui avait fait sa demande à genoux, à l'occasion d'un dîner romantique aux chandelles.

Comment avait-elle pu à ce point se laisser abuser ?

— Je n'ai pas l'intention de périr dans un accident nautique. Non merci, répliqua-t-elle, tentant de garder un semblant d'humour pour faire face à la situation critique.

— Nous n'avons pas signé de contrat de mariage. Ce serait un événement tragique mais complètement plausible, commenta Vern d'une voix neutre.

Elle eut la nausée.

— Pour la mine, je m'en fiche, prenez-la si vous voulez. Mais je n'ai vraiment aucune envie de t'épouser. Tu me dégoûtes.

— Arrête ton cinéma, lâcha Vern, cinglant.

— Tu verras quand…

Elle était sur le point de dire qu'Ellie ne tarderait pas à alerter les autorités de sa disparition et qu'elle ne croirait jamais que Crista ait pu épouser Vern de son plein gré. Cependant, elle se ravisa, de peur de mettre son amie en danger.

Alors qu'elle se croyait quasiment morte, un bruit assourdissant se fit entendre à travers l'entrepôt.

Manfred se retourna pour voir ce qui se passait, et Vern pâlit, tandis que l'homme au visage buriné restait impassible.

Ligotée, elle ne pouvait rien faire que regarder le spectacle qui se déroulait sous ses yeux.

Aussitôt, Vern l'attrapa pour la détacher.

— Lâche-la !

Elle n'avait jamais ressenti un soulagement aussi profond de toute sa vie. Si elle avait été libre de ses mouvements, elle aurait sauté de joie : Mac était là, accompagné d'une équipe. Les hommes de main des Gerhard semblaient avoir été pris de court.

— Lâche-la ! répéta Jackson qui se dirigeait vers eux à grandes enjambées.

— Ne t'approche pas ! hurla Vern, sortant une arme de sa veste.

— Jackson ! s'exclama-t-elle, à la fois soulagée et terrifiée.

— Arrêtez ! leur ordonna Manfred.

Elle cherchait à croiser le regard de Jackson, pour lui faire passer le message. Elle lui était tellement reconnaissante d'être là ! Elle ignorait comment ils allaient sortir vivants de là, mais il devait avoir un plan.

Comme Vern avait commencé à desserrer sa corde, elle entreprit de finir de se libérer seule.

— Crista, tu sais très bien que ce type est là pour la mine, lui aussi. La mine et rien d'autre.

— Je suis là pour Crista, rectifia Jackson.

— Tu sais, Crista, répéta Vern, ignorant sa remarque, il veut mettre la main sur les diamants.

— Il n'y a pas de diamants ! hurla Crista.

Pourquoi personne n'était prêt à l'écouter ?

— Tu ne lui as jamais demandé comment il était au courant de la mine ?

Jackson fit un pas en avant. Vern menaça Crista de son arme.

— Demande-lui pour qui il bosse. Demande-lui qui est le compagnon de cellule de ton père. Demande-lui s'il n'aurait pas rencontré Trent Corday avant de t'enlever le jour de notre mariage.

Jackson serra les mâchoires.

— Je vais le lui demander, mais cesse de me menacer avec ton arme, répliqua Crista calmement tout en tentant de comprendre la situation.

A sa grande surprise, il obtempéra et remisa son arme.

— Jackson, tu connais mon père ?

— C'était quoi, votre arrangement avec Trent Corday ? Vous alliez faire moitié-moitié ? renchérit Vern.

— C'est compliqué, se contenta de répondre Jackson.

Son cœur sombra.

— Tu as passé un accord avec son père ? poursuivit Vern. Tu allais demander sa fille en mariage ?

Elle crut défaillir. Jackson lança un regard noir en direction de Vern, qui l'observait, un rictus moqueur aux lèvres.

— Si je comprends bien, tu l'as déjà demandée en mariage ! Joli. Je vois que monsieur ne perd pas de temps. Mais avoue que si tu avais attendu un mois ou deux, le temps que l'affaire se tasse, ç'aurait été plus judicieux.

— Je voulais la protéger de toi.

— Tu voulais surtout la berner.

— C'est faux ! hurla Jackson, sortant de ses gonds.

Vern se tourna vers elle.

— Son père est le compagnon de prison du tien : Colin Rush, le roi de la pyramide. Et Jackson Rush est là pour les diamants. Il se moque bien de toi.

— La ferme ! hurla Jackson.

Elle se leva. Jackson fit un pas vers elle.

— Ne t'approche pas de moi ! cria-t-elle.

Elle scruta les lieux.

— Que personne ne m'approche. Compris ?

Elle alla jusqu'à Mac.

— Donne-moi les clés de ta voiture. Et ton argent.

— Je peux tout t'expliquer, implora Jackson.

— Tu veux dire que tu as d'autres mensonges à me raconter ?

Elle était écœurée de la façon dont il l'avait dupée.

— Ce ne sont pas des mensonges.

— Tu connais mon père oui ou non ?

— Oui.

— C'est lui qui t'a envoyé ?

— Oui.

— Il t'a parlé de la mine de diamants ?

— Oui.

— Alors tu t'es fait avoir, comme les autres, car cette mine n'existe pas ! cracha-t-elle. Et tu m'as menti depuis le début.

— La mine existe, Mac a vérifié.

— Mon père est très bien organisé et il couvre toujours tous les angles.

Mac lui tendit les clés et son argent.

— Que fais-tu, Mac ? s'enquit Jackson.

— Je la laisse partir. C'est mieux pour elle. Norway, Jackson, donnez-lui aussi ce que vous avez, ordonna Mac.

— Laisse la voiture à la gare des bus. Mets-toi au vert le temps qu'on élucide l'affaire, lui suggéra Jackson.

— Je n'ai pas besoin de tes conseils, rétorqua-t-elle.

Elle allait disparaître dans l'anonymat le plus total pour quelques jours, le temps de se remettre d'aplomb.

Une fois le liquide en poche, elle se dirigea vers la sortie. Elle repéra rapidement le SUV de Mac et se mit au volant. Ensuite, elle fit ce que Jackson lui avait suggéré. Elle abandonna la voiture à la gare des bus. Mais elle ne prit pas de bus pour en repartir. Elle héla un taxi jusqu'à la gare et, de là, elle prit un train, puis elle changea en cours de route pour brouiller les pistes.

Elle s'installa assez loin de Chicago, dans un petit hôtel, où elle pouvait payer en liquide et utiliser un faux nom.

Jackson était dévasté d'avoir dû laisser partir Crista, mais il acceptait sa décision.

Pour être sûr qu'elle ne soit pas persécutée par les Gerhard, Mac et lui avaient fait en sorte qu'elle ait une bonne heure d'avance sur tout le monde. Et, d'un commun accord, personne n'avait appelé la police, pour éviter de devoir expliquer la situation.

Les deux groupes s'étaient séparés sur le parking, partant chacun de leur côté, sans que l'affaire soit résolue.

Jackson avait voulu se mettre au plus vite en quête de Crista. Sans tarder, il avait demandé aux équipes de Rush Investigations de travailler d'arrache-pied. Il savait que les Gerhard feraient de même de leur côté et ne pouvait se résoudre à attendre les bras croisés qu'elle revienne.

— Et si elle avait raison au sujet de son père ? se demanda Jackson à voix haute alors qu'il était assis dans la salle de réunion et que le soleil couchant baignait la pièce d'une lumière rougeâtre à travers les grandes fenêtres.

— Tu veux dire que la mine pourrait ne pas exister ?

Jackson aurait aimé envisager cette possibilité comme un scénario concret. L'absence de mine signifierait que les Gerhard disparaîtraient de l'horizon de Crista, puisqu'elle n'aurait alors plus de valeur marchande à leurs yeux.

— Non. Je suis sûr que la mine de diamants existe. Mais

ça ne signifie pas que Trent ne soit pas en train de manigancer quelque chose. Qu'est-ce qu'on n'aurait pas remarqué ?

Mac réfléchit à ce que Jackson venait de dire.

— Ton problème, pour l'instant, c'est que tu ne vois que Crista.

— Je…

— Avoue que tu es amoureux d'elle, ce sera plus simple.

Jackson ne voulait pas laisser ses émotions le guider dans cette enquête. Il ne pouvait se le permettre. Il devait reprendre le dessus et se comporter en professionnel.

Soudain, il eut une révélation.

— Trent ment.

— Tu crois ?

— Les Gerhard n'ont pas menacé de le tuer. Ils sont de mèche.

— Il aurait volontairement piégé sa fille ? s'étonna Mac.

— Trent leur a parlé de la mine, et il leur a dit comment entrer en contact avec sa fille. Ils allaient peut-être faire moitié moitié.

— Pourquoi Trent n'aurait-il pas partagé avec Crista ?

— Crista refuse de lui parler. Elle ne lui aurait jamais fait confiance.

— Mais pourquoi t'aurait-il appelé à la rescousse, dans ce cas ?

Tout était clair, à présent.

— Parce qu'ils ont essayé de le doubler. Trent ne m'a pas appelé pour sauver sa fille. Il voulait juste récupérer sa part.

— On a donc intérêt à la trouver en premier, conclut Mac.

Jackson était déjà prêt à repartir.

— Et le prétendu papa poule va nous aider en crachant le morceau, une bonne fois pour toutes.

— Tu ne crois pas qu'il va continuer à mentir ?

— Je ne crois pas, affirma Jackson.

Il fallait deux heures pour aller jusqu'à la prison d'Etat de Riverway. Jackson mit quatre-vingt-dix minutes montre en main. Il se retrouva face à Trent Corday pour la troisième fois.

— Alors, vous allez faire quoi, maintenant ? Inutile de mentir, Trent. Personne ne vous a menacé de mort. Vous êtes de mèche avec les Gerhard.

L'expression choquée de son interlocuteur confirma les soupçons de Jackson.

— Vous avez vendu votre fille. Dès le départ.

— Si c'est eux qui vous ont dit ça, ils mentent.

Jackson n'avait pas envie de discuter. Il était à présent persuadé que Trent avait tout orchestré.

— Comment vous comptez la récupérer ?

— Je ne vois pas de quoi vous voulez parler.

— Vous pensez que je vais laisser Vern la kidnapper de nouveau ?

— Quoi ? Kidnapper qui ?

Jackson en avait assez de jouer à ce petit jeu.

— Vous savez qu'une fois qu'ils seront mariés, les Gerhard n'auront aucune raison de la garder en vie ?

— Je croyais que le mariage avait été annulé.

— Ne faites pas l'innocent. Vous avez forcément un plan de rechange. Qu'est-ce que je dois faire pour la protéger ? Et de qui dois-je la protéger ?

Le visage de Trent fut soudain envahi d'une expression de culpabilité.

— Ils n'avaient aucune raison de lui faire du mal.

— Au contraire. Alors arrêtez de me mentir. Que va-t-il se passer, maintenant ?

— Rien. Il y a des dizaines de millions de dollars en jeu, et ils m'appartiennent.

— Ils appartiennent à Crista.

Trent se renfrogna.

— Qu'allez-vous faire ? insista Jackson.

— Je n'ai pas eu le temps de penser à un plan de rechange, admit enfin Trent.

Sur ce point-là, Jackson voulait bien le croire.

— Je ne peux pas contacter directement Crista, elle ne m'a jamais fait confiance.

— Et, à cause de vous, elle ne me fera jamais confiance non plus. Ce qui ne fait que compliquer ma mission.

— Qu'allez-vous faire ? s'enquit Trent à son tour.

— Ce que j'aurais dû faire dès le départ, à savoir la protéger contre les malfrats que vous avez jetés sur son chemin.

— Comment allez-vous vous y prendre ?

— Vous ne méritez pas de le savoir, répliqua Jackson.

— Je ne suis pas aussi diabolique que vous le pensez. Ils n'étaient pas censés la menacer ou lui faire du mal. Ils devaient simplement lui proposer un divorce.

— Donc le divorce était prévu dès le départ ?

— Bien sûr. En l'absence de contrat de mariage, il suffisait de divorcer pour obtenir la mine.

Jackson avait du mal à y croire.

— Et les biens de Vern ?

— Tout est au nom de Manfred. Vern ne possède rien en son nom propre.

— Mais en divorçant, il aurait dû lui laisser une partie de la mine. Ce qu'il n'avait pas l'air prêt à faire. Donc, sa vie aurait de toute façon été en danger.

Trent blêmit.

— Ils ont parlé de divorce.

— Ils vous ont menti, et vous êtes un imbécile !

Les deux hommes se dévisagèrent.

— S'il vous plaît, dites-moi comment vous allez protéger ma fille des Gerhard.

Jackson se leva.

— Pour commencer, Cristal Creations n'est plus aux mains des Gerhard.

— Comment vous êtes-vous débrouillé ?

— J'ai fait intervenir quelqu'un de l'extérieur. Et maintenant, je vais la protéger nuit et jour, aussi longtemps qu'il le faudra.

Jackson aurait tellement aimé parler à Crista, lui ouvrir son cœur, lui parler honnêtement, lui avouer son amour et lui dire qu'il voulait faire partie de sa vie pour toujours !

— Pourquoi vous faites ça pour elle ?

— Parce qu'elle le mérite.

Jackson tourna les talons. Il en avait fini avec Trent Corday. Bizarrement, le fait de savoir la vérité ne l'aidait pas beaucoup.

Ce qui l'agaçait, c'était le manque de professionnalisme dont il avait fait preuve au début de l'enquête. Il aurait dû poser beaucoup plus de questions à Trent. Il aurait dû douter davantage de ce que cet homme lui disait. Il aurait dû se montrer plus méfiant.

Son manque de perspicacité avait mis Crista en danger, et cela, il ne se le pardonnerait jamais.

Après tout, peut-être que lui non plus ne méritait pas Crista.

11

Crista mit trois jours à trouver la solution. Mais un matin, elle se leva en ayant la réponse.

— Tu en es sûre ? lui demanda Ellie alors qu'elles roulaient vers l'est de Rockford, où elles s'étaient retrouvées.

Crista avait créé un compte mail sous pseudonyme pour communiquer avec Ellie pendant sa retraite.

De Chicago, Ellie avait pris un taxi, un train puis un bus, tandis que Crista l'avait rejointe en voiture depuis l'hôtel où elle séjournait dans le Wisconsin.

— Je ne veux pas de cette mine, un point c'est tout.

— Mais tu es sûre de vouloir lui parler ?

— Il est en prison, il ne peut pas vraiment me faire de mal. Je veux juste rectifier la situation. Dès que j'aurai mis de l'ordre dans cette affaire, Vern et Jackson disparaîtront de mon horizon.

Son estomac se noua alors qu'elle parlait de Jackson. Il lui avait brisé le cœur. Elle ne s'était pas rendu compte à quel point elle l'aimait jusqu'à ce qu'elle se retrouve ligotée dans l'entrepôt.

Mais sa trahison l'avait anéantie.

Il s'était montré tellement drôle, attentionné, intelligent, sympathique. Et il était tellement beau. Elle avait commencé à croire qu'ils étaient faits l'un pour l'autre. Il l'avait rassurée à maintes reprises ; il lui avait fait croire qu'il tenait vraiment à elle.

Mais cette relation était fondée sur le mensonge, dès le départ, et elle en voulait terriblement à Jackson.

Plus jamais elle ne referait la même erreur.

— Tu n'as pas peur qu'il essaie de te manipuler ? Je ne sais pas ce dont il serait capable mais, dans tous les cas, tu risques d'en souffrir.

— Non, maintenant, je suis immunisée.

Elle avait passé trois jours à bouillir de colère contre son père, à détester Vern et à construire un bouclier émotionnel pour contrer les sentiments que lui inspirait Jackson. Elle se sentait plus forte.

— J'en ai pour cinq minutes, reprit-elle. Je veux juste qu'il signe les papiers mettant la mine de nouveau à son nom. Il pourra s'en servir pour une autre arnaque, ça m'est égal.

— Mac affirme que la mine existe vraiment.

— Mac est de mèche avec Jackson.

— Je ne sais pas s'ils sont de mèche. En tout cas, je ne lui ai rien dit. Il ne sait pas que tu m'as contactée.

Crista fut surprise.

— Tu as parlé à Mac depuis que j'ai quitté Chicago ?

— Oui. Il est venu me voir hier soir. Pourquoi ?

— Tu as vu Mac hier soir ? Entre lui et toi c'est du sérieux ?

— Pas vraiment, bredouilla Ellie. Un peu. Je n'arrive pas à lui résister. J'ai cru que ça ne durerait pas. Et quand Jackson et toi avez rompu…

— On n'a pas rompu. Jackson et moi n'avons jamais formé un couple. J'étais sa cible, et je suis tombée dans le panneau.

— Mac a beaucoup d'estime pour Jackson, objecta Ellie.

— Mac et Jackson sont associés. Ils allaient sûrement partager les diamants.

— Non, je ne crois pas. Et tu as dit toi-même qu'il n'y avait pas de diamants.

— Oui, et je me demande d'ailleurs pourquoi tout le monde pense le contraire. Et puis…

Et puis elle allait reléguer Jackson dans le passé, même si de nombreux souvenirs le rappelaient à elle.

Ellie posa une main sur son épaule.

— Tu en veux encore beaucoup à Jackson ?

— Je vais m'en remettre. Je suis déjà en bonne voie. Et mon nouvel avocat a confirmé ce que Reginald m'avait dit. La compagnie des Bahamas qui m'a rachetée va me donner carte blanche pour la gestion de Cristal Creations. Pour eux, il ne s'agit que d'un investissement. Et ils seront assez patients au niveau du rendement, donc c'est super.

Crista se sentait mieux en effet. Elle n'était plus sous le joug de Vern, elle avait vu Jackson sous son vrai jour, et elle allait couper le dernier lien qui la reliait à son père.

Après quoi, elle serait libre de recommencer une nouvelle vie indépendante.

— On y est ! annonça Ellie.

— Oui, il n'y a pas de doute, constata Crista en observant l'établissement pénitentiaire.

— Apparemment, il y a un parking pour les visiteurs. Tu veux que je vienne avec toi ?

— Malheureusement, tu n'y es pas autorisée parce que tu n'es pas parente de prisonnier.

De plus, Crista avait besoin de traverser cette épreuve seule même si elle aurait aimé le soutien de son amie.

— Tu peux encore faire demi-tour, tu sais ?

Crista se gara.

— Je n'en ai pas pour longtemps, déclara-t-elle en mettant son sac à l'épaule et en prenant l'enveloppe Kraft qu'elle avait posée sur la banquette arrière.

— Il va être surpris, prophétisa Ellie.

— C'est le moins qu'on puisse dire.

Crista se demandait ce qui surprendrait le plus son père. Qu'elle lui rende visite ou qu'elle le prenne à son propre jeu.

D'après elle, cela ne faisait aucun doute. A force de mensonges, il avait réussi à convaincre Vern que la mine avait beaucoup de valeur. Mais son objectif de départ avait dû être de mettre la main sur la fortune des Gerhard, par le biais de son mariage avec Vern. Elle ignorait comment il comptait s'y prendre exactement.

Prenant son courage à deux mains, elle ouvrit la portière.

— Je ne bouge pas, promit Ellie.

Sans grand enthousiasme, Crista emprunta la longue allée qui menait jusqu'à l'entrée de la prison. Deux gardes à l'air renfrogné l'escortèrent dans un long couloir. L'endroit sentait le poisson et le désinfectant. Tout semblait froid et hostile.

Elle ne voulait surtout pas éprouver de sympathie pour son père. Il s'était rendu coupable d'activités criminelles et il payait. Mais elle ressentait de la pitié pour les gens coincés dans cet établissement.

Plus elle avançait et plus elle avait envie de faire demi-tour.

Enfin, elle arriva sur le seuil d'une pièce beaucoup plus lumineuse. Balayant la salle du regard, elle ne tarda pas à repérer son père.

Il avait vieilli, ses cheveux étaient gris, sa peau ridée et sa carrure plus frêle que dans son souvenir.

Quand il la vit, il écarquilla les yeux, bouche bée.

— Crista ?

Elle s'avança vers lui, malgré elle.

— Crista ! s'exclama-t-il, souriant.

Pourvu qu'il ne cherche pas à me prendre dans ses bras !

— J'ai besoin de ta signature, lâcha-t-elle sans autre cérémonie. Je suis au courant pour la mine.

Il lui indiqua un siège. Elle hésita puis prit place.

— Je suis au courant pour la mine, répéta-t-elle.

— Je sais, Jackson est venu me le dire.

Son cœur se serra à la mention de Jackson.

— On sait tous les deux qu'elle ne vaut rien, reprit-elle en sortant les papiers de l'enveloppe.

— Ce n'est…

— Mais tu as réussi à convaincre certaines personnes qu'elle avait de la valeur.

— Elle a de la valeur, crois-moi !

Elle le fusilla du regard.

— Non, justement, je ne te crois pas. Et à cause de toi, je suis en danger. Vern a menacé de me tuer, et je pense qu'il était sérieux.

— Quoi ? s'exclama son père, visiblement choqué.

— Arrête ton cinéma. Je ne crois plus à ton petit jeu. Mais je suis encore ta fille et, à ce titre, je te demande de faire une chose pour moi. Après, je disparaîtrai de ta vie.

Il sembla ému. Il alla même jusqu'à verser une larme. Décidément, il aurait pu prétendre à un oscar.

— Que veux-tu ? demanda-t-il d'une voix de gorge.

Elle lui tendit les papiers.

— Je suis passée chez un avocat. Ces papiers certifient que je te donne mes parts de la mine.

Trent recula.

— D'après moi, c'est une arnaque. Mais si jamais des gens étaient persuadés du contraire et voulaient mettre la main dessus, au moins seront-elles à toi et non à moi. C'est tout ce que j'attends de toi. Que tu signes ces papiers.

— Je t'assure que cette mine a de la valeur.

Il tenta de lui prendre la main, mais elle s'écarta.

— S'il te plaît, insista-t-il, demande à un expert. Je t'assure que les parts valent des dizaines de millions de dollars.

Pourquoi s'obstinait-il dans ce scénario ? Que pouvait-il espérer en retirer ?

— S'il te plaît, vérifie la valeur des parts et après tu comprendras ce que je suis sur le point de faire.

Elle paniqua.

— Qu'es-tu sur le point de faire, au juste ?

Il lui prit les papiers des mains.

— Papa ?

Le mot était parti avant qu'elle ait eu le temps de le ravaler. Elle le vit sourire. Allait-il signer ?

Il feuilleta les trois pages puis, sur la dernière, il raya son nom et écrivit quelque chose d'autre au-dessous.

— Jackson Rush est venu me rendre visite il y a trois jours.

— J'avoue que ça ne m'étonne pas.

— Il m'a dit quelque chose qui m'a rappelé à l'ordre.

Elle se figea, attendant la suite.

— Il m'a dit que je ne te méritais pas. Il a raison. Et je veux me rattraper.

Elle n'en croyait pas un mot.

— Il m'a aussi montré qui il était, poursuivit son père. Il est honnête, à cheval sur les principes, et droit. C'est un homme bien.

— Arrête.

Elle n'en croyait pas un mot mais son cœur ne cessait de se comprimer dans sa poitrine.

— Je n'accepte pas les parts de la mine, mais tu as raison de ne pas les garder. Elles t'ont mise en danger. Quand je les ai inscrites à ton nom, je ne savais pas qu'elles prendraient autant de valeur.

— Arrête avec ça ! s'emporta-t-elle.

— Non, toi, arrête. Tu vas vérifier qu'elles ont de la valeur et que je ne mens pas. Et peut-être qu'un jour tu me feras de nouveau confiance et tu ne croiras plus jamais que je cherche à te faire du mal.

Elle n'avait pas envie de le croire. Et pourtant…

— J'ai rayé mon nom sur le papier, continua son père, et j'ai mis celui de Jackson Rush à la place.

Elle le fixa, abasourdie.

— Tu peux lui faire confiance.

Elle secoua vigoureusement la tête.

— Tu sais que c'est grâce à lui si Cristal Creations n'est plus entre les mains des Gerhard ? insista son père.

— Quoi ? !

— Jackson a fait ça pour toi.

Elle scruta son père, pour tenter de déceler s'il lui disait la vérité ou pas.

— Tu es une femme intelligente. Crois-moi. Fais-lui confiance. Il ne veut que ton bien. Et d'après moi, c'est le seul à qui tu devrais confier ta vie. Donne-lui les parts.

— Parce qu'il va te les rendre ? Ou vous allez les partager, c'est ça ?

Trent sourit.

— Non, là, tu te trompes. Si je les voulais vraiment, je n'aurais pas utilisé un procédé aussi compliqué.

Elle n'eut rien à rétorquer.

— J'ai piégé Jackson, ajouta-t-il encore. Je me suis servi de son père pour avoir accès à lui. Il t'a aidée parce que c'est quelqu'un de profondément honnête, un homme de confiance.

Elle continua à scruter son père, à la recherche de la faille.

— Crista, je t'assure que je te dis la vérité. Tu n'es pas obligée de me croire. Tu peux tout vérifier par toi-même, conclut-il alors qu'il remettait les papiers dans l'enveloppe.

Elle ne savait plus que dire ni que faire.

— Je comprendrais que tu ne veuilles pas revenir me voir. Mais j'espère qu'un jour, tu me pardonneras et que tu me rendras une autre visite.

De nouveau, il versa une larme.

— Tu sais, ça me ferait plaisir d'avoir de tes nouvelles, de temps en temps.

Son cœur se gonfla. Elle était prise au piège de ses émotions. Malgré tous ses efforts, il avait réussi à la toucher.

Elle prit l'enveloppe et quitta les lieux sans se retourner. Ce ne fut qu'une fois dehors qu'elle respira de nouveau.

Elle s'arrêta, prise de vertiges.

Au loin, elle vit Ellie sortir de la voiture et marcher à sa rencontre.

— Que s'est-il passé ?

— C'était très étrange. Il ne voulait pas signer.

— Quoi ?

Elles étaient arrivées à la voiture.

— Tu donneras ces documents à Jackson. Dis-lui de les signer et de s'occuper du reste avec Reginald. Je ne veux plus entendre parler de cette mine.

— Comment ça ? s'enquit Ellie en remontant dans la voiture.

— Cela va te paraître fou, mais mon père prétend avoir

confiance en Jackson. Il ne veut pas des parts, et il trouve en même temps que j'ai raison de ne pas vouloir les garder. Il veut que je les donne à Jackson.

— En effet, quel retournement de situation ! Cela dit, Mac a entièrement confiance en Jackson. Et j'ai entièrement confiance en Mac.

— Alors on est tous sur la même longueur d'onde ? ironisa Crista en poussant un profond soupir. Bon, c'est super si tu as confiance en lui, mais là, je suis fatiguée, déconcertée, et je suis au bout du rouleau.

— Je te comprends.

— Tu savais que c'était Jackson qui était derrière le rachat de Cristal Creations ?

Ellie la regarda, abasourdie.

— Quoi ?

— Jackson s'est arrangé pour que les Gerhard n'aient plus la mainmise sur Cristal Creations, et j'ignore pourquoi il a fait ça.

— Pourquoi ne pas le lui demander ?

— J'ai peut-être eu tort de le juger aussi durement, murmura-t-elle. Je doute qu'il ait envie de me revoir un jour.

— Pour le savoir, tu dois lui parler.

— Donne-lui les papiers, s'il te plaît, répliqua-t-elle avant d'entrer à son tour dans la voiture.

D'ici à quelques jours, elle n'aurait plus cette mine flottant au-dessus de sa vie comme une épée de Damoclès. Elle pourrait s'employer à se reconstruire et tirerait un trait sur son aventure avec Jackson.

Jackson regardait fixement les papiers de transfert de propriété pour la mine de diamants Borezone.

— Je ne comprends pas.

— Il n'y a rien à comprendre, répliqua Reginald.

— Tu ne sais pas ce qui a pu provoquer ce revirement de situation ? s'enquit Mac.

— Crista maintient que la mine de diamants est une arnaque. Son père a insisté pour léguer ses parts à Jackson.

Il regarda tour à tour Mac, Reginald puis Ellie, rassemblés dans la salle de réunion de Rush Investigations.

— Mais nous savons qu'elle a tort et que ces parts valent des millions. Je ne peux pas les accepter, marmonna-t-il en repoussant les papiers sur la table.

— Tu dois les accepter. C'est la seule solution pour la protéger.

— Elle veut vraiment que ce soit toi qui les aies. Elle me l'a dit, insista Ellie.

— Tu pourras les utiliser pour servir ses intérêts, ajouta Reginald.

— Ce n'est pas la même chose. Elles lui appartiennent. Elle pourrait les vendre…

— Ou les donner, si ça lui chante, renchérit Mac.

— Oui, mais pas à moi.

— Alors à qui ? Propose-lui une autre solution. Tu penses qu'elle a envie de rester chez elle à attendre que Vern surgisse à nouveau ?

— Si seulement tu ne lui avais pas menti ! dit Ellie.

— Tu as raison, admit Jackson, mais sur le coup, je ne pensais pas avoir le choix. Si je lui avais tout de suite révélé la vérité, elle m'aurait fui et Vern aurait réussi à la convaincre. Donc je ne regrette rien… Si, ajouta-t-il après réflexion. On aurait dû aller à Vegas sur un coup de tête. C'était ce qu'il y avait de mieux à faire.

— Tu veux que j'en parle à Tuck ? intervint Mac.

Jackson laissa échapper un rire sec et forcé.

— Oui, super idée ! Je pourrais la kidnapper de nouveau, je suis sûr qu'elle serait aux anges.

Il aimait Crista de tout son cœur. Il ne voulait surtout plus la blesser ou la faire souffrir de quelque façon que ce soit.

— Refuse de signer les papiers, suggéra Mac.

— Je l'ai déjà fait.

— Demande-la en mariage.

— Oui, ça aussi, je l'ai déjà fait. Elle a refusé, pensant que j'étais tombé sur la tête.

— Tu lui as dit que tu l'aimais ? demanda Mac.

— Je…

— Ne mens pas, on le sait tous.

— Mais elle pense que tu pourrais lui en vouloir, dit Ellie.

— Pourquoi cela ?

— Parce qu'elle a refusé de te croire et t'a jugé trop durement.

Jackson eut l'air sceptique.

— C'est vrai, insista Ellie. Elle a peur que tu ne lui pardonnes pas de ne pas t'avoir fait confiance.

— Je n'ai rien à lui pardonner.

Son pardon était-il si important aux yeux de Crista ?

Ellie lui offrit un sourire taquin.

— Tu veux dire que…, commença-t-il.

— Je ne dis rien du tout, le coupa-t-elle.

Mais Ellie avait clairement une idée derrière la tête. Essayait-elle d'insinuer que Crista avait des sentiments pour lui ?

— Où se trouve-t-elle ?

— Dans le Wisconsin. Je peux t'emmener la voir, si tu veux.

— J'appelle Tuck pour qu'il affrète un jet, proposa Mac.

Jackson était sur le point de protester. Tuck l'avait déjà bien aidé. Mais en proie à une vive émotion, il décida de laisser faire Mac.

Tuck pourrait toujours refuser si ce n'était pas possible de son côté.

— Le jet, juste pour le Wisconsin ? Ou bien le Wisconsin puis Las Vegas ?

Jackson sourit. La persuasion et le kidnapping commençaient à lui paraître une bonne idée.

— Le Wisconsin puis Las Vegas !

Crista était dans sa chambre d'hôtel, fixant sa boîte mail en espérant voir un message d'Ellie.

Elle avait forcément eu le temps d'apporter les papiers à Jackson et ce dernier celui de les signer.

Il allait sans doute se mettre en colère contre elle, mais il accepterait peut-être de faire encore un geste en sa faveur.

Elle vérifia une fois de plus sa boîte mail, toujours pas de nouveau message.

Soudain, on frappa à la porte. La peur au ventre, elle s'immobilisa.

Etait-ce Vern ? Avait-il menacé Ellie pour qu'elle lui dise où elle se cachait ?

On frappa encore. A pas de loup, elle s'approcha de la porte. Elle avait mis la chaîne, mais les hommes de main des Gerhard pouvaient facilement la faire sauter. Si c'était Vern, elle lui dirait que les parts ne lui appartenaient plus, même si elle ne pouvait pas encore le prouver.

— Crista ?

Incroyable…

— C'est moi, Jackson.

En entendant sa voix, elle éprouva un profond soulagement.

— Ouvre-moi, s'il te plaît ! Ellie m'a donné les papiers.

— C'est bien, dit-elle, fixant la porte sans oser bouger.

— Ellie et Mac sont dans la voiture.

— Ellie est là ?

— Oui.

C'était une bonne nouvelle. Ses mains tremblèrent alors qu'elle enlevait la chaîne et ouvrait la porte.

Jackson était là, souriant. Elle était tellement contente de le voir ! C'était même ridicule à quel point elle était contente.

— Salut, réussit-elle à articuler.

— Salut à toi.

— C'est Ellie qui t'a amené ici ?

C'était évident, puisque seule Ellie savait où elle se terrait, mais elle ne trouvait rien d'autre à dire.

— Je peux entrer ? Je dois te parler en tête à tête.

— D'accord, fit-elle, refermant la porte derrière lui.

Puis elle se tourna vers lui. Il était toujours aussi séduisant, aussi fort, et il n'avait pas du tout l'air en colère. Elle eut envie de se jeter dans ses bras.

— Tu as signé les papiers ?

— Non.

Elle s'arrêta net.

— Pourquoi ?

— Je ne veux pas de cette mine de diamants.

— Mais ce n'est qu'une formalité. Tu le sais. Pourquoi refuses-tu ?

Finalement, c'étaient donc des mensonges ? Il se fichait de ce qui pouvait lui arriver. Il était tellement en colère qu'il se moquait de la voir tomber entre les griffes des Gerhard.

— Tu veux que je signe pour ne plus avoir peur des Gerhard ?

— Oui. Si je n'ai plus la mine, ils me laisseront tranquille.

— C'est vrai. Le problème, c'est que ma première offre tient toujours.

— Quelle première offre ? Tu avais fait une offre à mon père ?

— Non. Je t'ai fait une offre à toi.

Elle ne répondit pas. Il parlait par énigmes, et elle ne comprenait pas.

— Vegas. Je t'ai proposé de t'épouser à Vegas et de te protéger.

— C'est une blague ?

Décidément, elle n'y comprenait plus rien.

— Tu voulais m'épouser pour mettre les Gerhard en échec, c'est ça ? demanda-t-elle.

— Non, dit-il, secouant la tête tout en s'avançant. Il manquait un élément important dans mon offre.

— Ah oui ?

— J'aurais dû te dire à quel point j'étais amoureux de toi.

— Tu…

— Crista Corday, acceptes-tu de m'épouser et de passer le restant de tes jours avec moi ? Si tu acceptes, j'aimerais t'emmener à Vegas car j'ai hâte que tu sois ma femme.

Son esprit vacillait, ses jambes ne la soutenaient plus.

— J'ai bien entendu ? s'enquit-elle, les yeux embués de larmes.

— Oui, tu as bien entendu, répondit-il en prenant son visage entre ses mains.

— Et tu es sérieux ?

— Je n'ai jamais été aussi sérieux de toute ma vie. Fais-moi confiance. Je t'aime de tout mon cœur.

Il l'embrassa, et la joie l'envahit. Il s'écoula de longues minutes avant que Jackson ne s'arrache à ses lèvres.

— Oh ! Jackson, si tu savais comme je t'aime ! Oui, j'accepte de t'épouser. A Las Vegas ou ailleurs.

Elle l'enlaça comme s'il en allait de sa vie.

— Tu m'aimes ? demanda-t-il.

— Plus que ça. Je veux te confier mon cœur, mon âme et ma vie.

— Et tes diamants ? la taquina-t-il.

— Il n'y a pas de diamants ! Combien de fois il faut que je te le répète ?

— Peut-être que tu me croiras quand tu pourras utiliser les diamants dans tes créations.

— Peut-être.

— Dans ce cas, ne perdons pas de temps. Mon ami Tuck nous attend à l'aéroport avec son jet privé.

— Je vois. Monsieur sait choisir ses amis.

— Je lui ai dit qu'il pouvait être mon témoin.

— Et tu es venu avec Ellie pour qu'elle soit mon témoin ?

Il confirma et elle se blottit contre lui, se régalant de la chaleur de son corps.

— Tu es ce que je désire le plus au monde, chuchota-t-il en la câlinant dans ses bras.

— Si tu savais comme je suis heureuse de te l'entendre dire !

La porte de la chambre s'ouvrit.

— Alors, on va à Vegas ? s'enquirent Ellie et Mac d'une même voix.

Crista sourit.

— Mais il faut qu'on t'achète une robe ! s'écria son amie.

— Vous aurez environ une heure avant le mariage, annonça Jackson.

Mac prit Ellie dans ses bras.

— Toi aussi, il te faut une robe. J'ai toujours eu un faible pour les demoiselles d'honneur en tenue sexy.

— J'espère que tu as un faible pour les mariées, murmura Crista à Jackson.

— J'ai un faible pour une mariée en particulier. Dès l'instant où je l'ai vue, j'ai su que je devais la faire mienne.

— Cette fois, je ne me ferai pas kidnapper sur le parvis par un inconnu. Et, surtout, j'épouserai l'homme que j'aime le plus au monde, Jackson Rush, pour la vie.

Retrouvez prochainement,
dans votre collection

SAGAS

INTRÉPIDES DÉBUTANTES, de Laura Martin - N°174

L'imposture d'une lady

Quand sa cousine Amelia la supplie d'échanger leur identité pour quelques semaines, Lizzie n'a pas le cœur à refuser : Amelia pourra ainsi retrouver son beau capitaine. C'est avec un mélange de curiosité et d'appréhension que Lizzie débarque à Londres en riche héritière, laissant derrière elle Bombay et sa vie désargentée. Mais la tante qui l'accueille insiste pour l'introduire dans le monde. Comment pourrait-elle tenir son rôle ? Et comment réagir lorsque l'irrésistible lord Brunwell, le célibataire le plus en vue de Londres, commence à lui faire la cour ?

Le secret du châtelain

« Vous pouvez aller où bon vous semble, excepté dans l'aile est. Est-ce clair ? »
Lorsque son hôte lui impose cette condition pour rester chez lui, Amelia s'empresse d'acquiescer. Après avoir été agressée par l'homme qu'elle croyait aimer, elle a trouvé refuge dans ce manoir. Son propriétaire, un seigneur ténébreux et charismatique, y vit comme un reclus. Heureusement, il tolère sa présence le temps qu'elle trouve une solution pour rejoindre sa famille en Inde. Mais, bientôt, Amelia est gagnée par le désir de percer à jour les secrets du châtelain...

Tétralogie : Le royaume des Karèdes - Intégrale 2/2 - N°175

Le secret d'une princesse, de Chantelle Shaw

La princesse Katarina ne peut résister au charme de Nikos Angelaki, un homme d'affaires grec extrêmement attirant. Cédant à ses avances, elle passe entre ses bras une nuit incroyable, au mépris de son rang. Et elle décide de disparaître sans lui révéler sa véritable identité...

L'enfant des Karèdes, de Melanie Milburne

Redevenir la maîtresse du prince ? Cassandra ne veut pas y songer ! Six ans plus tôt, elle a été condamnée à tort par la justice du royaume et il l'avait abandonnée. Désormais, elle n'a plus qu'un objectif : quitter l'île d'Aristos avec son fils. Hélas ! le prince semble prêt à tout pour l'en empêcher...

Le défi d'une princesse, de Natalie Anderson

Afin de prouver qu'elle est capable de s'assumer seule, la princesse Elissa a tout quitté pour travailler à Sydney. Un défi pour elle qui a toujours vécu au palais. Hélas, dès les premiers jours, elle multiplie les faux pas, troublée par le charme de son patron. Et, face au beau milliardaire, Elissa comprend qu'elle ne bénéficiera d'aucun traitement de faveur...

L'héritière des Karèdes, de Carol Marinelli

Une simple domestique, l'héritière des Karèdes ? Le roi Zakari se rend à l'évidence : la séduisante servante dont il a fait sa maîtresse porte le diamant Stefani autour du cou, joyau de la couronne qui lui permettra de régner sur le royaume. Déterminé à le récupérer, il se résout à demander Effie en mariage, même s'il doit lui faire croire qu'il est tombé éperdument amoureux d'elle...

Retrouvez prochainement,
dans votre collection
SAGAS

Tétralogie : L'HÉRITAGE DES CHATSHIELD - N°176

Scandaleuse nuit d'amour, de Lucy Monroe

Aaliyah est effondrée. Si elle a accepté ce poste de gouvernante au sein du luxueux hôtel Chatsfield, c'est pour rencontrer son père. Jamais elle n'aurait imaginé qu'il la rejetterait... Mais quand elle voit arriver le cheikh Sayed al Zeena, elle se demande si s'autoriser une nuit de passion entre les bras de cet homme ne serait pas le meilleur remède à son désespoir...

Une princesse à séduire, de Melanie Milburne

Organiser un mariage royal ? Quand son père lui confie cette mission, Lucca éclate de rire. Mais pourquoi pas ? La princesse Charlotte, la sœur de la mariée, semble avoir tout prévu. Pourtant, quand il croise le regard de la princesse, Lucca se demande si cette parenthèse ne va pas se révéler plus amusante que prévu...

Un jeu si dangereux, de Michelle Conder

Ce tournoi de poker, c'est la chance d'Aidan. Ce soir, il tient l'homme qui a détruit son père. Mais quand ce dernier met en jeu une nuit avec Cara Chatsfield, Aidan est à la fois outré et tenté. Il serait enchanté de remettre à sa place cette héritière arrogante. Mais son sourire le tourmente plus qu'il ne le voudrait...

Le secret du milliardaire, de Chantelle Shaw

Si Sophie a entrepris le voyage entre Londres et Chatsfield House, c'est parce que son avenir en dépend. Elle doit convaincre Nicolo Chatsfield de se joindre à l'assemblée des actionnaires des hôtels Chatsfield. Or l'homme vit retiré dans son manoir... Quand elle le rencontre, plus indomptable que jamais, elle comprend que le désir qu'elle éprouve pour lui va lui compliquer la tâche...

Trilogie : PASSION À MANHATTAN, de Teri Wilson- N°177

La magie d'une naissance

Enceinte ? Ophelia ne sait comment réagir. L'unique nuit de passion qu'elle a partagée avec son patron, le ténébreux héritier de l'empire de joaillerie Diamonds Drake – était une erreur. Et leur étreinte devait rester sans conséquence... Doit-elle annoncer la nouvelle ou taire son secret ?

Troublante escapade

Si la princesse Aurélie a fui à New York, c'est pour échapper à ses obligations royales quelques jours. Se promener dans Central Park, lire un livre, voilà tout ce à quoi elle aspire. Mais sa rencontre avec Dalton la bouleverse. Les moments passés auprès de lui ont un goût de bonheur. Un bonheur impossible ! Car dans un mois, Aurélie devra en épouser un autre...

Sous le charme de son rival

Quand une riche héritière et un champion de polo sont réunis sur un panneau publicitaire, tout New York se prend à croire qu'il s'agit d'amants sulfureux. Et voilà comment Diana et Franco en viennent à jouer les faux fiancés. Comment un homme et une femme qui se détestent se rapprochent...